GARY JENNINGS
FURIA AZTECA

Robert Gleason y Junius Podrug

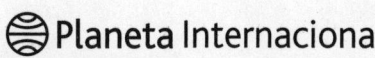

GARY JENNINGS
FURIA AZTECA

Robert Gleason y Junius Podrug

Traducción de Alberto Coscarelli

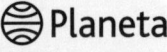

Obra editada en colaboración con Editorial Planeta – España

Esta es una obra de ficción. Todos los personajes y acontecimientos representados en esta novela son ficticios o se usan como tales.

Título original: *Aztec Rage*

© 2006, Eugene Winick, albacea de la herencia de Gary Jennings
© 2009, Alberto Coscarelli, por la traducción
© 2009, Editorial Planeta S.A. – Barcelona, España

Derechos reservados

© 2009, Editorial Planeta Mexicana, S.A. de C.V.
Avenida Presidente Masarik núm. 111, 2o. piso
Colonia Chapultepec Morales
C.P. 11570 México, D.F.
www.editorialplaneta.com.mx

Primera edición impresa en España: marzo de 2009
ISBN: 978-84-08-08557-7
ISBN: 0-765-31014-7, editor Forge, una marca registrada de Tom Doherty Associates, LLC, Nueva York, edición original

Primera edición impresa en México: marzo de 2009
ISBN: 978-607-7-00092-1

Ninguna parte de esta publicación, incluido el diseño de la portada, puede ser reproducida, almacenada o transmitida en manera alguna ni por ningún medio, sin permiso previo del editor.

Impreso en los talleres de Litográfica Ingramex, S.A. de C.V.
Centeno núm. 162, colonia Granjas Esmeralda, México, D.F.
Impreso en México – *Printed in Mexico*

Para Joyce Servis

El aspecto más memorable de cualquier batalla, y, después de haber participado en muchas de ellas, puedo decir esto con autoridad, es la mareante conmoción y el barullo. Pero de éste mi primer enfrentamiento serio con el enemigo, sólo retengo unos pocos recuerdos claros.

> De la Narración de Guerra de Tenamaxtli, líder de la rebelión azteca en 1541, tal como la relata Gary Jennings en *Otoño azteca*.

UNO

Las montañas donde acechan los pumas, 1541

Me vi a mí mismo morir.

Mi pesadilla cobró vida cuando los invasores emergieron de la niebla como fantasmas, figuras oscuras montadas en grandes bestias, amenazadoras como los dioses sombríos que se alzan de Mictlán, el Lugar Oscuro. Yacía en la hierba y temblaba, mi corazón desbocado, mi garganta ansiando agua, el suelo moviéndose debajo de mí mientras los poderosos cascos golpeaban delante de mil pies humanos. Mi lanza tenía la punta de obsidiana, pero de poco serviría contra la carga de un corcel ataviado con la gruesa guarda de cuero llamada escudo de Cortés.

Tendimos la emboscada en el terreno montañoso de Nochistlán, a la espera de que los españoles y sus traidores aliados indios cayeran en la trampa. A medida que se asentaba la niebla, el enemigo avanzó. Tenía dos alternativas: permanecer escondido y dejar que mis compañeros luchasen y muriesen sin mí o hacer acopio de coraje, levantarme y luchar contra un español con armadura montado en un poderoso corcel.

Mientras valoraba la decisión, la oscura visión volvió a mí de nuevo: «Lucha y muere.» Vi un violento enfrentamiento, mi sangre escapando, mi alma negra de pecado arrastrada al infierno por unas manos como garras.

Los corceles eran los que más me aterraban. Se dice que no fue el pequeño ejército que Cortés trajo consigo hace veintitantos años el que derrotó al poderoso Imperio azteca, ni tampoco las decenas de miles de aliados indios que alistó, sino los dieciséis grandes corceles que lo llevaban a él y a sus mejores soldados a la batalla.

No había bestias como ésas en el Único Mundo antes de la llegada de los invasores. Los grandes corceles habían aterrorizado al emperador Moctezuma y a sus Caballeros del Águila y del Jaguar, los mejores guerreros de todo el Único Mundo. Los guerreros creían que las altas y poderosas criaturas de cuatro patas eran dioses; ¿qué otra cosa podían ser esos engendros del Otro Mundo sino espíritus de la Tierra y el Cielo? Corrían como el viento, aplastaban cualquier cosa delante de ellos bajo sus pesados cascos, y hacían que los guerreros montados en sus lomos fueran cien veces más letales que aquellos que iban a pie.

Cuando uno de los jinetes se acercó, vi que era un indio a caballo. *Ayya!* Nunca había visto antes a un indio montado. Los caballos eran poderosas armas en la guerra, celosamente guardados por los españoles, que prohibían a los indios poseerlos o montarlos. Tenamaxtli, nuestro líder, nos dijo que los españoles habían montado a los caciques de sus aliados indios para que los soldados de infantería pudiesen seguirlos mejor en la batalla. «Los traidores que luchan para los invasores llaman perros grandes a los caballos —nos explicó Tenamaxtli—. Se frotan con el sudor de los caballos para conseguir algo de la magia de la bestia.»

Tenamaxtli conoce bien a los invasores por haber vivido en la capital azteca que los invasores llaman ahora Ciudad de México. Es conocido por los españoles por el nombre que le dieron, Juan Británico.

Los caballos no eran la única cosa prohibida a los indios por nuestros nuevos amos. Cuando nuestros líderes y nuestros dioses nos abandonaron, los invasores capturaron más que el oro de nuestros reyes; nos esclavizaron con una terrible servidumbre: la encomienda, grandes concesiones de poder y privilegio, feudos dados a los españoles. Nosotros llamábamos a esos hombres blancos en sus grandes caballos *gachupines*, portadores de espuelas, afiladas espuelas que utilizaban para bañar en sangre nuestras espaldas mientras nos robaban la comida de la boca.

Su poderoso rey, ese al que ellos llaman su majestad católica, estampa su sello en un trozo de papel y miles de indios de una región pasan a ser esclavos de un español que viene al Único Mundo con un solo propósito: hacerse rico con nuestro trabajo. A ese portador de espuelas debemos darle como tributo una parte de todo lo que cultivamos en nuestra tierra o producimos con nuestras manos. Cuando quiere un noble palacio para su comodidad, dejamos de trabajar nuestra tierra, cargamos las piedras y cortamos los maderos necesarios. Debemos cuidar su ganado y sus monturas, pero no debemos tocar la carne de los animales de granja o montar sus caballos. *Ayya!* Cuando él lo pide, debemos prestarle a nuestras esposas y a nuestras hijas.

¿Es de extrañar que cuando Tenamaxtli nos llamó nos reuniésemos como en los días de los grandes reyes aztecas, armados con nuestras lanzas para matar a esos invasores que nos esclavizan?

Mientras miro las oscuras figuras en la niebla, hay uno que cabalga más erguido en su montura que cualquiera de los demás. *Yya ayya!* No puede ser otro que el Gigante Rojo en persona, Pedro de Alvarado, el carnicero de Tenochtitlán, una bestia con el pelo y la barba del color del fuego. Conocido por su brutalidad y su crueldad, Alvarado sólo es segundo en infamia al brutal conquistador por sus brutales atrocidades.

Ganó su fama y su reputación de malvado cuando Cortés se vio obligado a dejar Tenochtitlán, la capital azteca, y correr a Veracruz para derrotar a un español que había desembarcado con un ejército de hombres y la intención de despojar al conquistador de su mando. Dejó a Alvarado en Tenochtitlán con ochenta conquistadores españoles y cuatrocientos aliados indios para controlar la gran ciudad. Alvarado también retuvo cautivo a Moctezuma: paralizado por su creencia de que Cortés había cumplido la profecía de que el dios Quetzalcóatl regresaría para reclamar el imperio, Moctezuma era presa fácil.

Mientras esperaba el regreso de Cortés, Alvarado oyó un rumor que decía que los líderes de la ciudad planeaban hacer cautivos a los restantes españoles durante un festival. Hombre de ilimitada experiencia y absoluta crueldad, Alvarado atacó primero: al comienzo del festival, sus hombres abrieron fuego contra las personas que estaban de celebración en el mercado. Pero no fue a los guerreros aztecas a los que mató con cañones y asesinó con espadas, lanzas y arcabuces... Sólo murieron unos pocos notables y guerreros, pero un millar de mujeres y niños perecieron en la orgía de sangre.

Cortés derrotó al comandante español que había intentado usurparle la autoridad y regresó a la capital para encontrar a Alvarado y a sus hombres atrincherados en el palacio de Moctezuma y asediados por los aztecas, furiosos por la matanza de inocentes. Al no poder defender la posición, Cortés se llevó a los hombres fuera de la ciudad, y fue en la retirada donde Alvarado, el Gigante Rojo, ganó su mayor fama.

En el atardecer de lo que se llamaría la Noche Triste, Alvarado consiguió una hazaña inmortal. Los españoles se habían retirado por la calzada que cruzaba el lago hacia la ciudad. Durante los fuertes combates, enfrentado con una brecha en la calzada demasiado ancha para que un hombre pudiese saltarla, Alvarado, cargado con la pesada armadura, dio la espalda a los guerreros aztecas que lo atacaban, corrió hasta el borde de la calzada, clavó su lanza en la espalda de un hombre que ya había caído al agua y saltó al otro lado.

Había oído este asombroso relato muchas veces, y entonces comprendí que él era el poderoso enemigo en la visión oscura de mi propia muerte que me acosaba.

No podía seguir tumbado en el suelo, temblando como un niño asustado. Tenía que enfrentarme al Gigante Rojo. Me levanté sujetando mi lanza. En la tradición de un caballero del Jaguar, solté el rugido de esa feroz bestia de la selva para añadir la fuerza del dios jaguar a la mía.

A pesar del estrépito de la batalla que había estallado a nuestro alrededor, Alvarado oyó mi grito. Se volvió en la silla y me miró. Clavó las espuelas en su gran corcel, levantó la espada e invocó el nombre de su santo guerrero: «¡Por Santiago!»

Me vi a mí mismo morir.

La visión de mi propio cuerpo ensangrentado y sin vida que durante tanto tiempo había acosado mi sueño apareció de repente cuando el corcel cargó, llevando en su lomo al más famoso guerrero del Único Mundo. Mi lanza de madera, pese a su punta de obsidiana afilada como una navaja, no atravesaría el grueso acolchado del escudo del caballo o la armadura del español. La única manera de derrotar al invasor era haciendo que su montura cayese. Lancé mi cuerpo contra las rodillas del caballo, utilizando mi lanza clavada en el suelo de la misma manera que Alvarado había utilizado la suya en su famoso salto.

Mi cuerpo rompió la marcha del corcel como si la bestia hubiese chocado contra una enorme piedra y comenzó a caer sobre mí. Lo vi derrumbarse lentamente, como un enorme árbol que gana velocidad, mientras caía sobre mí. Vi la mirada sorprendida y frenética de Alvarado mientras él también caía, derribado de su montura, y volaba de cabeza contra el suelo rocoso. Sentí romperse mis huesos, hundirse mi pecho sin una gota de aliento, mientras el enorme corcel me aplastaba...

DOS

Chihuahua, 1811

¡Ay de mí! Desperté de la pesadilla, tembloroso y bañado en sudor. Me levanté del jergón y permanecí de pie en el suelo de piedra de la mazmorra, en un primer momento inseguro, mis rodillas débiles, mi corazón aún desbocado.

La oscura imagen de un guerrero azteca había venido a mis sueños hasta donde podía recordar. Un sueño que era la visión de mi propia muerte. Por qué esa pesadilla me había perseguido desde que era un niño era un misterio. Se decía que había nacido para ser carne de presidio, un terrible destino al que había escapado por los pelos en más de una ocasión. Que moriría violentamente no era cosa de los sueños, sino la realidad de la vida que había llevado.

Las detonaciones de los mosquetes del pelotón de fusilamiento llegaron desde el patio al otro lado del muro. Me tambaleé hasta la puerta de la celda.

—¡Cabrones! —grité a través de la mirilla, y le di un puntapié a la gruesa puerta de madera—. ¡Traedme mi desayuno, cabrones!

Ésa era mi provocación favorita. Un cabrón era un macho cabrío, un hombre que había dejado a otros hombres fornicar con su esposa. Y tal insulto es un puñal clavado en el corazón de cualquier hombre, ¿no?

Le di otro puntapié a la puerta.

En realidad no tenía hambre, pero oír al pelotón de fusilamiento en el patio de la prisión al otro lado de la pared de mi celda me había hecho bullir la sangre. Era un recordatorio de que muy pronto bailaría la chilena de la muerte, una danza de cortejo a la muerte, excepto porque mis rápidos pasos y el giro de los pañuelos serían para mis verdugos, y no para una adorable señorita.

El rostro de un guardia apareció en la mirilla.

—Sigue gritando y comerás mierda para desayunar.

—Cabrón, tráeme un plato de carne y una jarra de vino o tu mujer conocerá el poder de un hombre de verdad antes de que queme tu casa y robe tu caballo.

El guardia escapó y yo volví a mi jergón de paja. El olor rancio del vino flotaba en la celda, como si los monjes que la habían ocupado cuando la cárcel era un monasterio hubiesen vaciado demasiadas jarras.

Como México, la capital de la colonia, Chihuahua estaba en una planicie, casi toda ella rodeada por montañas. A varias semanas de viaje al norte de la capital, su nombre oficial era San Felipe el Real de Chihuahua, pero era conocida sencillamente como la Dama del Desierto.

Casi a mil quinientos metros sobre el nivel del mar, la región no era húmeda o verde como el valle de México, sino marrón y quemada, con pastizales raquíticos, incluso cuando los altos picos de la sierra Madre estaban nevados. En náhuatl, el idioma de los aztecas, Chihuahua significa «lugar seco y arenoso». Un nido de serpientes seco y arenoso para alguien sentenciado a morir allí.

Sollozos, los sonidos de la angustia de un hombre, llegaban desde el patio a través de los barrotes de la ventana por encima de mí. Me tapé los oídos con las manos; detestaba oír llorar a un hombre.

Los disparos retumbaron de nuevo desde el patio. Me encogí por el ruido de las balas de mosquete cuando golpearon contra la pared de piedra a mi espalda. El hedor acre de la pólvora negra entró por la ventana por encima de mí. Me levanté de un salto, sujeté los barrotes y grité: «¡Cabrones!»

Esos malditos nunca oirían gimotear a don Juan de Zavala. No avergonzaré mi sangre azteca con un acto de cobardía cuando llegue el momento de encararme a los mosquetes. Moriré como un caballero del Jaguar enfrentado a la Muerte Florida: ni un gemido, ni una súplica de piedad saldrán de mis labios.

Me senté y enjugué el sudor de mi rostro con la manga sucia de mi camisa. El tremendo calor de agosto se abría paso en mi celda a través de la misma ventana que permitía la entrada de la muerte desde el patio.

Me pregunté quién acababa de morir al otro lado de la pared. ¿Era algún bravo compañero con el que había cabalgado? Habían venido de todas partes a centenares, miles, y finalmente decenas de miles, indios de nuevo marchando y luchando como guerreros aztecas... Habíamos incendiado el mundo.

Cerré los ojos, apoyé la cabeza en los brazos y escuché la cadencia de otro pelotón de fusilamiento que marchaba en dirección a su puesto.

He visto la guerra en dos continentes; he visto a personas comunes con pasiones increíbles desnudar sus pechos a las asesinas descargas de los mosquetes; he sentido la tierra temblar bajo mis pies cuando los cañones escupían muerte; he visto el sol cubierto por nubes de humo de la pólvora negra..., y he yacido en los campos de la muerte roja.

Tanto dolor..., tanta muerte.

De nuevo sonaron los mosquetes y volví a la ventana.

—¡Apuntad bien cuando esté delante de vosotros, cabrones! ¡Escupo a la muerte!

Ningún hombre con sentido común desea morir, pero dejaré esta vida sabiendo que mi nombre y mis hechos no morirán conmigo, sino que resonarán a través de los siglos. Los hombres escribirán canciones acerca de mis horas finales. Las mujeres llorarán ante las injusticias acumuladas sobre mí y mi indomable coraje cuando luchaba mano a mano con la Muerte, escupiendo a los ojos de la Parca mil veces y sin conocer nunca el miedo. «Don Juan de Zavala era mucho hombre», gritarán mientras las lágrimas ciegan sus ojos.

Bueno, quizá no escriban canciones o derramen lágrimas, pero un hombre puede soñar con tales cosas en sus últimos momentos, ¿no? Además, yo soy mucho hombre. Nadie en Nueva España se sienta más erguido en su montura, abate un halcón en pleno vuelo con un único disparo de su pistola, detiene una hoja o satisface mejor los deseos secretos de una mujer que yo. Ningún hombre, ha proclamado el virrey, ha cometido más crímenes contra Dios, el rey y la Iglesia.

Muy pronto enviarán a un sacerdote para que escuche mi confesión, para que limpie mi alma. Eso llevará mucho tiempo. He visto muchas cosas, he dejado mi huella en numerosos lugares, he batallado en dos continentes y amado a muchas mujeres. Desde luego, confesar todas mis transgresiones llevaría innumerables horas. Y no sería la primera vez que un sacerdote concediera a mi alma negra por el pecado el perdón mientras un verdugo preparaba sus herramientas. Pero cometen un error al creer que tengo una alma que salvar o que perder. Soy carne de presidio, nacido con el nudo del verdugo alrededor del cuello, mis pies sobre una trampilla dispuesta a abrirse.

Pero la mancha más oscura en mi alma ha sido pudrirme en esta celda dejada de la mano de Dios de un difunto sacerdote borracho mientras mis carceleros intentaban arrancarme un secreto. Ni los tediosos interrogatorios de los alguaciles, ni los terribles decretos de los jueces, ni tampoco los instrumentos de tortura de los inquisidores aflojaron mi lengua. Pero los muros de la prisión también me han impedido cobrarme la venganza contra uno de los diablos. Es esta tarea inacabada la que provoca mis pasiones, no las balas que volarán hacia mi corazón.

Aparte de mis crímenes, soy un hombre de honor: nunca he robado a los pobres, tomado a una mujer contra su voluntad o matado a un hombre desarmado. He sido un gachupín, lo que la gente común llama un portador de espuelas, pero a diferencia de los de esa laya, nunca he utilizado mis espuelas contra los más débiles que yo. He vivido de acuerdo con el código de un caballero, una senda de hombría y honor caballeresco. He sido Caballero de la Nación Azteca, una disciplina que conlleva la misma obligación de honor y coraje que la de un caballero español. Dichos códigos exigen que no vaya a la tumba sin haber vengado la afrenta a mi honor.

Eso es cierto: antes de que muera, alguien más entregará su alma, alguien que me traicionó a mí y a los amigos con quienes luchaba. Cuando esté cumplida esa obligación, me enfrentaré con alegría a los mosquetes del pelotón, quizá incluso sujete las balas con los dientes y se las escupa de vuelta.

¿Cómo es que don Juan de Zavala, caballero y señorito, un hombre experto en el campo del honor y en el *boudoir* de una mujer, estaba encerrado como una bestia en una celda apestosa a la espera del redoble y los pasos de un pelotón? ¿Cómo un hombre con deseos y pasiones mundanas, un notorio truhán de hechos infames, llegó a caminar codo con codo con un sacerdote que tenía el sueño de hacer a todos los hombres libres? ¿Cómo es que mi espada teñida de sangre llegó a luchar lado a lado con su cruz sagrada? ¿Cómo es que un señorito se convirtió en un caballero azteca?

Si he de decir la verdad —y algunos dirán que muy a menudo no he sabido qué era eso—, mientras el buen padre llora la pérdida de una nación, mis pesares son de una naturaleza más carnal. Echaré de menos yacer en una cama y mirar cómo sube y baja suavemente el pecho desnudo de una mujer mientras duerme, fumarme un buen cigarro, beber un buen vino de Jerez, sentir el viento en mi rostro y el poder de un gran semental entre mis piernas... Ay, echaré de menos tantas cosas.

Pero ya está bien. Los lamentos son para las viejas, y una cosa que no lamentaré será dejar atrás la extraña pesadilla de la visión de mi propia muerte que me ha perseguido en mis sueños. Morir una vez es suficiente; morir mil noches es un castigo del propio demonio.

¿Queréis saber cómo un sacerdote rural se convirtió en un feroz revolucionario y un canalla fuera de la ley en un visionario idealista? Como un sacerdote en el confesonario, ¿queréis escuchar mis pecados? ¿Queréis saber quiénes son los hombres que he matado, las mujeres que he amado, las fortunas que he hecho... y robado?

La mía es una larga historia que nos llevará desde esta colonia llamada Nueva España, en las Américas, a las antiguas ciudades y campos de batalla de los poderosos aztecas, a las guerras de Napoleón en Europa y de nuevo aquí. Pero eso sólo puede relatarlo alguien que ha estado allí.

Entonces, sed mis confesores. Prestadme vuestros oídos mientras os llevo a lugares dorados de los que nunca habéis oído hablar, os presento mujeres y tesoros con los que nunca habéis soñado, mientras desnudo mi alma y revelo secretos no conocidos fuera de la tumba.

Ésta, pues, es la verdadera confesión del caballero del Jaguar, señorito y truhán, don Juan de Zavala.

Un hijo de puta

TRES

Guanajuato, Nueva España, 1808

A los veinticinco años, los caballos purasangres, las espadas ensangrentadas, las enaguas perfumadas y el buen brandy eran las únicas pasiones de mi vida. Una anterior pelea con mi tío, que administraba mis asuntos, me había dejado extrañamente inquieto, incluso receloso. Pero mientras me preparaba para ir a la cama, no tenía motivos para creer que la Fortuna, la sombría diosa que hace girar su rueda y sujeta el timón que gobierna nuestras vidas, tenía algún otro plan para mí que no fuese la vida que llevaba.

Los caballos, las mujeres, las pistolas y las espadas eran lo único importante para un joven caballero como yo. Me enorgullecía no por el conocimiento encontrado en las páginas de un libro —a la manera de los sacerdotes y los eruditos—, sino por mi capacidad para mantenerme en la silla y agotar a mi montura, ya fuese un indómito potro o una mujer desenfrenada.

En épocas pasadas, los caballeros errantes luchaban por la dominación sobre otros caballeros y el amor de las damas. La armadura y las lanzas dieron paso a los mosquetes y los cañones, pero la tradición masculina de ganarse el respeto de los hombres y la admiración de las mujeres con una exhibición de bravura en la lucha y en la equitación permanecieron. Un hombre que podía abatir halcones al vuelo desde la silla de un caballo al galope o enfrentarse a los cuernos de un toro en el momento de la verdad era un hombretón, un hombre capaz de defender el honor de una mujer además de regar el dulce jardín entre sus piernas.

Aunque me crié en Nueva España desde que era un bebé, no nací en la colonia. Mi primer grito en este mundo llegó en Barcelona, esa joya de Cataluña en el eterno Mediterráneo, no lejos de las magníficas montañas del Pirineo y la frontera con Francia.

Mi estirpe es española. Mi padre tenía raíces en Cataluña y Aragón en el norte, mientras que mi madre era nacida de un antiguo linaje en Ronda, una ciudad andaluza en el sur. Conocida como Acinipo en tiempos romanos, Ronda fue una fortaleza árabe hasta que nuestras majestades católicas Fernando e Isabel la conquistaron en 1485.

Mi nacimiento en España me convertía en un gachupín, un grande, pese a haberme criado en la colonia. Los españoles de pura sangre nacidos aquí eran criollos. Incluso si los criollos podían seguir su línea de sangre hasta los más nobles de España, eran inferiores socialmente a los gachupines. El más pobre mulero de Madrid o Sevilla que venía a la colonia siendo un bebé se consideraba socialmente superior a un rico criollo propietario de minas con un escudo de armas grabado en las puertas de su carruaje.

Ningún caballero cabalgaba con más orgullo que yo, no sólo porque mi sangre no estaba manchada por el nacimiento en la colonia, sino también por mi habilidad con los caballos, mi osadía con las mujeres y mi eficacia con las armas y las espadas, que destacaban por todo el Bajío, la ubérrima tierra de haciendas de ganado y minas de plata al noroeste de la capital.

Mi desprecio por los libros y los poemas, por los sabios, los eruditos y los sacerdotes sólo aumentaba mi fama. Nunca escribía nada excepto para enviarle un mensaje al mayordomo de mi hacienda —a un día a caballo desde Guanajuato—, para interesarme por el estado de mis monturas.

Sin cabeza para los negocios, ni para las finanzas de la hacienda o el oficio de los mercaderes, dejé mi fortuna en las manos del tío Bruto. Nunca pensaba en el dinero excepto para enviar mis facturas —por monturas, botas, pistolas, espadas, brandy y putas— a mi miserable tío, que con el paso de los años fue despreciándome por ser un manirroto. Hermano menor de mi padre, Bruto había administrado mis asuntos desde que yo era un bebé huérfano por la muerte de mis progenitores. Aun así, no había amor entre Bruto y yo. Lo consideraba familia sólo porque era mi tío, un hombre taciturno cuya pasión eran los pesos —los míos, porque él no tenía fortuna propia— y detestaba mis extravagancias tanto como yo despreciaba su frugalidad.

Mi padre había viajado a la colonia después de comprar un monopolio real para la venta de mercurio, el mineral líquido también llamado azogue. Crucial para el refinamiento de la plata y el oro, separaba el precioso metal de la tierra y la escoria. Su venta, casi tan lucrativa como la propia minería, era mucho menos arriesgada que reclamar yacimientos, que a menudo se agotaban o nunca daban beneficios.

Después de establecer su negocio en Guanajuato, mi padre regresó a España a buscarnos a mi madre y a mí. En la expedición estaba el tío Bruto. Tras desembarcar en Veracruz, viajamos a través de los ardientes pantanos costeros donde pululaba la fiebre amarilla, el vómito negro, y mis padres sucumbieron al contagio.

Mi tío cargó conmigo, alquiló a una india como ama de cría y me trajo a Guanajuato. A la edad de un año, me convertí en heredero del negocio de mi padre. Bruto ha estado administrando la empresa para mí desde hace más de veinte años. La licencia del mercurio me ha convertido en un joven caballero muy rico.

Pero ¿hasta dónde? La pregunta trastornaba mi sueño. Cierto día le pregunté a Bruto por el monto de mi fortuna y él me riñó, como si no tuviera derecho a preguntar.

—¿Por qué quieres saberlo? —gritó—. ¿Quieres comprar otra montura? ¿Otro semental?

Mi interés era en realidad noble: el deseo de un título de nobleza. Quería escuchar las palabras en mis oídos: «Buenos días, señor conde», o «Buenas tardes, señor marqués».

No era por orgullo, sino por lujuria. Necesitaba el título para conquistar el corazón de la mujer más hermosa de todo Guanajuato, o como yo creía, del mundo entero. Al igual que yo, Isabel Serrano era una gachupina, nacida en España y traída aquí antes de cumplir los cinco años. Para mí era más querida que el sol y la luna, más preciosa que todos los pesos de la cristiandad. Me amaba más que a la vida misma, de eso estaba seguro, pero su familia exigía que se casara con un grande con título. Su belleza, creían, podía darle el título de Dama del Reino.

La injusticia de todo esto —que yo no tuviese el escudo de armas que Isabel deseaba— era insoportable. Los títulos no eran una simple cuestión de derecho de nacimiento; no todas las personas con títulos de nobleza eran envueltas en un escudo de armas al nacer. En Nueva España había muchos «nobles de la plata», antiguos carreteros y mercaderes que habían acertado en las minas de plata o financiado a algún otro loco afortunado que había encontrado la veta. Yo, el caballero más fino de todo el Bajío, me merecía un título más que ellos.

Aquí en Guanajuato, el primer conde de la Valenciana, el señor Antonio Obregón —el descubridor de la más rica veta de plata del mundo y fundador de la mayor fortuna familiar de la ciudad—, le compró el título al rey con su enorme fortuna. El conde de la Valenciana, el marqués de Vivanco, el conde de Regla y el marqués de Guadiana no eran sino algunos de los muchos que habían adquirido un título tras contribuir a las arcas del rey. Pedro de Terreros, un antiguo mulero, le dijo al rey que si su majestad católica viajaba a Nueva España, su caballo nunca pisaría la tierra durante el largo viaje desde Veracruz a Ciudad de México, sino que trotaría sobre lingotes de plata que Terreros colocaría a lo largo de todo el camino. Luego respaldó su jactancia comprando el título de conde al contribuir con dos naves de guerra, una de ciento veinte cañones, y un «préstamo» de quinientos mil pesos a la real persona.

Aun así, yo creía tener una oportunidad.

Estaba bien informado por el delegado gachupín del virrey de que cuarenta hombres en Nueva España habían comprado títulos. Incluso hombres con sangre india habían accedido a la nobleza, aunque a menudo alegaban una descendencia directa del apareamiento de los conquistadores con la realeza azteca. El conde del valle de Orizaba juraba ser descendiente del propio Moctezuma.

Yo no sabía cuánto podía costar un título, pero sí que aún los había disponibles, porque las guerras europeas habían dejado vacías las arcas reales. Las guerras iniciadas por aquel corso pretencioso de Napoleón habían esquilmado España a placer. Nuestra marina aún no se había recuperado de una victoria inglesa sobre las flotas unidas de España y Francia cerca de Trafalgar que había hundido a casi toda la flota española, pero España estaba de nuevo en guerra, esta vez contra los franceses. El rey necesitaba balas y pan para sus soldados, ambas cosas requerirían dinero, y cualquier imbécil podía ver que el tesoro real estaba vacío.

—¿No es éste el momento indicado para comprarme un título? —le pregunté a mi tío—. ¿Cuando el rey está ansioso por vender? ¿No quieres verme bien casado? Isabel es nacida en España.

—Su padre comercia con trigo —dijo Bruto casi sin mover los labios—. En España era escribiente de un mercader de grano.

Contuve mi lengua y no le recordé a Bruto que en España él había sido contable de un fabricante de herramientas antes que mi padre lo trajese al Nuevo Mundo.

—Isabel es la mujer más hermosa de la ciudad, un premio para un duque.

—Es una coqueta con la cabeza hueca. Si tú no fueses tan...

Se interrumpió al ver la furia en mis ojos. Otro insulto a mi amada y hubiese desenvainado mi espada para abrirle el pecho como los sacerdotes aztecas de antaño y arrancarle su mezquino corazón. Dio un paso atrás, sus ojos agrandándose por la sorpresa ante la expresión en mi rostro. Contuve la cólera, pero le mostré mi puño alzado.

—Tomaré el control de mi propia fortuna, y compraré un título.

Él se marchó por el pasillo y yo salí de la casa hecho una furia. Fui a una taberna donde me reunía con mis amigos la mayor parte de las noches para beber, jugar a las cartas y, cuando estaba lo bastante borracho, montar a las putas de la taberna.

Bebí mucho y proclamé a voz en cuello mi furia asesina ante la negativa de mi tío a dejarme gastar mi dinero como me viniese en gana. Al regresar a casa, José, el sirviente personal de Bruto, me trajo una copa del brandy que mi tío reservaba para su uso particular. Bruto nunca había compartido su bodega privada de finos caldos de Jerez, y creí que sinceramente buscaba la paz.

—Su tío le pide que acepte este brandy como un símbolo de su afecto por usted —dijo José.

Yo no estaba de humor para perdonar. José se retiró, y yo miré la copa. Pese a estar borracho, sabía que debía hacer las paces con Bruto. No sabía nada del comercio del mercurio y menos aún de administrar mis finanzas. Después de comprar el título y casarme con Isabel, tenía planeado entregarle de nuevo las riendas de la administración.

Llamé a José.

—Dale las gracias a mi tío por el brandy. Llévale tú esta copa.

—Le di la misma, fingiendo que era de mi propia bodega—. Dile que le pido que él también se una a mí en un brindis para sellar el amor familiar y la lealtad de sangre que le debo.

Me fui a la cama, todavía muy inquieto por el anterior desacuerdo. Bruto y yo teníamos pocas peleas. Nuestras visiones de la vida diferían, pero muy pocas veces chocaban. Sus intereses estaban en los libros de cuentas y los pesos; los míos eran las espadas, las armas, los caballos y las putas. Nuestras preocupaciones evitaban que chocásemos. Más allá de quejarse por mis gastos, rara vez me hablaba.

En realidad, yo era un solitario, y quizá eso afectaba mi relación con Bruto, pero no explicaba la carencia del afecto familiar entre nosotros, la sutil corriente de mala voluntad que algunas veces intuía.

Sólo una vez la verdadera animosidad salió a la luz. En mi niñez, sangrando de un corte, corrí a la casa. Bruto, que dormía en una silla, se despertó sobresaltado.

—Apártate de mí, hijo de puta —gritó.

Llamarme «hijo de puta» no era sólo un insulto a mí y a mi madre, sino también una grave ofensa a mi padre, quien, de haber estado vivo, hubiera vengado la ofensa con la espada. No era sólo que las palabras de Bruto fuesen hirientes; también noté el odio en su corazón. Nunca comprendí la fuente de su animosidad. Encerrado en mí mismo, nunca más volví a buscar su ayuda.

La única otra vez en que tuvimos un serio desacuerdo fue cuando, a la edad de catorce años, me envió a estudiar para el sacerdocio. ¡Ay! ¿Don Juan de Zavala, sacerdote?

Aparte de aquellos que escuchan la llamada de Dios, el sacerdocio era el refugio de los hijos menores de los acaudalados. En la Iglesia tendrían los ingresos y una posición cuando la propiedad familiar fuese transferida al hijo mayor. Enviar al primogénito —y en mi caso, hijo único— a un seminario para estudiar para una vida en la Iglesia hubiese dejado a la familia Zavala sin un heredero de su fortuna. Sólo aquellos llamados por Dios eran empujados a un acto tan radical; y no es que temiese servir a Dios: con las riendas de un caballo entre los dientes, una humeante pistola en una mano y una espada de Toledo en la otra estaba más que dispuesto a enviar a los enemigos de Dios al fuego eterno.

Pero servirlo con oraciones, limosnas y abstinencia no entraba en mis planes. El prefecto del seminario me expulsó tras varios incidentes desafortunados; yo había azotado a un seminarista que me había tratado de sodomita después de que describí mi lujurioso desfloramiento de una criada. Blanco como una sábana, el joven corrió sin más al prefecto para denunciarme. Cuando el prelado intentó azotarme, desenfundé mi daga toledana y me ofrecí a castrarlo como a un ternero si ensangrentaba mi espalda.

Iba a confesarme después de cada falta, me arrepentía de mis pecados, hacía acto de contrición, depositaba unas pocas pesetas en el cepillo de la iglesia —junto con una bolsa de oro para el sacerdote— y después rezaba una docena de avemarías. Mi alma quedaba limpia y yo me sentía redimido y en condiciones de transgredir de nuevo. Por fin, me enviaron a casa. Bruto mostró su desilusión pero no hizo ningún otro intento de castrarme.

Todo lo que saqué de mi corta preparación para el sacerdocio fue una increíble capacidad para aprender idiomas: dominé el latín, la lengua de los sacerdotes, y el francés, el idioma de la cultura, muy rápido, de oído, sólo con escucharlos. Y ya hablaba el dialecto azteca de los vaqueros de mi hacienda.

Acababa de dormirme cuando oí un ruido en la casa. Me levanté de la cama y salí al pasillo, en el momento en que José, el sirviente de mi tío, salía de la habitación de Bruto con un orinal.

—¿Qué pasa? —pregunté.
—Su tío tiene molestias de estómago. Ha estado vomitando.
—¿Debemos llamar a un médico?
—Insiste en que no.

Si no estaba lo bastante enfermo como para llamar al doctor, no era asunto mío. Aún estaba rabioso por sus malvadas afirmaciones respecto a mi amada Isabel. Me pregunté si Dios lo estaba torturando por sus mezquinas palabras.

Esa noche tuve una de las pesadillas que me han castigado desde la infancia. En cada violento sueño, me veo a mí mismo no como un grande de España, sino como un guerrero azteca que lucha y muere en sangriento combate. Años atrás, mientras bebía demasiado con los vaqueros de mi hacienda, había consultado en broma a una bruja india, que me dijo que mis pesadillas no eran sueños, sino visitas nocturnas de los fantasmas de los guerreros aztecas que habían muerto luchando contra los españoles. Como un tonto, creí a la vieja en el momento, pero a medida que los sueños se hacían menos frecuentes y finalmente desaparecieron, comprendí que éstos tenían su origen en las muchas historias que había escuchado sobre las guerras entre españoles y aztecas.

Pero en los últimos tiempos las pesadillas habían vuelto con más violencia que nunca. Esa noche me había visto a mí mismo en Mictlán, el mundo subterráneo de los aztecas, donde los muertos deben soportar las pruebas de los nueve infiernos antes de que se extingan sus almas.

¡Ay! Salí del sueño bañado en sudor y con una fuerte sensación de pavor. Jaurías de sabuesos infernales habían lanzado dentelladas contra mis talones, bestias asesinas que mi sacerdote me había advertido que conducirían mi alma ennegrecida por el pecado hasta el fuego eterno. Incluso había sentido las llamas quemar mi carne. En un intento por dormir, di vueltas y más vueltas, mi pensamiento ocupado con aquellos sabuesos infernales que me lanzaban bocados.

Por la mañana me levanté con la ilusión de haber dejado a los sabuesos debajo de las mantas, pero la irritación continuó asaltándome. Mi sirviente, Francisco, no me había traído aún mi chocolate de la mañana, aderezado con chili, hierbas y especias, y tampoco había vaciado mi orinal. Lo encontré en la cocina, arrodillado en el suelo junto a Pablo, mi vaquero, entretenidos en lanzar monedas de cobre a un plato situado al otro lado de la habitación.

—Mis disculpas, patrón —gimoteó el indio—. No sabía que se había despertado.

Era haragán y tenía papilla de maíz en lugar de cerebro, aunque los hombres de la raza azteca eran conocidos como buenos trabajadores.

Al salir de la cocina me detuve y observé a la nueva ayudante de cocina india. Estaba de acuerdo con mis amigos gachupines en que las indias eran obedientes y encantadoramente concupiscentes.

Me habían dicho que a esas mujeres aztecas no les gustaban los machos de su propia especie, porque los hombres las hacían trabajar en los campos todo el día, incluso cuando estaban preñadas. Luego, mientras su hombre se relajaba con sus amigos y las putas al atardecer, la india debía preparar la cena y trabajar hasta bien entrada la noche para tener listas las tortillas y otras comidas para el desayuno del día siguiente. La vida era muy dura para las indias; mi sacerdote afirmaba que muchas de ellas mataban a sus propias hijas al nacer para evitarles a las niñas las terribles cargas que deberían soportar durante sus vidas de adultas.

Ella me miró con timidez y me pareció agradable. Sabía que no estaba casada, así que tomé nota de su esbelta figura para más tarde. Ahora debía encontrarme con Isabel en el paseo.

Mi cabeza hervía con los planes para conseguir un título y también a Isabel. Pero ningún hombre puede luchar contra su destino, ¿no? No podemos ponernos delante del caballo al galope de la Fortuna y hacerlo detener. Es una caprichosa. Podemos gritar, luchar, conquistar y matar, pero la diosa Fortuna gobierna la nave y lleva el timón dirigiendo nuestras vidas mientras nosotros nos enfrentamos a su tormentoso mar del azar.

Así y todo, no había contado con que aquella sucia puta inclinase la balanza y enviase a una jauría de sabuesos sedientos de sangre tras mi rastro, aullando por mi pellejo.

CUATRO

En mi habitación, después de haberme aseado, Francisco me ayudó a vestirme con mis mejores prendas de montar. Mi sombrero era negro, de ala ancha y copa chata, ambas bordadas con oro y plata trabajadas en una elaborada red. Mi camisa era de seda blanca, con el cuello alto, debajo de una chaqueta corta negra con hilo de plata y adornos de calicó. Mis pantalones estaban cubiertos con zahones engalanados con docenas de estrellas de plata. Las botas hechas en la colonia estaban entre las mejores del mundo, y yo sólo calzaba las más finas, de color canela, y con el cuero repujado en un elegante dibujo hecho por los indios que dedicaban semanas a un único par. De mis hombros, sujeta con una cadena de plata, colgaba una capa, negra como el azabache y bordada con plata.

Yo me tenía en muy alta estima, pero Isabel decía que mi piel era demasiado oscura contra su cutis de alabastro, y mis ojos castaños demasiado vulgares comparados con sus deslumbrantes ojos color esmeralda. Mi nariz torcida era la consecuencia de haber sido arrojado de un caballo a la edad de siete años; las cicatrices en la frente, de dar cabezazos con un toro cuando jugaba a ser matador a los once. Mi pelo era negro y lacio, mientras que las abundantes patillas casi me llegaban a la barbilla. Debido a mi aspecto, cuando era pequeño, los vaqueros me llamaban el Azteca Chico.

«No eres ninguna belleza —me dijo, cuando fuimos presentados poco después de que su familia se trasladó aquí desde Guadalajara el año pasado—. ¡Si no supiera que has nacido en España, te tomaría por un lépero!» Su comparación con la basura callejera de la colonia hizo que sus amigas se rieran como los cerditos cuando les hacías cosquillas. Si un hombre se hubiera burlado así, habría probado mi espada. Pero cuando lo hacía Isabel, me derretía como un niño tímido.

Salí de la casa y fui al patio, donde Pablo me esperaba con mi caballo. Comprobé el largo de los estribos y la cincha. Como siempre, eran exactos. Mi vaquero personal, Pablo, era el mejor de mi hacienda. Lo tenía en la ciudad la mayor parte del tiempo para ayudarme a entrenar y ejercitar a mis caballos. Era mestizo, no tenía la tez broncínea de los aztecas ni el tono más claro de los europeos. Aunque no me hubiese importado que Pablo tuviera garras y una cola si mis monturas prosperaban con él.

Pablo había ensillado mi caballo favorito, *Tempestad*, el único que cabalgaba cuando cortejaba a Isabel. Su anterior propietario afirmaba que *Tempestad* era descendiente directo de las fabulosas monturas de Cortés, los dieciséis corceles que les habían permitido a él y a sus hombres conquistar un reino y repartirse un imperio. Pero casi todos los traficantes de caballos de Nueva España afirmaban que sus corceles descendían de la manada sagrada, el más famoso de todos, la propia montura de Cortés.

Tempestad era negro como la tinta, con una pátina que resplandecía como un fuego azul negro en el sol de mediodía. Sus arreos tenían más adornos incluso que mi atuendo de caballero. La elegante silla color ébano, con grandes estribos de cuero y un gran pomo negro, estaba embellecida con plata, un tesoro más precioso de lo que un peón veía en toda una vida. Llevaba el escudo de Cortés de grueso cuero negro, con estampados en relieve. El escudo databa de la época en que la montura de todo caballero era un corcel.

Sólo cargaba a *Tempestad* con toda esta elegancia cuando lo llevaba a la ciudad para visitar a Isabel. Cuando lo montaba en el llano para cazar, únicamente llevábamos y cargábamos lo necesario.

Antes de montar, esperé mientras Pablo se ponía en cuclillas y sujetaba las espuelas a mis botas, espuelas que tenían las ruedas de plata chihuahua de doce centímetros de diámetro, pulidas a espejo, espuelas dignas de un gachupín. Pablo había atado la brida en el pomo. Como era la costumbre, la brida era pequeña, pero el bocado grande y poderoso para poder detener al caballo bruscamente, incluso cuando galopaba, aunque eso no siempre era fácil con *Tempestad*, pues el animal hacía honor a su nombre.

Vi al sirviente de mi tío salir de la casa. Lo llamé cuando corría hacia la verja como si uno de los sabuesos de mis sueños intentase morderle los talones.

—¡José! ¿Cómo está mi tío?

Me dirigió una mirada extraña, con la boca abierta, como si fuese un desconocido en lugar de uno de sus amos, y luego desapareció a través de la verja. El muy imbécil nunca respondió a mi pregunta. Pagaría por su impertinencia más tarde, aunque sabía lo quisquilloso que mi tío podía ser. Probablemente había enviado a José a un recado y le había dicho que se moviese de prisa o recibiría una paliza. José recibía más palizas que cualquier otro sirviente de la casa. Pero por qué José no me había hecho caso era un misterio. Desde luego, yo no era conocido por usar la fusta con moderación. Su rudeza alimentó la pesadumbre que ya había ennegrecido mi mañana.

Después de cabalgar a través de la verja del patio, me dirigí hacia el paseo y hacia la adorable Isabel. No había avanzado mucho cuando se me acercó un lépero, una repugnante rata de cloaca, de esas que mendigan y roban en las calles cuando no están inconscientes de tanto beber. Los léperos eran gusanos humanos con la posición social de los leprosos. Esos peones eran aficionados al pulque, una apestosa y hedionda cerveza india hecha con la planta del maguey.

—¡Señor! ¡Caridad! ¡Caridad!

El lépero sujetó el faldón de plata pulida de mi montura con una mano roñosa. Golpeé la mano de la criatura con la fusta. Se tambaleó hasta caer contra una pared. ¡Ay!, había dejado su roña en el faldón. Levanté mi fusta para hacerlo huir cuando alguien gritó:

—¡Alto!

Un carruaje abierto se había detenido detrás de mí. La persona que había gritado la orden, un sacerdote, se apeó de un salto y corrió hacia mí, levantándose las faldas de la sotana para no tropezar mientras corría.

—¡Señor! ¡Deje en paz a este hombre!

—¿Hombre? Yo no veo a ningún hombre, padre. Los léperos son animales, y éste ha apoyado su roñosa mano en mis arreos.

Dejé que el lépero escapara sin fustigarlo. El sacerdote me miró furioso. No llevaba sombrero, era un hombre de unos cincuenta y tantos, que mostraba la edad con un aro de pelo blanco que rodeaba su cráneo pelado como la corona de un emperador romano.

—¿Habría matado usted a un hijo de Dios por una mancha en su plata? —preguntó.

Lo miré con desprecio.

—Por supuesto que no. Sólo le hubiese cortado la mano ofensiva.

—Dios está escuchando, joven caballero.

—Pues entonces dígale que no deje que la basura de la calle toque mi caballo. —Podría haberle dicho al sacerdote que yo no le hubiera causado ninguna herida seria a la basura de la calle: el código por el que vivía no me permitía hacerle daño a alguien que no pudiera defenderse, pero no estaba de humor para reproches.

Mientras movía a *Tempestad* para eludir al cura, advertí por primera vez que había una joven en el carruaje.

—Buenos días, don Juan.

Toqué a *Tempestad* con mis espuelas para hacer que se apresurara mientras respondía:

—Buenos días, señorita.

Me alejé al trote todo lo rápido que permitía la cortesía.

¡Ay!, mis lúgubres premoniciones al despertar esa mañana se estaban convirtiendo en realidad. Ella no era otra que Raquel Montez, una joven a la que hacía todo lo posible por evitar. El sacerdote que amaba a los léperos probablemente creía que yo no tenía conciencia, pero en realidad escapaba de Raquel porque era un hombre muy sentimental.

Bueno..., no precisamente sentimental, pero no carecía de compasión, al menos con las mujeres. Quizá porque había sido atendido por una sucesión de amas de cría más que por mi madre, encontraba más difícil tratar con las mujeres que con los hombres. Si bien era el primero en desenvainar la espada si un hombre armado me insultaba, no sabía cómo tratar a las mujeres, excepto para complacerlas con la herramienta que sólo posee un hombre.

En el caso de Raquel, escapaba porque me encogía debajo de aquellos ojos de cervato herido. ¿Qué pecados había cometido contra ella? ¿La había desflorado? ¿La había abandonado a un cruel destino después de haberle robado la virginidad? ¡Ay! Sus pesares eran muchos y todos ciertos, pero la culpa no era mía, al menos no toda. Los casamientos en la colonia entre la gente de calidad —como aquellos en la propia España— eran arreglos financieros, que tenían en cuenta la dote de la novia y las perspectivas del novio de recibir una herencia familiar. Las posiciones sociales relativas del novio y la novia también eran críticas.

Raquel había sido una vez mi prometida, es más, la única mujer con la que había estado dispuesto a casarme. Por sorprendente que parezca, estaba prometido con ella a pesar de que era mestiza.

El padre de Raquel había nacido en España, en una buena familia procedente de Toledo, una ciudad a orillas del río Tajo no muy lejos de Madrid. Toledo es una ciudad antigua con fama mundial por fabricar las mejores espadas y dagas, un oficio que prosperó allí desde los tiempos de Julio César. Hijo menor de unos fabricantes de espadas, había viajado a la colonia en busca de fortuna. Muy pronto asombró a su familia al casarse con una hermosa joven azteca.

Pobre diablo. No sólo se casó fuera de su sangre, sino que la joven ni siquiera aportó una dote al lecho matrimonial. Uno puede imaginarse la consternación de la familia. El muy tonto se había casado por amor cuando podría haberlo hecho con una gachupina o una rica viuda criolla y mantener a la bonita india como su amante.

Se convirtió en vendedor de dagas y espadas, comerciando con los aceros que le enviaba su familia. Sólo moderadamente exitoso en esa empresa, al parecer carecía de la despiadada rapacidad y la implacable codicia para conseguir una gran riqueza. Sin embargo, la diosa Fortuna le sonrió y lo recompensó con una participación en una pequeña pero rentable mina de plata que él había marcado para los buscadores. La súbita riqueza y la vinculación a través de un matrimonio de alguien de su familia en España le abrieron la puerta para una empresa mucho más rentable: la licencia del mercurio.

Sí, la misma licencia real que era la base de mi propia fortuna. El rey tenía el monopolio del derecho a vender mercurio. A su vez, el derecho era concedido por licencia real a un empresario en cada zona minera para abastecer las minas con el producto. Durante más de dos décadas, Bruto había tenido el control de la licencia en Guanajuato. Ahora estábamos amenazados con su pérdida.

—Es una pena que los agentes del mercurio del rey puedan enfrentarnos el uno contra el otro en una guerra de ofertas y dejarnos a ambos en la ruina —explicó Bruto.

Por «guerra de ofertas» mi tío se refería, por supuesto, al pago de sobornos, la guerra de la ubicua *mordida* que los burócratas esperaban por hacer su trabajo. Bruto obviaba la amenaza arreglando un matrimonio entre las familias Montez y Zavala. El compromiso provocó una conmoción entre la alta sociedad de la ciudad: un gachupín casándose con una mestiza... Sólo una loca pasión o la desesperación económica podían impulsar semejante arreglo matrimonial.

También fue una sorpresa para mí. Isabel aún no había llegado a Guanajuato en ese tiempo —vendría al año siguiente—, así que mi amor por ella no tenía nada que ver en mi reacción. Mi primera respuesta fue de furia. Le pregunté a mi tío cuánto tiempo más esperaba vivir después de que le hubiese clavado mi daga en la garganta. Raquel no sólo era una mestiza, sino que además no era una gran belleza a mis ojos. Era verdad que los hombres de la colonia compartían la creencia de que la mezcla de sangre española y azteca producía mujeres de una gracia y una belleza excepcionales, pero eso no la hacía aceptable como mi esposa.

Cuando comencé a recitarle mis objeciones al tío Bruto, él me interrumpió.

—¿Te gustan los buenos caballos? —me preguntó—. ¿Purasangres que un duque envidiaría? ¿El vestuario de un príncipe? ¿Tus partidas de cartas, los vinos caros, cigarros importados y putas todas las noches con tus amigos? Dime, muchacho, ¿prefieres un trabajo de mulero? Porque trabajarás con tus pies en el estiércol si al padre de Raquel le otorgan la licencia.

¡Ay de mí! Tal caída de la gracia era impensable. Así pues, acepté la boda. Decidí que también conocería a la señorita, aunque con un matrimonio concertado conocer a tu novia mucho antes de la noche de bodas no se consideraba prudente.

Si bien no poseía los atributos que yo valoraba, Raquel era una mujer de mucho talento. Educada no sólo en las maneras de dirigir una casa y servir a su marido, había estudiado arte, literatura, ciencia, matemáticas, música, historia e incluso filosofía; todas ellas, cosas que yo despreciaba.

—Leo y escribo poseía —me dijo mientras caminábamos por el jardín de su familia durante mi primera visita—. He leído a sor Juana, Calderón, Moratín y Dante. He estudiado a Juvenal y a Tácito, toco el piano, me carteo con Madame de Staël en París, y he leído la *Reivindicación de los derechos de la mujer* de Mary Wollstonecraft, donde demostró que el sistema educativo prepara a las mujeres para ser frívolas e incapaces. Yo...

—¡Ay, María! —me persigné.

Ella me miró boquiabierta.

—¿Por qué has hecho eso?

—¿Qué?

—Te has persignado y has dicho el nombre de la Santa Madre.

—Por supuesto, siempre busco la protección divina cuando estoy en presencia del diablo.

—¿Es eso lo que opinas de mí? ¿Que soy un diablo?

—Tú no. Sirviente del diablo es la persona que permitió que tú estudiases todas esas tonterías. —Había oído decir que su padre era muy permisivo con sus hijos, y estaba asombrado por el daño que su permisividad había causado en la mente de la pobre muchacha.

—¿Crees que porque una mujer tiene cerebro y lo utiliza para algo más que no sean las tareas domésticas y los bebés es un demonio?

—No un demonio, pero sí una mujer que está dañando su mente. —Agité un dedo ante ella—. No es sólo mía la opinión; todos los hombres la comparten. La música, la filosofía y la poesía son intereses de los sacerdotes y los eruditos. Las mujeres no tienen por qué ocuparse de tales asuntos.

Todo el mundo sabía que la mente de una mujer no era capaz de enfrentarse a asuntos fuera de la familia y el mantenimiento de la casa. Como los peones, las mujeres tenían un intelecto limitado, no eran estúpidas, por supuesto, pero sí mentalmente incapaces de comprender la política, el comercio y los buenos caballos; las cosas más importantes de la sociedad.

—Las mujeres deben leer libros y estudiar el mundo —manifestó.

—El lugar de una mujer es la cocina y la cama de un hombre.

Ella me dirigió una mirada de furiosa decisión.

—Lo lamento, porque entonces encontrarás en mí una esposa muy poco adecuada.

Se alejó, enfadada. Fui tras ella y utilicé mis mejores encantos para suavizar las cosas; la terrible amenaza de trabajar en un establo todavía gruñía a mis talones.

Superamos la crisis y muy pronto la cortejé de la manera adecuada. Después de obsequiarle un collar de oro y perlas, un sábado por la noche acudí a su ventana para ofrecerle una serenata con canciones de amor y una guitarra.

Evitamos hablar de sus conocimientos. En secreto, temía que el daño hecho a su tierna mente por aquellas montañas de palabras e ideas ya no tenía enmienda. ¿Cómo podría reparar el daño? ¿Podría aún cumplir sus deberes de esposa?

Discutí mis temores con mis compañeros de copas y llegamos a la conclusión de que el problema era el padre: un viejo estúpido sin voluntad, demasiado influido él también por la excesiva lectura. Su biblioteca de más de un centenar de ejemplares sin duda había confundido las mentes de ambos.

Algunos señoritos del paseo dieron otro golpe a mi compostura cuando se burlaron de Raquel porque en ocasiones montaba a caballo. Sí, algunas mujeres montaban a caballo; repugnantemente subidas a un ridículo artilugio conocido como silla femenina, algunas empecinadas se habían humillado a sí mismas en el paseo. A veces veías a mujeres de clases inferiores, esposas de vaqueros y rancheros, sentadas en un caballo o una mula delante de sus maridos, mientras ellos las sujetaban por la cintura con una mano y sostenían las riendas con la otra. Pero Raquel había montado a caballo como un hombre, vestida con falda y enaguas partidas. ¡Dios mío!, ahora toda la ciudad se burlaba de mí.

Los señoritos se callaron y se apartaron cuando llevé a *Tempestad* hacia ellos. Sabían que si no se marchaban se enfrentarían a mí en el campo del honor, y yo no era uno de ellos, un suave caballero. Me había ganado mis grandes espuelas no sólo por un accidente de nacimiento, sino en la silla, siendo el mejor jinete, el mejor tirador y el mejor lacero de mi hacienda. A caballo, perseguí a un toro en la montaña hasta que me situé detrás de él y lo hice caer sujetándolo por el rabo. Esos gallitos del paseo conocían mis habilidades; me detestaban por ellas, pero no se atrevían a plantarme cara.

Sin embargo, Raquel había hecho el ridículo de tal manera que de nuevo saqué el tema con los compañeros con quienes bebía y me iba de putas. Todos coincidieron en que necesitaba mano dura para saber que yo era su amo y señor, incluso antes del matrimonio.

Después de pensar en su consejo, decidí seducir a Raquel, saber si la educación la había dañado más allá del punto de ser capaz de realizar su más importante deber matrimonial. El plan, sin embargo, tenía sus riesgos. Si la embarazaba, habría un escándalo y ambos perderíamos posición. Pero un caballero astuto conoce el arte del coitus interruptus, el pecado por el que Dios condenó a Onán. Si dejaba mi semilla en una puta o en una criada, el embarazo no tenía ninguna consecuencia. La ley no contemplaba a los hijos de esas relaciones casuales, y no les otorgaba ningún privilegio o derecho. En cambio, desflorar a una mujer de clase provocaría la ira de Dios, por no hablar de sus familiares masculinos: pistolas al amanecer y retribución financiera.

Si bien Raquel era mestiza, su padre era un gachupín, un hombre de riqueza y peso. Para esa familia, la virtud y la virginidad no sólo eran sinónimos, sino que también eran valoradas porque su pérdida podía impedir a una mujer tener un matrimonio económicamente ventajoso.

Que un hombre fuese libre de fornicar más allá del lecho matrimonial era comprendido. Dios, en su indudable sabiduría, había diseñado, ordenado y predeterminado la lujuria peripatética del hombre y, en consecuencia, por disposición divina, la manera del mundo.

¡Ay!, era muy imprudente desflorar a tu prometida, pero mi mente y mi cuerpo no siempre obedecían los dictados de la sociedad.

Un atardecer, después de cenar, la convencí para que diera un paseo conmigo por el jardín de la familia. Me sentía de un humor jovial, el estómago lleno de buena carne y mejor vino. El anochecer era tibio, incluso un tanto cálido, y el aire olía a rosas. La única pega en mi plan era la tía mayor que nos acompañaba en nuestro paseo. Una joven dama necesitaba de una carabina incluso en su propio jardín. La mujer nos siguió, un tanto vacilante, hasta que finalmente se sentó agotada en un banco de piedra y cerró los ojos.

—Pobrecilla, es vieja y está cansada —dijo Raquel con un tono de cariño.

El pecho de la vieja subía y bajaba con un ritmo sereno.

—Ha bebido demasiado vino.

Raquel se echó a reír.

—¿Qué es tan divertido?

—Tú también pareces estar divirtiéndote.

La atraje hacia mí con rudeza y la rodeé con mis brazos dispuesto a besarla.

—Alguien podría vernos.

—Aquí no hay nadie excepto tu tía, y, mira, la vieja está dormida —susurré—. Ven conmigo. Quiero mostrarte algo —le dije, mi voz ronca por el deseo. Cogí su mano y la llevé detrás de unos arbustos.

—Juan, ¿qué te ha dado? El vino te ha vuelto loco.

Caímos juntos al suelo, yo encima de ella.

—He visto cómo me mirabas esta noche.

—Eres un hombre muy apuesto...

No me detuvo cuando la besé en la boca. Es más, me devolvió el beso con sorprendente ardor, y el vino me animó.

—Veo el deseo en tus ojos —le dije.

—Quiero que mi marido se sienta complacido.

La miré, asombrado.

—Pero... —añadió, casi con una expresión de dolor en su rostro.

—¿Qué pasa?

—Tengo tanto que aprender —respondió ella, titubeante, mientras bajaba la mirada—, para complacerte...

No pude por menos que reírme.

—Ay, yo te enseñaré. Dame tu mano.

Yo ya notaba el calor que subía por mi cuerpo mientras le llevaba la mano a la entrepierna.

—Ahora tócalo.

Ella miró en derredor y vaciló por un momento.

—¡Se está poniendo dura... y grande... y más grande! —exclamó, desconcertada.

Mi orgullo creció como lo hizo mi *garrancha* por la presión de su mano.

Narré para ella las fábulas que los hombres les han contado a las mujeres desde el principio de los tiempos: promesas de amor eterno, fe y lealtad, inviolable discreción... Ahora... Para siempre... Prometí amarla hasta que el sol se apagara, quemado hasta el corazón; hasta que el hombre, la Tierra y las propias estrellas hubiesen desaparecido. Juré que el propio Dios bendeciría la consumación..., y que después de todo yo ya era su marido excepto por el anillo. Íbamos a casarnos, ¿no?

El deseo me llevó como una rueda en el huello. Le bajé la blusa de algodón y lamí sus pechos. Me quité las botas y los pantalones, y con frenesí le fui quitando las montañas y montañas de enaguas. Le quité las prendas íntimas y separé con cuidado sus piernas. Mientras empujaba mi latiente órgano contra sus muslos virginales, con su inmaculada y mágicamente sensual abertura, ella dejó escapar un suave grito estrangulado —mitad dolor, mitad placer—, y con un suspiro, otro suspiro, la palabra «sí» apenas audible por encima de sus suspiros, y de nuevo «sí». Al mismo tiempo rodeó mis caderas con sus piernas, apretándome, sujetándome, y luego colgada como si le fuese la vida en ello. Tenía que hacerlo, porque ahora yo saltaba como si fuera un semental del llano y el diablo en persona estuviese montado en mi espalda y clavase las espuelas en mis costillas, como si estuviese poseído por el viento, la lluvia y el fuego, por una espada de fuego. Más profundo, más fuerte, me sacudí, montándonos a ambos en el torbellino de lluvia y fuego, pero este último, un huracán de fuego, un caos de fuego, un fuego de fuegos, sacado directamente del corazón del sol.

Cuando descargué y la miré, no sin ternura, sus ojos estaban cerrados, aunque percibía cómo temblaba su cuerpo cada vez que la tocaba. Su rostro era inexpresivo salvo por un lagrimeo. Si de dolor o alegría, no lo sé.

Sí, había cometido un terrible error, uno que comenzó como un deslizamiento de fango pero que muy pronto se convertiría en una avalancha. Después de haberla poseído, tuvo lugar un cambio. Comenzó a mirarme con ojos de cordera. ¡Ay!, se había enamorado de mí. Ella tenía dieciséis años y ésa había sido su primera experiencia íntima con un hombre. Todas las muchachas de dieciséis años eran idealistas sobre el amor, pero yo no había comprendido que la poesía y las obras que ella había leído habían usurpado tanto su mente y gobernado su corazón. Para ser sincero, prefería a mis mujeres endurecidas a mi lujuria..., como una puta de burdel. Su afecto me avergonzaba, pese a que estábamos prometidos.

Entonces su mundo se derrumbó: corrió el rumor de que su padre pertenecía a una familia de conversos. «Converso» era una fea palabra, de más de tres siglos de antigüedad, pues databa del tiempo de Fernando e Isabel, y señalaba la peor clase de sangre manchada.

Después de haber conquistado a los árabes y unido a los distintos reinos cristianos para formar un país, la Iglesia y la Corona española decretaron que los judíos y los árabes debían convertirse al cristianismo o enfrentarse a la pérdida de sus propiedades y la expulsión del país. Aquellos que se convirtieron fueron conocidos como conversos. Muchos conversos y sus descendientes fueron juzgados por la Inquisición, acusados de fingir convertirse para poder quedarse en el país y salvar sus posesiones, aunque algunas veces se susurraba que la acusación de conversiones fraudulentas se hacía para que la Inquisición pudiera enriquecerse apoderándose de las fortunas de las personas que se oponían a sus negros designios.

Bueno, todo ese escándalo por cosas que a mí ni me iban ni me venían. Las enaguas perfumadas, el juego, las pistolas, los caballos y las putas —las cosas que me importaban— eran mi religión en ese momento y requerían mucho dinero, lo que era mi único interés en Raquel.

Cuando los «testigos» juraron que su abuelo en España era un converso, las acusaciones se extendieron por la sociedad de Guanajuato como una tormenta de fuego. Muy pronto, la Corona apartó a su padre del comercio del mercurio en Nueva España. El negocio que le había dado su fortuna, la importación de las mejores armas de Toledo y Damasco, también sufrió cuando sus clientes lo abandonaron. Forjadas en las llamas de los infieles, las espadas de Damasco recibían un desprecio especial. A la estela de las acusaciones y la pérdida de la dote de Raquel, nuestra promesa se deshizo. Por fortuna, su padre era un hombre de honor, y el compromiso fue cancelado porque ya no podía pagar la dote.

La veleidosa Puta del Azar continuó haciendo girar su sombría rueda, apilando nuevas desgracias en la vida de su padre. Cuando una carga mal puesta derrumbó una galería y voló una bancada, su mina de plata se fue a la ruina por el fuego y la inundación.

Poco después, el padre de Raquel se presentó en nuestra casa sin ser invitado. Temblando de rabia, con lágrimas en las mejillas, acusó a mi tío de propagar la calumnia del converso.

—¿Creéis que no soy tan blanco como vosotros? —gritó.

La discusión continuó, pero yo no dije nada. Los criollos y los gachupines planteaban el tema de la «blancura» continuamente, pero la pregunta era pura retórica. La gente lo planteaba sólo cuando los demás los trataban con desprecio, como si creyesen que eran simples peones. El «blanco» al que se refería el hombre era, por supuesto, el «color» de la sangre, no de la piel.

Luego dio voz a otras acusaciones, culpó a mi tío de sabotear la mina e iniciar el incendio, una sospecha que yo compartía. Mientras gritaba, algo se rompió en él. Quizá estalló su corazón o una fiebre cerebral lo consumió. De pronto se cayó, golpeando el suelo como un roble talado, y yació allí del todo inerte. Sacamos una puerta de las bisagras, lo colocamos con mucho cuidado encima y ordenamos a los sirvientes que lo llevaran hasta su propia casa. Murió pocos días más tarde sin recobrar la conciencia.

El mundo cambió para Raquel después de la pérdida de la fortuna y la muerte de su padre. Incapaces de mantener una gran casa, ella y su doliente madre se trasladaron a otra más pequeña, conservando a un único sirviente. Pobre Raquel. Como si la mancha de sangre y la ruina económica no fueran suficientes, dejándola sin una dote siquiera, también había sido desflorada.

Cuando veía esos ojos tristes que me miraban, preguntándome en silencio adónde habían ido a parar aquellos votos de amor, maldecía haberla conocido y me preguntaba por qué su caída de la gracia atormentaba tanto mi encallecida alma. ¿Fue culpa mía que su mundo se hundiese? Cuando la tuve, ¿sabía que ella perdería no sólo la virginidad, sino también a su padre y la dote? ¿No tendría la muchacha que haberme apartado, sabiendo lo importante que era mantener su virgo intacto?

Pero todo eso era para bien, al menos para mí. Isabel, mi ángel, muy pronto llegaría. Desde el momento en que la vi, supe que sería mía.

Aun así, los ojos tristes de Raquel me perseguían. Tan cierto como que Dios vive, debía de haberme follado a un millar de mujeres lujuriosas y a legiones de putas, pero ninguna con sus ojos dolidos.

Y me perseguirían hasta la tumba.

CINCO

Cabalgué a *Tempestad* por las angostas y abarrotadas calles de la ciudad, camino del paseo, un sendero en el parque más allá de los límites. Como hacían sus pares en los dos famosos parques de Ciudad de México, la Alameda y el paseo de Bucareli, las ricas señoritas en sus carruajes y los caballeros en sus magníficos caballos purasangres recorrían el paseo en Guanajuato. Iba allí por las tardes a exhibirme a mí y a mi gran caballo delante de las coquetas mujeres que permanecían en sus carruajes y se reían detrás de los abanicos de seda china ante las muestras de masculinidad de los caballeros.

A pesar del tamaño de la ciudad, el centro de Guanajuato no podía acomodar un parque grande. A diferencia de la capital, no estaba situada en un terreno llano, sino que era una montañosa ciudad minera. Se extendía sobre las empinadas laderas en la encrucijada de tres gargantas, a una altura de casi dos mil trescientos metros. Azotada por las tormentas y las inundaciones, los indios llamaban a la ciudad «casa de las ranas», insinuando que sólo servía para los batracios. Sus angostas calles adoquinadas barridas por el viento se alzaban por estrechos callejones, consistentes en unos pocos escalones de piedra. Al allanarse, los callejones daban a más escalones de piedra, que subían serpenteantes, más allá de los coloridos edificios hechos con piedra de cantera.

Guanajuato era famosa en Nueva España por su magnífica iglesia de la Valenciana, con su intrincado altar hecho a mano y el púlpito. Su más preciada posesión, sin embargo, era del todo secular: la célebre Veta Madre, aclamada como el mayor yacimiento de plata de toda Nueva España, quizá del mundo entero. Superada en población sólo por la capital, la ciudad contaba con más de setenta mil habitantes, incluido el entorno y las minas circundantes. En riqueza e importancia, Guanajuato era la tercera ciudad de las Américas, sobrepasada sólo por Ciudad de México y La Habana. Ni siquiera aquel lugar llamado Nueva York —en aquel país al nordeste que había declarado su independencia de Gran Bretaña cuando yo era un niño— se comparaba con las tres grandes ciudades del imperio colonial español en tamaño e importancia.

Guanajuato era la principal ciudad del Bajío. Rica región ganadera, agricultora y minera al noroeste de la capital, se enorgullecía de sus magníficas haciendas, sus villas pintorescas y sus elegantes iglesias barrocas. El Bajío no estaba en el valle de México, pero sí en el corazón de la colonia, aquella extensión central llamada meseta de México. Nueva España era un vasto territorio que se extendía desde el istmo de Panamá a regiones muy al norte de los áridos desiertos de Nuevo México y California. Se decía que la población de la colonia era de unos seis millones, con la mayor parte concentrada en la meseta central. Y había oído que toda la población de aquel país llamado Estados Unidos, la única nación independiente de las Américas, sería casi la misma de Nueva España si ese país norteño no hubiera secuestrado a un millón de esclavos de África.

¿Qué clase de personas vivían en ese lugar llamado Nueva España? Más o menos la mitad, casi tres millones, eran indios de pura sangre, los remanentes de un número diez veces mayor que había ocupado la tierra antes de que Cortés desembarcara casi tres siglos atrás.

Esa infeliz mezcla de sangre india y española llamada mestizos sumaban un poco menos que la mitad de aquéllos. También teníamos un pequeño número de mulatos, personas de sangre india y africana, y una cantidad todavía menor de chinos, gente de piel amarilla de aquella misteriosa tierra al otro lado del océano Pacífico llamada Catay. Otro millón de personas eran criollos, españoles nacidos en la colonia que eran propietarios de la mayoría de las haciendas, las minas y los negocios.

Los gachupines eran la clase social menos numerosa y, sin embargo, con más poder de Nueva España, aquella privilegiada población en la que Dios y nuestra veleidosa diosa de la suerte, la diosa Fortuna, me habían insertado tan fortuitamente. Aunque quizá sólo éramos unos diez mil —una minúscula parte de los seis millones que nos rodeaban—, éramos imperialmente favorecidos por Dios y la Corona. Controlábamos el gobierno, las Cortes, la policía, los militares, la Iglesia y el comercio. Rapaces usuarios de nuestras afiladas espuelas, clavábamos nuestras rodajas en los flancos no sólo de los aztecas, mestizos y otros que formaban la clase de los peones, sino también en los altivos y desdeñosos criollos, que soñaban con el día en que su sangre española los hiciese nuestros iguales.

Más que el dinero, el dominio ecuestre, la habilidad con las armas o la sensual conquista de las señoritas, el «color» de la sangre de un hombre era la condición sine qua non del estatus y el honor. Por cualquier aplicación de la limpieza de sangre, la mía era pura sangre española. Sin la pureza de mi sangre, poco me separaba de los peones.

La sangre era la diferencia dada por Dios entre todas las gentes, incluso aquellas del mismo color de piel y lengua. Un vaquero de una hacienda podía ser un magnífico jinete en la montura de un caballo o de una mujer, podía trabajar con el ganado y cazar con letal aplomo, pero era un peón y nunca sería un caballero. Los caballeros, de Nueva España y la Madre Patria, tenían la pureza de sangre, la pura sangre española. La pureza de sangre iba más allá de la riqueza, la nobleza y las capacidades, porque sólo la sangre confería el honor. La tradición surgía de los siglos de guerras que habían hecho de la península Ibérica un campo de batalla entre los cristianos y los infieles seguidores de Alá, a los que nosotros llamábamos moros. Como los mestizos de la colonia, aquellos con una mezcla que incluía sangre mora eran condenados al ostracismo.

Ni siquiera el color de la piel era más importante que la pureza de sangre. Muchos españoles no tenían la piel blanca. La península Ibérica, donde habían existido y chocado tantas culturas durante miles de años, producía muchos tonos de piel y pelo.

Si bien el nacimiento y no el linaje confería el honor, y mientras que la mezcla de sangre era la máxima degradación, el hecho de nacer en la colonia era suficiente para manchar una línea de sangre.

El clima de Nueva España, que iba desde los desiertos en el norte a las selvas en el sur, era poco saludable para el nacimiento, y hacía que los criollos fueran inadecuados para los altos cargos, ya fuese en el gobierno, la Iglesia o el ejército.

Algunos criollos alegaban que la razón verdadera para que el poder permaneciese sólo en los apretados puños de los gachupines era mantener el control de la colonia en manos de los nacidos en España porque tenían fuertes vínculos con el rey. La mayoría de los gachupines que administraban la colonia venían sólo por unos pocos años, hacían fortuna y regresaban a la patria. La Iglesia también mantenía el verdadero poder fuera de las manos de los sacerdotes nacidos en la colonia.

Para comprender por qué mi lugar de nacimiento me convertía en lo que vulgarmente se llamaba un gachupín, debéis conocer un poco más acerca de Nueva España. Habían pasado casi tres siglos del momento en que Cortés y su banda de quinientos o seiscientos aventureros conquistaron el poderoso imperio de Moctezuma, el emperador de los aztecas, y se encontraron como amos de imperios indios que se extendían miles de leguas y eran habitados por más de veinticinco millones de personas.

Si bien nos referimos a todos los indios como aztecas, veinte o más culturas indígenas vivían en la región central cuando Cortés desembarcó. Muchas otras culturas indias salpicaban las tierras de más al sur, entre ellas, los misteriosos mayas y el Imperio inca de Perú, poseedor de fabulosas cantidades de oro. Al apropiarse de las riquezas de la realeza y la nobleza india, los conquistadores y sus gobernantes españoles muy pronto reunieron otro tipo de «tesoro», los propios indios, reclutándolos como trabajadores y cobrándoles un tributo anual para sus nuevos amos españoles.

Los españoles dividieron los imperios indios en grandes concesiones, pero la viruela y otras plagas —traídas al Nuevo Mundo por los europeos— mataron al noventa por ciento de la población indígena en unas pocas décadas. Por fortuna para España, se descubrió un nuevo tesoro: la plata, que hizo de la colonia la posesión más preciada de la Península.

El Imperio español era el más grande del mundo, un dominio tan vasto que el sol nunca se ponía en él. Ni las colonias británicas en África y Asia, ni tampoco el inmenso dominio ruso del zar, que se extendía por gran parte de la mitad norte del globo, se comparaban en tamaño con el inmenso Imperio español.

La historia, por supuesto, era del interés de los sacerdotes y los eruditos. Lo importante para mí era que las montañas de plata de Nueva España empequeñecían la riqueza de todas las demás colonias españolas, y mi concesión del mercurio, que controlaba el mágico elemento que permitía separar la plata de la roca, me compraría el título de nobleza necesario para ganar la mano de mi verdadero amor.

SEIS

¿Qué admira más una mujer en un hombre? ¿La gentileza? ¿La bondad? ¡Ay!, ésos son los rasgos propios de un cura. ¿La riqueza? Una mujer puede desear riquezas, pero no es lo que más admira. No, lo que más ansía es su virilidad: el poder de sus muslos en el dormitorio y su dominio sobre los otros hombres en la montura y, cuando es necesario, en el campo del honor. Sabiendo esto, cuando entré en el paseo, me erguí en mi silla. Incluso *Tempestad* hacía gala de virilidad, corcoveando y resoplándoles a las yeguas.

Hablé con unos pocos caballeros, sólo saludé con un gesto a otros, y no hice caso de aquellos a los que consideraba demasiado por debajo de mí socialmente como para merecer siquiera una mirada o un gesto. Por lo general cabalgaba solo, mientras que los otros caballeros iban en grupos de dos y tres o más. En realidad no contaba a muchos hombres entre mis amigos. Era conocido como un solitario, alguien que la mayor parte del tiempo se mostraba reservado. La mayoría de los hombres de mi edad eran estúpidos, y los jóvenes caballeros con los que competía por las noches en las mesas de juego no eran una excepción. Si bien mi tío se refería a ellos como mis amigos, eran más conocidos que amigos. Me aburría menos cuando jugábamos a las cartas, y sólo la mesa de juego y una sucesión de botellas de brandy vacías podían animarme a tratar con ellos en la taberna por la noche. Prefería la compañía de mi caballo y las largas cabalgatas a campo abierto, dedicado a la caza o sólo por el placer de explorar. Isabel decía que yo era como el jaguar, el gran felino de la selva que caza solo.

Allí estaba ella, por la gracia de Dios, la mujer más hermosa de Guanajuato, su carruaje rodeado por los caballeros criollos, que suplicaban su atención. Pasé con *Tempestad* junto al carruaje sin hacerle caso a ella ni a la multitud de admiradores que suplicaban un gesto. Y llegó el momento cuando ella, riéndose, me hizo un ademán para que me acercara. Era adorable como una diosa, ataviada regiamente con un vestido azul oscuro, bordado en oro. Sus cejas estaban ennegrecidas con corcho quemado, y le daban un aire de lujuria que espoleaba mi alma pecadora.

—Ah, Juan, es un placer verte. ¿Has podido librarte de tus aburridas excursiones por el campo y honrarnos con tu presencia aquí en el paseo, con los demás caballeros?

—Después de haber observado los modales de tus caballeros —respondí lo bastante alto como para que varios de ellos me oyesen—, prefiero la compañía de los caballos.

Isabel se rió, un sonido cristalino que emocionaba mi corazón. Pero no había ninguna duda de que deploraba mis paseos por el campo. No dejaba de reprocharme el tiempo que dedicaba a mis caballos en lugar de socializar, y sobre todo detestaba las cabalgatas que hacía con los vaqueros de mi hacienda y mi afición a la caza con arco. Tales aficiones hacían que mis manos tuvieran callos y endurecían mis músculos, cosas que ninguno de los petimetres que buscaban su atención favorecían. Las diversiones de Isabel eran los paseos en carruaje, las fiestas lujosas, el coqueteo, las compras y el baile, actividades que yo encontraba terriblemente aburridas.

Cabalgué junto a su carruaje, que marchaba por el sendero de tierra alrededor del parque. Una amiga iba sentada a su lado en el coche abierto, y coqueteaba con otro jinete mientras yo conversaba en voz baja con Isabel. Ella se tapaba la boca con el abanico de seda para impedir que su voz se oyese.

—¿Has hablado con tu tío acerca de la compra de un título? —preguntó.

—Sí, todo va muy bien —mentí—. ¿Has hablado tú con tu padre de nuestro matrimonio?

Su abanico se agitó.

—Quiere que me case con un conde o un marqués.

—Entonces compraré un ducado.

Su risa sonó de nuevo como una campana. Los ducados no estaban a la venta. Un marqués estaba por debajo de un duque y por encima de un conde, pero cualquier título de nobleza le hubiera encantado.

—Mi padre tiene puesto el ojo en un marqués en particular. De todas formas, yo te favorecería a ti, incluso si me casase con él. —Me dedicó una sonrisa coqueta y parpadeó con timidez—. Te mantendría como mi amante si me prometes que nunca te casarás y sólo me amarás a mí.

Mi pecho se hinchó con la vanidad del macho.

—Señorita, nunca se casará usted con nadie sino conmigo, porque mataré a cualquier hombre que intente desposarla.

—Entonces me temo que estará usted muy ocupado, señor, porque todos los hombres de Guanajuato me desean.

—Sólo los ciegos podrían no desearte.

Isabel señaló a un jinete que se acercaba.

—¿No es ése tu sirviente, el que cuida de tus caballos?
Pablo, mi vaquero, se acercaba a nosotros montado en su mula.
—Señor, su tío está muy enfermo.

SIETE

¿No había predicho que ése sería un mal día?

Los buitres se habían reunido en la casa para el momento en que llegué con Pablo: una jauría de avariciosos primos que habían venido de España y que continuamente nos estaban pidiendo de todo. No les hice caso, como de costumbre. No me había criado con ninguno de ellos, y no compartíamos ningún parecido familiar, experiencia o intereses comunes.

El doctor salió de la habitación cuando se anunció mi presencia. Se colocó delante de la puerta para que no pudiera entrar en el dormitorio de mi tío y me dijo:

—No debes entrar. Tú tío está muy grave, yo diría que al borde de la muerte.

—Entonces debería verlo.

El médico eludió mi mirada.

—Él no quiere verte.

—¿Qué?

—Ha mandado llamar a su sacerdote.

No sabía qué decir. Salí de la casa y me dirigí al establo para ocuparme de mis caballos. ¿Mi tío se estaba muriendo y no quería verme? Era cierto que no estábamos muy unidos, pero aparte de la codiciosa pandilla de primos importunos, no tenía más familia en la colonia. ¿No habría unas últimas palabras entre mi tío y yo?

Su súbita enfermedad me intrigaba. Nunca lo había visto enfermo. Volví a subir la escalera después de la llegada del sacerdote y esperé en la antesala delante del dormitorio de mi tío. Al cabo de un rato salió el cura. Por un momento creí que hablaría, pero en cambio se detuvo delante de mí, con los ojos desorbitados, moviendo la mandíbula, y después huyó de la casa. Me acerqué a la ventana y lo vi correr por la calle. A él también lo perseguían los sabuesos del infierno. ¿No era deber del sacerdote estar junto al lecho de mi tío cuando entregara su alma?

El doctor salió del dormitorio, me vio sentado en la antesala y volvió a meterse en la habitación, dando un portazo.

Dios mío, ¿qué le había pasado al mundo? ¿Acaso la Tierra había dejado de girar alrededor del Sol? ¿El cielo estaba a punto de caer? Nada me hubiera sorprendido.

Volví al establo para hablar con mis caballos, provisto con una jarra de vino.

—El señor Luis de Ville, el alcalde, ha llegado —me informó Pablo poco después.

Me encogí de hombros. Que el alcalde de la ciudad corriese junto al lecho de mi tío era inesperado, pero desde luego todo lo que había ocurrido ese día había sido pura locura.

Minutos más tarde, Pablo me dijo que había llegado el corregidor.

El alcalde y ahora el jefe de justicia. ¿Al lecho de muerte de mi tío?

Sin embargo, no me llamaron a mí, Juan de Zavala, que era el heredero y empleador de mi tío. Yo era el personaje importante, no el tío Bruto. No pasaría nada después de su muerte excepto que lo enterraría y buscaría algún otro para que administrase mis asuntos.

Decidí recordarles a esos tontos insolentes que yo era un gachupín y un hombre de recursos.

Todo el grupo —el doctor, el sacerdote, el alcalde y el corregidor— estaban en la antesala cuando entré. Se volvieron para mirarme como si fuese yo quien estuviese a punto de entregar el alma.

—Bruto de Zavala está muerto —declaró el señor Luis de Ville, el alcalde—. Está en manos de Dios.

«O del diablo», pensé.

El alcalde me sujetó entonces por un brazo y me sacó de prisa de la habitación.

—Ven conmigo.

Lo seguí a la cocina. Se volvió para mirarme a la cara con mucha atención.

—Juan, te conozco desde que eras un niño.

—Es verdad.

—Bruto habló con todos nosotros antes de morir. Nos dijo algo.

—Sí. ¿Una mala noticia? —pregunté—. ¿Ha dicho que ha derrochado mi fortuna? ¿Es muy malo? ¿Cuánto me ha dejado?

—Juan... —El hombre desvió la mirada.

—Alcalde, ¿de qué se trata? ¿Qué intenta decirme?

—Tú no eres Juan de Zavala.

OCHO

Me reí ante esa estúpida declaración.

—Por supuesto, yo no soy Juan de Zavala, y usted no es don Luis de Ville, el alcalde de Guanajuato.

—No lo comprendes. —Su voz se elevó en un grito—. No eres quien crees que eres.

Sacudí la cabeza.

—Sé quién soy. ¿Se ha vuelto loco?

—No, no, no, tú no eres un Zavala. Bruto le confesó su pecado al sacerdote, y luego hizo que escuchásemos su confesión.
—¿Qué confesión?
—Hace más de veinte años, Antonio de Zavala y su esposa...
—Mi madre y mi padre.
—El hermano y la cuñada de Bruto... desembarcaron en Veracruz con su hijo Juan. Bruto estaba con ellos. Antes de que llegasen a Jalapa, los tres enfermaron de fiebre amarilla, el mortal vómito negro, y murieron.
—Mis padres murieron...
—Antonio de Zavala, su esposa María y su hijo murieron.
—¿Qué tontería es ésa? Yo soy el hijo de Antonio y María. ¿Está diciendo que hay otro?
—Sólo tenían un hijo. Juan de Zavala murió a la edad de un año, junto con sus padres.
—Entonces, ¿quién soy yo? —grité.
Él me miró durante un largo momento. Cuando habló, sus palabras me golpearon en el rostro.
—Tú eres un hijo de puta.

NUEVE

Caminé por las calles de Guanajuato sin rumbo, sin saber adónde ir, sin ser siquiera consciente de adónde me llevaban mis pies. Caía la noche, y caminaba aturdido, las palabras del alcalde repitiéndose una y otra vez en mi mente: «Un niño cambiado por otro», me había dicho el alcalde.

Bruto había cruzado un océano, no sólo para acompañar al hombre y a la mujer que me dijeron que eran mis padres, sino también confiando en la licencia real para obtener la riqueza que deseaba.

Bruto había dicho al alcalde y a los demás que, cuando su hermano y la familia de su hermano murieron, el derecho legal a la licencia moría con ellos y volvía al tesoro real. Para mantener la licencia con el nombre de la familia del hermano, compró un niño de más o menos la misma edad que Juan y lo hizo pasar por su sobrino.

Yo no era Juan de Zavala, les dijo Bruto.

Yo no era un gachupín —un caballero nacido en España, un portador de espuelas—, sino un azteca o un mestizo, el hijo de una puta, alguien de más baja estofa incluso que los léperos de la calle.

«Bruto no sabía de qué raza era tu padre.»

No tenía sentido. Yo era Juan de Zavala. Ése era el único nombre, la única identidad que conocía. No era algún otro sólo porque lo había dicho un moribundo.

—¡Es una venganza! —le grité a la noche.

Eso era lo que debía de ser. Bruto estaba furioso porque yo lo había despachado, amenazando así su medio de vida.

¿Cómo podían aceptar la palabra de un moribundo en lugar de la mía?

«El retrato dice la verdad», me había dicho el alcalde.

Bruto había escondido en sus habitaciones un retrato pintado semanas antes de que Antonio y María de Zavala subiesen a bordo del barco para venir al Nuevo Mundo con su hijo. Antonio y Bruto tenían ambos el pelo y los ojos claros. María tenía el cabello rizado y rubio y los ojos verdes, como el niño del retrato.

¿He mencionado que mis ojos y mi pelo eran castaño oscuro? ¿Mi piel ligeramente morena?

En el momento de salir de la casa, llegaban más buitres de la familia Zavala, aquellos bastardos mendigos que Bruto y yo detestábamos. Venían para pelearse por el reparto de mi casa, mis posesiones, mi dinero.

Me marché con lo puesto. Fui al establo para que Pablo ensillase a *Tempestad* y los buitres me siguieron con un alguacil que me escoltó hasta la verja sin el caballo. Cuando me volví para decir algo, me dieron con la verja en las narices.

«¡Peón!», oí que gritaba un primo desde el otro lado. Unas pocas horas antes, hubiese desenvainado mi espada y lo hubiese abierto en canal, pero estaba demasiado aturdido, demasiado paralizado mentalmente como para defender mi pureza de sangre, demasiado muerto por dentro para sentirme horrorizado. No tenía sentido. Mis pies me apartaron de la casa, mi mente confusa, mis ojos llenos de pánico pero sin ver nada.

Si Bruto tenía razón, si yo no era Juan de Zavala, ¿cuál era mi nombre entonces? ¿Cómo unas pocas palabras podían despojarme de mi nombre, de toda mi persona? Me habían robado el alma.

«¡Sé quién soy!»

Un oscuro temblor se posó sobre mí. Me encontré delante de la taberna donde solía ir por las noches a beber y a jugar con los otros jóvenes caballeros. Mis pies me habían llevado por puro instinto hasta allí. Entré, súbitamente aliviado. Allí conocía a los hombres, al amable tabernero. Podría hablar de esa locura, despejar la niebla y la confusión que me impedía pensar, razonar lo que debía hacer.

Ellos estaban allí, tres caballeros sentados a la mesa, mi silla vacía. Fui hasta allí y me senté, sacudiendo la cabeza.

—Tengo que contaros algo —dije—, algo que no creeréis.

Nadie dijo nada. Cuando miré a Alano al otro lado de la mesa, volvió la cabeza. Los demás hicieron lo mismo cuando intenté mirarlos a la cara. Luego los tres se levantaron, se fueron a otra mesa y me dejaron sentado solo. En la taberna no se oía ni una mosca. Permanecí petrificado, incapaz de conseguir que mi mente o mis piernas funcionasen.

El tabernero se me acercó, secándose las manos en el delantal. Tampoco él respondió a mi mirada.

—Quizá debería marcharse, señor. Éste no es el lugar adecuado para usted.

No era el lugar adecuado.

Sus palabras tardaron un momento en calar, para que comprendiese por qué no era el lugar adecuado. Los españoles frecuentaban la taberna. Me estaba diciendo que fuese a una taberna donde se reunían los peones.

Me levanté, furioso.

—¿Creéis que no soy tan blanco como vosotros?

DIEZ

De nuevo en la calle, mi furia se evaporó, dejándome agotado. Mareado y confuso, ni siquiera era capaz de mostrarme colérico. La lucha me había abandonado. Caminé al azar, sin rumbo, sin saber siquiera adónde me llevaban mis pies. No sabía qué hacer, adónde acudir. ¿Dónde dormiría? ¿Comería? Necesitaría una muda de ropa. Comenzaba a tener frío. Necesitaba una capa abrigada, un fuego, comida en mi estomago, brandy para calentar mi sangre.

Vi una taberna al otro lado de la calle, una donde nunca había estado antes. Crucé y entré. Los olores del sudor, el pulque y la comida grasienta —olores que me hubiesen ofendido horas antes— inundaban el local. Me senté a una mesa, cansado. El tabernero se acercó de inmediato.

—¿Señor?

—Brandy, el mejor que tengas.

—No tenemos brandy, señor.

—Entonces vino, vino español, no tu vinagre. Tráeme buen vino.

—Por supuesto, señor, tenemos buenos vinos.

Me había reconocido como un caballero por el corte de mis prendas. Miré en derredor. Había entrado en una taberna que estaba un par de pasos por encima de una vulgar pulquería. Una pulquería era el fondo del barril, un lugar donde servían pulque, la ordinaria y maloliente «cerveza» azteca con la que los peones se emborrachaban. Ese sitio era más respetable, un lugar quizá que los indios y los mestizos que tenían empleos como vendedores de tiendas y los escribientes frecuentaban. Servían pulque, pero también vino barato, demasiado amargo para España y enviado a nuestra colonia. Prohibido el cultivo de la vid y la elaboración de vino, Nueva España debía aceptar aquello que España le enviaba.

Tan pronto como dejó la jarra y una copa, me serví y bebí. No era un buen vino, pero necesitaba demasiado un trago para quejarme.

—Tráeme un buen trozo de carne, nada de la grasa que coméis, la mejor de la ciudad. Patatas y...

—Lo siento, señor, sólo tenemos alubias, tortillas y pimientos.

—¿Alubias y tortillas? Eso es basura para los pobres.

El tabernero no dijo nada, pero frunció los labios.

Yo sólo me encogí de hombros, intrigado ante su reacción.

—Si eso es todo lo que tienes, sírvemelo.

Cuando se hubo marchado, comprendí que lo había insultado. Nunca antes había insultado a un peón, no sin saberlo. ¿Cómo se podía insultar a un peón?, me hubiesen preguntado mis compañeros de juego.

La copa tembló en mi mano. ¡Ay!, Bruto había dicho que yo pertenecía a las clases inferiores.

«¡No! No es verdad.»

El alcalde estaba en un error: yo era español. De pronto las piezas del misterio comenzaron a encajar en su sitio. Mis primos habían organizado ese fraude para robarme mi propiedad, para estafarme mis legítimos...

Pero ¿y Bruto? ¡Bastardo! Debería haberle puesto el puñal en la garganta, cortarle la lengua antes de que dijera tales mentiras.

Saqué mi cigarrera de plata de mi cinturón y escogí un puro. Con una astilla cogí fuego del hogar, encendí el cigarro y volví a mi mesa con el deseo de haber puesto los pies de Bruto en el fuego y torturarlo hasta sacarle la verdad.

El tabernero me trajo la comida, un plato de tortillas de maíz, un cuenco de alubias, algunos pimientos y un hueso con un seboso trozo de carne que había sacado vete a saber tú de dónde. ¡Basura! Yo no les hubiese dado eso ni a los cerdos.

Le propiné un manotazo a la bandeja y la hice saltar de la mesa. Chocó contra el suelo, los cuencos se rompieron y la comida salpicó los pantalones del tabernero. Él miró la comida en el suelo y en sus pantalones y después me miró, boquiabierto.

Yo tenía el estómago hecho un nudo. Mi mente se sentía como si la hubiesen retorcido unas manos fuertes. Me dispuse a salir, pero el hombre me detuvo.

—No ha pagado.

Lo miré como un estúpido. Nunca había pagado nada. Los taberneros le enviaban las cuentas a mi tío. Busqué en mis bolsillos. No tenía ni un peso, lo que no era de extrañar, porque casi nunca llevaba dinero encima.

—No tengo dinero.

Me miró como si acabara de decirle que había violado a su madre.

—Envía la cuenta... —Pero de pronto comprendí que no había lugar adonde enviarla.

—Tiene que pagar.

Me sujetó del brazo cuando me disponía a pasar por su lado. Lo golpeé y él se tambaleó hacia atrás, chocó con una mesa y tiró los platos y las copas al suelo. Por un momento reinó el silencio en el local. Luego se levantaron dos docenas de hombres y me hicieron frente. Yo estaba dispuesto a pelear con cada uno de ellos.

Aparecieron las dagas en una docena de manos. Algunos tenían machetes largos como mi brazo. Uno llevaba una pistola oxidada. Vi algo por el rabillo del ojo y comencé a agacharme cuando comprendí que un trozo de tubo de hierro en la mano del tabernero venía hacia mi cabeza. Mis reacciones eran demasiado lentas. Una luz estalló detrás de mis ojos y explotó en un centenar de feroces fragmentos, que a su vez detonaron en pequeñas astillas que humearon, sisearon y luego se apagaron.

En la cárcel

ONCE

Sentía como si *Tempestad* me hubiese dado una coz en la cabeza. Recuperé el conocimiento, tendido en el suelo de la taberna, la sangre manando por mi rostro. La gente se movía a mi alrededor. Intenté levantarme, pero una voz en la niebla me dijo que siguiese tumbado y me dio un puntapié en las costillas. Permanecí tendido. La niebla se había disipado un poco para cuando llegaron dos alguaciles. Tras escuchar el relato del tabernero, me dieron una patada en el vientre y me ataron las manos a la espalda.

—Tienes suerte de que no te hayan matado —comentó un alto alguacil uniformado mientras me llevaban a la cárcel—. Si no hubieses ido vestido como un caballero te habrían cortado el cuello y dejado en una cuneta. ¿Crees que puedes trampearle a un honesto tabernero lo que le debes? Un tabernero trabaja muy duro por su dinero; no es un inútil petimetre como tú.

—No es un caballero —dijo su compañero. Más bajo y robusto, su uniforme estaba sucio, arrugado, y sus ordinarias botas no habían sido embetunadas en décadas. Tenía la barba y el pelo desordenados y, como su compañero, iba armado con una espada corta sujeta al cinto. Agitó una pesada porra de madera ante mi rostro—. Es un hediondo lépero que robó y mató para conseguir esas prendas elegantes, y luego estafó a un pobre y honrado tabernero.

Le había pagado al tabernero mucho más, y también a algún otro que había robado mis posesiones mientras estaba inconsciente. Los botones de plata de mi chaqueta y mis pantalones habían desaparecido. También la hebilla de plata de mi cinto y la cigarrera. Tipos listos, ¿no? Debería haberlo pensado: un botón me hubiese pagado una buena comida y una noche de alojamiento sin necesidad de recibir una paliza a manos de una turba. Ahora la ley me llevaba a la cárcel, con las manos atadas a la espalda, una cuerda anudada en un tobillo y el otro extremo enrollado en la muñeca del alguacil más alto. Si intentaba correr, él tiraría de la cuerda y me tumbaría como un vaquero tumba a una res enlazada. Luego su compañero me dejaría inconsciente a porrazos.

Nos cruzamos con muy pocas personas en la calle porque estaba oscuro, cosa que agradecí. Cuando llegamos a la cárcel, los alguaciles ataron la cuerda que llevaba al tobillo a una anilla de hierro y se apartaron. Los observé con curiosidad mientras cada uno lanzaba una moneda de cobre en dirección a una línea trazada en el suelo a una docena de pasos.

El ganador fue el alguacil bajo y fornido. Con una sonrisa se sentó en un banco y comenzó a quitarse una de las botas.

—Quítate las botas —me ordenó.

—¿Por qué?

—Las he ganado.

Lo miré como me había mirado el tabernero cuando le dije que no tenía dinero.

—No puedes ganarte mis botas, grandísimo hijo de puta.

Me lanzó un golpe con la porra pero yo estaba preparado: me deslicé por debajo del golpe y lo embestí con la cabeza. Pero incluso mientras él caía hacia atrás, su compañero tiraba de la cuerda atada a mi tobillo, haciendo que mi pierna izquierda se levantase recta en el aire y mi cuerpo cayese de bruces. De pie sobre mi espalda, el alguacil alto me inmovilizó hasta que su compañero se hubo levantado y me dio de porrazos hasta someterme.

Con dolor en una docena de lugares y seguro de que tenía rotos todos los huesos del cuerpo, permanecí tumbado y sangrando mientras me quitaban las botas y me arrancaban el vivo de plata de los pantalones.

Iba descalzo y sin chaqueta cuando me llevaron a los calabozos. Los alguaciles golpearon un tubo contra los barrotes de hierro para llamar al carcelero de las celdas inferiores. Tembloroso, sangrando, con las rodillas flojas, le pregunté al más alto de los dos:

—¿Todo esto por un plato de frijoles y una tortilla?

Él sacudió la cabeza.

—Te colgarán por el asesinato de Bruto de Zavala.

—¿Asesinato? Tú estás loco.

—¡Envenena a un hombre y dice que el loco eres tú! —se burló su compañero.

Llegó el carcelero. Quitaron los grilletes de mis manos, desataron la cuerda de mi tobillo y abrieron las rejas de hierro.

—Adelgázalo para el verdugo —dijo el alguacil que llevaba mis botas al tiempo que me empujaba a través de la reja—. Los prefiere delgados para que no se les parta el cuello con la caída.

El carcelero me llevó abajo por un pasillo oscuro y húmedo de paredes de piedra. Se detuvo antes de abrir una segunda reja. Era un mestizo tuerto con la barba desgreñada.

—¿Tienes dinero?

Lo miré mudo, inexpresivo.

—¿Unos cobres, alguna cosa? —preguntó.

—Tus amigos ladrones me lo han quitado.

—Entonces dame los pantalones.

La cólera me dominó.

—Si tocas mis pantalones, te mato.

Él me miró por un momento, sin ninguna expresión en el rostro. Luego asintió.

—Es la primera vez que estás en la cárcel, ¿no? Aprenderás..., ya aprenderás.

Me dejó pasar tranquilamente y luego me golpeó en la nuca con el puño. Me tambaleé hacia adelante y me volví para defenderme, pero ya había cerrado la reja con él al otro lado.

—Sé quién eres —dijo—. Te vi trotando por la calle con tu gran caballo blanco, orgulloso como un rey. Salí de la cuneta para pedirte una moneda para un vaso de pulque. —Su voz se convirtió en un susurro ronco—. Sin siquiera mirarme, me azotaste con la fusta. —Se tocó el rostro. Una cicatriz le corría desde la frente hasta la mejilla. La fusta le había golpeado en el ojo, dejándolo tuerto—. Ya aprenderás...

Mientras se volvía, sujeté los barrotes y le grité a su espalda:

—¡No tengo ningún caballo blanco!

Él me respondió sin volverse, y apenas si oí sus palabras:

—Sois todos iguales.

Me quedé allí por un momento, aferrado a los barrotes, colgado para no caerme, mis rodillas débiles, mi estómago abrasado por el miedo. Detrás de mí había otra habitación oscura de paredes de piedra. Me aparté de los barrotes y di unos pasos por la habitación mal alumbrada por una única vela. Distinguí a los hombres, quizá unos veinte —indios, mestizos, todos ellos miserables basuras y apestosos léperos—, algunos durmiendo en el suelo desnudo, otros de pie. El lugar apestaba a sudor, orines, heces y vómitos. Algunos estaban medio desnudos; otros vestían harapos sucios y malolientes.

Un grupo de cinco o seis se reunió delante de mí, buitres en busca de carroña. Uno se adelantó, un indio mal entrazado, bajo pero fuerte. Yo estaba dos escalones arriba, la ventaja de la altura.

—Dame tus pantalones —dijo.

Lo miré por un momento y luego más allá de él. Cuando miró por encima del hombro, descargué un puntapié y mi talón lo golpeó en la barbilla. Oí el crujido de la mandíbula y los dientes. Se tambaleó hacia atrás y cayó, golpeándose la cabeza contra el suelo de piedra.

Bajé los escalones para entrar en aquel pozo del infierno. El grupo de buitres se dispersó y retrocedió. Encontré un espacio y me senté en el suelo con la espalda contra la pared. Me eché hacia atrás y miré al hombre al que había golpeado. Estaba sentado, sujetándose el rostro, sin la menor gana de lucha. Otro hombre lo miraba..., ¿para qué? ¿Un resto de comida que tenía oculto? ¿Por sus mugrientos y rasgados pantalones? ¿Quizá sólo por la idea de que pudiese tener algo?

«Animales —pensé—. Son animales.» Sabía que nunca debía mostrar miedo o debilidad ante ellos.

No podía mantener los ojos abiertos. Estaba agotado y dolorido, atontado por el hambre y la fatiga. Me ardían los ojos, me dolía la cabeza.

«Envenenó a un hombre...»

¿De dónde había salido tan loca acusación? ¿Cómo podían acusarme de envenenar a Bruto? ¿Cuál podía...?

¡Dios mío! Entonces comprendí lo que debía de haber pasado. Bruto me había enviado una copa de brandy, que yo le había devuelto diciendo que era un obsequio de mi propia cosecha. ¡Había veneno en el brandy!

En un intento por envenenarme, mi tío se había envenenado a sí mismo.

La idea me golpeó como la embestida de un toro. Bruto me había criado con un único propósito: asegurarse la administración de una empresa que le había dado dinero y prestigio. Mientras yo me dedicase a los caballos y las putas, y le delegase a él mis finanzas, el sueño de su vida estaba seguro. Pero yo había amenazado con quitárselo todo. Sólo la noche antes le había dicho, acalorado por la furia, que recuperaría el control de mis bienes y a él lo echaría. No lo había dicho de verdad; no tenía la menor intención de hacerlo, pero eso él no lo sabía.

Bruto perdería todo aquello por lo que había trabajado. Yo era el propietario de la licencia del mercurio, la hacienda y la casa de la ciudad. Si él tenía algún dinero propio, yo no lo sabía.

Más piezas encajaron. Años atrás me había hecho firmar un testamento en el que se decía que él era mi heredero. El documento no había significado nada para mí, lo había firmado sin leerlo siquiera. Pero él hubiese perdido tal condición cuando yo me casara con Isabel.

Y el seminario al que me había enviado en mi juventud: no era ninguna sorpresa que hubiese intentado convertir a un rufián en un clérigo. De haberme convertido en sacerdote y permanecido soltero, él habría seguido siendo mi único heredero y tenido vía libre sobre mis posesiones para siempre.

Sí, Bruto había intentado envenenarme con el regalo del brandy y había acabado bebiéndoselo él mismo cuando se lo devolví.

Bruto había sido asesinado por su propia mano.

Comencé a levantarme del suelo de la celda, ansioso por desmentir la acusación de que había envenenado a mi tío, pero volví a sentarme. ¿A quién se lo iba a decir? ¿Al indio que dormía la mona de pulque a mi derecha? ¿Al perro lépero al que le había dado un puntapié en la cara? ¿Al carcelero que creía que yo lo había dejado tuerto?

Esperaría hasta el día siguiente. No sabía nada de la ley, pero sí que el virrey no colgaba a los hombres hasta que eran juzgados. ¿Acaso no tenía derecho a un abogado? No estaba seguro de cómo hacían su trabajo, pero sabía que los abogados aconsejaban a la gente y hablaban por ellos en el tribunal.

Así y todo, ahora sabía la verdad, y tendría la oportunidad de explicarla. El mundo era razonable, ¿no?

Una vez que hubiese salido de esa cárcel, yo... Aparté el pensamiento como si me quemase. No tenía ni idea de lo que haría, de adónde iría. ¡Isabel! La tenía a ella, la única amiga fiel que me ayudaría. Cuando supiese de mi padecer, acudiría en mi ayuda. Como la mayoría de las mujeres, no tenía dinero propio, pero llevada por el amor hacia mí, estaba seguro de que empeñaría sus joyas. La pérdida de fortuna y las acusaciones contra mí, incluida la sucia mentira de que tenía la sangre impura, la sorprenderían en un primer momento, pero su amor por mí prevalecería.

La idea de que tenía a alguien que se preocupaba por mí al otro lado de los muros de piedra de la cárcel animaron mi espíritu. Estaba seguro de que Isabel acudiría en mi rescate con la misma pasión que Juana, aquella muchacha francesa, una vez había dirigido un ejército.

DOCE

La luz gris de la mañana se filtró por las pequeñas ventanas con barrotes en lo alto de la pared de piedra. Las ventanas eran lo bastante grandes para dejar pasar el frío y el aire húmedo de la noche, pero no lo suficiente para ventilar el hedor. Había tres cubos que servían de letrina contra una pared, pero no olían peor que los hombres a mi alrededor.

Había pasado una mala noche en el duro suelo de piedra, despertándome una y otra vez, helado, miserable, dolorido. A la luz del amanecer, vi que no era una sola habitación. En un extremo había una pequeña celda con barrotes, lo bastante grande como para que dos hombres pudiesen acomodarse. Un joven azteca era su único ocupante. Sacó una hogaza de pan y una botella de vino de un cesto.

—¿Quién es ése? —le pregunté a un hombre cercano.

—El hijo de un cacique —respondió.

Un cacique era el líder —en los tiempos antiguos, literalmente el jefe— de un poblado indio. Si eran un poco astutos, los cabezas de los pueblos más grandes podían conseguir importantes fortunas.

—Apuñaló a un hombre. Su familia lo mantiene, y no tardará en salir.

Entendí la idea: su familia pagaba a los guardias y al carcelero para que el hombre viviese con comodidad hasta que recibiese la «justicia» que los suyos podían permitirse pagar.

Los prisioneros comenzaron a formar entonces una fila en el pasillo que salía de la celda.

—¿Para qué es la fila? —le pregunté a un mestizo.
—Comida.
Me puse detrás de él. Sentía un nudo en el estómago. No tenía hambre, pero necesitaba mantener mis fuerzas.
—¿Cuándo veremos a nuestro abogado? —pregunté.
Él me miró con una expresión estúpida.
—El abogado que nos defenderá. ¿Cuándo veremos uno?
Se encogió de hombros. Comprendí que no sabía de lo que le hablaba. Sin duda, ni siquiera sabía qué era un abogado. Tendría que esperar y preguntárselo a los guardias.
—¿Cómo consigues enviar un mensaje? —le pregunté a un indio detrás de mí. Tenía que avisar a Isabel de que me tenían prisionero.
—Dinero —contestó él.
—No tengo dinero.
Él señaló mis piernas.
—Tienes pantalones.
Es verdad, no sólo tenía pantalones, mientras que algunos de los hombres no tenían ni eso, sino que incluso después de haberles arrancado los vivos de plata, éstos eran de la mejor calidad. Daría antes la vida que mis pantalones.
El carcelero tuerto estaba sentado en una pequeña mesa a la cabeza de la fila, sirviendo una aguachenta papilla de maíz en cuencos de arcilla. Dos guardias conversaban entre sí y fumaban.
Salí de la cola y me acerqué.
—Señores, necesito de su asistencia. Yo...
—¡Vuelve a la fila! —Empuñaron las porras.
Retrocedí.
—Sólo quería preguntar...
—Vuelve a la fila o te pondremos en el cepo.
—Cállate —dijo el otro cuando comencé a hablar de nuevo—. Los prisioneros sólo hablan cuando se les dirige la palabra.
—Una locura —murmuré mientras volvía a la fila.
—No es tan malo, señor —dijo alguien detrás de mí—. Nos darán de comer, luego trabajaremos limpiando las calles, y después de unos pocos días nos dejarán marchar.
A mí no me dejarían marchar dentro de unos pocos días, no a alguien acusado de asesinar a un hombre importante, a un gachupín. Pero no le dije nada al indio, que sin duda había sido arrestado en la calle por estar borracho.
Cuando llegué a la mesa, cogí un cuenco y se lo acerqué al carcelero tuerto para que lo llenase con la papilla. El preparado tenía un aspecto repugnante, un viscoso líquido amarillo. El carcelero me dedicó una sonrisa desdentada y vertió el cucharón de papilla en mis pantalones. Yo lo golpeé con el cuenco, partiéndolo contra un costado de su cabeza. Rodeé la olla para darle de puñetazos y, al hacerlo, tumbé el caldero de papilla. Vi cómo se acercaban los guardias y retrocedí levantando las manos.

—¡Él me atacó! —grité.
Me dieron de porrazos hasta tumbarme.

Me arrastraron de nuevo a la zona de los guardias, con las manos encadenadas a la espalda, y me pusieron en un cepo triple, una pesada estructura de madera con agujeros para la cabeza, las manos y los tobillos. Luego me hicieron sentar en un taburete bajo detrás de los cepos. Abrieron el artilugio, colocaron primero mis tobillos y atornillaron un yugo de madera sobre ellos. Después de sujetar mis muñecas y el cuello en otro yugo, me encontré sujeto en los tres lugares. Entonces quitaron el taburete de un puntapié. El peso de mi cuerpo estiró mi cuello, casi hasta romperlo.
—Te quitaremos el cepo del cuello dentro de una hora si mantienes la boca cerrada. Vuélvela a abrir y te lo pondremos otra vez, y ahí se quedará hasta que tu cuello se estire tanto como tu pierna.

TRECE

—¡Mierda! —grité.
—Cuánta verdad, cuánta verdad —dijo el carcelero—. El excremento de los animales, ¿no es así como nos llamas a nosotros, señor caballero? ¿Aquellos que comemos frijoles y tortillas y vivimos en chozas que tú no usarías para tus caballos siquiera?
Después de dos días en el cepo, seguro de que mi cuerpo adoptaría para siempre la forma de una herradura, fui enviado de nuevo a la celda para recibir los tiernos cuidados del carcelero cíclope. Mi primer cometido fue vaciar los excrementos de los tres cubos que servían de letrina en un barril, que se llevaban para tirar en algún lugar fuera de la ciudad. Después de vaciar el hediondo contenido, tenía que raspar los cubos con una cuchara hasta dejarlos bien limpios, y luego fregarlos con un poco de agua.
«¡Santa María, Madre de Dios, apiádate de mí!» El hedor, la inmundicia... Lo más cerca que había llegado a estar de un cubo de excrementos en mi vida había sido al utilizar un orinal que los sirvientes se ocupaban de vaciar y mantener limpio.
Tenía que cargar tres cubos a la vez, dos de ellos torpemente con una mano. Mientras me tambaleaba por el peso, los dos que estaban fuera de equilibrio se agitaban, derramando el contenido sobre mis pies descalzos.
Fuera, junto a la puerta trasera de la cárcel, vacié los cubos en un barril dispuesto en un carro tirado por un burro, vigilado por un guardia. Con la cuchara de madera, limpié los costados de los cubos, vertí un poco de agua en ellos, la hice girar y la vacié en el

barril. Utilicé tierra para limpiarme las salpicaduras de los pies y las manos.

Entonces se acercaron dos hombres, comerciantes bien vestidos, sin duda de camino a visitar una oficina del gobierno como había hecho mi tío con frecuencia. Había visto a uno de ellos antes, el administrador de una mina que compraba mercurio a través de mi tío, pero no sabía su nombre. Se apartaron de mí todo lo posible, al tiempo que se tapaban las narices con pañuelos. El hombre que conocía me miró, perplejo, como si creyese que mi cara le sonaba de algo. No dije nada porque el guardia tenía el mosquete preparado. Estoy seguro de que si les hubiese hablado a los dos hombres me hubiese dado un culatazo en la nuca.

Tres días después de haber sido liberado del cepo, otro prisionero díscolo me relevó en la limpieza de los cubos. Los guardias me mandaron luego que me pusiera en la fila con los demás prisioneros para hablar con un funcionario. Éste estaba sentado detrás de una pequeña y burda mesa, y tomaba notas en un papel con pluma y tinta mientras hablaba con cada uno de nosotros. Por fin, llegó mi turno.

—¿Nombre?

—Juan de Zavala. ¿Es mi abogado?

Él me miró.

—¿Tienes dinero?

—No.

—Entonces no tienes abogado.

—¿Quién es usted?

Olió un ramillete, una bolsita perfumada que aliviaba mi olor y el de los otros prisioneros.

—Tu tono es ofensivo, pero sé quién eres. Ya me han advertido sobre ti. Un asesino azteca que se hacía pasar por caballero. Estás aquí porque mataste a un hombre que era tu amigo.

Tenía una mirada vacía, fría e insensible, un trozo de piedra sin marcas en ella.

—Nada de eso es verdad. Por favor, escuche mi versión. Soy inocente, pero nadie me escucha.

—Cállate y responde a mis preguntas. Soy notario, mi tarea es anotar tu explicación de por qué cometiste el crimen. Será presentada a los jueces de la audiencia. Ellos decidirán tu destino.

Un notario era un empleado que legalizaba documentos, daba fe, realizaba tareas de archivero de los documentos del gobierno y tomaba declaraciones de aquellos acusados de crímenes. Eran criollos, lo que, dado el dominio de los gachupines en Nueva España, significaba que no eran de gran importancia. Sin embargo, en ese momento, el hombre era crucial para mi supervivencia, del mismo modo que lo era el mosquete en mi hombro cuando me enfrentaba a la carga de un jaguar.

—¿Se me permitirá hablar con ellos? ¿Con los jueces? ¿Decirles lo que sucedió?

El hombre descartó mi pregunta con un gesto.

—Se lo informaré, y ellos decidirán cómo proceder. Nueva España es una nación de leyes, y las cortes son justas, pero conocerás la parte dura del sistema si buscas problemas. Los carceleros me han informado de que eres un tipo violento que provoca disturbios incluso en la cárcel.

—Más mentiras. Aquí yo soy la víctima, no el agresor. Si hay justicia en este mundo, pongo a Dios por testigo. —Tracé la señal de la cruz—. Señor notario, soy inocente. No envenené a mi tío. Él intentó envenenarme y se envenenó a sí mismo por error.

El notario enarcó las cejas.

—¿Algo de esa mierda en la que has chapoteado se te ha metido en la cabeza? ¿Acaso no te parezco blanco? ¿Me tomas por un tonto o un indio? ¿Cómo pudo envenenarse a sí mismo?

—Por favor, señor, escúcheme. José, su sirviente, me trajo una copa de brandy la noche antes de que mi tío muriese. Habíamos tenido una discusión, y lo había amenazado con asumir el control de mi propio dinero. El brandy era un gesto de reconciliación. Era un brandy muy bueno, de una reserva que mi tío guardaba para su consumo privado.

—Bruto de Zavala no era tu tío, y tú no eres un gachupín. No tienes dinero, ni propiedades, ni derecho a reclamar ningún bien. Eres un impostor, un azteca o un mestizo que engañó a un viejo para hacerle creer que eras su sobrino.

—Eso es ridículo. Me criaron desde la más tierna infancia en la creencia de que era un Zavala. Tenía un año cuando mis padres murieron y yo heredé sus bienes. Bruto se inventó esa mentira sobre mis padres porque...

—No tenías ningún derecho a la herencia. Eras un impostor. Bruto descubrió tu engaño, y tú lo mataste para mantener oculto el fraude. Denunció tu verdadera identidad en su lecho de muerte.

Ese notario tenía menos seso que los indios borrachos que habían llevado allí procedentes de las cunetas de delante de las pulquerías. ¿Cómo podía ser un bebé un impostor y engañar a un hombre maduro? Quería infundir algo de sensatez en él y quitarle la arrogancia de la voz, pero ya había descubierto que los puños solos no bastaban en la cárcel.

—Señor notario, por favor, escúcheme, incluso si lo que dice es verdad, que no soy Juan de Zavala, eso no prueba que sea un asesino. Si Bruto me compró para reclamar la herencia, cuando creyó que iba a asumir el control del dinero, me envió el brandy...

—Su sirviente dijo que tú le enviaste el brandy a Bruto, y que poco después de beberlo, cayó enfermo. El doctor examinó los restos del brandy en la copa y olió el veneno.

—Mi tío...

—No era tu tío.

Respiré profundamente.

—Bruto de Zavala, el hombre que afirmaba ser mi tío, me envió el brandy y yo se lo envié de vuelta...

—Ah, así que admites que lo mataste enviándole el brandy envenenado.

Comenzó a escribir a toda prisa, mojando la pluma en el tintero repetidamente mientras su mano volaba a través del papel. Miré la hoja del todo intrigado. Ese hombre era un estúpido, un ignorante, ¿cómo podía haber llegado a semejante imbecilidad?

Cuando acabó, le dio la vuelta al papel para que el pie de la página quedase en mi dirección.

—Firma aquí.

—¿Qué estoy firmando?

—Tu confesión.

Sacudí la cabeza. Miserable gusano chupatintas... Si una semana antes me hubiese rozado en la calle, lo habría arrojado a la cuneta y pisoteado su cara.

Me incliné hacia adelante y él se echó hacia atrás en la silla, con el ramillete en la nariz.

—Hueles peor que cualquiera de los demás.

—La única cosa que confieso, señor, es que he aplastado ratones que tenían más sesos que usted. ¿Qué le parezco? ¿Un...?

—Me pareces una criatura repugnante que asesinó a un gachupín. Alguien que será colgado por sus crímenes.

Todavía ardía de rabia y desilusión cuando me devolvieron a la celda, furioso con aquel idiota, furioso conmigo mismo. Había sido un estúpido al amenazar al notario, un estúpido al haber perdido los estribos, una locura que me había castigado toda mi vida. Necesitaba algo más que la pura agresión para escapar de ese lugar con vida.

Cuando entré en la celda, un nuevo ocupante se había hecho con la celda privada, vaciada hacía poco por el hijo del cacique, cuyos crímenes habían sido borrados gracias al dinero.

Reconocí al hombre de inmediato, no su nombre, pero sí su condición: como el notario, era un criollo y un escribiente, un erudito, un empleado del gobierno de bajo nivel. Sus prendas carecían del esplendor de un caballero. Sus manos estaban hechas para las plumas y el papel, los libros y los registros, más que para los caballos y las pistolas. Sin embargo, lo más importante era su cesta de comida.

¿He mencionado que estaba hambriento? Había perdido peso en la cárcel debido a la pútrida papilla de maíz. Cuanto más comía, más me roía los intestinos y pasaba a lo largo de las tripas.

Entré en su celda y me senté a su lado, sonriendo ante su expresión de sorpresa.

—Amigo, soy don Juan de Zavala, caballero y gentilhombre. Consentiré en compartir tu comida.

Cogí un gran muslo de pavo y le clavé los dientes. Él se levantó de un salto.

—Voy a llamar a los guardias.

Con mi mano libre, sujeté la entrepierna de sus pantalones, con sus dos pequeños cojones en mi puño.

—Siéntate antes de que pierdas tu hombría. —Le di un apretón que hizo que se le desorbitasen los ojos.

Tan pronto como volvió a sentarse, le propiné un codazo.

—Escuchas mi voz, ves mis modales. Como tú, soy un caballero.

—Hueles peor que la carne podrida.

—Un caballero caído. Mira. —Hice un gesto hacia la otra celda, más allá de los barrotes—. ¿Qué ves?

Sus ojos se desorbitaron más y aflojó la mandíbula. Los prisioneros, la peor basura de la calle, se habían reunido delante de la celda.

—Saben que no eres fuerte —le dije—. Hueles el hedor de la cárcel en ellos, y ellos huelen el miedo y la debilidad en ti. Son una jauría de animales salvajes que te devorarán entero. Puedes llamar a los guardias y los guardias nos darán una paliza a algunos de nosotros, pero los animales vendrán a por ti en la noche, cuando esté oscuro y los guardias estén dormidos.

Le di otro codazo.

—¿Lo entiendes? Puedo protegerte, puedo evitar que los animales te coman el hígado. —Le di un buen bocado al pavo. Hablé mientras lo masticaba, los deliciosos jugos corriendo por mi barbilla. Había olvidado el sabor de la verdadera comida—. Tú me alimentas y yo te protejo.

Me miró de reojo, su expresión gritaba que no sabía qué era peor, si yo o la jauría de hombres salvajes.

Le sonreí mientras seguía masticando la suculenta carne.

—No es un matrimonio hecho en el cielo, pero seré tu amigo. —Cogí la botella de vino de la cesta, la destapé con los dientes y escupí el corcho—. Pero si prefieres plantar cara a esa jauría de animales rabiosos, tú mismo...

Miró a través de los barrotes a las bestias de presa. Se habían puesto en cuclillas y nos miraban, traspuestos por la comida y la bebida. Mi nuevo amigo se puso lo bastante pálido como para hacer un viaje a la tumba.

CATORCE

El nombre de mi compañero de celda era José Joaquín Fernández de Lizardi. Tenía treinta y dos años y había nacido en Ciudad de México. Si bien sus padres eran criollos y afirmaban estar estrechamente vinculados con las familias más ricas de la ciudad, ellos mismos no eran ricos. Como se dice de aquellos de medios modestos emparentados con familias ricas, tenían la cabeza en las nubes y los pies en el fango.

Su madre era hija de un librero de Puebla. Su padre, un médico de Ciudad de México. La mayoría de los doctores eran criollos, porque se trataba de una profesión de poca estima, aunque aquellos que tenían reputación de sanadores podían ganarse bien la vida. Muchas personas preferían a los barberos cuando necesitaban una sangría o que les aplicasen sanguijuelas, y la mayor parte de las cirugías eran realizadas por ellos.

Yo conocía a los de su clase. Era un don nadie, un criollo de una familia con rostros españoles pero sin propiedades importantes. No pobres, desde luego, pero tampoco con la posición de un hacendado y caballero. Con toda probabilidad, poseían un pequeño carruaje abierto tirado por un solo caballo —a diferencia de los grandes carruajes dorados que usaban las personas de clase—, y seguramente vivían en una modesta casa de dos plantas, con un pequeño patio delantero, y se las apañaban con un único sirviente.

No se sentarían nunca a la mesa del virrey y, por supuesto, no ascenderían a los altos rangos de las reales fuerzas españolas o siquiera de las milicias. Nunca poseerían monopolios sobre productos o servicios controlados por el gobierno, licencias que manipulaban los precios, los mercados y el abastecimiento de aquellos bienes y servicios. Las personas como sus padres eran los tenderos, los maestros, los pequeños ganaderos, los sacerdotes, los mezquinos burócratas de Nueva España, y formaban los rangos inferiores de los empleados de nuestras oficinas. Sus hijos —al menos aquellos que no los seguían como tenderos o fracasaban en el sacerdocio— eran a veces letrados, jóvenes instruidos, eruditos como ese que estaba sentado a mi lado en la celda, un hombre educado por los libros pero sin sentido común.

Cuando me contó por qué lo habían arrestado, pregunté:

—¿Un panfleto? ¿Estás en la cárcel por algo que escribiste? ¿Cómo se puede arrestar a alguien por algo escrito en un papel?

Lizardi sacudió la cabeza.

—Eres muy ignorante. ¿No has oído hablar de la revolución del ochenta y nueve, la revuelta durante la cual los franceses mataron al rey e instauraron la república? ¿De la revolución de 1776, el año de mi nacimiento, cuando los norteamericanos se levantaron contra el rey inglés y se declararon independientes? ¿No sabes nada de política, de los derechos de las personas, de los males perpetrados contra ellas?

—Confundes indiferencia con ignorancia. Sé de todas esas cosas, lo que ocurre es que no me importa la política ni las revoluciones, que son preocupaciones de los tontos y los ratones de biblioteca como tú.

—¡Ah, tu desinterés sólo confirma tu ignorancia! Es por gente como tú por lo que gobiernan los tiranos y no se enmiendan los males.

Y continuó con su discurso. Lizardi era un universitario que sabía latín y griego, que sabía de los filósofos y los reyes y, sin embargo, no sabía nada de la vida. Conocía los derechos del hombre pero no sus ritos. Era mal tirador, terrible jinete e incluso peor espadachín. No sabía tocar la guitarra, ofrecer una serenata a una mujer, y escapaba de las peleas con el rabo entre las piernas.

Su único coraje fluía de su pluma al papel, derramando tinta negra en lugar de sangre roja. Sangraba panfletos llenos de poemas, fábulas, diálogos, lecturas morales y política. Al final, su escritura había hecho que acabase con los huesos en la cárcel.

—Escribí una crítica de los privilegios de que disfrutan los gachupines y la tolerancia del virrey ante la situación. A los criollos se nos impide alcanzar nuestras ambiciones. Los gachupines vienen aquí desde España y son poco más que invitados temporales. Cuando dejan a sus familias en casa, sólo permanecen el tiempo necesario para engendrar bastardos y acumular riquezas. Usurpan los altos cargos de nuestro gobierno, universidades, ejército e Iglesia. Roban nuestros comercios, minas y haciendas, al tiempo que desprecian a los criollos.

»La razón para el sistema no tiene nada que ver con la pureza de sangre. La Corona española quiere el indiscutible control de la colonia, nada más. ¿Por qué sino se le niega a Nueva España el derecho a cultivar olivos para hacer aceite y vides para el vino? ¿Por qué se nos prohíbe fabricar las herramientas que utilizamos? Nos obligan a comprar productos procedentes de la Península incluso cuando podemos hacerlos aquí más baratos.

Escuchar sus quejas me recordó que yo también había llevado y utilizado las afiladas espuelas.

—Volqué mis pensamientos en el papel y publiqué un panfleto en México —añadió Lizardi, refiriéndose a la capital—. Desafié al virrey, exigiendo que pusiese remedio a esas desigualdades prohibiendo la opresión gachupina y decretando que nadie viniese de España a buscar fortuna a menos que tuviese la intención de quedarse. Reclamé que se le permitiese a la colonia plantar y fabricar lo que necesita y competir con los productos españoles, exportándolos incluso a la Península.

»Por supuesto, el virrey rechazó mis ideas. Cuando me enteré de que los oficiales de la audiencia buscaban mi arresto, escapé de la ciudad. Me atraparon aquí en Guanajuato esta mañana. Los traidores informaron de mi presencia.

—¿Te reconocieron?

—No, todavía me quedaban muchos panfletos. Los informantes me vieron, y me arrestaron cuando los distribuía.

—¡Ah! ¡Y tú me llamas a mí ignorante! —Me rasqué.

—¿Por qué te pica tanto? —preguntó.

Me quité un piojo del tobillo.

—Éste me encuentra apetitoso. Tú alimentarás a sus hermanos esta noche.

—¿Qué estás haciendo aquí? —me preguntó—. Veo que, a pesar de tu ignorancia y altivez, hablas y tienes los modales de un caballero. ¿Qué crimen cometiste?

—Asesinato.

—Ah, por supuesto, un asunto del corazón. ¿Mataste a la mujer o a su amante?

—Me acusan de matar a mi tío.

—¿Tu tío? ¿Por qué ibas...? —Me miró—. ¡Ay de mí! Sé quién eres. Eres ese rufián, Zavala.

—¿Has oído hablar de mí? Dime, ¿qué sabes?

—Que eres un impostor, que fingiste ser un gachupín, convenciste a un viejo de que eras su sobrino y luego lo mataste por su dinero.

—Eh, ¿también has oído que violé a las monjas y robé a los huérfanos?

—¿También has cometido esos crímenes?

—No he cometido ningún crimen, idiota. Yo soy la víctima. Tú que dices tener algún conocimiento sobre los libros y el bien y el mal, dime si alguna vez has leído algo tan injusto como esto. —Le ofrecí mi triste relato de ser acusado de existir como un niño cambiado, de haber sido criado en la convicción de que era un Zavala, de los horribles acontecimientos sucedidos más tarde.

Lizardi escuchó en silencio, con atención, sólo haciendo alguna pregunta de vez en cuando. Cuando acabé, explicándole cómo Bruto se había envenenado a sí mismo, sacudió la cabeza.

—Escribo fábulas, utilizo personajes fantásticos para recalcar mis opiniones, pero desde luego, Juan de Zavala, no creo haber escrito nunca nada tan asombroso como la historia de tu vida. —Hizo una pausa y me miró con el entrecejo fruncido—. Si es que es verdad...

—Juro sobre la tumba de la puta que, dicen, me parió y vendió mi cuerpo que es la verdad.

—Te creo. No eres lo bastante inteligente para crear un relato tan provocativo.

Una semana antes le hubiese ofrecido a ese bufón libresco la elección de armas y lo hubiese llevado al campo del honor para un duelo mortal. Pero con tanta locura mirándome a la cara, ya no podía seguir manteniendo la pretensión de mi honor. Además, me había convertido en un perro, comiendo sus sobras.

El carcelero acudió entonces al calabozo con un cesto de comida y un jergón de paja sujeto con una sábana de algodón. Entró en la celda pequeña y dejó el cesto y el jergón.

—Ya tengo un jergón —dijo Lizardi.

El tuerto hizo un gesto hacia mí.

—Es para el *caballero* —dijo en son de burla.

Me levanté de un salto.

—¿Cómo es que tengo derecho a este tesoro? ¿El virrey ha comprendido el error de las autoridades de Guanajuato y me envía un regalo?

—La única cosa que te enviará el virrey será un nudo bien ajustado para partirte el cuello, así el verdugo no tendrá que colgarte dos veces. —Señaló lo que había traído—. Un sirviente trajo esto y un poco de comida para los carceleros, pero se negó a divulgar el nombre de tu benefactor. No obstante, señor Asesino, incluso un pobre mestizo como yo puede deducir que tu benefactor es una mujer. Sólo una mujer podría ser tan estúpida.

¡Ay, María! ¡Lo sabía! Isabel me había enviado el jergón y la cesta de comida. Nadie me amaba tanto como ella. Bruto estaba en un error; Isabel no era la niña vanidosa y tonta que había dicho que era. Mi caída de la gracia mortificaría a sus padres, pero los regalos demostraban más allá de las trivialidades la gracia redentora de su amor. Estaba eternamente aliviado, porque yo, también, había dudado de ella, preguntándome si las pocas palabras bondadosas que había oído de Bruto y los demás eran ciertas. Ahora sabía que eran falsas. Mi querida Isabel me libraría de ese pozo del infierno, y yo volvería a cabalgar junto a su carruaje en el paseo.

Me acosté en mi nuevo jergón de paja, el estómago saciado, la sed calmada con vino, y eructé. Lizardi estaba cerca pero vuelto hacia el otro lado, afirmando que mi hedor apartaría a un buitre de una carreta de carne.

Yo tenía los ojos cerrados y ya me dormía cuando Lizardi susurró:

—Te equivocas en cuanto al notario.

—¿Qué?

—No era un ignorante.

—¿Cómo podría creer que siendo un bebé engañé a un hombre mayor?

—La historia que te contó el notario, que eras un mentiroso y un estafador, es la misma que contaban en la posada donde me alojé. La gente no hablaba de otra cosa. Todos comentaban cómo habías engañado a don Bruto para hacerle creer que eras su sobrino...

—¡Era un bebé!

—Eso es lo que insistes en decir, pero la historia que oí era palabra por palabra la que te contó el notario.

—El cuento sin duda es obra de mis primos, que ansían mi dinero. Debo salir de la cárcel y conseguir que el mundo sepa lo que pasó.

—Sigues sin entenderlo. El alcalde y el corregidor, dos de los gachupines más poderosos de la ciudad, estuvieron junto al lecho de muerte de tu tío, ¿no es así?

—¿Qué estás diciendo?

—El notario repitió la historia propagada por los funcionarios de la ciudad. ¿Quién les ordenó propagar la mentira? ¿El gobernador? ¿El virrey?

Me senté más erguido.

—¿Y por qué el gobernador y el virrey iban a propagar esa calumnia?

—Los gachupines, los españoles nacidos en la Península o como quieras llamarlos, controlan la colonia. Si yo acepto tu historia como verdadera, has pasado por gachupín durante más de veinte años. Todos a tu alrededor, incluida la familia Zavala, te aceptaron como uno de ellos. Si el relato es verdadero, tú no eres un gachupín, ni siquiera un criollo. No eres más que un miserable peón y, sin embargo, los gachupines te aceptaron como a uno de ellos.

»¿No ves el problema que has creado al virrey, a todos los gachupines de la colonia? Afirman ser superiores a todos los demás: los mestizos y los indios son poco más que animales de granja; incluso los criollos, españoles de pura cepa, no están preparados para gobernar. Pero un peón ha sido aceptado como gachupín, no sólo como un español, sino como un caballero que ha sido admirado como un caballero gentilhombre de la colonia. Tu vida niega todo lo que ellos defienden.

Miré a Lizardi, que apenas si era visible a la débil luz de la vela.

—No quiero destruirlos: soy un gachupín. Sólo quiero una oportunidad para explicarme.

—Eres un tonto, ¿no lo comprendes? No quieren escuchar tu historia ni tampoco que la escuche nadie más. Para proteger sus posiciones, haciendo que la gente los tema, no pueden ser objeto de burla.

—¿Es eso lo que soy? ¿Un motivo de diversión?

Lizardi exhaló un suspiro y se recostó.

—No, eres una amenaza.

—Yo no les he hecho nada.

—Si tienes suerte, te matarán o pagarán a alguien para que te corte el cuello. Que te encierren aquí hasta que te hagas viejo, el pelo se te vuelva gris y tu cerebro se convierta en papilla, ese destino podría ser peor. Pero en cualquier caso, no pueden soltarte. Pueden enfrentarse a las rebeliones, forzarnos a comprar sus arados torcidos y su vino picado, pueden arrojar a los que dicen la verdad a la cárcel, como es mi caso, pero la única afrenta que no pueden soportar es el ridículo. Los españoles somos orgullosos, ya hayamos nacido en Madrid o en Ciudad de México. Reírse de nosotros es poner en marcha nuestra virilidad letal.

Hablé entonces en voz baja, poco más que un susurro, como si las paredes pudiesen oír.

—Tienes razón. Nadie puede ser tan obtuso como ese notario. La confesión que escribió estaba preparada de antemano. Mentirá, dirá que fueron mis palabras las que transcribió y que yo confesé los crímenes de los que me acusan. Tienes razón, amigo. Me matarán.

—Y enterrarán la verdad.

Permanecimos un momento en silencio y después dije:

—Me equivoqué contigo, Lizardi. Sabes poco de caballos, mujeres, armas y espadas, pero ahora veo que los hombres pueden hacer tanto daño con el papel y la pluma como con las pistolas y las espadas.

Esperé en silencio una respuesta hasta que comprendí que él roncaba suavemente.

Ay, algo de todo eso tenía sentido. Mi vida ya no daba vueltas en un torbellino de locura. No, Lizardi decía la verdad. El notario no era tonto, había contado la historia de acuerdo con las órdenes. Sin duda sus amos enviarían a otros como él a las tabernas, las reuniones sociales y las timbas para propagar la mentira. Comenzarían por arruinar mi reputación. Cuando lo consiguieran, me arrebatarían mi vida.

¿Cómo podía defenderme contra ellos? Sin duda me tenían por un blando que me vendría abajo en el infierno de esa cárcel, pero a diferencia de la mayoría de los caballeros, yo había cabalgado y trabajado a la par de los vaqueros de mi hacienda. Había disfrutado de una vida en la montura: había domado caballos, arreado vacas, castrado toros, marcado novillos, cruzado ríos. Pasaba muchos meses al año en la llanura y las montañas, cazando y pescando, viviendo de la tierra. No era el petimetre que imaginaban.

Pero ahora la pregunta más urgente era cómo salir de esa cárcel, encontrar una pistola y una espada para hacerles pagar por sus crímenes.

QUINCE

Dos días más tarde se produjo otro desastre.

—Anoche le di mis últimas monedas al carcelero —dijo Lizardi—. Nos echarán de nuestro cómodo aposento y tendremos que unirnos —olisqueó en dirección a la chusma— a ellos.

Yo había devorado mi propio cesto de comida, y no me habían traído más. Lizardi, que había estado antes en la cárcel, me explicó que la persona que enviaba la comida debía de saber a quién, además de cuánto, pagarle o de lo contrario el paquete acabaría en las manos equivocadas. Yo sospechaba que Isabel todavía me enviaba los cestos de comida, pero no sabía la manera correcta de hacerlos llegar a mis manos.

—¿Qué hay de tu familia? —pregunté.

—Están en la capital. Les envié un mensaje. Mi padre detesta mis inclinaciones políticas y me ha desheredado.

—¿Cuántas veces te han arrestado?

—Dos. Verás, amigo, ambos estamos en la misma situación. Me

enterrarán vivo en sus mazmorras o me cortarán el garguero. Quizá primero me juzguen, pero mi destino está asegurado. Tu caso, en cambio, nunca verá la luz.

Como si hubiese oído nuestros susurros, de pronto apareció el carcelero.

—Fuera de aquí, miserables léperos. La mejor habitación de esta excelente posada ha sido reservada por otro huésped.

El nuevo prisionero era un gigantesco y mal entrazado tendero mestizo que se había metido en problemas por trampear en los impuestos. No parecía ser alguien al que pudiese manejar con la misma facilidad que a Lizardi, así que me marché con él a nuestro nuevo hogar, un espacio lo bastante grande para apoyar el culo en el suelo y la espalda en la pared.

Lizardi gimió y ocultó la cabeza entre los brazos.

—Lo peor de todo es que soy un español de pura sangre, educado en la universidad, que se ve obligado a vivir en condiciones repugnantes entre vosotros, miserables léperos.

Le di un golpe en el costado de la cabeza.

—Si vuelves a insultarme, te meteré la cabeza en el cubo de mierda.

No obstante, no sentía malicia alguna hacia el hombre. Había descubierto que tenía un gran coraje cuando se trataba de manifestar ideas, aunque era más cobarde que el perro más vulgar cuando de violencia física se trataba. Encontraba su valor verbal y su timidez física una curiosa combinación. Yo, por otro lado, era valiente como un toro pero carente de ideas, filosofías y ardientes creencias. Funcionaba solamente en el aquí y ahora, vivía al día, tomaba lo que deseaba y descartaba aquello que me aburría. No tenía ningún interés por la religión, la política, el gobierno colonial, los derechos divinos de los reyes o por si el papa era la mano escogida de Dios, aunque me veía obligado a oír hablar a Lizardi de esos temas durante horas y horas. Sin embargo, el panfletista no había conseguido inculcarme sus ideales; yo seguía sin creer en nada. Al menos, ahora lo sabía.

Lizardi dormitaba cuando entró el carcelero y nos ordenó a todos que formásemos una fila.

—Trabajo en la carretera —anunció.

—¿Qué es eso? —me preguntó Lizardi después de que se hubo marchado el carcelero.

—Trabajos forzados para bestias de carga. El alcaide alquila los prisioneros a las empresas. Tenemos que trabajar para el contratista que repara las carreteras.

—¿Cuán a menudo hacemos esto?

Me encogí de hombros.

—Ésta es la primera vez que me seleccionan.

—Soy un criollo. Esto es un ultraje. Hablaré con el alcaide.

—Hazlo. Cuanto más piensen en ti, antes te colgarán. Por supuesto, te colgarán con una cuerda nueva, porque tu sangre es muy blanca.

Un guardia me colocó los grilletes en los tobillos junto con una cadena de medio metro, y luego también le puso grilletes a Lizardi. Sólo nosotros los llevábamos. El alguacil había reunido al resto de los prisioneros de las cunetas después de una noche de borrachera; no correrían más allá de la próxima pulquería.

Nos sacaron de la cárcel en fila india. Salimos a la cegadora luz del sol y respiré una gran bocanada de aire fresco, el primer aliento que había tomado en siglos sin que estuviese contaminado con los efluvios de la prisión.

Me miré las manos y los pies desnudos. Mi piel estaba roñosa. ¡Ay de mí! Cómo debía de oler. Las calles me parecían desconocidas, aunque había pasado por ellas centenares de veces. Ahora las veía de otra manera, observaba detalles que nunca antes había visto: los colores más brillantes, más definidos, más chillones; los olores más acentuados, más penetrantes, más distinguibles; las personas más vívidas, más animadas, más vibrantes.

En el pasado, siempre había estado tan centrado en mí mismo y en mi posición en la vida, casi siempre cabalgando por encima de la multitud en un magnífico caballo, que no había observado el mundo a mi alrededor. Ahora miraba a las personas en la calle mientras se apartaban de nuestro camino y lejos de nuestro olor. Me pregunté si habrían oído hablar de mí, si les habrían contado la gran mentira de Juan de Zavala.

Sentía muy poco respeto por la gente vulgar, incluso por los respetables, que eran tenderos y empleados. Ahora me pagarían, me retribuirían en mi ejecución. Los ahorcamientos eran espectáculos públicos, y lucharían contra la chusma para ver cómo se abría la trampilla y mi cuello se partía... bien de cerca.

Marchamos hasta la carretera que llevaba al paseo. Una tormenta la había inundado y debíamos pavimentarla con adoquines. Cuántas veces había recorrido esa carretera montado en *Tempestad*, saludando a las señoritas a lo largo del camino.

Ahora lo hacía sucio, descalzo y con grilletes, con mis pies heridos y sangrantes para cuando llegamos a la calle. Intenté no hacer caso del dolor y recordar los días en que cabalgaba como un caballero con una preciosa montura negra debajo de mí, cuando aterrorizaba a los sirvientes y emocionaba a las señoritas que se reían y se ocultaban detrás de los abanicos de seda china cuando les prometía matar a ingleses y dragones por ellas.

Mis ensoñaciones fueron interrumpidas por un grito del capataz del contratista. Estaba delante de una hilera de carros cargados con adoquines.

—Les pago a estos desgraciados para que trabajen y trabajarán. La primera vez que cualquiera de ellos haraganee o se busque problemas, probará mis botas. Si lo vuelvo a pillar, probará mi látigo.

Descargamos los adoquines de los carros en sacos y los llevamos hasta el lugar del trabajo, al final de la calle cortada. Allí, los prisioneros cavaban pequeños agujeros y luego colocaban los adoquines en ellos. Muy pronto, mis pies se habían llagado. Los pies de Lizardi estaban protegidos por botas, pero sus manos, como mis pies, estaban cubiertas de ampollas y sangraban.

—Las manos que sostenían la pluma de la verdad están rojas con la sangre del cautiverio —dijo con una mueca.

—Guárdatelo para tus panfletos —murmuré.

Mientras trabajaba, los jóvenes caballeros a caballo y las ricas señoritas en carruaje pasaban por nuestro lado. Reconocí a muchos de ellos, pero ninguno, gracias a Dios, reconoció a la sucia y maloliente criatura con las manos llagadas y los pies sangrantes que se tambaleaba bajo las cargas de piedras, aunque por un momento permanecí inmóvil por la vergüenza y la sorpresa.

Boquiabierto al ver a mis antiguos conocidos vestidos con sus ricas prendas, cabalgando sus elegantes caballos, deseé poder comer tan bien como sus animales..., hasta que el capataz me dio una patada en la espinilla lo bastante fuerte como para romper la piel y lastimar el hueso.

—¡Muévete, cerdo!

Volví al trabajo, con la pierna sangrando donde el capataz me había golpeado. Un par de semanas antes, si un hombre me hubiese dado una patada, yo habría... Ay, ésa había sido otra vida, otro mundo.

Una noche, eones atrás, durmiendo bajo las estrellas con los vaqueros de mi hacienda, uno de ellos describió el infierno azteca, el submundo donde las personas sufrían una prueba tras otra: nadaban en ríos turbulentos, se arrastraban entre letales serpientes, libraban guerras, se enfrentaban a los jaguares y a otras brutales pruebas. Llamó a ese infierno Mictlán, y me pregunté si por alguna jugarreta del cielo o del infierno los dioses aztecas me habían arrojado a mí allí.

Las nueve regiones del horror y el tormento de Mictlán se debían superar, según el vaquero, antes de que una persona lanzada allí pudiese encontrar la paz. Sólo después de años de terribles tormentos y soportar pruebas llegaría la persona al lugar del olvido, donde un dios oscuro de una región infernal destrozaría su alma, no para que ésta pudiese ascender al cielo, sino para que no sufriese más.

Quizá mi destino era que Mictlán pusiese a prueba mi decisión con un siniestro tormento tras otro, sólo para encontrar en el final no el paraíso, sino la noche eterna.

DIECISÉIS

Mientras arrastraba otro saco de piedras hacia el lugar de la obra, un coche de paseo llamó mi atención y me obligó a detenerme. Uno de los más lujosos carruajes abiertos de la ciudad llevaba a la mujer más hermosa que había visto jamás. Más importante aún, yo conocía a esa mujer.

—¡Isabel!

Lizardi me miró, boquiabierto. Corrí..., no, cojeé con los grilletes hacia el carruaje que se acercaba, gritando su nombre una y otra vez.

Isabel medio se levantó en el coche, mirándome atónita mientras corría hacia ella. Soltó un grito y se echó hacia atrás al mismo tiempo que el cochero fustigaba a los caballos. El carruaje avanzó hacia mí, dando botes en la carretera sin pavimentar, arrojando a Isabel y a una señorita sentada frente a ella a un lado y a otro del vehículo.

Esquivé los caballos y el coche y me sujeté a un costado de la puerta, tambaleándome a su lado mientras se movía.

—¡Soy yo, Isabel!

Ella lanzó un grito de horror y me golpeó con su sombrilla. Un caballero, que cabalgaba detrás del coche, cargó contra mí con su montura. Vi venir al caballo y al hombre y solté la puerta. Eludí al animal, pero mis piernas encadenadas no se movieron lo bastante rápido para evitar el golpe. El jinete me pegó en la cabeza con el mango lastrado con plomo de su fusta al pasar. Me tambaleé y caí, casi sin sentido. Golpeé contra el suelo con todo el peso y rodé, sangrando de la cabeza.

Antes de que pudiese levantarme, un guardia se me echó encima para pegarme con la culata del mosquete. Acepté la paliza en estoico silencio, porque la resistencia no haría más que exacerbar mi castigo. Sólo cuando el capataz sujetó el mosquete del hombre, el guardia desistió.

—Pago por el trabajo de este hombre. Si lo dejas lisiado, me tendrás que pagar por el trabajo perdido.

Con eso, pude levantarme, aunque mareado, y volver tambaleante al trabajo. Trabajé como nunca, con la cabeza gacha, avergonzado de ver en lo que me había convertido, avergonzado de ver lo que le había hecho a la pobre Isabel. No era extraño que se asustase, idiota como había sido al cargar contra su coche como un animal salvaje. Ella no me había reconocido, de eso estaba seguro, porque de haber sabido que era yo, le hubiese ordenado al cochero que parase. Después de todo, ¿no me había enviado ella la comida y el jergón?

Lizardi me propinó un codazo.

—Estás remoloneando. Sigue trabajando o te darán otra paliza.

Me agaché sobre mis rodillas ensangrentadas y coloqué las piedras en posición. Mientras trabajábamos, me preguntó:

—¿La señorita es tu amada?

—Sí, ha capturado mi corazón.

—Capturado y picado en pedacitos, por lo que he visto. Junto con la mayor parte de tus sesos.

Lo miré furioso.

—Vigila tu lengua, o te la cortarán.

Él enarcó las cejas.

—Sólo me pregunto si el deseo de tu corazón te desea tanto a ti como tú a ella. Gritaste su nombre, sin duda reconoció tu voz..., pero no pareció complacida de verte.

—No me reconoció. —Me golpeé el pecho sobre mi corazón—. Conozco a esa mujer, nuestros corazones laten al unísono. Si se lo pidiese, se arrojaría a la guarida de los leones. —Lo miré, burlón—. Tú no lo comprendes, miserable gusano erudito. Ninguna mujer te querría porque tienes los cojones como guisantes.

Volvimos a la cárcel, arrastrando cansinamente los pies, un paso y después otro. Lizardi se sujetaba a la cintura de mis pantalones para mantener el paso. Su sedentaria vida de erudito no lo había preparado para el trabajo pesado, y si bien mi vida había sido activa, lo había sido sobre un caballo. No estaba habituado a cargar y arrastrar. Dejaba huellas sanguinolentas en mi estela.

Lizardi murmuraba detrás de mí, algunas veces rezaba, otras se lamentaba de cómo la Fortuna, la puta del azar, había lanzado los dados contra él.

De haber tenido fuerzas, me hubiese burlado de sus tristes manifestaciones. Si la diosa Fortuna había hecho trampa en el juego de la vida contra alguien, ése era Juan de Zavala, ¿no?

Más tarde, ese mismo día, nos detuvimos para hacer un descanso, sentados en la cuneta, mientras los guardias fumaban, bebían vino de las botas y hablaban con un par de putas, probablemente discutiendo el precio. Yo me había acostado con una de ellas hacía unos meses. Uno de los guardias interrumpió las negociaciones. Desenrolló un trozo de papel y leyó una docena de nombres. Cuando decía el nombre de un prisionero, el preso se marchaba calle abajo. Más de la mitad del grupo de trabajo se marchó.

—Borrachos —le dije a Lizardi—; trabajan sólo tres días y luego los sueltan.

Un indio con pantalón y camisa de algodón blanca sin cuello y las sandalias de cuero de su clase se me acercó.

—Para ti, señor.

Dejó caer un par de botas delante de mí.

—¿Qué...? —miré las botas sorprendido.

—De la señorita —dijo señalando calle arriba, donde una mujer vestida de negro con la cabeza cubierta con el tradicional pañuelo largo desaparecía por una esquina.

Pregunté su nombre, pero el azteca se marchó sin responder. Me apresuré a calzarme las botas. Estaban usadas pero eran fuertes. Los zapateros indios habían trabajado el cuero color canela hasta dejarlo suave como un guante; eran las botas de un caballero, similares a las que me habían robado en la cárcel.

El somnoliento Lizardi se despertó cuando me las calzaba.

—¿De dónde las has sacado?

—Maldita cucaracha, mariconazo —dije jovialmente, sin pretender insultar, porque estaba muy contento—. ¿No te he dicho que Isabel no me abandonaría?

—¿Ella te ha traído las botas?

—Un mensajero, pero estoy seguro de que las envió ella. —Le di un codazo—. Está cambiando mi suerte. La diosa Fortuna ha vuelto a lanzar los dados y esta vez seré ganador. Muy pronto saldré de esta cárcel, hecho todo un caballero, y con mis derechos recuperados.

—Estás loco.

No hice caso de su cinismo. Las botas habían redimido mi fe en Isabel. Con toda sinceridad, el gusano de la duda había entrado en mi cerebro cuando ella no me había reconocido —ay, me golpeó con la sombrilla y gritó—, pero no, era mi verdadero amor, fiel y decidida, dispuesta a arrojarse a los leones por mí. Aunque no había visto lo bastante a la mujer de negro para identificarla, nadie más en la ciudad me hubiese ayudado excepto mi santa Isabel.

El mundo de pronto volvía a brillar. Me sentía fuerte y más capaz de enfrentarme a mi próxima prueba infernal. No obstante, no había considerado que el virrey también hablaba en Nueva España con palabras que los sordos podían escuchar y los ciegos ver.

DIECISIETE

—Te envían a Manila —me dijo el notario.

Era el día siguiente, y de nuevo tenía una audiencia con él. Lo miré, preguntándome de qué estaría hablando.

—¿Manila?

—Desde luego tienes educación suficiente para saber dónde está Manila. Es la capital de nuestra colonia llamada Filipinas.

—Sé muy bien dónde está Manila —repliqué.

En realidad, todo lo que sabía de las Filipinas era que estaban en algún lugar a través del vasto océano Pacífico, cerca de Catay, la tierra de los chinos. Recordé haber oído otras cosas de esa colonia

—todas malas—, pero en el momento, mi mente se había quedado en blanco. La llamada para presentarme frente al notario me había pillado por sorpresa. Que me dijesen que me iban a embarcar hacia otra ciudad en una tierra distante en lugar de colgarme me había paralizado. Quizá habían discernido mi inocencia.

—Han comprobado que no mentía, ¿no es así?

El notario se llevó el ramillete a la nariz con un gesto de desagrado.

—Has causado una multitud de problemas y consternación. Algunos desean que te juzguen y después te ahorquen. Otros quieren entregarte a la Inquisición para que te torturen a fondo y te quemen en la hoguera.

—¿La Inquisición? ¿Qué he hecho contra Dios y la Iglesia?

—Existir. —Se esforzó por mantener la compostura—. Puedes dar gracias a Dios de que el virrey no te ahorque y los inquisidores no te quemen vivo..., después de destrozarte en el potro.

—No he hecho nada malo —insistí, empecinado.

—Sal de aquí, cerdo, antes de que ordene que te pongan en el potro, te azoten, te castren y te descuartice yo mismo.

Lizardi esperaba en la cola para ver al notario.

—Me envían a Manila —le susurré cuando pasé por su lado.

Abrió la boca y trazó la señal de la cruz sobre su pecho.

«¿Qué le pasa a éste? —me pregunté—. Tengo buenas noticias y actúa como si me hubiesen sentenciado a la hoguera sagrada del auto de fe de la Inquisición.»

Volví a mi celda y me tumbé en mi jergón de paja; Lizardi y yo estábamos otra vez en nuestra pequeña celda privada. Alguien —Isabel, no había duda— estaba pagando de nuevo para que me diesen comida y un trato decente. También estaba seguro de que ella había arreglado mi viaje a Manila y de que se reuniría conmigo allí.

Cuando Lizardi volvió, estaba blanco como el papel, y con el rostro descompuesto y contraído.

—¿Qué pasa?

Lúgubre a más no poder, se santiguó de nuevo.

—A mí también me han sentenciado a Manila.

—¿Y? Nos enfrentábamos al verdugo, y nos han salvado. Ahora podemos...

—¿Cómo puedes ser tan estúpido? —Se dejó caer a mi lado y se frotó el rostro con las manos.

—¿Qué tiene de malo Manila? —pregunté.

—Es una condena a muerte.

Sacudí la cabeza.

—¡Mierda de toro! Manila es una colonia española como Nueva España...

—No, no como Nueva España. Es una selva a cinco mil leguas de aquí, un viaje al que muchos prisioneros no sobreviven. Encadenados en la sentina del barco, los prisioneros pasan la mitad del tiem-

po chapoteando en agua sucia y la otra mitad luchando contra las ratas. Los supervivientes son vendidos como esclavos a las plantaciones en las selvas donde las fiebres, las serpientes y las arañas matan a más hombres que el camino de Veracruz, donde acecha el vómito negro. —Se tendió en su jergón y cerró los ojos—. Después están los terribles salvajes que comen carne humana.
—Ya aparecerá algo.
—Nuestros cuerpos. Colmarán con plata la mano del capitán del galeón y, tan pronto como la nave salga del puerto, nos cortarán el cuello y arrojarán nuestros cuerpos por la borda. —Me miró, aterrorizado—. No estamos destinados a sobrevivir a ese viaje.
Me eché a reír.
—Veo que ya no eres sólo un gusano y un panfletista, sino que también eres un adivinador de la suerte, como las gitanas de Europa.
Una criada india que una vez me había cuidado cuando era niño me dijo que su gente creía que las criaturas más inteligentes del mundo eran los gusanos que se comían los libros. Nunca había visto un gusano en un libro, pero era así como veía a Lizardi, un gusano del conocimiento.
—Juan, no entiendes la maldad porque fuiste criado entre algodones aquí en Guanajuato, protegido por el dinero y consumido sólo por tus deseos. Nunca has tratado con los políticos de la capital, donde el virrey y el arzobispo mandan estrangular a los disidentes en sus celdas por la noche.
Se sentó y me miró a los ojos.
—Tienen que librarse de nosotros, ¿no lo ves? No quieren que tengamos un juicio público, darme un foro para criticar su régimen corrupto, sufrir la vergüenza de haberte aceptado como un gachupín. ¿Qué mejor manera de librarse de nosotros que una condena a Manila? Todos saben que nadie regresa del exilio. Si morimos en ruta a aquellas lejanas islas..., nadie levantará una ceja.
Mis instintos gritaban que él tenía razón. Nos cortarían el cuello y nos echarían a los peces antes de que estuviésemos una legua mar adentro.
Era una condena a muerte, no la salvación.
—Señor —dije—, estamos condenados.
Lizardi asintió.
—Finalmente comienzas a entender la vida en Nueva España.

DIECIOCHO

Pasaron otros siete días, cada uno una agonía de trabajo forzado. Mi misteriosa benefactora, que en mi corazón sabía que era Isabel, pagaba mi celda privada y el sustento. Lizardi seguía sin tener noticias de su familia, y yo compartía mi cesto con él, diciéndole que lo consideraba un hermano. Era el hermano que nunca había tenido, que le estaba devolviendo aquello que había compartido conmigo del suyo. Estas declaraciones no eran del todo ciertas; él sólo lo había compartido conmigo por miedo de que le hiciese daño, y de haber sido el gusano mi hermano, desde luego le hubiese preparado un accidente mortal. Lo compartía con él porque sabía que con el tiempo Lizardi volvería a estar arriba y yo abajo. El caballero don Juan estaba aprendiendo a urdir como la escoria de la prisión.

En realidad no podía amar a Lizardi como un hermano porque él mostraba un sentimiento de superioridad racial: él era español, y yo, un peón. Aún no pensaba en mí mismo como perteneciente a las clases inferiores; estaba seguro de que yo era el verdadero Juan de Zavala y de que mi tío, en su enfermedad final, se había inventado la historia de los niños cambiados en venganza por el envenenamiento. Mientras agonizaba, sin duda había creído que yo lo había envenenado con toda intención.

La actitud de Lizardi me irritaba. Mostraba un desprecio especial por mi inteligencia, y no dejaba de machacar que era intelectualmente inferior. Algunas veces me trataba como si yo fuese un niño malo, demasiado inmaduro para los pensamientos serios. No se me pasó por alto que yo había tratado a mis sirvientes de la misma manera.

A medida que pasaban los días, mis pies, mis manos y mis músculos se endurecieron con el trabajo. Los hombros fornidos, los músculos abultados y las manos encallecidas que daban testimonio del trabajo duro eran poco elegantes entre los caballeros. La moda era una fina silueta a caballo.

Habíamos regresado de un día de trabajo y estábamos acabando mi comida y el vino cuando el carcelero llamó a Lizardi y le habló en privado. Mientras regresaba a nuestra celda, vi a lo lejos que sonreía, pero en el momento de acercarse, borró la sonrisa de su rostro y frunció el entrecejo.

—¿Qué noticias has recibido? —le pregunté al gusano.

—Mi familia me ha abandonado. Estamos condenados al galeón de Manila.

Le palmeé el brazo.

—Mientras vayamos juntos, para mí ya está bien. He llegado a pensar en ti como en el hermano que nunca he tenido. Compartir la muerte con mi hermano sería lo adecuado.

Era un maldito mentiroso. La noticia había sido buena pero no quería compartirla conmigo. La única buena noticia que se me ocurría era que había arreglado de alguna manera evitar la condena de muerte en Manila, quizá traicionándome de alguna manera. Para mí era un misterio: un hombre con el coraje de ofender al virrey y a la Iglesia con fieras palabras pero un cobarde físicamente.

Esperé hasta bien entrada la noche, cuando los únicos sonidos eran los ronquidos y los murmullos de los otros prisioneros, antes de hacer mi jugada. Lo sujeté y lo amordacé para evitar que gritase, y le apreté la nariz para que no pudiese respirar. Cuando comenzó a ponerse azul, le solté la nariz.

—Si haces ruido, te mato. ¿Lo comprendes? —Y sin soltarlo, susurré—: Amigo mío, hieres mis sentimientos cuando me mientes. Has recibido buenas noticias, y sin embargo, me engañas. Ahora debo hacerte daño.

Sujetándolo con el codo, saqué un insecto del frasco donde había venido la fruta en compota y se lo metí en la oreja. Comenzó a moverse. Dejé que se pusiera de lado y se golpeara el costado de la cabeza para quitarse el insecto. El bicho cayó y se alejó.

—¿Sabes qué era eso, gusano? La clase de insecto que entra por la oreja y se mete en los sesos. Tengo un frasco lleno. Ahora dime qué te dijo el carcelero o te los echaré en las orejas y dejaré que te coman los sesos.

Estaba seguro de que veía el blanco de sus ojos incluso en la oscuridad. Casi me eché a reír. Aflojé la mordaza y dejé que respirase.

—¿Cuál es la buena noticia? ¿Tu padre ha accedido a ayudarte?
—Sí, pero...
—Chis, no tan alto. ¿Cómo lo harán?
—Otro ocupará mi lugar.
—¿Quién?
—No importa. Una de esas repugnantes criaturas será José Lizardi por un día. Le pagarán y me reemplazará.

Asentí.

—Ah, cambiaréis los lugares. A él lo meterán en la carreta para Acapulco y el galeón de Manila y a ti te enviarán a trabajar en las calles. Al final del día, te soltarán como a un vulgar borracho que ha cumplido sus tres días. Es así, ¿no?
—Sí.

Lo solté.

—Eres un animal repugnante —gimió, escarbándose el oído—. Eres violento y peligroso. De verdad creo que asesinaste al hombre que creías que era tu tío.

—Pues cree esto: te mataré a ti si me traicionas de nuevo.
—¿Cómo te he traicionado?
—¿Acaso no te he protegido? ¿Compartido mi cesta contigo? ¿Pensado en ti como si fueras de mi propia sangre, incluso mi hermano?
—No soy tu hermano. Soy un criollo, no un peón.
—Continúa difamando mi sangre y serás un criollo muerto. Ya veremos cómo es el color de tu sangre cuando mane de tu garganta.
—Puedo hacer que venga el carcelero con un grito.
—Eso es todo lo que podrás hacer. Será tu último grito porque te arrancaré la lengua. —Me acerqué—. Además, te arrancaré los ojos con los pulgares.

—Animal —murmuró.
—¿Has pensado en lo que harás en la calle? Podrás pagar para salir de la cárcel, pero ¿qué harás una vez obtengas tu libertad? Idiota como eres, no conseguirás salir de la ciudad.
—Ya me las apañaré.
Comprendí por su voz que tenía dudas.
—Te soltarán al anochecer. ¿Crees que podrás quedarte en una posada por la noche y marcharte de la ciudad al día siguiente? Eres un forastero, los alguaciles te descubrirán de inmediato. No puedes escapar sin un caballo, y no conoces suficientemente la ciudad para escaparte incluso aunque lo tuvieses. Yo tengo caballos en la ciudad, preparados y esperando.
Permaneció callado durante un buen rato, luego preguntó:
—¿Qué quieres?
—Que pagues la fuga de los dos. Yo me ocuparé de que estés bien montado y te pondré en la carretera a México.
—¿Y si rehúso?
—Te mataré.
Mi tono me sorprendió y heló la sangre de Lizardi. No había ninguna duda de que cumpliría con la amenaza.
En las sombras de las mazmorras la vida parecía menos sagrada.

—¡José de Lizardi! ¡Juan de Zavala!
Había dos mestizos delante de mí, y los pinché con el dedo a cada uno en la espalda al tiempo que susurraba:
—Vosotros dos.
Los mestizos habían sido recogidos de la cuneta tres días antes. Los escogimos porque los guardias iban a soltarlos ese día, e incluso sobrios, tenían el entendimiento apagado, la visión borrosa, los cerebros confundidos por décadas de bebida.
A cambio de unos pocos pesos y la promesa de muchos más, incluido un viaje a Ciudad de México y un recorrido por las pulquerías, aceptaron ocupar nuestros lugares. La capital era un lugar de fábula para esos dos léperos que nunca habían ido más allá de las cunetas de Guanajuato.
No me pasó por alto que, por segunda vez en mi vida, había vuelto a intercambiarme por otra persona.
Le sonreí a Lizardi mientras se llevaban a los hombres, encadenados para el viaje a México y desde allí a Acapulco y al galeón con destino a Manila.
—Espero que les gusten las frescas brisas marinas —dije—, y que sepan nadar.
—Los carceleros de la capital sabrán que han sido engañados.
—Estaremos montados en nuestros caballos y de camino para entonces.
Pocos minutos más tarde, formamos con el otro casi centenar de

presos. Dado que se suponía que éramos unos vulgares borrachos, nadie nos puso grilletes. Esta vez nos llevaron a unos campos en las afueras de la ciudad, donde acampaban las caravanas de mulas que transportaban los productos por toda Nueva España. Las mulas lo llevaban casi todo, ya fuese importado o exportado, a través de la colonia. El otro sistema de transporte eran las espaldas de los indios.

En el campo, debíamos cargar estiércol en los carros. El estiércol era llevado a agricultores y ganaderos para utilizarlo como fertilizante. En tiempos pasados, el hedor nos hubiese tumbado a ambos, pero en realidad olíamos peor que el estiércol, y el hecho de que era nuestro último día en el infierno compensaba la pestilencia.

Una hora antes del anochecer, los guardias nos hicieron formar para emprender el camino de regreso a la ciudad.

—Deberíamos volver aquí esta noche y robar las mulas para nuestra huida —me susurró Lizardi mientras caminaba.

—Ya te lo dije, nos marcharemos con mis caballos.

—No entiendo cómo puedes tener caballos todavía si tu...

—Los caballos son mi especialidad. Tú sólo piensa en el próximo panfleto que escribirás cuando regreses a la capital.

Ya era de noche cuando llegamos al centro. Cuando los guardias hicieron una pausa para fumar, Lizardi y yo fuimos liberados con los otros borrachos.

—¿Adónde vamos? —preguntó Lizardi.

—A una pulquería con toda esta basura. ¿Tienes los pesos que el carcelero te pasó de tu familia?

—Sí, pero no voy a gastarlos en esa ponzoñosa bebida azteca.

—Si dan la voz de alarma, una pulquería será el último lugar adonde vayan a buscar a dos españoles.

Me miró por incluirme a mí mismo como español, pero sabiamente no me corrigió.

—¿Qué pasa con nuestros caballos? ¿Cuándo iremos...?

—Más entrada la noche, para que no nos vean en las calles. —Le di una palmada en la espalda—. Deja de hacer preguntas, gusano. Somos libres. Disfrútalo. Mañana quizá nos pesquen y nos cuelguen.

Dejamos la pulquería en plena noche y caminamos por las calles desiertas de la ciudad. Lizardi había estado inquieto, pero yo insistí en no marcharnos antes. Las calles donde vivían los ricos estaban vigiladas por la noche por los serenos que caminaban provistos con una linterna. Si bien la vela de la linterna ofrecía poca luz, identificaba a los serenos, a los que los propietarios de las casas podían llamar si había problemas. Los serenos no entraban de servicio hasta las diez de la noche. Aún nos quedaba una hora para buscar mis caballos antes de ese plazo.

—¿Adónde vamos? —susurró Lizardi—. Sigo sin entender cómo puedes tener caballos si te quitaron todo lo demás.

—Vamos a recuperarlos.

Él se detuvo en seco.

—¿Qué estás diciendo?

—Vamos a robar dos de mis caballos.

—¿Robar? Creía que tu mujer quizá había preparado caballos. No voy a robar un caballo, eso va contra la ley.

Eso era divertidísimo.

—Veo que prefieres que te cuelguen antes por ser una rata de biblioteca que un ladrón.

—No voy a robar un caballo.

—Entonces, adiós, amigo. Sigue tu camino.

—No puedes abandonarme; dijiste que para ti era como un hermano.

—Mentí.

—Tenemos pesos. ¿Por qué no comprar dos mulas?

—Necesitamos buenos caballos. Unos que puedan dejar atrás a los alguaciles si nos persiguen. ¿Has pensado en las carreteras que salen de la ciudad? A menos que viajes en un grupo numeroso, eres presa fácil de los bandidos. Nuestros caballos los dejarán atrás. Antes de que me encarcelasen, tenía los mejores caballos de la ciudad. Vamos a ir a mi casa a buscarlos.

—Pero no nos dejarán entrar sin más y llevárnoslos. Dijiste que tus primos se habían hecho con tu casa y que te odiaban.

—Ahora mismo están sentados a la mesa cenando, atendidos por los sirvientes. Sólo habrá un hombre en el establo. Cuando cae la noche, se marcha de la casa y va a una pulquería donde se reúne con otros de su clase. Los caballos serán nuestros para ensillarlos y marcharnos.

Lizardi murmuró una plegaria mientras continuábamos caminando por la calle.

—Ten coraje, gusano. Don Juan de Zavala, gentilhombre y caballero, te protegerá y te defenderá.

DIECINUEVE

La luz brillaba en las ventanas del primer piso de la casa, pero, como yo había dicho, la planta baja estaba a oscuras. Los sirvientes estaban arriba, atendiendo a los cerdos que se habían apoderado de mi propiedad.

Hice entrar a Lizardi por la verja trasera para ir a las puertas del establo, como si la hacienda fuese mía, cosa que lo era en mi mente. En el interior había cuatro caballos. Había dos que no reconocí, sin duda pertenecientes a mis primos. Y otros dos que conocía muy bien: *Tempestad* y un castrado más pequeño al que había bautizado *Latón* por su color.

Ensillamos mis dos monturas. En un primer momento, *Tempestad* se apartó de mí, escarbando el suelo por el extraño olor que traía conmigo, pero muy pronto lo calmé con el arrullo de mi voz y una caricia de mi mano.

Cogí dos machetes de la sala de guarniciones y un puñal largo para mí. Las pistolas y los mosquetes los había guardado en la planta alta de la casa, pero tenía una bolsa de pólvora negra en el cuarto de los arreos, y la enganché en el pomo de la silla. Las únicas espuelas disponibles eran las rodajas de hierro de los vaqueros, que nos pusimos.

Hice que Lizardi montase primero.

—Yo guiaré mi caballo para abrir la verja y cerrarla cuando salgamos. Mantén tu caballo al paso en la calle. No queremos llamar la atención.

Llevé a *Tempestad* a las puertas del establo y las abrí. Me detuve en el acto. Un enorme perrazo negro me miraba. La bestia gruñó, ladró y vino hacia mí lanzándome dentelladas. *Tempestad* se encabritó. Yo no podía alcanzar mis cuchillos para matar al chucho. El perro retrocedió del semental, pero aulló lo bastante fuerte como para despertar a los muertos. Cuando monté a *Tempestad*, el perro continuó con su ataque con las fauces abiertas. Mi recurrente pesadilla de los sabuesos del infierno me había alcanzado para morderme.

Le clavé a *Tempestad* las espuelas y el caballo avanzó. Mientras salíamos a través de las puertas del establo, un hombre bajó corriendo la escalera de la casa, cargado con un mosquete.

—¡Alto! ¡Ladrón!

Me apuntó con el mosquete y yo tiré de las riendas para echarle a *Tempestad* encima. El hombre se apartó del camino, el mosquete se disparó y la bala voló hacia el cielo. Hice girar a mi caballo y lo llevé hacia la verja, con el maldito sabueso ahora ladrándole a Lizardi. Abrí la verja de un puntapié y salí a todo galope luchando por controlar al semental. Lizardi salió de pronto a través de la verja, con el perro ladrándole a los cascos traseros de su caballo y mordiéndole los flancos. Di media vuelta y fui a por el chucho. Cogí el machete y envié su alma de vuelta al infierno, donde estaba convenido que volvería a encontrarme.

Tempestad voló por la calle, adelantando al caballo de Lizardi.

Por docenas, los perros callejeros comenzaron un coro como si todas las arpías del infierno aullaran por salir. Los vecinos corrieron a las puertas, las galerías y las ventanas. Mientras nuestros caballos galopaban por los adoquines, sus herraduras levantaban chispas y apenas si podían encontrar donde aferrarse. Tuve que contener a *Tempestad* para evitar que resbalase.

Ahora nos perseguía un segundo perro, un monstruo manchado,

grande como un mastín. Saltando a mi lado, erró mi pierna pero mordió la bolsa de pólvora negra. La bolsa desgarrada vació su contenido sobre el morro canino, haciendo que el chucho se detuviese.

Llevé a *Tempestad* hacia el norte fuera de la ciudad, y Lizardi me siguió. Detrás de mí, lo oí gritar:

—¡Hijo de puta, éste no es el camino a Ciudad de México! ¡Has vuelto a mentirme! ¡No tienes honor! ¡Eres un demonio lépero!

Ay, podía ver que ése iba a ser el destino de mi vida: tener a una jauría del infierno aullando siempre a mis talones y tener que mentir siempre a lo largo de la vida. Las circunstancias de mi salida de la ciudad no habían sido del todo de mi agrado, y no tenía la menor intención de ir hacia la capital. La carretera más transitada de Nueva España también sería la más vigilada. En cambio, había tomado la dirección opuesta.

Además, nuestra escandalosa partida despertaría a legiones de alguaciles —el equivalente humano a las jaurías del infierno— y yo comenzaba a sospechar que el gusano, como yo mismo, había nacido con mala estrella.

Cabalgamos una legua al norte a la luz de la luna hasta que nos vimos detenidos por la verja de una hacienda minera. Me volví entonces hacia el este y cabalgamos otra legua más. Cuando el terreno se hizo demasiado oscuro y áspero para arriesgarnos a una caída del caballo, le dije al rezongón de Lizardi que se detuviese y acampase en el suelo con la manta de su caballo.

—Este suelo es más duro que las piedras donde dormíamos en la cárcel —se quejó—. Hace frío, y no tenemos nada que comer.

—Te quejarías a san Pedro por las comodidades del cielo. —Me puse a cuatro patas y besé el suelo—. Esto es suelo libre; aquí no hay cepos, cadenas, latigazos o piojos.

—Moriremos envenenados por las serpientes y devorados por los jaguares.

Hice oídos sordos, me tumbé boca arriba y contemplé el cielo nocturno, la cabeza apoyada en la montura de *Tempestad*. A diferencia de Lizardi, yo estaba acostumbrado a dormir en suelo duro, pues lo había hecho en mis cacerías, aunque siempre había tenido el estómago lleno y un fuego para calentarme los pies.

Mientras contemplaba las estrellas, dije:

—Mañana será un nuevo día.

—¿Qué clase de comentario insensato es ése? Cada día es un nuevo día.

—He pasado los primeros veinticinco años de mi vida como Juan de Zavala, caballero gachupín del Bajío. Mañana seré algún otro, y quién sabe adónde me llevarán mis pies.

—Regresarás a Guanajuato con los pies por delante si nos pillan los alguaciles del rey.

Dolores

VEINTE

Nuestra partida por la mañana nos puso en la carretera a la ciudad de Dolores, a más de un día a caballo al nordeste de Guanajuato. Dolores estaba fuera del territorio minero, pero las montañas de Guanajuato hacían que la marcha fuera lenta y tediosa, a menudo poco más que un angosto sendero adecuado para un burro y abrazado a un precipicio de centenares de metros.

Dolores era una plácida comunidad de haciendas y granjas. Su principal atractivo, aparte del difícil camino que salía de las montañas de Guanajuato y que lo hacían indeseable para una partida, era que yo no conocía a nadie en la ciudad.

Nos detuvimos en un pueblo de aztecas, donde comimos un sencillo desayuno de carne envuelta en tortillas de maíz.

—Esta aldea es parte de la hacienda Espinoza —le dije a Lizardi—. Conozco a Espinoza. Vive en Guanajuato. Dos semanas antes, si me hubiese detenido en su hacienda, sus sirvientes me hubiesen preparado un banquete y una fiesta.

Después de descender de las montañas a una carretera más ancha, cuatro hombres salieron de un grupo de árboles en lo alto de una colina, a unos doscientos metros de nosotros.

—¿Vaqueros de la hacienda? —preguntó Lizardi—. ¿Tu amigo Espinoza?

—No son vaqueros: mira sus monturas.

Tenían una curiosa selección de monturas: dos de ellos llevaban mulas, y los otros dos, burros. La mayoría de los vaqueros montaban caballos, aunque una mula no estaba fuera de lo habitual. Los burros eran raros —por ser pequeños, los utilizaban sobre todo los indios para cargar sus cosechas, no los hombres que arreaban ganado—, y esos burros eran incluso más pequeños que la mayoría.

Las ropas de los hombres también eran muy dispares, iban desde los andrajos de un lépero a las prendas de un caballero. Incluso a esa distancia, sabía que el hombre vestido con las prendas de calidad era un delincuente, no un caballero.

—Son bandidos —dijo Lizardi.

—Verdad.

—Tenemos buenos caballos; podemos escapar.

—No eres lo bastante buen jinete. Una dura persecución por terreno quebrado y empinados senderos de montaña te desmontará. Además, no voy a huir por el mismo camino por el que hemos venido para caer en los brazos de las partidas que nos persiguen.

Los hombres de la ladera urgieron a sus monturas hacia nosotros. Sólo uno parecía tener una pistola; los otros empuñaban machetes.

—¡Son cuatro! —gritó Lizardi—. ¡No podemos pelear!

—¡Y una mierda no podemos! —Desenfundé el machete y le pegué a *Tempestad* en la grupa con la parte plana de la hoja, gritando—: ¡Vamos, caballo! ¡Ándale! ¡Ándale!

Tempestad echó a galopar. El semental era mi mejor arma. Era una cabeza más alto que las mulas, y los pequeños burros apenas si le llegaban a la cruz. Pero lo que a las mulas les faltaba en altura lo tenían en anchura.

Primero cargué contra el jinete de uno de los burros, clavando las espuelas a *Tempestad*. El burro cayó mientras yo descargaba el machete contra el hombro del bandido.

El jinete de la mula delante de mí me apuntó entonces con la pistola. Tenía menos miedo al arma de fuego que a los hombres con machete. Las armas de pedernal eran famosas por fallar el tiro incluso en manos de un tirador experto. Cuando el martillo-pedernal golpeaba la chapa de acero, se suponía que la chispa encendía la carga de pólvora y disparaba el perdigón de plomo por el cañón, pero una docena de cosas podían suceder, y once de ellas eran malas. En cambio, un buen golpe de machete tenía consecuencias catastróficas.

Dado que el bandido tenía un solo disparo en su pistola, no me preocupó.

—¡Ándale! —grité, guiando a *Tempestad* hacia la mula del tirador.

La mula trastrabilló tratando de apartarse. La pistola se disparó, pero el perdigón se perdió en el aire mientras el jinete caía. Me volví. El otro jinete de mula llegó al alcance del machete. Moviendo la hoja grande como la de una hacha, lo alcancé en el costado del cuello, casi decapitándolo. Mientras se desplomaba de la silla, se soltó la cabeza y la mula se asustó.

Tiré de las riendas de *Tempestad* y lo hice girar. Con su amor por el combate esfumándose de prisa, el tirador había vuelto a montar en la mula y se había unido al otro jinete de burro, que sencillamente había pasado por mi lado y había seguido en dirección a Guanajuato sin presentar pelea.

Tal como había anticipado, el caballo de Lizardi lo había desmontado, pero mientras se levantaba, vi que había conseguido milagrosamente no soltar las riendas.

Sin embargo, la batalla no se había acabado. El bandido con la herida en el hombro había montado de nuevo su burro y lo acicateaba hacia Lizardi, sabiendo que no podía llegar muy lejos con su pequeño burro y la sangre escapando de su hombro. Con el machete en la mano buena, su última oportunidad para una huida rápida era el caballo de Lizardi.

Golpeé de nuevo a *Tempestad* con la parte plana del machete y fui a por el del burro. Más listo que su jinete, el animal oyó los cascos del gran caballo y se desvió, dirigiéndose colina arriba. Me aproximé por la retaguardia y con el machete le abrí la espalda al bandido, que soltó un grito y cayó de la montura.

Yo contemplaba el campo de batalla cuando llegó Lizardi montado en su caballo.

—Has matado a dos de ellos.

Lo saludé con el machete ensangrentado.

—¿Le he dado ya las gracias por su valiente ayuda, señor?

Con la montura todavía espantada por la violencia y la sangre, Lizardi tenía que luchar con las riendas.

—Pelear es de animales.

—Muy cierto, pero la muerte no sabe distinguir..., como casi has estado a punto de averiguar.

Busqué en los bolsillos de los bandidos muertos. En el de uno sólo encontré unos pocos centavos y unos cuantos granos de cacao, que entre los indios se utilizaban como moneda corriente. Pero el otro llevaba un morral con pesos, crucifijos de oro y plata, y caros rosarios de los que usaban las viejas ricas y los sacerdotes venales. Había sangre en dos de las cruces con cadenas de oro. No era sangre que yo hubiese derramado, pues los crucifijos estaban en la bolsa durante el combate.

—¿Sangre de bandido? —preguntó Lizardi.

—No..., ni tampoco sangre del Cordero.

Arrastramos los dos cadáveres hasta unos arbustos cercanos y borramos las huellas. Cuando acabamos miré colina arriba, donde habíamos visto por primera vez a los bandidos.

—¿Por qué sigues mirando aquella colina? Tenemos que marcharnos de aquí. Podrían aparecer más viajeros, quizá incluso alguaciles.

—Puede que estén allí arriba.

—¿Quiénes?

—Aquellos a quienes estos bandidos mataron. Tuvieron que matarlos poco antes de que apareciésemos. No tuvieron oportunidad de dividir el botín antes de vernos y creyeron que podrían aumentar sus riquezas.

Los encontramos en la cumbre de la colina, amarrados, sentados y con las espaldas contra los árboles, con las gargantas degolladas.

—Sacerdotes —dije—. Asesinaron a dos sacerdotes. —Me persigné.

—No son sacerdotes. Son monjes betlemitas, una hermandad lega conocida por sus artes curativas. Pero supongo que a los ojos de Dios son también sacerdotes.

Lizardi y yo nos arrodillamos. Él rezó una plegaria y yo murmuré a la par lo mejor que pude. Admito que yo no era adecuado para la Iglesia, pero fui criado, como todos los demás en la colonia, para considerar a los sacerdotes como una prueba contra los pecados y las tentaciones de la vida. Matar a un sacerdote era una grave ofensa contra Dios.

Se me ocurrió una idea mientras nos poníamos de pie.

—¿Hay muchos de estos..., cómo los has llamado?

—Betlemitas. No, no se ven muchos. —Lizardi se encogió de hombros—. Desde luego, no tan a menudo como ves a otros monjes y hermanos. Vienen desde España para realizar labores misioneras entre los aztecas y se quedan pocos años hasta que son reemplazados por otros de la hermandad. Buenos sanadores, carecen de la mala reputación de los doctores en general, y lo digo como hijo de médico que soy.

Me rasqué la barba.

—Señor Gusano, la única cosa que nos distingue de estos dos monjes barbados, aparte de que estén degollados, son los hábitos que llevan.

—¿Adónde quieres ir a parar? ¿Crees que puedes convertirte en un monje sólo con ponerte el hábito?

—*Veni, vidi, vici*, como diría César. —No tenía muy claro si había dicho bien la cita de César, pero reflejaba mi humor—. ¿No hemos sido ambos seminaristas? Además, dices que estos dos, en realidad, no eran sacerdotes, sino que sólo lo parecían. Nosotros, también, sólo pareceremos sacerdotes.

Le di un par de palmadas en la espalda.

—Hermano José, quítale los hábitos a estos dos y lávalos en el río antes de que se seque la sangre. En nuestro camino a Dolores ya me enseñarás los trucos y la alquimia que tu padre utiliza en sus tratamientos. ¿Quién sabe?, puede que alguien necesite de nuestros servicios curativos.

VEINTIUNO

Como habíamos interrumpido el pillaje de los bandidos, los ladrones apenas si habían tocado el equipaje de los monjes. Encontramos comida, vino, ropa limpia, biblias, suministros médicos y, lo mejor de todo, jabón. Nos lavamos en el río, quitamos la sangre de los hábitos y encendimos una hoguera para secar las prendas y cocinar la comida.

Esa noche acampamos en un altozano a un costado de la carretera, atentos a la aparición de una partida. A la mañana siguiente, sintiéndonos de nuevo humanos con prendas limpias y los estómagos llenos, continuamos por el camino hacia Dolores. Mientras marchábamos, Lizardi fue señalando correctamente los fallos en mi disfraz.

—Tu caballo es un semental de pura sangre, en absoluto algo que cabalgaría un monje. El mío es mucho más pequeño y podría pasar, pero las mulas son más propias de los sacerdotes. Las dos mulas de los bandidos sin duda pertenecían a los monjes. Necesitamos cambiar los caballos por mulas.

Estaba en lo cierto, pero yo no renunciaría a *Tempestad* incluso si el alguacil mayor en persona siguiese mi rastro, ni tampoco si el diablo me ofreciese una bella mujer a cambio... Bueno, quizá esto último no era cierto, pero no estaba dispuesto a cambiar a *Tempestad* por una mula.

—Si nos persiguen los alguaciles, necesitaré mi caballo... —le sonreí a Lizardi— para alejarlos mientras tú te escapas.

—Rehúsas calzar las sandalias que les quitamos a los monjes e insistes en llevar esas botas de caballero.

—No puedes controlar a un semental como *Tempestad* con sandalias. Obedece a las botas, las fustas y las espuelas, no al suave toque de las sandalias.

Entre las posesiones de los monjes había dos alforjas con medicinas. Lizardi buscó en su interior mientras cabalgaba. Había ayudado a su padre médico durante varios años y sabía para qué servían las medicinas y los instrumentos. Sacó un frasco de la alforja.

—Los monjes utilizan este elixir para limpiar las heridas. Conocido como agua de fuego, puede decolorar el cabello y volver rubio el pelo negro. Podemos salpicar con él a tu semental para que no sea un purasangre tan obvio.

Le di a *Tempestad* una estrella castaña en la testuz y manchas en las ancas y parte del lomo para que pareciese un mestizo.

—Este tubo de cristal contiene mercurio, el azogue que una vez vendiste a las minas para separar la plata. —Me mostró un tubo de cristal del grosor de un dedo y largo como el pie de un hombre—. Se llama termómetro Celsius. Lo metes en la boca del paciente y esperas diez o quince minutos. Si sobrepasa esta marca, los treinta y siete grados, tiene fiebre. Tienes que dejarlo en la boca para tener una lectura acertada, así que debes utilizar una vela e inclinarte sobre el pecho de la persona para leerlo.

—¿Y qué significa si la persona tiene fiebre?

—Significa... —se encogió de hombros—, que está enfermo.

—Cualquier idiota puede saber cuándo alguien está enfermo. La persona te lo dice.

Sacudió la cabeza al tiempo que sacaba otros objetos de la alforja.

—Éste es un pequeño cortahuesos —me mostró un instrumento con dos asas que parecía más útil para cortar ramas de los árboles—, y ésta es una sierra de hueso.

—¿Los monjes son barberos?

—No, ahora muchos médicos hacen cirugía. Mi padre es uno de ellos.

No dije nada, pero la razón por la que la cirugía en su mayor parte era hecha por barberos era porque la práctica es muy peligrosa. Muchas personas morían tanto por la cirugía como por las heridas. No tenía la intención de cortar a los pacientes como si fuesen ciervos.

—Los escalpelos cortan la carne, y un torniquete corta la hemorragia. —Me mostró un artilugio con un gran tornillo con dos planchas de metal a su vez sujetas con correas de cuero que se disponían alrededor de una pierna o un brazo.

—Aquí hay medicamentos, ungüentos, aceites de violetas. Una varilla de metal que calientas al rojo vivo para cauterizar y, ah, amigo, esto es especial para ti. —Me mostró una varilla muy fina de un pie de largo—. Para sacar las balas de mosquete, metes esto en la herida y buscas la bala de plomo. Una vez que la encuentras, utilizas estas pinzas para sacarla. —Levantó un instrumento que tenía empuñaduras de tijera, pero dos largas varillas con «tazas» en un extremo—. Sujetas la bala de plomo entre las tazas y la sacas. Astuto, ¿no?

—Prefiero que me dejen la bala dentro a que me la saquen con esa cosa.

—No, si la herida se infecta. —Sacó otro instrumento de la alforja—. Este otro lo utilizas en tu peor enemigo.

Era un tubo de plata, muy largo, fino y curvado.

—¿Qué es?

—Un catéter.

—¿Un qué?

—Un catéter. Éste es para el hombre. Lo metes por el agujerito en la punta del pene y empujas.

—¡Santa María, Madre de Dios! —Me estremecí y tracé la señal de la cruz—. ¿Es ése uno de los instrumentos de tortura de la Inquisición?

—No. Alivia el tapón en el tracto urinario del hombre. El tubo es hueco y permite que el líquido escape por el. La técnica es antigua. Incluso los griegos y los romanos la utilizaban.

—Es un instrumento del diablo. Tíralo.

Lizardi volvió a guardarlo en la alforja.

—Debes saber de estas cosas si te llaman para tratar a un paciente.

—Si me llaman para tratar a alguien, le cortaré el cuello y diré que fue la voluntad de Dios.

VEINTIDÓS

Cuando llegamos a Dolores, nos apartamos de la carretera principal y dimos un rodeo para entrar por una dirección diferente de la de

Guanajuato. La ciudad estaba bajo la jurisdicción de la intendencia de Guanajuato, como ocurría con gran parte de la región del Bajío.

Al acercarnos a la ciudad, cabalgamos junto a un gran viñedo. Hilera tras hilera de vides que se enroscaban como serpientes alrededor de hectáreas de soportes, y cuerdas horizontales colocadas en estacas. La ley prohibía el cultivo de uvas, al menos en cantidad, pero los alguaciles a menudo miraban en otra dirección cuando se plantaban uvas para el consumo personal.

Lizardi sabía mucho de la prohibición.

—El rey prohíbe el cultivo de uva para asegurarse de que sólo los vinos producidos en España se venden en la colonia. Éste es, obviamente, un viñedo comercial. Mira esas uvas. Son para el trapiche. Las uvas de fermentación deben de estar dentro de ese edificio.

Una joven mujer azteca, más o menos de mi edad, caminaba por la carretera en nuestra dirección. En la mano llevaba unas tijeras de podar. La saludé, olvidando que llevaba la capucha de un monje en lugar del sombrero de un caballero.

—Buenos días, señorita. Nos preguntábamos a quién pertenece este hermoso viñedo.

—Pertenece a nuestra iglesia, Nuestra Señora de los Dolores, padre.

La ciudad había tomado de la iglesia su nombre, Dolores, que sugería pesares, tristeza o dolor. Muchas ciudades adoptaban el nombre de sus iglesias como propios.

La india era muy hermosa. De piel bronceada, grandes ojos castaños, largas pestañas oscuras y el pelo negro como el ébano hasta la cintura, era alta para las mujeres de su raza, con bien torneadas piernas y gráciles brazos.

Desmonté, al tiempo que le dedicaba una sonrisa.

—No soy un padre, señorita, sino un hermano lego, y tampoco estoy atado por el voto de castidad sacerdotal.

Sus ojos se agrandaron y en ese mismo instante oí el gemido de Lizardi. ¿Quizá a los legos no se les permitía ser tan sinceros con las mujeres?

Un sacerdote había salido del edificio y se acercaba a nosotros con paso rápido.

—¿Quién es él, señorita?

—El padre Hidalgo, es el párroco de nuestra iglesia.

Hidalgo era un poco más bajo que yo. De miembros largos y hombros redondos, tenía unas proporciones un tanto robustas, con una apariencia informal pero distintiva. Tenía la cabeza calva, con un anillo de pelo blanco. Sus cejas eran prominentes y la nariz recta. Como la mayoría de los sacerdotes seculares, iba afeitado. Vestía pantalón corto negro, con medias negras hechas de un material similar al de sus pantalones, una chaqueta suelta también de tela negra, zapatos con hebillas grandes y una capa.

El padre nos dedicó una gran sonrisa de entusiasmo.

—Siempre es bueno ver a miembros de su gran hermandad. Pocas órdenes están tan dedicadas como los betlemitas a tratar a los enfermos.

Lizardi nos presentó: yo era Juan García y él Alano Gómez. Lizardi había insistido después de que hubimos asumido nuestros personajes como hermanos legos en que yo mantuviese el mismo nombre de pila. «El tuyo es el nombre de varón más común en la colonia —había dicho—, y no eres lo bastante listo como para recordar un nuevo nombre.»

Todavía nos llevábamos a la greña, al menos con los insultos, pero había decidido que formábamos un buen equipo. Lizardi suministraba el conocimiento libresco; yo era experto en ciertas cosas de hombres. Necesitábamos desplegar todas nuestras habilidades, porque debíamos comportarnos como los sacerdotes que no éramos y hacer ver que sabíamos algo de curar.

El sacerdote tenía un encorvamiento erudito, creado sin duda de tanto inclinarse sobre los libros. Sus ojos eran brillantes y claros, llenos de inteligencia y curiosidad. Parecía inquisitivo, como si analizase todo lo que tenía ante sus ojos.

—Deben compartir nuestra cena —dijo—, y, por supuesto, descansarán sus cabezas en nuestras almohadas esta noche. Marina, asegúrate de avisar al ama de llaves de que tenemos invitados especiales.

Lizardi y yo murmuramos nuestra gratitud eterna. Como el sacerdote, yo también tenía una mente inquisitiva. Estaba deseando explorar a Marina en mi cama esa noche.

—Vengan, hermanos, permítanme que les enseñe lo que mis indios han conseguido.

Atamos a nuestros caballos a un poste y seguimos a Hidalgo. La joven miró mi caballo antes de que siguiésemos a Lizardi y al cura.

—¿Entiendes de caballos? —le pregunté sólo para darle conversación, a sabiendas, por supuesto, de que los caballos estaban más allá de la comprensión de las mujeres. No creí ni por un instante que ella pudiese ver a través del «disfraz» de *Tempestad*.

—Sí, un poco. Mi marido y yo teníamos un criadero de caballos. Después de que lo mataron, yo misma me ocupé de criarlos: desde las yeguas cuando paren hasta domar los potros para la silla y atender a los sementales.

—Muy bien —respondí. Pero no estaba bien. Qué terrible mano me había dado de nuevo la diosa Fortuna; una mujer con conocimiento de los caballos cuando yo intentaba ocultar la pura sangre de mi montura.

Marina tocó suavemente la cabeza de *Tempestad*, que resopló, complacido con la caricia de la mujer.

—Veo que tu semental tiene muy buena figura, la estampa de un campeón. Aparte de las... marcas poco habituales, es mejor caballo que cualquiera en Dolores.

Podría haberle dicho a Marina que, aparte de un puñado de caballos en Ciudad de México, ninguno más se podía comparar con *Tempestad*, pero me apresuré a cambiar de tema.

—¿Qué le pasó a tu esposo? ¿Un accidente mientras entrenaba a los caballos?

—Un accidente con los pantalones. Se los bajó demasiado y un marido celoso lo mató.

Murmuré mi pesar y, como correspondía, me persigné.

—Todo fue para bien —añadió ella—. El marido ofendido me salvó del calabozo. Yo misma lo hubiese matado. Estoy segura de que sabes, hermano Juan, que un hombre puede matar a una mujer cuando la sorprende en *flagrante delicto*, pero una mujer que mata a su marido por la misma razón compartirá el patíbulo con asesinos y ladrones.

Marina me dirigió una mirada cuando dijo «asesinos y ladrones». ¿Acaso llevaba la palabra «bandido» escrita en el rostro? Me pareció extraño que una mujer utilizase una expresión latina. Yo conocía la frase latina para describir una indiscreción de alcoba, por haber sido acusado de cometerla en más de una ocasión.

—Pero por supuesto, hermano Juan, ésa es otra de las leyes injustas que debemos cambiar.

Me sorprendió oírla hablar de esa manera. Raquel había hablado de ideas y filosofía, pero al menos ella era en parte española. Ahora estaba oyendo a una india hablar de política, justicia... y caballos. Quizá mi reciente sufrimiento había confundido mi cerebro más de lo que suponía.

—Te he inquietado con mis comentarios —dijo Marina.

—No, hija mía. Sólo estás lamentando la pérdida de tu marido.

Ella echó la cabeza hacia atrás y se rió con desprecio.

—Lo que lamento es la pérdida de mis caballos. Es difícil encontrar una buena montura, pero los hombres... se reemplazan con facilidad.

Miré a Marina de arriba abajo. Aunque carecía de la sorprendente belleza ibérica de Isabel, su cuerpo voluptuoso estaba mejor formado y era más sensual que el de ella. Además, estaba de verdad interesado en lo que decía. Eso era desconcertante. En realidad, nunca había visto a las indias más que como sirvientas o receptoras de mi lasciva lujuria, y ahora me encontraba conversando con una.

Mis necesidades físicas masculinas eran sin duda urgentes, y sospechaba que ella lo sabía. Es más, cuando me miró a los ojos, su sonrisa parecía escarbar en las más negras profundidades de mi alma pecadora, como si pudiese discernir cada acto sucio que había cometido. Había pasado mucho tiempo desde que había apoyado mi cabeza en los pechos desnudos de una mujer, besado sus suaves labios y acariciado el tesoro oculto entre sus piernas. Deseaba a esa mujer azteca de ingenio y porte más de lo que había deseado a cualquier otra mujer en todo mi vida.

—¿Por qué renunciaste a tus caballos? —le pregunté.

—Los hombres no quieren comprar caballos criados y entrenados por una mujer. Más de uno sugirió que la única actividad adecuada para una mujer era criar bebés, preparar tortillas y romperle la espalda en la cama. Muy pronto me cansé de su ignorancia y vine a trabajar para el padre. Es el hombre más ilustrado de la colonia.

—El hermano Alano y yo cenaremos esta noche en la mesa del padre. Quizá después podríamos dar un paseo. Tengo algunas preguntas sobre la región que quizá puedas contestarme.

—Yo también estaré en la cena. Podremos hablar de ello entonces.

Quise decirle que sería difícil para mí hablar con una criada mientras ella atendía a los invitados, pero contuve mi lengua. Después de cenar y de que ella hubiese acabado con sus faenas, quizá podría arreglar un encuentro. Mientras seguía al hermano Alano y al padre Hidalgo, me enteré de más cosas sobre Dolores. El cura no sólo plantaba uvas y hacía vino, sino que también había puesto en marcha una serie de actividades, todas ellas empleando a los indios.

El padre bullía de entusiasmo, hablándonos de su trabajo con los aztecas. Yo lo escuchaba y no podía dejar de mirarlo. Me recordaba a alguien a quien no lograba ubicar.

—Cuando llegamos al Nuevo Mundo —manifestó Hidalgo—, los españoles no conquistamos a unos salvajes, sino grandes y orgullosos imperios: esos indios que llamamos aztecas, los mexica, los mayas, los toltecas zapotecas y otros que estaban en un nivel cultural que, en algunos aspectos, era superior a nuestras civilizaciones europeas. Tenían libros, grandes obras de arte, una ingeniería que les permitía mover bloques de piedra más grandes que casas por encima de las montañas, una astronomía más acertada y un calendario matemáticamente más preciso. Había carreteras más seguras y mejores que los pésimos caminos que atraviesan muchas de nuestras localidades, y sus edificios eran más sólidos. En otras palabras, aniquilamos civilizaciones de gentes cultas e inteligentes.

Miré al padre como si estuviese loco. Cualquier español sabía que Cortés había conquistado a unos salvajes desnudos e ignorantes que sacrificaban vírgenes y practicaban el canibalismo. Sin embargo, veía que Lizardi no estaba tan sorprendido como yo por la ignorancia del sacerdote. Marina me dedicó una mirada divertida mientras yo intentaba mantener el rostro impasible cuando el padre hacía esos escandalosos comentarios sobre los indios. De haber sido ella mi criada, le hubiese dado una paliza por semejante impertinencia..., después de haberle hecho el amor.

El padre nos mostró el lugar donde la loza —cuencos, tazas, cazuelas y jarras— se cocía en un horno.

—No se hacen mejores en la colonia —dijo. Señaló mis botas de cuero, aquellas que me había regalado la dama de negro, que yo estaba seguro que era mi dulce Isabel—. El trabajo de los indios en ese calzado es mejor que cualquier cosa producida en España o el resto de Europa. Las manos que hicieron esas botas son tan hábiles con el cuero y la arcilla como cualesquiera otras en el mundo. Incluso hemos importado moreras de China. Los gusanos de seda comerán el fruto blanco y nosotros, a su vez, utilizaremos los gusanos para tejer seda.

Con gran entusiasmo, explicó entonces el proceso de fabricar seda a partir de los gusanos.

—Los gusanos de seda son criados desde la larva hasta la madurez alimentándolos con las moreras. Construyen sus crisálidas produciendo una larga fibra continua y rodeándolas con ellas. Por increíble que parezca, cada pequeña crisálida produce una fibra muy fina de unos mil pasos de largo. Varias fibras se retuercen juntas para formar un hilo que después se hace tela.

El padre nos miró orgulloso.

—¿No es fantástico? Los aztecas producen un vino tan bueno como el de los viñedos de Jerez y sedas tan delicadas como aquellas hechas en Catay.

—También cerámica tan exquisita como la de los griegos —agregó Marina.

—Bueno, bueno —repuso Lizardi.

Mantuve el rostro inexpresivo. No me habría sorprendido si el sacerdote nos hubiese dicho ahora que sus indios estaban construyendo una escalera al paraíso. Era diferente de cualquier otro que yo hubiera conocido. Los demás sabían y hablaban poco más allá de los estrechos preceptos de su Iglesia. Cuando trataban temas alejados de dichos confines, a menudo estaban equivocados y siempre resultaban tediosos. Pero el párroco de la iglesia de Dolores era inteligente, entusiasta y enérgico. Cuando hablaba del viñedo, de la producción de seda y otros oficios, mostraba el fervor de un mercader y el intelecto de un erudito. Por supuesto, también estaba absolutamente loco. ¿Quién sino un loco enseñaría a los peones oficios para competir con el trabajo de sus superiores?

Cuando estábamos fuera del alcance del oído del padre, Lizardi susurró:

—¿Te das cuenta de que todo lo que has visto es ilegal?

—¿A qué te refieres?

—¿Dónde te has educado? Cultiva uvas para hacer vino, cría gusanos de seda, fabrica cerámica..., hasta tiene un huerto de olivos. Ya te lo he dicho, la colonia tiene prohibido producir todas estas cosas porque competirían con las exportaciones de la Península.

—España nos vende un vino que sabe a meados de burro a unos precios carísimos. El sacerdote sin duda tiene una dispensa especial del virrey.

—No, he oído hablar de él en la capital. Es conocido como un notorio defensor de los indios, pero camina por la cuerda floja. No conseguirá seguir mucho más con estas industrias ilegales.

Lo miré con expresión burlona.

—Estos proyectos no amenazan al imperio.

—Es su naturaleza, no el tamaño, lo que amenaza a los gachupines. El padre quiere demostrar que los peones son tan capaces como los españoles, que sólo les falta preparación y oportunidades. ¿Cómo reaccionarían los gachupines que conoces ante la idea de que los aztecas y los mestizos sean sus iguales?

La pregunta no reclamaba una respuesta. Ambos sabíamos que el virrey había mandado estrangular hombres en sus mazmorras por pecados menos graves.

—Hermano Juan, un día los hombres del virrey o la Inquisición detendrán al padre por su locura. Morirá en el patíbulo o en la hoguera. Sólo la lejanía de esta ciudad y sus hábitos de sacerdote lo han protegido de cualquier daño hasta ahora.

Lizardi volvió junto al sacerdote mientras Marina se acercaba. Miró mis botas de caballero. Fue una mirada intencionada. Fruncí los labios y sostuve su mirada.

—Tienes una sorprendente facilidad con el idioma.

No sabía a qué se refería, pero mordí el anzuelo.

—Hablo francés, latín y una lengua india. ¿Cómo lo has sabido?

—No me refería a ésos, sino a tu dominio de nuestro dialecto colonial y los idiomas y, como tú dices, también una de nuestras lenguas indias... Todo en un breve espacio de tiempo.

Me dedicó una sonrisa maliciosa que significaba muchas cosas, ninguna de ellas buena para mí. Sin duda había visto a través de mi disfraz de monje.

Desvié la mirada y me volví para unirme con Lizardi y el padre cuando una idea me golpeó con la fuerza de un martillazo: había visto al padre antes. Era el sacerdote que acompañaba a Raquel y que me había impedido pegarle al mendigo lépero.

VEINTITRÉS

Cenamos con el padre, y Marina estaba allí... como invitada. ¿Debería haberme sorprendido que no fuese una sirvienta? Los invitados eran una extraña mezcla. El padre incluso tenía a su amante, una actriz para quien había producido una obra. ¿Un sacerdote produciendo una obra?

Los otros invitados eran un joven novicio azteca para el sacerdocio de León, un hacendado criollo, propietario de la mayor hacienda de la región, y dos sacerdotes criollos de Valladolid que habían venido a hablar con el padre de las industrias con los indios.

El novicio, Diego Rayu, era un joven con unos ojos curiosos y una brillante sonrisa. Me enteré de que había estudiado para el sacerdocio y ahora esperaba saber si la Iglesia lo aceptaría. Los sacerdotes indios eran una rareza en la colonia.

Don Roberto Ayala, el hacendado, les dedicaba a Marina y al joven novicio unas miradas que no dejaban ninguna duda acerca de que la única manera en que ellos hubiesen podido acercarse a su propia mesa era con una bandeja.

Uno de los sacerdotes visitantes comentó que la casa del padre debería llamarse «Francia Chiquita», pues Francia era la luz que guiaba al mundo en las artes y la ciencia.

La conversación pasó a la literatura y la filosofía, y tuve la sensación de estar sentado a una mesa llena de Raqueles, excepto por don Roberto, que era un feliz ignorante de esas cosas, como yo mismo.

Después de cenar, el padre hizo que su actriz-amante, Marina y el novicio leyesen y representasen escenas de *El sí de las niñas,* de Leandro Fernández de Moratín, que trataba de los conflictos entre una generación mayor y más rígida y otra más joven y rebelde. En la obra, un rico de cincuenta y nueve años quiere casarse con una bonita joven de dieciséis. Las cosas se complican porque ella está enamorada de un joven, sin saber que es el sobrino del hombre mayor. Tío y sobrino tampoco saben que ambos compiten por la mano de la muchacha. Todo el enredo tiene un final feliz cuando el tío rico permite a su sobrino casarse con la joven.

La idea de un hombre rico casándose con una muchacha hermosa aunque él fuera cuatro veces mayor a mí me sonaba real. Pero que le diese la mano de la ardiente joven a su sobrino me parecía tan falso como las ideas de caballería que tanto mortificaban al pobre don Quijote. En la vida real, el viejo se habría quedado con el dinero, acostado con la joven y enviado a su sobrino a que lo matasen en alguna guerra.

Los invitados del sacerdote hablaron y hablaron de literatura, después de lo cual el padre Hidalgo leyó párrafos de Molière, un escritor francés muerto hacía tiempo, autor de comedias francesas todavía más muertas. *L'École des femmes,* comentó el padre, estaba basada en un relato español, y presentaba a un tal Arnolphe, un erudito que nunca lavantaba la cabeza de los libros. Cuando debe casarse, tiene tanto miedo a las mujeres que escoge a una novia que no sabe nada de las maneras del mundo.

Mientras el padre leía las estúpidas manifestaciones de Arnolphe y la joven, comenzaron a pesarme los párpados, y busqué la botella de brandy. Arnolphe se enamora perdidamente de la muchacha idiota y se pasa el resto de la obra intentando convencerla para llevársela a la cama, haciendo el ridículo una y otra vez. Necesité toda mi fuerza de voluntad para no beber el brandy directamente de la botella. Yo podría haberle dicho a Arnolphe cómo tratar a la mujer: me la hubiese llevado conmigo montada en *Tempestad* a algún lugar discreto, le hubiese dicho todas las mentiras que necesitaba oír y, después, me habría complacido a voluntad. Ése era el romance que las mujeres respetaban, no una charla insulsa.

Por la conversación entre Marina y la actriz, me enteré de que el padre Hidalgo tenía un hijo con la actriz y había engendrado dos hijas más en otra ciudad. Tener una amante e hijos no era algo tan raro en un párroco —no eran monjes, encerrados en un monasterio—, pero hacía que el sacerdote todavía fuese más insondable para mí.

Dolores era sin duda el lugar más extraño que yo había visto jamás. ¿Tener industrias aztecas en desafío a los decretos del rey? ¿Tratar a los peones como iguales sociales e intelectuales? ¿Tratar a las mujeres como iguales? La amante del sacerdote leyendo obras francesas en la cena... ¿Las produciría como una obra para ella?

Por otra parte, el padre Hidalgo no había insinuado que yo fuera el caballero que había encontrado en Guanajuato, y eso me intrigaba más que cualquier otra cosa que pasase en Dolores. ¿Por qué no me descubría y me denunciaba como un bruto y un farsante? Era evidente que me había reconocido; por qué se lo callaba, no lo sabía. Incluso más inquietante, parecía que le caía bien.

Mientras ocurría todo esto, Marina dio su opinión acerca del reciente decreto del virrey que aumentaba el impuesto del maíz para ayudar al esfuerzo de guerra de nuestro soberano español. Lo tomé como venía; una azteca con sus propias opiniones ya no me sorprendía, así que me serví un poco más del excelente brandy del padre. No obstante, el hacendado estaba cada vez más inquieto al ver que la india manifestaba sus opiniones.

Me intrigaba. A pesar de la educación literaria de Marina, su habilidad con los caballos, su considerable belleza y su obvia sinceridad me interesaban y al mismo tiempo me confundían. Al mirar sus rápidos pero sutiles movimientos, me recordaba a una salvaje criatura del bosque, no a un delicado cervato, sino a un amenazador felino con la indolente gracia de un jaguar saciado en reposo. Un poder desnudo irradiaba de ella. Su interés por las artes y la política era equivalente al de Raquel, aunque los razonamientos de esta última eran más profundos. Marina lo compensaba imprimiendo una pasión primitiva en sus opiniones.

La azteca sacó a relucir la pasión de todos los invitados esa noche, cuando discutían sobre los acontecimientos en la capital y las guerras en Europa. Después de la terrible derrota infligida por los británicos a las flotas de españoles y franceses en Trafalgar varios años antes, el rey estaba buscándole de nuevo las cosquillas al león británico. Esta vez, España había invadido Portugal tras la insistencia de los franceses, que querían aislar a Gran Bretaña de su último aliado en el continente.

—Trágico —manifestó el padre Hidalgo—, sencillamente trágico. Tantas vidas perdidas, tanta riqueza de la nación malgastada en las guerras... Primero nos aliamos con los británicos y luchamos contra los franceses, y ahora nos alineamos con Napoleón contra los británicos sólo para buscar más desastres.

—Por lo que sé, hemos perdido tantas naves que nunca más volveremos a ser una gran potencia naval —afirmó Lizardi.

—Yo culpo a Godoy —dijo Marina—. Dicen que es nada menos que el amante de la reina. Primero nos llevó a una desastrosa guerra contra Francia, luego a otra contra los británicos.

El comentario de Marina provocó un estallido del señor Ayala, el hacendado. De la misma edad que el padre, la rapaz codicia y el enorme apetito del hacendado le habían dado grandes riquezas, el cuerpo de un glotón y la intolerancia de un tirano hacia la disensión política. No se había sentado a la mesa del padre para que las mujeres ilustradas le diesen clases de asuntos mundiales. A los industriosos indios del párroco los declaró despreciables: su falta de derechos básicos le parecía motivo de júbilo.

Yo lo conocía bien. Era como todos los demás caballeros mayores con los que me había criado, y la clase de gachupín del que había modelado mis propias innobles opiniones.

—Las mujeres deben parir hijos, satisfacer las necesidades de sus maridos en todos los aspectos y no hablar de asuntos que conciernen a la Iglesia y a la Corona —le dijo furioso a Marina.

—Señor, todos los hombres, las mujeres y las razas son libres de expresarse en mi mesa —le recordó Hidalgo con voz suave pero firme.

La mayoría de los párrocos hubiesen halagado a un rico hacendado y, más tarde, buscado recompensa en nombre de la Iglesia. Ponerse de parte de una india para hacer frente a un grande era una locura financiera. El padre, en cambio, no se inclinaba ante hombre alguno, y manifestaba sus creencias sin miedos o favoritismos.

Lizardi, prudente, cambió de tema y le preguntó a Diego Rayu, el candidato para el sacerdocio:

—¿Tienes planes de ejercer en León?

Callado durante la mayor parte de la velada, el joven novicio respondió a la pregunta de Lizardi.

—No soy bienvenido en León.

Bajo de estatura, Diego tenía el físico musculoso de un trabajador indio. Como ocurría con la mayoría de los aztecas, parecía estar en mejores condiciones físicas que los españoles. Con el pelo negro corto y los grandes ojos castaños, tenía un aire pensativo y una mirada firme.

—¿Por qué tienes problemas en León? —quiso saber Lizardi.

—Tuve problemas con el párroco que me patrocinó para el sacerdocio. Me pidió que hablase con el padre de una sirvienta de catorce años en la casa de un gachupín. El grande la había azotado y luego violado. Cuando el padre de la niña se enfrentó al español, el caballero azotó al padre hasta casi matarlo. Cuando el cura me dijo que el español compensaría a la niña y al padre a cambio de la bendición y la absolución de la Iglesia, le dije que los sobornos no comprarían a Dios o la necesidad de justicia. Él se mostró en desacuerdo y yo me quejé al alcalde.

—¿Qué hizo el alcalde?

—Me metió en la cárcel.

En la mesa se hizo el silencio.

—¿La criada era azteca? —preguntó el hacendado.

—Sí.

—Entonces, ¿de qué había que quejarse? Era propiedad de su amo. Quizá ella se mostró resentida porque no había parido a su bastardo.

Marina se levantó de la silla pero vio la mirada del padre y se sentó de nuevo. Diego miró su plato, con una expresión furiosa.

—Ésta es mi mesa —dijo Hidalgo—, y todos son mis invitados. Todos son bienvenidos a expresarse en mi casa, y yo también me expresaré: espero que este joven entre en el sacerdocio y demuestre a la Iglesia que el Mesías está en todas las personas, incluidos los indios, y que todos somos hijos de Dios y que Dios no condona la esclavitud o el abuso de sus hijos. —Le hizo un gesto al novicio—. Espero que puedas demostrarle a la Iglesia que los hombres de tu raza son buenos sacerdotes, pero sea cual sea el camino que sigas, estoy seguro de que lo harás con dignidad, corrección, honor y amor. Tu nombre ya tiene la bendición: Rayu, la palabra náhuatl que significa «trueno».

Como ya he dicho, Dolores era un lugar muy extraño.

Antes de la cena, Lizardi se había enterado por una conversación con los sacerdotes visitantes de que el padre había sido en una ocasión director de un colegio. Sin embargo, la Inquisición lo había sancionado y había perdido su asiento por sus creencias liberales y su vida libertina, que incluía el juego y los asuntos del corazón, según se decía. Pero ¿a un hombre se le juzga por sus buenas obras o por sus indiscreciones juveniles? El hacendado descargó un puñetazo sobre la mesa.

—Es usted demasiado tolerante, padre. —Miró furioso a través de la mesa a Marina—. En toda mi vida, nunca he visto a nadie que permitiese a los peones y a las mujeres dar su opinión sobre temas importantes. Siembra la insurrección. Muchos hombres han ido al potro y a la hoguera por menos, incluso los sacerdotes.

El padre no se amilanó, y lejos de apartarse de la controversia, Hidalgo, es más, toda la mesa, se lanzó a otro peligroso discurso.

Ignorante de tales asuntos —de hecho, sin tener ni la más remota idea de lo que hablaban—, yo opté prudentemente por mantener la boca cerrada. Pero por primera vez en mi vida había visto a los caballeros bajo otro prisma. Bueno, supongo que en realidad comenzó cuando estaba en las calles, sucio y hambriento, trabajando como un animal, mientras las personas de «calidad» pasaban por mi lado, sin tomarme en cuenta como si fuese un perro vagabundo. Vi que ese viejo caballero no estaba a la altura del sacerdote ni del novicio, tampoco de las mujeres de la mesa, ni siquiera en su conocimiento de los caballos. No tenía ninguna duda de que Marina sabía más del tema que él.

No puedo decir que estuviese de acuerdo con las radicales ideas del padre, o que creyese de verdad que las mujeres podían expresar sus opiniones en compañía de los hombres, o incluso que se le permitiese a una mujer mejorar su intelecto, como habían hecho Marina y Raquel, pero no me gustaba la manera en que el hacendado intentaba imponerse a la india y a Diego. Incluso me afectaba más al comprender que los dos aztecas eran mucho más capaces que él.

—¿Acaso los criollos no tratan a los peones de la misma manera que los gachupines los tratan a ellos? —pregunté, casi sin pensarlo, rompiendo mi meticuloso silencio. Mi comentario había sido reflexivo, y yo era culpable de una horrible herejía que había escapado de mis labios antes de poder contenerla. La declaración provocó otro tumultuoso debate.

Durante una pausa en las discusiones, el hacendado se inclinó hacia mí.

—Hermano Juan, he venido a la ciudad para ver al doctor, pero está loco. Intentó darme una medicina que yo no le daría ni a mis cerdos. El padre me ha dicho que es usted un sanador preparado. Si puede curarme, encontrará que soy generoso.

—¿Cuál es su condición, señor?

Bajó una mano para sujetarse el escroto.

—Me cuesta mucho mear. Esta noche he bebido una buena cantidad de vino y brandy. Tengo la urgente necesidad de orinar, pero cuando lo intento, no salen más que gotas. —Me dio un codazo y me dirigió una mirada campechana—. Confieso, hermano, que he disfrutado de demasiadas putas indias. —Con una sonrisa, se apresuró a persignarse.

Marina había oído sus palabras, y vi la furia pasar por su rostro. Ella desvió la mirada y volvió su atención a los otros. Sentí su furia como propia. Bruto había dicho que mi madre era una puta india, y yo, un hijo de puta. ¿Qué era una puta para un caballero? Una mujer que él tomaba, por la fuerza si quería, porque podía. El rango y el privilegio le conferían ese derecho. Nada más. Y a aquellos que denunciaban su mal hacer los castigaba brutalmente.

—¿Ahora mismo le duele? —pregunté.

—El dolor es terrible.

—Entonces, venga conmigo.

Me levanté.

—Padre, su cena ha sido un banquete digno de reyes, pero el señor Ayala y yo tenemos que tratar unos asuntos muy serios. Estoy seguro de que nos excusará.

Cuando salía, Lizardi me cogió del brazo y me llevó a un aparte.

—¿Qué estás haciendo?

—Necesita tratamiento. Voy a dárselo.

—No sabes nada de medicina.

—Tú me enseñaste esta mañana —respondí con una sonrisa.

—¡Harás que nos ahorquen!

—¿Pueden ahorcarnos dos veces?

En la habitación que el padre nos había asignado a Lizardi y a mí, busqué el instrumento apropiado en nuestra bolsa médica. Caminé por el pasillo hasta el cuarto del hacendado y llamé a la puerta.

El hombre respondió a la llamada, y yo le dirigí lo que consideraba una mirada profesional.

—Estoy preparado, señor —anuncié.

—¿Qué va a hacer? —preguntó.

—Acuéstese en la cama y bájese los pantalones.

VEINTICUATRO

Cuando salí de la habitación, Lizardi, el padre, Marina y los dos sacerdotes visitantes estaban reunidos en el pasillo. Cerré silenciosamente la puerta del hacendado detrás de mí.

El padre Hidalgo miró la puerta de reojo.

—Nosotros..., hermano Juan, hemos oído los gritos del señor Ayala. ¿Está...?

—¡Lo has matado! —dijo mi «hermano lego» con el rostro blanco por el miedo. Dispuesto a escapar, los ojos de Lizardi estaban abiertos como platos y las piernas le temblaban mientras se balanceaba de un pie a otro.

—¿Matarlo? —enarqué una ceja—. ¿Soy un verdugo o un sanador? —Sin esperar respuesta, añadí—: El señor Ayala descansa cómodamente. Creo que los gritos lo han dejado agotado. —Le sonreí a Marina—. Creo que me habías prometido mostrarme el jardín.

Ella no había hecho tal promesa, pero reaccionó con gracia.

—Será un placer, hermano Juan.

Ya estábamos casi saliendo por la puerta trasera cuando el padre me gritó una pregunta:

—Hermano Juan, ¿qué tratamiento le ha dado?

Lizardi parecía a punto de estallar.

—¿Qué le has hecho?

—Sólo le di el tratamiento adecuado para su condición. —Sonreí—. Le metí una varilla de plata por el pene para quitarle una obstrucción.

Marina tuvo el detalle de no reírse hasta que estuvimos en el jardín.

—¿Se va a morir? Sus gritos eran espantosos.

—No se morirá. —Eso esperaba—. Pero padecerá los dolores del infierno.

Ella cortó una rosa y la olió mientras caminaba.

—Eres una persona muy extraña, hermano Juan.

—¿Por qué?

—Si me permites ser atrevida, me confundes. Tu caballo...

—Me lo dio un hacendado que dijo estar harto de verse desmontado. No es el caballo de un monje porque, como sabes, vivimos de la caridad de los demás.

—Supongo que el hacendado también te dio las botas de caballero...

—Por supuesto, un hombre pobre como yo no podría permitirse tanta elegancia en los pies. Mi calzado habitual son las sandalias. —Me detuve, mirándola a la luz de la luna—. ¿Esto satisface sus preguntas, señorita?

—Una más.

—¿Sí?

—Miras a una mujer como lo hace un hombre. Creía que los hermanos legos hacían voto de castidad.

—Eso depende del hermano.

—Pero ¿no deberían intentar algo menos que la desnuda lujuria?

Exhalé un suspiro.

—No llevo mucho tiempo siendo betlemita, a diferencia del hermano Alano, quien a veces creo que nació con el hábito. Me considero a mí mismo un fraude porque respondí a la llamada de una manera diferente de la mayoría. Un asunto de amor me envió a la caritativa hermandad. —Le tomé la mano y la apoyé contra mi pecho—. Estaba enamorado de una mujer que estaba muy por encima de mí socialmente. Ella correspondió mi amor, su familia lo descubrió y exigió que cesase nuestra relación. Cuando les respondió que nunca renunciaría a mí, me vi obligado a escapar de los asesinos de su padre. Éste la encerró en su cuarto y le dijo que yo había perecido como consecuencia de las puñaladas. Ella creyó la mentira... y... —No pude continuar, me ahogaba.

—No... ¿Ella no debió de...?

—Sí —asentí—. No podía vivir sin mí. Se clavó una daga en el corazón. Después, me quedaron pocas alternativas. Podía unirme a la hermandad... o unirme a mi amada. Ahora, cuando te veo, quiero desprenderme de estos hábitos monacales, ser de nuevo un hombre, y probar los labios de una mujer.

La acerqué a mí, sus labios a un beso de distancia de los míos.

—Señorita, mi corazón tiene...

—¡Hermano Juan, debo hablar contigo!

Casi me muero del susto.

Era Lizardi.

—Ahora no —gruñí.

Marina se apartó de mí.

—Debo irme.

Escapó, y yo sujeté a Lizardi por la garganta.

—Miserable gusano. Debería estrangularte y librarme de ti ahora mismo. —Lo aparté de un empujón—. ¿De qué tienes tanto miedo?

—El hacendado... Lo has matado.

—No, no lo he hecho.

En realidad, no estaba seguro. Le metí el fino tubo de plata por el pene y lo castigué por insultar a Diego, a Marina y a mi madre. Le hice daño, él gritó... pero ¿matarlo?

—¿Estás seguro de que está muerto? —susurré.

—Abrí la puerta y espié. La vela junto a su cama estaba encendida y lo vi acostado. No oí ningún ruido, ningún gemido. La cosa que le metiste por el...

—Dijiste que era para limpiarle el pene.

—Te dije que era para que saliese la orina, pero no sabemos cómo usarlo. Quizá se haya desangrado hasta morir, o puede que el dolor lo haya matado. Estaba tendido allí, creo que muerto, con aquel siniestro tubo sobresaliendo.

Me rasqué la barbilla.

—¡Ay de mí! Nos has metido en otro buen lío, amigo.

—¿Yo?

—Si nos marchamos ahora, a esta hora de la noche, levantaremos sospechas. No podemos irnos sin despertar al encargado del establo, sin que el padre y todos los demás lo sepan. Debemos escapar con la primera luz de la mañana. Eso no despertaría las sospechas de nadie. Sólo les diremos que debemos continuar nuestro viaje. Nos habremos marchado antes de que descubran el cadáver.

—¿Y si lo descubren primero?

—¿Es éste el primer paciente que se muere al cuidado de un sanador? Examinaremos el cuerpo y diremos que le falló el corazón. Nos mostraremos apenados, pero era la voluntad de Dios. Cuando llegue su viuda, estaremos arrodillados junto al cadáver, abriéndole a su alma el camino al paraíso.

—Estás loco. Lamento haberme involucrado contigo. Tendría que entregarte y...

Lo sujeté y lo acerqué a mí, al tiempo que desenfundaba mi daga y se la ponía entre las piernas.

—Escúchame bien, amigo. Si me denuncias a las autoridades, los buitres desayunarán con tus ojos.

VEINTICINCO

Una noche desapacible sin una mujer a mi lado mientras oía a Lizardi roncar en la cama que compartíamos me dejó de tan mal humor que estaba dispuesto a meterle uno de los catéteres de plata por un agujero en particular de su cuerpo, y no precisamente por donde se lo había metido al hacendado.

El sol apenas asomaba por el este cuando me calcé las botas y recogí mi alforja.

—Vayámonos antes de que los demás se levanten. Despertaremos al encargado del establo para ensillar a nuestros caballos y le diremos que le dé las gracias al padre después de habernos ido. Le pediremos que le diga a Hidalgo que nos llamaron para una emergencia médica.

—¿Podemos comer primero?

—Comeremos por el camino, con lo que podamos matar. A menos que quieras quedarte por aquí y desayunar con el espíritu del hacendado y el verdugo.

Salimos de la habitación, caminamos de prisa por el pasillo y llegamos a una esquina...

—¡Señores!

Me quedé de piedra. Lizardi gimió. Parecía a punto de desmayarse.

El padre Hidalgo y los dos sacerdotes visitantes estaban en el pasillo, delante de la habitación que habían compartido los sacerdotes. Ellos también tenían el equipaje en la mano, dispuestos a partir tan temprano como Lizardi y yo, pero por supuesto no se escabullían como ladrones. O asesinos.

—Pa... pa... padre —tartamudeó Lizardi—. Nos disponíamos a...

—A marcharnos —dije yo—. Una emergencia médica; debemos marchar de inmediato.

—No he oído nada —señaló el padre.

—Tampoco nosotros..., quiero decir, no hasta hace unos momentos.

—Pero ¿qué pasa con el hacendado? ¿Cómo está?

—La voluntad de Dios... —respondí—. Estaba más allá de nuestras manos. El Señor actúa de misteriosas maneras. —Me persigné.

El padre me miró.

—No querrá decir...

Asentí.

Él se persignó a su vez y murmuró algo en latín. Los otros dos sacerdotes dejaron caer sus bolsas y se arrodillaron. Uno de ellos comenzó a pronunciar una oración por el difunto.

Lizardi y yo intercambiamos una mirada y después nos arrodillamos. Yo no sabía las palabras pero murmuraba tonterías que esperaba que sonasen como lo que decía el sacerdote.

—¿Qué pasa? ¿Ha muerto alguien?

Se me heló la sangre. Me volví poco a poco.

¡Madre de Dios! El fantasma del hacendado estaba en el pasillo. El espectro se abrigaba con una manta que le llegaba hasta las rodillas. A partir de ahí y hasta los pies, estaba desnudo.

El padre Hidalgo se acercó a mí y se dirigió a la aparición.

—Señor, rezábamos por ti. Alabado sea el Señor, amigo, te creíamos muerto.

—¿Muerto? ¡Muerto! ¡Sí, soy un fantasma! —gritó, riéndose como un loco.

Aún estaba arrodillado cuando el hacendado se me acercó.

—Señor doctor —dijo—, mi agua sale en un fino chorro, pero ¿podría usted quitarme este maldito artilugio?

Y abrió la manta para dejar a la vista el catéter de plata que sobresalía de su pene.

VEINTISÉIS

Con el hacendado vivo y curado no necesitábamos escapar, y la «emergencia médica» se olvidó muy pronto.

Con mi deseo por Marina en aumento, fui a visitar su rancho. La casa era pequeña pero cómoda, tenía tres habitaciones, el tejado de tejas y un bonito jardín. Ella no estaba, pero vi a los caballos a lo lejos, pastando en el campo. Eran buenos animales, no purasangres —desde luego, no tenían la estampa de campeón de *Tempestad*—, pero eran la clase de caballos fuertes y nervudos que preferían los vaqueros.

El sol estaba alto y el calor era agobiante cuando fui hacia una fragante plumeria junto a un estanque a cien pasos de la casa, con las ramas adornadas con hermosas flores y pimpollos.

Me quité el hábito y me tumbé bajo su umbría copa. Mientras disfrutaba de un cigarro, pensaba en Marina. La mujer había estado en mi mente desde el primer momento en que la vi. Llevaba mucho tiempo sin una mujer, y pensar en los lugares secretos de la azteca estimulaba mi deseo. Algo en sus ojos hablaba de una hambre sensual que ningún hombre había saciado, nunca la habían llevado a la total satisfacción, nunca la habían desafiado de verdad. Antes de que acabase el día, despertaría su deseo de la guarida y desataría a su bestia salvaje.

Un chapoteo en el estanque distrajo mis pensamientos. Al mirar entre los arbustos vi la espalda desnuda de una mujer en el agua. Tenía la piel dorada de una azteca, el largo pelo negro suelto cayendo por la espalda..., la mujer de mi deseo.

La observé en secreto mientras ella disfrutaba de su baño. Enojado el uno con el otro, dos pájaros chillaron y aletearon excitados.

Marina se puso tensa y miró entonces en mi dirección. Me agaché para mirarla a través de las ramas inferiores. Ella no dio ninguna señal de haberme visto y se relajó de nuevo levantando su rostro y su cuerpo al sol. Mis ojos saborearon su desnudez. No me atreví a moverme, temeroso de hacer que se interrumpiese. Recogió agua con las manos y se lavó con un ritmo lento y sensual sus grandes pechos y sus rosados pezones, erectos con el agua fría. Los fuegos de la lujuria se acrecentaron en mí, desesperados por ser apagados. Me aproximé en silencio.

Cuando ella emergió del estanque, yo salí de entre los arbustos.

Envuelta en una blanca y ligera tela de algodón, la fina tela sólo acentuaba las generosas curvas de debajo.

—Así que me has estado espiando.

Sonreí.

—Sólo estaba en el mismo lugar al mismo tiempo que tú.

—Entonces, ¿por qué estabas oculto detrás de los arbustos?

—En un primer momento no quise asustarte. Luego no pude por menos que mirar. Te he deseado desde el primer momento en que te vi.

No esperé su respuesta, sino que me apresuré a quitarle la fina tela que cubría su cuerpo. Ella se adelantó para darme un tremendo bofetón. La mejilla derecha me ardía con más intensidad que los fuegos del infierno.

Mientras parpadeaba para contener las lágrimas, vi que su mano derecha asía una daga con una hermosa empuñadura de marfil y bronce y una adornada guarda de diez centímetros. La hoja de veinticinco centímetros, afilada como una navaja, resplandecía como Satanás con el sol del mediodía.

—¿Eso para qué es?

—Por si acaso se te ocurre violarme.

—¿Violarte? Señorita, yo no violo a las mujeres. Cuando acabo de hacerles el amor, me bendicen por compartir mi hombría con ellas, y sólo me desprecian cuando me marcho, y maldicen mi partida y mis agonizantes ausencias.

Ella permaneció desnuda ante mí, daga en mano. Mientras me miraba, perpleja, no hizo ningún intento de cubrir sus partes pudendas.

Levanté las manos en un gesto conciliatorio.

—Te propongo un trato. Si cuando te haga el amor no es lo mejor que has hecho en tu vida, podrás cortarme los cojones, también la garrancha, y dárselos a tus cerdos.

Ella sacudió la cabeza lentamente, como si estuviese intentando descifrar mi alma.

—Estás muy seguro de ti mismo —dijo finalmente.

—Ninguna mujer se ha quejado nunca.

Ella se rió al oír eso, y yo le dediqué una encantadora sonrisa juvenil.

—¿A cuántas mujeres te has llevado a la cama? —me preguntó con un tono desafiante.

—No las he contado, pero... —me palmeé la entrepierna— me han dicho que tengo un cañón por garrancha... —el enorme bulto, incluso debajo de mis prendas de «hermano lego» era embarazosamente obvio pero confirmaba mi afirmación—, y balas de cañón por cojones.

Ella comenzó a reírse como si supiese algo que yo ignoraba. Ninguna mujer se había reído o burlado antes de mi hombría, y me sentía herido en mi vanidad. Enrojecí de furia.

—¡Compruébalo por ti misma, mujer! —Me quité las prendas y las arrojé al suelo.

Ella soltó una exclamación ante la inmensidad de mi miembro.

—¡Dios mío! —gritó, al tiempo que hacía la señal de la cruz y desviaba la mirada.

En el fondo de mi mente recé para que a nuestro santo padre no se le ocurriese pasar por allí. Quién sabe a cuántos avemarías, padrenuestros e innumerables otros actos de contrición condenaría a mi alma. Ambos estábamos comprometidos. Marina, con su daga apuntándome, y yo desnudo con mi miembro alzado, una furiosa y arrogante bandera a media asta en medio de la galera.

Me apresuré a quitarme las botas. No tuve necesidad de arrebatarle la daga de la mano. Con una súbita vuelta y un lanzamiento de una rapidez desconcertante, ella clavó el puñal en el tronco de la plumeria, ensartando dos fragantes flores. Luego cayó en mis brazos con la misma ansia con la que yo me dejé caer en los suyos.

Con mis hábitos de hermano lego como nuestra sagrada cama, caímos al suelo. Marina separó las piernas anchas como un paraíso.

Mi garrancha, dura como para cortar diamantes, estaba caliente como un horno, latía y se sacudía como su vibrante daga. Sin embargo, al flotar sobre su hermoso pimpollo, me sentí torturado por una desesperación que nunca antes había sentido, y una agonía de lujuria tan dolorosamente urgente que me asustaba.

Había besado antes a muchas mujeres, pero nunca como a ella. Más que besos eran una caída a un abismo. Nunca había conocido labios tan suaves y lengua tan caliente, creativa y ágil. Podría haberla besado eternamente y nunca cansarme... Era un sentimiento tan profundo el que sentía.

De todas formas, la penetré y su flor era caliente como la lava entre sus piernas. Sentí la respuesta de su cuerpo, incluso mientras mi boca devoraba la suya, mi lengua golpeando la suya como si simulase el martilleo de mi cañón. Los temblores del cuerpo aumentaron en intensidad y frecuencia, y yo aceleré el poder de mis embestidas para acomodarme al movimiento giratorio de sus caderas.

Cuanto más profundo y más fuerte entraba, más cosquillas me hacía en la pelvis el matorral negro enredado entre sus piernas. Penetrando más profundo y más fuerte, mi pelvis palpó su pinchuda pera, rotando, girando encima y alrededor de su estrella clitorial como un planeta orbitando un sol negro pero ardiente hasta volverse loco. Crucé y volví a cruzar la pequeña órbita, volviéndola loca. Frotando y rascando mi pelvis contra su ardiente semilla y ahora su temblorosa plumeria, la aplasté hasta que no sólo su pimpollo floreció, sino que todo su ser estalló llevado por el éxtasis en un multicolor ramillete de flores de refulgente fuego.

Ahora yo también había entrado en erupción. Todos los espasmos previos pasaron vergüenza ante los fuegos de artificio colectivos, una infinita sucesión de demenciales detonaciones que nos destrozaban y nos liberaban, como si todas las arpías del infierno y todos los demonios en nuestras almas estuviesen luchando por salir, acercándonos inefablemente.

Nada de eso demoró o ablandó mi garrancha. Había pasado tanto tiempo sin una mujer —y tan amargado por la prisión— que sólo me preocupaba que quizá nunca volviese a bajarse. Él y su florida amiga acabaron una y otra vez. ¿Era ésa una atronadora salva de mil cañones a las puertas del paraíso o una colosal cañoneada de las fauces del infierno? No podía decirlo, pero mi garrancha y su amiga estaban recuperando el tiempo perdido y hacían sentir su presencia. Era obvio que tenían una única mente propia. Era como si Marina y yo no tuviésemos nada que decir en el asunto.

Temblando conmigo a medida que los espasmos la sacudían —al mismo tiempo, a un mismo ritmo una y otra y otra vez—, ella me abrazó fuerte, besando, mordiendo, masticando mis labios, como si nunca fuese a detenerse, como si no pudiese detenerse. Las uñas cortaron mi espalda, los muslos, las caderas, las nalgas, el culo, buscando la raja del mío, abajo, hasta mis cojones.

Sólo una vez hizo que me detuviese esa tarde, para «refrescarse la plumeria», dijo. Me llevó de la mano al estanque y nos lavamos el uno al otro, sobre todo nuestros tiernos y abusados... amigos. Ella quería besarme mi hombría, «para animarla», dijo, temerosa de haber herido al pequeño pájaro.

Cuando tomó mi hombría en su boca, torturando y provocando la suave zona inferior con su provocadora lengua, lamiendo y chupando su ardiente cabeza, mi poca considerada parte masculina castigó sus tiernas caricias con descargas de ardientes cañonazos, blancas, lechosas, contra la suavidad de sus mejillas color avellana y los labios mientras ella jadeaba para coger aire y mis descargas chorreaban como lava de su boca, tras lo cual, yo me apresuraba a volver para más prácticas de artillería.

Luego le devolví el favor. No puedo decir si devoré su flor fatal en la puerta del cielo o si mi lengua acarició y probó las abiertas fauces del infierno. Las caricias, los besos, los golpes y el machaque no podían detenerse, no querían detenerse. Seguimos a lo largo de toda la tarde, incluso hasta el anochecer.

Me gustaría afirmar que le enseñé las maneras de un hombre y una mujer, pero lo mejor que puedo decir es que luché con ella hasta un empate. Desde luego era una bruja, porque por primera vez en mi vida, una mujer me había tenido tanto como yo a ella. Era como si nuestras caderas y nuestros vientres, su flor y mis pelotas, tuviesen vidas, voluntades y desesperados deseos propios. Si yo albergaba alguna preocupación, era la pregunta de si alguna vez nos detendríamos, si algo en el mundo podía interrumpir lo que habíamos comenzado, y me preguntaba sinceramente si la misma muerte podía penetrar y separar nuestro extasiado abrazo.

Cuando por fin yacimos quietos, uno en los brazos del otro, callados, exhaustos, agotados, inocentes pero conscientes en nuestra desnudez, no dijimos nada durante mucho rato. Cuando por fin rompí el silencio, ni siquiera supe que había hablado.

—¿Ha pasado mucho tiempo? —le pregunté.

—Sí, mucho tiempo desde que aquel cabrón de marido mío hizo que lo pillasen con los pantalones bajados. Pero no se parecía en nada a ti.

—¿Un hombre duro?

—De hombre, nada.

Mientras hablaba, mantenía los ojos cerrados. Al abrirlos, se puso encima de mí.

—Estabas equivocado —dijo mientras entraba de nuevo en ella—. Tu polla es más grande y más dura que un cañón.

Como si fuese un milagro, mi abusado amigo había recuperado la dureza, así que volvimos a nuestra desesperada danza.

VEINTISIETE

Antes de emprender el camino de regreso a casa de Marina, nos refrescamos en el estanque. Yo disfrutaba de la tranquilidad con una mujer como nunca antes había conocido otra igual, y hablamos despreocupadamente de lo que haríamos en los días venideros. Estaba entusiasmado por todo lo que me decía. Ni por un instante pensé en que era una azteca.

Sin duda ella me importaba, porque evité tocar el tema de cuándo Lizardi y yo dejaríamos Dolores.

—Quiero mostrarte uno de mis caballos —dijo—. Tengo un comprador, y necesito domarlo para la silla.

Hizo caminar al animal por el picadero durante un rato, sin dejar de acariciarle el cuello, manteniendo el contacto visual y susurrándole algo inefable. De pronto lo montó a pelo y comenzó la doma. El caballo respondió en el acto con una serie de corcoveos, coces, mordiscos a las piernas y los brazos, pero se calmó muy pronto entre sacudidas. Por fin echó a correr con un galope largo, luego con un animado trote, y por fin a marcha lenta.

Después de media hora o poco más de trabajar con el animal, Marina volvió con el zaino ahora domado. Le puso la montura, ajustó la cincha y volvió a llevarlo al campo. Por último le puso las bridas, y a él no pareció importarle.

Yo la miraba asombrado no sólo por el control sobre sus caballos, sino también por su gracia, su aplomo y su naturalidad. Pocos vaqueros podrían igualar su maestría. Ninguno podía igualar su confianza. Pensar que en un momento la había descartado por ser mujer. ¡Ay!

—¿Cómo has hecho eso? —pregunté.
—Sólo le hablo de vez en cuando de esta manera... —Susurró a la oreja del caballo, acariciándola suavemente, y también el cuello y el hocico.
—¿Durante cuánto tiempo le hablas?
—Unos pocos días.

Yo hubiese necesitado una semana de duro entrenamiento para domar al zaino: una semana de espuelas, bocados y un abundante uso de la fusta.

Después de enseñar al caballo un poco más, se acercó donde yo estaba apoyado en la cerca, fumándome mi cigarro.

—Tú no desbravas a los caballos de esa forma, ¿verdad?

Negué con la cabeza.

—Desbravo a mis caballos como desbravo a mis mujeres. Las cabalgo con fuerza y las hago sudar.

Ella se rió tan fuerte que el caballo le hizo el coro, relinchando. Su risa desde el vientre era del todo distinta de la campana de cristal de Isabel, pero disfruté más con el sonido de la risa de Marina.

Señalé a los caballos.

—Creía que habías dejado de domarlos.

—Encontré un cliente que comprará un caballo entrenado por una mujer. El comprador es una mujer, por supuesto, la viuda de un hacendado. —Me observó con sus agudos y astutos ojos—. Hablando de propietarios de haciendas, tengo entendido que el señor Ayala todavía está con nosotros. Les dice a todos que eres un sanador milagroso.

Me encogí de hombros en un intento por parecer modesto.

—No fue nada, un brillante procedimiento médico con Dios guiando mi mano.

—Entonces no te molestará si los enfermos hacen cola en la iglesia para tus milagros.

La expresión en mi rostro hizo que se echase a reír de nuevo.

—Si te quedas en Dolores, tendrás más clientes de los que puedas atender.

—Sólo una cosa podría mantenerme en Dolores. —La abracé, frotando su flor de nuevo, y cerré su boca con mis labios.

De nuevo saciamos nuestra hambre.

Después decidí hacer algo constructivo. Esta vez la ayudé a dar de comer a los caballos, y una vez más me sentí extraño, inexplicablemente a gusto con ella..., hablando con ella. Hablamos durante un rato del padre Hidalgo.

—Es un sacerdote fuera de lo común.

—Y el hombre más extraordinario que conozco. Es un gran pensador, y, sin embargo, su cabeza no está en los libros, sino con la gente. Es caritativo y compasivo con todo y con todos. Ama a todas las personas, no sólo a sus compatriotas españoles, sino también a los indios, los mestizos, los chinos y los esclavos africanos. Dice que algún día todas las personas serán iguales, incluso los indios y los esclavos, pero eso ocurrirá sólo cuando a los peones se les permita utilizar todo el talento que nos da Dios, en lugar de ser tratados como animales de granja. Respeta a las mujeres, no sólo para cocinar y dar hijos, sino por sus mentes, por la contribución que hacemos a todas las cosas, también en los libros y los acontecimientos mundiales. Quiere cambiar el mundo para que los carentes de privilegios en todas partes sean tratados como iguales.

—Eso sólo ocurrirá cuando venga Dios y dirija nuestras vidas.

Más tarde nos sentamos junto al arroyo que cruzaba su pequeño rancho y cenamos temprano. Le pregunté por su nombre, interesado en saber por qué su madre le había dado un nombre que no era respetado por los aztecas en la colonia, que sólo era honrado por los españoles.

Ella me relató la historia de Marina, la mujer más famosa de la historia de Nueva España.

La amante y traductora de Cortés, que le había dado un hijo, había sido antes de la conquista una princesa india, la hija de un poderoso jefe.

El padre de doña Marina murió cuando ella era joven, y su madre se volvió a casar. Para impedir que Marina reclamase la propiedad de su difunto padre, y con el propósito de apropiarse de la herencia para su propio hijo, el hermanastro de Marina, su madre la cambió por el hijo muerto de una esclava.

Después, su madre entregó a Marina a una tribu tabascana. Más tarde, cuando Cortés desembarcó para conquistar el Imperio azteca, los tabascanos le regalaron a Marina —también llamada Malinche— a Cortés, junto con otras diecinueve mujeres. Sus sacerdotes las bautizaron y les dieron nombres cristianos —Marina era el nombre de pila de la joven— y las repartieron entre los hombres de Cortés como concubinas.

Cuando Cortés se enteró de que Marina tenía una facilidad natural para los idiomas —había aprendido rápidamente el español, hablaba la lengua de los aztecas y el lenguaje maya de la mayoría de la región sur—, la tomó como amante y traductora.

—Pero ella era algo más que una amante y una traductora —dijo mi Marina—. Era una mujer lista e inteligente. Cuando Cortés negoció con los aztecas, ella descubrió sus argucias y sus mentiras. Mientras aconsejaba a Cortés sobre cómo tratar con ellos, le dio un hijo, Martín, y más tarde, él la casó con uno de sus soldados, Juan de Jaramillo. Cuando viajó a España, fue presentada a los reyes. Pero los indios la acusaban de traidora a su causa, argumentando que Cortés quizá no podría haberlos conquistado si ella no los hubiese traicionado ayudándolo.

—Quizá tenían razón —manifesté.

—¿Alguna vez te han repartido entre los soldados para ser violada? A doña Marina, sí. Robada de su herencia, lanzada a la prostitución, luego al concubinato (primero para el placer de los indios, y después para el de los españoles), sus amos de ambas razas la pasaron de mano en mano, forzándola a abrirse de piernas y violándola. Víctima de las dos razas, volvió las tornas contra sus opresores: ayudó a los españoles sólo porque su propia gente la traicionó, la esclavizó, la violó y la oprimió.

—Entonces, ¿por qué tu madre te bautizó como Marina?

—Mi madre era sirvienta en la casa de un español. Él la tomaba cuando quería y la abandonó cuando se hizo mayor. Pero a diferencia de la mayoría de los criados, mi madre sabía leer y escribir. Conocía la historia de doña Marina. Me puso su nombre como una advertencia, para que yo comprendiese que éste es un mundo cruel y que necesitaba protegerme a mí misma porque nadie más lo haría.

—¿Qué hay de tu padre?

—Nunca conocí a mi padre. Era vaquero y murió de una caída del caballo antes de que yo naciese.

Pensé en la manera en que había tratado a mis sirvientes a lo largo de los años. A menudo los había tratado con dureza e injustamente para ponerlos en su lugar. Por primera vez me encontré preguntándome qué debían de pensar de mí.

VEINTIOCHO

—Me marcho —me dijo Lizardi al día siguiente.

Estaba sorprendido pero reconciliado. Pese a mi ardor por Marina, sabía que él tenía razón. Ambos debíamos ponernos en marcha. Si nos capturaban allí, el sacerdote sería condenado por la hospitalidad dada. Además, si me quedaba en Dolores y el gusano se marchaba solo a Ciudad de México, su larga lengua pronto enviaría a los alguaciles del virrey a buscarme.

Cuanto más consideraba la posibilidad, más valoraba sellar sus labios de forma permanente, pero decidí no hacerlo. Lizardi y yo habíamos pasado muchas cosas juntos, y quizá habíamos forjado un vínculo que a mí me costaba reconocer. En cualquier caso, mi presencia amenazaba al padre Hidalgo y a Marina. Incluso si mataba a Lizardi tendría que marcharme.

El viejo Zavala se lo hubiese cargado en un santiamén. Dejarlo vivir sólo aumentaba mis riesgos. Algo me estaba pasando, algo que no podía definir. Era algo que no estaba en mí, y no quería que el padre o Marina supiesen quién era. Por extraño que resulte, no quería que pensasen mal de mí.

Algo me estaba pasando.

Lizardi se marchó en una caravana de plata de más de cien mulas que pasaba por Dolores. La caravana se uniría en la ruta sur de Guanajuato con otras caravanas más grandes. Lizardi tenía la intención de valerse de su familia y sus amigos para suplicar directamente el perdón y la merced del virrey. Todos sabían que la justicia se podía comprar, así que sólo tenía que subir el precio. Sus «pecados» eran mucho más baratos que los míos. El perdón para Zavala costaría la mitad del oro inca.

En realidad, le había tomado afecto a Marina y no quería marcharme. No podía llamar amor a mis sentimientos; le había jurado amor eterno a la dulce Isabel, y tal juramento nunca lo rompería. Pero mis sentimientos hacia Marina habían ido más allá de la lujuria, y con cada nuevo día iba aumentando el cariño que sentía por ella.

Marina también tenía razón sobre las consecuencias de mi «milagro médico» y la gente acudía en masa a la iglesia a solicitar mis servicios. Yo eludía tales peticiones cada día con menos éxito. Una vez me vi arrinconado y tuve que tratar a un niño enfermo. Marina me oyó decirle a la madre que le diese al niño baños calientes y me llamó a un aparte para reñirme: «No le das baños calientes a un niño con fiebre. El agua caliente le subirá la fiebre; lo matarías.»

¡Ay de mí! ¿Por qué se me ocurrió convertirme en sanador?

Para despejar mi cabeza y planear mi siguiente jugada, ensillé a *Tempestad* y me marché a una cacería de tres días. En el monte, solo, sin responder ante nadie y sin temer a nadie, encontraría la paz por primera vez desde la muerte de Bruto y dejaría atrás una plaga de cargos y problemas.

No consideraba deportivo matar un ciervo con un mosquete, así que le pedí prestados un buen arco y una aljaba de flechas a un amigo de Marina y me marché al monte con mi caballo.

Cacé un ciervo con una flecha esa misma mañana, lo colgué de las patas traseras y le corté la garganta para vaciar la sangre. Estaba tan cerca de Dolores que decidí regresar y dejar el animal con Marina para que ella pudiese prepararlo y colgarlo en el ahumadero mientras yo continuaba con la cacería.

El cielo estaba gris, el día era húmedo y lluvioso cuando llegué a las afueras de Dolores. Al aproximarme a los viñedos del padre con el ciervo sujeto a la grupa de *Tempestad*, vi a los soldados y los alguaciles en los campos.

Mi primer instinto fue dar media vuelta y clavarle las espuelas a mi semental para huir de Dolores. Tenía que marcharme con discreción para no dar la idea de que escapaba. Pero vi algo que me hizo detener. Los soldados a caballo y los alguaciles comenzaron a enlazar las parras en las espalderas, ataron las cuerdas en los pomos de las sillas y arrancaron las parras de raíz. Mientras algunos de los hombres del virrey destrozaban los viñedos, otros talaban las moreras. El sonido de la cerámica rota llegaba desde el taller de los alfareros. Los alguaciles no habían venido a por mí; estaban destruyendo los trabajos de artesanía azteca.

Lizardi había expresado su sorpresa de que el padre hubiese tenido éxito durante tanto tiempo en mejorar la suerte de los indios. Ahora el virrey estaba acabando con dichos esfuerzos.

Ver a los hombres del virrey destrozar años de duro trabajo y la tristeza y la desesperación en los rostros de los trabajadores alimentó mi furia. Me pregunté dónde estaría el padre y si los soldados ya lo habían arrestado.

Marina se acercó al galope a los soldados que estaban arrancando las espalderas. Estaba demasiado lejos como para que pudiese oír lo que decía, pero sabía lo básico: los maldecía por su estupidez.

Un soldado montado la enlazó de pronto y la arrancó de su montura. Ella golpeó contra el suelo soltando un grito de dolor. El soldado la arrastró hacia un edificio cercano mientras dos de sus camaradas lo seguían. Hasta un ciego podía ver lo que planeaban hacer.

Le clavé las espuelas a *Tempestad*, dejé caer el ciervo y galopé directo al edificio. Con la lluvia no podía confiar en el mosquete ni la pistola, pero tampoco servían las de ellos. Sujeté las riendas con los dientes y coloqué una flecha en el arma. Uno de los hombres, que había arrastrado a Marina al interior, salió al portal cuando oyó los cascos del semental. Solté la flecha de tres hojas, que se le clavó en el pecho con el ruido de un martillazo, tumbándolo y enviándolo de nuevo al interior. Metí a *Tempestad* por el portal con otra flecha en el arco, agachándome al pasar, los cascos del caballo pisoteando al cadáver supino. Un hombre detrás de Marina le había retorcido una cuerda alrededor del cuello en un torniquete mientras un compañero le sujetaba las piernas. Ambos hombres tenían los pantalones bajados. La soltaron cuando crucé el umbral. Mi flecha le atravesó el ojo izquierdo a uno de ellos. Colgué el arco del pomo de la silla y cargué entonces contra su compañero, con el que forcejeaba Marina. Él la soltó y yo lo alcancé entre el cuello y el hombro con la hoja del machete, que se hundió en la carne.

Hice girar a *Tempestad* y sujeté a Marina, levantándola, mientras ella golpeaba el suelo dos veces y luego montaba a mi grupa. Salimos al galope y cruzamos el patio. La dejé junto a su caballo.

—¡Cabalga! —grité.

La conmoción había atraído a otros soldados y alguaciles, cuatro de los cuales cargaron contra mí. Para apartarlos de Marina, cabalgué directamente hacia ellos moviendo el machete como si de la guadaña de la muerte se tratara, obligándolos a dispersarse. Mientras yo cabalgaba en la dirección opuesta a la que había tomado Marina, un jinete intentó cortarme el paso a golpes de espada. Esquivé uno de sus golpes y lo alcancé en la espalda con el machete al pasar. *Tempestad* embistió a otra montura. Mi semental se tambaleó, pero al instante recuperó el equilibrio mientras caían el otro caballo y su jinete. Sus armas de pedernal fallaron en la llovizna mientras yo galopaba entre sus filas, y otra flecha de mi arco dio en la diana. Una bala de mosquete rozó mi brazo izquierdo, pero la herida que causó fue sólo superficial.

Cabalgué fuera de la ciudad con varios soldados en mi persecución. La lluvia arreciaba, sus mosquetes eran inútiles pero mi arco, letal. Después de un centenar de metros, giré con mi caballo, las riendas en los dientes, el arco en mi puño, y disparé una flecha que alcanzó el pecho de un soldado.

Con *Tempestad* podía dejarlos atrás a todos, sus pequeñas y nervudas monturas no eran rival para un semental de pura sangre. Cuanto más me perseguían, más rápidamente me volvía yo para disparar. Otro soldado cayó de la silla. Los desanimados supervivientes detuvieron entonces sus monturas y dieron media vuelta.

Seguí cabalgando hasta estar seguro de que nadie me perseguía. Por fin, con *Tempestad* resollando sonoramente y mi manga izquierda empapada en sangre, me interné en la espesura para acampar. La herida en el brazo no era seria. La limpié y la vendé. Temeroso de encender un fuego, me comí la última de mis tortillas y la carne salada fría.

Acostado, exhausto, todavía me preocupaba por Marina, pero ella estaba bien montada y conocía el territorio. Dudaba que fuese a sufrir daño alguno. No había cometido ningún crimen, y España veía a todas las mujeres como incompetentes excepto para el trabajo doméstico y el sexo. Ella estaría bien; era a por el bandido Zavala a por quien irían, y lo colgarían si lo encontraban. Al día siguiente, los alguaciles bien podrían encontrar mi rastro.

¡Ay! ¿Qué clase de hombre era? Había manejado el arco y las flechas no como un español, sino como un guerrero azteca. Muchas noches me había sumido en un profundo sueño en el que luchaba y mataba españoles. Ese día, mi pesadilla se había hecho realidad. ¿En qué me estaba convirtiendo?

Me puse el hábito de monje para no pasar frío y me dormí, preguntándome qué dirección debía tomar por la mañana. Ninguna parecía prometedora.

VEINTINUEVE

El relincho de *Tempestad* me sacó de mis sueños. Otro relincho le respondió, y luego otro. Me levanté de un salto, y no había dado más que unos pocos pasos hacia donde estaba maneado cuando un grupo de jinetes apareció en el claro. Rodeado por seis caballos nerviosos, miré a un español montado que parecía tan asombrado de verme como lo estaba yo.

—¡Gracias a Dios que lo hemos encontrado!

Aparte del español, que parecía un poco mayor que yo, cinco vaqueros me rodeaban. Mi primera sospecha fue que la noticia de mis crímenes había viajado rápidamente.

—Lo necesitan con desesperación, padre.

¿Padre? Ah, iba vestido con el hábito de monje.

—Eh, señor... —No sabía qué decir.

—Discúlpeme. Veo que es usted un hermano lego, no un sacerdote, hermano Juan. Pero lo necesitan con mucha urgencia en mi casa.

—¿En su casa? —repetí.

¿En qué demonios me veía metido ahora? Esperaba que su esposa no tuviese problemas médicos. Mi conocimiento de la anatomía femenina estaba limitado a los grandes pechos y otras voraces partes íntimas.

Mientras cabalgábamos me dijo que su nombre era Ruperto Juárez. Era el hijo del propietario de una gran hacienda. Su padre, Bernardo, estaba enfermo, se creía que estaba a punto de morir de una herida en la pierna que se había infectado. Dos días atrás, Ruperto había ido a Dolores a buscar al «hermano Juan», el famoso «hacedor de milagros», y alguien en Dolores le había dicho que me había ido de cacería al monte. Ruperto y sus hombres habían estado buscándome. Al parecer, no sabían nada del ataque del día anterior a los talleres del párroco. Iban de regreso a la hacienda y me habían encontrado por casualidad.

No, por casualidad, no, sino que de nuevo la diosa Fortuna estaba mostrándome un potro, las tenazas al rojo vivo y una ardiente estaca. Sin darme cuenta había acampado cerca del sendero que llevaba a su hacienda, y ellos habían acampado no muy lejos. El relincho de *Tempestad* —sin duda provocado por el olor de sus yeguas— los había llevado hasta mí. Al menos, la puta de la Fortuna no les había dicho que las autoridades me buscaban.

Todavía.

—Tiene un caballo sorprendente para un monje, señor —comentó Ruperto mientras cabalgábamos lado a lado—. Nunca había visto tan buen semental.

—Es un regalo de un agradecido marqués cuya preciosa vida salvé.

—Encontrará que somos generosos cuando salve la vida de mi padre. Es muy urgente que no muera, tiene asuntos que debe arreglar. La hacienda, por supuesto, debería ser para mí, el hijo mayor. Pero tras la muerte de mi madre, mi padre se casó con un súcubo del infierno, una mujer sólo unos pocos años mayor que yo. Mi madrastra me odia. Le cuenta a mi padre mentiras sobre mí. Afirmó que yo intentaba tener relaciones con ella. —Trazó la señal de la cruz—. ¡Dios mío!, esa mujer es un demonio. Al oír la mentira, él cambió su testamento para dejarle la hacienda a mi hermanastro, un bebé.

Me dirigió una dura mirada.

—Tiene que vivir para escuchar la verdad y cambiar el testamento, de manera que yo sea de nuevo su heredero. Si no vive el tiempo suficiente para corregir las cosas...

Dejó colgar la frase..., como una cuerda alrededor de mi cuello. Era obvio que me llevaba al galope para salvar la vida de su padre no por amor, sino por dinero. Si yo fracasaba, el tal Ruperto me mandaría al infierno junto con su padre.

—Ruego para que lleguemos a tiempo —dijo—. Dejé a mi esposa cuidando a mi padre para asegurarnos de que mi madrastra no acelerase su muerte. Si muere antes de que yo regrese, sabré que lo han matado. Entonces habrá problemas. La mitad de mis vaqueros me dan su apoyo, la otra mitad apoyan a mi madrastra.

Me habían secuestrado para luchar en una guerra de familia.

El comité de recepción en la casa incluía a la esposa del padre, la esposa de Ruperto y los vaqueros, todos los cuales me miraron con descortesía. Sus rostros eran una mezcla de expresiones ceñudas, desaprobación, esperanza y expectativa. Hiciera lo que hiciese, estaba condenado a disgustar a alguno.

—¿Cómo está el pobre hombre? —le pregunté a la esposa, con la ilusión de que ya estuviese muerto. Intenté mostrarme sereno.

Ella me dirigió una mirada hostil. Comprendí por qué el hacendado se había sentido prendado de ella. Tenía algo que yo conocía muy bien: los ojos fríos, calculadores y al mismo tiempo seductores de una puta. Sus ojos me decían que podía ser mía... por un precio. Desde luego sería difícil de rechazar.

—Mi marido está durmiendo. Morirá muy pronto..., a menos que Dios nos conceda un milagro.

Sería un milagro si conseguía escapar del fuego cruzado cuando comenzase.

Murmuré algo ininteligible en latín, miré con expresión solemne al cielo y tracé la señal de la cruz en el aire.

—El padre Juan lo salvará —afirmó Ruperto.

No le recordé que no era sacerdote; sería un pecado mayor matar a un sacerdote que a un hermano lego, ¿no?

—Nadie sino el padre entrará en la habitación de mi marido —dijo la adorable esposa—. Venga conmigo.

La seguí, oliendo su exótico perfume. Llevaba un vestido de seda que mostraba más de su figura de lo que se consideraba modesto. Al observar el sensual balanceo de sus caderas, descubrí que la seductora bruja me excitaba. ¡Ay! ¿Qué clase de hombre tiene un pene que se le pone duro cuando alrededor de su cuello hay un nudo? Me persigné mientras la seguía, sabiendo que me había criado mal, pensando con mi garrancha cuando el nudo se estaba apretando.

Durante la mayor parte de mi vida, nunca había sentido la necesidad de pedirle ayuda al Todopoderoso. Mi párroco me había advertido que algún día necesitaría de la intervención divina, y ése era uno de esos días.

Entramos en el gran dormitorio y ella cerró la puerta con llave detrás de nosotros. Hizo una pausa y me miró por un momento, sus ojos me invitaban. Miré hacia la cama. El hacendado estaba tumbado de espaldas, con la boca abierta, respirando fatigosamente, y con la saliva chorreándole por la barbilla. El hombre abrió los ojos cuando nos acercamos a la cama.

—El sacerdote está aquí, mi amor —le dijo ella.

Él permaneció en silencio, era la encarnación de la muerte. La única razón por la que supe que estaba vivo era por el movimiento de las mantas cuando respiraba. La mujer apartó la manta y me vi asaltado por el hedor de la podredumbre. Tenía la pierna hinchada y descolorida. De la herida donde había comenzado la infección manaba un pus marrón y maloliente. Otras partes alrededor de la herida también mostraban purulencias.

Había visto los síntomas antes: la pierna de uno de mis vaqueros había sido aplastada cuando cayó debajo de la rueda de un carro. Cuando llegué a la hacienda y vi la herida varios días más tarde, parecía y olía como la podredumbre que tenía delante de mí, y el vaquero murió al cabo de pocas horas. Más tarde me habían dicho que cuando el veneno comenzaba a desparramarse la única solución era cortar el miembro por encima de la línea del mismo.

—Tiene que cortarle la pierna.

Casi salté del susto.

—¡No!

—¿No? —ella enarcó las cejas—. Entonces, ¿cuál es su consejo, padre?

—¿Mi consejo? Esto..., mi consejo es dejar el asunto en manos de Dios. Si Nuestro Señor ha llamado a su marido, nada podemos hacer.

—Pero debemos hacer algo para intentar salvarlo —dijo en un tono poco convincente.

No quería verlo salvado, pero comprendí su razonamiento: si no lo intentaba de verdad, Ruperto la acusaría de haber enviado a su padre a la tumba. Sabía tan bien como yo que el hombre estaba demasiado ido como para sobrevivir a la amputación de la pierna. Cuando él muriese bajo mi mano, ella tendría la condición de llorosa viuda que había hecho todo lo posible. Ruperto, por su parte, asaría mis cojones en la hoguera.

Si ocurría un milagro y lo salvaba... ¡Ay de mí! Me enfrentaría a la furia de esa mujer demonio. Estaba condenado tanto si lo hacía como si no lo hacía.

—¿En qué ha pensado? —pregunté.

—Se debe hacer todo lo humanamente posible. Por supuesto, amo a mi marido y lo quiero vivo.

Su voz sonaba tan convincente como la de la última puta que me había dicho que mi garrancha era el dios del trueno, el relámpago y las tormentas, el Poseidón español.

—También tengo un problema con mi hijastro, Ruperto. El testamento de mi marido nombra heredero a mi propio hijo. Ruperto impugnará el testamento. Desheredar al primogénito va contra la costumbre, ¿no? Si alega que dejé morir a mi marido sin hacer nada por salvarlo, quizá consiga anular el testamento. —Hizo un gesto hacia la pierna infectada—. Tengo entendido que hay que amputar la pierna por encima de la herida. —Sonrió—. Así que córtela.

Me aclaré la garganta.

—No tengo mis herramientas médicas conmigo. Tendré que ir a Dolores y…

—No hay tiempo. Tenemos una sierra bien afilada.

Una sierra afilada. ¡Santa María, Madre de Dios!

—¿Espera que yo…?

El hedor de la podredumbre era insoportable. Quería vomitar.

De pronto algo tiró del dobladillo de mi hábito y me llevé otro susto de muerte. Era un horrible chucho.

—Éste es *Piso*, el perro de mi marido. Él adora al animal.

Alguien llamó entonces a la puerta del dormitorio; mejor dicho, la aporreó.

—Ése es Ruperto —me informó la mujer.

Ella se dirigió a la puerta con los labios apretados. La acompañé. Abrió la puerta y Ruperto entró para mirar a su padre a través de la habitación.

—Todavía respira —dijo Ruperto.

—El padre le cortará la pierna. Es la única manera de salvarlo —manifestó la viuda en ciernes.

—Sí, eso lo comprendo —afirmó Ruperto—. Pero ¿cuáles son sus probabilidades de sobrevivir si le cortan la pierna? ¿Acaso no mueren la mayoría de las personas cuando les hacen eso?

—Está en las manos de Dios —conseguí decir.

—Cuando lo haga —manifestó Ruperto con un tono desagradable y tocando la espada sujeta a su cinto—, asegúrese de pedirle a Dios que lleve a cabo uno de esos milagros por los que es usted famoso.

—Necesita una sierra afilada —intervino la casi viuda.

—Necesita un barbero. Yo no soy cirujano —repliqué.

—Usted es el único médico que tenemos —señaló Ruperto—. Tenemos una sierra para usted.

Un vaquero le dio la sierra, y él me la entregó. Casi la dejé caer.

—¿Se encuentra bien, padre? —preguntó la esposa—. Suda y tiembla.

—Una fiebre que pillé —respondí. Miré la sierra. Una hoja de metal con agudos dientes y un mango de madera. Había sangre seca en la hoja, sin duda de la última vaca que habían descuartizado. En mi vida había utilizado una sierra, y ahora se esperaba que... ¡Oh, mierda! Necesitaba un sacerdote. Necesitaba confesar mis pecados, conseguir la absolución. Necesitaba un trago, muchos tragos.

Cuatro hombres trajeron una mesa larga y colocaron en ella a mi paciente, con mantas y todo, dejando que sus piernas colgasen por el borde. Luego dispusieron una palangana debajo del miembro enfermo.

—Deben salir de la habitación —pedí con voz ahogada.

En cuanto se marcharon, cerré la puerta con llave. Permanecí temblando con la espalda apoyada en la madera para reunir mi coraje. Sierra en mano, me acerqué a la mesa. Mientras estaba junto al hombre, él abrió los ojos de nuevo y murmuró algo ininteligible antes de volver a cerrarlos.

Entonces comenzaron a aporrear la puerta. Corrí hasta ella y la abrí, rogando que Dios hubiese respondido a mi plegaria de salvación.

—¿No quiere el brasero, padre? —preguntó Ruperto. Había dos hombres detrás de él que sostenían una bandeja de hierro con brasas al rojo vivo. Una varilla de acero sobresalía de ellas—. Para cortar la hemorragia —añadió.

—Por supuesto —contesté con voz ronca—. ¿Por qué han tardado tanto?

Otros hombres trajeron una mesa de piedra de herrero y los vaqueros que sujetaban el brasero lo colocaron encima de ella. Después de que se hubieron marchado todos, cerré la puerta con llave de nuevo.

¿Esperaban de verdad que le serrase la pierna al hombre y detuviese la hemorragia con un hierro al rojo?

«Sí, Juan de Zavala, eso es exactamente lo que se espera de ti. No, no se espera, se exige. Da lo mismo que viva o muera, tú serás castigado.»

Me acerqué a la mesa con la sierra como si me estuviese acercando a una serpiente con un garrote. Aparté las mantas y quité las vendas para dejar la pierna descubierta. El hedor de la carne podrida era ahora repugnante. Tuve una arcada, y se me aflojaron las rodillas. Hice acopio de fuerza y coraje, sujeté el mango de madera de la sierra con manos temblorosas y apoyé la hoja dentada en la pierna izquierda, justo por encima de la rodilla. Cerré los ojos y comencé a murmurar lo que recordaba de una plegaria que había rezado en el seminario una década antes. Moví la sierra adelante y atrás, sintiendo cómo la hoja se hundía en la pierna.

El líquido me salpicó el rostro. Sangre. Me limpié la cara. «¡Ay! ¿Qué he hecho yo para merecer esto?» Me tambaleé y volví a marearme. Dispuesto a acabar con eso, sujeté bien la sierra y comencé a serrar de nuevo. Muy pronto llegué al hueso. Mantuve los ojos cerrados y continué serrando, buscando mi camino a través del hueso, serrando, serrando, serrando. El sudor me bañaba el rostro y las rodillas me temblaban. Mantuve los ojos firmemente cerrados mientras empujaba la sierra hacia adelante y luego tiraba de ella hacia atrás, adelante y atrás, adelante y atrás..., con cada movimiento los dientes de la sierra cortando a través de la carne y el hueso. Cuando noté que ésta mordía la madera de la mesa y la pierna cayó en la palangana, abrí los ojos y miré mi trabajo: un muñón y una pierna amputada en una palangana llena de sangre. El muñón estaba desgarrado y rojo, con el hueso y las arterias expuestas, la sangre manando en la palangana llena.

Cogí el atizador al rojo y lo apoyé contra la masa sanguinolenta para detener la hemorragia cauterizando el extremo del muñón. El cuerpo del hacendado se había convulsionado inconscientemente durante la operación. No cesó sus violentas sacudidas hasta que toqué el muñón con el atizador una última vez, momento en el que oí un suspiro y luego un ronco jadeo. Las facciones del hombre se relajaron y un aliento salió de sus pulmones... Su último aliento.

«¡Me cago en la leche!» Se había muerto.

No había acabado de entregar su alma cuando comenzaron a aporrear la puerta.

—¡Todavía no he terminado! —grité.

Las rodillas me temblaban tanto que tuve que apoyarme en la cabecera de la cama para no caerme. ¿Qué podía hacer? Fui hasta la ventana. *Tempestad* estaba abajo, todavía ensillado, pero yo tenía dos problemas: me rompería una pierna al saltar, y había dos vaqueros de guardia que me degollarían mientras yo estaba caído, gritando. La única manera de salir de la casa era por la puerta del dormitorio, excepto porque la afligida viuda y el amante hijo estarían allí alertas y vigilantes para cortar el cuello del otro y de paso cortar también el mío.

Mientras me enfrentaba a estas decisiones de vida o muerte, el repugnante chucho levantó una pata y se meó en mi pantalón. Miré al pequeño cabrón con el atizador caliente en la mano, dispuesto a metérselo entre las patas y asarle sus minúsculas pelotas. Pero entonces tuve una revelación. ¡Madre de Dios! ¡El perro sería mi salvador!

Hice tiras con una sábana y le até las mandíbulas bien fuerte para que no pudiese ladrar, y con más tiras até al animal al pecho del muerto. Cuando acabé, eché las mantas sobre el hacendado hasta que el perro quedó cubierto. Luego me aparté y observé mi trabajo. El pecho del hombre subía y bajaba, subía y bajaba, como un hombre que respirase, o al menos eso esperaba.

Con una extraña sensación de calma, me dirigí a la puerta del dormitorio y la abrí. En el momento en que el hijo y la viuda intentaron entrar les cerré el paso.

—El hacendado descansa. No se lo debe molestar hasta que yo regrese con las medicinas.

Les dejé que echasen una mirada para que vieran cómo el pecho subía y bajaba. Luego me apresuré a salir y cerré la puerta tras de mí. Me llevé un dedo a los labios.

—Chis. No deben hacer ruido. El más mínimo ruido podría matarlo. Quédense aquí mientras voy a buscar la medicina a mis alforjas.

Dejé a la bandada de buitres mirándose el uno al otro junto a la puerta del dormitorio, preguntándose cada uno cómo podía hacerse con la herencia. Me apresuré a bajar la escalera y salí por la puerta principal. Los dos vaqueros que vigilaban mi caballo se pusieron en alerta cuando salí.

—Es un milagro, hijos míos, un milagro. —Tracé la señal de la cruz sobre ellos—. Arrodillaos y rezad, agradeced a Dios por el milagro.

Mientras se arrodillaban, monté.

—Rezad, hijos míos. Agradeced a Dios la salvación de vuestro amo.

Toqué a *Tempestad* con los talones y me mantuve en la montura mientras el gran semental me llevaba.

«Excelencia, una vez, cuando aún era un niño pequeño, me juré a mí mismo que si alguna vez me elegían para la Muerte Florida, incluso en un altar extranjero, no degradaría la dignidad de mi partida.»

Éstas fueron sus últimas palabras, señor, y debo decir para su mérito que no se resistió, suplicó o gimió cuando los alguaciles utilizaron la vieja cadena de ancla para sujetarlo a la estaca delante de nuestro estrado, y apilamos los leños bien alto alrededor de su cuerpo, y el provisor les acercó la tea...

Informe al rey de España de don Juan de Zumárraga, obispo de México, inquisidor apostólico, protector de indios, al describir el auto de fe del azteca Mixtli, conocido por los españoles como Juan Damasceno.
(Tal como lo relata Gary Jennings en *Azteca*.)

Los conspiradores

TREINTA

El padre Miguel Hidalgo se detuvo delante de la puerta del dormitorio de su rectoría y llamó suavemente. Su ama de llaves abrió la puerta.

—¿Cómo ésta? —susurró.

—Estoy despierta —respondió la voz de Marina desde la cama.

El sacerdote se acercó al lecho y le cogió la mano. Como párroco de una ciudad pequeña, había visto asesinatos, violaciones, palizas, robos, pecados mortales y veniales, pero el daño pocas veces había alcanzado a aquellos de su círculo inmediato. Marina era más que una mujer inteligente de ascendencia india, y el padre Hidalgo pensaba en ella como una hija. Ahora, de pie junto a su cama y mirando su rostro hinchado y tumefacto, sintió la compasión de un sacerdote pero también la rabia de un hombre hacia aquellos que le habían hecho eso.

—¿Alguna noticia de...? —comenzó a preguntar ella.

—No, pero eso es buena señal. No podrán alcanzarlo; ese semental corre más rápido que el viento.

—Lo siento, padre, todo su trabajo...

Hidalgo se sentó en el borde de la cama.

—No, no sólo mi trabajo, sino también el tuyo y el sudor de otros cientos.

—¿Lo destruyeron todo?

—No, hija mía, no pueden destruir nuestra voluntad de luchar.

Marina le tomó la mano.

—Tengo miedo por usted. Veo algo en sus ojos que nunca había visto antes. Cólera, padre, la furia de un lobo que protege a sus cachorros.

El padre Hidalgo cabalgó a través de la noche dejando atrás Dolores para ir a San Miguel el Grande. Partió con la oscuridad para evitar ser descubierto, acompañado por dos vaqueros como guardaespaldas. No llegaría a San Miguel hasta mediodía. Durante todo el tiempo mantuvo un ojo atento a la retaguardia.

Se reuniría con hombres que, como él mismo, comprendían que Nueva España no se podía salvar con el Sermón de la Montaña, sino con el cañón de una arma.

Conocía Dolores, San Miguel, Guanajuato, Querétaro, Valladolid y otras ciudades del Bajío a fondo. Nacido en el Bajío en 1753, tenía ahora cincuenta y seis años, y había pasado toda su vida en la región. Miguel Gregorio Antonio Hidalgo y Costilla Gallaga Mandarte y Villaseñor era su nombre completo. Si bien no tenía respeto por la sangre, la suya era más pura peninsular española que la de la mayoría de los españoles nacidos en la colonia. Su padre, Cristóbal Hidalgo y Costilla, un nativo de Tejupilco, en la intendencia de México, se había establecido en Pénjamo, en la provincia de Guanajuato, como mayordomo de una gran hacienda, y se había casado con Ana María Gallaga.

Su madre había muerto al dar a luz a su quinto hijo cuando Miguel tenía ocho años. A diferencia de la mayoría de los hombres de su tiempo, su padre había insistido en que sus hijos se educasen, y él mismo les había enseñado a leer y escribir. A los doce, su padre había enviado a Miguel y a un hermano mayor a Valladolid para estudiar en el colegio jesuita de San Francisco Javier. Dos años más tarde, el rey había expulsado a la orden de los jesuitas de Nueva España, convencido de que sus intentos de educar y promocionar a los indios era una amenaza para los gachupines.

Miguel y su hermano regresaron con su familia a Corralejo. Sin poder reanudar los estudios a medio plazo en ninguna otra parte, Hidalgo había ido con su padre a Tejupilco, el lugar de nacimiento de este último, cerca de Toluca. Allí, el joven Miguel entró en contacto con los indios otomíes. Encontró agradable la compañía de los indios, trabó amistad con ellos y aprendió su lenguaje. Más tarde añadiría otras dos lenguas indias a su repertorio de idiomas, que incluía el latín, el francés y algo de inglés.

Poco después, su padre lo envió al colegio de San Nicolás Obispo para que estudiase teología como un primer paso para el sacerdocio. Mientras estaba en el colegio, su inquieto intelecto y su rápido ingenio le ganaron el apodo de el Zorro.

Cuando acabó los estudios se dedicó a la enseñanza, y finalmente se convirtió en director del colegio. Pero sus ideas liberales entraron en conflicto con aquellas de la autoridad religiosa. Tras dejar la escuela, sirvió como párroco durante casi una década antes de que fuese expulsado de dicho cargo por manifestar opiniones contrarias a la jerarquía eclesiástica.

Después de varios años de eludir a la Inquisición, llegó a Dolores, donde su hermano Joaquín era párroco de la iglesia local. Cuando su hermano falleció en 1803, Miguel ocupó su puesto.

En todos sus empeños, su casa y su vida habían sido un imán para los acontecimientos literarios, musicales y sociales. Varias noches a la semana ofrecía obras, lecturas, recitales musicales o discusiones intelectuales. Para gran enfado de sus superiores, Miguel leía obras francesas en voz alta, estudiaba los ensayos políticos franceses, y a menudo conversaba en esa lengua. Con el estudio de la Torá y el Corán, aprendió la singular tolerancia de los infieles y las muchas bendiciones que los judíos habían dado a España, a la Iglesia y, desde luego, al mundo. Para creciente consternación de la Iglesia, manifestó tales herejías sin tapujos.

Comprometido con el servicio a Dios desde los catorce años, había pasado toda su vida adulta en la Iglesia, y nunca había imaginado que se desviaría del sendero. Sin embargo, ahora el padre Hidalgo temía que había caído de la gracia.

Los alguaciles y las tropas se habían marchado después de destrozar sus viñedos y sus talleres, sin hacer ningún intento por arrestarlo o detenerlo. No obstante, había un extraño con ellos. Se hacía pasar por comprador de pieles, pero Hidalgo adivinó en seguida que no estaba allí por el cuero. Reconoció a ese hombre como un «familiar», un nombre y una profesión que para el padre tenía un sonido siniestro.

Los familiares no eran sacerdotes, sino miembros de una hermandad conocida como la Congregación de San Pedro Mártir, nombrada en memoria de un inquisidor muerto por sus víctimas siglos atrás. Policía secreta de la Inquisición y protectores oficiales del Santo Oficio, la hermandad tenía la autorización de la Iglesia y la ley para portar armas. Empleados como espías para investigar y detener a los sospechosos, a menudo invadían los hogares en plena noche para sorprender y arrestar al acusado, y luego lo llevaban a una mazmorra de la Inquisición para el «interrogatorio.» A través de su ejército de la noche, la Iglesia protegía sus intereses, ayudando a los gobiernos tiránicos a suprimir el pensamiento libre y las ideas progresistas, enterrando dichas libertades más profundamente que cualquier tumba.

El padre Hidalgo conocía los métodos de la Inquisición, cómo se inventaban falsas acusaciones, y sabía que lo estaban investigando. En el pasado, por instigación de los inquisidores, las mujeres juraron que él las había seducido, los hombres aseguraron que les había hecho trampas en los juegos de azar. Los dignatarios locales les habían dicho a esos sabuesos del infierno que él había saqueado una iglesia dedicada a redimir a los pobres y los desprotegidos. Sin embargo, no habían actuado en ninguna de esas falsas acusaciones; sólo era una espada que sostenían sobre su cabeza. Su verdadera preocupación era si ese hombre desafiaba a la Iglesia y a la Corona en su tratamiento de los desposeídos y los explotados, si la Iglesia debía dictar lo que podía leer y cuáles debían ser sus pensamientos, y decidir sobre sus supuestas creencias liberales.

Mientras cabalgaba, comprendió que pocos hombres de su edad, y ninguno de su profesión, viajaría a esas horas de la noche. Aunque podría haber llegado a su destino más rápidamente a caballo, había preferido la mula. Las mulas caminaban más seguras, sobre todo en la oscuridad. Incluso los bandidos evitaban viajar de noche. El riesgo de que sus monturas tropezasen y cayesen era demasiado grande.

Furioso y deprimido al ver destruidos tantos años de trabajo, Hidalgo estaba dispuesto —e incluso ansioso— a enfrentarse a los riesgos de una cabalgata nocturna. Sentía como si no tuviese nada que perder. El taller de alfarería azteca lo había sido todo para él. No sólo era una empresa, sino también una prueba viviente de que los indígenas de piel marrón tenían la misma capacidad innata que los europeos-americanos, como él mismo.

Ver a los hombres del virrey talar las moreras, destrozar las piezas de cerámica, tumbar las espalderas y arrancar las parras lo había dejado en estado de *shock*. Incapaz de seguir siendo testigo de la destrucción, había vagado por el bosque durante horas, a veces rezando, otras llorando, otras maldiciendo, intentando entender lo que había pasado. Cuando regresó a Dolores y se enteró del ataque a Marina y a otros de su rebaño, una furia incontrolable abrasó su alma. Ahora era un hombre distinto.

Era un sacerdote cuyos superiores nunca habían comprendido. Un hombre de Dios, que pocas veces encontraba al Mesías en las «casas de Dios» de los hombres, sino en los corazones y las almas de las personas a las que servía. Un destacado teólogo —había ganado los honores de la Iglesia por sus brillantes análisis de la doctrina religiosa— que, sin embargo, dejaba perplejos a sus superiores.

En realidad, a los obispos no les importaban sus desviaciones espirituales. Pero su ardiente celo por mejorar su parroquia material y políticamente les preocupaba y los confundía. Hidalgo creía que el tamaño del alma de un feligrés, y no el tamaño de su cartera, era la auténtica medida de su valor, y que la verdad, la justicia y la libertad de la tiranía eran indispensables para la redención espiritual. Su misión de librar a sus feligreses de las terribles vidas destructoras de almas del trabajo forzado en las minas y las haciendas de la colonia inquietaba a los obispos.

Lo aprobasen o no, el trabajo forzado era el cimiento sobre el que se alzaban las misiones de la Iglesia, apuntalando las misiones desde los primeros días de Cortés. Desde las regiones más al sur de Sudamérica a la misión de San Francisco, en la costa norte de Nueva California, los indios reclutados por la Iglesia construían y fortificaban los recintos eclesiásticos, limpiaban y cultivaban la tierra.

Pero el padre Hidalgo había elevado a los peones por encima del cultivo de maíz y la extracción de minerales. En un intento por romper sus cadenas, les había enseñado las artes prohibidas de la fabricación y el comercio.

Para justificar la opresión de la Iglesia, había que tener a los indios como inferiores. Y para su cólera, al refutar su doctrina el padre Hidalgo había demostrado el engaño. Elevar a los indios al nivel económico de los españoles representaba cortar sus cadenas con la tierra y las minas para siempre. Al ofrecer liberar al indio de la esclavitud, el párroco había amenazado con derribar un sistema que mantenía ricos a los criollos y los gachupines, oprimidos a los pobres de Nueva España y asegurado el tributo a la Corona.

El padre Hidalgo comprendía ahora que España nunca repudiaría la falsa doctrina hasta que el pueblo de Nueva España la forzase a hacerlo, deshaciéndose ellos mismos del terror, la tiranía, las mentiras de la esclavitud y la codicia.

«España quiere esclavos, no ciudadanos», gritó en el viento nocturno.

No era un hombre joven, pero en su alma los primeros fuegos de la rebelión contra la Iglesia y la Corona —llamas que amenazaban con incinerar toda Nueva España— ardían con furia. Estaba en contacto con otros que cada vez se mostraban más impacientes con la negativa de los gachupines a compartir su poder y sus privilegios con los menos afortunados.

¡Qué estúpido había sido! Los gobernantes de España y Nueva España nunca cambiarían... voluntariamente. Ahora lo sabía. Su trato a los peones de Nueva España era como una ejecución pública. El verdugo primero colocaba el garrote —un aro de hierro— alrededor del cuello del condenado antes de colgarlo. Luego lo ajustaba hasta que el condenado estaba a punto de asfixiarse. Sólo cuando ya estaba a punto de morir, el verdugo le colocaba el lazo en el cuello y colgaba al condenado.

En su mente, el padre Hidalgo veía cómo España asfixiaba a sus peones —los estrangulaba hasta casi la muerte— pero nunca consumaba su agonía. La tortura continuaba y continuaba a perpetuidad, en las cámaras de tortura del infierno. Encadenados, azotados y violados, los peones esclavizados no tenían ninguna esperanza de mejorar su destino o de modificar siquiera la conducta de España. La única meta de España era una explotación infinita sin un final a la vista. Tampoco la Iglesia era una luz de esperanza.

Cuando el padre se enfrentó a esa verdad, sintió un renacimiento espiritual. Durante toda su vida había oído a los sacerdotes y los párrocos hablar de «la mano de Dios» y «la revelación de la verdad». Ahora creía que en ese momento las sentía ambas. Había sentido el toque divino de la verdad..., y la verdad haría libre a su gente.

Sabía que no podía detener el estrangulamiento de la gente con palabras.

Como estudiante de historia, de las revoluciones francesa y americana, sabía que los hombres tenían que luchar por los derechos de que disfrutaban. Como estudiante de la Biblia sabía que los profetas del Antiguo Testamento —Moisés, Salomón y David— no eran meros idealistas, sino que habían transformado sus palabras en espadas. Cortés no había derrotado a los indios con palabras, sino con mosquetes y cañones, con huracanes de fuego e inmensas olas de sangre.

Los indios tenían que reclamar su tierra de la misma manera: con sangre y fuego. No tenían alternativa. Sus gobernantes —ahora

Hidalgo lo sabía— no eran ignorantes ni inocentes. Sabían perfectamente lo que estaban haciendo y no cambiarían.

TREINTA Y UNO

Poco después del alba, Ignacio Allende y su amigo Juan Aldama salieron de San Miguel para encontrarse con el padre Hidalgo en una hacienda al norte de la ciudad. Partieron en dirección oeste, pero muy pronto cambiaron de rumbo sin dejar de vigilar la retaguardia para cubrir su rastro y estar atentos a la presencia de los espías del virrey.

Allende sabía que la reunión podía tener consecuencias fatales para él y los seis millones de habitantes de la colonia. Aldama no lo tenía tan claro, pero seguía la pauta marcada por su amigo.

Ambos hombres eran caballeros procedentes de buenas familias, de sangre inestimable y considerables medios. Criollos de pura sangre española por nacimiento, Allende era de San Miguel, donde su padre, don Domingo Narciso de Allende, comerciante y propietario de una hacienda, había muerto durante la juventud de su hijo. Su familia había recibido una considerable herencia, y parecía que Allende disfrutaría de una privilegiada existencia de clase alta.

Apuesto y carismático, Allende era famoso por su coraje y su habilidad como jinete. Su fuerza era legendaria. Se decía que podía sujetar a un toro por los cuernos. Su reputación como galán con las mujeres rivalizaba con su habilidad para el toreo, y su voluntad de triunfar parecía implacable, incluso cuando el peligro acechaba. Una vez, en el ruedo, había asombrado a la multitud al exponerse abiertamente a la carga del toro, inclinándose con toda la intención hacia los cuernos, hasta tal punto que fue derribado y abandonó la arena con la nariz rota.

Se casó con Marina Agustina de las Fuentes en 1802, y aunque su unión era estéril, otras tres mujeres le habían dado hijos.

Atraído por la carrera militar, había servido con los Dragones de la Reina durante más de veinte años, desde la edad de diecisiete. Era devoto de las tradiciones y la camaradería militar. De hablar franco, agresivo, más competente que muchos de sus oficiales superiores, no había podido ascender más allá del rango de capitán.

Cuando un coronel de los Dragones le dijo sin más que su nacimiento criollo ponía fin a cualquier otra promoción, y añadió que las personas nacidas en la colonia eran ineptos para los altos rangos, Allende se puso furioso.

Sabía por supuesto que si un criollo demostraba ser competente en los altos mandos, una oleada de criollos reclamarían un ascenso. La compctencia criolla podía destrozar el mito de la superiorioda de los gachupines y debilitar el poder que ejercían en Nueva España, quizá con una herida de muerte.

Pasado un tiempo, Allende discutió la situación con otros criollos en charlas informales, en las tabernas, en los bailes, en los paseos, en las cabalgatas. Fue inevitable que siguiesen otros encuentros formales hasta que se organizaron para reunirse abiertamente como una «sociedad literaria». Algunas veces se reunían en casa del hermano de Allende en San Miguel, otras en Querétaro. Estas reuniones de naturaleza sociopolítica empleaban el engaño de una «sociedad literaria» como tapadera.

En los últimos tiempos, los criollos insatisfechos cada vez aireaban más sus frustraciones en las reuniones por la dominación gachupina. Allende vivía su vida de acuerdo con el credo del torero. Para el matador, el toreo no era un deporte, sino una prueba de voluntades, donde el matador cortejaba a la muerte, considerándola un precio honorable para el fracaso. Los toros utilizados en las corridas no eran ganado vulgar, sino criados en España para la salvaje agresión. Llamados *Bos taurus ibericus*, violentamente impulsivos, esos toros eran hostiles por instinto, y cargaban sin provocación en tenaces ataques frontales.

Para Allende, el toreo no era tanto un enfrentamiento entre el hombre y el toro como un conflicto dentro del hombre. El toro embestía por la sed de sangre y la agresión, pero los motivos del torero eran más complejos. Entraba en el ruedo... ¿Por qué? ¿Para matar a un toro? ¿Para demostrarse algo a sí mismo? ¿Para impresionar a una señorita? ¿Para demostrar algo a la multitud?

Si optaba por esto último, si luchaba contra una bestia sólo por la multitud, los motivos del torero eran intrínsecamente impuros. Muchos de los espectadores acudían a ver al torero humillado, herido e incluso muerto. De vez en cuando gritaban con placer al ver cómo un matador hacía el ridículo al mostrar miedo o sencillamente al apartarse de la carga del toro.

Al entrar al ruedo, el hombre debía preguntarse a sí mismo hasta dónde estaba dispuesto a llegar para complacer a la multitud, para ganarse su adulación, para ganarse el suspiro de una hermosa señorita. ¿Dejaría que los cuernos rozasen sus tripas o besasen sus cojones? ¿Moriría por la adulación de la multitud, por sus alabanzas, por el dinero, la fama? ¿Cortejaría a la muerte sangrienta con indiferente bravura?

Por encima de todo lo demás, la experiencia de Allende como matador aficionado lo había preparado para el momento de la verdad de Nueva España, cuando desafiaría a su gente a levantarse.

Como la mayoría de los jóvenes caballeros, Ignacio Allende había rechazado el mundo de los eruditos y los comerciantes, declinando hacerse cargo de la hacienda o los negocios de la familia. Sus intereses tendían hacia lo militar, con las armas, los uniformes, el sentido del honor y la devoción al combate, al mando y la camaradería.

Pero a diferencia de muchos de sus amigos, su orgullo varonil no estaba diluido por el insensato machismo. Observaba, analizaba, preparaba y luego actuaba estratégicamente con juicios bien razonados, más que lanzarse en una furia irracional.

Por fin comprendía que su ambición por ascender y dirigir un ejército contra los terribles enemigos de España, como la Francia de Napoleón, sería siempre reprimida. Ahora sabía que ese sueño de mando sólo se haría realidad cuando formase su propio ejército.

—¿Qué sabes de ese sacerdote de Dolores? —preguntó Aldama.

—He estado con él varias veces. Asistió a las reuniones de la sociedad literaria en Querétaro cuando tú no estabas.

—Ha provocado la ira del virrey.

Allende se encogió de hombros. Mientras observaba el corrupto e ineficiente sistema virreinal, se había despreocupado de las iras del virrey.

—El padre es valiente y honesto, y ésos son rasgos que no se encuentran a menudo en los hombres, ya sean reyes, papas o peones. Demuestra esos rasgos cuando está furioso. Desafió las prohibiciones de la Corona contra las empresas coloniales, y al mismo tiempo se dedicó a probar el valor de los indios.

Aldama sacudió la cabeza.

—Frota sal en las heridas del virrey. Los gachupines fueron a hablar con él y le pidieron que detuviese a ese provocador antes de que los indios se librasen de sus amos.

—El padre ha demostrado que, con la formación debida, los indios son capaces de algo más que cultivar la tierra y cavar en las minas —señaló Allende.

—¿Espera formarlos desafiando al virrey? Si lo hace, se encontrará en la cárcel del arzobispo, si es que la Inquisición no lo destroza en el potro.

—No sé cuáles son sus planes. Ha pedido que los miembros de la sociedad literaria se reúnan para discutir la situación. Su mensaje decía que está siendo vigilado por un familiar, y en consecuencia solicitó que la sociedad se reuniese en privado.

Mientras cabalgaban, la charla pasó de los problemas del padre a sus propias frustraciones.

—¿Qué hay de tu conversación con el coronel Hernández? —preguntó Aldama—. Cada vez que te lo pregunto, es como si un perro te mordiese los cojones.

—No un perro, sino un lobo. El coronel me dijo lo que todos ya sabíamos; los altos rangos están prohibidos a los criollos. —El rostro de Allende enrojeció—. Pero esta vez se ufanó, diciendo que el clima de Nueva España debilita nuestros cerebros y, por tanto, nos descalifica de los puestos de mando.

Como Allende, la única ambición de Aldama era la carrera militar. Su padre administraba una fábrica para otros, pero Aldama quería un caballo entre las piernas y una espada en la mano. Como

Allende, Aldama era capitán de la milicia y sabía cómo maldecir. Sus escalofriantes maldiciones abarcaban toda la gama de términos soeces.

—¿Qué le respondiste al coronel? —quiso saber Aldama cuando se le acabaron las obscenidades.

Allende hizo una mueca.

—De haber sido algún otro y no mi comandante quien me hubiese insultado de esa manera, le habría ofrecido que escogiese las armas y sus segundos. Pero ¿qué podía decirle? ¿Que era un idiota y un farsante? ¿Que los gachupines se han impuesto al alto mando y tienen esclavizada Nueva España para satisfacer su avaricia y su depravada ambición? ¿Podía decirle que hacen esas cosas porque nos tienen miedo no sólo a nosotros sino también a los peones?

—Algún día...

—¡No! —exclamó Allende—. Los gachupines se opondrán a todos los intentos de reforma. Si hemos de manejar nuestros propios asuntos, debemos llevar a cabo alguna acción.

—¿Qué clase de acción estás proponiendo, amigo?

Allende miró a su colega. Sabía que Aldama lo admiraba. En algunos aspectos, lo consideraba como un hermano mayor.

—No lo sé. Deberíamos hablar de ello con el padre. Pero sé que cuando dos hombres se enfrentan y sólo uno tiene un mosquete, el arma impondrá un indiscutible respeto.

Allende compartía algunas de las cualidades del sacerdote de Dolores. Ambos eran espíritus inquietos. Ambos comenzaban proyectos, incluso conseguían el éxito, pero entonces pasaban a otro antes de que el primero alcanzase todo su potencial. La diferencia entre ellos era el tipo de conocimiento que cada uno poseía. Allende sabía de hombres y armas; el padre Hidalgo sabía del alma humana.

—Te preguntas por qué animé al padre Hidalgo a unirse a nuestros esfuerzos para conseguir cambios en la colonia, ¿verdad? —manifestó Allende—. Debemos reconocer lo que ocurrió en el pasado. Cuarenta años atrás, cuando nuestros padres eran jóvenes, los aztecas se alzaron, decenas de miles de ellos, sobre todo en San Luis Potosí, donde el inspector general, José de Gálvez...

—Cortó las cabezas de casi un centenar de ellos y las clavó en las lanzas para que todos las viesen y las recordasen.

—Sí, no tenían líderes, y el levantamiento fue reprimido, pero imagínate lo que podrían haber hecho si hubieran tenido líderes que los guiasen. Los indios también recuerdan la forma despiadada con que acabaron la revuelta. Hidalgo dice que no olvidan, y que ansían la revancha por las crueldades.

—No tengo confianza en un ejército azteca.

—¿Ni siquiera en uno dirigido por nosotros?

—¿Cómo podríamos nosotros reunir semejante fuerza?

—Ahí es donde necesitamos al padre. Es famoso en todo el Bajío por ser amigo de los indios. Si se les da la oportunidad, creo que acudirían en masa a su bandera. Apoyados por unos pocos miles de milicianos bien entrenados, una gran legión de aztecas podría servir como vanguardia militar.

Aldama sacudió la cabeza.

—Hablas de insurrección, de revolución...

—Hablo de cambios, que sólo llegarán por la fuerza de las armas. ¿Quieres servir como un peón bajo las espuelas de los gachupines y pasar la herencia de la esclavitud a tus hijos?

—No, por supuesto que no.

—Los vientos de cambio están soplando en la colonia. Los hombres hablan abiertamente de rebelión. Lo he oído de otros oficiales por todo el Bajío.

—Esto hay que pensarlo con mucho cuidado. Incluso la pura charla puede hacer que el virrey caiga sobre nosotros. —Aldama era un hombre valiente, pero carecía de la voluntad de Allende para seguir adelante a pesar de todos los peligros.

—Somos soldados profesionales —afirmó Allende—, tan buenos como cualquiera que puedan tener los gachupines. Si nos volcamos por el cambio y demostramos que podemos ganar, nuestra gente se unirá a nosotros. El honor exige que hagamos frente a los gachupines, que luchemos, y si es necesario, que muramos. Mi sangre es tan pura como la de cualquier gachupín, y no estoy dispuesto a ser esclavo de ellos. —Allende le sonrió a su compañero—. Recuerda, amigo, el botín es para los vencedores. Si somos nosotros los que echamos a los gachupines de Nueva España, disfrutaremos de los frutos de la victoria: el alto mando y los honores.

TREINTA Y DOS

Raquel Montez guardaba silencio en el asiento del coche mientras miraba a la mujer que estaba sentada delante de ella. Doña Josefa Domínguez era la esposa de don Miguel Domínguez, el corregidor de Querétaro. Como corregidor, el marido de doña Josefa era el principal funcionario judicial de la ciudad y el área circundante. Mientras Raquel visitaba a la señora había llegado un mensaje del párroco de Dolores, el padre Hidalgo, en el que les pedía que se reuniesen en privado con los miembros de la sociedad literaria de Querétaro. Como doña Josefa, Raquel había asistido a las reuniones de la sociedad para lamentarse de las injusticias de los sistemas políticos y económicos de la colonia.

Raquel y la mujer mayor habían pasado la noche en San Miguel, en casa de una amiga, y ahora salían casi con el alba para acudir al encuentro clandestino. La joven disfrutaba con la compañía de doña Josefa, una mujer de gran intelecto y valor moral. También admiraba a su marido, Miguel Domínguez. Nacido en Guanajuato, don Miguel había ascendido hasta un puesto muy alto para un criollo; hasta cierto punto, el hombre le recordaba a su padre, porque ambos tenían un gran interés por la literatura y las ideas.

Mientras don Miguel apoyaba tácitamente el cambio social, su voluntariosa esposa —la Corregidora, como la llamaban— era una participante activa en las reuniones de la sociedad literaria. Doña Josefa le estaba comentando a Raquel sus opiniones sobre las dificultades de la colonia y los problemas de España en Europa.

—Napoleón es un loco impulsado por una ambición insaciable, y nadie en Madrid puede detenerlo. Está devorando Europa. Ahora avanza hacia el este, pero ya tiene sujetada la Península en un abrazo mortal. El bufón de Godoy ni siquiera puede demorarlo.

—Estoy de acuerdo —asintió Raquel.

La joven conocía muy bien y mostraba el mismo disgusto con la veleidosa política extranjera de España como su madrina, que le había inspirado su conocimiento político. Cuando asistía a la escuela en Querétaro, Raquel había vivido con la mujer y su familia, y doña Josefa le había permito usar libremente la biblioteca. Y lo que era aún más importante, la había incitado a mantener provocativas discusiones sobre arte, filosofía, historia, literatura y la debilucha política de su tiempo.

Mientras que el padre de Raquel la había animado a estudiar e investigar, doña Josefa veía la política y la literatura como un fiero compromiso, y el ejemplo personal de la doña estimuló la pasión de Raquel por aprender tanto como el tesoro de obras de la doña, una pasión literaria que Juan de Zavala encontraba tan poco atractiva en las mujeres. La propia madre de Raquel era indiferente a la literatura pero amaba la música, y había transmitido tal sensibilidad a su hija. Su madre, una alma herida, había soportado las vicisitudes de la vida con una frágil salud y una débil voluntad, un trágico destino que Raquel estaba dispuesta a evitar a toda costa.

Los intereses de su padre, por otro lado, eran más osados, más enérgicos. Amante de todas las formas del arte —la literatura, la música, la pintura y la filosofía—, había poseído la mejor biblioteca privada de Guanajuato, un tesoro que no le sirvió bien cuando la Inquisición llamó a su puerta para acusarlo de ser judío.

Como hija única, Raquel había participado en las búsquedas intelectuales de su padre, a pesar de la convención social de que las mujeres carecían de intelecto para los estudios serios. Creyendo que una mujer como doña Josefa —con su inteligencia, su erudición y su posición social— ejercería una influencia positiva en su hija, su padre había animado su amistad y le había pedido que la amadrinase. Aunque la muchacha era mestiza, doña Josefa insistió en que leyese, y reclamó un papel determinante en la educación de Raquel. El padre, por su parte, accedió a todas las peticiones de la doña.

Pero ese mundo ya había desaparecido. El padre que Raquel adoraba había sido llevado a casa tumbado sobre una puerta y desaparecido de sus vidas con una misericordiosa rapidez. En cambio, Dios no fue tan bondadoso con su madre. La mujer, frágil de por sí, sufrió terriblemente cuando su marido falleció sumido en la desgracia, la sospecha y la tragedia. Después de su muerte también sucumbieron su mente y cuerpo. La mujer había muerto hacía un mes. Hasta su fallecimiento, Raquel cuidó de ella y luchó con los acreedores para salvar algo de su herencia.

La batalla financiera se perdió casi por completo, y la joven se encontró sola en la vida. Sus amigas creyeron que ingresaría en un convento, el único camino posible para las mujeres que carecían de la protección y el apoyo de un hombre. Una mujer no podía tener otras alternativas excepto la de ser esposa, puta o criada. El convento ofrecía protección, financiera y física, dando amparo a muchas mujeres que carecían de una dote pecuniaria.

Si Raquel hubiera buscado la protección de la Iglesia, no se hubiera sentido sola. Habría seguido el camino de la figura histórica que más admiraba, una poetisa que había muerto más de cien años antes: sor Juana Inés de la Cruz.

Sor Juana entró en el convento no por el solaz espiritual, sino llevada por el estudio y la contemplación, el tipo de vida que sólo podía darle un convento. La fecha exacta del nacimiento de sor Juana no está clara (probablemente alrededor de 1648), aunque por nacimiento era sin duda una «hija de la Iglesia», lo que significaba que era hija ilegítima, una bastarda.

Sor Juana había sido un prodigio intelectual que había compuesto una loa, un corto poema dramático, a la edad de ocho años. Mientras otras jóvenes se dedicaban a complacer a los hombres, Juana suplicaba a su madre que la disfrazase de varón para poder asistir a la universidad. Privada de educación debido a su sexo, su abuelo se encargó de la mayor parte de su instrucción.

A pesar de su belleza, su inteligencia y su encantadora personalidad, su baja cuna y sus aspiraciones poéticas la retenían. Sólo la vida en el convento le permitió escribir poemas y obras, experimentar con la ciencia y fundar una gran biblioteca. Sin embargo, cuando un obispo limitó sus estudios, ella se reveló, defendiendo su derecho como mujer a buscar la verdad. En España incluso era conocida como el Fénix de México y la Décima Musa.

Sin embargo, sor Juana no pudo continuar con sus búsquedas intelectuales, pues la atacaron los dogmáticos de la Iglesia. Perseguida por sus escritos y sus pensamientos mundanos, renunció a sus libros y firmó una confesión con su propia sangre. Después de su famosa réplica al obispo, se retiró del mundo exterior. Murió a los cuarenta y tantos años, después de enfermar mientras cuidaba a los enfermos durante una epidemia. Unas líneas del poema de sor Juana favorito de Raquel resumían la visión que la joven tenía sobre su propia vida.

> *Este amoroso tormento*
> *que en mi corazón se ve,*
> *sé que lo siento, y no sé*
> *la causa porque lo siento.*
> *Siento una grave agonía*
> *por lograr un devaneo,*
> *que empieza como deseo*
> *y para en melancolía.*
> *Y cuando con más terneza*
> *mi infeliz estado lloro,*
> *sé que estoy triste e ignoro*
> *la causa de mi tristeza.*
> *Ya sufrida, ya irritada,*
> *con contrarias penas lucho:*
> *que por él sufriré mucho,*
> *y con él sufriré nada.*

Raquel se preguntaba cómo se habría sentido sor Juana. Ingresar en un convento sin amar o haber sido amada por un hombre. Nunca unida a un hombre, estar en sus brazos, pecho contra pecho, ser íntimos. La muchacha recordaba la sensación de tener a Juan dentro de ella, sus labios en los suyos, sus caricias. Recordaba el miedo y el asombro cuando Juan le había hecho el amor, pero sobre todo recordaba los latidos de su sangre.

Raquel le había dicho a doña Josefa que carecía del coraje de sor Juana. No podía soportar la disciplina, la abstinencia y la abnegación del convento.

Tenía dinero suficiente para dejar Guanajuato y sus horribles recuerdos. Viajaría a Ciudad de México y allí compraría una pequeña y respetable casa, todo cuanto necesitaba para la vida solitaria que deseaba. Allí también tenía perspectivas financieras. Un empresario portugués amigo de su padre le había pedido que enseñara a sus tres hijas las artes liberales. Quizá podría ampliar su tutelaje, aunque había pocos padres dispuestos a educar a sus hijas. Raquel albergaba la esperanza de poder educar a los hijos de los extranjeros que residían en la capital.

Sería un nuevo comienzo lejos del Bajío y sus memorias, al tiempo que preservaba la independencia para utilizar su mente, y doña Josefa apoyaba su iniciativa.

La voz de la mujer mayor devolvió a Raquel al presente.

—Godoy nos ha aliado con Napoleón contra los británicos. Es como si un ratón luchara contra un gato. Ya hemos perdido nuestra flota. ¿Cómo podrá defenderse la colonia contra una invasión de los británicos? ¿Cuánto tiempo esperará Napoleón antes de comernos? —Exhaló un suspiro y sacudió la cabeza—. Querida, no hace mucho tiempo España era una gran potencia. Que nuestros líderes nos traicionen me parte el corazón, sobre todo cuando proliferan nuestros enemigos, cuando la guerra se extiende por toda Europa como la viruela.

Raquel sólo había escuchado a medias el lamento de su madrina. Esa mañana habían recibido noticias de un tema más próximo a su corazón. Miraba a través de la ventanilla del carruaje, sumida en sus pensamientos, cuando doña Josefa leyó lo que pasaba por su cabeza.

—Estás pensando en él, ¿no es así, querida?

No necesitaba que su madrina dijera su nombre.

—Sí. Estaba pensando en lo que María dijo anoche. Han pasado meses, pero la gente todavía lo comenta.

—Claro. ¿Alguna vez antes había ocurrido algo tan escandaloso en la colonia? Nunca había oído nada igual en toda mi vida. ¿Un bebé azteca cambiado por uno español? ¿Un peón criado para ser un admirado caballero gachupín? Ahora ha escapado de la cárcel y hay informes que dicen que se ha convertido en un bandido. Oh, qué aterrorizados están los gachupines. La ironía es exquisita, excepto por tu amor por ese infortunado joven.

—No lo amo.

—Por supuesto que sí. Es un mal hombre, y tu infortunio es amarlo.

—No fue culpa suya que lo cambiasen al nacer.

—Por supuesto que no, pero sí lo fue el tratamiento que te dio. Abusó de ti y luego te abandonó en los momentos de necesidad.

—No lo culpo. Fue un matrimonio concertado. Nunca me amó, y no se habría casado conmigo de no haber sido arreglado por razones financieras, ni aunque hubiese sido la mujer más hermosa de la colonia, porque soy mestiza. Además, está enamorado de otra, de la que dicen es la mujer más bella de la colonia. Los infortunios de mi padre y la pérdida de la dote le permitieron escapar de un matrimonio miserable y una vida desgraciada.

—Es un loco —se mofó doña Josefa—. La reputación de ella de coqueta y arribista está en boca de todos, incluso aquí en Querétaro. Esa mujer tiene un rostro que los hombres encuentran atractivo, pero su futuro marido pagará muy caro por sus encantos cuando ella le reclame las joyas más lujosas, las casas más caras y sólo las mejores prendas y carruajes.

—Bueno, ahora él no tiene que preocuparse por eso. Sólo debe temer a los alguaciles del virrey.

El tono de Raquel era neutro mientras hablaba de Juan, pero no su corazón. Lo amaba desde el primer momento en que lo había visto. Debido a ese amor, le había dado lo más precioso y valioso que una muchacha podía darle a un hombre, su virginidad. Le había roto el corazón cuando se apartó de ella y del planeado matrimonio.

Sus estoicas facciones se aflojaron y tuvo que luchar por contener las lágrimas.

—Lo amo, sí. Nunca más volveré a amar a otro hombre. Me temo que nunca encontraré la felicidad y que moriré en un convento escribiendo lamentaciones con mi sangre como sor Juana.

La mujer mayor se echó a reír.

—Lo siento, querida, no es divertido, pero me pregunto cómo reaccionaría la gente si supiera que el infame Juan de Zavala escapó de la prisión de Guanajuato calzado con las botas de tu padre.

La Calzada de los Muertos

TREINTA Y TRES

Mi plan, después de dejar la hacienda —con un perro vivo atado al pecho de un hombre muerto—, era dirigirme al noroeste, en dirección a Zacatecas. Había cazado en la región y en el territorio desierto al norte. En algún momento los hombres de la hacienda se unirían a los alguaciles del virrey en la búsqueda, y el norte, menos poblado y mal protegido, era la ruta lógica para un bandido a la fuga.

Zacatecas era la segunda región más rica en minas de plata de la colonia. El dinero fluía allí como la miel de un panal, y la ciudad era más salvaje y descontrolada que Guanajuato. Incluso podía escapar aún más al norte; había centenares de leguas hasta el río Bravo y las poblaciones de más allá. Las ciudades estaban a menudo separadas por semanas de viaje, y se podía cabalgar durante días sin ver forasteros. Con las alforjas llenas de plata robada se podía permanecer perdido para siempre.

Sí, ir a Zacatecas era un buen plan, y uno que evité con mucho cuidado. En cambio, una vez más dejé mis huellas para una ruta al norte, tracé un amplio círculo alrededor de la zona de la hacienda y me dirigí al sur. Zacatecas era el primer lugar donde irían a buscarme mis perseguidores. Incluso peor, muchos de los propietarios de minas y proveedores habían visitado nuestra hacienda y conocían mi cara. Me hubieran reconocido en cuanto caminase por una calle de Zacatecas.

También abundaban otros peligros. En el camino a poblados distantes como Taos y San Antonio, un jinete solitario no sólo debía temer a los bandidos, sino también a los indios salvajes, algunos de los cuales aún practicaban el canibalismo como sus antepasados. Había cazado con precaución cuando había estado en esas regiones, más alerta a la presencia de las bestias de dos patas que a las de cuatro.

También conocía mejor las áreas poco pobladas del sur y el este, con toda probabilidad mejor que los alguaciles que me buscaban. Había cazado en el territorio entre el borde de la gran región de montañas y mesetas que llamamos el valle de México. También conocía lo que estaba más allá de las montañas: las tórridas costas infestadas por la peste, donde, cuando llovía, el océano mismo parecía caer del cielo, lo bastante caliente como para fundir a un hombre hasta los huesos. Pero en esa costa también estaba el principal puerto de la colonia: Veracruz.

Hernán Cortés había fundado un pueblo llamado la Villa Rica de la Veracruz cuando desembarcó en la costa este de la colonia en 1519. Pero no nombró a la ciudad por sus «incontables riquezas» dado que todo cuanto encontró eran pantanos y arena. En cambio, la nombró por sus sueños de conquistador, el ansia de riquezas mundanas.

Una vez en Veracruz, buscaría la manera de abordar un barco que me llevase a La Habana tal vez, la reina del Caribe.

Tenía que salir de la colonia. Ahora dudaba de que, si me capturaban, me enviaran al Lejano Oriente en aquel infame galeón de Manila. Los alguaciles me colgarían del árbol más cercano. Escapar a través de Veracruz era el único camino posible. Para llegar allí tendría que cruzar las montañas, descender a la ardiente zona de la costa, y seguir hacia el sur hasta el puerto. Además del peligro de los alguaciles y los bandidos, debería atravesar las zonas costeras, donde abundaban los mosquitos y los cocodrilos, e innumerables víctimas habían muerto del temido vómito negro que acechaba en los hediondos pantanos.

Al pensar en el viaje recordé que Bruto me había dicho que había sido el vómito negro el que me había transformado en un gachupín. Si su relato del engaño era cierto, ¿en qué se hubiese convertido el verdadero Juan de Zavala de haber vivido? Y lo más importante, ¿en qué me hubiera convertido yo de haber vivido él?

¿De verdad mi madre era una puta azteca? Sólo porque hubiese vendido a su bebé no la convertía necesariamente en una puta o en una mala persona. El mundo era duro con las mujeres pobres con hijos. Incluso más duro para una mujer con un hijo nacido fuera del matrimonio. Bien había podido vender a su hijo para darle una vida mejor.

Ese cabrón mentiroso de Bruto había dicho que mi madre era una puta, pero ¿decía la verdad? Sin duda había buscado con toda intención mi desgracia y destruirme después de haberlo amenazado con quitarle el control de mis propiedades. Estaba seguro de que había mentido para hundirme después de que su plan de envenenarme y robarme mi hacienda se fuesen al garete.

Para cuando llevaba una hora más de cabalgata, estaba convencido de que había mentido. Me había adaptado tan bien a ser un gachupín que mi madre había tenido que ser una de ellos, o al menos una criolla de alta posición. Sin duda se había quedado embarazada de mí como resultado de una aventura amorosa con un noble gachupín, un conde o un marqués, y había permitido a Bruto cambiarme por el bebé muerto para que yo tuviese una buena vida.

La carretera principal desde la capital a Veracruz pasaba por Puebla y Jalapa y luego bajaba hasta el mar. A lo largo de la costa, la carretera seguía su trazado entre arenales, humedales y pantanos que hacían que esa tórrida región fuera terriblemente insalubre. No siempre era una carretera para carros, el camino en las montañas a veces era poco más que un sendero de mulas. Sin embargo, también era la vía más utilizada en la colonia, dado que por allí circulaban la mayoría de las importaciones y las exportaciones.

Me costaba tomar la carretera porque también era frecuentada por los alguaciles del virrey. Una alternativa era utilizar los pasos de montaña y luego viajar a la costa al norte del sendero de Jalapa. Había cazado en esas ásperas montañas, y una vez había recorrido todo el camino hasta la costa. Allí no había puertos ni barcos. En las pocas plantaciones que había se cultivaban productos de la selva: plátanos, cocos, azúcar y tabaco.

Atravesar los empinados y angostos pasos de montaña, las lluvias tropicales y los pantanos cargados de enfermedades a lo largo de la ardiente costa sería difícil y peligroso. Sin embargo, encontraría a muy pocas personas en el camino, la mayoría indios con burros y alguna caravana de mulas que transportaban los productos de las plantaciones montaña arriba y otros bienes de consumo, como prendas, utensilios y pulque, en el trayecto de regreso.

Como en mi anterior viaje a la costa, llegué a las viejas ruinas indias de Tajín. Recordaba el nombre de las aburridas horas que había pasado escuchando las clases de Raquel sobre las glorias de las civilizaciones indias que habían existido antes de la llegada de Cortés. La ciudad estaba ahora cubierta de vegetación, pero se alcanzaban a ver las estructuras de piedra. Raquel había dicho que los antiguos indios jugaban a un peligroso juego en patios como ésos, un deporte al que se jugaba con una dura pelota de goma, en el que el equipo perdedor a menudo era sacrificado a los dioses.

Entonces recordé algo más sobre el área de Tajín: a lo largo de la costa había encontrado un puesto militar con sólo una docena de hombres, pero la Corona estaba decidida a reforzar la zona. Quizá habían levantado más puestos con pocos viajeros aparte de mí mismo para picar la curiosidad de los soldados.

La costa no era conveniente para mí, pero no tenía ninguna buena alternativa. No obstante, se me ocurrió que el lugar menos probable donde me buscarían sería a plena vista, por las atestadas carreteras que llevaban a la capital y a Veracruz. Entonces diseñé un plan que hubiese despertado la admiración y la envidia del propio Napoleón. Disfrazado como un pobre comerciante, me confundiría en las filas de los vendedores itinerantes que recorrían las carreteras: indios cargados con cestos, las espaldas dobladas, las cuerdas tensas contra las frentes; los mestizos arreando burros o mulas, sus lomos también muy cargados, y los comerciantes criollos a caballo o montados en resistentes carros. Las caravanas de mulas cargadas con plata o maíz a menudo estaban formadas por mil o más acémilas. Se reunían para protegerse, y yo podía «perderme» fácilmente entre ellas.

Pero no podía ocultar a *Tempestad*. Los alguaciles me estarían buscando montado en un soberbio semental negro azulado. Como Marina había dicho, no la engañé cuando entré en Dolores montado en el gran semental. Para escapar a la detección, tendría que vestir las prendas de los peones y montar un burro o una mula, los animales más adecuados para esa clase social.

La ropa no era un problema. Debajo de mi hábito de monje llevaba las prendas que me había dado Marina, que habían pertenecido a su difunto esposo. Podía cambiar mi aspecto sólo con deshacerme del hábito de monje. Me acaricié el rostro. Me alegraría desprenderme de mi barba.

Pero *Tempestad* no era sólo mi caballo; era el Pegaso alado que me había llevado lejos del peligro. Más que eso: simbolizaba la vida que había perdido pero había jurado recuperar. Sólo respiraba debido a la velocidad y el coraje del noble equino

Después de haber puesto dos días de distancia entre mí mismo y la hacienda de Dolores, casi siempre en terreno selvático, sabía que no podía continuar montando al semental. Enlacé una mula en el corral de un rancho que criaba animales para el trabajo en las minas y compré una silla adecuada para una mula a otro ranchero a lo largo del camino. Después de haber ensillado al animal y de haber decidido que no se iba a mostrar rebelde y negarse a que la montara, me llevé a *Tempestad* a un aparte.

—Lo siento —le dije con voz triste—. Has sido mi amigo y salvador, pero ahora debemos separarnos. Algún día volveremos a ser compañeros. —Lo solté en un prado con las yeguas y me marché.

Montado en la mula y vestido como un peón, ya no era el caballero Juan de Zavala.

Al día siguiente compré un hato de prendas —la mayoría sarapes que eran poco más que trozos de mantas baratas— a un mestizo y tomé su ya cargada mula a cambio de la mía y del valor de la mercancía. Eso significaba que debía caminar, pero la mayoría de los peones comerciantes, excepto los muleros de las largas caravanas, caminaban para utilizar a todos los animales que tenían para transportar mercancías.

La única cosa de la que me negué a desprenderme fueron mis botas de caballero. Eran un regalo de mi amada Isabel, y hubiese dado trozos de mi carne antes que separarme de ellas. En mi corazón sabía que algún día regresaría, con una fortuna y quizá incluso con el título nobiliario que tanto deseaba Isabel. Lo primero que haría sería mostrarle que aún llevaba las botas que me había dado. Sin embargo, había hecho una única concesión y no las había limpiado, ocultando su calidad debajo de varias capas de tierra.

Con mi mula, las mercancías y una actitud humilde, puse rumbo al sur, hacia el lugar que Raquel me había descrito. No es que ella y sus eruditos amigos supiesen gran cosa. Nadie lo sabía. Un lugar de los muertos, donde los fantasmas, los dioses y los viejos misterios residían.

TREINTA Y CUATRO

Teotihuacán

De los senderos montañosos que pocas gentes recorrían y a través de terreno salvaje donde no veía a ningún otro ser humano, por fin llegué al valle de México y a una de las ciudades más extrañas de la Tierra: la ciudad de los dioses.

Teotihuacán fascinaba y asustaba a los aztecas.

Debo confesar que a mí pocas cosas me asustan. He cabalgado solo en cacerías por las montañas y los bosques de nuestra gran meseta, bajado a las selvas en el lado este de las montañas, e incluso más allá de Zacatecas, al norte, hacia las peligrosas regiones áridas infestadas de indios salvajes. Con arco y flecha, he cazado jaguares, criaturas tan rápidas que desvían los proyectiles con las garras en pleno vuelo, tan letales que te abren en canal con un solo golpe. He luchado y matado a hombres malos. Si bien he conocido a hombres valientes, me he enfrentado a más peligros que la mayoría de los de mi edad, y nadie me ha acusado nunca de cobardía. Pero no pretendo ser valiente cuando se trata de fantasmas.

Había llegado a Teotihuacán después de salir de las montañas y bajar a la llanura. Ubicada en un valle que también llevaba su nombre, Teotihuacán era parte del gran valle de México, y se hallaba a unas doce leguas de la capital. El nombre español del lugar era San Juan de Teotihuacán, pero su espíritu no tenía nada de santo.

Al caminar por la Calzada de los Muertos —la ancha y desierta calle que era la arteria central de esa ciudad fantasma—, intuí los espíritus y me eché a temblar a pesar del ardiente sol.

Me apoyé en una pared de la vieja avenida y me fumé un cigarro mientras observaba a un astuto lépero que miraba a un grupo de eruditos españoles que habían venido a estudiar la ciudad de los dioses y los fantasmas. Los léperos solían tener una astucia instintiva cuando se trataba de conseguir dinero para el pulque.

Ese lépero en particular se había congraciado con uno de los eruditos, un joven español pálido y de aspecto sensible al que los otros miembros de la expedición llamaban Carlos Galí. El tal Carlos *el Erudito* parecía ser sólo unos pocos años mayor que yo.

Mientras observaba y escuchaba las conversaciones, me enteré de que algunos de los miembros de la expedición eran sacerdotes eruditos, y otros, profesores seculares de una universidad de Barcelona. Estaban en la colonia para visitar los lugares de las antiguas civilizaciones indias que habían florecido antes de la conquista.

El nombre de Barcelona tenía para mí un sonido mágico. Una de las grandes ciudades de España, esa notable urbe del Mediterráneo en Cataluña estaba situada no muy lejos de la frontera francesa. Gran ciudad incluso en tiempos romanos, había sido ocupada durante un breve período por los árabes antes de convertirse en un bastión del poder cristiano en la Península durante la lucha de siglos para expulsar a los infieles de regreso al norte de África. Había oído muchas historias de su grandeza de labios de Bruto mientras crecía. Era la ciudad de mi nacimiento, o eso se me había dicho, hasta que el loco moribundo había descalificado mis orígenes.

Incluso hablaba un poco de catalán, un lenguaje similar pero distinto del español. Como el español, sus raíces eran latinas, y yo había aprendido lo suficiente del idioma durante mi niñez como para mantener una conversación, porque Bruto y los miembros de la familia Zavala que venían de visita hablaban catalán en la mesa.

La expedición empleaba porteadores que se encargaban del equipaje de cada uno de los eruditos, y la comida y las provisiones del grupo en su conjunto. Habían utilizado a peones de Veracruz en la subida a las montañas de camino a Jalapa. Una vez allí, los peones de Veracruz habían vuelto a casa, y unos nuevos porteadores habían ocupado sus lugares. Ahora los porteadores de Jalapa serían reemplazados por los hombres que acompañarían a la expedición en el siguiente tramo, al sur, hasta Cuicuilco, una ciudad un poco más allá de la capital.

Si me unía al grupo como porteador, desaparecería sin más, al menos a la vista de los alguaciles que me buscasen. Después de evaluar a los miembros, el joven erudito que el lépero había buscado como la presa más fácil me pareció el más prometedor para mí. Ingenuo, no tenía ni idea de cómo reaccionaría el lépero ante su conmovedora simplicidad. Realmente era como si el hombre estuviera jugando con una serpiente de cascabel.

Antes había visto al lépero con otras dos sabandijas, bebiendo y riendo, burlándose del joven erudito con sus ojos taimados. No necesitaba de un cartógrafo para que me marcase su rumbo. Le robarían, y si tenían la oportunidad, le cortarían el cuello para quedarse con sus botas, o incluso sólo por los calcetines.

Al mirar a ese delicado y sincero joven, sentí que estaba ligado por el honor a salvarlo de esa jauría de ladrones asesinos. Pero tenía que andarme con cuidado: el alguacil de un pueblo cercano había venido a conocer al jefe de la expedición. Por las conversaciones que oí, el alguacil —un gordo estúpido que probablemente no sabía ni leer su propio nombre— les describía a los miembros de la expedición cómo el lugar había sido una gran ciudad azteca. Yo sabía que eso no era cierto.

Eh, ¿acaso os preguntáis cómo Juan de Zavala, un hombre que había «leído» más huellas de cascos y putas de burdel que libros, sabía algo de una antigua ciudad de los indios? ¿No había estado una vez prometido a una mujer que me hizo mamar de la teta del conocimiento? ¿No había sufrido a través de las interminables arengas de Raquel sobre la grandeza de la cultura india y la destrucción traída por la conquista de Cortés? Debía agradecer, pues, que ella me hubiese enseñado de esa ciudad de fantasmas y de Tenochtitlán, la capital azteca ahora ocupada por Ciudad de México.

Me acerqué al joven erudito que se había apartado del grupo, que todavía escuchaba al alguacil explicar las marcas que la antigua raza de indios había trazado en las paredes. Consideré hablarle en catalán, decirle que había nacido en Barcelona y que estaba pasando por una mala racha, pero todavía fingía ser un peón que vendía ropa. Cualquier cosa que le dijese era probable que fuese repetida a los demás y llegase a oídos del alguacil.

Caminé a su lado, me quité el sombrero y me dirigí a él respetuosamente, dándole a mi español un acento gutural.

—Señor, quiero decirle algo, pero, por favor, manténgalo en secreto o me veré envuelto en problemas. No creo que el alguacil le esté dando a sus compañeros la información correcta sobre la historia de esta vieja ciudad.

El joven erudito me sonrió.

—¿Qué sabes tú de la historia?

—Sé que ésta nunca fue una ciudad azteca. Es cierto que los emperadores aztecas venían aquí todos los años para rendir homenaje a sus dioses paganos, pero la ciudad fue construida muchos siglos antes de que los aztecas llegasen al valle de México. Durante mucho tiempo antes de que los aztecas se hiciesen con el poder, la ciudad estuvo abandonada. Estaba así incluso cuando los aztecas se convirtieron en un poderoso imperio. Venían a la ciudad a rendir culto, pero no vivían aquí porque le tenían miedo.

Me miró con atención.

—¿Dónde has obtenido tu conocimiento de la ciudad?

—Trabajaba en la casa de un erudito en Guadalajara, señor. No tenía ninguna fama —respondí, para asegurarme de que no supiese nada del supuesto erudito —, pero era un hombre instruido. En ocasiones me hablaba de lo que leía.

—¿Tu amo está aquí?

—No, señor; falleció hace unos pocos meses. Su muerte me dejó sin casa y sin un amo. He oído que están contratando porteadores para el viaje al sur. Soy un buen trabajador y obedezco sin demasiadas palizas. Lo serviré bien si me lo permite.

—Lo siento, pero ya he alquilado a un porteador; Pepe, un hombre de aquí que no sólo conoce el territorio, sino que tiene muchos hijos que alimentar.

—Quizá pueda servirle de otras maneras entonces, señor. Si bien no he sido más que un pobre sirviente, mi amo me enseñó a disparar y a utilizar la espada. Hay muchos bandidos en la carretera...

Él negó con la cabeza.

—Tenemos a hombres del ejército para protegernos.

Señaló a los seis soldados que charlaban mientras fumaban y bebían vino. De no haber sido por sus mugrientos uniformes, habría tomado al grupo por compañeros de los léperos que bebían pulque al otro lado del camino. No se los podía confundir con bandidos sólo porque eran demasiado gordos y haraganes.

—¿Viajarán más allá de Cuicuilco? —pregunté.

—Recorreremos toda la ruta hasta la tierra de los mayas.

—¿Tan lejos? ¿A las selvas sureñas? He oído decir que hay muchos peligros en la ruta, que el sur es incluso más peligroso que el norte, los indios salvajes y sanguinarios.

—El porteador que he alquilado —hizo un gesto en dirección a Pepe, el lépero— me ha dicho que conoce los caminos seguros a través de la selva.

—Bien, señor, como alguien que conoce la colonia, puedo decirle que puede usted llegar sano y salvo a Cuicuilco.

—¿Cómo te llamas? —preguntó.

—Juan Madero.

—Ven conmigo si quieres un día de trabajo. Puedes ayudarme a limpiar parte de la vegetación de las ruinas que quiero estudiar. Me interesa saber qué otras cosas te dijo de la ciudad tu antiguo empleador.

—Me dijo que esta calle principal se llama Calzada de los Muertos porque se dice que muchos reyes y notables, muertos desde antes de los tiempos de Nuestro Salvador Jesucristo, están enterrados en las tumbas que la bordean.

—He oído esa historia, pero todavía algunos cuestionan si esos edificios son tumbas o templos y palacios. De todas formas, no hay duda de que es una ciudad fantasma.

—Muerta, pero no silenciosa, ¿eh? —dije—. Lo que no puedes oír lo notas en la piel mientras caminas por la calle entre las dos grandes pirámides. ¿Usted también lo ha notado, señor?

Se echó a reír.

—Si tienes miedo de los espíritus de la ciudad, estás en buena compañía. Quizá es algo que corre en tu sangre india. Como has dicho, los aztecas también temían a la ciudad. En su lengua pagana, el nombre de Teotihuacán significa algo así como «ciudad de los dioses». Creían que era el lugar donde vivían unas poderosas y peligrosas deidades. Por eso venían en peregrinaje hasta aquí todos los años, para rendir tributo a los dioses.

—Señor, ¿por qué los aztecas, que he oído decir que eran hombres malos que combatían y mataban a la primera oportunidad, temían a una ciudad desierta?

—Tenían miedo de lo que veían y también de lo que no veían. Mira esas increíbles ruinas. Gigantescas pirámides y templos de piedra tallados a la perfección, y también palacios. ¿Puedes imaginarte el aspecto que tenía esta ciudad en tiempos pasados, cuando sus edificios estaban brillantemente pintados? Nunca he oído hablar de ningún otro lugar en la Tierra (excepto los monumentos de los poderosos faraones en Egipto y la muralla que corre hasta el infinito a través de la tierra de los chinos) que pueda compararse con los logros de la antigua raza que construyó esta magnífica ciudad.

»Lo que asustaba más a los aztecas y sigue asustando a las personas como tú que vienen aquí es el hecho de que nadie sabe quién construyó la ciudad. ¿No es increíble, Juan? Estamos en el centro de una gran urbe, con imponentes pirámides, y nadie sabe qué raza de hombres la construyó o siquiera el nombre que le dieron.

»Como te dijo tu amo, tus antepasados aztecas no la construyeron. Vinieron al valle de México trece o quizá catorce siglos después de que construyeron la ciudad. ¿Te das cuenta de que Teotihuacán es la ciudad más grande que haya existido en las Américas antes del tiempo de Colón? Era más grande que la capital azteca de Tenochtitlán, y podría haber rivalizado con Roma en su máximo esplendor. Ni siquiera Ciudad de México, La Habana o ninguna otra metrópoli del Nuevo Mundo tiene tantos habitantes como antaño tuvo esta antigua ciudad.

—¿Cuántas personas cree usted que vivían aquí? —pregunté.

—Algunos eruditos creen que más de doscientas mil personas poblaban la ciudad en su máximo crecimiento.

¡Ay! Ésos eran muchísimos fantasmas.

Conversamos mientras yo quitaba la vegetación para dejar a la vista las inscripciones en un costado de la pared. Recordé algo más de lo que Raquel me había dicho.

—Las pirámides de aquí son las que los aztecas y otros indios copiaron para sus ciudades. Al menos, eso es lo que he oído.

—Estás en lo cierto, aunque las copias son más pequeñas que la pirámide del Sol aquí, en Teotihuacán. Piénsalo, Juan, los grandes y maravillosos monumentos de todos los imperios indios fueron copiados de una ciudad que fue construida por personas que nadie conoce. Mira la pirámide del Sol.

La enorme estructura estaba en el lado este de la Calzada de los Muertos, y dominaba la parte central de la ciudad en ruinas. Carlos me dijo que el edificio tenía más de sesenta metros de altura, y que cada uno de los cuatro lados de su base medía más de doscientos treinta metros. Desde el suelo, un hombre en la cima parecería una hormiga en el techo de una choza.

En el extremo norte de la ancha avenida se encontraba la pirámide de la Luna.

—La pirámide dedicada a la luna es, en realidad, un poco más baja que la del sol, pero parece tener la misma altura sólo porque está en terreno elevado. La pirámide del Sol es la tercera pirámide más grande de la Tierra. Si bien no es tan alta, tiene casi el mismo volumen que la gran pirámide de Gizeh, en Egipto. ¿Te das cuenta, Juan, de que la mayor pirámide de todas (una que es incluso más grande que la pirámide del faraón) no está en el Nilo, sino en Nueva España, en Cholula, adonde viajaremos muy pronto?

—¿Por qué construyeron estas pirámides? ¿Para llevar a las personas a la cima y arrancarles los corazones?

—Sí. Se practicaba el sacrificio humano, pero aparte de la siniestra institución, las pirámides eran en realidad lugares de culto, como las iglesias lo son para nosotros de la verdadera fe. Las construyeron para complacer a sus dioses. A diferencia de las pirámides de Egipto, que fueron construidas como tumbas para los reyes, en lo alto de las pirámides de Nueva España tenían lugar ceremonias religiosas. Por eso son planas en la cumbre, para que los indios pudiesen construir allí los templos para el culto. También para los sacrificios —se encogió de hombros—, que por desgracia se convirtieron en parte de la religión.

—Por la sangre... —dije al recordar una parte de la lección de Raquel que me había interesado de verdad.

—Así es. Creían que el sol, la lluvia y los otros dioses se alimentaban con sangre. Los indios dependían de las cosechas para sobrevivir, y creían que si les ofrecían sangre a los dioses, éstos prosperarían y les darían el buen tiempo necesario para cultivar las cosechas. Un acuerdo de sangre, sangre humana a cambio de lluvia y sol, era el acuerdo entre los indios y los dioses.

—Pura ignorancia —señalé.

—Quizá. —Carlos miró en derredor para asegurarse de que nadie más escuchaba—. Pero la ignorancia abunda en muchos lugares.

Sospeché que hablaba de la Inquisición, que quemaba a la gente en la hoguera durante los autos de fe.

—He oído que en lo alto de la pirámide del Sol hubo una vez un gran disco de oro —comenté—, un tributo al dios Sol. Valía el rescate de un rey. Cortés se apoderó del disco y lo mandó fundir.

—Sí, los eruditos confirman tal relato. Veo que tu amo estaba bien informado acerca de las ruinas.

—¿Alguna vez sabremos quién construyó esta ciudad? —pregunté.

—Sólo Dios puede responder a esa pregunta. El misterio de quién pudo levantar estos enormes monumentos es tan intrigante como por qué sus ciudadanos la abandonaron.

—¿Por qué dice abandonado, señor? ¿No podría ser que la gente sencillamente escapara de un enemigo más poderoso?

—Quizá, pero si la guerra asoló la ciudad, lo lógico sería ver más destrucción causada por el conflicto. También cabe preguntarse por qué los conquistadores no ocuparon este prodigioso premio.

Me encogí de hombros.

—Quizá no querían vivir pegados a los fantasmas.

El erudito me miró con una expresión divertida.

Creer en fantasmas era nuevo para mí. Cuando disfrutaba de la vida de un caballero, nunca había pensado en nadie o en nada, y desde luego nunca había pensado en el más allá. Quizá estaba cambiando.

En el pasado, un impenetrable escudo de dinero y poder me había protegido, dejándome indiferente al resto del mundo. Pero ahora vivía mi vida, observando mi retaguardia alerta a los alguaciles y los bandidos, observando los ojos de los demás viajeros para comprobar si me veían como su presa o si sus sospechas alertarían a la policía del virrey. Ahora, en una calle nombrada por los muertos, en una ciudad abandonada hacía mucho por los vivos, intuí la misma clase de presencia que había hecho temblar a los emperadores aztecas y ofrecer tributo de rodillas a los fantasmas invisibles.

Carlos me palmeó el hombro mientras nos separábamos.

—He disfrutado de nuestra conversación. Lamento haber contratado ya a Pepe para el viaje. Pero dado que él conoce la ruta...

Dejé al erudito, murmurando para mí mismo que era un tonto ingenuo y el lépero el padre de todas las mentiras. Más allá de haber sido sentenciado a trabajar en la construcción de carreteras por borracho y ladrón cada vez que lo sacaban de la cuneta, aquella basura humana nunca había ido una legua más allá del lugar donde había nacido. Le había dicho a Carlos que estaría seguro hasta Cuicuilco porque la ciudad estaba próxima a la capital. Después de Cuicuilco, la expedición tenía previsto viajar a Puebla, quizá un viaje de sesenta o setenta leguas a lo largo de la carretera más transitada de todas las Américas. Esa ruta también era segura. Pero al sur de Puebla, cada legua llevaba al viajero más lejos del corazón de la colonia hasta... Bueno, ni siquiera yo sabía qué había más allá cuando uno llegaba a las ardientes y húmedas selvas, excepto que la mayoría de aquellas tierras ignotas no habían sido exploradas.

Pero sí sabía que la expedición necesitaba de mayor protección que los soldados que había visto, y sólo la caridad cristiana me impulsa a dignificarlos con el título de «soldados». Si de verdad habían servido en el ejército, seguramente los habían seleccionado entre aquellos que limpiaban las letrinas y los suelos de los burdeles, y luego habían sido enviados en esa expedición por oficiales que querían quitárselos de encima.

En cualquier caso, me ocuparía de que el joven erudito llegase a su destino, al menos hasta Puebla, de donde partía la carretera principal a Veracruz. Desde Veracruz, las naves surcaban las rutas marítimas del Caribe y Europa.

Los alguaciles del virrey no me descubrirían mientras fuese parte de la expedición. Estaría a salvo viajando con una gran caravana bien armada, y si tenía problemas para engañar a los alguaciles y los oficiales de aduana, podía, si era necesario, «tomar prestados» los documentos y el dinero del joven erudito para mi viaje por la carretera a Veracruz y mi pasaje fuera de Nueva España.

Para conseguir un empleo con la expedición, debía eliminar al lépero. Abusando de la bondadosa ingenuidad de Carlos, el lépero lo había convencido de que necesitaba el dinero para alimentar a su prole. Si ese borracho ladrón tenía hijos, seguro que los hubiese vendido como esclavos para pagarse una jarra de pulque. Pero no podía correr el riesgo de enfadar al erudito descubriendo las mentiras del lépero y su propia ingenuidad. Mi único recurso era asegurarme de que el lépero no pudiese hacer físicamente el viaje. Una daga que le abriese la garganta haría el trabajo.

¿Quién dijo que la necesidad es la madre del asesinato? Creo que fue Juan de Zavala.

TREINTA Y CINCO

Durante dos días observé al lépero, y el alguacil me observó a mí. Había desempaquetado mi carga de ropa de la mula y la había colocado en el suelo del mercado, donde otros comerciantes vendían quincallería y productos a los viajeros que visitaban las grandes pirámides. Cuando apareció el alguacil para interrogarme, fingí respeto por su alto cargo, aunque sin duda había sido contratado por un hacendado local y no era en realidad un funcionario del gobierno. Pagué la mordida y le di la mejor de mis camisas como muestra de mi «respeto». Pero aun así noté el escepticismo en sus ojos. Quizá mis modales eran demasiado arrogantes, mis ojos demasiado astutos. Más alto que la mayoría de los peones, mi estatura bien podría haber despertado sospechas.

De nuevo se acercaba a mí, sin duda para sacarme más sobornos y machacarme con sus preguntas que yo no quería responder. Me apresuré a acercarme al joven erudito, que estaba dibujando en un papel las tallas y las pinturas de las paredes del templo.

—¿Es capaz de leer las figuras, don Carlos? —pregunté. Añadí el honorífico «don» para congraciarme con él. No parecía ser la clase de gachupín que era arrogante por su posición, ni un portador de afiladas espuelas como había sido yo. Pero ningún hombre carecía totalmente de ego, como bien sabía.

—Por desgracia, no puedo, y tampoco pueden mis colegas. Varios de nosotros podemos descifrar la escritura de los aztecas y otros indios presentes en el tiempo de la conquista. Estos símbolos, sin embargo, son anteriores a estos jeroglíficos. Además, gran parte de la escritura es ilegible, comida por el tiempo y los años o destrozada por los vándalos y los buscadores de curiosidades.

—Lo más probable es que fuesen buscadores de tesoros —señalé—. ¿Quién no ha oído contar la historia del tesoro perdido de Moctezuma y ha ansiado encontrarlo? —Hice un gesto en dirección a los léperos—. Ladrones, no eruditos. Cuando esos hombres oyeron hablar de los tesoros enterrados vinieron aquí a robar, y no a aprender. Esos cerdos destruirían el Partenón para encontrar una cuchara de plata.

Me pareció que la referencia al templo ateniense era apropiada. Raquel me había mostrado una figura del templo cuando me hablaba de lugares maravillosos en el mundo. Ahora me preguntaba cómo había aprendido tanto. Por fortuna para mí, ella había venido a Teotihuacán con su padre. En su caso, la educación de una mujer no había sido un puro desperdicio.

—Eres un hombre perceptivo, Juan. Los ladrones son la verdadera peste de la Antigüedad, no sólo aquí, en Nueva España, sino en todo el mundo. Han causado más daños a los yacimientos arqueológicos que las inundaciones, el fuego, los terremotos y las guerras. —Me palmeó el hombro—. Lamento haberle prometido el trabajo a otro. Hubieses sido un muy buen sirviente.

Mientras me alejaba, Pepe el lépero se acercó a mí. Tenía todo el aspecto de un hombre con un propósito.

—Aléjate de mi patrón —susurró—, o te clavaré una daga en el cuello.

Intenté mostrarme asustado, pero no pude contener la risa.

—Primero tendrías que robar una.

El compañero del lépero imitó su mirada amenazadora. Era extraño que se hubiesen aliado con Pepe. Conocía a esa clase de gente de mi tiempo en la cárcel, y la escoria lépera era tremendamente desleal. Sin duda Pepe les había prometido algo de valor. Después de la deslealtad, la escoria lépera favorecía la vagancia. Rehusaban trabajar, y no movían ni un dedo excepto para conseguir dinero para el pulque o para evitar que los azotasen en la prisión.

Así que el ofrecimiento de Pepe de trabajar para Carlos en la expedición era mentira. Dicho viaje requeriría más trabajo en unos pocos días de lo que el parásito había hecho en toda su vida. La idea de viajar a Cuicuilco hubiese sido tan incomprensible para Pepe como un viaje a través del gran océano occidental hasta la tierra de los chinos o un viaje hasta las lunas de Júpiter.

Dado que Pepe no trabajaría para conseguir el dinero de Carlos, estaba claro que él y sus hombres planeaban robarle.

Me puse en cuclillas junto a mi pila de ropa, fingiendo no fijarme en lo que sucedía a mi alrededor. Carlos continuó con su trabajo en la pared de piedra, copiando los grabados. Pepe el lépero, en cuclillas con sus amigos, bebía pulque. De vez en cuando, dirigían miradas codiciosas a Carlos.

A última hora de la tarde todos los léperos se marcharon, excepto Pepe. Él se quedó por allí, vendiéndoles cosas a los visitantes de la capital. Me acerqué donde Carlos estaba guardando su material de dibujo.

—Termina usted temprano, don Carlos.

—Sí, mi porteador desea presentarme a su esposa y a su familia antes de que nos marchemos a Cuicuilco. Cenaré con ellos esta noche.

—Ah, una cena con su esposa y sus hijos... —asentí y sonreí como si fuese la cosa más natural del mundo que un lépero llevase a su casa a un gachupín para cenar. Dudaba de que Pepe tuviese algún otro hogar que no fuese la tierra donde su mugriento cuerpo se revolcaba cuando se desplomaba borracho por la noche.

El joven erudito llevaba lo que cualquier gachupín de medios modestos habría llevado: un collar de oro con un pendiente, un anillo de plata con una piedra roja, otro anillo de plata con una cabeza de león y una bolsa de dinero. No era una gran fortuna, pero para esa escoria era cuanto podía recoger en toda una vida de robar y mendigar.

Me despedí de don Carlos y volví a mi pila de ropa, que le había pagado a un indio para que vigilase. Ensillé la mula y dejé el lugar, en la misma dirección que había visto marchar al grupo de sabandijas, pero desviándome para no toparme con ellos. Subí a una pequeña colina con árboles donde ocultarme.

Saqué el machete de la funda. Escupí en mi piedra de amolar y puse manos a la obra hasta que tuvo el filo de una navaja. Era más grande, más resistente y más largo que cualquiera que pudiesen empuñar los léperos. Y tenía algo más de lo que ellos carecían: don Juan de Zavala. Un jinete y espadachín de primera. Era tan experto en esas artes como cualquier caballero de Nueva España. Aun así, esos léperos eran peligrosos en grupo. Si bien ninguno de ellos poseía un puñal o un machete —tales objetos eran demasiado valiosos como para cambiarlos por una jarra de pulque—, se armaban con garrotes que llevaban incrustados afilados pedazos de obsidiana y cuchillos hechos con la misma piedra. También podían retroceder y apedrearme.

Por encima de todo temía los cuchillos. Hacía siglos que los indios utilizaban el vómito volcánico como arma. Los aztecas habían refinado su eficacia, incrustándolos en la madera para fabricar espadas, dagas y lanzas que cortaban mejor que la más afilada hoja. Hechos con el cristal negro volcánico, sus cuchillos eran especialmente letales en la lucha cuerpo a cuerpo, y en esa región abundaba la obsidiana. Los léperos la utilizarían para cortarle el cuello a Carlos después de haberlo tumbado a garrotazos; luego le robarían. Había muchas posibilidades de que los atrapasen más tarde y los ahorcasen, pero había conocido a suficientes de ellos en la cárcel como para saber que no le tenían miedo a la horca, como aquellos cuyos cerebros no estaban destrozados por el apestoso brebaje indio.

Observé a Carlos y al lépero salir de la antigua ciudad, caminando juntos. Dado que Carlos no montaba su caballo, el lépero sin duda le había dicho que no irían muy lejos. Más allá de la pequeña colina a la vera del sendero había una aldea, y supuse que ése era probablemente su destino. Un grupo de piedras, arbustos y arbolillos se levantaban antes de la cresta. Miré hacia allí, seguro de que era el lugar donde los léperos esperaban emboscados. Unos repetidos movimientos en los arbustos confirmaron mi sospecha. Vi cuál era su juego. Saldrían de su escondite y matarían a Carlos, y quizá le harían un pequeño corte a Pepe para evitar que lo culpasen. Luego este último volvería tambaleándose al campamento de la expedición y gritaría que Carlos y él habían sido emboscados por los bandidos.

¡No! Nada de bandidos. Ésa no iba a ser su tapadera. Los léperos sobrevivían porque eran endiabladamente astutos y manipuladores. Me acusarían a mí del ataque, y yo caería en sus manos. De haberme quedado en la ciudad abandonada, los otros me habrían visto. ¿Dónde estaba yo cuando el ataque había tenido lugar? Oculto solo entre los árboles cercanos. Ahora estaba condenado si asesinaban a Carlos.

Mientras él y Pepe se acercaban a la colina, clavé los talones a la mula. Mi montura aceleró el paso pero no galopó, y yo no llevaba espuelas ni fusta. Al tiempo que le golpeaba los flancos con la parte plana de mi machete, le grité todas las obscenidades que sabía. Por fin aceleró el paso hasta galopar colina abajo. Debía de parecer un loco, bajando la ladera en una mula, machete en alto y gritando obscenidades lo bastante alto como para despertar a los muertos. Mi aspecto debió de parecerles el de un ser infernal, porque los tres léperos que salían de sus escondites y se disponían a atacar a Carlos se detuvieron en seco con las armas alzadas para mirarme con ojos desorbitados.

Pepe gritó: «¡Bandido!» y echó a correr. Los otros léperos se dispersaron en todas las direcciones. Mientras galopaba hacia Pepe en un rumbo que me llevaría más allá de donde estaba Carlos, el español desenfundó su daga y subió a un peñasco para hacer frente a mi carga. Desvié la mula al tiempo que sacudía la cabeza de puro asombro al pasar. ¿Iba a luchar contra un hombre montado y armado con un machete con su daga?

Pepe corría como alma que lleva el diablo colina arriba cuando me acerqué a él. Miró hacia atrás dominado por el terror al oír el batir de los cascos de la mula que se acercaba. Se apartó del camino y trepó por las raíces a lo largo del borde de la colina. Fui tras él, metiendo a la mula entre los peñascos hasta que no pude avanzar más. Desmonté, até las riendas a un arbusto y me interné entre las rocas, machete en mano. El lépero llegó a una angosta grieta y de nuevo miró por encima del hombro, desesperado, antes de saltar, con sus pies tocando la grava suelta. Resbaló, se tambaleó por un momento, agitando los brazos, y después cayó de espaldas por encima del borde, para desaparecer en la grieta.

Di media vuelta y volví donde estaba mi mula, sin preocuparme por ver qué le había pasado. El aterrorizado grito desde el interior de la grieta había durado lo suficiente como para hacerme saber que no había sido una caída corta.

Cuando llegué al pie de la colina, Carlos había bajado del peñasco; aún tenía la daga en la mano, y en su rostro se leía la consternación y la intriga. Detuve la mula y lo saludé con el machete.

—A su servicio, don Carlos. Como ve, he perdido mi caballo y mi espada y debo librar las batallas en un estado todavía más pobre que aquel santo patrón de los pobres caballeros errantes, el propio señor don Quijote.

Carlos permaneció rígido por un momento, sin tener muy claro lo que había sucedido, pero las intenciones de los léperos eran obvias. Los amigos de Pepe todavía corrían por la ladera. No muy lejos de nosotros había un garrote de madera, un tronco con afilados pedazos de obsidiana incrustados en la madera como la hoja de una hacha.

—Una arma burda pero desagradable —comenté—. Un golpe certero podría decapitar a un hombre.

Carlos miró el garrote y una sonrisa perpleja apareció en su rostro. Saludó con su daga.

—Estoy en deuda contigo, don Juan.

Esa noche, Carlos llenó una cazuela con carne de cerdo, pimientos y patatas. También había un gran trozo de pan; pan de verdad, no tortillas de maíz, sino pan hecho con harina de trigo. Cogimos la comida y nos alejamos un buen trecho del campamento para compartirla. Comí famélico, después de haber cenado tortillas, alubias y pimientos durante semanas, el sustento de los pobres.

Después de comer, Carlos cogió una jarra de vino y me hizo un gesto para que lo siguiese. Ya era de noche, pero la luna llena iluminaba la ciudad de los muertos. Caminamos sin prisa, compartiendo la jarra.

—Un magnífico lugar, ¿verdad? —comentó.

Asentí. Lo que pasaba por su mente no lo dijo. Sabía que yo no era lo que aparentaba, y sospeché que era lo bastante sabio como para comprender que hay secretos que más vale no revelar.

Si mi conducta lo confundía, yo tampoco lo comprendía a él. Siempre había creído que los eruditos, como los sacerdotes educados, eran unos afeminados. Como se mostraban indiferentes a los caballos, las espadas, las pistolas, las putas y las botellas de brandy, creía que no tenían cojones. Pero Carlos me había sorprendido, pues había demostrado tenerlos bien puestos. Cuando cargué con la mula, machete en ristre, él defendió su terreno con una daga. Que lo hiciese me había asombrado. No se me ocurría ni un solo caballero en Guanajuato capaz de encaramarse a aquel peñasco para enfrentarse al ataque.

Ahora sabía que debía aprender más sobre los eruditos; al menos, de ése. No era un hombre fornido ni tampoco tenía la fuerza y la agilidad en las piernas y el tronco para ser un buen espadachín. No montaba su caballo como si hubiese nacido en la silla, sino como alguien de ciudad más acostumbrado a los carruajes. Sin embargo, había defendido su terreno delante de una muerte segura. Era un hombre corajudo, a pesar de los libros.

—Soy consciente de que te debo la vida —manifestó Carlos, y me pasó la jarra de vino mientras caminábamos—. También soy consciente de que me dejé engañar por el lépero.

—No me debe nada, señor.

—Debes comprender que personalmente no distingo entre las razas de hombres. Pero esta noche, incluso después de salvarme la vida, no podrías haber cenado conmigo porque el resto de la expedición lo habría considerado una ofensa. Mi salvador comiendo con los sirvientes.

Me encogí de hombros.

—Es natural que coma con los sirvientes, don Carlos. Conozco mi lugar.

Él bebió un sorbo de vino.

—Puedes dejar de llamarme «don». Mi padre era carnicero, y la única razón por la que fui a la universidad es porque un rico patrón creyó que estaba dotado para aprender y pagó mi carrera.

—La manera en que defendiste tu terreno te hace merecedor del título.

Él me dirigió de nuevo esa mirada de extrañeza.

—Después de hoy, quizá deba ser yo quien te llame «don», como hice antes.

—Soy un hombre pobre y me honra que...

—Basta. Acabas de utilizar de nuevo tu español vulgar. ¿Sabes cómo te dirigiste a mí después de haber perseguido al lépero hasta su muerte?

Mis pies continuaron moviéndose a un paso normal, pero mi mente se había disparado. ¿Qué había hecho?

—Hablaste en catalán.

Se me desbocó el corazón.

—Por supuesto, mi patrón era de Barcelona. Lo oí hablar muchas veces en dicha lengua.

—Alternas continuamente entre el catalán y el castellano.

—Mi amo hablaba...

—No me importa lo que hablaba tu amo. No es tu dominio de la lengua; es tu tono. En un momento hablas con el tono vulgar de las clases bajas, y al siguiente pareces el hijo menor de un noble, de esos que se niegan a estudiar pero pueden repetir como loros lo que otros le han dicho. —Levantó una mano cuando inicié otra protesta—. Ésta es la última vez que hablaremos del tema; hay algunos asuntos que es mejor no discutir. ¿Comprendes que no todos los miembros de esta expedición son eruditos?

Lo comprendía. Además de los soldados, también había sacerdotes, y uno de ellos llevaba la cruz verde de la Inquisición. El Santo Oficio siempre mandaba a un inquisidor en tales expediciones para asegurarse de que cualquier artefacto o historia india que ofendiese a la Iglesia fuese suprimido sin más. En otras palabras, el sacerdote era un espía, alguacil y juez de la horca, y estaba investido con el poder de la Iglesia, una entidad que rivalizaba con el virrey en términos de su dominio en la colonia, y a menudo más poderosa.

—Nos marcharemos a Cuicuilco dentro de dos días. Te contrataré a ti y a tu animal al precio que la expedición paga por esos servicios. Tendrás que vender tu carga de ropa porque tu mula cargará con mi equipo y mis objetos personales. ¿Te parece satisfactorio?

—Del todo.

—Evitarás el contacto con los demás miembros de la expedición. Si hay problemas en el camino, deja que los soldados se ocupen. ¿Está claro?

—Sí, señor.

—Y procura caminar sin pavonearte, sobre todo cuando ves a una hermosa dama. Pareces demasiado un caballero.

TREINTA Y SEIS

Durante los dos días siguientes seguí a Carlos cargado con su material de dibujo y escritura. Llevaba registro de todo lo que veía, aunque alguna de sus observaciones sólo era el producto de su imaginación. Las ruinas estaban cubiertas por la espesa vegetación y ocultaban no solamente sus secretos, sino a menudo también su forma.

—¿Te das cuenta, Juan, de lo maravilloso que es este lugar? —me preguntó Carlos mientras comíamos tortillas rellenas con pimientos y alubias. Para mi desconsuelo, había traído tortillas y judías en lugar de carne y pan. Encontraba sabrosa la comida de los peones.

—Un lugar muy bonito —respondí, sin el menor interés por las glorias de un tiempo y un lugar muertos desde hacía siglos.

—Ah, don Juan. Veo por tu expresión que desdeñas los logros olvidados de esta antigua ciudad. Pero quizá te interesaría si te contara uno de sus secretos. —Miró en derredor para asegurarse de que no hubiese nadie cerca—. ¿Puedo confiar en que mantendrás tus labios sellados? Pongo toda mi confianza en ti porque me salvaste la vida y pareces ser un hombre que sabe guardar un secreto.

Me pregunté si habría encontrado un tesoro oculto en las viejas ruinas. Bueno, con un pequeño tesoro indio podía comprar una mansión en La Habana.

—Por supuesto, señor, puedes confiar en mí.

—¿Has oído hablar de la Atlántida?

—¿La Atlántida?

Sonrió como un niño pequeño que sabe la respuesta a la pregunta del maestro en la escuela.

—Una isla en el océano Atlántico que estaba al oeste de Gibraltar, entre Europa y las Américas. Platón, que la menciona en dos de sus diálogos, es nuestra única fuente de información acerca de esa civilización perdida. Dice que la isla estaba más allá de las Columnas de Hércules, que es como se llamaba el estrecho de Gibraltar en su tiempo. Más grande que las tierras de Asia Menor y Libia juntas, tenía el tamaño de un pequeño continente. Un rico y poderoso imperio, sus gobernantes habían conquistado gran parte del mundo mediterráneo antes de que el ejército griego detuviese su expansión. Pero la tragedia más terrible ocurrida en la Atlántida no la causaron los griegos, ni siquiera la guerra, sino un espantoso terremoto que destruyó esa gran tierra e hizo que se hundiera en el océano.

—¿Qué tiene eso que ver con Teotihuacán? —pregunté, pero en realidad lo que tenía en mi mente era qué tenía que ver eso con el tesoro.

—Algunos eruditos creen que, antes de que la Atlántida fuese destruida, el imperio había enviado expediciones a América para colonizar el continente y que los indios son descendientes de esas personas. Otros sostienen que lo son de los mongoles, que vinieron por el estrecho de Bering, en el lejano norte, durante la época en que estaba helado. Pero la teoría de los mongoles no explica las diferencias entre los indios americanos y los mongoles de Asia. Ni tampoco explica el hecho de que las ruinas de Teotihuacán, Cholula y Cuicuilco son prueba evidente de lo avanzados que estaban los indios en una etapa anterior.

»La escritura de los antiguos indios y los antiguos egipcios son comparables. Ambos utilizaban jeroglíficos para comunicarse. De la misma manera que los egipcios decoraban sus pirámides y sus templos con dibujos que narraban historias de sus dioses y gobernantes, también lo hacían los antiguos indios. Los egipcios hacían libros de papel, y los sacerdotes que vinieron aquí después de la conquista encontraron miles de libros que los indios hacían también de papel. Por desgracia, en un ataque de fervor religioso, casi todos ellos fueron destruidos.

—Entonces, ¿los indios nadaron hasta aquí desde la Atlántida o cruzaron por el estrecho del norte?

Carlos se encogió de hombros.

—Algunos de mis amigos eruditos tienen otra teoría, una que tiene en cuenta el parecido entre los indios y los egipcios. Creen que las pirámides fueron construidas por una tribu perdida de Israel que, empujados por la guerra y el deseo de poseer una tierra propia, cruzaron Asia y el estrecho de Bering. Esas personas conocerían la forma de las pirámides egipcias y podrían haberlas duplicado en el Nuevo Mundo.

Muchas teorías, pero ninguna de ellas ponía un tesoro en mis bolsillos.

De pronto, inmóvil, Carlos miró al sacerdote inquisidor que estaba cerca.

—¿Sabes que Teotihuacán desempeñó un importante papel en la conquista de los aztecas? ¿Conoces la vinculación entre la pirámide del Sol y Cortés? —preguntó, cambiando de tema.

Negué con la cabeza.

—No, señor. Me disculpo por mi ignorancia.

Subimos una parte de la pirámide del Sol. Cubierta como estaba con cactus y otra densa vegetación, el ascenso era difícil. Cuando llegamos a medio camino, a poco más de treinta metros del suelo, hicimos una pausa, y Carlos me contó la historia de Cortés y su relación con la pirámide.

—El miedo de los aztecas a esta antigua ciudad construida por seres desconocidos, muertos hacía siglos, fue una ayuda extraordinaria para el gran conquistador. La relación entre Cortés y la pirámide comenzó poco después de que hubo llegado a lo que es ahora Nueva España, desembarcando en la costa con su pequeño ejército. Ganó batallas y reclutó a los jefes indios que odiaban la dominación de los aztecas. Después de alcanzar la capital azteca, Tenochtitlán, Moctezuma lo recibió con gran pompa. Incluso con sus aliados indios, los hombres de Moctezuma superaban en número la pequeña fuerza de Cortés. Al final, el gran conquistador dominó los imperios indios por la fuerza de la personalidad tanto como por la fuerza de las armas.

»Mientras estaba en Tenochtitlán, recibió el aviso de que otro español, Pánfilo de Narváez, había llegado con una fuerza armada para relevar a Cortés de su mando. Cortés marchó con la mayoría de sus hombres y dejó en la capital azteca a unos ochenta de sus soldados y a varios centenares de aliados indios al mando de Pedro de Alvarado. Luego Cortés fue a la costa, derrotó a la fuerza de Narváez y puso bajo su mando a los supervivientes.

»A su regreso a la capital, se encontró con una rebelión y la fuerza de Alvarado asediada. Este último era el más temido y brutal de los lugartenientes de Cortés. Al sospechar un complot, Alvarado atacó durante una fiesta religiosa india, y mató a hombres, mujeres y niños a cañonazos. Cortés vio que toda la ciudad estaba en contra de los españoles. Esa noche, él y su ejército se abrieron paso fuera de la capital, cargados con los incalculables tesoros, para retirarse a la llanura cerca de lo que es ahora la ciudad de Otumba. Mientras contemplaba el llano desde una gran eminencia, Cortés vio a miles de guerreros indios que se extendían hasta donde alcanzaba la vista.

»¿Ves adónde quiero ir a parar? —me preguntó Carlos—. Los únicos puntos elevados desde donde Cortés pudo haber observado la llanura eran la pirámide del Sol o la de la Luna. Como estaban cubiertas por la vegetación como lo están hoy, quizá ni siquiera supo que se encontraba en lo alto de una pirámide. Pero los indios, que reverenciaban este lugar, sin duda sí lo sabían.

»A medida que se acercaba el inmenso ejército indio, Cortés comprendió que no podía prevalecer sólo con el poder militar. Desde lo alto de la pirámide, vio al capitán general de las fuerzas aztecas que marchaba con el estandarte desplegado. Díaz, que luchó junto a Cortés en la batalla, describió al comandante azteca como ataviado con una coraza dorada, y plumas de oro y plata que se alzaban por encima de su tocado. Cortés ordenó a sus hombres que atacaran a los aztecas y él mismo encabezó la carga, abriéndose paso entre las filas enemigas con su magnífico corcel, hasta que alcanzó al comandante.

»Cortés descabalgó al comandante y arrojó al suelo su estandarte mientras sus lugartenientes avanzaban entre las líneas. Juan de Salamanca, que cabalgaba junto a Cortés en una preciosa yegua, mató al comandante azteca con un golpe de lanza y se llevó su tocado de plumas. Cuando los indios vieron a su comandante caído, el estandarte pisoteado y sus plumas del poder real usurpadas, rompieron filas y huyeron dominados por el pánico y la confusión. Varios años más tarde, nuestro rey le dio el símbolo de la pluma a Salamanca como su escudo de armas, y sus descendientes lo llevan en sus tabardos.

»Esa batalla marcó el comienzo del fin del Imperio azteca. Tras el combate, Cortés y sus aliados indios regresaron a Tenochtitlán. Después de varios meses de feroces combates, tomaron de nuevo la ciudad, combatiendo con los guerreros aztecas calle a calle. Piensa en esto, amigo: quizá ahora estemos en el mismo punto donde estuvo Cortés cuando vio que se acercaba el ejército azteca.

Carlos era un erudito muy instruido, incluso más que Raquel. Como ella y el padre Hidalgo, su cabeza estaba llena de personas, lugares y acontecimientos de la historia. Por desgracia, toda su información no me aportaba el tesoro necesario para mi huida. Sin embargo, también estaba lleno de misterios y sorpresas, y uno de esos misterios afloraría antes de que dejásemos la gran ciudad de los muertos.

TREINTA Y SIETE

La noche anterior a que levantásemos campamento y pusiésemos rumbo al sur para ir a Cuicuilco, los miembros de la expedición fueron a una taberna en Otumba para reunirse con un erudito colonial, el doctor Oteyza, que estudiaba y medía la pirámide. Carlos le había pagado al jefe de nuestra caravana de mulas para que se llevase a los porteadores a una pulquería en San Juan. También había invitado a los centinelas del campamento, que se habían quedado atrás, a un banquete de carne asada y vino. A mí me había mandado al pueblo a buscar putas para los soldados. A mi regreso, me dio dinero y me dijo que volviese al pueblo para que disfrutase yo también de una botella y una mujer.

Fue el proveer de putas a los guardias lo que más picó mi curiosidad, pues el erudito barcelonés no era hombre de buscar putas, ni siquiera a través de un emisario. Sus acciones parecían centrarse en tener todo el campamento de eruditos para él solo.

Decidí quedarme por allí, sin ser visto, y averiguar por qué Carlos quería ser el único en el campamento. Fingí marcharme a la pulquería del pueblo, pero en cambio cogí una jarra de vino de la tienda del cocinero, cigarros de la tienda de Carlos y subí a la pirámide del Sol para relajarme, beber y fumar, ocultando el resplandor de la lumbre con mi sombrero.

Dormitaba cuando vi una figura montada en una mula que se acercaba al campamento por la dirección de Otumba, y forcé la vista en un intento por descubrir quién era. La luna estaba en tres cuartos creciente y alumbraba el lugar con una sorprendente claridad.

El hombre se bajó de la mula antes de llegar al campamento, la ató a un arbusto y caminó hasta la tienda de Roberto Muñoz, el ingeniero militar de la expedición. Yo no tenía tratos con el ingeniero. Es más, no había tenido tratos con ningún otro miembro del grupo excepto con Carlos, pero había oído que el rey le había encargado a Muñoz que dibujase los planos de las fortificaciones de la colonia e informase de su estado.

Reconocí al individuo cuando entró en la tienda de Muñoz: era Carlos. Había dejado la mula a una considerable distancia de la tienda. Al acercarse sigilosamente, no había descubierto su presencia a los soldados, que estaban reunidos en el otro extremo del campamento, disfrutando del vino y las putas que él mismo les había proporcionado con tanta generosidad.

Muy curioso. ¿Había hecho que todos se fuesen del campamento para entrar en la tienda del ingeniero? Allí se estaba tramando algo... Después de salir de la tienda con unos papeles en la mano, Carlos desapareció en el interior de la suya. La luz de una lámpara iluminó las paredes de lona.

Bajé de la pirámide y me oculté detrás de un arbusto cerca de la tienda. Pocos minutos más tarde se apagó la luz. Tras abandonar la tienda, Carlos fue a la del ingeniero, y después, cargado con un bolso, volvió donde estaba la mula. Era obvio que había copiado algo perteneciente al ingeniero militar. Que lo hubiese hecho a escondidas indicaba que estaba jugando a un juego muy peligroso.

Monté a pelo en mi mula y seguí a Carlos, a una distancia suficiente como para que no se diese cuenta. No había pensado en mi propósito de seguirlo. Me gustaba el joven erudito de Barcelona y no le deseaba ningún mal. Sin embargo, mi propia posición era precaria. Necesitaba saber si me aprovecharía —o sufriría— de las misteriosas intenciones de Carlos.

Tras seguirlo durante más de una hora, vi que se acercaba un carruaje. Más misterios. Poca gente se arriesgaría a que un caballo se rompiese una pata o a la rotura de la rueda viajando de noche, por no mencionar el peligro de los animales de dos patas con pistolas.

Me apeé de la mula, até las riendas a una rama y me deslicé silenciosamente entre los matorrales. Carlos esperaba junto a la carretera mientras el carruaje avanzaba poco a poco hacia él por el camino marcado por las rodadas. Luego hizo otra cosa curiosa: cuando el carruaje se detuvo, se apartó de la carretera y subió con el animal por un altozano hasta un bosquecillo. Como experto en movimientos clandestinos para evitar maridos celosos y alguaciles, comprendí que se había apartado para impedir que el cochero viese sus facciones.

El carruaje se detuvo, y un hombre cubierto con una capa que lo tapaba de pies a cabeza se apeó. Sin vacilar, subió a la colina y se internó en el bosquecillo donde esperaba Carlos. En la puerta del carruaje había un escudo de armas, pero no alcanzaba a ver su diseño exacto. Fui caminando alrededor de la colina, siempre agachado y por último arrastrándome sobre el vientre. Después de haber perseguido a muchos animales en mis cacerías, ahora me movía con el mismo sigilo que un jaguar por el sotobosque. Me acerqué lo suficiente para mirar entre los árboles. Oía la voz de Carlos, pero no entendía las palabras, aunque reconocí que hablaba en francés y, por los excitados movimientos de su mano, con mucha animación. Yo hablaba francés, aunque no con la fluidez del erudito.

Carlos agitaba los papeles que sujetaba, que deduje eran una copia de los dibujos del ingeniero militar. Cuando la persona embozada fue a cogerlos, él se echó hacia atrás y exclamó: «¡No!»

El otro hombre sacó una pistola de debajo de la capa y apuntó a Carlos a quemarropa. Me quedé de piedra. Mi propia pistola estaba en el campamento, oculta entre mis posesiones. Armado sólo con un puñal, estaba demasiado lejos como para lanzarlo con cierta precisión.

Carlos arrojó los papeles al suelo y se acercó al hombre de la capa, al parecer sin tener miedo de la pistola. Entonces ocurrió otra cosa sorprendente. El individuo guardó la pistola, se abrazaron e intercambiaron más palabras casi susurrándose el uno al otro. Luego sus cabezas se unieron, besándose.

¡Eran sodomitas!

Poco después, Carlos se marchó, dejando los papeles en el suelo. El hombre de la capa los recogió y miró hacia donde lo esperaba el carruaje. Pero yo acechaba más cerca de él que del carruaje. Cuando llegó a mi altura, salí de entre los arbustos y lo golpeé con el hombro, haciendo que se tambalease con una exclamación, el sonido que haría una mujer.

Antes de que pudiese recuperarse, sujeté la capa y le arranqué la capucha para dejar a la vista un bonito y pálido rostro y unos rizos dorados. Olí su perfume. En el acto, la pistola apareció en su mano, y me eché hacia atrás cuando ella disparó, reemplazando el aroma del perfume en mi nariz por el acre olor de la pólvora negra. La bala pasó rozándome. Seguí retrocediendo, hasta que tropecé con un arbusto y caí de culo.

Ella corrió, pidiendo ayuda en francés a quien estuviese esperándola en el carruaje. Me levanté de un salto y eché a correr entre la maleza hacia mi mula.

Mientras cabalgaba de regreso al campamento, muchos pensamientos pasaban por mi cabeza, pero ninguno de ellos tenía sentido. Era obvio que Carlos había copiado algo que el ingeniero había hecho y se lo había dado a la mujer. Pero ¿por qué se había enojado y lanzado los papeles al suelo? ¿Quién era esa misteriosa dama de rizos dorados, una pistola amartillada y la voluntad de usarla?

Tenía la sensación de que la suerte no corría de mi lado desde que mi tío Bruto había muerto. Ahora, de nuevo, allí había alguna intriga en marcha.

Sin embargo, lo más provocador de toda la situación no eran los hechos y los motivos de Carlos, sino el persistente aroma del perfume de la mujer en mi nariz. Lo había identificado, lo llamaban «lirios del valle», y mi querida Isabel y algunas de sus amigas de Guanajuato lo usaban. El dulce perfume femenino hizo que creciese un bulto en mis pantalones, aunque de vez en cuando, en lugar del dulce perfume, el persistente hedor de la pólvora negra quemaba en mi nariz.

TREINTA Y OCHO

Cuicuilco

Partimos de Teotihuacán, abandonando a los dioses y a los antiguos pueblos, por la carretera que nos llevaría hacia el sur. Ciudad de México estaba a unas doce leguas de la ciudad de los muertos. En la mayoría de los países, una legua equivalía a tres millas inglesas, pero en nuestras tierras era un poco menos. En cualquier caso, la ruta a la capital era muy transitada, y numerosos indios robustos cargaban los pesados canastos sujetos a las espaldas, con las correas tensas por encima de las frentes, caminando todo el trecho hasta la capital. Dado que nuestra expedición servía a muchos intereses y propósitos, nos detuvimos en casi todas las ciudades para que los eruditos pudiesen recoger datos y estudiar los objetos nativos. Nuestro viaje se prolongaría varios días.

—No vamos a la capital —me dijo Carlos cuando salíamos de Teotihuacán—. Ya la hemos visitado antes. Daremos un rodeo para ir a la ciudad de San Agustín de las Cuevas. Visitaremos la pirámide de Cuicuilco, que está a menos de una legua de San Agustín. Los jefes de nuestra expedición también desean reunirse con el virrey, dado que no lo encontramos durante nuestra visita anterior. Estará en San Agustín para las fiestas.

No me importaba adónde o por qué viajábamos mientras fuese un mulero de la expedición. Había estado en la capital varias veces pero, a diferencia de muchos gachupines ricos, yo no tenía una casa allí. A Bruto no le gustaba la pretenciosa vida social de la capital, ni tampoco a mí, que prefería pasar mi tiempo fuera de Guanajuato en mi hacienda, trabajando con los vaqueros, o en el monte, cazando.

En lo referente a San Agustín, conocía los festejos por su fama, aunque nunca había estado allí. Fingí no saber nada cuando Carlos me habló de la fiesta

—Según he oído, San Agustín es una ciudad tranquila excepto durante los tres días del año en que la aristocracia de la capital acude allí a jugar. El virrey apuesta en las peleas de gallos, quizá incluso presente a sus propias aves a la competición.

No mencioné que, además de los ricos de la capital, San Agustín se llenaría con miles de ladrones, léperos, putas, pícaros, chamarileros y vendedores que iban en busca de las tintineantes monedas de los visitantes. En ninguna otra parte de la colonia, el oro, la plata y el cobre cambiaban de manos con tanta promiscuidad como durante los tres días de la fiesta. Yo no le había comentado a Carlos su encuentro con la mujer del carruaje. Tampoco él hizo mención de que sabía de mi intento por ayudarlo. Sin duda, la mujer creyó que yo era un bandido.

La carretera que llevaba a San Agustín estaba congestionada. Nos desviamos para levantar nuestro campamento a la entrada.

—Todas las posadas de la ciudad están llenas —dijo Carlos—, acamparemos aquí. Me alojaré con un amigo de Barcelona que tiene una casa al otro lado de la ciudad. Puedes ayudarme a llevar mi maleta. Después, eres libre para disfrutar de la fiesta.

Sí, libre a menos que fuese reconocido por un visitante de Guanajuato. Pero eso no era probable, o al menos así lo esperaba. Yo llevaba barba y el pelo largo, y vestía como un mulero. Los españoles no prestaban la menor atención a los peones, como si fuesen muebles viejos o ganado.

Mientras montábamos el campamento, se presentó un jinete. Los españoles lo rodearon. No podía oír sus palabras, pero lo vi hablar con los hombres y luego marcharse hacia otro campamento.

—¿Qué ha dicho? —le pregunté a Carlos.

—Noticias de España, algo increíble. Una multitud en Aranjuez, cerca de Madrid, donde el soberano tiene un palacio, ha forzado la abdicación del rey Carlos. Han puesto al príncipe Fernando en el trono y han estado a punto de matar a Godoy.

Carlos vio la falta de interés en mi rostro. La política no me parecía en absoluto excitante, y las noticias de España por lo general tenían un par de meses de antigüedad; las cosas a menudo ya habían cambiado para el momento en que nosotros nos enterábamos de algún acontecimiento.

—Los sucesos en España significan poco para ti, pero puedes estar seguro de que nos afectan a todos. Allí son muchos los que desconfían de Carlos. Es un incompetente, y el amante de la reina, Godoy, que una vez sólo era un joven guardia del palacio, dirige el país. Al aliar España con Napoleón, Godoy ha suscitado el antagonismo de aquellos que rechazan la influencia francesa. Napoleón se vanagloria de que librará a España de un gobierno corrupto dirigido por un rey estúpido y el amante de la reina.

»Después de liberar la Península de la tiranía de la Iglesia y los espías de la Inquisición, Napoleón proclama que establecerá un régimen más ilustrado, introduciendo las libertades intelectuales. —Carlos hablaba en voz baja, casi en susurros. Manifestar tales palabras, incluso a un sirviente, era correr el riesgo de acabar en la cárcel. Torturar a un sirviente para obtener la confesión de la culpa de su amo era un viejo truco de los verdugos de las mazmorras.

¿Por qué sospechaba yo que nuestro Carlos también favorecía la influencia francesa en los asuntos de España? Era obvio que su misteriosa visitante era francesa.

Cuando acabamos de montar el campamento, acompañé a Carlos a la ciudad cargado con su maleta. Se colgó del hombro un pequeño bolso. Tendí la mano para cogerlo, pero él negó con la cabeza.

—Lo llevaré yo mismo.

En el camino a la ciudad, Carlos no podía apartar de su mente los recientes acontecimientos sucedidos en España.

—Imagino que la gente tomó las calles —dijo casi para sí—, le arrebató la corona al rey e instaló a su hijo. Siempre creí que nuestra gente tenía demasiado miedo a la Iglesia y a la Corona como para oponerse a la tiranía o la opresión religiosa, pero lo hicieron. —Se detuvo y me cogió del brazo al tiempo que me miraba a los ojos—. Juan, ¿no ves la importancia de esos acontecimientos?

—Por supuesto —respondí, en la más absoluta ignorancia en cuanto al significado de reemplazar un tirano por otro.

—La Revolución francesa comenzó de la misma manera hace veinte años. El pueblo llenó las calles, primero en pequeños y valientes grupos que reclamaban libertad y pan. A medida que crecía su coraje y su número, asaltaron la Bastilla, depusieron a un rey débil y corrupto e instauraron su propio gobierno.

»Te es indiferente quién te gobierne a ti y a tu gente, Juan, pero para el resto de nosotros el rey es el fundamento de la sociedad. Los reyes no gobiernan, como hacen los virreyes y los primeros ministros; ellos son el gobierno. Nuestro pueblo desea la seguridad ahora y en el más allá. Se vuelven hacia el rey para lo primero y hacia los sacerdotes para lo segundo. Del rey reciben el pan que comen y la protección contra los ladrones y los ejércitos invasores. Sus sacerdotes son los mensajeros de Dios; ellos se ocupan de sus nacimientos, sus bodas, sus muertes y su lugar en el más allá.

—Destronar a un rey es como un niño que mata a su padre...

De pronto se desvió para ir hacia un discreto callejón. Caminé a su lado para guiarlo entre la multitud que convergía hacia la plaza mayor. Luego habló de nuevo, en un murmullo.

—España es un país de mucha grandeza; durante mil años, hemos sido el baluarte occidental contra los infieles que buscaban conquistar Europa y apagar la llama de la cristiandad. Los ingleses se ufanan de su Carta Magna y de los derechos que ésta dio al pueblo inglés. Pero los reyes españoles nos dieron tales derechos mucho antes que la Carta Magna. Los británicos y los franceses presumen de sus imperios, pero el sol nunca se pone en las colonias españolas, y todavía somos el mayor imperio de la Tierra, rodeando el mundo y abarcando más territorio que el conquistado por Gengis Kan. España fue el primer lugar donde la literatura y el arte florecieron después del Renacimiento, donde se escribió la primera novela.

»Pero míranos ahora —añadió, furioso—. Después de siglos de atroces reyes donde la nobleza ha estrangulado la economía y la Iglesia ha castrado el pensamiento, primero estamos condenados a soportar a un rey estúpido y ahora quizá a su hijo, que según dicen es estúpido y además tirano. Estamos condenados a soportar a los sabuesos inquisidores que suprimen cualquier pensamiento fuera de los estrictos confines del dogma de la Iglesia.

Se detuvo y me cogió del brazo.

—Pero el pueblo ha hablado. Han roto las cadenas que aprisionaban sus pensamientos y han tomado las calles como en Francia, arrancando chispas que pueden inflamar el mundo. ¿Sabes lo difícil que es extinguir los fuegos de la verdad? ¿Ves lo importantes que son los acontecimientos de Aranjuez?

—Sí, muy importantes. Ahora debemos abrirnos paso entre esta muchedumbre o llegarás a casa de tu amigo para el desayuno, en lugar de para la cena.

Volvimos a la calle principal y fuimos hacia la plaza mayor. Pasábamos por delante de una posada cuando un lujoso coche tirado por seis magníficos caballos se detuvo unos pasos más allá. Al acercarnos, advertí cómo Carlos se ponía tenso.

Había un escudo de armas grabado en la puerta del carruaje. No estaba seguro de si era el mismo que había visto la noche en que Carlos le entregó los papeles del ingeniero a la mujer de los rizos dorados, pero la pregunta quedó respondida muy pronto. Ataviada con un magnífico vestido de seda negra, su piel de alabastro y sus largos cabellos color miel adornados con resplandecientes joyas, la diosa dorada descendió del carruaje.

¡Pobre Carlos! Tropezando como una calabaza, chocó con la persona que tenía a su lado. Lo sujeté del brazo y lo aparté. La mirada de la mujer se posó por un momento en nosotros sin el menor atisbo de reconocimiento. Pero era ella.

No era el pelo dorado o la piel de alabastro lo que la traicionó, ni tampoco el carruaje con sus seis magníficos caballos y el resplandeciente escudo de armas, o la pérdida de la compostura de Carlos, sino lo que olí al pasar: lirios del valle. El aroma llenó mi nariz, y mi hombría se inflamó en mis pantalones al pasar.

TREINTA Y NUEVE

Tan pronto como dejé a Carlos en casa de su amigo, regresé a la plaza mayor. Había un portero apostado en la puerta de la posada. Le mostré una moneda de plata, medio real.

—Mi patrón vio a una hermosa mujer con el pelo dorado bajar de su carruaje y entrar en la posada hace un rato. Desea conocer su nombre.

—Tu patrón tiene buen ojo —dijo, guardándose la moneda—. Es Camila, condesa de Valls. Es francesa, pero estaba casada con un conde español. Tengo entendido que su marido murió y le ha dejado mucho dinero.

Un hombre que pasaba por la calle se detuvo al oír la palabra «francesa» y señaló al portero con el dedo.

—Están intentando robarnos nuestro país.

El transeúnte se marchó, y yo le pregunté entonces al portero:

—Mi patrón desea hacerle llegar a la condesa una pequeña muestra de su aprecio. ¿En qué habitación se aloja?

—Todas las entregas las recojo yo.

Saqué otra moneda de plata, ésta de un real, y bajé la voz.

—Mi patrón es un hombre importante con una mujer celosa: desearía hacer una discreta visita en persona.

—Por la escalera de atrás. Su habitación está en una esquina del edificio, la que tiene un balcón, allí —señaló—. Pero la condesa regresará esta noche. Su carruaje volverá al anochecer para llevarla al baile del virrey.

Le entregué la moneda.

—Si mi patrón encuentra la puerta de atrás abierta esta noche, otra pieza de plata se unirá con su hermana en tu bolsillo.

Con la mente puesta en la condesa francesa, me moví sin prisas entre la multitud que entraba en la plaza mayor. De las discusiones políticas que de vez en cuando se suscitaban en la mesa de Bruto y las muchas conversaciones que había oído entre los miembros de la expedición, ahora sabía a ciencia cierta que Carlos estaba metido en un juego muy peligroso.

Muchos en Nueva España temían una invasión de los franceses o los británicos, y eso, unido a las afirmaciones de Napoleón de que liberaría a las masas españolas, hacía que la gente de la colonia viera espías extranjeros debajo de cada alfombra.

Era una locura que fuese a involucrarme en las intrigas del erudito, pero no podía quitarme de la cabeza el perfume de la mujer. Había oído hablar de afrodisíacos que volvían locos a los hombres y convertían sus mentes en gelatina; el mismo efecto que el aroma de la condesa tenía en mí. Pero su presencia también estimulaba en mí una emoción tan vieja y vital como la lujuria: el instinto de supervivencia. Para bien o para mal, había unido mi fortuna a la de Carlos. Con la ilusión de escapar de Nueva España, ahora valoraba acompañarlo durante toda la expedición. Me llevaría muy al sur, hasta Yucatán, y quizá me embarcaría hacia La Habana, donde haría escala en el viaje de regreso a España. Aún tenía el ojo puesto en la capital cubana como un refugio de la colonia. No podía permitirme que las maquinaciones de esa condesa francesa estropeasen mis planes.

Las intrigas de Carlos con la condesa lo habían puesto en una situación de grave riesgo. Si el virrey llegaba a sospechar que Carlos conspiraba contra la Corona, acabaría en el lado erróneo de una cuerda..., después de que los carceleros del virrey le hubiesen aflojado los labios con persuasiones que sólo el propio diablo emplearía. Si la lengua de Carlos se aflojaba lo bastante, su fiel sirviente —o sea, yo— lo acompañaría en el potro, horca a horca, estaca a estaca. Para protegerme a mí mismo debía denunciar el complot de la condesa y salvar a mi amigo de cualquier daño; una difícil tarea, teniendo en cuenta que el perfume de sus enaguas despertaba en mí recuerdos de cosas pasadas..., y de paso animaba mi garrancha.

El resto de la tarde lo pasé dedicado a recorrer la fiesta. En la celebración del domingo de Pentecostés —que los británicos llaman «domingo de blanco»—, San Agustín conmemoraba el descenso del Espíritu Santo sobre los apóstoles, después de la muerte, la resurrección y la ascensión de Cristo. La Iglesia denominaba ese día Pentecostés, y lo celebraba el quincuagésimo día después de la Pascua. En San Agustín, sin embargo, la fiesta tenía una dimensión añadida. Este acontecimiento, sagrado entre las personas más católicas, existía en la ciudad casi únicamente como una excusa para apostar sin moderación, sobre todo en las peleas de gallos y el monte, un juego muy popular.

Las autoridades de la ciudad habían vaciado la plaza mayor —la plaza de Gallos— y colocado asientos para que el virrey y los notables pudieran presenciar las riñas. De pie en las últimas filas, los peones como yo también podían mirar. Para media tarde, la plaza estaba abarrotada de personas que apostaban frenéticamente en diversos juegos de azar, pero con más entusiasmo en las peleas de gallos.

No considero la pelea de gallos un deporte, una prueba donde los hombres atan afilados espolones de acero en las patas de las aves con el propósito de asesinar a sus oponentes entre tremendas explosiones de plumas, tripas, sangre y pelotas. Sin embargo, su popularidad entre todo tipo de personas es innegable. Incluso las mujeres se amontonaban alrededor de los reñideros, muchas de ellas fumando cigarrillos y cigarros. Las ricas vestían lujosamente con prendas carísimas, llamativos anillos de oro y resplandecientes alhajas.

Sí comprendo nuestro amor por los toros. Un hombre que entra en la arena apuesta que conseguirá evitar que le abran la barriga frente a varios centenares de kilos de furia cornúpeta nacida en el infierno. Pero ¿dónde está el deporte en unos pollos que se hacen picadillo los unos a los otros? Dediqué unos minutos a fingir que me interesaban las peleas de gallos y luego me abrí de nuevo paso entre la multitud para volver a la posada.

Esperé cerca del edificio hasta que el carruaje de la condesa la llevó al baile nocturno. Se había cambiado el vestido de seda negra por otro de satén dorado con una mantilla beige y negra —la ligera prenda que las mujeres de la colonia y España llevaban sobre las cabezas y los hombros—, y se había engalanado ahora con unos pendientes de diamantes que casi le rozaban los hombros y un collar de perlas con forma de pera. Nueva España era un lugar donde las mujeres y los diamantes eran inseparables, donde ningún hombre, incluso el más bajo de los empleados mercantiles, llegaba al matrimonio sin regalarle diamantes a su esposa. Ni siquiera la belleza de los rubíes y los zafiros se consideraba tan exquisita como la de los diamantes.

Al tiempo que simulaba interés en el juego, observaba la ventana del balcón de la condesa. Por supuesto, tendría una doncella, y debía esperar hasta que viese apagarse la lámpara. Me dije que la doncella regresaría a su propia habitación o, mucho más probable, que saldría a la calle para disfrutar de la fiesta.

Después de un par de horas de perder en las cartas vi apagarse la lámpara. Caminé con naturalidad hasta la parte de atrás de la posada, con la intención de entrar en el aposento de la dama y esperar su regreso. Tal como me habían prometido, la puerta trasera estaba abierta, y como cabía esperar, la puerta de la habitación tampoco tenía la llave echada, excepto por un cerrojo que uno podía correr antes de acostarse. A nadie se le hubiese ocurrido dejar joyas o dinero en la habitación de una posada, así que nadie se molestaba en cerrar con llave cuando se marchaba.

La estancia estaba casi a oscuras. La doncella había dejado encendida una pequeña lámpara de aceite que daba suficiente luz como para que la condesa pudiese encender las demás lámparas y velas a su regreso. En la habitación flotaba un olor dulzón, como el de la aristócrata. Sí, débil como soy cuando se trata de enaguas, el aroma calentó mi sangre más que lo que las peleas de gallos calentaban la sangre de los aficionados.

Descubrí el premio casi de inmediato: la bolsa que Carlos había insistido en llevar a la casa de su amigo. Dentro había un dibujo. En la penumbra no podía discernir muchos detalles, pero era obvio que se trataba del plano de una fortificación. Sacudí la cabeza. «Carlos, eres un idiota», dije en voz alta.

Lo que tenía en mis manos era más letal que la cuerda de un verdugo. La horca se consideraba un castigo demasiado leve para la traición; espiar contra tu propio país era un crimen todavía más siniestro que ser un espía extranjero. Antes de ponerte la soga alrededor del cuello se aseguraban de que cada parte de tu cuerpo hubiese sufrido las torturas de las almas en el infierno. Prendí la esquina del papel con la lámpara y lo quemé en el hogar. «¿Por qué, Carlos?», pregunté. El muy idiota había arriesgado nuestros cuellos al jugar a los espías, incluso si no se había dado cuenta del riesgo que corría yo. Sabía por nuestras conversaciones que era un afrancesado, uno de esos españoles que se sentían atraídos por los ideales de la Revolución francesa: libertad, igualdad y fraternidad. Pero espiar era del todo diferente del discurso intelectual.

¿Tomaba parte en ese juego mortal por amor a la libertad o a las faldas? La mujer, esa condesa Camila, era atractiva. ¿Lo había reclutado en la cama? Por supuesto, Carlos podía ser el líder de la trama, pero mi sentido común rechazaba esa idea.

La participación de la condesa era una mala noticia, ¿no? Nunca había combatido, y mucho menos matado, a una mujer. ¿Podía asustarla con un puñal en su garganta y la advertencia de que la degollaría si no dejaba a Carlos en paz? Pensé por un momento en la mujer, que casi me había volado la cabeza con una pistola la última vez que nos habíamos encontrado, y decidí que una advertencia no la espantaría.

Quizá tendría que matarla, ¿no?

Estaba oculto detrás de las cortinas del balcón, al lado mismo de la puerta abierta, cuando ella regresó a la habitación. Había vuelto antes de lo esperado. Aún no era medianoche y, no obstante, tan pronto como entró, se desnudó. Comprendí que había vuelto con la intención de cambiarse para ir a otro baile con otro vestido, lo que era la moda actual. Maldijo en voz alta a su «estúpida doncella.» Sin duda la muchacha había salido a divertirse.

Mientras la observaba quitarse el vestido y las enaguas, comprendí por qué Carlos robaba secretos para ella. Si no me hubieran preocupado tanto las tenazas candentes de la Inquisición y las mazmorras del virrey, yo también hubiese matado y robado por una mujer como ella.

La puerta del balcón estaba abierta, y creaba una corriente. Me quedé de piedra detrás de las cortinas cuando ella se acercó de pronto para cerrar. Cerró la puerta y, de un tirón, movió las cortinas para cubrirla, y me dejó a la vista.

Me abalancé sobre ella antes de que su mano hubiese soltado la cortina y tapé su boca con la mía. Me la mordió y la emprendió a puntapiés contra mis sensibles extremidades.

¡Ay de mí! ¡Esa mujer era un demonio! Luchamos a través de la habitación hasta que la tumbé en la cama conmigo encima de ella.

—Sé cuál es tu juego —jadeé—. Si gritas pidiendo ayuda, te colgarán por espía.

Sus dientes se clavaron de nuevo en mi mano. Lancé un grito y la solté. Ella me miró mientras controlaba la respiración, y yo continué sujetándola. Su perfume llenaba mi nariz y nublaba mi razonamiento. Sentí cómo mi hombría se erguía y mi ansia de pelea se esfumó. Una vez más, mi parte masculina dominó a mi juicio.

—¿Quién eres? —preguntó.

—Un amigo de Carlos.

Uno de sus pechos se había salido del corpiño, y yo lo miré como un hombre perdido en una isla desierta que ve una fuente de agua fresca.

Mi mirada se cruzó con la suya. No me sentía orgulloso. Había pasado mucho tiempo desde que me había acostado con una mujer. Ella leyó el deseo en mis ojos, la lujuria en mi corazón, la debilidad en mi alma.

Mi boca encontró su pecho. Sus manos me sujetaban la nuca.

—Chupa más fuerte —susurró ella.

Sus pezones se tornaron duros y firmes mientras mi lengua los acariciaba. Muchas veces había disfrutado metiendo mi garrancha en la boca de una puta, y después descargando fusilada tras fusilada. Ahora tenía la sensación de que los grandes pezones de esa mujer crecían debajo de mi lengua.

Mi mano halló el húmedo tesoro entre sus piernas. También sentí cómo crecía la pequeña garrancha entre los muslos. Nunca había encontrado un botón de amor tan largo y duro como ése, o con tanta ansia. Tenía que probarlo. Me moví hacia abajo, metiendo la cabeza entre sus piernas. Estaba chupando el néctar del paraíso cuando oí el martillo de una pistola.

Rodé fuera de la cama arrastrándola conmigo, sujetando la muñeca de la mano que empuñaba el arma, y se la arrebaté.

—Puta.

—Tómame. —Su boca encontró la mía.

¡Ay! ¿Qué puedo decir en mi defensa? La mujer me desprecia, intenta matarme, me insulta..., y como un perro, yo acepto el castigo y continúo lamiendo su entrepierna.

Mientras pensaba en mi depravada bajeza, ella saltó sobre mí y sacó mi garrancha de mis pantalones. Montada sobre mi hombría, se levantó y luego, apretando las piernas y oprimiendo mi hombría como una prensa, dejó que la gravedad la hiciese caer.

Subió y bajó, subió y bajó, mi varonil espada detonando a tiempo, en perfecta unión, en armoniosa concordia con sus subidas y bajadas, una y otra vez, una sinfónica cañoneada del infierno. Mi visión se nubló, luego explotó de nuevo, esta vez con un millar de cometas rojos que chocaban los unos con los otros, estallaban en bolas de fuego, en llamas... rojas... rojas... rojas... como... ¿sangre?

La sangre manaba de mi frente hacia mis ojos. La muy puta me había golpeado con una caja de latón que había cogido de una mesa cercana. Retorciendo violentamente el tesoro entre sus piernas contra mi parte masculina, el placer en mis ingles se transformó en una tremenda agonía, y temí que acabaría por arrancarme el pene del cuerpo incluso mientras cogía de nuevo la pistola.

Le golpeé en el costado de la cabeza con el puño. Salió despedida y rodó por el suelo. Empuñé la pistola y me subí los pantalones. Ella se sentó frotándose la cabeza, los ojos ardiendo, el labio superior sangrando.

—¡Ay! Mujer, eres una tigresa. ¿Por qué no puedes quedarte quieta y disfrutar?

—¿Disfrutar? ¿Crees que puedo disfrutar apareada con la basura azteca? He visto miembros masculinos más grandes en las ardillas.

Me quedé mudo. Pensé en pegarle de nuevo, pero al mirarla allí, con el fuego en los ojos y la sangre en la boca, me pregunté si podría convencerla para que volviera a la cama para un segundo asalto. En resumen, mi debilidad por las mujeres me derrotaba.

«¡Puta!», fue lo mejor que se me ocurrió. Era un comentario impotente, sí, pero fue todo cuanto pude pensar. Le volví la espalda y, por primera vez en mi vida, tenía el rabo entre las piernas. Puedes matar a un hombre que te insulta, pero ¿qué puedes hacer con una mujer con una boca como una cloaca? Estaba en la ventana cuando miré atrás y la vi trastear con otra pistola. Ese demonio tenía más armas que la guardia pretoriana de Napoleón.

Salí por la ventana y salté por el borde del balcón, sujetándome de la balaustrada por un segundo para ayudar a que mi caída al callejón fuese más leve. Golpeé contra el suelo y ya corría cuando la oí gritar: «¡Violador! ¡Ladrón!», y sonó un disparo. Por fortuna el callejón estaba desierto, y la fiesta en las calles abarrotadas habría impedido que los cañonazos se oyeran.

Me torcí el tobillo en la caída y volví al campamento renqueando, humillado por la derrota que había sufrido a manos de esa mujer. Pero mi vergüenza se esfumó cuando recordé el placer que se sacudía sobre mí una y otra vez. Siempre he carecido de la básica fibra moral cuando se trata de las mujeres.

CUARENTA

Al día siguiente, Carlos y yo cabalgamos la corta distancia hasta la pirámide de Cuicuilco. Una vez más, si tenía algún conocimiento de mi encuentro con la condesa, se lo guardó para sí.

Esperaba que Cuicuilco fuese otra prodigiosa pirámide, como las del Sol y la Luna en Teotihuacán, pero ésta era mucho más pequeña, quizá medía una cuarta parte de la pirámide del Sol. Así y todo, una formidable estructura con lava basáltica que la cubría más o menos hasta un tercio y el resto tapado con vegetación, era más alta que una docena de hombres. Debido a la lava y los arbustos, parecía menos una pirámide que una colina boscosa. Si no me hubiesen dicho que era una estructura hecha por el hombre, hubiese creído que era un pequeño volcán. Sin embargo, un lúgubre presentimiento la envolvía. Aunque no la cercaban los fantasmas como a las grandes pirámides de Teotihuacán, esta pirámide era más severa, más despiadada.

—En la lengua de los indios, Cuicuilco significa «el lugar del canto y la danza» —me explicó Carlos.

—La rodea mucha lava —señalé—. Es mucho más pequeña que las pirámides del Sol y la Luna de Teotihuacán.

—Es verdad, pero también está rodeada por el misterio, como aquéllas. No sabemos quiénes la construyeron ni siquiera por qué lo hicieron, aunque cabría suponer que tenía un significado religioso. Debes comprender, Juan, que como la más antigua de todas las pirámides de la colonia, reclama nuestro respeto. —Señaló el montículo—. Es la estructura hecha por el hombre más antigua de todo el Nuevo Mundo, es anterior al nacimiento de Cristo, y quizá incluso anterior a las pirámides del valle del Nilo. Unas personas muy poderosas nos la legaron.

»Tú nunca has estado en España, pero allí tenemos grandes catedrales, magníficos monumentos de nuestro glorioso pasado y otros en la colonia que también son grandes, pero ninguno tan viejo como esta pirámide. Estaba aquí mil años, quizá dos mil, antes de que fuesen construidos los nuestros.

Movió una mano para abarcar el magnífico edificio.

—Piénsalo, Juan, por tus venas corre la sangre de dos grandes civilizaciones: los indios del Nuevo Mundo y los españoles del antiguo. Nunca reniegues de tu sangre. ¿Qué dices, don Juan el Mestizo? —Me miró con atención—. ¿No estás orgulloso de tu sangre?

—Mucho.

Sí, estaba orgulloso de que mi sangre aún corriese por mis venas y no por el suelo de la cárcel de la cual había escapado hacía poco, o por las paredes de la cámara de tortura de la Inquisición. Pero no dije nada y dejé que el erudito hablase de los logros de mi gente a ambos lados del Atlántico.

Cuando dejase de escapar del verdugo, quizá apreciaría las pasadas maravillas de mi sangre.

CUARENTA Y UNO

Cholula

Hicimos el viaje a Puebla desde San Agustín, una distancia de unas treinta leguas, a buen paso.

Ciudad rica, Puebla de los Ángeles se alzaba en una extensa llanura a los pies de la sierra Madre Oriental. En tamaño, Puebla, al sureste de la capital, proclamaba ser la segunda ciudad de Nueva España. Sin embargo, cuando se incluían los pueblos mineros alrededor de Guanajuato, ésta superaba por un estrecho margen la población de Puebla. Los miembros de la expedición encontraban que Puebla poseía una historia fascinante por su importancia estratégica. Ubicada en la ruta entre la capital y el puerto principal de la colonia, Veracruz, Puebla había sido un freno potencial para las fuerzas enemigas. Habría sido extraño que el ingeniero militar no hubiese trazado planos de esas fortificaciones para la Corona, y que Carlos no los hubiese robado para la condesa y Napoleón.

Así y todo, no se mencionó en ningún momento mi encuentro carnal con la dama. Antes, casi había esperado que Carlos me ofreciera elegir entre pistolas o espadas y exigiera satisfacción en el campo del honor, pero no ofreció ni pidió nada. Tampoco estaba seguro de que sus motivos para robar los planos de las fortalezas de la colonia tuviesen un carácter sexual. Obsesionado con la política, la historia y la ciencia, Carlos me parecía alguien demasiado erudito e idealista para un loco y apasionado amor. Su falta de interés romántico por las legiones de señoritas que encontrábamos parecía confirmarlo. Su trabajo estaba por encima de todo lo demás.

En Puebla, a diferencia de Guanajuato, con sus terrazas mineras, las calles dividían la ciudad en el clásico patrón colonial. Una cuadrícula de anchas y rectas calles que se cruzaban las unas con las otras, Puebla las había pavimentado con dibujos de cuadros o rombos. En cierto modo, me recordaba a la capital. Mientras nos acercábamos a la plaza mayor, vi que la mayoría de las casas eran de tres pisos. Algunas estaban pintadas con vívidos y vibrantes colores, sus balcones —con balaustradas de hierro forjado negro— se extendían sobre las calles. Los aleros de los tejados se proyectaban sobre las aceras. Los grandes carruajes conducidos por cocheros con librea y tirados por mulas altas, algunas de las cuales tenían dieciséis palmos hasta la cruz, demostraban que, como Ciudad de México y Guanajuato, Puebla era una localidad rica.

Carlos y yo nos alojamos en una casa particular: él en una habitación en el tercer piso y yo al fondo de una curtiduría de la planta baja.

Mientras caminábamos hacia la catedral, Carlos comentó:

—Se dice que la magnífica arquitectura de Puebla es similar a la de Toledo, una de las grandes ciudades de España.

Podría haberle dicho que yo tenía una especie de vínculo con la famosa ciudad fortificada. El padre de Raquel era de Toledo, y su fortuna se había fundado en las magníficas espadas que desde hacía mucho tiempo se fabricaban allí.

Desde la torre más alta de la catedral, observamos los dos picos volcánicos: el dominante Popocatépetl, «la montaña humeante», y su compañero más bajo, Iztaccíhuatl, «la mujer blanca». Desde esa altura contemplamos otra imponente casa de culto, ésta en lo alto de una distante pirámide.

—Cholula —dijo Carlos, y la señaló— es la pirámide más grande del mundo. Su base y su volumen exceden incluso a los de la mayor pirámide egipcia.

—Parece una colina con una iglesia encima.

—Sí, y está más densamente cubierta por la vegetación que las pirámides de Teotihuacán. Alguien que no supiese otra cosa la tomaría por una colina con una iglesia encima. La observaremos más de cerca mañana.

Sacudí la cabeza.

—No puedo creer que sea una pirámide.

—Es la reina de las pirámides. Las estructuras indias fueron demolidas para utilizar los materiales en la construcción de iglesias, o se dejó que la selva las reclamase para que los indios nunca supiesen el verdadero esplendor de su extraordinaria herencia.

Salimos de la catedral y entramos en la plaza mayor. La iglesia, que formaba un costado de la plaza, tenía un exterior sencillo con pocos adornos arquitectónicos. Sin embargo, su interior y su mobiliario eran muy elaborados: un magnífico altar de plata y gallardas columnas con plintos y capiteles de oro pulido.

—Con sesenta iglesias, numerosos colegios religiosos y más de veinte monasterios y conventos —me explicó Carlos mientras caminábamos por la plaza—, Puebla es conocida como la ciudad de las iglesias.

«Demasiadas», parecía pensar por su tono. Ésa no sería una conclusión sorprendente para un admirador del emperador francés, conocido por su guerra contra las iglesias. Yo carecía de su desdén por las instituciones religiosas. Las iglesias ofrecían consuelo a las mujeres, los ancianos, los niños pequeños y aquellos que tenían miedo del más allá. Consciente de que mi propia alma estaba irrevocable e ineludiblemente condenada, yo, por supuesto, nunca había sentido la necesidad del solaz religioso.

Una vez en la plaza, compramos zumo de limón y mango. Las vendedoras tenían los zumos, junto con el pulque y el chocolate, en pequeñas jarras guardadas dentro de grandes cazuelas de cerámica rojas, llenas de agua y enterradas en la arena. Así mantenían las bebidas a una temperatura fresca. Flores, en su mayoría amapolas, estaban colocadas alrededor de las bebidas.

Carlos estaba entusiasmado con Puebla.

—Encuentro que este ritmo más tranquilo es mucho más encantador que el frenético trajín de la capital.

Después de saciar nuestra sed, fuimos al palacio del obispo, donde Carlos había concertado una visita a la biblioteca. Ésta, una sala muy elegante, era enorme, por lo menos medía cien pasos de largo y quizá unos veinte de ancho. Como alguien que se enorgullecía de no haber leído nunca un libro —algo que no le mencioné al erudito Carlos—, me pareció que en la biblioteca había un exceso de tomos, muchos de ellos encuadernados en pergamino.

Un monseñor que se presentó a sí mismo sólo como el bibliotecario del obispo nos acompañó en la visita. Una parte —prohibida incluso a los sacerdotes de la diócesis— albergaba libros y otros escritos considerados demasiado indecentes para que los leyesen los buenos cristianos. Carlos me dijo más tarde que muchos de esos textos habían sido arrebatados a los colonos por los inquisidores que recibían los barcos y revisaban la carga para llevarse los materiales que la Iglesia consideraba inapropiados.

—Tengo entendido que hay treinta y dos volúmenes de jeroglíficos indios que datan de antes de la conquista —le dijo Carlos al bibliotecario.

—Dichos volúmenes no están disponibles para la inspección —respondió el hombre.

Carlos se envaró y lo miró a los ojos.

—Tengo una comisión del propio rey para examinar y catalogar los objetos antiguos indios.

—Tales volúmenes no están disponibles para la inspección.

—¿Qué quiere decir? Tengo un privilegio real, una comisión de la Corona, para inspeccionarlos. —Carlos estaba tan furioso que tartamudeó.

—Los volúmenes no están disponibles para la inspección.

Dejamos la biblioteca y Carlos no dijo palabra en todo el trayecto de regreso a la casa donde nos hospedábamos. Quería preguntarle por qué eran tan importantes unos viejos libros de dibujos aztecas, pero con mucha prudencia no dije nada, a sabiendas de que sus intereses iban más allá de los míos, que pocas veces se apartaban de las mujeres, el vino, los caballos y las armas.

Carlos me dijo después que se quedaría en su habitación leyendo durante el resto del día. Como yo no tenía nada mejor que hacer, me dediqué a atender dos de mis cuatro necesidades básicas: me fui a una taberna para disfrutar del vino y de una puta.

A la mañana siguiente volvimos a la plaza mayor, donde se alquilaban pequeños coches tirados por mulas. Incluso a esa temprana hora, los vendedores estaban muy ocupados, vendiendo todo lo necesario para una casa, desde comida hasta ropa. Muchos de los indios disponían sus mercancías directamente en el suelo o sobre mantas, y se protegían a sí mismos y a sus productos de los súbitos chubascos con burdos paraguas. A diferencia de lo que sucedía en la capital, donde los léperos llenaban las calles, allí los indios eran limpios e iban bien vestidos.

Compramos las viandas para nuestra comida. Carlos quería pescado, que no abundaba en Puebla, dado que estaba lejos del mar, pero compró una empanada de pescado que había sido traída a medio cocer desde una gran distancia. El horneado acabó mientras llenábamos las cestas con lo necesario para nuestra comida: vino, queso, un pollo asado y pan del día.

A Carlos se le había pasado el malhumor provocado por la visita a la biblioteca del palacio del obispo la tarde anterior.

—Te debo una disculpa, Juan, por dejar que me dominase la furia.

—No me debes ninguna disculpa, don Carlos, no soy más que...

—No me vengas de nuevo con esa actuación de pobre peón sirviente; tu ascendencia es evidente. A pesar de tus esfuerzos por parecer humilde, eres más gallito que los que vimos en San Agustín. —Levantó una mano para acallar mis protestas—. No quiero conocer la historia de tu vida, porque si la oigo sin duda me veré obligado a llamar al alguacil o correr el riesgo de que me metan en la cárcel. Eso es algo que no quiero hacer pero, Juan, no te equivoques conmigo: no soy un ignorante ni tampoco un ingenuo. Lo único cierto que has admitido hasta ahora es tu innegable desdén por todas las cosas importantes: la historia, la literatura, la política y la religión. Si no fuese por el brandy, las espadas, las pistolas y las putas, tu cabeza estaría tan vacía como tu corazón. No me preguntes por qué, pero aun así me gustaría llenar ese tremendo vacío entre tus orejas con algo más que la violencia y la lujuria.

Le dediqué mi mejor y más encantadora sonrisa.

—Con toda franqueza, amigo, no eres el primero que me llama ignorante o el primero en alentarme a aprender de los libros. Sólo con gran perseverancia he evitado que el peso muerto de los libros debilitase mi fuerte mano de la espada.

—Juan, Juan —dijo al tiempo que sacudía la cabeza—, debilitas tu cerebro, no la mano de la espada, con tu miedo a la verdad y el aprender.

—No le temo a nada.

—No, Juan, no le temes a la gran bestia que vosotros los aztecas llamáis jaguar ni a la pistola de un hombre malo que apunta a tu cabeza vacía. Sin embargo, cuando se trata de libros, eres como un gato sobre una parrilla caliente que no salta al charco que hay debajo por miedo a lo desconocido. ¿Sabes a qué me refiero cuando hablo del movimiento llamado Ilustración?

—Por supuesto —repliqué, enojado por su condescendencia. Creía que Raquel o Lizardi habían mencionado la palabra, pero la verdad es que no estaba seguro. Por fortuna, Carlos no esperó a que demostrara mi ignorancia.

—Al renacimiento del estudio que ha transformado la cultura europea. Se inició hace más de un siglo, y desde entonces ha ido creciendo en alcance e intensidad. Una manera de pensar con lógica, es una nueva fe basada en la razón. A través de estudiar un sujeto y formular preguntas, podemos llegar a conclusiones, más que depender de la superstición o los restrictivos dogmas de la religión. Si comprendemos el mundo en el que vivimos tal como es, si no estamos atrapados por el pensamiento mezquino que ha dominado el conocimiento del pasado, alcanzaremos el conocimiento que de verdad nos hará libres. ¿Lo entiendes, Juan?

—Sí, el conocimiento nos hará libres. —Intenté parecer inteligente, pero nuestro carruaje pasaba junto a un grupo de bonitas muchachas y yo aproveché para sonreírles y requebrarlas.

Carlos exhaló un suspiro y sacudió la cabeza.

—Quizá eres una causa perdida. Pistolas y cojones en lugar de alma.

—Eh, yo no carezco de educación, señor. Puede que no sepa mucho, pero sé firmar con mi nombre. Soy nada menos que medio sacerdote. Asistí a la escuela del seminario en la adolescencia y aprendí el latín de los sacerdotes y el francés de la cultura.

Me miró boquiabierto.

—¿Hablas francés?

—*C'est en forgeant qu'on devient forgeron*. —Uno debe forjar una y otra vez para convertirse en herrero. En otras palabras, hay que trabajar muy duro en un oficio para triunfar en él.

Carlos comenzó a hablar en francés pero se interrumpió de inmediato cuando el cochero lo miró. La mirada que me dirigió Carlos decía que no debíamos mostrar nuestro conocimiento del francés mientras Napoleón ocupara la mayor parte de España.

—Si tuviste un maestro que te enseñó francés debes saber de la *Encyclopédie* —dijo.

—¿La *Encyclopédie*?

—Una palabra griega que significa «educación general». Es un intento de compilar todo el conocimiento del hombre en una única serie de libros; en una única enciclopedia. Se inició en Francia antes de que nosotros naciésemos. —Su voz se había convertido en un ansioso susurro—. Pero las enciclopedias han existido desde Espeusipo; sobrino de Platón, reunió el conocimiento de su tiempo. En tiempos romanos, Plinio el Viejo y Cayo Julio Solino crearon tales trabajos, pero España aún tiene que intentar un moderno compendio del conocimiento. Llevamos demasiado tiempo aplastados por el tacón de hierro de los reyes represivos y el dogma religioso.

Carlos me sujetó del brazo.

—Juan, no hay ninguna razón por la que los demás países deban estar por delante de nosotros a la hora de producir una enciclopedia. Los españoles han hecho numerosas contribuciones a la compilación del conocimiento. San Isidoro, el arzobispo de Sevilla, fundó en el siglo VII escuelas en cada diócesis en las que enseñaban las artes, la medicina, la ley y la ciencia. Escribió las *Etimologías*, una enciclopédica compilación del conocimiento de su época. Su historia de los godos es todavía la fuente primaria de esa antigua cultura. ¡Han pasado más de mil años desde entonces!

»Otros españoles han hecho contribuciones importantes. *De disciplinis*, de Juan Luis Vives, enseñó a los grandes pensadores que llegarían a la práctica del razonamiento inductivo. ¿Te sorprende que escapase de España con los sabuesos de la Inquisición pegados a sus talones?

Carlos sacudió la cabeza e hizo una mueca.

—Pedro Mexía y fray Benito Jerónimo Feijoo denunciaron a la Inquisición. Gaspar Melchor de Jovellanos escribió desde una cárcel del Santo Oficio. Pablo de Olavide, Juan Meléndez Valdés, sor Juana aquí, en la colonia: todos ellos vivieron aterrorizados por la Inquisición. ¿Te sorprendería si te dijese que la propia *Encyclopédie*, compuesta por D´Alembert y Diderot, fue prohibida?

Murmuré algo que esperé que sonara solidario. Francamente, después de haber encontrado que me habían cambiado en la cuna y me habían arrancado del paraíso gachupín para lanzarme al infierno lépero en cuestión de horas, ya nada me sorprendía.

Cargado de justa indignación, Carlos respiró profundamente varias veces para calmarse.

—¿Comprendes ahora por qué lo que nos dijeron acerca de los libros aztecas me afectó tanto?

—¿Me perdí algo? —pregunté, porque aún no estaba seguro de por qué lo había dominado la cólera cuando le negaron el acceso a los manuscritos.

—El monseñor mintió. Han destruido los manuscritos. De la misma manera que el obispo Zumárraga y Landa se dedicaron a destruir todos los vestigios de las civilizaciones indias del Nuevo Mundo después de la conquista, esos locos de la biblioteca del obispo han destruido los manuscritos confiados a su custodia. Los destruyeron porque temían los escritos; los temían porque no los comprendían. ¿Sabes por qué nunca entendieron lo que decían los indios? Porque nunca los descifraron.

»¿Te das cuenta del daño que los fanáticos religiosos como Zumárraga han hecho? ¿Comprendes las consecuencias de sus actos?

La cultura azteca previa a la conquista era una civilización madura, una sociedad avanzada en el gobierno, el comercio, la medicina y las ciencias. Tenían libros, lo mismo que nosotros, aunque su escritura era diferente de la nuestra. Estudiaron el Sol, la Luna y las estrellas, y establecieron un calendario mucho más preciso que el nuestro. Tenían medicinas que curaban de verdad, no los excrementos de rata que tantos de nuestros ignorantes doctores recetan.

»Nuestros fanáticos sacerdotes se dedicaron a destruir todo vestigio de la cultura india para reemplazarla con su propia religión. Lo que les hicieron a los indios cuando destruyeron sus lugares de culto, sus estatuas y sus escritos es equivalente a la invasión árabe de Europa, en la que destruyeron iglesias, quemaron libros y destrozaron estatuas y obras de arte de la cristiandad.

Ambos suspiramos.

Comenzaba a sentirme tan mal por lo que les había ocurrido a los aztecas como Carlos. ¿Significaba eso que me estaba educando?

CUARENTA Y DOS

El carruaje nos llevó a través de una plantación de maguey de camino a la pirámide. Con el maguey se elaboraba la cerveza azteca: el pulque.

—Una leyenda india dice que Cholula y Teotihuacán fueron erigidos por una raza de gigantes hijos de la Vía Láctea —explicó Carlos—. Los gigantes esclavizaron a la nación olmeca, la primera gran nación india, pero guiados por su inteligente jefe, los olmecas ofrecieron un banquete a los gigantes y los emborracharon con pulque. Cuando se desplomaron borrachos, los olmecas los mataron.

Le sonreí.

—Por ser un hombre dotado de razón y no dominado por la superstición y los cuentos de viejas, no creo en los gigantes.

—Pues es una pena —manifestó Carlos—. Nuestro mejor testigo de ese período, Bernal Díaz del Castillo, sí creía. Fue soldado de Cortés y escribió una historia de la conquista. Aseguraba que los aztecas le mostraron los huesos de los gigantes y lo convencieron de que la historia era verdadera. —Se echó a reír al ver la expresión en mi rostro—. Pero no te preocupes, amigo, no sabemos qué clase de viejos huesos le mostraron los indios a Díaz.

Señalé la iglesia de tejas amarillas y verdes en lo alto de la pirámide.

—¿Esa iglesia la construyeron en el mismo lugar donde realizaban los sacrificios humanos?

—Sorprendente —dijo Carlos—. Ya te estás convirtiendo en un pensador, un buscador de la verdad.

Me di unos golpecitos en la sien.

—¿Cómo no podría utilizar mi cerebro cuando no dejas de llenarlo? ¿Cómo eran en realidad las personas que tú llamas «mis antepasados»? He oído hablar mucho de su salvajismo. ¿Tales historias no son ciertas?

—Muchas de ellas son verdaderas, probablemente la mayoría. Hemos hablado de la razón para los sacrificios humanos, el acuerdo con los dioses...

—Sangre a cambio de la lluvia y el sol para que crezca el maíz y las judías.

—El sacrificio humano no es algo de lo que enorgullecerse, como tampoco es motivo de orgullo en la cristiandad. Pero no puedes juzgar a una civilización sólo por sus errores. De lo contrario, condenaríamos a los europeos desde el tiempo de los griegos y los romanos por sus salvajes masacres y olvidaríamos sus contribuciones a la civilización. Ya que hablamos de masacres, ¿sabes que una de ellas tuvo lugar aquí en Cholula? Ocurrió cuando Cortés se dirigió por primera vez hacia Tenochtitlán, la capital azteca, después de desembarcar en la costa. Los hechos son controvertidos porque las versiones españolas e indias difieren radicalmente.

Escuché el relato de asesinatos y sangre mientras nos acercábamos a la pirámide más grande sobre la faz de la tierra.

El nombre de Cholula significa «lugar de las fuentes» en náhuatl, y la ciudad era famosa antes de la llegada de Cortés por la artística belleza de su cerámica. Moctezuma y los otros reyes indios sólo comían y bebían en platos y vasos de Cholula. La ciudad estaba en la ruta que el conquistador siguió después de ir desde la costa cruzando las montañas hacia la ciudad de Moctezuma. Cortés se detuvo para visitar Cholula antes de ir a enfrentarse a Moctezuma en Tenochtitlán. Había hecho aliados indios en la costa, y pensó que podría convencer a los habitantes de que uniesen fuerzas con él, dado que eran viejos enemigos de Moctezuma.

Cholula embelesó con su belleza a Cortés, que afirmó que la ciudad era «mucho más hermosa que todas las de España..., bien fortificada y el suelo muy llano». Desde lo alto de la gran pirámide, Cortés dijo que había visto «cuatrocientas torres, todas de mezquitas», en referencia a los templos y las pirámides indias.

Pero Hernán Cortés se equivocó al pensar que podría alistar a los habitantes de Cholula en su propósito de conquistar a los aztecas, pues creían que los invasores despertarían la cólera de los dioses indios. Sus sacerdotes les dijeron que los dioses los protegerían de aquellos hombres extraños, que si los intrusos profanaban sus templos, el dios de las aguas mandaría una gran inundación y los ahogaría.

La historia cholulense dice que los españoles mataron a miles de personas en un ataque por sorpresa. Primero los españoles invitaron a los personajes de la ciudad a la plaza mayor, pero los hicieron entrar desarmados. A continuación, los hombres de Cortés cerraron todas las salidas y comenzó la matanza, con miles de muertos antes de que acabasen.

Más tarde Cortés manifestó que cuando él y sus hombres estaban en la ciudad, se había enterado de que los habitantes —para complacer a Moctezuma— planeaban atacar y matar a los invasores, y dejar sólo algunos vivos para el sacrificio. Cortés añadió que una vieja había informado de la conspiración a su traductora, doña Marina.

Los indios habían buscado a la vieja para que se hiciera amiga de doña Marina y le sonsacara información de los extranjeros. Como doña Marina era una mujer bella y rica por los regalos y los pagos de Cortés, la vieja le había hablado del complot, con la ilusión de que doña Marina escaparía de la muerte y se casaría con uno de sus hijos. Pero en lugar de sumarse a la traición, doña Marina se lo dijo a Cortés, que preparó la trampa para los indios.

—Bartolomé de Las Casas —dijo Carlos—, un monje dominico y uno de los grandes historiadores de la época, escribió que la masacre fue un asesinato a sangre fría, destinado a inspirar miedo y terror en las naciones indias. Señaló que Cortés había cometido la masacre para que los aztecas estuvieran demasiado asustados para atacarlos cuando se enteraran de lo ocurrido.

—¿Y cuál es la verdad? —pregunté—. ¿Mis antepasados planearon asesinar a mis ancestros españoles, o Cortés asesinó a miles de indios inocentes a sangre fría para someter a los aztecas por el terror?

Carlos sonrió.

—Encontrarás, amigo, que todas las palabras de los hombres muertos hace mucho merecen respeto.

CUARENTA Y TRES

Era hora de dejar Puebla. La expedición contrató nuevos porteadores para la siguiente etapa del viaje hacia el sur para reemplazar a aquellos de Teotihuacán que regresarían a sus casas. Yo era el único «viejo» que continuaba en el viaje.

Carlos fue a la ciudad para dar un paseo por la plaza mayor, que tanto le gustaba, mientras el resto de nosotros levantábamos el campamento para organizar los equipos y los abastecimientos para el largo viaje al sur. Había acabado de cargar mi mula con las cosas de Carlos cuando un sacerdote me golpeó en la espalda con su bastón.

—Tú. Ven conmigo.

Dejo a vuestra imaginación por dónde le habría metido el bastón por lo que me había hecho cuando yo era un caballero.

El nombre del sacerdote era fray Benito. Era una criatura detestable: flaco, encorvado, rostro afilado, con una nariz bulbosa y unos ojos saltones. Era el miembro más desagradable de la expedición.

—Ayuda a este otro peón a cargar mi equipaje.

Pobres pero respetables trabajadores, la mayoría de los indios y los mestizos de la colonia eran llamados peones, pero el nuevo ayudante del fraile no era respetable ni trabajador, sino un ladrón lépero. Lo supe en cuanto le eché una mirada al bastardo de ojos ladinos. Si se le hubiese ocurrido tocar el equipaje de Carlos, lo habría sacado a puntapiés. Sin embargo, no me importaba si le robaba al fraile hasta dejarlo desnudo y le rajaba el cuello. El hombre era cruel con los porteadores, y más de una vez había azotado a alguno injustamente.

Estaba acomodando las cosas del fraile cuando un libro cayó al suelo. Me arrodillé para recogerlo y mi mirada captó el título en francés en la portadilla: *L'École des Filles*. Afirmaba relatar cómo una mujer «experimentada» enseñaba a una virgen a dar y recibir placer sexual, y hacía referencias a una posición llamada «la mujer cabalga». No obstante, el título en la cubierta proclamaba que era la historia de san Agustín.

¡Ay!, era la clase de libro que la iglesia llamaba *pornographos*. En las calles se los conocía como libros que sólo se podían leer con una mano porque la otra había sucumbido al pecado de Onán.

El fraile era un pervertido, bueno, al menos tanto como cualquiera de nosotros, excepto porque él ocultaba su perversidad debajo de los hábitos sagrados.

De pronto me arrancaron el libro de las manos. Miré a fray Benito. Él me observaba furioso, el pájaro permaneció por una vez mudo.

—Lo siento, padre. Vi el libro... —Señalé la cubierta—. Me gusta mirar las palabras que leen los hombres instruidos. Quizá algún día me enseñen a leer, ¿no?

—¿No sabes leer?

—Por supuesto que no. Muy pocos de mi clase saben hacerlo.

Guardó el libro en el fondo de la alforja pero continuó mirándome con sospecha. Maldito sapo. No sabía qué hacer porque no tenía el coraje de enfrentarse a mí. Si yo había mentido al decir que no sabía leer..., bueno, ni siquiera sus hábitos sagrados lo salvarían a él de la Inquisición.

Se alejó y nosotros continuamos trabajando. Casi habíamos acabado cuando vi al lépero que se guardaba algo en el bolsillo. Como he dicho, de haber sido algo de mi amigo Carlos, hubiese denunciado —y castigado— al ladrón allí mismo. Me mantuve callado, pero el fraile salió de detrás de un árbol donde había estado escondido y le gritó al lépero: «¡Ladrón! ¡Ladrón!» Muy pronto vinieron otros, y el fraile agitó una cadena con una cruz de plata delante del sargento a cargo de nuestra escolta militar.

—¡¿Lo ves?! No se puede confiar en estos pordioseros: son capaces de robar la más sagrada de las reliquias por un vaso de pulque.

—Señaló al lépero—. Dale veinte azotes y envíalo de vuelta a la ciudad. —Luego me miró a mí—. Dales a ambos veinte azotes.

—¡Pero si yo no he hecho nada! —exclamé.

—Ambos sois basura. Azótalos.

Me erguí, inseguro de lo que iba a hacer. Si luchaba, tendría que escapar de la expedición y perdería mi tapadera. Pero aceptar que me azotasen cuando no había hecho nada...

Los soldados me llevaron a un árbol junto al que habían elegido para el lépero y me ataron las muñecas a una rama baja. Escuché en tensa anticipación mientras el lépero recibía sus latigazos. Gritaba con cada golpe. Veinte latigazos dejaban la espalda bañada en sangre y marcada para toda la vida. Forcejeé con la cuerda que me ataba las muñecas, lamentando no haberme resistido. Deseaba haber matado a un par de gachupines y escapar.

Finalmente llegó mi turno. Me puse tenso cuando el hombre con el látigo se colocó detrás de mí y dio un par de trallazos. El sargento jugaba conmigo, restallando el látigo cerca de mi piel un par de veces para que me tensase aún más de lo que ya estaba.

Descargó el primer latigazo y sentí como si me hubieran puesto en la espalda un hierro al rojo. Gruñí, conteniendo los gritos que el lépero había soltado.

Llegó el segundo y jadeé, apenas capaz de contener el alarido. Tiré más fuerte de las cuerdas, desesperado por romperlas y matar a algunos de los idiotas que disfrutaban con mi dolor.

¡Ay! Otro latigazo rasgó mi espalda. Me sacudí todavía con más fuerza en mis ligaduras, pero ningún sonido escapó de mis labios.

—Éste se cree muy hombre —le dijo el sargento a su público—. Ya veremos lo duro que es.

El látigo cortó más hondo que antes. Jadeé. Golpeó de nuevo, abriendo otro surco. Sentía cómo la sangre corría por mi espalda.

—¡Alto!

Era la voz de Carlos, pero no podía volverme para verlo. Apoyé mi peso en el árbol. El dolor de la espalda era como si hubiese sido cortada por las zarpas de un puma. Oí una discusión, pero no podía seguirla. De pronto Carlos apareció a mi lado.

—¿Ayudaste al lépero a robar la cruz?

—Por supuesto que no —masculle—. ¿Por qué iba a ayudar a esa basura? Podía coger lo que desease yo mismo.

Cortó las ligaduras.

—Lo siento mucho —dijo—. Castigarte por el crimen de otro hombre es una vergüenza.

Fray Benito estaba hablando con otros miembros de la expedición. Su rostro sombrío mostraba ahora una sonriente animación. Ver derramada sangre había reavivado su espíritu.

¡Ay! No podía vengarme y continuar en la expedición. Tendría que seguir haciendo de peón y mantener la boca cerrada. Pero como Dios en el cielo manda y el diablo en el infierno sabe, ese fraile pagaría por la sangre de mi carne injustamente derramada. No sabía cuándo o cómo atacaría, pero llegaría el día en que pondría los cojones del hombre en una prensa y se los aplastaría.

Sumido en mis pensamientos, de pronto advertí que el sacerdote inquisidor fray Baltar me miraba. Me señaló con uno de sus gordos dedos.

—Acabo de ver al demonio en ti ahora mismo —dijo—. ¡Cuidado! ¡Cuidado! Puedo oler la maldad. Te estaré vigilando.

CUARENTA Y CUATRO

Palenque

Emprendimos viaje hacia la selva en el sur y la antigua ciudad maya conocida como Palenque, desde donde viajaríamos a Chichén Itzá y otros famosos sitios mayas en Yucatán.

—Podríamos ir a la costa y coger un barco rumbo al sur, acortando el viaje, pero nadie quiere regresar a Veracruz —me explicó Carlos mientras caminábamos.

Como miembro de la expedición, tenía una mula para cabalgar, pero a menudo caminaba para poder hablar conmigo. Yo no podía montar mi mula, que se doblaba bajo la montaña de equipos y provisiones.

—Tienen miedo del vómito negro. Después de llegar de España, escapamos de Veracruz con un único muerto, pero nadie quiere correr el riesgo de contraer la fiebre amarilla, así que vamos al sur por tierra. Además, no tendríamos nada para catalogar o investigar a bordo de una nave.

Me mostró en su mapa adónde nos llevaría nuestra ruta.

—Desde Puebla, bajaremos hasta el istmo de Tehuantepec, el estrecho cuello de Nueva España que se encuentra entre el golfo de México en el lado del Atlántico y el golfo de Tehuantepec en el lado del Pacífico, y luego hacia San Juan Bautista. De allí viraremos tierra adentro para ir hasta las ruinas de Palenque, a unas treinta leguas o poco más de San Juan Bautista.

Asentí.

—El mapa, sin embargo, no muestra las dificultades del terreno —repuse—. Viajaremos por esta alta meseta hasta el corazón selvático de la colonia, desde las templadas montañas al calor húmedo de la selva tropical y los ríos del istmo y Tabasco. Para el momento en que lleguemos a las ruinas indias que buscas, quizá descubramos que el vómito negro de la costa es menos temible que la ardiente selva a la que vamos.

La mayor parte del viaje hacia San Juan Bautista transcurrió sin incidentes, pero estábamos a unos pocos días de la ciudad cuando comenzaron las lluvias. Después de descender de la meseta, la lluvia caía continuamente en chubascos, diluvios y nieblas, pero esta vez las compuertas del cielo se abrieron y el agua se derramaba sobre nosotros como si los dioses mayas nos hubieran maldecido por violar su territorio.

Con el barro hasta las rodillas, las mulas se hundían hasta la barriga, y teníamos que luchar para sacarlas del fango. ¡Dios mío!, los insectos nos comían vivos como bestias rabiosas; las serpientes, colgadas de las ramas de los árboles, nos atacaban cuando pasábamos por debajo de ellas. Aquellos grandes y brutales demonios de los ríos y los pantanos que parecían dragones nos acechaban en cada recodo.

Cuando tu montura está metida en el barro hasta la barriga, no te queda más remedio que bajarte y luchar tú mismo contra el fango. Muy pronto, incluso los gachupines se mojaron los pies.

Las heridas de los azotes aún estaban frescas y me dolían cuando llegamos a los trópicos. Todas las noches, mientras me retorcía en agonía por el picor o sangraba cuando las heridas se reabrían, pensaba en el fraile que las había causado.

Cruzamos llanuras inundadas, ríos, lagunas, marjales y pantanos chapoteando a través del barro, nadando en los vados de los ríos junto a nuestras mulas. En algunos de los arroyos, cuando sus caballos no podían llevarlos, los portadores cargábamos a hombros a los miembros de la expedición. Sólo Carlos cruzó todas las corrientes por su propio pie.

A menudo teníamos que abrirnos paso a golpe de machete a través de una vegetación tan densa que sólo los pájaros en vuelo podían ver nuestra ruta. Sudados a más no poder, muertos de calor día y noche, estábamos demasiado lejos de las montañas del norte y los grandes mares que golpeaban las costas para respirar aire limpio y fresco. Vimos muy poca gente de raza europea, de vez en cuando algún comerciante mestizo, y en una ocasión al mayordomo criollo de una hacienda, pero generalmente sólo encontrábamos indios de las dispersas aldeas. Eran gentes que el tiempo había olvidado; vivían igual que cuando Cortés desembarcó tres siglos antes o cuando el hijo de Dios caminaba por las costas de Galilea.

Los salvajes iban prácticamente desnudos y no hablaban español. Y no es que yo los llamara salvajes en presencia de Carlos. Él los consideraba «personas indígenas» a quienes habíamos conquistado, robado, violado y explotado, y cuya cultura habíamos aniquilado sin piedad. Carezco de los méritos para juzgar o evaluar sus logros culturales, pero debo afirmar que los indios que vi tenían un físico impresionante. Aunque modestos en estatura, sus musculosos cuerpos mostraban un porte atlético envidiable, y todo ello a pesar del tremendo clima, los pestilentes insectos y los omnipresentes depredadores como los cocodrilos, los jaguares y las pitones que los perseguían, a ellos y a nosotros. Así y todo, no podía compartir la entusiasta admiración de Carlos. Su evidente desnudez, su ridícula carencia de armas y caballos, unida a la profusión de tatuajes rojos en sus cuerpos, que coloreaban con un apestoso ungüento hecho con el residuo del árbol de la goma, me inclinaba a verlos como menos que civilizados.

Encontraba también bárbaro su sistema de justicia criminal. Para castigar la muerte injustificada de una persona, el asesino era entregado a los parientes de la víctima. Una vez en manos de la familia del difunto, el asesino tenía que encontrar la forma de resarcirlos o lo mataban. Un ladrón no sólo tenía que pagar el valor de lo que había robado, sino que además era entregado como esclavo a la víctima durante un período de tiempo, su castigo quedaba determinado por la cuantía del robo.

—Ojo por ojo —dijo Carlos.

—No, si tienes para pagar —murmuré por lo bajo.

En caso de adulterio, los culpables eran atados a un poste y entregados al marido agraviado. El marido podía escoger entre perdonar el crimen o dejar caer una piedra de gran tamaño sobre la cabeza del adúltero desde una considerable altura, y así matarlo. Abandonada por su marido, la esposa infiel perdía la protección de la aldea, lo que conducía inevitablemente a una muerte larga y dolorosa.

Encontré extraño que en la mayoría de los pueblos los jóvenes no vivían en casa de sus padres. En cambio, se los alojaba en una vivienda comunitaria hasta que se casaban. Cuando Carlos le preguntó a un sacerdote por qué vivían de esa manera, el fraile criticó la práctica en lugar de dar una explicación.

Su ignorancia puso furioso a Carlos.

—Los sacerdotes intentan convertir a los indios a nuestra fe, pero rehúsan comprender a sus viejos dioses. Quizá si los frailes conocieran mejor las razones de las costumbres aztecas podrían convertir a más de ellos.

Los temperamentos eran irritables, la comida mohosa y —excepto por los indios locales— cualquiera que alquilábamos caía víctima de la fiebre y regresaba a su casa. Yo soportaba lo intolerable con el mejor de los ánimos, algo que sorprendió a Carlos. Por supuesto, no podía explicarle por qué vivir como un fugitivo, mirando siempre por encima del hombro, y aceptar los insultos y las humillaciones de mis inferiores hacía que nuestra caminata por la selva pareciese relativamente soportable

También había asumido un nuevo papel que me libró de los mezquinos problemas del campamento. Los soldados habían demostrado ser tan inútiles en rastrear y disparar que Carlos me había dado un mosquete, pólvora y balas, y me había encomendado que proveyese de carne al campamento.

La lluvia, que no parecía que fuera a cesar, impedía que nuestras prendas y nuestras botas llegaran a secarse del todo. En cambio, nos ofrecía un alivio temporal de los mosquitos que nos atacaban día y noche, picando y chupando nuestra sangre hasta que las manos y los rostros expuestos quedaban cubiertos de horribles llagas inflamadas.

Todas las tardes, colgaba una lona encerada para que Carlos comiese y durmiese debajo de ella. Un día me invitó a compartirla, a pesar de que el sacerdote inquisidor y fray Benito fruncieron el entrecejo ante la bondad de mi patrón para con un peón. No tardé en descubrir que Carlos quería tenerme cerca por la noche para poder hablar. Yo sabía más de lo que él sospechaba, pero contenía la lengua, hacía pocas preguntas y me dedicaba a escuchar. Había en él una carga que deseaba escapar, demonios que debía exorcizar algún día.

Cada vez más dado a la bebida, Carlos se tumbaba de lado sobre las mantas para hablar y beber de su petaca de latón. El brandy aflojaba su lengua hasta tal punto que algunas veces temía que acabaría por meternos a ambos en problemas. Sentado con la espalda apoyada en un árbol, escuchaba el murmullo de sus confidencias y el zumbido de los mosquitos.

Mientras contemplaba el cielo estrellado, me dijo algo que me hizo pensar en si no se había vuelto loco del todo.

—¿Sabes que seis planetas dan vueltas alrededor del Sol, y que Saturno es el más alejado de la Tierra?

No lo sabía, pero fingí que sí.

—A pesar de las tonterías que dicen en las iglesias sobre el firmamento, los astrónomos, con ayuda de sus telescopios, han descubierto un número incalculable de soles, sistemas solares y mundos como nuestra Tierra en el universo. Los astrónomos declaran con toda lógica y claridad que si la vida prospera aquí, también debe de existir vida en otros planetas. Déjame que te lea algo de una colección de libros muy buenos publicados por los británicos pocos años antes de que yo naciera llamada *Enciclopedia Británica*.

Leyó de un trozo de papel:

> A un observador atento le parecerá muy probable que los planetas de nuestro sistema, junto con sus acompañantes, llamados satélites o lunas, son de la misma naturaleza que nuestra Tierra y están destinados al mismo propósito, porque son sólidos globos opacos, capaces de alimentar animales y vegetales.

La excitación hacía que le temblase la voz.

—Juan, hay personas en otros planetas. ¡Escucha, aquí dice que incluso viven personas en la Luna!

En la superficie de la Luna, porque está más cerca de nosotros que cualquier otro de los cuerpos celestes, descubrimos un parecido con nuestra Tierra. Porque, con la ayuda de los telescopios, observamos que la Luna está llena de altas montañas, grandes valles y profundas cavidades. Estas similitudes no dejan lugar a la duda, y todos los planetas y las lunas en el sistema están diseñados para la cómoda habitación de las criaturas dotadas con capacidad de razonamiento y de adorar a su dios benefactor.

Me miró con una expresión de asombro.

—¿No te parece increíble, Juan? Los eruditos, con sus telescopios, han descubierto que no estamos solos en el universo. La Iglesia no quiere que nosotros lo sepamos, y es por eso por lo que enjuiciaron a Galileo después de que les pidió a los obispos que mirasen a través de su telescopio. Ellos no tenían miedo de ver el cielo; lo que temían era ver los planetas habitables.

No le dije que a mí esa historia me parecía más espeluznante que increíble. ¿Gente que habitaba en la Luna y en Marte? ¿Un universo infinito en lugar de un cielo? Si el sacerdote inquisidor ponía sus manos en el papel que leía Carlos, nos colocaría en el potro allí mismo, en la selva, y nos asaría en la hoguera.

—Ya te he hablado de las enciclopedias, de cómo eruditos de muchas naciones están siguiendo la guía de los franceses y se dedican de lleno a recopilar y organizar el conocimiento de siglos, de tal forma que todos puedan tener acceso y aprender de ellos. Lo que no te he dicho es que estoy trabajando en dos enciclopedias españolas.

—¿Dos? ¿Al mismo tiempo?

—Sí, dos: una para el rey y otra para el resto de la humanidad. La versión que recibirá el rey será censurada por la Inquisición y la pandilla de ignorantes de la corte que creen que deben mantener a la gente en la oscuridad intelectual. Pero la otra, Juan, la que recopilo en secreto, será la verdad. ¿Sabes lo que significa «la verdad»?

Me encogí de hombros.

—¿Como son de verdad las cosas, señor?

—Sí, tal como son en realidad; no lo que el cerrado dogma de la Inquisición dice que es verdad; no lo que los profesores que enseñan mentiras en las escuelas y las universidades dicen que es verdad porque son demasiado ignorantes o tienen demasiado miedo de decir la verdad.

Me rasqué la barbilla y miré en derredor. La mayoría de los hombres sudaban en sus tiendas, soportando el calor para ocultarse de los mosquitos.

Mi amigo Carlos se estaba volviendo cada día más y más complicado. Hubiera sido mejor cargar las maletas de un sacerdote que no las de un hereje.

—Sé lo que estás pensando, Juan, que soy carne para el inquisidor que está allí. —Movió la cabeza en dirección a la tienda del sacerdote inquisidor—. Pero no me importa; estoy cansado de tener miedo, de esconderme en la oscuridad. Por culpa de hombres como él tengo que ocultar el conocimiento como un ladrón que oculta su botín. ¿Sabes lo que le hicieron a mi maestro, el hombre que me cogió de una mano y me mostró la luz más allá de las tinieblas del dogma religioso? Una noche se presentaron en su casa y se lo llevaron a su mazmorra, el lugar que la Inquisición mantiene para asustarlos. Lo acusaron de dar a sus alumnos para que los leyesen los libros prohibidos por el *Index librorum prohibitorum* de la Iglesia...

—Una mentira, por supuesto.

—No, era verdad. Nos dio el fruto prohibido. Pero ¿le partes los huesos a un hombre por leer un libro?

CUARENTA Y CINCO

Carlos me comentó cuando nos acercábamos a las ruinas de la antigua ciudad que, como Teotihuacán, el nombre verdadero del lugar se había perdido en el tiempo.

—Se llama Palenque porque es el nombre del pueblo importante más cercano, Santo Domingo de Palenque, un pueblo indio a unas tres o cuatro leguas de las ruinas. Si los obispos no hubiesen puesto tanto interés en destruir todo vestigio de la historia y la cultura indias después de la conquista, ahora sabríamos el verdadero nombre de esta gran ciudad.

El terreno próximo a las ruinas era menos hostil, en parte llanura, en parte bosque. Atravesamos arroyos y un pequeño río, un respiro de los pantanos y los fangales por los que habíamos caminado durante días.

Una noche nos quedamos en la casa de una hacienda, acampados junto al muro exterior. Como todas las demás haciendas de las regiones subdesarrolladas, la cantidad de terreno propiedad del hacendado era enorme, pero sólo una pequeña fracción se podía utilizar para las cosechas y el ganado. Un caballero hospitalario asó dos vacas en una hoguera para nuestra cena.

Esa noche, mientras estábamos acostados en la oscuridad, Carlos me explicó más cosas acerca de la cultura que había construido Palenque y otros centros mayas.

—Los mayas llegaron a ser una gran civilización centenares de años antes que los aztecas. En términos de historia de los indios, los aztecas poseyeron un poderoso imperio durante un plazo de tiempo relativamente breve, quizá un siglo o poco más, antes de la conquista. Pero muchos eruditos creen que los mayas formaron un poderoso imperio muchos siglos antes, hasta el tiempo de Nuestro Señor Jesucristo.

Añadió que la cultura maya había asumido el poder en algún momento después del nacimiento de Cristo y reinado hasta principios de la Edad Media en Europa.

—La primera etapa de la civilización maya se prolongó hasta alrededor del año novecientos. Durante ese tiempo, al menos cincuenta importantes ciudades mayas dominaron esta región, lugares como Copán, Tikal y Palenque, algunos con poblaciones de cincuenta mil habitantes o más. Después de dicho período, la mayoría de los grandes centros mayas fueron abandonados por razones que desconocemos.

»Durante la siguiente etapa, la maravillosa localidad de Chichén Itzá se convirtió en el centro de Yucatán, junto con las ciudades que hoy llamamos Mayapán, Uxmal y otras. La civilización de los mayas se extendió desde el cuello del territorio entre los dos grandes océanos, el istmo, a la península de Yucatán y por abajo hasta la región de Guatemala.

»La sociedad maya tenía ritos similares a los de las civilizaciones indias del norte. Como sus primos los mexica, los toltecas y otras civilizaciones indias, los mayas practicaban el sacrificio humano como parte de su acuerdo de sangre a cambio de maíz con los dioses. Con frecuencia libraban guerras salvajes, pero como los otros indios, los mayas también eran unos apasionados buscadores del conocimiento. Sus observaciones les permitieron calcular un calendario de una exactitud asombrosa. Al igual que los aztecas, los mayas preservaron sus grandes fuentes de conocimiento en libros e inscripciones. Y, de la misma manera que los fanáticos de la Iglesia destruyeron las pruebas de los otros logros indios, cometieron el mismo crimen contra los mayas.

Sacudió la cabeza.

—¿No te parece increíble que nuestro conocimiento de la rica cultura maya se haya perdido debido a los fanáticos?

Después de haberlo perdido todo, incluida mi línea de sangre hacía no mucho tiempo, y de haber aprendido que mi vida había sido una locura y un fraude perpetrado por un hombre consumido por una grotesca codicia, ya nada me parecía increíble.

CUARENTA Y SEIS

Cuando llegamos a nuestro destino en la antigua ciudad, Carlos dijo:

—Anoche me enteré por el mayordomo de que Cortés había pasado cerca de aquí varios años después de la conquista de los aztecas. Un hombre fascinante, el gran conquistador... Supongo que era un ejemplo de lo que se necesitaba para descubrir, conquistar y explotar nuevos mundos. ¿Conoces su recorrido por Honduras?

—De nuevo, confieso mi ignorancia.

—Como muchos otros acontecimientos en la era de la conquista, es un relato de aventuras, asesinatos y quizá incluso un poco de locura. Comenzó cuando Cortés envió a uno de sus capitanes, Cristóbal de Olid, a fundar una colonia en Honduras. Muy lejos de la supervisión de Cortés, Olid se dejó llevar por la ambición, y desapareció su buen juicio. El conquistador se enteró en Ciudad de México de que su capitán ya no obedecía sus órdenes, sino que actuaba con total independencia.

»Te diré una cosa, Juan, Olid era un loco. Sabía lo duro que era Cortés, sabía que el conquistador era tan tenaz que había quemado su propia flota para obligar a sus hombres a luchar contra los aztecas cuando se asustaron y reclamaron regresar a Cuba.

«Si no hay arrestos, no hay gloria, eh...»

—Olid creyó que, dada la distancia entre él y Cortés, podía desafiarlo. Pero se equivocó. Cortés primero envió a un capitán de confianza, Francisco de las Casas, para que convenciese a Olid de sus errores. Las Casas naufragó en la costa, y cayó en manos de Olid. Pese a encontrarse cautivo, las Casas convenció a los hombres de Olid, montó una rebelión, arrestó a Olid y lo decapitó. No obstante, sólo la noticia del naufragio le llegó a Cortés en Ciudad de México, así que partió para Honduras con un ejército de unos ciento cincuenta españoles y varios miles de indios junto con una compañía de bailarines, titiriteros y músicos. Así y todo, la aspereza del terreno hizo que el viaje fuese infernal.

»Guatemozín, el último emperador de los aztecas, estaba con Cortés, sin duda porque el conquistador temía dejarlo en la capital. Cuando Guatemozín y los demás indios vieron que los europeos estaban agotados y famélicos, planearon matar a los españoles y exhibir la cabeza de Cortés en una lanza todo el camino de regreso hasta Ciudad de México, para animar así a los nativos a levantarse contra los españoles.

»Cortés se enteró de la conspiración, de nuevo a través de doña Marina, y organizó un juicio en el que Guatemozín defendió su inocencia. El español mandó que lo ahorcaran junto con otros líderes.

Carlos sacudió la cabeza.

—Más allá de que si Cortés estaba en lo cierto sobre la culpa de Guatemozín, la conspiración de Cholula, o de las muchas otras victorias o atrocidades que se le atribuyen, desde luego era un hombre decidido. Compartía tres atributos del emperador Napoleón, rasgos de carácter que han hecho del corso el conquistador de Europa: decisión, atrevimiento y una crueldad absoluta.

Cada vez que Carlos mencionaba las asombrosas hazañas de Marina, yo recordaba el cuerpo y el coraje de mi Marina.

Cuando por fin llegamos a Palenque, me sentí como Colón cuando avistó tierra después de su terrible viaje. Otra ciudad de los muertos, abandonada hacía mucho por sus ocupantes, quizá hacía ya siglos, Palenque había sido engullida por la selva. A diferencia de Teotihuacán, cuyas imponentes pirámides asombraban a todos, incluso desde la distancia, las ruinas deberían haberse limpiado de la vegetación para ser observadas. Habría sido necesario un pequeño ejército para liberar la ciudad de las garras de la selva, un lujo del que no disponíamos y que obligó a los eruditos a escoger sólo unas partes específicas de los edificios para ser limpiadas y estudiadas.

Carlos me dijo que esas antiguas ruinas habían sido descubiertas poco después de la conquista, pero habían pasado dos siglos antes de que un sacerdote, el padre Solís, fuese enviado por su obispo para examinar el lugar. Poco fruto dio la misión: como muchas otras antigüedades del Nuevo Mundo, a nadie le importaba el lugar una vez que había sido despojado de sus tesoros.

¿Qué tamaño había alcanzado la ciudad? Nos resultaba imposible decirlo, pero descubrimos estructuras cubiertas por la selva a más de una legua en cada dirección.

—A ésta la llaman el Palacio —me comentó mi patrón mientras recorríamos un inmenso complejo.

Una enorme estructura oblonga con altos muros que rodeaban edificios, patios y una torre, el Palacio, como las demás construcciones de Palenque, estaba cubierta con una capa de estuco que se había secado y mantenía su forma con el paso del tiempo. Era un recinto oscuro y húmedo, con muchos pasillos y habitaciones, además de una serie de depósitos subterráneos.

—Es enorme —le dije a Carlos, a medida que me daba cuenta del alcance y el significado del Palacio—. Aquí dentro podrías meter toda la plaza mayor de Ciudad de México.

—Bien podría haber sido el centro administrativo del imperio que gobernaba la ciudad.

Cerca del Palacio estaba el templo de las Inscripciones, una pirámide de nueve terrazas que los antiguos indios utilizaban para comunicar y registrar acontecimientos importantes. De más de quince metros de altura, contenía centenares de jeroglíficos.

Una pirámide más pequeña, el templo del Sol, casi igualaba su vertiginosa altura cuando se incluía la espaciosa habitación en su cima. A la izquierda y a la derecha de las entradas había figuras humanas de tamaño natural esculpidas en la piedra. El sol aparecía en un bajorrelieve, de más de tres metros de ancho y un metro de alto. Carlos lo llamó «obra maestra del arte».

La inmersión en la antigua cultura india me estaba transformando poco a poco. Mientras miraba los magníficos edificios del pasado, comprendí que, comenzando semanas antes en la Calzada de los

Muertos de Teotihuacán, un nuevo mundo había empezado a abrirse para mí. Ahora comprendía que todo cuanto me habían enseñado sobre los indios era un error. Más que animales de carga y salvajes de la selva como había creído que eran, se trataba de unas magníficas personas que habían sido víctimas de un terrible daño. También comprendí por fin por qué el cura de Dolores insistía en que, si se les daba la oportunidad, los aztecas eran gentes tan capaces como cualesquiera otras.

Era una pena que hubiera tenido que estar un paso por delante del verdugo para llegar a esa conclusión.

CUARENTA Y SIETE

Río Usumacinta

Después de hablar con un comerciante, informé a Carlos de que la única manera práctica de regresar a la costa era hacerlo por el río.

—Podemos caminar por el fango durante semanas, abrirnos paso en la selva con los machetes, o bien alquilar embarcaciones y disfrutar de un tranquilo viaje río abajo que sólo durará unos días.

Nadie quería abrirse paso a golpes de machete hasta la costa.

—¿Es muy grande ese río que quieres que naveguemos? —quiso saber Carlos.

—He oído decir que es bastante grande. El Usumacinta es ancho y profundo, y su corriente es fuerte hasta el mar. Será un viaje de placer, amigo.

No mencioné que también me habían dicho que el río estaba infestado de piratas indios que atacaban las embarcaciones con sus canoas, cocodrilos que eran dos o tres veces más largos que un hombre y mosquitos que, se decía, eran tan grandes como colibríes y voraces como buitres. Bueno, la verdad es que estaba harto de abrir paso con el machete por la selva, sacar a las mulas del barro y cargar a gachupines en mi espalda herida.

Tardamos varios días en vender las mulas y conseguir transporte en tres grandes barcazas, cada una de unos doce metros de largo y tripuladas por tres hombres que utilizaban largas pértigas para empujar las embarcaciones por las aguas calmas y apartarlas de las riberas y los bancos de arena. Comenzamos el viaje no en el poderoso río Usumacinta, sino en un pequeño, poco profundo y fangoso canal. Los hombres que manejaban las pértigas nos empujaron por el agua marrón mientras nosotros nos asábamos al sol y éramos picados hasta casi volvernos locos por los implacables mosquitos.

En un momento de enajenación mental, se me ocurrió preguntarle al sacerdote inquisidor por qué Dios había creado los mosquitos, y él me replicó, furioso:

—¡Cuestionar los actos de Dios es un sacrilegio!

Por fin llegamos al gran río y comenzamos a navegar corriente abajo con una ligera brisa que nos mantenía a salvo de los mosquitos. El trayecto era muy agradable, si no tenías en cuenta los centenares de cocodrilos que dormitaban en las riberas o nos miraban al acecho desde el agua.

—¡Ay de mí! Son como monstruos —le dije a uno de los marineros.

—Es verdad —asintió él—. De vez en cuando, algún pasajero cae por la borda. A menos que consiga subir en el acto, lo arrastran al fondo y el agua hierve roja con su sangre. Algunas de esas criaturas son lo bastante grandes como para tragarse a una persona entera. Un cazador mató a uno de gran tamaño, y cuando lo abrieron encontraron en su vientre a un hombre totalmente vestido.

A media tarde, el cielo se tornó rápidamente negro como el infierno. Un fuerte viento se levantó sin previo aviso, azotándonos con la lluvia. Sólo estábamos a unos sesenta centímetros por encima del agua, y el viento encrespaba el río en un furioso frenesí que casi hizo zozobrar las barcazas y enviarnos a todos al agua infestada de cocodrilos. Pero la violenta tormenta pasó con la misma rapidez con la que había comenzado. En un momento dado, las furias nos azotaban; al siguiente, la brillante luz del sol borró la penumbra infernal y el cielo volvió a ser de un brillo cegador.

Como la selva, el aire de nuestra laguna Estigia era caliente y húmedo, tan denso que te bañabas en él. Pero no encontramos ni una gota de sombra, ni un vestigio de alivio.

No pasamos por ninguna ciudad durante los dos primeros días de navegación, y no vimos otra cosa en las orillas que cocodrilos, una vegetación interminable y alguna choza perdida de cazadores y pescadores indios.

El tercer día, río abajo, llegamos a un poblado llamado Palizada, un depósito para los troncos que transportaban por el río, donde nos aguardaba una desagradable sorpresa. Una partida de alguaciles con guías aztecas nos esperaba cuando nuestras barcazas se acercaron a la orilla. Ya casi estaba dispuesto a jugármela con los cocodrilos cuando los vi. Casi, digo. Sólo lo inevitable de verme descuartizado por aquellas enormes bestias me impidió zambullirme en el agua.

Convencido de que me iban a arrestar, me encogí de hombros y le dirigí una mirada de «lo siento, amigo», a Carlos, que miró a los alguaciles y después a mí, con aire interrogativo.

—Manuel Díaz, adelántese —gritó el jefe de los alguaciles.

Yo ya había dado un paso adelante instintivamente, cuando me contuve. Estaba llamando a Díaz, el ingeniero militar, a quien muy pronto tuvieron bajo su custodia, encadenado, y cuyo equipaje comenzaron a revisar mientras él miraba asombrado, como una vaca en el matadero.

Largas conversaciones tuvieron lugar entre los alguaciles, el ingeniero y el señor Pico, el jefe de la expedición, antes de volver a embarcar y reemprender la navegación río abajo. Cuando ya estábamos de camino, Carlos y yo encontramos un lugar tranquilo en la popa de la barcaza, donde nos tendimos sobre los equipajes mientras él me explicaba lo sucedido.

—Hay sorprendentes noticias, todas ellas muy importantes. Díaz, el ingeniero militar, ha sido arrestado por espionaje. —Carlos me miró con una mezcla de emociones a flor de piel: miedo, horror, asombro...—. Los inspectores de aduana registraron a un hombre que intentaba abordar un barco francés en Veracruz y hallaron en su poder planos de las instalaciones militares de Nueva España.

Sombras de la condesa Camila. Era obvio que sólo habían encontrado al mensajero, no al verdadero espía. La condesa sin duda se había ganado el pasaje acostándose con el virrey.

—Díaz ha sido arrestado por traición, acusado de suministrar a los franceses los secretos de las defensas de las colonias. —Hablaba como si le arrancasen las palabras, como si fuera algún otro el que lo hiciera. Sabía que Díaz era inocente, y eso lo estaba destrozando por dentro.

»También tenemos noticias de España. Algo terrible ha sucedido. Los franceses se han apropiado del país. —Me miró; su rostro era la viva imagen de la angustia—. Napoleón ha tomado prisioneros al rey Carlos y a Fernando y los tiene en Francia, en Bayona. Después ordenó que toda la familia real fuese llevada a Francia. En Madrid, la gente se enteró de que el hijo menor del rey, el príncipe don Francisco, de nueve años, sería llevado a Francia. Angustiados por la toma francesa de la nación, y con sus líderes sin hacer nada para oponerse, los ciudadanos se reunieron frente al palacio real. En el momento en que llegaron los carruajes para llevarse al joven príncipe y a su comitiva, el pueblo intervino.

Carlos comenzó a sollozar.

—Ocurrió el 2 de mayo. El pueblo impidió que los franceses secuestrasen al príncipe, y las tropas napoleónicas abrieron fuego contra los ciudadanos con mosquetes y cañones, matando a carniceros, panaderos y tenderos que sólo intentaban proteger su país —manifestó con voz ahogada.

»Cuando corrió la noticia de la masacre, la gente, hombres, mujeres e incluso niños, cogieron las armas que encontraron. Con cuchillos de cocina, viejos mosquetes, garrotes, palas, y algunos con las manos desnudas, se enfrentaron a las mejores tropas de Europa, los soldados del emperador Napoleón, y lucharon contra ellos. Durante dos días fue una masacre terrible. El ejército francés mató a miles de personas.

Carlos se desmoronó. Vi que la misma noticia también había provocado un gran revuelo en las otras embarcaciones. Algunos hombres lloraban, otros gritaban palabras coléricas, había quien sólo miraba el río. Pero las lágrimas no duraron mucho tiempo; una furia helada pareció dominar a los españoles.

Ay, si hubiesen sabido que Carlos había espiado para los franceses.

Mi amigo y mentor cayó en una profunda depresión y permaneció en ese negro abismo la mayor parte del día. No volvió a hablar conmigo hasta última hora de la tarde.

—Debo decirte algo.

—No debes decirme nada.

En realidad, yo quería olvidar todo el asunto. Carlos era demasiado propenso a dejarse llevar por las emociones. Quizá decidiría confesar el espionaje y hacer que nos arrestasen a ambos... No, no seríamos arrestados, a juzgar por el estado de ánimo de los miembros de la expedición; nos harían un funeral vikingo..., mientras aún seguíamos con vida.

Él me miró.

—Por alguna razón, confío en ti. Sé que el rostro que muestras al mundo es, como el mío, una máscara. —Apartó los mosquitos, un gesto inútil que todos hacían—. Yo soy el espía que buscan, no el ingeniero. —Me soltó las palabras, a la espera de una reacción.

Exhalé un suspiro.

—Por tu admiración por Napoleón y sus reformas, sabía que eras partidario de los franceses. Pero ¿por qué espiar?

Sacudió la cabeza.

—Te hablé de mi profesor, el que murió en una mazmorra de la Inquisición... Él me introdujo no sólo en los libros prohibidos, sino que también me presentó a otros de la misma opinión, personas que habían leído la literatura de los revolucionarios. Nos reuníamos en secreto y discutíamos ideas que se podían exponer en cualquier café de París o Filadelfia pero que nos hubiesen enviado al potro en España.

»¿Comprendes mi frustración, Juan? Sólo se nos permitía leer libros aprobados por el rey y la Iglesia. Dichos libros hablaban de la infalibilidad de los reyes y los papas, rasgos que nosotros sabíamos que no eran ciertos. Y al otro lado de nuestras fronteras, un hombre había surgido de los fuegos de la Revolución francesa y estaba transformando Europa.

Yo nunca había pensado en Napoleón como un salvador de la justicia y la verdad, sino como un hombre dedicado a la conquista y el poder. Había puesto la corona en su cabeza, no en la del pueblo. Pero Carlos no estaba en condiciones de ver desafiados sus ideales.

Se frotó el rostro con las manos.

—Comenzamos haciéndonos pasar por una sociedad literaria, pero no éramos sólo un cenáculo, nos reuníamos para discutir las ideas prohibidas. Algunas de esas reuniones tenían lugar en la casa de una noble, una persona de alto rango.

Sí, y yo la había conocido. Ella me había apuñalado con su daga y yo la había apuñalado con mi propia herramienta.

—Es una mujer con un gran... poder de persuasión y una gran pasión, para muchas cosas.

«Pobre tonto», pensé. Sin duda se lo había llevado a la cama y él creía que la condesa lo amaba.

—Cuando se presentó la oportunidad de unirse a esta expedición, ella me llamó para que cumpliese con mis ideales.

Ella lo había «llamado». Ella lo había engatusado para llevárselo a la cama, le había cogido la garrancha y se la había sacudido mientras le susurraba al oído. Los hombres eran unos idiotas cuando se trataba de los ardides de una mujer. Cuando la condesa acabó con él, Carlos seguramente estaba dispuesto a vender a su madre y a sus hermanas a los soldados franceses.

—Es mi deber confesar mi traición.

Solté una exclamación, sintiendo la cuerda que pondrían alrededor de su cuello también apretarse alrededor del mío. En un gesto instintivo, tracé la señal de la cruz para hacerle saber a Nuestro Salvador que todavía pertenecía a su necesitado rebaño.

—Eso sería una idiotez, amigo.

—No puedo dejar que Manuel Díaz asuma la culpa; lo ahorcarán.

Descarté con un gesto de la mano el cuello estirado de Manuel.

—Eso no es verdad. Tú copiaste su perfecto dibujo con un burdo trazo, ¿no?

Carlos me miró boquiabierto.

—¿Cómo lo sabes?

Me encogí de hombros.

—Lo he adivinado. Tu burda copia salvará al ingeniero. ¿Cómo pueden acusarlo de darle dibujos al enemigo cuando es obvio que no fueron hechos por su mano? Tan pronto como comparen los dibujos del ingeniero con los capturados al espía, verán que los planos son los robados.

Su rostro se iluminó.

—¿Estás seguro?

—Seguro. —Me incliné hacia él—. Don Carlos, resulta ser que tengo un considerable conocimiento y experiencia con el trabajo de los alguaciles en la colonia. Puedes confiar en mi palabra como si Dios mismo la hubiese grabado en piedra.

—¿Así que Manuel no sufrirá ningún daño?

—Amigo mío, puedes estar tranquilo. Manuel recibirá un trato especial.

Un trato muy especial. Los alguaciles seguramente ya le estaban rompiendo los huesos porque no escuchaban las respuestas que querían oír. En cuanto a comparar los dibujos robados con el original, si Manuel tenía dinero y familia, quizá podrían intervenir y salvarlo de ser descuartizado, el castigo para los traidores, pero sólo después de que lo hubiesen destrozado en el potro y se hubiera podrido en una mazmorra durante años.

Pero no veía ningún sentido a preocupar a Carlos con tales cosas y hacerle regurgitar confesiones que sólo conseguirían arrestarnos a nosotros y de nada ayudarían a Manuel. Me sorprendía que él no supiese que yo estaba al corriente de su espionaje. Por alguna razón, la condesa no se lo había contado.

Carlos sacudió la cabeza.

—No lo sé, Juan. Todavía temo por Manuel...

—Teme por ella, amigo.

—¿Ella?

—Tu noble dama. Si te detienen y te sacan la verdad con la tortura, como sin duda harán, ¿qué le pasará a ella?

—Tienes razón. La arrestarían. Ellos...

No pudo decirlo, así que yo imité el movimiento de un puñal cortando mi garganta.

—Primero se aprovecharán de ella, cada uno de los carceleros, esas apestosas, repugnantes criaturas que nacen y mueren en las mazmorras. Cuando acaben, se la pasarán a cualquier preso que pueda pagarla. Después, cuando sea el momento de ejecutar la justicia del rey, la atarán de brazos y piernas a cuatro caballos para descuartizarla. Azotarán a los animales en cuatro direcciones diferentes y las bestias le arrancarán los miembros, arrastrando sólo sus piernas y sus brazos chorreando sangre.

Se puso pálido como un fantasma, y su respiración sonó como el estertor de un moribundo. Creí que se iba a desmayar y me preparé para sujetarlo. En cambio, se inclinó sobre la borda y vomitó en el río. Le di una chupada al apestoso cigarro indio y lo sostuve por el cuello mientras devolvía.

¿He dicho ya que los hombres son unos idiotas cuando hay faldas de por medio?

Carlos no confesaría a los hombres del rey y pondría en peligro a la condesa. Pero tendría mucha suerte si lograba que siguiera con vida; como cualquier hombre bueno con una conciencia, su próximo pensamiento sería el suicidio.

¡Ay!, esos sabuesos habían vuelto a encontrar mi rastro, y muy pronto estarían lanzando dentelladas a mis talones. Tendría que moverme de prisa, y la expedición avanzaba demasiado despacio. Tan pronto como llegásemos al lugar correcto, abandonaría a los eruditos y los mosquitos y subiría a un barco con destino a La Habana.

CUARENTA Y OCHO

Yucatán

Continuamos corriente abajo, navegando por el ancho río Usumacinta y el río Palizada hasta la laguna de Términos, una grande y poco profunda laguna separada del mar por una angosta franja de tierra que algunos llamaban Términos y otros Carmen.

Aunque se extendía muchas leguas en cada dirección, la laguna sólo tenía unos dos metros de profundidad, pero compensaba su poco calado con la abundancia de peligros. A un lado estaban los manglares infestados de cocodrilos. Las tormentas del norte azotaban continuamente la laguna, haciendo zozobrar las embarcaciones y engordando las flotillas de cocodrilos, pero la cruzamos en un día tranquilo.

Tan pronto como dejamos atrás los bancos de fango de los pantanos, izamos las velas y pillamos una brisa fresca. La isla de Términos apareció en el horizonte, sus blancas casas se hacían bien visibles.

—Muchos piratas han ocupado Términos —me dijo Carlos—. Los ingleses, los franceses, los holandeses, incluso los españoles se turnaron en dominar la isla en el siglo siguiente a la conquista. Hace menos de cien años que un español expulsó a los piratas. El mayor interés de Términos, además de ser una base para atacar la navegación, era el control de la madera, que se cortaba río arriba y era transportada por las barcazas.

La ciudad principal de la isla consistía en dos largas calles paralelas de casas y otros edificios, con un fuerte que vigilaba la entrada del puerto. Los barcos de más de tres metros de calado tenían que mantenerse apartados de la costa, donde eran cargados y descargados con pequeñas embarcaciones llamadas gabarras.

En la ciudad no encontré ningún barco que hiciese la carrera a La Habana. Así que tendría que tomar una nave de cabotaje para ir a los puertos donde los barcos llegaban con mayor frecuencia, ya fuera Veracruz o los puertos de Campeche y Sisal en Yucatán. No quería embarcar en Veracruz, que sin duda estaría lleno de alguaciles del rey, todos ellos atentos a la búsqueda de espías. El plan de la expedición era ir en barco hasta Campeche, el puerto de Yucatán más cercano, luego viajar por tierra a través de varias antiguas ciudades mayas antes de acabar el trayecto en Mérida, la localidad principal de la península, y el puerto de Sisal. Mi único recurso era quedarme con la expedición hasta llegar a Campeche, incluso hasta Sisal, si no había ningún barco disponible allí.

Para el viaje a lo largo de la costa hasta Campeche, toda la expedición fue embarcada en un *bungo*, una embarcación de fondo plano y dos mástiles de unas treinta toneladas de desplazamiento que transportaba troncos río abajo y a lo largo de la costa. Una vez más, las mulas se quedaron atrás, vendidas a un traficante por un precio mucho más bajo del que se hubiera pagado por ellas en Campeche.

Carlos tenía poco que decir después de su confesión en el río. La mayoría de los miembros de la expedición habían sufrido mucho por las condiciones de vida en la selva, Carlos entre ellos. Todo el grupo parecía estar enfermo y debilitado, y casi todos padecían de las fiebres. Me pareció curioso que los porteadores, incluido yo mismo, habíamos soportado los miasmas de la selva mejor que los gachupines.

Dos días de navegación a lo largo de la costa, en dirección a la península de Yucatán, nos llevaron a Campeche, una ciudad levantada entre dos zonas fortificadas. Desembarcamos en un largo muelle de piedra que se adentraba unos doscientos cincuenta pasos en la bahía.

Antes de la conquista, Campeche era una ciudad importante de la provincia de Ah-Kim-Pech, que significa «serpiente-garrapata», en referencia a la boa, un reptil que infestaba la región de Yucatán. La comunidad que había vivido allí antes de la conquista había sido considerable: varios miles de habitantes.

Los españoles tardaron más en dominar Yucatán de lo que habían tardado con el corazón de la colonia. Se necesitaron dos años de sangrientos combates para conquistar a los aztecas. En la región maya de Campeche, las luchas duraron más de dos décadas antes de que Francisco de Montejo hijo conquistara la región entre 1540 y 1541 y fundara la ciudad de Villa de San Francisco de Campeche en el lugar donde estaba el pueblo maya de Kimpech. Campeche se convirtió en uno de los principales puertos del golfo, controlando la exportación y la importación en aquella parte de Yucatán. Las mercancías más importantes eran la sal, el azúcar, las pieles y la madera.

Los piratas habían saqueado la localidad de forma sistemática. En el siglo XVII, sir Christopher Mims tomó la ciudad para los ingleses, y otros bucaneros la hicieron suya dos veces más en los veinte años siguientes. En 1685, los piratas de Santo Domingo incendiaron la ciudad y saquearon los campos en cinco leguas a la redonda. Quemaron enormes depósitos de palo de tinte porque las autoridades no quisieron pagar el rescate exigido por la madera.

Para rechazar los ataques piratas y defenderse de la amenaza inglesa en alta mar, Campeche se había transformado en una ciudad bien fortificada. Rodeada por una muralla y un foso seco, disponía de cuatro puertas, incluida una que se abría al muelle. Bien protegida contra los ataques por tierra y mar, con fuertes al este y al oeste —con dos baterías debajo del occidental—, dominaba el terreno elevado.

Al entrar en la ciudad me encontré con una elegante comunidad con algunas construcciones de estilo árabe y español; los edificios rodeaban la plaza mayor con arcadas a los lados, una fuente y un jardín tropical en el centro.

Carlos y los demás miembros de la expedición se alojaron en dos posadas, una frente a la otra, cerca de la plaza mayor, mientras que a mí me dieron una habitación en un establo cercano.

—Eres un privilegiado al dormir entre los animales —comentó Carlos con una sonrisa—. ¿Acaso Nuestro Señor Jesús no nació en un establo?

Mientras paseaba por la ciudad, comí uno de los platos locales de más fama, un sabor que no había probado antes: tiburón joven estofado con ajo y chiles. Bebí una botella de vino y miré con lujuria a las adorables señoritas. Muy pronto, me encontré en el puerto, preguntando por las naves que partían hacia La Habana, y me dijeron que una saldría a la mañana siguiente, con el alba.

Estaría a bordo. El barco, que calaba mucho más que el *bungo* de fondo plano que nos había traído a la ciudad, no podía fondear más cerca de un par de leguas de la orilla. Hablé con un barquero para que me llevase al bajel antes del amanecer. Para comprar un pasaje no hacía falta nada más que mi presencia y dinero. Iba corto de dinero, pero había servido bien a Carlos, nada menos que lo había salvado del verdugo, y mi conciencia no se sentiría ofendida si me quedaba con un poco de su oro.

Cuando fui a la posada donde se alojaba Carlos lo encontré en la cama, víctima de la fiebre que había castigado a tantos hombres de la expedición. La piel le ardía, y sufría de escalofríos y tembleques. El ataque podía durar horas, quizá hasta la mañana siguiente. Le di una dosis de la medicina que utilizábamos para la fiebre, una sustancia obtenida de la corteza del árbol llamado quino.

Al bajar la escalera, oí las palabras que cruzaban los miembros de la expedición en la sala y que me hicieron temblar más que la malaria.

¡Alguaciles! Díaz, el ingeniero, había convencido a las autoridades de que le habían robado y copiado los planos, por lo que se inspeccionaría el equipaje de todos los miembros de la expedición.

Corrí escaleras arriba. ¿Era posible que Carlos todavía tuviera los planos en su equipaje? Ni siquiera él podía ser tan ingenuo y tan estúpido, me dije.

Sin embargo, estaba en un error. ¡Santa María, Madre de Dios! Aún tenía el dibujo de una fortificación cerca de Puebla. El muy idiota nunca debería haber salido de España; era un peligro para sí mismo cuando salía de las sacrosantas aulas de la universidad.

Las alternativas volaron a través de mi mente, incluida la de saltar por la ventana y correr al puerto para buscar un bote de remos que me llevase de inmediato a la nave con destino a La Habana. Pero no podía dejar a Carlos enfermo e indefenso; era mi amigo, y no había tenido muchos en mi corta vida. No podía dejar que se enfrentara al peligro solo. Pensé en quemar los papeles, pero eso dejaría las cenizas delatoras, por no mencionar que no tenía el fuego encendido en la habitación. Para el momento en que consiguiese encenderlo, los alguaciles estarían a mi lado. Incluso si me comía el papel, actuaría de forma implacable, a menos que encontraran al criminal y la prueba. Necesitaban completar su misión.

La única opción posible era entregarles la prueba y al culpable y rogar que eso los satisficiese. Si los alguaciles todavía estaban por allí al día siguiente, haciendo preguntas, y Carlos había superado la fiebre, idiota como era, acabaría por confesarles sus pecados y nos arrestarían a ambos.

Cogí el plano robado, salí de la habitación y me apresuré a ir por el pasillo hasta la puerta donde había visto salir antes a fray Benito. Ahora estaba abajo con los otros miembros de la expedición, hablando con los alguaciles. Su arrogante tono mientras discurseaba sobre lo que se debía hacer con los traidores llegaba hasta mis oídos.

Busqué entre su equipaje y encontré el libro que llevaba el falso título de la vida de un santo. Le quité la cubierta para que el contenido pornográfico fuese obvio. Metí el plano entre las páginas y volví a guardar el libro en el equipaje.

Salí de la habitación y apenas si había conseguido llegar al cuarto de Carlos cuando oí el ruido de las botas de los alguaciles que subían por la escalera. Estaba sentado junto a Carlos, enjugándole el sudor del rostro, en el momento que los alguaciles abrieron la puerta.

—Mi patrón está enfermo, señor —le dije al alguacil que estaba en el umbral. Él miró al hombre que tenía detrás. Ninguno de los dos parecía interesado en entrar en el cuarto de un hombre enfermo.

—Dile al sirviente que arroje las maletas aquí —ordenó el otro hombre—. Las revisaremos primero, y después haremos que trasladen al hombre para poder inspeccionar la habitación.

Con un par de «sí, señores», dejé las maletas de Carlos en el pasillo. Estaban revisándolas cuando otro alguacil llegó corriendo de la habitación de fray Benito.

—¡Los he encontrado! —gritó—. Y mirad qué más había: ¡un *pornographos*!

No puedo explicar hasta qué punto alivió las cicatrices de mi espalda ver cómo se llevaban al fraile de la posada, las manos y los pies encadenados. Tracé la señal de la cruz cuando el asombrado fraile pasó por mi lado. El jefe de la expedición y el sargento al mando de la guardia me vieron y ambos imitaron el gesto. Sin duda creían que había pedido a Dios que salvase el alma del pobre fraile. Era verdad que le estaba dando las gracias a Dios; ahora sabía a ciencia cierta que el cielo estaba de mi lado.

Admito que no dejaba de sorprenderme cada vez que sobrevivía a algún demoníaco plan que atraería la áspera soga del verdugo hacia la suave carne de mi cuello. La única cosa a la que podía atribuirlo era a la experiencia conseguida en las muchas veces que había cazado bestias salvajes. Ninguno de los animales de dos piernas que había encontrado era tan difícil de aventajar como un jaguar o un lobo.

La nave a Cuba partió sin mí, y seguí junto al lecho de Carlos a la mañana siguiente. Se encontraba lo bastante bien como para sentarse y beber chocolate. No podía escapar y dejar que Carlos hallase que otro hombre había sido arrestado por sus pecados. Tenía que estar allí para explicarle lo sucedido.

Le hablé del fraile.

—Don Carlos, confieso que me sentí impulsado a hacer esto en parte porque a todas luces era un hombre malvado. Además de mi deseo de protegerte, era necesario ofrecerles de nuevo a los hombres del virrey una distracción para que no buscasen a la condesa. Ambos debemos rezar... —Tracé la señal de la cruz. Sentí que así manifestaba que tenía la bendición divina.

Él escuchó en silencio, y me sorprendí por la calma con la que aceptó las noticias. Cuando acabé, me dijo:

—He conocido muchos buenos sacerdotes, a menudo he encontrado que aquellos que son párrocos llevan una vida de duro trabajo y sacrificio por su rebaño, pero fray Benito era de la peor clase, tan malo como los inquisidores. El mundo se beneficiará si lo despojan de sus hábitos. También me siento descargado del peso de la culpa ahora que Díaz, el ingeniero, ha sido declarado inocente de los cargos.

—Yo también estoy aliviado —manifesté—. Ahora iré a buscar tu desayuno.

Me levanté, pero me detuvo cuando me disponía a abrir la puerta.

—¿Cómo has sabido que era una condesa?

Hice una pausa y enarqué las cejas.

—¿Señor?

—No recuerdo haber mencionado su título.

—Lo hiciste cuando delirabas —mentí y salí de la habitación.

—Don Juan...

Asomé la cabeza.

—¿Señor?

—Eres un hombre muy peligroso.

—Sí, señor.

Cerré la puerta y me apresuré a bajar la escalera.

¿Qué había querido decir con eso?

CUARENTA Y NUEVE

Fray Benito fue enviado a Veracruz, y yo quería poner la mayor distancia posible entre nosotros y Campeche por si el sacerdote conseguía convencerlos de que no era un espía. Carlos me dijo que el inquisidor le había escrito una carta al obispo de Veracruz, garantizando la lealtad del fraile y afirmando que alguien había puesto el mapa y el *pornographos* en su equipaje. No creo que el inquisidor escribiera la carta como una muestra de amistad; los había visto a él y a fray Benito compartiendo libros, y estoy seguro de que temía que el fraile pudiera implicarlo.

Antes de salir de Campeche, escuchamos relatos de un cacique rebelde que había tomado el nombre de un rey guerrero maya de antaño, Canek, y que había estado aterrorizando Yucatán con la práctica de las «antiguas costumbres»: la guerra y el sacrificio humano. El gobernador de Mérida había enviado soldados a capturarlo, pero había declarado públicamente que el cacique y sus seguidores habían escapado a Guatemala.

Le dije a Carlos que debía procurarse más soldados para que nos acompañasen, pero él respondió que la expedición no tenía dinero.

—Además, el cacique guerrero ha escapado.

—Los mismos dos pies que se llevaron a ese demonio sanguinario al sur pueden traerlo de regreso; eso si es que de verdad se ha marchado.

Carlos no hizo el menor caso de mis preocupaciones. Como he dicho, era muy inteligente..., cuando se trataba de aprender de los libros.

—Encontraremos muchos lugares antiguos en las colinas Puuc en nuestro camino a la vieja ciudad de Chichén Itzá —me comentó cuando ya estábamos en viaje—. Sólo visitaremos un par de ellas, porque la expedición no puede durar eternamente. Muchos de nosotros estamos ansiosos por regresar a casa ahora que nuestro país ha sido invadido. Comprendes de qué lado lucharé, ¿verdad?

Era ciento por ciento español y lucharía contra los franceses. Noté que había dejado de hablar de Napoleón como alguien a quien admiraba y ahora se refería a los ejércitos del emperador como «invasores.» Todavía débil por sus ataques de fiebre, insistí en que montase en una mula. Fiel sirviente como era, caminaba a su lado, y de vez en cuando pisaba la bosta dejada por las mulas que nos precedían.

De noche, los mosquitos nos martirizaban tanto que cosimos las sábanas para convertirlas en sacos y dormíamos dentro, calientes y sudorosos como si tuviésemos una fiebre altísima. Unas diminutas moscas negras rodeaban los dobladillos de mis pantalones cada vez que daba un paso. Pero peor que las moscas y los mosquitos eran las garrapatas chupasangre, que nos atacaban desde la vegetación.

Para añadir a los horrores del reino de los insectos, había ejércitos de feroces hormigas negras cuya picadura era tan brutal como la de las enormes y peludas arañas negras que cruzaban el camino y parecían una mano ambulante. Y si los insectos no acaban contigo, también estaban las serpientes, que provocaban la muerte en un santiamén con una sola mordedura.

Debo admitir que las luciérnagas eran hermosas. Nunca había visto ninguna que se igualase con aquellas legendarias luminarias que habíamos encontrado en la ruta a Palenque y ahora en Yucatán. Volando por los oscuros corredores, eran un espectáculo deslumbrante. Carlos afirmaba que se podía leer un libro con la luz de tres o cuatro de ellas, y yo lo creí.

La primera parada que hicimos fue en las ruinas de Labná. La más imponente estructura de este antiguo lugar era un montículo piramidal de quince metros de altura cubierto de vegetación. Subimos a la pirámide, sujetándonos de las ramas y las lianas hasta llegar a una angosta cumbre. Una monumental estructura de veinte pasos de ancho y diez de fondo se levantaba en la cima. Una sección se había desplomado, pero aún quedaban tres grandes puertas y dos habitaciones enormes en el interior.

Lo más curioso del templo en la cumbre eran los cráneos tallados en la piedra. No sabía las respuestas a las preguntas de los eruditos sobre el nombre de las personas que habían construido la ciudad, pero había una cosa que sí sabía de su carácter:

—Su religión estaba plagada de violencia y muerte. ¿Por qué si no iban a tallar calaveras en su templo?

—Las calaveras y los esqueletos forman parte de muchas iglesias cristianas.

Supongo que era por eso por lo que yo lo llamaba erudito. Tenía respuesta para todo, incluso para los misterios del pasado.

A cuarenta pasos de la estructura piramidal había un impresionante edificio con una entrada en arco. La estructura, que Carlos llamó sencillamente la Puerta de Labná, era de tal mérito artístico, que bien podría haber servido como entrada de una catedral.

—Sorprendente —manifestó Carlos mientras retrocedíamos un paso y contemplábamos los magníficos edificios de piedra—. Este reino de serpientes y arañas fue una vez una orgullosa ciudad como muchas otras en esta región. Pero nos enfrentamos al mismo misterio que encontramos al estar delante de las pirámides de Teotihuacán: ¿quién las construyó? Aquí estamos en el medio de algo que una vez fue una ciudad, una comunidad construida por una raza inteligente y con talento, y ni siquiera una palabra de ella aparece en las páginas de la historia. —Estaba tan excitado que casi daba saltos—. ¡Piénsalo, este lugar será conocido por toda la eternidad por lo que escriba en mi enciclopedia! Mencionaré tu nombre, amigo, como uno de los primeros exploradores del lugar.

A los alguaciles del virrey les encantaría.

Acampamos en medio de las antiguas ruinas pero no conseguimos que ningún indio entrara en la ciudad de noche, y menos que acampara junto a nosotros.

—Fantasmas —dijo su jefe—. Los espíritus de los muertos viven aquí. Los lugares de piedra son sus casas. No salen durante el día, pero por la noche buscan a aquellos que violan sus dominios. Oímos su música. Una vez me acerqué para ver por qué sonaba la música y vi a los guerreros muertos bailando.

La verdad era que los indios sabían muy poco del pasado, excepto unas pocas historias que se contaban alrededor de las hogueras por la noche. Esto se hizo evidente cuando un indio que quitaba la maleza vio las facciones de piedra de un antiguo dios y comenzó a golpearlo con el hacha.

Carlos lo detuvo y le exigió una explicación. El hombre respondió que su sacerdote le había dicho que las antiguas figuras encarnaban al demonio y que debía destruirlas. Mi mentor se apartó, sacudiendo la cabeza.

—Pero ¿es que no comprenden que están destruyendo la historia?

Dedicamos dos días a explorar Labná antes de pasar a las grandes cavernas subterráneas que los indios llamaban cuevas de los demonios. Con lámparas que quemaban resina, descendimos por una grieta que había en el suelo. Había estado en cuevas antes en mis cacerías, pero nada como lo que veía al bajar a la guarida del demonio. A unos sesenta metros bajo tierra, llegamos a unas siniestras formaciones y fantásticas formas, conos que parecían grandes carámbanos que colgaban del techo y sobresalían del suelo. Carlos las llamó estalactitas y estalagmitas, «de la palabra griega que significa goteo», dijo, depósitos de minerales que goteaban. Los conos y las otras notables figuras parecían cobrar vida cuando la oscilante luz de nuestras lámparas iluminaba las extrañas formaciones.

Carlos y los demás miembros de la expedición se mostraron entusiasmados con la belleza de las cavernas, pero a mí me parecieron agobiantes y me sentí más tranquilo cuando volví a ver la luz del día.

Salí de las cuevas helado, a pesar del aire caliente y húmedo de la selva. Las siniestras cavernas me recordaban al infierno azteca que tantas veces había torturado mis sueños. Quizá los dioses aztecas estaban intentando decirme algo, ¿no?

CINCUENTA

Carlos me contó más cosas acerca de la tremenda historia de los primeros españoles en la región de Yucatán mientras cruzábamos la península.

—Colón nunca pisó el suelo del continente americano; sus movimientos se restringieron a las islas del Caribe. La península de Yucatán fue descubierta en 1508 por Juan Díaz de Solís y Vicente Yáñez Pinzón. Pinzón había capitaneado la *Niña* para Colón en el descubrimiento del Nuevo Mundo. Solís y él navegaron a lo largo de la costa de Yucatán, hasta una zona de América Central, en busca de un paso a la isla de las Especias. Por fortuna para Pinzón, él y Solís discutieron, y el primero regresó a España. Solís desembarcó mientras exploraba una zona ribereña en Sudamérica. Los indios charrúas los atacaron y los capturaron a él y a sus hombres, y se los comieron uno a uno a la vista de los demás marineros. Sólo un hombre escapó para narrar lo sucedido.

¡Ay! ¿Qué pensamientos habrían pasado por las cabezas de los marineros mientras miraban cómo cortaban, cocinaban y se comían a sus compañeros, sabiendo que no tardaría mucho en llegarles el turno? Y lo más importante, ¿cómo era el hombre que había escapado para contar la historia?

—Después de la derrota de Moctezuma, la Corona le dio a uno de los capitanes de Cortés, don Francisco de Montejo, la comisión real para conquistar a los pueblos de las «islas» de Yucatán y Cozumel. Montejo no tardó en descubrir que los indios de Yucatán eran los guerreros más feroces de toda Nueva España. Allí donde iba, encontraba resistencia. Como un tonto, envió a uno de sus capitanes, Dávila, a Chichén Itzá, de donde acabó por retirarse con muchas bajas. Después de años de lucha y pérdidas, hacia 1526 los indios habían expulsado a los españoles de Yucatán. Alrededor de 1542, dieciséis años después de que Montejo recibió la licencia real para conquistar Yucatán y veintiún años después de la caída de Moctezuma, los españoles habían conquistado lo suficiente de la región para ocupar con cierta seguridad las zonas alrededor de Campeche y Mérida.

Dejamos Mayapán y comenzamos la marcha a través de la selva hacia la ciudad que Carlos más deseaba ver: Chichén Itzá.

Me había instruido sobre la ciudad mientras viajaba.

—Me han dicho que Chichén Itzá es un lugar muy grande. —Apartó una garrapata de la pernera del pantalón—. Como hemos visto, en Yucatán hay muy poca agua. Los violentos aguaceros son muy frecuentes durante la estación de lluvias, pero el terreno de la península no retiene el agua. La única fuente de agua durante todo el año para gran parte de la región son los cenotes, agujeros en las formaciones de piedra calcárea. Chichén Itzá fue construido en el lugar de dos de esas reservas. Fueron los cenotes los que dieron a la ciudad el nombre: *chi*, que significa «boca», y *chén*, que significa «pozos». Itzá se refiere a la tribu que vivía allí.

—Así que el nombre significa «la gente que vivía en la boca de los pozos».

—Nadie lo sabe a ciencia cierta. No sabemos cuánto tiempo estuvo habitada la ciudad, pero calculamos que fue fundada hace mil años, quizá más o menos para el tiempo en que las hordas bárbaras asolaban los últimos restos del Imperio romano y los ejércitos de Mahoma se hacían con el norte de África y la península Ibérica. Para el momento en que conquistamos la región, la mayoría de las grandes ciudades habían sido abandonadas y la gente vivía en comunidades más pequeñas. Una vez más, no sabemos por qué razón se fugaron sus habitantes.

Nada me había preparado para las maravillas de la antigua ciudad llamada Chichén Itzá. Las ruinas cubrían más de una legua cuadrada, y la vegetación que ocultaba la mayor parte de las otras ciudades indias había sido retirada de los magníficos edificios en el corazón de las ruinas.

—Es extraño —comentó Carlos—. Alguien se ha tomado el tremendo esfuerzo de limpiar de vegetación El Castillo y otras estructuras.

La ciudad era un regalo para nuestros ojos, con maravillosos edificios que incluían un observatorio para el estudio del cielo nocturno. Una vez más me sentí impresionado por el poder y la gloria de una antigua civilización que había construido esos monumentos y, como Carlos señaló, lo habían hecho sin herramientas de metal para tallar ni bestias y carros con ruedas para la carga.

Nos detuvimos en un increíble campo de deportes, un lugar para jugar a un juego de pelota que Carlos llamó *pok-ta-pok*. El campo medía más de doscientos pasos de largo y unos cien de ancho.

—El *pok-ta-pok* era incluso más peligroso que el toreo —comenté. Le señalé un bajorrelieve en la pared que mostraba al vencedor de un partido sujetando la cabeza decapitada del derrotado.

El nombre de El Castillo para la pirámide de Chichén Itzá no se lo habían dado los indios, sino los españoles, que habían encontrado un parecido de la estructura con un castillo europeo.

Los edificios de piedra me parecieron tan extraños y siniestros como las oscuras y retorcidas formaciones en las cavernas que habíamos explorado. Buscar el camino a través de los matorrales y las plantas trepadoras para ver las otras ciudades que habíamos visitado me había distraído de la magnificencia de los lugares, pero con el centro de la antigua ciudad despejado ante nosotros, su grandeza me dejó atónito. ¿Cómo podían los indios, a los que siempre había tenido por unos vulgares salvajes, haber construido esa magnífica ciudad que ahora aparecía ante mis ojos?

El Castillo, me dijo Carlos, tenía unos veintisiete metros de altura.

—Noventa y un escalones en cada uno de sus cuatro lados y un escalón en la plataforma superior para un total de trescientos sesenta y cinco. Es el mismo número de días que tiene el año solar, el tiempo que tarda la Tierra en dar una vuelta alrededor del Sol. Los astrónomos mayas de ese período estaban mucho más avanzados que sus colegas europeos. ¿Ves ese elegante edificio de allí? Es el Observatorio, y es quizá donde los observadores del cielo contemplaban las estrellas y hacían sus cálculos.

Luego señaló la talla de una serpiente emplumada en lo alto de la pirámide.

—El dios Quetzalcóatl, la Serpiente Emplumada, conocido por los mayas como Kukulcán. Durante los equinoccios de primavera y otoño, las sombras proyectadas por el sol poniente le dan la apariencia de una serpiente que se desliza por los escalones del Castillo. Dicen que es una visión terrorífica.

Nos detuvimos junto a un cenote entre las ruinas. Era más un lago hundido que un pozo, de forma oblonga, de unos ciento cincuenta pasos de largo y un poco menos de ancho. Había una distancia de veinte metros desde la superficie del agua al borde donde nos encontrábamos.

—El culto del cenote —añadió Carlos.

—¿Señor?

—De la misma manera que las otras naciones indias creían que los dioses debían ser alimentados con sangre para apaciguarlos, los mayas también practicaban el sacrificio humano. Ataban a sus víctimas y las arrojaban a este cenote y también a otros en Yucatán. Tenían sacerdotes, llamados *chacs*, que sujetaban los brazos y las piernas de las víctimas del sacrificio. Hace un momento pasamos junto a una figura de piedra del tamaño real de un hombre tumbado sobre la espalda con la cabeza levantada y las manos sujetando un cuenco, el dios Chaac. Los corazones humanos eran depositados en su cuenco después de haber sido arrancados de los pechos de las víctimas.

Carlos dijo que los romanos, los hunos y otras tribus europeas, los cruzados, los verdugos de la Inquisición, los infieles de Mahoma y las hordas mongolas tenían pasados violentos. ¿Era propio de la humanidad buscar la satisfacción en la sangrienta matanza?

Incluso antes de que montásemos el campamento, el sargento y los otros soldados se habían unido a Carlos y el resto de la expedición en correr al cenote para darse un baño en las frescas y oscuras aguas. Podían disfrutar de su baño. No me importaba cuánto tiempo hubiese pasado desde que alguien había sido sacrificado en la piscina. Para mí estaba poblada de fantasmas.

Mientras nadaban, fui hasta la pirámide llamada El Castillo. Los escalones no estaban hechos para los débiles de corazón, pues eran casi verticales. Si bien habían quitado la mayor parte de la vegetación, una trepadora todavía podía engancharte un pie y enviarte cabeza abajo.

Había subido unas tres cuartas partes del camino cuando vi algo que me hizo detener, estupefacto. Los escalones superiores estaban manchados de sangre. Era sangre seca, pero en ese clima tan caluroso, la sangre podía secarse casi en el acto en cuanto tocaba las piedras calientes.

Me volví y miré hacia abajo como si esperara encontrar a mis nocturnos sabuesos del infierno a mi espalda.

Estaban.

Centenares de indios habían entrado en la zona despejada entre El Castillo, donde yo había subido, y el cenote donde se bañaba el resto de la expedición. Habían llegado en silencio, sin decir una palabra o romper una rama.

Además de su gran número, lo primero que me llamó la atención fueron sus trajes de combate, las lanzas, los escudos y los preciosos tocados. Los había visto antes; al menos había visto a sus hermanos espirituales. Tallados en muchas de las paredes de las ruinas indias que habíamos visitado, estaban esos guerreros del pasado, de los días en que los grandes imperios indios gobernaban lo que ellos llamaban el Único Mundo.

En el centro de la multitud india destacaba una figura, un guerrero con el más hermoso de los tocados, un gran despliegue de brillantes plumas verdes, amarillas y rojas.

No necesitaba presentación; debía de ser Canek, el cacique maya rebelde que había reunido a un ejército y revivía las «viejas costumbres». Alzó la lanza y gritó. De inmediato se oyó un tremendo alarido de los guerreros. Unos cargaron escalones arriba hacia mí, y los demás hacia el cenote.

Desenvainé el machete de la funda que llevaba sujeta a la espalda. Mientras los guerreros subían la escalera gritando como espectros del más allá indio, mi último pensamiento fue preguntarme cómo sería ver que se comían a mis compañeros uno tras otro mientras yo esperaba mi turno.

CINCUENTA Y UNO

Mientras la mayoría de los españoles veían a los indios como una raza físicamente atractiva, Canek era la excepción que confirmaba la regla. Era una bestia horrenda, con una nariz chata que dominaba su rostro, debajo de la cual sus dientes sobresalían en abanico por encima del labio inferior. Su enorme tronco y sus brazos larguísimos le daban una gran ventaja en alcance. Lo horrible de su apariencia sólo era superado por la ferocidad de su temperamento.

Fuimos hechos prisioneros y encerrados en jaulas de madera como bestias que esperan el matadero, lo que en realidad éramos. Las jaulas estaban colocadas en una larga hilera con tres o cuatro de nosotros en cada una. Yo estaba enjaulado con Carlos y el sacerdote inquisidor, fray Baltar.

Hacia el atardecer, abrieron la primera jaula de la hilera y sacaron a sus tres ocupantes. Les quitaron a los hombres las camisas y los pantalones.

—Ya comienza —le dije a Carlos.

El erudito no miró. Estaba sentado en un rincón con el rostro cubierto con las manos.

Baltar observaba, aterrado. De rodillas, con las manos aferradas a los barrotes de madera, yo miraba con firme determinación. De alguna manera saldría de allí y me llevaría a mi amigo conmigo.

En lugar de llevarse a los hombres escaleras arriba, los arrastraron hasta una hoguera. A uno de los hombres lo obligaron a acercar el rostro a las llamas lo suficiente para que respirase el humo de lo que fuera que estuvieran asando. Tan pronto como lo apartaron, parecía que sus rodillas no lo soportaban, incapaz de mantenerse de pie sin ayuda. Vi que en su rostro había desaparecido el terror que había desfigurado sus facciones un momento atrás.

—¿Qué hacen? —preguntó el inquisidor.

—Acaban con su resistencia. —No sabía qué sustancia capaz de dominar la mente utilizaban los mayas, pero una vez respirada, los hombres se mostraron pasivos y manejables.

Se llevaron al primer hombre por los escalones de El Castillo, un guerrero en cada brazo, sosteniéndolo, casi arrastrándolo porque no podía tenerse sobre los pies. En la base, otros dos guerreros le sujetaron las piernas y ayudaron a subirlo. En lo alto había tres mayas, uno de ellos vestido casi con la misma esplendidez que Canek. Deduje que eran el sumo sacerdote y sus ayudantes. Acostaron al hombre boca arriba en una lápida de piedra curva.

Mis manos temblaron cuando comprendí por qué era curva: forzaba a arquear la espalda y levantaba el pecho. Mientras los guerreros sujetaban al hombre, el sumo sacerdote se acercó gritando conjuros que eran desconocidos para mí mientras agitaba una daga con el filo de obsidiana.

Carlos comenzó a rezar. Fray Baltar lo miró por un momento pero estaba en exceso preocupado con el horror que se desplegaba ante nuestros ojos como para recordar su deber para con los moribundos.

El sumo sacerdote se echó hacia atrás y luego bajó los brazos, clavando la hoja profundamente en el pecho de la víctima; y la sangre brotó como un surtidor de la herida. Solté una exclamación y la cabeza me dio vueltas mientras el sumo sacerdote metía la mano en el agujero y sacaba el corazón todavía latiente del hombre, y luego levantaba el órgano chorreante de sangre bien alto para el entusiasmo de la multitud.

Carlos sollozaba detrás de mí. De todas las jaulas llegaron gritos de pánico, palabras de furia, oraciones. Solté los barrotes y le di la espalda a la locura mientras, uno tras otro, los eruditos españoles con sus mentes llenas de grandes pensamientos y el conocimiento de años eran llevados por los empinados escalones de la pirámide para ser sacrificados por los salvajes.

Después de la ceremonia «religiosa», donde su sangre fue ofrecida a los «dioses», celebraron su fiesta. Colocaron los cuerpos en el suelo a la vista de los que estábamos en las jaulas. Con cuchillos de obsidiana comenzaron a cortarlos como quien despieza a un animal, partiendo los huesos para separar los trozos. Yo no miraba, pero no podía apartar de mi mente la imagen de cuando le había aserrado la pierna al hacendado.

Sacrificaron y se comieron a algunos de nosotros todas las noches durante varios días. Carlos, el fraile y yo seríamos las últimas víctimas..., y no por azar. Habían identificado a fray Baltar como sacerdote —vestía los hábitos cuando lo capturaron—, y los sacerdotes eran considerados algo especial. Supongo que era como reservarse el mejor bocado para el final.

De los capturados en el cenote, Carlos había sido el único que había conseguido empuñar una arma y luchar con valentía. Había matado a uno de los salvajes antes de caer bajo los golpes. En sus mentes paganas era un digno guerrero.

Pero ¿qué ocurriría con don Juan de Zavala?... ¿Por qué me habían escogido? Mi carne era muy valorada porque había mostrado la más feroz resistencia. Había matado a cuatro de ellos con mi machete y causado graves heridas a cinco más antes de que me capturasen.

Carlos comprendía frases sueltas de su infernal lengua maya. Canek, dijo, había reclamado personalmente mi corazón, y el resto de mí, las partes comestibles, lo distribuiría entre los salvajes que finalmente habían conseguido capturarme.

Esas criaturas creían que comerse la carne de los hombres valientes les daba el coraje de esas personas. Los guerreros mayas que matamos también se los comieron para transmitir su coraje a los vivos.

—Nos vestirán como guerreros mayas cuando nos sacrifiquen —añadió Carlos—. De esa manera, los dioses sabrán que somos dignos guerreros.

—Debo darles las gracias a esos cabrones paganos por el honor —repliqué.

Después de ver cómo se comían a los miembros de la expedición y a sus propios guerreros muertos, lamenté no haberme cortado el cuello con mi machete en lugar de pelear.

Uno de los subalternos de Canek, un guerrero que, como ya sabíamos, hablaba un poco de español, se acercó a la jaula. Descubrí que el sacerdote inquisidor también sabía algo de maya porque comenzó a hablar en una mezcla de los dos idiomas.

Le pregunté a Carlos qué decía.

—Le está diciendo que está bien que nos coman a nosotros, pero que a él debería perdonarlo porque es un hombre sagrado.

No tuvo mucho éxito en transmitir su mensaje, porque el guardia sólo lo miró con una expresión estúpida.

—¿Es eso lo que te enseñaron en la Inquisición, a salvarte a costa de tu rebaño? —pregunté.

Estaba inclinado, con las manos en los barrotes de la jaula, de espaldas a mí. Se volvió el tiempo suficiente para dedicarme un gesto de la calle que yo no había utilizado desde que me habían echado del seminario. Le di una patada en el culo, por debajo de las nalgas, con la punta de mi bota machacándole los cojones. Su cabeza chocó contra la jaula y cayó, sujetándose sus partes masculinas y gritando a voz en cuello.

Los indios se acercaron a la jaula para disfrutar del espectáculo. No podía incorporarme completamente, pero les dediqué una reverencia lo mejor que pude.

—Desgraciados cabrones —dije—, él y los salvajes.

—Sólo intenta salvar su vida —manifestó Carlos.

—Eres demasiado bueno. Prestó juramento para cuidarnos a todos cuando vistió el hábito.

—Juró salvar nuestras almas, no nuestras vidas —me corrigió mi amigo.

—¿Y qué me dices de esas criaturas?... ¿Qué juramento hicieron ellos?

—El pacto de sangre. Sólo hacen aquello que creen que complacerá a sus dioses. ¿No es eso lo que hacen nuestras iglesias cuando nos queman en la hoguera por transgresiones reales o imaginarias? ¿Qué hacen los infieles cuando matan a las personas por no inclinarse hacia La Meca ocho veces al día? ¿Qué...?

Me incliné para sujetarlo de la pechera de la camisa.

—Amigo, éste no es momento para mostrarse comprensivo y hacer de erudito. Esos salvajes nos arrancarán el corazón y nos comerán vivos.

—Para derrotar a tu enemigo, debes conocerlo.

—¿Eso es algo que dijo tu héroe Napoleón?

Se encogió de hombros. Se lo veía pálido y débil. Había recibido una herida en la pelea con los indios y había perdido sangre. Le había quitado la punta de pedernal de una flecha de un costado de la pierna.

—No sé quién lo dijo. Quizá sea yo el primero. Pero lo que quiero decir es que despreciar a esas gentes como salvajes de nada te sirve. ¿Acaso nuestros conquistadores trataron a sus antepasados de manera diferente de como nos tratan ellos ahora?

—Sí..., quizá les robaron, los violaron y los mataron, pero, señor erudito, Cortés no se los comió.

Discutir con Carlos no tenía sentido. Desde que se había enterado del ataque francés a España y del levantamiento que había provocado, había cambiado. Era un admirador absoluto de todo lo francés, pero también un español. En su mente, había justificado espiar para los franceses llevado por la idea de que podía liberarlos de un incompetente rey español y ayudar a dar paso a la Ilustración. Pero Napoleón había puesto a su propio hermano en el trono y asesinado a aquellos españoles que se oponían al rey extranjero. Y eso haría hervir la sangre de cualquier patriota, la verdad.

Para Carlos, la traición de Napoleón a los españoles que le daban su apoyo había sido catastrófica. Quizá en su propia mente, ser asesinado y comido por los salvajes era un justo castigo. Para mí, el mundo era más sencillo. Yo no tenía ningún interés en los reyes y las guerras, en quién tenía razón o no, en quién era bueno o malo. Sólo quería que no me comiesen. Necesitaba encontrar un plan de fuga. Dado que Carlos siempre había respondido por mí, lo incluía en él. En cuanto a fray Baltar..., podía envenenar a los indios con su alma tóxica.

Los guerreros se apartaron de las jaulas y se reunieron junto al cenote, el profundo pozo de agua donde los miembros de la expedición estaban bañándose cuando los capturaron.

—¿Qué están haciendo? —le pregunté a Carlos cuando oí los gritos de entusiasmo.

—Uno de los nuestros, Ignacio Ramírez, un erudito de arte primitivo, tiene el pelo ondulado. Las ondas imitan las olas en el agua, por lo que los indios creen que los dioses del agua se muestran muy complacidos cuando sacrifican a alguien con el pelo ondulado. Para complacer a los dioses acuáticos, le están arrancando el corazón a Ignacio y lo lanzarán al agua.

Carlos hablaba con muy poca emoción. Bien podría haber estado describiendo las pinturas de la pared de un templo indio. De nuevo parecía resignado a su destino, como si mereciese ser comido vivo. Lo último que deseaba para mí era mi justo castigo.

A última hora de la tarde, los indios nos sacaron de la jaula y nos vistieron con las prendas de ceremonia que llevaríamos en nuestro sacrificio. Después de habernos encerrado de nuevo para esperar nuestro turno, aún quedaba una jaula con miembros de la expedición delante de nosotros. Le susurré a Carlos:

—Frótate con tierra las partes visibles de tu cuerpo para que no se vean tan blancas.

—¿Por qué? —preguntó.

—Para que puedas pasar por indio, al menos al amparo de la oscuridad.

Fray Baltar me oyó. Desde mi bien dado puntapié, se había mantenido en el lado opuesto de la jaula, mirando en mi dirección sólo para dirigirme miradas de odio.

—Voy con vosotros.

—No, señor inquisidor, necesitamos que te quedes por aquí y que te coman mientras nosotros escapamos. No te importará morir por tus hermanos, ¿verdad? Quizá si te sacrificas, Dios te perdonará por todos los males que has causado en su nombre.

—Dios te castigará —replicó, furioso.

—Ya lo ha hecho. Estar enjaulado contigo es un infierno.

Me hubiese gustado arrojar al fraile a los salvajes miembro a miembro, pero necesitaba que viniese con nosotros para impedir que denunciase mi plan.

Mientras dormitábamos en el calor de la tarde, Carlos me habló de una expedición anterior de conquistadores españoles que invadieron Yucatán en busca de tesoros. Los relatos de la abundancia de oro y plata atrajo a parte del ejército a Chichén Itzá, donde los indios los atacaron.

—La batalla duró todo el día, y murieron ciento cincuenta españoles mientras los demás buscaban refugio entre las ruinas. Esa noche, los españoles llevaron a cabo una serie de ataques sorpresa al campamento indio para perturbar su sueño. Por fin, poco antes del alba, con los indios agotados, los españoles ataron a un perro al badajo de una campana y pusieron un poco de comida algo más allá del alcance del perro. Antes, los españoles habían hecho sonar la campana de vez en cuando, para hacerles saber a los indios que todavía estaban allí. Pero esta vez, mientras el perro hacía sonar la campana en su intento por alcanzar la comida, los españoles aprovecharon para escapar en silencio.

Ese atardecer, mientras los indios juntaban apetito, bailando y bebiendo pulque, utilicé el trozo de pedernal que había quitado de la pierna de Carlos para cortar las lianas que utilizaban como cuerda para sujetar la estructura de la jaula y la abrí por un costado. Les metí prisa a Carlos y al sacerdote inquisidor para que me siguiesen, y los tres nos arrastramos hasta la montaña de maíz y los restos de las mazorcas comidas cerca de las jaulas.

Utilicé de nuevo el pedernal, esta vez con el metal de la hebilla de mi cinturón para encender las mazorcas secas. Nos apresuramos a extender el fuego, que una fortuita brisa convirtió en un infierno. Los indios corrieron hacia la hoguera. Vestidos como guerreros mayas, nos confundimos entre ellos y nos fugamos a través de la muchedumbre borracha.

Cuando ya estábamos lejos del grupo principal y nos disponíamos a entrar en la selva, fray Baltar se topó con un centinela. El indio lo miró. El sacerdote se volvió para señalarnos a Carlos y a mí. «¡Allí!», gritó en maya. ¡Ay!, debería haber obedecido mi primer instinto y haber degollado al sacerdote. Carlos y yo corrimos en la oscuridad hacia el interior de la selva, con el centinela persiguiéndonos con su lanza. A cubierto de los matorrales, me volví de pronto y me agaché para que el indio cayese sobre mí. Rodó sobre sí mismo, levantando la lanza cuando salté sobre él. La hoja me cortó el hombro izquierdo, pero cuando se volvió para ponerse a cuatro patas, me monté sobre su espalda, le rodeé el cuello con el brazo y empujé con la rodilla en la columna vertebral hasta partirle el cuello.

Ahora había más indios que se movían en la espesura. Sujeté a Carlos del brazo.

—¡Corre!

Corrimos, tropezando y cayendo a lo largo del camino, lo que hacía que nos demorásemos. Por fortuna, a los salvajes que nos perseguían tampoco les iba muy bien, y nosotros estábamos del todo desorientados sin saber qué rumbo tomar. Me aparté de los matorrales y continué dirigiendo a Carlos hacia las profundidades de la selva.

Cuando mi amigo ya no pudo correr más, lo ayudé a trepar a un árbol. Nos sentamos en las ramas más altas y escuchamos los gritos y las pisadas de los indios. Pero entonces el cielo abrió sus compuertas, y un tremendo aguacero se abatió sobre la selva, ocultándonos a nosotros y también nuestro rastro. Con un poco de suerte, muy pronto los indios se cansarían de chapotear en el agua.

Permanecimos en el árbol hasta la aurora, incómodos, pero conseguimos dormir de vez en cuando. No había oído ningún movimiento durante horas, y decidí que había llegado el momento de bajar.

Carlos cayó del árbol cuando llegó a los últimos tres metros. La herida en la pierna se había abierto, temblaba a causa de la malaria, y descubrí que tenía otra herida en la espalda. Había recibido otro flechazo allí, y no me había dado cuenta hasta que lo examiné a la luz del día. ¡Ay! La camisa y el pantalón chorreaban sangre. Había perdido demasiada sangre como para continuar. Mi herida era de poca importancia..., mientras no se infectase.

—Vete —me dijo—. Date prisa, puede que todavía nos estén buscando.

—No te dejaré.

Me sujetó por la pechera de la camisa.

—No seas tan idiota como siempre has creído que soy yo. Sé quién eres, don Juan de Zavala.

—¿Cómo...?

—En Teotihuacán, los alguaciles preguntaron por un hombre con ese apellido. Por la descripción, comprendí que eras tú. Además, caminas como un maldito caballero. Y esas botas... —susurró.

—Entonces está claro que no te dejaré. —Sonreí—. Tengo que llevarte a Mérida para que puedas reclamar la recompensa.

Tosió y la sangre escapó de su boca.

—La única recompensa que recibiré es una temporada en el infierno por traicionar a mí país —afirmó con gran dolor, y se colgó de mi camisa para acercarme—. Tienes que ir allí..., a mi ciudad, Barcelona. Llévate mi anillo, el relicario... Dáselos a mi hermana Rosa. Dile que yo estaba equivocado... Lo que ella hizo no es un pecado..., es la voluntad de Dios..., el sendero.

Nunca llegó a decirme lo que Dios había deseado para su hermana antes de toser una última vez y de que su vida lo abandonase en un único y largo suspiro.

Cavé un agujero lo mejor que pude y lo sepulté cubierto con ramas. Los animales lo encontrarían, pero no creí que a él le importara demasiado. Había entregado la vida, y ahora su única preocupación sería por su alma. Recogí los anillos, el relicario, los documentos de identidad y la bolsa de dinero de Carlos. Le dije adiós a mi amigo erudito saludándolo por su coraje y sus ideales, y desaparecí en la jungla.

Sabía que Mérida estaba en algún lugar al este de las ruinas, a varios días de viaje incluso para un hombre con buena salud. En mi marcha por la selva, las zarzas rasgaban mi piel, abriendo de nuevo la herida del hombro y haciéndola sangrar. Me asaba con el calor, me empapaba con los tremendos aguaceros y me moría de hambre. Me fui debilitando y me sentía cada vez peor cuando sufría los ataques de fiebre. Tambaleándome a través de la selva, apenas si sabía quién era o dónde estaba. Por fin, me desplomé y fui incapaz de levantarme. Mi mente soltó sus amarras y me hundí en un negro vacío.

Cuando desperté, la tierra temblaba y unos extraños sonidos llenaban el aire. Me dominó el terror, convencido de que el suelo se estaba abriendo, que un volcán explotaba debajo de mí. Me levanté y vi una bestia cornúpeta que me atacaba. Me arrastré fuera de su camino y encontré refugio detrás de un árbol. La «bestia cornúpeta» fue seguida por varias docenas más —eran reses— arreadas por unos vaqueros.

Uno de los jinetes me vio y casi se cayó del caballo. Gritó, pasmado:

—¡Un fantasma!

—¡No! —grité a mi vez—. ¡No soy un fantasma, sino un español! —y luego me desmayé de nuevo.

CINCUENTA Y DOS

Desperté en una choza cerca de la casa de una hacienda. El propietario vivía en Mérida, y el mayordomo había ido a visitarlo. La esposa del mayordomo, un solitario ángel de la misericordia, atendió mis heridas. Tan pronto como estuve lo bastante recuperado como para sentarme, ella se metió en mi cama para asegurarse de que mi hombría estaba intacta.

Cuando pude levantarme, un vaquero me ayudó a montar en una mula. Cabalgué detrás de él y me llevó hasta el pueblo más cercano. Los únicos médicos de todo Yucatán estaban en Mérida y Campeche, así que el párroco atendió mis heridas lo mejor que pudo. Creían que era un español, un tal Carlos Galí, un caballero y erudito de Barcelona. Habían tenido noticias de la desafortunada expedición. El párroco no sabía de otros supervivientes.

Durante una semana viví en una choza de la aldea, una única habitación construida con paredes de palos y un techo inclinado de hojas de palma. Dormía en una hamaca y bebía agua de un cántaro después de esperar a que los insectos se hundiesen hasta el fondo.

Era una aldea tranquila, igual que todas las demás por las que había pasado la expedición. Durante las calurosas tardes, a la hora de la siesta, los indios se balanceaban en las hamacas a la sombra de sus chozas mientras un hombre en un portal rasgueaba una guitarra de fabricación casera. Los perros, las gallinas y los niños desnudos cubiertos de tierra jugaban en la calle.

Cuando estuve en condiciones de viajar, cuatro de los pobladores me llevaron a Mérida en una improvisada litera, porque los caballos y las mulas eran mucho más valiosos y caros que los hombres. Los aldeanos colocaron dos palos lado a lado, separados un metro entre sí, y los unieron a unas barras atadas en cada extremo con cáñamo. Luego pusieron una estera entre los palos. Cuando acabaron, los cuatro hombres la levantaron para ponérsela sobre los hombros acolchados.

Camino a Mérida, pasamos junto a grandes carromatos cargados con cáñamo y tirados por mulas. El cáñamo, que después sería tejido en cuerdas, era la principal cosecha de la región.

Mérida era una ciudad atractiva con edificios bien construidos y grandes casas con balcones y patios, algunas de ellas de dos pisos, con balcones en las ventanas. La mayoría, sin embargo, eran de piedra, de una sola planta. Como la mayor parte de las ciudades coloniales, tenía una gran plaza central que medía más de doscientos pasos en cada dirección. A la plaza daban la iglesia, el palacio y las oficinas obispales, así como el palacio del gobernador y sus funcionarios. Las calles principales que salían de la plaza estaban bordeadas por casas particulares y negocios. Cerca se alzaba el castillo, una fortaleza con los muros de piedra gris.

Una de las características más sorprendentes de Mérida eran los carruajes. Había visto unos parecidos en Campeche y me habían dicho que eran únicos de Yucatán. Se llamaban calesas y eran los únicos vehículos con ruedas en la ciudad, grandes artefactos de madera, pintados casi todos ellos de rojo, con brillantes cortinas multicolores. Esos extraños vehículos eran tirados por un único caballo con un niño que lo montaba.

Cuando recorrían la Alameda, las calesas iban ocupadas por dos o tres damas, españolas por supuesto. Las mujeres no llevaban sombreros ni velos, sino que se arreglaban los cabellos con flores. Se comportaban con una modestia y una sencillez que las mujeres de las ciudades del norte no tenían. Las numerosas indias y mestizas que había en las calles —siempre discretas, a menudo bonitas— también carecían de la sofisticación de las mujeres de las grandes ciudades como la capital y Guanajuato, pero lo compensaban con su sencillo encanto y su sinceridad.

Mérida me recibió como un héroe. Creían que yo era Carlos, y dado que el rey autorizaba la expedición, también creían que el virrey reembolsaría al gobierno local cualquier gasto que efectuase.

Después de una semana en Mérida fui llevado en diligencia al puerto de la ciudad, Sisal. El viaje llevaría todo un día, y yo ansiaba marcharme de allí. Las noticias llegaban muy tarde a Mérida, que estaba en el extremo más lejano de la colonia, pero había oído numerosas historias de conspiraciones francesas para apoderarse de Nueva España. Ahora yo era Carlos, el hombre que sabía que había espiado para los franceses. Deseaba marcharme antes de que me colgasen por sus crímenes..., o por los míos propios si me descubrían. No había ninguna nave que zarpase para La Habana. Mi mejor alternativa, aunque lejos de ser perfecta, era España, y en Sisal la chalupa me transportó hasta la nave con destino a la Península.

España, en muchos sentidos, era como decir el «paraíso». Como indiano, me había criado en la creencia de que la península Ibérica, donde estaban España y Portugal, y el jardín del Edén eran una misma cosa. Hubiese abordado el barco con mayor entusiasmo de no haber temido la recepción europea.

La guerra desgarraba España con el pueblo luchando contra el temido Napoleón, uno de los grandes conquistadores de la historia. Yo iba a España disfrazado de Carlos Galí, un erudito en una expedición de una monumental importancia científica...

Un hombre que había escapado heroicamente de una horda de caníbales...

Un hombre que era un espía francés.

La úlcera de Napoleón

El español es valiente, atrevido, orgulloso; es el perfecto asesino. Esta raza no se parece a ninguna otra. Se valora sólo a sí misma y ama a un único Dios, a quien sirve muy mal.

GENERAL BEURNONVILLE
(ejército de Napoleón)

CINCUENTA Y TRES

Madrid, 2 de mayo de 1808

Paco, un mocoso de doce años, salió de su covacha y caminó por la calle, ocupado en roer un pequeño trozo de carne grasienta pegada al hueso que le había dado una vecina cuyos orinales vaciaba. Su madre había muerto, y estaba casi librado a sus propios medios. Vivía con su padre, que paleteaba bosta en un establo, pero el hombre era un ausente que a menudo no regresaba a casa después del trabajo. Paco estaba acostumbrado a salir por la mañana para buscar a su padre, que dormía la borrachera en alguna cuneta.

El chico era alto y desgarbado para su edad, casi tan alto como la mayoría de los hombres, pero delgado hasta lo esquelético porque casi nunca tenía bastante para comer. Se dirigió hacia la plaza de la Puerta del Sol, como hacían otros miles de madrileños desde todas las direcciones. Desde allí, la multitud seguía por la calle Mayor y la calle Arenal, que llevaban al palacio de Oriente. Paco, que se dejaba llevar por la muchedumbre, escuchaba las excitadas conversaciones, las airadas palabras y las protestas por la captura del rey, la reina y el príncipe de la Corona española después de que Napoleón los invitó a Francia con una excusa y la siguiente jugada francesa contra la soberanía española: la captura del infante Francisco, que ahora sería trasladado a Francia.

Paco escuchaba las furiosas palabras a su alrededor sin ser consciente de que él y aquellos que lo rodeaban muy pronto iniciarían seis años de una guerra sin cuartel en la Península, una guerra que acabaría con los sueños imperiales de uno de los grandes conquistadores de la historia.

Con el pretexto de preparar una invasión conjunta de Portugal, las tropas francesas habían ocupado Madrid y otros puntos clave a través del país. Ahora las pasiones del pueblo ardían ante la traición francesa. Se burlaron y gritaron contra el general Murat, jefe de la ocupación francesa de la ciudad, cuando entró en Madrid en su carruaje dorado. Murat tenía bajo su mando a treinta y seis mil soldados frente a tres mil españoles. Además, los delegados del rey habían ordenado al ejército que permaneciese en sus cuarteles y no se opusiera a la ocupación francesa.

«¡Vergüenza, vergüenza!», gritaba la gente al oír que su ejército no lucharía para defender a la nación y que los soberanos habían renunciado a sus derechos a cambio de generosas pensiones.

Los ricos grandes de España se sumaron a la cobardía de los monarcas al aceptar la conquista francesa del país, en parte porque Napoleón les habían prometido que podían conservar sus bienes, sus privilegios y su poder. De las instituciones políticas de España sólo la Iglesia, que Napoleón había degradado y saqueado en otras partes de Europa, se oponía a la ocupación.

«¡Se llevan a nuestro Paquitito!», oía el chico repetidamente. El príncipe Francisco, el hijo menor del rey Carlos, estaba alojado en el palacio real. Había corrido la voz entre la multitud de que el joven príncipe sería llevado en carruaje a Francia. El infante de nueve años era muy apreciado por el pueblo de Madrid, que lo llamaba por el afectuoso diminutivo de Paquitito.

Aunque su padre lo llamaba Paco, el pilluelo de doce años, como el príncipe, también se llamaba Francisco. En un momento de la marcha con la enardecida multitud, vio a las tropas francesas de caballería e infantería tomar posiciones junto a una hilera de cañones. Aunque algunas personas expresaron su temor a la vista de los soldados, en ese día el impresionante despliegue de tropas sólo inflamó la cólera de la multitud.

Cuando llegó a la plaza, Paco trepó a una estatua frente al palacio para ver mejor. A un lado, las tropas francesas desplegadas en cuadros, los mosquetes preparados, y una hilera de dragones con sus caballos evitaban que la multitud se dispersara. Detrás de las líneas de infantería estaban los cañones.

Los carruajes esperaban delante de la entrada del palacio. Los gritos de «¡Se llevan a Paquitito!» sonaron entre la multitud. Aquellos que estaban más cerca de los carruajes comenzaron a cortar los arneses con los cuchillos. Sin previo aviso, los cuadrados franceses abrieron fuego. Disparaba la primera línea de tropa, y luego hincaban una rodilla en tierra para recargar mientras la segunda y la tercera fila seguían el mismo ritmo. Las balas de mosquete destrozaban a la multitud. Una bala atravesaba a una persona y luego a otra, y en ocasiones incluso mataba a una tercera. Después de que las tres filas hubieron disparado, los mosqueteros se perdieron detrás de los cañones.

Las piezas de artillería dispararon a quemarropa contra la abigarrada multitud, la metralla y las balas hicieron pedazos a los manifestantes. Encaramado en la estatua, Paco se quedó de piedra, con la boca abierta. La sangre, los huesos y la carne de los hombres, los destrozados cuerpos de mujeres y niños yacían dispersos sobre los adoquines.

Tan pronto como los cañones dejaron de disparar, los mosqueteros se adelantaron para disparar otra serie de descargas que mataron a centenares de personas. Cuando se apagó el eco de la última descarga, la caballería se lanzó al ataque, persiguiendo a la gente que corría dominada por el pánico. Mataban a los perseguidos con sus sables y arrollaban a los que caían con los caballos. Después de que las tropas montadas dejaron atrás la estatua, Paco bajó para regresar a su casa entre el pánico y el caos. Las personas en la calle eran hombres frenéticos y cubiertos de sangre que buscaban a sus esposas, las mujeres llamaban a gritos a sus hijos.

Muy pronto, sin embargo, vio que otro espíritu se alzaba de entre la masa: a medida que desaparecía el pánico, lo reemplazaba una furia feroz. Hombres y mujeres salían de sus viviendas empuñando cuchillos de cocina, hachas, garrotes, cualquier cosa que pudieran emplear como arma. Las mujeres y los niños estaban en los balcones y los tejados para lanzar piedras contra las tropas que avanzaban.

El chico miró con asombro mientras personas que él sabía que eran panaderos, empleados, trabajadores de establo y camareras desafiaban a las tropas de élite francesas con utensilios de cocina, piedras y, en ocasiones, con las manos desnudas. Muy pronto su asombro se transformó en rabia y horror al ver cómo caían los ciudadanos con las descargas de los mosquetes y eran pisoteados por los caballos o muertos a golpes de sable por los dragones a la carga.

Paco siguió a un grupo que corría hacia los cuarteles de una pequeña unidad de artillería del ejército español. Un capitán salió a su encuentro y les gritó primero que tenían órdenes de no enfrentarse a los franceses en batalla. Cuando la caballería francesa entró en la zona, pisoteando y matando a todos aquellos que encontraban en su camino, el capitán cedió y ordenó que cinco cañones apuntasen a las tropas francesas que avanzaban. Los artilleros dispararon una salva, y luego otra andanada que causó estragos entre las filas atacantes y las obligó a retroceder.

Los cañones españoles continuaron disparando hasta que los franceses izaron la bandera blanca de parlamento y el capitán español fue invitado a una conversación. Un oficial superior francés esperaba al capitán de artillería delante de un pelotón de mosqueteros con las bayonetas caladas. Paco vio cómo el capitán, llamado Laoiz, se adelantaba para discutir los términos con el oficial francés. De pronto, el general gritó una orden. Los mosqueteros con las bayonetas apuñalaron al capitán hasta la muerte, y la caballería cargó contra las posiciones de la artillería española, cogiendo a las dotaciones por sorpresa.

Aturdido, Paco dejó la matanza en los cuarteles de artillería y se dirigió hacia la casa donde vivía con su padre indigente. Incluso mientras los combates estallaban a su alrededor, los civiles con burdos implementos y armas improvisadas luchaban contra las mejores tropas de la mayor potencia militar de la Tierra. Ya se acercaba al edificio cuando oyó otro grito de furia que sonaba a su alrededor. ¡Mamelucos!

Se quedó inmóvil y boquiabierto cuando cargaron contra la multitud, las infames tropas de infieles cuyo propio nombre sembraba terror en los corazones españoles. Las salvajes y asesinas tropas francesas musulmanas del norte de África cargaron contra la multitud, matando a la gente con sus cimitarras curvas.

¡Tropas musulmanas atacando a los españoles! Paco había sido criado en la convicción de que los árabes eran demonios. Los reyes españoles habían luchado durante setecientos años para expulsar a los infieles de la Península. Ahora los franceses los estaban enviando a matar cristianos.

Paco nunca había ido a la escuela, pero por la charla de la calle sabía algo de la historia de los infames guerreros, aunque no sabía que la palabra «mameluco» significaba «esclavo» en lengua árabe. Los mamelucos originales eran unidades de esclavos que luchaban para los sultanes y algunas veces se convertían en guardias de palacio. A menudo eran cristianos, capturados y esclavizados. Como los guardias pretorianos de los césares, los mamelucos acabaron por convertirse en los verdaderos gobernantes de los reinos turcos y árabes, y los sultanes en unos meros fantoches. Algunas veces los generales mamelucos habían asumido los tronos reales. Napoleón se había encontrado con esos feroces guerreros durante su campaña egipcia, y había acabado por incorporar pequeñas unidades en sus ejércitos. Sin embargo, los mamelucos eran tan feroces e incontrolables que nunca los había desplegado al máximo.

Paco observó mientras las mujeres en el tejado de una casa arrojaban piedras a las tropas. Tres mamelucos desmontaron y entraron en la finca. El muchacho sabía lo que ocurriría en el interior: las mujeres serían violadas y asesinadas. Era la casa de la mujer que le había dado el hueso.

Su mirada recayó en un cuchillo de cocina que había en la cuneta. Lo recogió y entró a la carrera en la casa. En la escalera, una mujer que gritaba a voz en cuello se defendía de un mameluco que le arrancaba la ropa. Un joven que Paco reconoció como hermano de la mujer yacía muerto en el suelo.

El chico corrió escaleras arriba y apuntó con su cuchillo a la columna vertebral del infiel, pero en cambio la hoja se hundió en el ancho cinturón de cuero que rodeaba la cintura del hombre. Arrancó la hoja mientras el mameluco se volvía. Paco vio el filo de la espada curva que se acercaba a él, sólo un destello de luz en la cimitarra antes de que golpease contra su cuello.

CINCUENTA Y CUATRO

Zaragoza

Era casi mediodía. María Agustina había oído el continuo bombardeo mientras caminaba por la callejuela y desembocaba en el bulevar que llevaba al Portillo de Zaragoza. Tenía veinte años y el asedio francés a la ciudad era su primer recuerdo de guerra. Llevaba una cazuela de estofado y una jarra de vino tinto aguado para el joven artillero del que se había enamorado.

Zaragoza se levantaba junto al Ebro, el río más caudaloso de España, a unos trescientos veinte kilómetros al nordeste de Madrid. El Portillo no era la única puerta de la ciudad asediada; la atacaban por los cuatro costados. La guerra había llegado a Zaragoza a mediados de junio, menos de dos meses después de que el pueblo de Madrid se hubo levantado contra los invasores franceses. El 2 de mayo había sido el día en que los madrileños habían combatido con bravura pero inútilmente contra las tropas napoleónicas, los hombres luchando con poco más que palos y piedras, las mujeres y los niños arrojando piedras y vertiendo agua caliente desde los tejados y los balcones. Al día siguiente, los franceses, furiosos, se habían cobrado la revancha, arrestando a la gente en las calles o sacándolos de sus casas caprichosamente para arrastrarlos a la muerte detrás de los caballos, ahorcándolos o fusilándolos con pelotones reunidos a la carrera. Murieron miles de madrileños, pero el convencimiento del general francés de que matando a los civiles conseguiría que la población se acobardara resultó ser un tremendo error.

Lejos de intimidar al pueblo español y obligarlo a la sumisión, las noticias de las atrocidades, cuando se conocieron por todo el reino, despertaron un espíritu de desafío. Las propias fechas —2 y 3 de mayo— se convirtieron en gritos de resistencia. Por todo el país, en ciudades, pueblos y aldeas, el pueblo llano de España se enfrentó a los invasores no como una población intimidada por las tropas francesas, sino como ciudadanos-guerreros dispuestos a luchar y morir por su patria.

Como todo el mundo en la ciudad, María Agustina había oído hablar de las brutalidades cometidas por los franceses no sólo en Madrid, sino por toda España, mientras el pueblo se levantaba contra los invasores. Los soldados franceses atacaban las casas, las iglesias y los conventos, torturaban y asesinaban a los ocupantes para robarles sus posesiones y violar a las mujeres. Las ciudades que habían intentado cerrar sus puertas eran asediadas y saqueadas. Los generales franceses cargaban sus carruajes personales con los tesoros de la nación española y sus grandes catedrales.

Si bien las historias la asustaban, también alimentaban su furia y su decisión. La presencia de los desalmados invasores había desatado algo más en ella, como lo había hecho en la mayoría de sus compatriotas: una feroz pasión por expulsar al enemigo.

Al salir por la puerta, el cierzo, el helado viento del norte, castigó sus manos desnudas y su rostro. Inclinó la cabeza y se agachó para llegar a la batería donde estaba apostado su amante. Al acercarse, se detuvo y soltó una exclamación, la batería estaba en silencio. Su amante estaba tumbado en el suelo, inerte. Toda la dotación había muerto o agonizaba a causa de las mortales heridas.

Dejó caer las viandas y corrió hacia su amante. Al hacerlo, las balas de mosquete silbaron junto a sus oídos. Con la pieza de artillería silenciada, una columna de tropas francesas avanzaba hacia la puerta indefensa, disparando en el tradicional orden de uno-dos-tres, al tiempo que avanzaban. Las tropas españolas y las irregulares no podían hacer otra cosa que mantener las cabezas agachadas.

Uno de los camaradas de su amante, incapaz de hablar por las heridas, señaló la «cerilla» utilizada para disparar el cañón. La pieza de metal con la puñta de madera estaba a su lado, en el suelo. María Agustina la recogió y encendió la madera en el brasero que había para ese propósito. Con las balas de mosquete rebotando en los adoquines, corrió hacia el cañón y acercó la cerilla a la carga de pólvora. La pieza estaba cebada y cargada con clavos de herradura. Cuando disparó, una letal lluvia de clavos cortó la columna de veinte hombres de ancho y cuarenta de fondo que avanzaba como una guadaña. La metralla abrió un gran boquete en las filas enemigas. El cañonazo aniquiló gran parte del frente de la columna matando o hiriendo hasta la décima fila. Por la gracia de Dios y la diosa Fortuna, había sido un disparo perfecto que había liquidado las filas francesas.

El ruido, la confusión y el retroceso del cañón tumbaron a María Agustina. La muchacha se levantó de un salto cuando se despejó el humo. Confusa, apenas consciente de lo que hacía, recogió un pesado mosquete. No sabía cómo cargarlo, ni siquiera si el que empuñaba estaba cargado.

—¡Tenemos que luchar! —les gritó a los soldados que permanecían ocultos, y avanzó, caminando sola hacia la columna francesa. Animados por el valor de la heroína, sus compatriotas se levantaron y siguieron su ejemplo.

—¿Me estás diciendo que una joven arengó a los hombres en el Portillo y dirigió la lucha que salvó la ciudad?

El general Palafox, comandante de las tropas españolas y los irregulares que defendían Zaragoza, miró asombrado a su ayudante.

—Fue un milagro —afirmó el ayudante—. La voluntad de Dios.

—Otro milagro —murmuró Palafox—. Al parecer, estamos en la ciudad de los milagros, y uno de ellos es que los franceses no hayan conseguido tomarla y matarnos a todos.

Había recibido la noticia al salir de la iglesia. Ahora se alejaba del templo con el ayudante a su lado.

—Desearía poder dejarle la defensa de la ciudad a Dios —comentó el general—, pero he aprendido que Dios espera que libremos nuestras propias batallas.

Palafox había sido herido y desmontado en un anterior combate contra los franceses, cuando había intentado detener el avance contra la ciudad con una batalla a campo abierto. No obstante, era un hombre dotado de un espíritu indomable y había asumido la defensa de la metrópoli a pesar de su herida. Formaba parte del pequeño grupo de generales españoles que habían reunido ejércitos improvisados para enfrentarse a los invasores. Se horrorizaba al pensar que las tropas regulares de Madrid se habían mantenido al margen y dejado que los franceses mataran al pueblo. Superados en número en una relación de doce a uno, tenían las órdenes de no resistir, pero nunca deberían haber permitido que las tropas francesas matasen a los civiles.

Las autoridades que no habían resistido a los invasores ya no estaban al mando. Por toda España, el pueblo se había levantado y depuesto —o matado— a los líderes que habían sido demasiado tímidos con los franceses o se habían puesto de su lado.

Antes de invadir España, Napoleón había enfrentado a sus tropas contra los ejércitos profesionales de otros monarcas, y aseguraba que sus guerras eran una cruzada para propagar el evangelio de la revolución. En España se había encontrado con una resistencia masiva por parte de la propia gente a la que Napoleón afirmaba estar «liberando».

Pocos oficiales españoles de alto rango se habían unido a la guerra del pueblo contra los invasores. La mayor parte de las tropas regulares que luchaban contra los franceses eran oficiales subalternos y soldados rasos. Los insurgentes reclutaron a Palafox cuando se levantaron en armas después de que la familia real abandonó España. Para luchar contra los franceses, el pueblo llano de Zaragoza —en su mayoría estudiantes, tenderos, empleados y trabajadores— había expulsado a las autoridades de la ciudad. Las clases altas habían aceptado a los invasores y, a cambio, se les había permitido conservar sus riquezas, su poder y sus posiciones de privilegio.

Otros dos milagros habían ocurrido antes del episodio en el Portillo: uno, casi dos mil años antes. El nombre de Zaragoza derivaba de la denominación romana, Caesar Augusta. No mucho después de la Crucifixión —cuando el Imperio romano estaba en su apogeo y la cristiandad en su momento más bajo—, el apóstol Santiago el Mayor había tenido una visión en Zaragoza de la Virgen María descendiendo de los cielos. Estaba de pie en un pilar de mármol. La Virgen desapareció cuando el pilar tocó el suelo, pero éste permaneció.

El pilar estaba ahora entronizado en la catedral de la ciudad, la basílica de Nuestra Señora del Pilar. Sus habitantes se referían a la iglesia simplemente como la «del Pilar».

El segundo milagro había tenido lugar poco antes de que los franceses montasen el asedio. Durante la misa de mediodía en la basílica, los feligreses afirmaban que habían visto una «corona real». Palafox no estaba presente, pero algunas personas le habían dicho que la visión se había materializado en una nube por encima de la catedral, en tanto que otros afirmaban que había aparecido sobre el altar. En cualquier caso, la visión había tenido un profundo efecto en la ciudad. Los rebeldes y el clero antibonapartista dijeron que la corona era una señal de Dios, que daba su apoyo a Fernando para el trono de España. Incluso algunos manifestaban que la corona llevaba una inscripción que decía «Dios apoya a Fernando».

Los insurgentes se echaron a las calles, atacaron la residencia del gobernador militar, lo hicieron prisionero y ocuparon el castillo de la Aljafería, donde había un arsenal. La demostración antifrancesa y de unidad nacional acabó en la casa de Palafox, con el reclamo de que se hiciese cargo de la defensa de la ciudad.

Cuando Palafox oyó la noticia de la heroicidad de una joven que había detenido a los franceses en el Portillo, se sintió dominado por el orgullo. Aun así, sabía que detener a los franceses aquí y allá no era suficiente para salvar la ciudad. Si no atravesaban esa puerta, con sus tropas profesionales y la artillería, no tardarían en derribar las defensas en algún otro lugar.

Al entrar en su cuartel general, un mensajero aterrado llegó con la noticia de que el ejército francés, después de bombardear la ciudad despiadadamente con cuarenta y seis cañones, había acabado con las defensas en la Puerta del Carmen y estaba entrando en la ciudad. Al tiempo que rogaba para que se produjese otro milagro, fue al frente de batalla para dirigir la defensa. Sus hombres resistieron y les hicieron pagar muy caro a los franceses cada palmo que avanzaban.

A lo largo de los días siguientes, la batalla por la ciudad se libró calle a calle, edificio a edificio, en feroces combates callejeros. Había que tomar cada casa, a menudo con la familia que vivía allí luchando hasta el último suspiro con las mujeres y los niños uniéndose al combate junto con los reclutas novatos que componían la mayor parte del ejército de Palafox.

Las frustraciones del general en la defensa de una gran ciudad contra las tropas bien preparadas de Napoleón, con sus voluntarios sin formación y mal equipados, eran múltiples. Había organizado la defensa con un esfuerzo sobrehumano. El hecho de que su enemigo hubiese puesto de rodillas a la mayor parte de Europa creaba una gran presión psicológica.

Al poco de comenzar el asedio, el general francés Lefebvre-Desnouettes había atacado y tomado el monte Torrero. Con las baterías colocadas a esa altura, Lefebvre-Desnouettes podía bombardear la ciudad a placer. Palafox se había enfurecido tanto ante el fracaso del comandante del monte Torrero que lo había mandado ahorcar en la plaza pública de Zaragoza.

Con casi media ciudad ocupada después de la caída de la Puerta del Carmen, el general francés Verdier, que había asumido el mando del asedio, envió un mensajero con bandera de parlamento al general Palafox, con una sola consigna: «Rendición.» Palafox miró la palabra escrita en un trozo de papel. Cogió pluma y tinta y escribió la respuesta: «Guerra a cuchillo.»

Cuando el general Verdier leyó la respuesta de Palafox, sacudió la cabeza y le preguntó al mensajero:

—¿Qué quiere decir con «guerra a cuchillo»?

—Que no hay rendición —explicó el mensajero—. No se da ni se pide cuartel. La lucha será a muerte.

Una vez más estallaron los combates, y los ciudadanos atacaron a los franceses en masa. No se daba ni se pedía cuartel, y la sangre corría por las calles. Hombres, mujeres y niños gritaban «¡Viva María del Pilar!» cuando cargaban contra los disparos de los mosquetes y los cañones del enemigo o lanzaban piedras y agua hirviendo desde las ventanas y los tejados. Los animaban los sacerdotes que a menudo dirigían los contraataques. Los franceses gritaban «*Vive l'empereur!*» para proclamar la omnipotencia de su emperador.

Finalmente, agotados, desanimados e impresionados por la bravura de los ciudadanos que habían luchado contra ellos a cuchillo, los franceses se retiraron. Verdier, furioso ante la derrota, bombardeó la ciudad de forma implacable hasta agotar la munición de artillería antes de marcharse.

El general francés Lannes le escribió a Napoleón: «El sitio de Zaragoza de ninguna manera se parece a la guerra que hemos librado en Europa hasta ahora. Es un arte para el que necesitamos una gran prudencia y una gran fuerza. Estamos obligados a tomar una casa cada vez. La pobre gente se defiende allí con una desesperación imposible de imaginar. Señor, es una guerra horrible...»

ODA DE LORD BYRON A LA DONCELLA DE ZARAGOZA

Lord Byron estuvo en España durante parte de la guerra contra los franceses. Después de escuchar el relato de cómo María Agustina había salvado la ciudad dirigiendo un improvisado ataque después de encontrar a su amante muerto, escribió de Agustina, *la Doncella de Zaragoza*, en su poema autobiográfico *Las peregrinaciones de Childe Harold*:

> *Vosotros los que escucháis con sorpresa la historia de sus hazañas, si la hubieseis conocido en días de paz, habríais admirado sus ojos más negros que su mantilla, sus melodiosos acordes que resonaban en los bosquecillos testigos de su amor, los rizos colgantes de una cabellera que desafiaba el arte del pintor, su talle aéreo y su gracia divina; pero, ¿hubierais podido creer que las torres de Zaragoza la verían sonreír cierto día ante la aproximación del peligro, capitanear soldados y dirigir la peligrosa lucha en busca de la gloria?*

Su amante cae exánime... ella no derrama una sola lágrima inútil; fenece su jefe... ella es quien ocupa su puesto fatal; los soldados retroceden... acude y les corta el paso en su huida cobarde; finalmente, es rechazado el enemigo... ella es la que guía a los vencedores: ¿quién podría guardar mejor la sombra de su amante? ¿Quién podría vengar la muerte de un jefe, devolviendo la esperanza a los guerreros consternados? ¿Quién sería capaz de sentir como ella el odio contra los franceses obligados a huir ante el brazo armado de una mujer, frente a una muralla medio derrumbada?

No es, sin embargo, la hija de España de la raza de las amazonas; puede decirse que el Amor la formó para valerse de ella en sus seductores jugueteos [...]

CINCUENTA Y CINCO

Andalucía, diciembre de 1808

En la áspera región montañosa de Sierra Nevada en Andalucía, en el sur de España, un sacerdote hizo una pausa en la carretera para rezar. Delante de él, de una rama baja los franceses habían ahorcado a toda una familia —un hombre, una mujer y sus dos hijos adolescentes— en represalia por la muerte de un correo. Pero las tropas de Napoleón no habían ahorcado a la familia porque hubiesen atacado al mensajero, sino porque estaban allí..., a mano. Las fuerzas francesas tomaban represalias contra tales objetivos de conveniencia con una crueldad rutinaria.

Siete meses después del 2 de mayo, la batalla por España se había convertido en una guerra salvaje, con muertes y represalias por parte de ambos bandos a la orden del día. En Pamplona, los franceses habían fusilado sumariamente a tres patriotas españoles a los que habían descubierto fabricando armas en secreto en una iglesia, y colgado sus cuerpos donde los habitantes de la ciudad pudiesen verlos. A la mañana siguiente, el comandante francés había encontrado a tres de sus hombres colgados con un cartel donde le informaban: «Cuelgas a los nuestros; colgamos a los tuyos.»

Dispuesto a no verse superado, el comandante ahorcó entonces a quince sacerdotes.

Y así seguía: la guerra a cuchillo.

Después de rezar por la familia, el sacerdote continuó su viaje. No descolgó los cadáveres para enterrarlos, porque los franceses habrían encontrado a otra familia para reemplazarlos en el árbol si lo hubiese hecho.

Unas pocas horas más tarde se reunió con un grupo guerrillero oculto en unos peñascos sobre un paso de montaña. Los hombres y las mujeres que lo esperaban eran gente común: campesinos, pequeños agricultores y empleados. Ahora eran una unidad militar, una fuerza irregular que ningún oficial educado en una escuela militar hubiese aceptado.

Casi a finales de 1808, muchas cosas habían ocurrido en los meses siguientes al alzamiento del 2 de mayo en Madrid. Napoleón había nombrado a su hermano, José Bonaparte, rey, pero José había huido pocas semanas después de que el ejército francés sufrió derrotas en el campo de batalla y los asedios de un extremo a otro de España. En Cataluña, Andalucía, Navarra, Valencia, Aragón, Castilla, León y en todas las demás regiones, las fuerzas españolas habían derrotado a los franceses, forzándolos a ocultarse detrás de las murallas de las fortalezas o a huir de regreso a Francia. Ambos bandos habían perpetrado horrores, pero los franceses eran los invasores que ensangrentaban el suelo de la patria, aliados con aquellos que la habían traicionado.

Con el nombre de partidas, guerrillas, somatenes y corsarios terrestres, los españoles libraban una guerra a muerte con los ejércitos napoleónicos. Superados en número y armamento por las tropas enemigas bien equipadas, las guerrillas evitaban el combate abierto. En cambio, se ocultaban detrás de las rocas, se escondían en las cañadas y esperaban al acecho, ocultos entre la vegetación. Practicaban la emboscada, el asesinato, el sabotaje, el golpe de mano. Cuando el enemigo menos lo esperaba, aniquilaban pequeñas unidades o infligían graves daños en golpes de mano contra las más numerosas. Tan pronto como se les acababa la munición o la ventaja, desaparecían en sus escondites a la espera del siguiente grupo de tropas napoleónicas.

Sus tácticas aterrorizaban a los militares galos, que nunca se habían enfrentado a «brigadas fantasmas». Quizá los generales franceses ya habían olvidado las lecciones de su propia revolución, ocurrida menos de veinte años antes, cuando los ciudadanos de París asaltaron Versalles y la Bastilla.

A primera hora de la tarde, el objetivo del grupo del sacerdote —una unidad militar francesa— descendió de la montaña. Esperaban a un correo francés escoltado por treinta dragones. En cambio, la unidad estaba formada por muchas más unidades: unos doscientos húsares. Los húsares eran unidades de caballería ligera. Los dragones eran más lentos y poseían más armamento.

El sacerdote observó a los húsares a través del catalejo. Disponía de unos trescientos guerrilleros, pero eran soldados sin entrenamiento y mal armados, carentes de todo excepto de coraje. Era el oficial comandante, pero siete meses antes había sido su párroco. Los franceses habían ido a su ciudad, robado los iconos de oro y plata de la iglesia, alimentado a sus caballos en el altar, violado a las mujeres y asesinado a todos los padres y maridos que se habían opuesto.

El sacerdote había bautizado una vez a sus hijos y perdonado sus pecados. Ahora su muerte era más importante que sus almas.

Había manchado sus manos con sangre, al apartar a un oficial de una niña de trece años y partirle el cuello. Luego había escapado de la ciudad para ocultarse en el monte. A medida que pasaban los meses, hombres y mujeres de ciudades y pueblos cercanos se le habían unido, algunos escapando de los franceses, otros sólo por el deseo de combatir. Había sido su líder espiritual en la paz, en tiempos de necesidad y abundancia, y ahora se había convertido en su líder en la guerra de liberación. En ese momento debía decidir qué hacer con la unidad francesa que se acercaba.

—No podemos arriesgarnos a un combate, son demasiados —dijo Cipriano, que había sido zapatero antes de convertirse en segundo jefe de una unidad guerrillera.

—Entonces no nos arriesgaremos a combatir con todos ellos. —El sacerdote explicó su plan, trazando el movimiento de las tropas y el contorno del terreno en el suelo—. Tenemos el cañón que utilizamos antes para asustarlos. —El «cañón» no era más que un tronco de roble de metro ochenta de largo pintado de negro y montado sobre un par de ruedas de carro—. Pondremos a diez hombres en la carretera, aquí, y fingirán que están arrastrando el cañón.

La maniobra permitiría a los franceses ver la supuesta pieza de artillería en una garganta con los guerrilleros ocultos a ambos lados.

—La misión del comandante es escoltar al correo, pero será incapaz de resistir la tentación de capturar un cañón rebelde. Enviará a algunos de sus húsares, quizá cuarenta o cincuenta para matar a los insurgentes y apoderarse del cañón. Estaremos al acecho. Cuando carguen por la cañada, abriremos fuego y después a correr.

«Correr» significaba desaparecer entre las rocas y el terreno escabroso donde los húsares montados no podían perseguirlos.

Quizá lograrían derribar a una docena con una única descarga, y más que eso en caballos muertos. A menudo, a los franceses les costaba más reemplazar a los caballos de guerra que a los hombres. Las pérdidas galas no ganarían la guerra, pero supondrían otra bofetada para ellos.

No hacía mucho, el sacerdote había capturado a un general que iba de regreso a Francia después de haber sido reemplazado por otro. El muy estúpido había llevado una escolta de sólo cien hombres, y la unidad se había visto demorada por la insistencia del general de que sus carros, cargados con el botín, lo acompañasen. Para obtener información táctica —y cobrarse la revancha por sus atrocidades—, el cura había ordenado que metiesen al general en un caldero de agua hirviendo..., poco a poco. Mientras el general se cocía, el sacerdote había castrado a diez soldados y oficiales prisioneros en represalia por la violación de las mujeres españolas. En realidad, si los hombres castigados habían violado a alguna mujer o no era irrelevante. Luego los había dejado libres para que transmitiesen su agonía a sus camaradas.

Los guerrilleros dejaban a los soldados franceses prisioneros junto a los caminos, con los ojos arrancados, las lenguas cortadas, los miembros rotos pero todavía vivos para que pudiesen pensar en las atrocidades que habían cometido con los hombres, las mujeres y los niños españoles. Sus camaradas eran quienes debían poner fin a su sufrimiento.

Mientras esperaba atacar a la unidad francesa, el sacerdote pensó por un momento en lo que una vez había sido y lo que era ahora, pero descartó de inmediato el pensamiento. Era un pastor y tenía que proteger a su rebaño de los lobos.

Cádiz

CINCUENTA Y SEIS

Cádiz, 1809

Cuando entramos en el golfo de Cádiz, a dos días de la gran ciudad portuaria, otra nave dejó caer al pasar un paquete para nosotros que nuestro capitán pescó del mar. Contenía periódicos y panfletos que informaban de la guerra en España. El capitán y la tripulación ya sabían algo de los acontecimientos —yo había escuchado muchas conversaciones durante el viaje—, pero como indicaban las noticias, la situación se hacía más crítica cada día que pasaba.

Desde que la Junta Central que gobernaba España estaba en Sevilla —porque Madrid se hallaba en manos francesas—, el ejército de Napoleón había sitiado la ciudad y se esperaba que ésta cayera en cualquier momento ante la superioridad numérica. Así pues, se había decidido trasladar la Junta a Cádiz, porque la ciudad era más fácil de defender. Ubicada en una larga y angosta península, Cádiz era vulnerable por tierra desde una sola dirección, y la marina británica controlaba el acceso por mar.

Gerona, en el nordeste de la Península, cerca de la frontera francesa, y Zaragoza, en el río Ebro, sufrían largos y terribles asedios. Cada vez que derrotaban a un ejército francés, llegaba otro a través de los Pirineos y comenzaba otro asedio para machacar las ciudades y sus defensores, con la mejor artillería del mundo.

«¡Ay!», murmuré por lo bajo. Me estaba metiendo en otro avispero. Los españoles luchaban contra el invasor francés, que parecía llevar las de ganar. Casi todo el país estaba en sus manos. El propio Napoleón había traído un enorme ejército para restaurar a su hermano José en el trono, después de que los españoles hicieron que éste huyese de regreso a Francia.

No me importaba si el país estaba en manos del diablo. A los españoles no les debía sino dolor, y no tenía nada contra los franceses. Lo único que me importaba era que la guerra no me afectase. Bien podría haberme hecho pasar por el propio Napoleón, a la vista de los problemas que mi actual disfraz podría acarrearme. Carlos era un espía francés, y quizá las autoridades de Nueva España ya lo habían descubierto. Era posible que un verdugo con su cuerda estuviera esperándome cuando desembarcase.

Los periódicos y los panfletos demostraban que cualquier apoyo a los invasores —incluso vestir a la moda francesa— podía ser mortal. Desde la masacre francesa del 2 de mayo en Madrid, de un extremo al otro del país, los patriotas habían ejecutado a los traidores y simpatizantes de los galos.

El capitán del barco me dijo que Cádiz había sido una de las grandes ciudades donde el pueblo se había hecho con el gobierno porque los notables se habían negado a actuar.

—Fue el pueblo llano quien tomó las calles, no los ricos o los nobles —manifestó el capitán—. Marcharon contra el marqués del Socorro, el capitán general de la ciudad, cuando no se posicionó de inmediato por Fernando. El marqués ordenó a la tropa que los expulsara, y los manifestantes asaltaron el arsenal para hacerse con las armas. Cuando regresaron a la casa del marqués, lo sacaron a la calle y lo ejecutaron por traidor. Tras acabar con el capitán general, dirigieron las piezas de artillería a los hogares de los ricos en la calle de la Caleta. Los sacerdotes consiguieron convencerlos por los pelos de que no liquidasen a toda la clase alta de la ciudad. Desde ese momento, los gaditanos han sido líderes en la guerra de la independencia española.

El capitán me explicó que por todo el país el pueblo llano se había hecho con el control: en Zaragoza, Sevilla, Córdoba, León, Mallorca, Cartagena, Badajoz, Granada, La Coruña... En Valencia la gente se había echado a las calles para reunirse delante del ayuntamiento reclamando a sus autoridades que reconociesen a Fernando como rey y rechazasen a José, el usurpador francés. Pero las autoridades civiles se habían negado, quizá por miedo a la represalia gala si accedían a la petición popular. Los insurgentes estallaron cuando se enfrentaron a semejante traición y mataron a centenares de personas que creían estar de acuerdo con los franceses.

—En la ciudad de El Ferrol —añadió el capitán—, donde hay un arsenal y una importante base naval, un grupo de mujeres insurgentes capturó al gobernador y distribuyó armas entre el pueblo.

¡Santa Madre de Dios! Mujeres con mosquetes. ¿En qué se estaba convirtiendo el mundo?

Un decreto de la Junta Central había legalizado el ataque a los franceses por las bandas que eran llamadas «piratas de tierra».

—Es más acertado llamarlos corsarios de tierra —señaló el capitán.

Los corsarios eran barcos mercantes equipados como naves de guerra a los que se daba patente de corso para atacar a las naves enemigas y quedarse con lo que pudiesen robar como despojo de guerra. Las naves atacadas los consideraban como vulgares piratas. En esencia, la Junta autorizaba a los guerrilleros a atacar a las unidades francesas y quedarse cualquier bien material como «recompensa».

El capitán me contó que los objetos tomados a los soldados franceses muertos habían sido a su vez robados cuando los franceses saquearon las ciudades españolas. Luego volvió a sus ocupaciones mientras yo me quedaba junto a la borda y leía. El decreto reivindicaba —incluso validaba— a los «corsarios de tierra» porque los soldados franceses habían violado los hogares españoles «con la violación de madres e hijas, que han tenido que sufrir todos los excesos de esta brutalidad a la vista de sus padres y maridos asesinados...», y añadía la descripción de cómo los soldados franceses empalaban a los niños españoles en sus bayonetas y los paseaban en señal de triunfo como «trofeos militares». Saqueaban conventos, violaban monjas, profanaban monasterios y asesinaban sacerdotes.

«Dios mío.»

—Así es como paga a sus soldados —dijo una voz a mi lado.

—¿Señor?

Mi interlocutor era otro pasajero, un comerciante que regresaba de un viaje al Caribe. Señaló la proclama.

—Napoleón recompensa a sus generales y soldados con el botín —añadió el hombre—. Es por eso por lo que saquean nuestro país. Desde los generales hasta el más ínfimo soldado raso, roban todo lo que encuentran porque es así como reciben la paga. —Me señaló con el dedo—. Pero eso acabará por derrotarlos. ¿Alguna vez ha intentado usted apuntar con un mosquete o correr para ponerse a cubierto cuando va cargado con el botín? —El hombre se rió—. Los mataremos a todos, primero a los invasores franceses, y cuando hayamos acabado de degollarlos a todos, iremos a por los afrancesados que nos traicionaron y también les cortaremos el cuello.

Mi mano se acercó instintivamente a mi garganta.

Cuando el barco atracó en Cádiz, subieron a bordo los inspectores de aduanas, que revisaron mis magras posesiones, al igual que las de todos los demás. Me sentí tentado de darles otro nombre falso a los inspectores, pero uno de los oficiales de la nave que sabía el mío estaba cerca. Esperé tenso, casi seguro de que el hombre mandaría encadenarme, pero sólo se limitó a anotar mi nombre y no dijo nada.

Dejé el barco como un hombre libre y entré en una ciudad extraña en medio de una guerra. Mis únicos planes eran mantenerme vivo y lejos de las manos de las autoridades.

Paseé por las calles. Cádiz parecía ser una bonita metrópoli, más pequeña que Ciudad de México, y estaba rodeada de agua casi por completo. La ciudad era compacta y agradable a la vista, con una alta torre de vigía y numerosos edificios blancos de estilo árabe, porque la ciudad había sido ocupada por los infieles durante muchos siglos.

A bordo me había enterado de que Cádiz era una de las ciudades más antiguas de Europa, fundada por los fenicios casi un siglo antes del nacimiento de Cristo. Desde aquel entonces había sido ocupada por los cartagineses, los romanos, los árabes y los españoles. Había reemplazado a Sevilla como el puerto principal para el comercio con las colonias, pero con la riqueza habían llegado los ataques de los piratas y los británicos. Ahora, por supuesto, era el turno de los franceses de poner a prueba las defensas de la ciudad.

Desde el muelle fui al centro de la ciudad y alquilé una habitación en una posada. Tenía dudas de cuál sería mi próximo paso, pues un océano de distancia de los hombres del virrey no me protegería de ellos para siempre. Las naves traían continuamente despachos de la administración del virrey. Las autoridades de Cádiz se enterarían de que un famoso bandido de las colonias había escapado a su jurisdicción. También estaba el problema del dinero. Tendría que recurrir al robo cuando gastase mi última pieza de a ocho.

Pedí vino y algo de comer, y masticaba un trozo de carne dura como una suela de zapato cuando vi a dos hombres vestidos con uniformes militares.

—¿Carlos Galí? —preguntó uno.

Negué con la cabeza.

—No, señor, soy Roberto Herra. Sin embargo, conozco al hombre por quien preguntan, su habitación está cerca de la mía. —Señalé la escalera—. Segundo piso, primera puerta a la derecha.

Los dos soldados se dirigieron a la escalera y yo hacia la salida. Ya estaba a medio camino cuando el posadero me señaló.

—¡Es él!

Qué manía tiene la gente de meter las narices en asuntos ajenos. Uno de los soldados me apuntó a la cara con una pistola.

—Está arrestado, señor Galí.

—¿De qué se me acusa? —pregunté.

—De un delito que el verdugo susurra en tu oído.

CINCUENTA Y SIETE

Para mi sorpresa, no fui llevado a una mazmorra, sino al cuartel general militar. En el lugar reinaba una actividad frenética, los oficiales y correos iban y venían, siempre de prisa, algunos llenos de vanidad, otros con expresiones de preocupación cuando traían noticias de los avances de la guerra. Unos oficiales me hicieron bajar por una escalera de piedra hasta las entrañas del edificio y me encerraron en una habitación oscura. Cerraron la puerta y me encontré en la más absoluta oscuridad. No había visto nada en la habitación, excepto pilas de papeles, como si el cuarto fuese un archivo. Me acomodé sobre los papeles e intenté no pensar en mi situación. Pero eso era tan sencillo como olvidarse de respirar.

¿Me sacarían de allí para fusilarme sin más? Si me daban la oportunidad de explicarme, quizá podría conseguir algo de tiempo. Podía confesar ser un impostor —además de un famoso bandido y asesino colonial—, en lugar de ser un espía y un traidor. Eso podía darme algunas horas mientras decidían la mejor manera de ejecutarme.

No sé cuánto tiempo me tuvieron en ese almacén. Me desperté cuando oí la llave en la cerradura.

—Venga conmigo —dijo un oficial. Hablaba con la arrogancia y la autoridad de un soldado que ha pasado su carrera militar en cargos de estado mayor en lugar de enfrentarse al enemigo en el campo de batalla. Dos soldados lo escoltaban.

—¿Adónde me llevan?

—Si hay suerte, al infierno.

—Cuando nos encontremos allí, estaré montando a tu esposa para que sepa lo que es un hombre de verdad.

Era el diablo quien me hacía decir esas cosas. El oficial permaneció inmóvil, como una estatua de piedra, aunque su rostro perdió el color. Los dos soldados me miraban boquiabiertos.

Luego la palidez del oficial desapareció, y su rostro se tornó rojo.

—Mandaré que...

—¿Que me azoten? ¿Que me cuelguen? ¿Quieres que cambie el insulto? Dame una espada, amigo, y arreglaremos el asunto del amor de su esposa por mi hombría.

—¡Esposadlo!

Un momento más tarde me llevaron encadenado a una habitación en una de las plantas altas del edificio del cuartel general. Detrás de una mesa estaba sentado un oficial, por cuyo uniforme deduje que su grado era superior al del perro al que había insultado. A diferencia del mariquita, éste parecía un hombre que mandaría que me cortasen el miembro y me lo metiesen por la garganta si hablaba mal de su esposa o de sus hijas.

—Quitadle las esposas y marchaos —les dijo el oficial a los hombres que me habían llevado allí después de haber hablado en privado con el joven oficial. Me miró furioso en cuanto estuvimos a solas—. Tendría que mandar que lo fusilasen ahora mismo por sus insultos a mi teniente.

—Es una mujer —me burlé.

—Es mi hijo.

«¡Me cago en la leche!»

—Me disculpo, señor general. —No sabía su rango, pero llamarlo «general» parecía un buen comienzo. Encuentro que cuando se me acusa falsamente de algún delito, debo defenderme contra aquel que tengo más cerca. Por desgracia, su magnífico hijo había sido el blanco más cercano disponible cuando se abrió la puerta.

—¿Cuáles son los crímenes de los que ha sido acusado falsamente?

—¡No soy un espía!

—¿Por qué cree necesario defenderse contra tal acusación?

—Bueno, yo...

—Quizá ha venido preparado para defenderse de tal cargo porque en realidad es usted culpable. ¿Es así, señor Galí?

Frenéticas estrategias para conseguir cortarme la lengua pasaron por mi cabeza, pero ninguna llegó a mi boca. Probé con una mentira.

—Anoche, uno de los soldados me llamó espía.

—Miente. Ellos no sabían por qué lo arrestaban.

—Sí, miento. —Me incliné hacia adelante y apoyé las manos en la mesa. No podía engañar a ese hombre, así que apelé a la verdad..., o al menos a una pequeña parte—. He sido un admirador de Francia, un afrancesado, como dicen. Creo que algunas facciones en España restringen la libertad de expresión, incluso la libertad de pensamiento, y ésos son todavía mis sentimientos. ¡Pero ahora escupo a los franceses! —Descargué un puñetazo sobre la mesa—. Cuando el pueblo de Madrid se levantó para luchar contra los invasores con las manos desnudas, ya no pude seguir admirando a los franceses, soy el primer patriota de España. Deme una espada, señor, y verá la sangre francesa corriendo por nuestras cunetas.

Me miró con los labios fruncidos.

—Un informe del virrey de Nueva España nombra a los espías que conspiraron para enviar a los franceses los planos de nuestras fortificaciones.

—Estoy enterado del asunto. Mientras participaba en una expedición científica de la colonia, dos de nuestros hombres fueron arrestados como espías.

Me sonrió como uno de los tiburones que había comido en Términos.

—Su nombre está entre el de los acusados.

Tracé la señal de la cruz y señalé a los cielos, a algún lugar del cielorraso agrietado encima de mi cabeza.

—Señor general, que Dios me mate ahora mismo si miento. Se lo juro, no sé nada de esos repugnantes actos excepto lo que oí. —Rogué que el buen Dios comprendiese que había algo más que un poco de verdad en lo que decía—. ¡Nunca he espiado!

—Sospecho que miente. Algo en usted me dice que es un mal hombre. Antes de que lo trajesen aquí, suponía que sería un tímido y asustado erudito, un hombre de libros e ideas. En cambio, tiene una boca sucia, retó a un oficial en duelo y miente con la misma facilidad que si lo hubiesen criado los gitanos.

—Provengo de una buena familia catalana...

—Y ésa es la única razón por la que está vivo.

Lo miré con extrañeza.

—¿Señor general?

—Soy coronel, no general. Mi nombre es coronel Ramírez, así que, por favor, deje de hinchar mi rango. Viene de Barcelona, donde es conocido por sus simpatías francesas; quizá incluso ha sido espía de los franceses desde antes de viajar al Nuevo Mundo.

—Yo...

Levantó una mano para hacerme callar.

—Por favor, deje de proclamar su inocencia. Las autoridades coloniales sospechaban de usted, aunque no consiguieron pruebas. Pero ahora que lo he conocido, no me sorprendería que las acusaciones hubiesen incluido asesinatos, robos, chantajes, blasfemias y desfloración de mujeres, por no hablar de traición. Así que no perdamos tiempo con protestas que sólo apretarán el nudo que deseo poner alrededor de su cuello.

En un gesto involuntario me toqué el cuello y me aclaré la garganta.

El coronel me dedicó otra sonrisa de tiburón.

—Sí, ese mismo cuello. Pero quizá pueda salvarlo si coopera.

—¿Qué quiere de mí? —Deduje que quería que implicase a mis supuestos cómplices. No sabía el nombre de ninguno de ellos, excepto el de la condesa, y estaba dispuesto a nombrarla y a inventarme unos cuantos más sólo para satisfacerlo.

—Usted tiene cualidades que necesitamos en este momento. Es de Barcelona, y habla catalán y francés fluidamente.

—Sí, muy bien. —De pronto recuperé los ánimos. ¡Querían que tradujese para ellos! Qué trabajo tan agradable sería ése, sobre todo cuando la alternativa era ser descuartizado por un tiro de caballos. Mi maestría en ambos idiomas era discutible, pero podía fingir.

—Lo necesitamos para una misión —añadió.

—¿Una misión?

—Debemos obtener información de Cataluña. Necesitamos a un hombre que pueda viajar a Barcelona y más allá, a Gerona, cerca de la frontera francesa.

—¿Gerona? —dije con un hilo de voz.

Conocía lo suficiente de la geografía de España como para saber que Cádiz se encontraba casi en el extremo sur de la península Ibérica y Gerona estaba a centenares de leguas de distancia, pasada Barcelona, cerca de la frontera francesa, en el lado norte del territorio. En medio, varios centenares de miles de tropas francesas saqueaban el país. Los franceses ocupaban Barcelona y estaban asaltando las puertas de Gerona.

La sonrisa del coronel brilló.

—Veo que sus apasionados sentimientos patrióticos se han encendido de inmediato al mencionar la necesidad de su país. Como ha dicho hace un momento, deme una espada y la sangre francesa correrá por las cunetas.

—Por supuesto, general, perdón, coronel; naturalmente, mi primer pensamiento ha sido... ¿qué puedo hacer por mi país? Estoy seguro de que hay muchas cosas que puedo hacer —carraspeé—, aquí mismo, en Cádiz...

—Sus opciones son ir al norte o ser ejecutado en el acto.

Asentí y sonreí.

—Por supuesto, las atrocidades que han cometido esos malditos franceses han inflamado mi fervor patriótico. Estoy ansioso por viajar al norte por mi país. ¿Qué es exactamente lo que quiere que haga?

—Varias cosas. En primer lugar, será llevado a Barcelona en una barca de pesca.

—¿En una embarcación? ¿Y qué ocurre con los navíos de guerra franceses?

—Los británicos son nuestros aliados, y sus naves dominan el mar.

—¿Y una vez llegue a Barcelona?

—Sabrá cuál es el siguiente paso cuando llegue allí.

Unos dedos helados me acariciaron la nuca. El coronel vio la preocupación en mi rostro.

—Ya le he mencionado las opciones. Coopere y redímase de su conducta traidora, o enfréntese a un pelotón de fusilamiento. Lo hemos escogido porque sabemos quién es, lo que es y dónde estará. Si desobedece las órdenes, no vivirá hasta la madrugada siguiente.

Se levantó para ir hacia la ventana, con las manos entrelazadas a la espalda.

—Éstos son días oscuros, señor. Hombres y mujeres mueren a diario como héroes de un extremo al otro del país. Algunas veces mueren solos; otras, con centenares de compatriotas cayendo junto a ellos. Sastres, zapateros, sirvientas y esposas luchan contra los invasores. Los nombres de sus ciudades son cantados y proclamados por toda Europa como ciudadelas del valor y la decisión de unas personas que no se rendirán ante la agresión de un invasor extranjero. —Se volvió para mirarme, furioso—. Cuando creía que era usted un cobarde pero idealista erudito, dudaba de que pudiese ser de alguna utilidad para mí. Ahora veo que es un oportunista que vendería su alma al mejor postor..., y yo soy ese postor.

—¿Qué ha apostado, señor coronel?

—Su vida. Veo en usted la encarnación de la corrupción humana, un cerdo inútil, mentiroso, violento, borracho, ladrón y fornicador. Si sobrevive a esta misión sin que nuestra gente lo degüelle y lo cuelgue cabeza abajo como un cerdo, me llevaré una sorpresa muy desagradable.

¿Qué podía decir? ¿Que yo no era un simpatizante francés, sino un vulgar bandido y un asesino? Me puse de pie y saqué pecho.

—Puede estar tranquilo, coronel, llevaré a cabo esta misión en nombre del pueblo español.

—Preferiría enviar al más novato de los reclutas que a alguien como usted en quien no se puede confiar, pero ustedes dos son todo lo que tenemos.

Parpadeé.

—¿Dos?
—Su compadre irá con usted.
—¿Qué compadre?
—El que le salvó la vida en Yucatán cuando los atacaron los salvajes: fray Baltar.

¡Santa Madre de Dios! El sacerdote inquisidor estaba vivo. Me persigné.

No hay justicia en este mundo. Lo sabía desde que Bruto me había difamado en su lecho de muerte.

El hecho de que el idealista y bondadoso Carlos muriera a manos de los salvajes mientras que el sabueso de la Inquisición de Satanás estuviera vivo era una prueba de la negligencia de Dios ese día en el Yucatán.

Tendría que poner remedio a la situación.

CINCUENTA Y OCHO

Antes de marcharme, el coronel mencionó que fray Baltar no había asistido a nuestra primera reunión porque el cardenal le estaba imponiendo una medalla sagrada por su «valentía» en Yucatán. Mientras yo escapaba tomando un barco en Sisal, el sacerdote había ido en la dirección opuesta para llegar a la costa sur de la península de Yucatán, cerca de Tulum. Allí había embarcado en una nave de cabotaje que lo llevó al sur de Cartagena, donde tomó otro barco en dirección a Cádiz.

Primero les había dicho a las autoridades que ningún miembro de la expedición había sobrevivido, a pesar de sus heroicos esfuerzos por salvarnos. Cuando se enteró de que Carlos estaba vivo, se adjudicó el mérito de su fuga de los salvajes. Sospechaba que había eludido intencionadamente el encuentro con el coronel por miedo a que Carlos lo denunciara como el perro cobarde que era. Gracias a Dios, no había estado allí para desenmascararme. Pero no cabía duda de que se aproximaba el desenlace: ambos teníamos que reunirnos al día siguiente con el coronel.

El coronel Ramírez me había comunicado muy amablemente dónde estaba el monasterio donde se alojaba mi «compadre». Luego me dejó ir con la orden de reunirme con él y fray Baltar en su despacho al día siguiente. Allí, nos daría las últimas instrucciones.

Me dirigí al monasterio. Me senté junto a la ventana de una posada, pedí comida y vino, y observé a los sacerdotes que entraban y salían del complejo religioso. La mayoría de ellos cruzaban la calle para tomar una copa de vino, y advertí que de vez en cuando alguno desaparecía escaleras arriba con alguna de las putas de la posada. Me enteré por una de las camareras de que, para la hora de la cena, el lugar estaría lleno de sacerdotes, y también el piso de arriba.

El posadero me trajo otra jarra de vino después de haberme acabado la primera. Le pregunté si el sacerdote «héroe de Yucatán» era uno de sus clientes, y me aseguró que se trataba de un visitante habitual.

Me preguntó si quería una mujer.

—Envíame la más hermosa —le respondí. Las putas que había visto eran tan feas que hubiesen hecho que un lobo dejase caer una chuleta, pero uno siempre podía tener esperanzas.

—Soy Serena —me dijo la mujer cuando se acercó a mi mesa moviendo las caderas—. ¿Quieres ir arriba? Te costará dos escudos.

Largo pelo negro, resplandecientes ojos negros, una falda y una blusa negras, un negro corazón y una disposición a juego; era perfecta para lo que yo quería.

Enarqué las cejas.

—¿Estoy hablando con la reina de Saba? Podría comprarme una mula con ese dinero.

—Podrías comprarte dos mulas, pero todas han sido requisadas para la guerra. Como también lo han sido la mayoría de mis compañeras putas. —Se echó el pelo hacia atrás—. Eres afortunado de encontrar alguna dispuesta a darte placer. Apoyo el esfuerzo de guerra acostándome sólo con héroes y oficiales de alto rango.

—¿Eres una patriota, Serena? —pregunté en voz baja.

—Estoy dispuesta a morir por Cádiz. ¿No has oído que las mujeres como María Agustina en Zaragoza han luchado a la par que los hombres?

—No es necesario que mueras, pero tengo para ti una misión de gran importancia.

Me miró y reparó en mis prendas un tanto diferentes, que indicaban que no era de Cádiz. Luego echó la cabeza hacia atrás.

—¿Quién eres tú para hablar de esa manera?

Sin alzar la voz, le respondí:

—Trabajo para el coronel Ramírez, que está a cargo de perseguir a los espías franceses. ¿Sabes lo que hacemos con los espías franceses cuando los detenemos?

—Yo sé lo que haría con ellos. —Sacó una daga de aspecto malvado de algún lugar de entre sus prendas—. Les sacaría las tripas y se las daría a los perros.

La creí. Yo mismo estaba dispuesto a meter un puñal entre las costillas de aquel maldito inquisidor, pero eso generaría muchas preguntas, por no mencionar que la Inquisición en pleno saldría a buscar mi miserable pellejo. Una idea mejor se estaba desarrollando en mi mente y salía ya por mi lengua.

—Serena, voy tras la pista de un espía francés que se hace pasar por sacerdote.

—¿Un espía que se hace pasar por sacerdote? —Se persignó—. Que el diablo se cague en su alma.

—En algún momento del día de hoy o de esta noche, vendrá aquí. Esto es lo que debemos hacer para asegurarnos de que no pone en peligro las defensas de la ciudad...

Me senté en un rincón oscuro de la posada, medio oculto detrás del extremo del mostrador, y observé la acción. El inquisidor llevaba allí más de una hora, bebiendo vino con una sed insaciable. Advertí que ninguno de los otros sacerdotes parecía muy dispuesto a tratar con él, y el hombre iba de una mesa a otra cuando desaparecían sus compañeros de copas. Comprendía muy bien la reacción de los curas: nadie quería decir nada que pudiese dar pie a una investigación del Santo Oficio.

En cuanto Baltar hubo bebido el suficiente vino para atontar sus sentidos, le hice una seña a Serena. La puta se sentó a su mesa y le sirvió una copa de vino. Se inclinó para hablarle al oído y no tardó mucho en transmitirle el mensaje que yo le había dado. Como patriota, ella quería homenajear a fray Baltar de la mejor manera que podía hacerlo una mujer.

Esperé un momento hasta que desaparecieron escaleras arriba, y luego fui tras ellos. Había alquilado habitaciones contiguas... al doble de la tarifa habitual del posadero. Entré en la habitación vacía, me apresuré a cruzarla, abrí la puerta del balcón y asomé la cabeza. El balcón del cuarto que había alquilado para la puta y Baltar estaba desierto. Me sujeté de la balaustrada de hierro y me colgué para estirarme y coger la balaustrada del otro antes de pasar un pie. Abajo no había nada salvo un oscuro callejón lleno con la basura que tiraban por la puerta trasera de la posada o desde las ventanas: el hedor de miles de orinales vaciados se mezclaba con el de la carne pasada que servía el posadero.

Desde la puerta del balcón oí la voz aguda y las risas de la mujer. Luego, el ruido de las pisadas que se acercaban. «¡Buena chica!» Me hice a un lado cuando ésta se abrió y Serena salió a la carrera, desnuda y riéndose. El sacerdote salió tras ella. La puta se agachó entonces para escabullirse pero Baltar la sujetó del pelo.

—Buenas noches, amigo —le sonreí en la oscuridad.

Soltó el pelo de la mujer como si le quemase.

—¿Qué...? ¿Quién...?

—Soy yo, tu viejo amigo de Chichén Itzá. Al que rescataste de los salvajes.

La puta se soltó y Baltar entornó los párpados, intentando ver mi rostro en la oscuridad de la noche. Serena corrió al interior mientras yo me acercaba y la luz de la lámpara de la habitación alumbró mis facciones para él.

—He venido a darte las gracias por lo que le hiciste a Carlos.

Era rápido, tratándose de un hombre con la barriga llena de vino: no sabía de dónde había salido la daga, pero de pronto la tenía en la mano cuando saltó sobre mí. Di un paso atrás, me volví de lado y la hoja me desgarró la camisa. Lo sujeté por las muñecas en un intento por mantener la daga en su mano derecha apartada de mi carne y lo empujé hacia atrás, apretándolo contra la balaustrada de hierro forjado. Era más fuerte de lo que creía y, a su vez, él me empujó contra la pared. Solté su mano izquierda y le pegué en la sien con el puño, pero o mi puñetazo no fue demasiado fuerte o su cabeza era dura, porque mi puño rebotó. Lo próximo que sé es que la mano que le había soltado era el puño que me pegaba. Sin dejar de agarrar la mano de la daga, doblé las rodillas y me apoyé en la pared detrás de mí, para enviarlo hacia la balaustrada de un empellón. Se tambaleó y golpeó el borde de la balaustrada con su gordo culo. Oí el crujido del metal al romperse, vi cómo caía hacia atrás, y entonces... me cogió de la camisa y me arrastró consigo.

Yo volaba, no, caía como una piedra. Alguien gritó mientras caíamos en la oscuridad del callejón. No sabía si había sido yo o el cabrón del inquisidor; quizá nuestras almas gritaban de terror al unísono.

Cuando golpeé contra el suelo, el aliento escapó de mi cuerpo. Durante un largo momento me vi engullido por un vacío, ahogándome en un mar de tinta negra. Algún instinto primitivo hizo que me levantase y, tambaleante, me acerqué a alguien: el sacerdote. Comprendí que había caído encima de él y su cuerpo había amortiguado el impacto. No se movía. Le di un patada. Nada.

—Espero que tu alma arda en los fuegos del infierno —le dije a su cadáver.

Me presenté en el despacho del coronel Ramírez a la mañana siguiente, a la hora señalada, magullado y dolorido por mi caída pero con la ilusión de mostrar mi entusiasmo ante la perspectiva de ser enviado a una misión de la que probablemente no saldría con vida.

—Tengo una muy mala noticia, Carlos. Su amigo, el sacerdote que le salvó la vida en Nueva España, ha sufrido un terrible accidente.

—¿Un accidente, señor?

—Se cayó de un balcón en una posada. Quizá muera.

—¿No está muerto?

—Veo por su reacción que está sorprendido por la noticia. No, no está muerto, pero no se espera que sobreviva a este día.

—Espero que no.

—¿Señor?

—Quería decir a causa de sus heridas. No quiero que mi amigo sufra.

—Sí. Comprendo que llorará la muerte de su amigo, después de que lo salvó de aquella tribu de salvajes. Lamento que no pueda permitirle correr junto a su cama. Lo espera un barca que zarpará con la marea. —El coronel se acercó para palmearme en el hombro—. No se preocupe, Carlos. Fray Baltar está inconsciente y nunca sabría que usted estuvo a su lado. Cuando muera, me ocuparé de que reciba el funeral que se merece.

Tracé la señal de la cruz.

—Que Dios envíe su alma al lugar que se merece con toda justicia.

Salí del despacho y cruzaba la oficina exterior cuando el coronel se asomó a su puerta y me gritó:

—Me olvidaba de una cosa. Habrá una sorpresa esperándolo en Barcelona.

¡Ay de mí!

CINCUENTA Y NUEVE

El *Gato de Mar* era el nombre de la barca de pesca. También era un nombre que se utilizaba para referirse a los marineros catalanes.

Al acercarme, una mujer de pie en la proa se levantó la falda para mostrarle al mar sus partes pudendas. Uno de los marineros que reparaba una red en el muelle sonrió al ver mi reacción.

—Es la mujer del capitán. Es mala suerte tener a una mujer a bordo en un viaje, pero al mar le encantan las mujeres. Las aguas se calman y se tiene un viaje propicio cuando una mujer le permite al mar una mirada de sus partes íntimas.

—Roguemos que su esposa haya calmado al mar para nosotros —dije.

—No es su esposa, sino su novia en Cádiz. Su esposa en Barcelona calmará al mar para el viaje de regreso.

El patrón parecía ser mi clase de hombre.

Me mantuve fuera del camino mientras el patrón y su tripulación de tres hombres se ocupaban de la partida. El marinero con quien había hablado en el muelle se había quedado en tierra. Yo había ocupado su lugar: camastro, prendas, documentos de identidad, todo. Lo habían escogido porque era el más cercano a mi estatura.

Había momentos en que me preguntaba qué hubiera querido Carlos que hiciese. De haber vivido, habría regresado a España para unirse a un grupo guerrillero. Eso estaba claro. Le debía mi vida, aunque algunas personas hubieran dicho que mi miserable vida no valía gran cosa. Pero no conseguía despertar en mí ninguna pasión por esa guerra. El instinto de supervivencia y la cólera por los insultos y los ataques españoles a mi vida me habían convertido en un lobo solitario.

Pensaba ceñudo en la manera cruel en que me había tratado el mundo cuando oí una voz a mi lado:

—Todos han invadido España antes. —Era el patrón.

—¿Quiénes la han invadido?

—Fenicios, griegos, cartagineses, romanos, bárbaros, árabes y ahora los franceses. La Península ha visto una invasión tras otra durante miles de años. Pero siempre hemos demostrado nuestra resistencia contra las fuerzas oscuras que intentan esclavizarnos.

—La historia está plagada de guerras de conquista —señalé.

—Discúlpeme, pero vi en su rostro que pensaba en el destino de nuestra gran nación. En nuestro caso, la historia registrará la derrota del conquistador. No tema, estos franceses son como cualquiera de los demás invasores a los que hemos derrotado porque somos un pueblo fuerte. Ninguna otra nación ha repelido a tantos invasores, a tantos que creían que podían someternos a su voluntad.

Me describió la situación en Cataluña, desde Barcelona, que los franceses controlaban sólo porque el gobierno español les había permitido ocupar una fortaleza en el corazón de la ciudad, a los guerrilleros que los catalanes llamaban somatenes, que hacían que la vida fuera un infierno para los franceses en el campo. Barcelona tenía unos ciento cincuenta mil habitantes, más o menos la misma población que Ciudad de México.

El patrón me hablaba en catalán, y cuanto más hablaba, más recuperaba yo la lengua.

—Para los luchadores de la libertad como Milans del Bosch —añadió—, los somatenes también son un grito de batalla. No sólo para nuestras guerrillas, que luchan y ganan. Tenemos unidades del ejército que están combatiendo a los franceses. El general francés al mando de Cataluña dejó no hace mucho la ciudad con un ejército, pero fue acosado, derrotado y perseguido hasta que tuvo que refugiarse detrás de los gruesos muros de su fortaleza en Barcelona con el rabo entre las piernas.

Me enteré de que Napoleón continuaba enviando más tropas para acabar con las guerrillas, pero era inútil.

—La mayor parte de Cataluña está en manos de nuestra gente —afirmó.

Al oírlo hablar a él y a otros de la guerra y de la historia de su nación, me sorprendió lo mucho mejor informadas que estaban las gentes de la Península en relación con las de la colonia. Aparte de los instruidos como el padre Hidalgo, Raquel y Marina, la mayor parte tenían la creencia errónea de que toda Europa estaba bajo el dominio español y que el emperador francés era un arribista que desafiaba al gobierno de España. Inglaterra, Francia, Italia, Holanda, Alemania, éstos y otros países de Europa no eran más que Estados sometidos o provincias adonde el rey español mandaba gobernadores para dirigirlos. Sin duda esa forma de pensar se remontaba a los tiempos en que España proyectaba una gigantesca sombra en Europa.

Al anochecer, vi por un momento una vela blanca en el horizonte, pero no tardó en desaparecer de la vista.

—No será francés, ¿verdad? —le pregunté a uno de los marineros.

Él negó con la cabeza.

—No, a mí me ha parecido un galeón español. Algunas veces lo vemos, por lo general en las noches sin luna. Transporta las almas de los muertos que han sido rechazadas en el cielo y el infierno. Han ofendido a Dios con su arrogancia y al diablo con su negativa a temer la condena eterna. Al mando está un capitán que una vez comandó un barco negrero. Algunas veces puedes oírlo haciendo restallar su látigo, y también se oyen los lamentos de las almas.

Justo lo que necesitaba, un relato de retribuciones, almas torturadas y eternos sufrimientos. ¿Era ése mi destino? ¿Encontraría cerradas las puertas del cielo y del infierno porque había ofendido a Dios y al diablo?

SESENTA

Barcelona

Barcelona, una brillante ciudad contra unas colinas resplandecientes, se vanagloriaba de poseer una de las bahías más hermosas del mundo. Mientras observaba su pintoresco puerto desde la proa de la barca, yo sólo podía pensar en cómo salir de allí. Una vez más, repasé mi plan de fuga. El coronel me había ordenado que fuese a una taberna en el muelle llamada Pescado Azul y esperase a que uno de sus agentes estableciese contacto conmigo. Mi plan era dirigirme en la dirección opuesta.

Luché con mi conciencia por la promesa hecha a Carlos —darle a su hermana el mensaje y las joyas—, pero fue un debate breve. No podía arriesgar mi vida buscando a la familia de Carlos, pues ése sería el primer lugar donde me buscarían los hombres del coronel. Además, el relicario y el anillo que llevaba en honor a Carlos eran valiosos. Yo era tomado por un ladrón, ¿no? ¿No debía hacer honor a mi reputación y robarle a la familia de mi querido amigo muerto? Ya no podía manchar más mi alma a los ojos de Dios de lo que lo había hecho.

A medida que la barca se acercaba a la ciudad, el comentario del coronel de que una «sorpresa» me esperaba en Barcelona pesaba con más fuerza en mi mente. Ver el puerto sólo aumentaba mi inquietud, máxime cuando el patrón me sonrió con una expresión maliciosa. Era obvio que sabía algo que yo desconocía, y en mis huesos intuía que el secreto no presagiaba nada bueno para mí.

Más allá de alejarme del muelle, no tenía ni idea de adónde podía encaminar mis pasos. Barcelona era una gran ciudad, pero no sabía hasta qué punto podía desaparecer en ella. En cualquier momento, la resistencia española podía acusarme de traición y clavarme una daga entre las costillas, o los franceses arrestarme por espía.

Tuve el cuidado de formular sólo preguntas generales sobre las diversas regiones de España, sin dar ninguna pista de que tuviera la intención de escapar a algún otro lugar. El capitán me dijo que nunca había estado en Madrid, pero sabía que era una ciudad más grande que Barcelona. El propio tamaño de la capital me atraía. Además, la carretera entre las dos grandes ciudades era muy transitada, lo que me permitiría confundirme con los verdaderos viajeros. Saldría de Barcelona cuanto antes, sin pasar siquiera una noche en la ciudad, con una única pausa para vender el relicario y el anillo y comprarme una montura. Una vez en la capital intentaría ganar el dinero suficiente a través del trabajo honesto —o deshonesto, más probablemente— para pagar un pasaje a La Habana.

Estaba ensimismado, diseñando y repasando mis planes, cuando el patrón se apoyó en la borda, a mi lado.

—Mi Barcelona es la ciudad más hermosa del mundo —afirmó—. También es la ciudad del Descubrimiento. A su regreso, tras descubrir el Nuevo Mundo, Colón trajo la *Niña* a Barcelona, donde el rey y la reina tenían la corte, aventajando al traicionero capitán Pinzón, que comandaba la *Pinta*. Ambos hombres disputaban la carrera para ser el primero en atribuirse el mérito del Descubrimiento. Colón trajo a seis indios caribes y los llevó al palacio real, en el barrio Gótico, donde se los presentó a Isabel y Fernando.

Le hablé de algo curioso que había visto antes: barcas que arrojaban al agua grandes maderos lastrados con hierros que arrastraban una red.

—Coral rojo —respondió el capitán—. Es muy valioso, pero se encuentra a demasiada profundidad para que un hombre pueda descender y arrancarlo. Las barcas arrastran los arietes de madera a lo largo del coral para romper las ramas, que después son recogidas por la red.

Pasamos por delante de un patrullero francés y vi a un hombre a bordo que nos miraba con el catalejo.

—Están verificando el nombre de la embarcación. Cuando el *Gato de Mar* zarpó de la ciudad, tomaron nota. Ahora comprobarán cuánto tiempo ha estado fuera la embarcación. Si han pasado más de dos días, el capitán y su tripulación serán arrestados y acusados de llevar información a nuestras fuerzas en Cádiz.

—¿No descubrirán que ha estado ausente un par de semanas cuando verifiquen sus registros?

—El *Gato de Mar* sólo ha estado fuera una noche —respondió con una sonrisa—. Eso es lo que aparecerá en sus registros.

—¿Tienen a alguien que altera los registros?

—No. La resistencia tiene más de una embarcación llamada *Gato de Mar*. La otra la registraron los franceses cuando partió ayer de Barcelona, y nosotros tomaremos su lugar en los registros franceses hoy, como si regresáramos de una noche de pesca.

—Muy astuto. —«Pero arriesgado», pensé.

—Atracaremos cerca de la Barceloneta —me informó—. Es como otro pequeño pueblo, una aldea de pescadores y trabajadores portuarios, aunque forma parte de la ciudad. Su posada está cerca.

De nuevo, su sonrisa provocó mi nerviosismo.

Cuando amarramos, recogí mi macuto —habría despertado sospechas si no lo llevaba— y salté al muelle en cuanto la tripulación aseguró las amarras. Me despedí del patrón con un gesto de la mano e intenté caminar con la mayor naturalidad posible, cuando en realidad lo que deseaba era echar a correr. El muelle estaba abarrotado con tripulaciones y vendedores de pescado.

En el momento en que lo saludaba, la sonrisa del capitán se hizo más grande. Me señaló y gritó:

—¡Allí está!

Dos mujeres que esperaban al final del muelle me miraron: una mujer mayor que no cabía duda de que era la madre de otra más joven que estaba a su lado. Mis ojos repararon en la mayor, al ver el modo en que me miraba. Vestía de luto, desde el pañuelo de la cabeza hasta los zapatos.

Mientras mis pies me acercaban involuntariamente, me di cuenta de que no miraba mi rostro, sino el relicario que colgaba de la cadena alrededor de mi cuello. Su parecido con Carlos era inconfundible, y en el mismo momento en que la enormidad de mi dilema se hacía sentir, gritó:

—¡Asesino!

Eché a correr, mientras la madre de Carlos me perseguía sin dejar de gritar: «¡Asesino!»

Esquivé a los vendedores de pescado con sus afilados cuchillos y fui a caer en brazos de dos alguaciles.

La viuda y su hija nos alcanzaron. Los hombres del rey me sujetaban cuando la mujer mayor me señaló con un dedo acusador.

—¡Asesinó a mi hijo! —gritó.

—¿Cómo lo sabe, señora?

La madre de Carlos señaló el relicario y los anillos en mis dedos.

—Asesinó a mi hijo y robó sus joyas.

SESENTA Y UNO

Los alguaciles me llevaron a la cárcel de Barcelona. Mi primer temor fue que me entregaran a los franceses, pero el patrón había estado en lo cierto cuando describió la ocupación napoleónica como algo que sólo era efectivo donde estaban los franceses. Ocupaban la enorme fortaleza pentagonal que dominaba la ciudad, pero dejaban la vigilancia de las calles en manos de la policía local.

Pasé mi primera noche en la cárcel considerando mis opciones —cualquier cosa para escapar a la confesión—, pero por la mañana el carcelero me sacó de mi celda.

—Eres un hombre afortunado —comentó, mientras lo seguía por las lóbregas escaleras de piedra—. Tu amante ha conseguido que te suelten.

Murmuré mi agradecimiento. Me pregunté quién demonios era mi amante, y si no gritaría cuando viera que no era Carlos.

No pude disimular mi desconcierto cuando me hicieron pasar a una habitación y me encontré cara a cara con la joven que estaba con la madre de Carlos en el muelle. El parecido con mi amigo era innegable. Me abrazó.

—Lo siento, Carlos, pero ahora volvemos a estar juntos.

Un alguacil sonriente me entregó mi macuto al tiempo que me daba una palmada en la espalda.

—¡Sé lo que harás esta noche!

Me alegro de que lo supiese, porque yo, desde luego, no lo sabía. Seguí a la mujer fuera de la cárcel, sin que ninguno de los dos dijese una palabra. Cuando llegamos a la calle, desapareció todo el afecto.

—Por aquí —dijo, y echó a caminar a paso vivo. La seguí hacia el corazón de la ciudad; las preguntas sin respuesta rodaban en mi cabeza. ¿De verdad creía que yo había asesinado a su hermano? ¿Por qué me había rescatado? ¿Me había sacado de la cárcel sólo para que su familia pudiese tomarse la venganza de sangre?

—Yo no maté a tu hermano —dije.

—Ahora no —susurró ella.

Pese a su evidente parecido con Carlos, su personalidad era distinta, más segura. Mostraba una dureza de la que Carlos carecía; no dudaba de que era capaz de clavarme una daga en la tripa. Quizá vivir bajo la ocupación extranjera la había endurecido. Era una mujer atractiva que sin duda había recibido las indeseables atenciones de los soldados franceses que creían que las mujeres españolas eran un botín de guerra.

Me llevó por un laberinto de calles muy concurridas que se entrecruzaban con angostas y sinuosas callejuelas. Los edificios habían sido construidos en la Edad Media, pero no tenían aspecto de medievales; en el barrio reinaba la actividad de una colmena.

La hermana de Carlos me había llevado al barrio Gótico, en el centro mismo de Barcelona. Era la parte más antigua de la ciudad, y databa de los tiempos romanos. Estaba lleno de pequeños talleres que fabricaban toda clase de mercancías. En cada uno, un maestro artesano contrataba a uno o dos aprendices para fabricar productos que podían ser toneles de madera, muebles o artículos de hierro.

Por lo general, el artesano y su familia vivían en el piso superior del taller, mientras que los aprendices dormían allí donde encontraran una habitación. En el barrio estaba la catedral y el palacio real, donde Colón se había presentado ante los reyes.

Los nombres de las calles reproducían la actividad de las tiendas. Pasamos por una calle llamada Boters, y como indicaba el cartel, era donde se fabricaban los toneles de vino. La calle Agullers, fiel a su nombre, estaba ocupada por los fabricantes de agujas, y la calle Corders era donde trabajaban los cordeleros.

«Un ciego podría caminar por el barrio Gótico y saber dónde está —me había dicho el patrón— por los sonidos y los olores de lo que fabrican.»

Cuando llegamos al palacio real, la mujer —cuyo nombre sabía que era Rosa sólo porque Carlos me lo había dicho— me miró furiosa y dijo:

—Hay una habitación en el palacio donde la Inquisición celebraba sus juicios. Dicen que las paredes tiemblan cuando las personas mienten.

¿Estaba intentando decirme algo?

Llegamos a una cuchillería en la calle Dagueria. Los dos jóvenes aprendices que se dedicaban a afilar cuchillos ni siquiera nos miraron cuando atravesamos la tienda y bajamos la escalera en dirección a un sótano. La seguí dócilmente, como un cordero que llevan al matadero, pues no tenía alternativa. Cuando llegamos abajo, dos hombres salieron de los oscuros rincones del sótano. Otros dos bajaron la escalera detrás de mí. Los cuatro empuñaban dagas.

—Éste es el cabrón que asesinó a mi hermano —dijo Rosa.

SESENTA Y DOS

Levanté las manos para mostrar que no llevaba armas.

—Yo era amigo de Carlos, no su asesino.

—Matadlo —insistió ella—. Es un espía francés.

—No le hagáis caso. Estoy aquí enviado para una importante misión por el coronel Ramírez de Cádiz. He venido con la orden de entrar en contacto con las guerrillas que luchan contra los franceses.

—¡Asesino! —La joven se levantó la falda y empuñó la daga que llevaba en una funda atada a la pierna.

—¡Basta! —ordenó uno de los hombres.

—Casio...

—No, necesitamos información antes de verter sangre. Podrás cobrarte la revancha más tarde.

—Sólo estoy aquí para servir —manifesté con una sonrisa—. Interrógame, y después ella podrá matarme.

El hombre llamado Casio se acercó a mí. Calculé que sólo era unos pocos años mayor que yo, quizá de unos treinta, pero ya curtido en el mundo. Las manos que sujetaban la daga eran grandes y con las cicatrices propias de algún tipo de trabajo manual. Quizá había sido herrero. De físico poderoso, era una formidable presencia.

—He venido aquí para ayudar a la resistencia, no para que ella me mate —manifesté.

—¿Qué le sucedió al hermano de Rosa? ¿Por qué te haces pasar por él?

Mi vida estaba en juego. Esos momentos surgían ahora con apabullante frecuencia, hasta tal punto que hice algo que era lo más antinatural en mí: dije la verdad.

—Mi nombre es Juan de Zavala. Provengo de las colonias, de Guanajuato, en la región del Bajío de Nueva España. Soy un mentiroso y a veces ladrón por necesidad, pero no soy un asesino. Sólo he matado en defensa propia. No maté a Carlos; él era mi amigo. Intenté salvarle la vida cuando los indios nos atacaron en Yucatán. Casi lo conseguí. Me dio su relicario y sus anillos para que se los devolviera a la familia.

Casio soltó una risa desabrida.

—Y has venido aquí, al otro lado del mundo, para devolverlos. —No era una pregunta.

—Vine a España porque me tomaron por Carlos después de escapar de los salvajes. Llevaba encima sus documentos de identidad cuando me encontraron. Me buscaban en Nueva España, no por crímenes caprichosos, sino por los que me vi forzado a cometer porque la diosa Fortuna había dispuesto las cartas en mi contra. —Les relaté la triste historia del caballero que se había despertado un día para encontrar que cuando era un bebé había sido cambiado, de cómo había conocido a Carlos en Teotihuacán mientras me fugaba de los alguaciles y me había quedado con él como su sirviente hasta que murió en Yucatán. Omití unos pocos detalles, entre ellos, a la condesa de Nueva España y el asesinato del sacerdote inquisidor en Cádiz.

Cuando acabé, reinó el silencio en la habitación, un silencio incómodo. Casio me miró como si yo fuese una de esas personas que Carlos creía que vivían en otro planeta. Movió la cabeza lentamente.

—No sé si llorar debido a tu triste historia... o degollarte porque eres el mayor mentiroso de la cristiandad.

—Nadie podría inventar semejante historia —manifestó el hombre que estaba junto a Casio—. Ni siquiera Cervantes habría imaginado tal relato.

—Ya lo veremos —dijo Casio—. Ve a buscar al indiano.

Había oído la palabra antes. Hombres que habían ido a las colonias en las Américas y habían regresado después de hacer su fortuna eran llamados americanos o indianos en España. En la colonia, nosotros los llamábamos gachupines.

En cuanto el hombre salió a buscar al indiano, me volví hacia Rosa.

—Siento lo de Carlos. De verdad llegué a pensar en él como en mi propio hermano. Hubiese dado la vida por él... y casi lo hice.

Ella no dijo nada. No sabía si todavía estaba dispuesta a matarme o no. Una cosa era segura: no era una mujer de compromisos. Mientras que Carlos había sido una persona razonable, su hermana me parecía alguien que hacía juicios rápidos y se negaba a cambiarlos.

Después de una hora o poco más, el hombre regresó con el indiano. Mayor que los demás presentes en la habitación, que rondaban entre los veinte y los treinta años, el llamado indiano tenía el pelo canoso y quizá unos cincuenta y tantos.

—Cuéntale tu historia.

Comencé de nuevo, poco a poco. Había llegado al momento de la fuga de la cárcel de Guanajuato cuando Casio me interrumpió.

—¿Tú qué crees? —le preguntó al indiano.

—¿Quién es el intendente de Guanajuato? —me preguntó él a su vez.

—El señor Riaño.

—Cualquiera puede saber el nombre del gobernador —señaló Casio.

—¿Cómo se llama su hijo mayor? —preguntó el indiano.

—Gilberto.

Me preguntó luego una serie de direcciones, desde el centro de la ciudad hasta carreteras que llevaban a otras zonas, desde la catedral mayor a otras dos importantes. A continuación quiso saber cuál era el mejor lugar para comprar joyas en la ciudad y confesé mi ignorancia.

—Pregúntame quién hace las mejores monturas —sugerí.

—Háblame de tu tío, ¿qué aspecto tenía Bruto?

—No era como yo. Su tez, el pelo y los ojos eran más claros, pero lo más importante era la marca que tenía aquí. —Me toqué un costado de la cabeza, cerca de la sien derecha—. Tenía una mancha marrón. Él decía que era una marca de nacimiento.

—Es Juan de Zavala —declaró el indiano.

—¿Estás seguro?

—Sin duda. Está muy claro que vivió en Guanajuato. Conocí a Bruto hace más de diez años, pero no lo recuerdo bien. No recordaba la marca de nacimiento en absoluto. Pero estoy al corriente de la historia del cambio de bebés por una carta que me envió mi primo. Es el mayor escándalo de la colonia. —Se encogió de hombros—. Además, es obvio que nació allí; tiene su acento. Pero la prueba más convincente son sus botas.

Todos miramos mis botas. Y las suyas.

—Los indios también hicieron las mías —dijo—. Los zapateros españoles no pueden igualar su oficio.

—Gracias, señor —dije, agradecido de todo corazón.

El indiano se marchó y Casio me miró de nuevo.

—¿Cómo sabemos que no eres un espía francés?

—Me importan tan poco los franceses como vosotros los españoles —respondí—. No soy un espía de los franceses, pero Carlos, sí lo era.

—¡Eso es mentira! —gritó Rosa.

—No es mentira —replicó Casio—. Es bien sabido que Carlos era simpatizante de los galos. ¿En Cádiz sabían de esa historia del cambio de bebés?

—No, el coronel cree que yo soy Carlos.

—Entonces serás Carlos.

Casi suspiré de alivio.

—No podemos confiar en él —intervino Rosa—. Ya lo has oído, no es leal a nosotros.

—Pero tampoco es leal a los franceses. Sólo le preocupa su propio pellejo, así que sabemos cuál es su posición. Ahora mismo lo necesitamos. Lo enviaron aquí porque lee francés, y su rostro no es conocido para los militares galos.

—Rosa tiene razón —apunté—. Necesitáis a alguien que sea leal a la causa española. Con tu permiso, me marcharé de la ciudad y nunca...

—Nuestra gente vigila las carreteras de entrada y salida de Barcelona noche y día. No sale ni una rata si no lo permitimos. Si intentas dejar la ciudad, te daremos el tratamiento especial que tenemos reservado para los traidores a nuestra causa.

Me incliné en un gesto de rendición.

—Señor Casio, considéreme como un soldado en la guerra de la independencia contra los demonios franceses.

—No confío en él —repitió la diablesa—. Creo que deberíamos matarlo.

—Entonces tú eres la persona ideal para encargarse de su vigilancia. Salgamos, estoy cansado de este lugar oscuro —les dijo a sus compañeros.

En el momento de subir la escalera de la bodega, hizo una pausa para mirar a Rosa.

—No te preocupes, es una misión muy peligrosa. Lo más probable es que acabe muerto.

SESENTA Y TRES

—Tengo hambre —dije cuando salíamos de la cuchillería.

—Por mí puedes morir de inanición.

Cuánto sentimentalismo por un hombre que había sido amigo de su amante hermano. Me detuve para enfrentarme a ella.

—Cuando dije que Carlos era como un hermano para mí no mentía. Hubiese dado mi vida por él, y él por mí. No me importa si te caigo bien o no, pero no tienes ningún derecho a enfadarte conmigo.

Me miró durante un largo momento, sin duda valorando si debía apuñalarme.

—Conozco un café que no está mal en una plaza a la vuelta de la esquina —dijo.

Bebimos *vi blanc* y comimos *arròs negre*, un plato de arroz con pedazos de rape, gambas, cebolla, ajo, tomates, aceite de oliva, calamares y tinta de calamar. Mientras comíamos, mirábamos a la gente que bailaba sardanas, la danza propia de Cataluña. Los bailarines se sujetaban de las manos y formaban un círculo mientras componían pasos intrincados y un tanto lentos. Era una danza pausada, en contraposición a la salvaje pasión del flamenco.

—El flamenco es para los despreocupados gitanos —comentó Rosa—. La sardana es para la contemplación interior. Los bailarines han de concentrarse en dar los pasos correctos, contando los largos y los cortos, los avances y los saltos.

Más tarde, mientras escuchábamos al guitarrista Fernando Sor, Rosa dijo que era el mejor de España. Algo en la manera en que lo dijo hizo que le preguntase:

—¿Es un guerrillero?

No me contestó, pero su falta de respuesta me dejó con la impresión de que ese famoso intérprete también era miembro de la causa patriótica.

Hasta el momento sólo había tenido una pequeña pista de cuál era mi misión, más allá de la afirmación de que probablemente acabaría muerto. La pista había salido de la boca de Casio. Esas personas me necesitaban porque leía francés, pero qué ero lo que debía leer seguía siendo un misterio. También debía preguntarme si no había otras personas en una ciudad tan cercana a la frontera de Francia que leyeran francés.

Desperdiciaría saliva si se lo preguntaba, así que mantuve la boca cerrada a la espera de que fuese más amable conmigo. Así fue, se ablandó un poco y comenzó a explicarme algunas cosas. Dijo, como había hecho el patrón de la barca pesquera, que luchaba para traer a Fernando el Deseado de regreso a España y sentarlo en el trono. Contuve mi lengua y no mencioné la opinión de Carlos de que el príncipe Fernando era un tirano ignorante que sería muy mal rey.

Ella me explicó por qué me había llevado a la cuchillería:

—El dueño de la tienda es mi tío.

—¿Hace cuchillos para clavarlos en los corazones de los invasores? —pregunté.

—Tiene mucho cuidado en no fabricar otra cosa que no sean cuchillos de cocina porque su tienda sirve a otros propósitos. Trabajo para él haciendo el reparto a sus clientes por toda la ciudad. Tú vendrás conmigo, para que sepas lo que hago. Las entregas me dan la oportunidad de llevar los mensajes. Las patrullas francesas me conocen bien, así que no cuestionan mi presencia allí donde esté.

—Todavía no he visto a ningún francés.

—Oh, están aquí. Evitan el barrio Gótico a menos que vengan en gran número. Sus calles son estrechas, y es probable que una ama de casa les arroje un adoquín desde alguna ventana o los bañe con el contenido de un orinal. Pero patrullan otras zonas de la ciudad, al menos durante el día. Por la noche se retiran a la Ciutadella.

—El patrón de la barca mencionó que la Ciutadella es una gran fortaleza.

—Es la maldición de Barcelona. Dicen que es inexpugnable, y lo es también para nuestros guerrilleros. Necesitaríamos un gran ejército con artillería y equipo de asedio para tomarla. Es por eso por lo que no hemos expulsado a los franceses de Barcelona; se ocultan detrás de los muros de la ciudadela. Desde allí, con sus cañones, podrían convertir toda la ciudad en un montón de escombros antes de que lográsemos derribar una sola pared. ¿Sabes por qué se construyó?

Confesé mi ignorancia.

—Fue levantada hace alrededor de un siglo para servir de cuartel al ejército ocupante español después de que la ciudad estuvo en el bando perdedor de la guerra de Sucesión española. La guerra trajo a Felipe V, el primero de los monarcas borbones de España, al trono, y él detestaba a Barcelona por oponérsele. Consideraba a los catalanes radicales y problemáticos. Para castigarnos y controlar a la región rebelde, Felipe mandó construir la enorme ciudadela con la forma de una estrella de cinco puntas. ¿Ves cómo su maldición ha vuelto para acosarnos? Los invasores extranjeros se ocultan ahora detrás de los muros de la fortaleza, y no podemos expulsarlos. En Barcelona escupimos su nombre. Cuando la gente va a hacer sus necesidades, algunas veces los oyes decir que van a «visitar a Felipe».

—¿Así que controlan la fortaleza pero no la ciudad?

—Es un punto muerto. Nuestra gente evita las confrontaciones violentas con los franceses porque no queremos que bombardeen el palacio, la catedral o cualquier otro de nuestros hermosos edificios. Pero cuando salen de la metrópoli, son presas de nuestras unidades de somatenes. También tenemos unidades de ejército regular e irregular que operan en Cataluña. ¿Te habló el patrón de la victoria en el Bruc?

—No.

Rosa me dedicó una gran sonrisa.

—Hizo que los invasores fuesen el hazmerreír de todos. Una pequeña unidad catalana, menos de dos mil combatientes, atacó a un ejército francés mucho más numeroso. Como siempre, las tropas francesas disponían del mejor equipo y estaban muy bien preparadas. Nuestra gente tenía la ventaja de haber organizado la emboscada desde un punto elevado en el paso. Tenían la intención de atacar, matar a unos cuantos franceses y después retirarse entre las rocas cuando los galos los persiguiesen. Pero teníamos a un pequeño tamborilero demasiado entusiasta. Batió la piel del tambor con tanta fuerza que el sonido retumbó como un trueno por los riscos y los franceses creyeron que estaban rodeados. A medida que nuestra gente avanzaba, las tropas francesas se dejaron dominar por el pánico y escaparon.

Compartí sus risas con la historia del tamborilero y ofrecí un brindis a los valientes somatenes como ella misma que luchaban contra los franceses. Vi que comenzaba a verme con mejores ojos..., y yo también a ella; habían pasado semanas desde que había estado con una mujer, y mi miembro masculino me estaba diciendo que necesitaba el calor de una hembra.

A medida que el vino y la conversación la relajaban, me contó más cosas acerca de la ciudad. Fingí la más absoluta ignorancia pese a que ya sabía una parte por boca del patrón del *Gato de Mar*. De acuerdo con la tradición, Barcelona había sido fundada por los fenicios o sus descendientes, los cartagineses, que habían establecido puestos comerciales a lo largo de la costa catalana. La ciudad se llamaba Barcino durante la época romana, y durante los tres siglos de ocupación visigótica se la conoció como Barcinona. Los árabes llegaron en el año 717. Los francos, alrededor de un siglo más tarde. Los condes de Barcelona consolidaron su influencia sobre Cataluña durante los siglos x y xi.

—El héroe de la ciudad es Wifredo el Velloso. Él comenzó la dinastía de los condes de Barcelona, que reinaron durante quinientos años. Murió heroicamente en la lucha contra los árabes. Antes de eso había combatido contra los dragones y había tenido otras aventuras. Has visto la bandera catalana: cuatro barras rojas en un campo dorado. La bandera conmemora a Wifredo. Cuando combatía para Ludovico Pío en el sitio de Barcelona, los sarracenos lo hirieron de gravedad. Mientras yacía en su tienda después de la victoria, el rey fue a verlo y se fijó en el escudo de Wifredo, cubierto con pan de oro pero sin un blasón. Ludovico mojó los dedos en la sangre de Wifredo y los pasó por encima del escudo.

Había oído la historia en la barca pero no le dije que muchos dudaban de su autenticidad, porque Ludovico había muerto antes de que naciera Wifredo.

De pronto Rosa dejó de hablar y me miró, furiosa.

—¿Qué pasa? ¿Qué he hecho ahora? —pregunté.

—Deja de mirarme como si fuese el receptáculo de tu asquerosa lujuria. Si me pones la mano encima, te cortaré el cipote y te lo haré tragar.

¡Ay!, me pregunté cuánto cobrarían las putas de la ciudad.

SESENTA Y CUATRO

Esa noche dormí en la posada, la misma donde se suponía que debía alojarme a mi llegada. Por las miradas que recibí, estoy seguro de que todos los del lugar tenían la orden de vigilarme. Rosa me despertó con la primera luz del alba.

—Tienes tiempo para comer un trozo de pan y beber una copa de vino; después, nos vamos.

—¿Adónde?

—A hacer el reparto. —Llevaba consigo dos cestos cargados con cuchillos de cocina.

—Vas a espiar.

Ella enarcó las cejas.

—Dilo un poco más fuerte y muy pronto te verás en las manos de Bailly, el general francés a cargo de la policía secreta. Tiene la misión de cobrar los impuestos y de detener a los españoles que se oponen a los franceses. Pone las cabezas de los guerrilleros en los mismos canastos donde mete los impuestos que cobra.

Era bueno tener cerca a alguien como Rosa para evitar que perdiese la cabeza porque tenía la lengua demasiado suelta.

Cargado con uno de los canastos, la acompañé por las calles de la ciudad y por un largo y ancho bulevar llamado las Ramblas. De vez en cuando se detenía en una casa o una tienda para hacer una entrega. Yo esperaba fuera y nunca sabía si ella estaba pasando información o cuchillos.

Nos cruzamos con una patrulla francesa y Rosa saludó a los hombres con una sonrisa y se detuvo para presentarme como su primo al cabo que estaba al mando. Hablaba en un francés fluido. Mientras seguíamos caminando, me comentó:

—Se sienten más seguros en las Ramblas que en el barrio Gótico. No puedes disparar un cañón en sus esquinas.

—¿Cómo?

—Las Ramblas fueron una vez el lecho de un río; es más, la palabra significa algo así en árabe. En tiempos pasados, la avenida seguía el serpenteante curso del lecho seco. Fue transformada en esta ancha y recta calle por el rey para mantenernos a los barceloneses a raya: derribaron muchas callejuelas angostas para transformarla en una ancha avenida que es casi tan recta como una flecha.

—Para que fuera más fácil disparar los cañones...

Cuando pasamos por la fortaleza de la Ciutadella, los cadáveres colgaban de las horcas delante de las inmensas puertas. Al otro lado de la carretera, la gente hacía cola delante de una garita de vigilancia. Había muy pocos jóvenes en el grupo, que en su mayoría estaba formado por mujeres, niños y ancianos. Como los deudos en un funeral, todos mostraban expresiones de dolor y lágrimas en el rostro. Hacían cola para averiguar el destino de sus familiares en manos francesas.

—Ejecutan a los detenidos a diario —dijo Rosa—. Los franceses creen que pueden controlarnos a través del miedo, pero eso sólo nos enfurece y aumenta la violencia contra ellos. Ves el dolor de nuestra gente por todas partes, no sólo en Barcelona, sino también en otras ciudades más pequeñas y en los pueblos. Por toda Cataluña, la gente llora a sus seres queridos: padres, hijos, e incluso hijas, son sacados de sus casas, y luego asesinados, violados o encarcelados donde sus familias no pueden encontrarlos o siquiera saber si están vivos. Los franceses pueden encarcelarte por cualquier motivo, incluso si miras a uno con malos ojos o te quejas de que ha desaparecido un familiar. Se han producido casos donde todo un pueblo ha sido ejecutado sumariamente como represalia o trasladados en masa a una prisión.

»Los espías de Bailly están por todas partes: en las esquinas, en las posadas y las tabernas. Ni siquiera puedes estar seguro de que el sacerdote que escucha tu confesión no es un espía francés. Los invasores son absolutamente brutales con las familias de cualquiera del que sospechen que es simpatizante de la guerrilla. Si tienen la más mínima sospecha de que alguien es un guerrillero, detienen y torturan a toda su familia para obtener información. Yo he enviado a mi propia madre fuera de la ciudad para que se aloje con mi hermano por si ocurre que descubren mis actividades. Sólo le permití que viniese a la ciudad cuando creímos que Carlos regresaba a casa.

—¿Casio es el jefe de los guerrilleros en Barcelona?

—No, sólo es uno de los jefes en la región catalana.

Yo estaba realmente impresionado por el coraje y la decisión de las personas que resistían a los invasores.

—Para Casio, para ti y para los demás debe de ser una preocupación saber que no sólo estáis arriesgando vuestras vidas, sino también las de vuestros familiares.

Rosa se detuvo y me miró a los ojos.

—Casio no tiene familia de la que preocuparse; encontró a su esposa, a sus hijos y a su anciano padre colgados de un árbol en las afueras de su pueblo.

Me contó más de la vida de la guerrilla. Vivían como animales salvajes en los bosques y montañas, siempre de un lado a otro, a menudo perseguidos, pasando frío en invierno, derritiéndose en el calor del verano. Los jefes conseguían voluntarios cuando hacía buen tiempo y los combates iban bien, pero había pocos cuando el viento o las batallas se volvían en contra. A veces nadie luchaba porque debían regresar a casa y recoger las cosechas.

De la misma manera que los franceses llevaban un control de las barcas de pesca, sus espías informaban si un hijo o marido de un pueblo faltaba de su casa durante mucho tiempo. Cuando se recibían tales informes, las familias eran arrestadas, y a veces asesinadas sin más.

El despliegue de violencia era desatado por ambas partes.

—Los luchadores de la resistencia deben admirar y temer a Casio y a los otros jefes —dijo Rosa—. Los grupos se gobiernan como jaurías de lobos: al primer signo de debilidad de un jefe, alguien que ansíe el mando le clavará un puñal entre las costillas. Casio obtuvo su primer mosquete cuando mató a un soldado francés con un cuchillo de cocina. El hombre había violado a su esposa. —Sacudió la cabeza—. A diferencia de mi hermano, que participaba en revoluciones en su mente más que con las manos, los jefes guerrilleros a veces están más cerca de los bandidos que de los eruditos políticos. Pero deben saber cómo tratar con personas de todos los niveles.

»Y eso es especialmente importante cuando se busca apoyo en las aldeas y los pueblos. De la misma manera que los franceses cobran impuestos en esos lugares, también lo hacen las bandas guerrilleras, para conseguir dinero y comprar comida y armas. Si el jefe es demasiado brutal (y algunas bandas no son más que grupos de malhechores que roban y asesinan a nuestra gente), las comunidades les cierran las puertas. Casio tuvo que matar a uno de sus propios lugartenientes, un amigo de la infancia, porque el hombre era un bárbaro con los habitantes de los pueblos cuando cobraba los impuestos. De no haberlo hecho, ese pueblo y sus habitantes nos hubiesen negado su ayuda. No es sólo comida y dinero lo que necesitamos de las ciudades y los pueblos; también necesitamos información del movimiento de tropas y un lugar donde escondernos cuando nos pisan los talones.

»Lo mismo sucede cuando se trata con la Iglesia. Los sacerdotes son antifranceses por la política anticlerical de Napoleón. Sus tropas han convertido monasterios y conventos en cuarteles y establos, asesinado sacerdotes y violado monjas. Pero los curas también tienen que tener mucho cuidado, porque son vigilados de cerca por los galos. A la menor provocación, los franceses ahorcan al párroco.

Nunca había pensado en la logística, en la necesidad de reclutar, entrenar, pagar y aprovisionar a las fuerzas guerrilleras. En mi mente, un guerrillero era un hombre —y a veces una mujer— que salía de casa por la mañana con un mosquete para luchar contra los franceses y volvía por la noche. Pero en realidad tenían los mismos problemas con los suministros y las armas que los ejércitos regulares. Sus necesidades eran menores pero sus recursos se veían más forzados.

Rosa me contó que su primera tarea había sido fabricar balas de mosquete en un gallinero, detrás de un comedor de oficiales del ejército francés.

—Obtener suministros supone un esfuerzo constante —manifestó—. Menos de la mitad de nuestros hombres están equipados con mosquetes, y pocas veces tenemos munición suficiente. En Navarra, el jefe guerrillero Mina empleó la estrategia de una bala que Casio y los otros jefes han adoptado. Cuando emboscan a una unidad francesa, se acercan todo lo posible antes de disparar. Luego, tan pronto como han disparado los mosquetes una vez, atacan a los franceses a bayoneta calada y luchan cuerpo a cuerpo. Parte de nuestros hombres permanecen en la reserva. Llegado el momento de abandonar el combate, las reservas disparan otra descarga para cubrir la retirada. Incluso cuando tenemos balas de mosquetes suficientes, continuamos con la misma estrategia porque nos va mejor con un ataque rápido, atacar a los franceses con las bayonetas en lugar de intercambiar disparos mientras ellos esperan la llegada de refuerzos.

—¿Qué tamaño tienen las unidades guerrilleras? —pregunté.

—Algunas veces, unas pocas docenas de hombres, por lo general unos cientos, incluso si se trata de una batalla más importante. Los franceses ya no envían correos sin una gran escolta, un par de centenares de hombres o más, todos montados y al galope, pero detenemos a muchos de ellos. Las comunicaciones es el mayor problema de los franceses. Controlan muchas ciudades, pero nosotros controlamos las carreteras, el campo y las montañas. Una unidad francesa pocas veces sabe lo que está haciendo otra sólo a un día o dos de distancia porque sus correos no pueden pasar.

»Los franceses vinieron a España creyendo que vivirían de la tierra, robando lo que pudiesen, y sólo pagando cuando no tenían otra alternativa. Pero han descubierto que tienen que apretarse los cinturones. Nuestra gente escapó a las colinas con sus rebaños en lugar de permitir que los franceses se los arrebataran, y nuestras guerrillas compran el grano tan pronto como se cosecha y queman el resto para que no lo tengan los invasores.

»Otra ventaja que tenemos es la velocidad. Debido a que nuestras unidades son pequeñas, llevan armamento ligero y conocen el terreno, nos movemos mucho más de prisa que ellos. Nuestra mayor ventaja está siempre en las montañas. El ejército español nunca ha tenido buenos mapas o se los han ocultado a los franceses, porque ellos casi nunca conocen los pasos de montaña como nosotros. Allí donde vamos, los lugareños nos enseñan las rutas secretas por las montañas y los mejores lugares donde emboscar al enemigo. La táctica más eficaz ha sido ocultarse en terreno alto y disparar contra las tropas francesas abajo. Todo terreno escabroso (montañas, colinas, bosques...) favorece a nuestros guerrilleros porque demora a la caballería enemiga.

Escuché en silencio mientras Rosa describía estas tácticas. Mi admiración por los guerrilleros crecía por momentos. Un oficial francés pedía mosquetes, balas y pólvora al arsenal, mientras que los patriotas como Casio luchaban con un cuchillo de cocina contra un mosquete..., y bien que luchaban, con una extraordinaria determinación y gran coraje, de la misma clase que había enviado a David armado sólo con una honda y unas piedras contra Goliat.

SESENTA Y CINCO

Al volver una esquina, nos acercamos a una casa donde Rosa debía hacer una entrega. Me cogió del brazo y susurró:

—¡Soldados!

Delante de nosotros, un grupo de soldados franceses con mosquetes estaban frente a una casa. Me volví; más soldados venían por detrás.

—Aquí. —Rosa abrió una verja de madera que cerraba un angosto pasaje entre dos edificios.

La seguí, diciéndole que nos habían visto. El pasaje no tenía más que unos pocos pasos y acababa en un muro. Estábamos atrapados. Dejó caer el canasto y sacó un cuchillo. Pero éstos no funcionarían contra una patrulla francesa armada con mosquetes. Rendirse tampoco era una alternativa: ahorcaban a la mayoría de las personas a las que detenían, y dejaban que Dios se ocupara de separar a los inocentes de los culpables.

Se agachó para mirar entre las tablas de la verja, sus nalgas empujando contra mí. Por lo general, no me excito cuando el aliento de los soldados con mosquetes me calienta el cuello, pero tener su redondo trasero apoyado contra mi hombría me llevó a un estado de excitación instantánea. Sabía que era un error por mi parte, pero mi garrancha no tenía moralidad. Mis libidinosas urgencias, sin embargo, me dieron una idea que podía salvar nuestras vidas.

Sujeté su vestido por detrás y se lo levanté.

—¿Qué haces?

—Chis, compórtate como una perra en celo.

Como la mayoría de las mujeres de su clase, Rosa no llevaba nada debajo de las enaguas. Como un hombre que se considera un experto en culos femeninos, puedo asegurar que el de Rosa era de primera calidad: suave y firme, tibio al tacto. Al oír que se acercaban las botas, no tuve tiempo para examinar a fondo aquella maravilla. La hice apoyar contra una de las casas y me bajé el pantalón.

La espada de mi lujuria estaba lo bastante dura como para cortar diamantes, pero, ¡ay!, así y todo no podía penetrar la prensa de su tesoro virginal. Era más estrecha que el garrote con el que nos ahorcarían los franceses si nos detenían.

La verja se abrió repentinamente de un puntapié y me encontré frente al cañón de un mosquete francés. El soldado me miró, los ojos como platos, mientras nuestras caderas se movían y giraban en una lujuriosa exhibición de sexo simulado.

—*Est-tu le mari?* —pregunté mientras nuestras caderas seguían golpeando, girando y serpenteando, y Rosa gemía con una asombrosa autenticidad.

Entonces se oyeron gritos en la calle. Con una sonrisa ladina y un guiño de complicidad, el soldado me dio una palmada en la espalda y gruñó: «*Très bien!*», y se marchó, dejando que la verja se cerrase detrás de él.

—Tenemos que permanecer en esta posición —susurré—. Quizá vuelvan... aunque sólo sea para mirar.

—Cabrones franceses —dijo ella por lo bajo, sacudiéndose de miedo, pero por mucho que me detestase todavía seguía demasiado asustada de los soldados como para arriesgarse a dejar nuestro abrazo. Incluso continuó moviendo las caderas, aunque no tan provocativamente como antes.

—Nos habrían matado —le murmuré al oído—. Hemos hecho lo correcto.

El alivio también inundaba mi cuerpo, lo que, unido a nuestro simulado acto sexual, hizo que mi erguida hombría se empinase todavía más. De hecho, el martillo de mi amor latía ahora dolorosamente con el deseo reprimido.

Ella debió de sentir lo mismo, porque su flor se abrió de pronto como por arte de magia. Dado que era poco prudente separarse —el soldado francés podía regresar en cualquier momento—, debíamos hacer que pareciese real, ¿no? y mi garrancha, poseedora de voluntad propia, decidió hacer que pareciese muy real. Su tesoro secreto pareció tener la misma idea. Su flor no sólo se abrió, sino que se levantó al mismo tiempo que yo instintivamente me inclinaba hacia adelante. Una vez más, la excitación dominó mis instintos de supervivencia, y antes de darme cuenta ya la había penetrado.

Moví la mano izquierda sobre su pecho; la otra bajó entre sus piernas para buscar el gatillo de la pasión. Allí, acaricié y provoqué el tierno pimpollo con mi dedo. Moví la mano izquierda hacia su delicioso trasero, y la levanté del suelo más de un palmo con cada embestida de mis poderosos muslos.

Quizá nos sentíamos aliviados de haber sobrevivido a la redada francesa, fortalecidos por la deliciosa sensación de que después de todo podríamos seguir viviendo. Fuera lo que fuese, nuestros deseos y necesidades nos habían superado. No nos caíamos bien el uno al otro —su odio hacia mí era sin duda homicida—, pero eso de alguna manera hizo que fuera mejor.

La tumbé en el suelo y me eché encima de ella en el pasaje. De ese modo teníamos mejor apoyo y al instante estábamos golpeándonos el uno al otro como martillo y yunque, como si todos los demonios del infierno estuviesen luchando por escapar de nuestros libidinosos muslos, como si nuestras pelvis fuesen armas, arietes en una guerra de asedio lujuriosa. Parecía tener una plancha de acero en la suya, y me golpeaba con tanta fuerza que se hinchaba y se volvía lívida. Nada de eso me retuvo..., no con las descargas de ardiente lujuria que salían de mí y entraban en ella una y otra vez.

Sin aliento, agotados, cubiertos de polvo, por fin nos incorporamos, pusimos en orden nuestras prendas y esperamos a que los franceses despejasen la calle.

Arrodillado, con la espalda apoyada contra la pared, cerré los ojos y exhalé un suspiro cuando de pronto un cuchillo se apoyó en mi garganta. Sin moverme, miré a la mujer que lo empuñaba.

—Te mataría por violarme, pero Casio se enojaría.

¿Violarla? ¡Sombras de Marina! Quería corregirle su falsa impresión de nuestro acto de amor; ella había empujado su plumeria contra mí. Decidí, sin embargo, no discutir con una mujer tan rápida con el cuchillo. La mayoría de las mujeres son dóciles y cariñosas después de hacer el amor. Ésta, en cambio, era más arisca que antes.

Aparté con cuidado la hoja de mi garganta.

—Olvidé darte el mensaje de Carlos. En el momento anterior a que el espíritu dejase su cuerpo, me pidió que te dijese que estás haciendo la voluntad de Dios, no cometiendo un pecado, sino siguiendo el camino que Dios eligió para ti.

Ella me miró.

—¿Qué más dijo?

—Eso fue todo. —Sonreí—. Nunca me contó cuáles eran tus pecados, si es eso lo que te preocupa.

Rosa se golpeó la palma de la mano con la hoja del cuchillo.

—No tengo pecados, señor Pícaro.

Eh, tenía un nuevo nombre. Un pícaro era un tunante, un vil ladrón y un abusador de mujeres. Ella creía que me estaba insultando, pero después de que me hubieran llamado lépero, bandido, traidor, asesino y otras cosas peores, que me llamasen pícaro no era ninguna calumnia.

SESENTA Y SEIS

—Buenas noticias —me dijo Casio, entusiasmado—. Al fin podrás ser un héroe por tu país.

El trato con los españoles me había enseñado que, en su léxico, muerto y héroe a menudo eran sinónimos.

—Estoy preparado para servir a la causa de la libertad —mentí.

—Mientes, por supuesto. Rosa ya me ha informado de que eres un patán inútil. En circunstancias normales te arrancaría el hígado y se lo daría a mi perro, pero... —hizo una pausa y sonrió— tienes una gran capacidad para engañar a los demás y sobrevivir. Has conseguido eludir a los verdugos de la colonia y también a los de Cádiz y, de momento, incluso a los de Barcelona. Ser un ladrón, un asesino y un timador puede ser valiosísimo en esta pequeña guerra que libramos contra un adversario abrumador. Tendremos todo el tiempo del mundo para ocuparnos de tus crímenes después de haber mandado a los franceses al otro lado de los Pirineos.

Me dijo que la mayoría de los planos de batalla que Napoleón enviaba a los generales al mando de los ejércitos en España llegaban a través de los Pirineos y pasaban por Barcelona.

—El emperador mantiene las manos bien apretadas alrededor de la garganta de España —añadió Casio—. Permite a sus comandantes poco margen de maniobra, porque han sufrido numerosas derrotas a manos de nuestros regulares y las guerrillas. Tenemos información de una fuente en el cuartel general francés dentro de la Ciutadella de que comenzará dentro de poco una importante campaña para barrer a la resistencia de nuestra provincia. Un general traerá las órdenes de Napoleón para sus comandantes de Barcelona. Asistirá a un baile en su honor. A la mañana siguiente se reunirá con un grupo de oficiales del estado mayor y les entregará sus órdenes.

»El general, Habert, no va a ninguna parte sin su maletín, que contiene las órdenes del emperador. Necesitamos obtener una copia de dichas órdenes. El método más sencillo sería emboscarlo a él y a su escolta, pero entonces los franceses sabrían que tenemos sus planes.

—Es decir, quieres copiarlos sin que él se entere —dije.

—Así es. Necesitamos sacarlos de su maletín, copiarlos y devolver el original. Como es natural, tendrán que ser copiados por alguien que hable bien francés.

—Muchas personas en Barcelona hablan...

—Es verdad, pero pedimos a Cádiz que nos enviasen a alguien puesto que nuestra propia gente sería reconocida. Además, si bien aquí hay muchas personas que hablan francés, son pocos los que pueden leerlo.

Entonces comprendí por qué el coronel Ramírez había escogido a «Carlos» para la misión. Mi amigo tenía talento para sacar planos de un maletín, copiarlos y guardarlos de nuevo. Debido a que era conocido por sus simpatías francesas, no sospecharían de él. Si los planos incluían dibujos de fortificaciones, Carlos también podía duplicarlos. El dibujo no se contaba entre una de mis habilidades, y tampoco leía el francés tan bien como lo hablaba. Pero ésas no eran cosas que debiera decir a un hombre cuando mi vida pendía de un hilo y él empuñaba una daga. Negarse a llevar a cabo la misión sería un suicidio.

—¿Cómo me hago con el plano?

—Una aristócrata que los franceses creen que es partidaria de su causa ofrecerá un baile en honor al general. Se trata de una mujer... —su sonrisa se tornó insinuante— de un carismático encanto y una irresistible belleza. Ella se ocupará de sacar y guardar el plano una vez que lo hayas copiado.

No me gustaba ni una coma de su plan. Allí donde fuese el general con su maletín, los pelotones de dragones franceses lo seguirían de cerca. También sospechaba que Casio tenía otras cartas guardadas en la manga, y mi supervivencia no era parte del plan. Mi propia naturaleza suspicaz y mi falta de confianza en la bondad innata del hombre me llevaban a sospechar de amigos y enemigos. Entre otras cosas, si la guerrilla de verdad quería que los franceses no supieran que había copiado los planos, acabarían con esa posibilidad matándome. Me sentía un poco como cuando el cacique maya había ordenado que le sirviesen mi corazón poco hecho como plato principal.

SESENTA Y SIETE

—Nos haremos pasar por sirvientes —me dijo Rosa.

El palacio de la aristócrata estaba a medio día de viaje de la ciudad.

—Los guardias franceses vigilarán el palacio. Sólo se permitirá moverse libremente a la servidumbre, e incluso así seremos vigilados. Su ama es conocida por sus... *projets d'amours*, como dicen los franceses.

—¿Le gusta llevarse a los hombres a la cama? —pregunté.

Rosa gruñó algo que no comprendí pero que sonó a despectivo.

Esas nobles españolas debían de ser muy lujuriosas, pensé para mí. Me había acostado con una de ellas en la colonia, aunque era de sangre francesa. ¿Podía tratarse de la misma mujer? Le pregunté a Rosa el nombre de la aristócrata a cuyo palacio íbamos.

—Eso no te concierne.

No lo discutí. Desde luego, la mujer que yo había conocido no era una patriota española.

—Te encargarás de servir el vino —dijo Rosa—. A última hora, llevarás el brandy a su dormitorio y te quedarás allí, en una habitación contigua. Ella agasajará al general Habert en privado. Le echará un somnífero en el brandy y te llamará cuando haya hecho efecto. Sacarás el plano de campaña del maletín, lo copiarás y lo devolverás. —Me sonrió—. Es un plan sencillo.

Sonreí y asentí, como si fuese lo bastante estúpido como para creerla. Iba a robar un plano militar a un general francés rodeado de oficiales franceses. ¿Un plan sencillo? Mis sentimientos sobre el plan podían expresarse con una única palabra: «¡patíbulo!». Para empezar debíamos suponer que los franceses eran idiotas. Y yo me negaba a creer que los generales que habían conquistado gran parte de Europa eran unos incontrolados cretinos.

—Los oficiales franceses estarán jugando o entreteniéndose con las putas. —Rosa me miró de hito en hito—. A menos que quieras que te corte el gaznate, deberás comportarte.

¿Qué había en mí que hacía que la sed de sangre de esa mujer se encendiera en un momento y al siguiente se inflamara su pasión?

Había incitado a muchas señoritas a gestas y cumbres amorosas, pero ésa era la primera cuya lujuria por mí era intrínsecamente homicida.

La casa de la aristócrata era palaciega. Hubiese humillado el palacio del virrey en Ciudad de México casi tanto como el uniforme de criado me humillaba a mí. No me sentaba bien.
—No es de mi talla —le dije a Rosa. La chaqueta era muy pequeña, y los calzones demasiado ajustados y cortos.
Miró mis partes masculinas, que abultaban en las ingles.
—¿No puedes ocultar esa cosa?
—Está estrangulada.
—Contrólala, o te la cortaré.
Ya empezaba otra vez, queriéndome convertir en un *castrato*, un niño del coro de una iglesia al que le han cortado los cojones para asegurarse de que nunca perderá su dulce voz de soprano. A las mujeres no se les permitía cantar en los coros, así que la Iglesia convertía a los hombres en mujeres. ¿Quizá deseaba hombres que cantasen con una voz más aguda que la mía?
—Lleva esta bandeja de copas de vino al gran salón —dijo.
En el momento en que entraba en la enorme sala, un oficial francés me rozó como si yo fuese invisible, chocando con arrogancia contra mi bandeja y derramando el vino. Luego se alejó sin disculparse siquiera por su descortesía.
Rosa apareció de inmediato ante mí, siseando como una serpiente.
—Mantente en tu papel, idiota. Pareces dispuesto a desafiarlo en duelo.
Tenía razón; debería estar buscando una ruta de escape, no preparándome para combatir contra el ejército francés. Puse una sonrisa en mi rostro, con la ilusión de que me hiciese parecer inofensivo y estúpido, y me dediqué a servir.
Qué vida se pegaban los conquistadores: excelentes manjares, los mejores vinos y las putas más hermosas que había visto. En una de las habitaciones habían instalado mesas de juego. Advertí que la mayoría de las apuestas se hacían con joyas, gemas que sin duda habían pertenecido a casas españolas. Un oficial, un capitán de caballería, anunció mientras arrojaba un anillo a la mesa que aún tenía las manchas de sangre del dedo del que lo había cortado. Los compañeros de juego celebraron la ocurrencia con grandes risotadas. Los despojos son para los vencedores, ¿no? Pero por la manera en que los guerrilleros combatían, muchos de esos arrogantes cabrones muy pronto cenarían con el diablo.
Estaba sirviendo la tercera ronda de vino cuando los oficiales se abrieron como el mar Rojo y una mujer de extraordinaria belleza caminó a través de la sala en mi dirección. La cabellera color miel hasta la cintura, resplandecientes alhajas, ojos que brillaban como

el propio pecado, iba divinamente vestida con un traje de color plata de seda pura digno de una reina..., o una condesa.

La tierra se abrió bajo mis pies. Miré al interior de mi fosa abierta, seguro de que mi alma forjada en el infierno había abandonado mi cuerpo.

—Continúa sirviendo el vino —me ordenó Camila, la condesa de Valls. Me miró, con esa mirada aristócrata que ve a través de los sirvientes pero no reconoce que son humanos.

Tambaleándome sobre mis pies, tenía dificultades para respirar. Rosa apareció de nuevo ante mí.

—¡Ya has oído a la condesa: continúa sirviendo el vino!

Había dos mujeres en la misma habitación que querían azotarme, castrarme y matarme. No debería haberme sorprendido, pero me había convencido a mí mismo de que no era posible que fuera la misma mujer.

En los ojos de la condesa, por supuesto, no brilló ni la más mínima chispa de reconocimiento. ¿Era posible que no me hubiese reconocido como el intruso que había revisado su habitación en la colonia y la había tomado hasta dejarla sin sentido? Con la debida modestia, quizá no recordaba el rostro del hombre con quien había forcejeado en la oscuridad..., pero ¿podía olvidar la mejor garrancha de dos continentes? Sí, es comprensible que no recordara mi maltratada cara, pero nunca podría olvidar el martillo de amor que había golpeado su flor de la pasión en un furioso frenesí de tremenda lujuria. ¡Ay! Para mi gran vergüenza, mi cañón se levantó obscenamente contra las costuras de mis ajustados calzones de sirviente.

Quizá sabía muy bien quién era yo y no quería delatarme a los franceses. ¿Qué había dicho Casio de la condesa? ¿Los franceses creían que estaba de su parte? Era evidente que en la colonia había estado espiando para ellos. ¿O no? Quizá era una agente doble que sólo fingía espiar para los franceses mientras descubría a los traidores españoles. Había utilizado al pobre Carlos como su herramienta. También, quizá, como Carlos, las atrocidades francesas cometidas contra el pueblo español la habían puesto en contra de los Bonaparte.

Bien podía ser que yo hubiese caído en una trampa, y por la mañana el general me haría colgar delante de la fortaleza de Barcelona y los buitres desayunarían con mis ojos.

Por tercera vez, Rosa apareció ante mí.

—Deja de pensar en tu pene y sirve el vino.

—¿Sabías que la condesa es una espía francesa?

—Es una patriota. Sigue sirviendo.

Sí, una patriota. Pero ¿de qué país?

A última hora ya estaba cansado y harto de servir a los oficiales franceses. Por fin Rosa me ordenó que fuese arriba con el mejor vino y brandy de la bodega de la condesa. Subí la escalera que conducía a las habitaciones de la aristócrata. Rosa me siguió y se encargó de servir vino común y un buen estofado de carne con patatas a los guardias del pasillo. Los soldados apenas si me miraron cuando pasé con las bebidas para la condesa y su invitado especial, el general Habert. Rosa llevaba desabrochados los dos botones superiores de la blusa, y los guardias estaban muy ocupados mirándola. Yo también. Los hombres somos unos cerdos.

Había visto llegar al general y no me había sentido impresionado con su porte. La barriga le caía por encima del cinturón, pero supongo que siendo un general no necesitaba un cuerpo atlético. En cambio, sí me impresionó su maletín. De cuero, hecho a mano con un escudo de armas de oro grabado, nunca se separaba de él, según Casio. Él mismo lo cargaba, en lugar de permitir que su ayudante que le pisaba los talones lo llevara. Desapareció escaleras arriba poco después de su llegada. La condesa no tardó en seguirlo. El plan era que entretuviese al general, echase un somnífero en la bebida y después me dejara entrar en la habitación para copiar los documentos a la luz de la vela. Pero, como he dicho, algo en su plan me preocupaba. Ahora que la condesa había resultado ser mi vieja Némesis, mis pensamientos eran todavía más lúgubres.

Para el momento en que subí la escalera, los oficiales franceses estaban borrachos, muchos de ellos inconscientes; otros estaban con las putas o jugando a las cartas en la habitación llena de humo. Tal como me había indicado Rosa, esperé fuera de los aposentos de la condesa, junto a una puerta lateral que daba paso a una alcoba privada. Rosa me había dicho que esperase allí y, por miedo a que pudiese roncar, que no me quedase dormido. Por supuesto que no roncaría; estaría demasiado ocupado espiando a la condesa y buscando un camino para escapar.

Nunca me había sentido tentado de azotar a una mujer..., hasta que me había topado con Rosa.

Arrodillado ante el ojo de la cerradura, no conseguía ver bien el dormitorio de la condesa. La cama estaba demasiado a la izquierda como para que pudiera ver algo más que las patas. La habitación no estaba a oscuras, sino en penumbra, con la mitad de las velas apagadas. Abrí silenciosamente la puerta sólo lo necesario para asomar la cabeza. Oí los reveladores sonidos de la respiración agitada y los gruñidos guturales del acto amoroso, pero seguía sin ver la cama. Serpenteé por el suelo hasta llegar a una mesa y espié.

Vi a la condesa montada encima del general. Estaba desnuda, e incluso en la penumbra reconocí su generoso culo, la concupiscente curva de sus pechos, y supe que era ella. El general Habert yacía tumbado de espaldas, con su enorme barriga levantada como si fuese una bestia peluda. Ella era la única que trabajaba, subía, bajaba y gemía como si su hombría la llenase de cegadoras pasiones y locos deseos. Por experiencia reconocí sus extasiados jadeos como los falsos gritos de una puta escandalosa que engaña a los hombres vanidosos haciéndoles creer que tienen garranchas de acero.

El famoso maletín estaba en una mesa junto a la cama.

Un extraño sonido llegaba desde el lecho. Me esforcé en escuchar. Era un sonido que reconocí pero que no acababa de ubicar. Entonces caí en la cuenta: ¡el general roncaba!

Los falsos gemidos de la condesa se apagaron. Por fin detuvo la farsa sexual y miró las flácidas facciones del militar.

—*Général?* —preguntó en francés.

Él le respondió con un doloroso estertor. La mujer lo abofeteó suavemente en el rostro y repitió su nombre.

—¿Lo has drogado bien? —pregunté.

—¡Aaaahhh! —Se volvió, los pitones gemelos de sus magníficos melones me apuntaron como piezas de artillería.

—Chis, los guardias están fuera.

Ella se bajó de la morsa dormida. Tal como sospechaba, el brandy y la droga habían arrugado su cañón. Me pregunté cuánto tiempo llevaba en ese estado.

—No eres muy bueno obedeciendo órdenes, ¿verdad? —susurró.

Me encogí de hombros.

—¿Cuándo dejaste de espiar para los franceses y comenzaste a hacer de puta para los españoles?

Ella no ocultó su desnudez, ni siquiera con una modesta mano sobre los pechos. Tampoco yo intenté ocultar que la deseaba. El cada vez mayor bulto en mis calzones daba fe de la realidad.

—Sólo miro de qué lado sopla el viento. Y ahora mismo está soplando del de la corona de España de la cabeza de José Bonaparte. —Abrió el maletín, dejó a la vista un grueso fajo de papeles y sacó un documento de una página—. Copia esto. —Me señaló la pluma y el dinero sobre la mesa.

Me senté y eché un rápido vistazo al documento. En él había instrucciones para tres comandos diferentes respecto a los movimientos de tropas. Las instrucciones eran breves y concisas, y estaban redactadas en un lenguaje lo bastante sencillo incluso para mi limitado conocimiento del francés escrito. Daban el nombre del comandante y el movimiento preciso que debía hacer la unidad e indicaban las carreteras, las fechas y el número de tropas en unos pocos párrafos concisos.

—Limítate a copiarlos —me dijo—. La información no significa nada para ti, escoria lépera, pero las guerrillas harán buen uso de ella.

Rosa entró cuando estaba acabando el trabajo. Las dos mujeres no se dijeron palabra. Ambas permanecieron cerca de mí hasta que escribí la última palabra.

—Ahora vete —me ordenó la condesa—. Sal por aquí.

La seguí a través del dormitorio. Ella abrió una puerta secreta que daba a otro cuarto; al otro lado había otra puerta. Comprendí en el acto lo que era: el camino para que sus amantes entrasen y saliesen del dormitorio sin ser vistos.

—Baja la escalera detrás de aquella entrada hasta la planta baja y sal por la puerta que da al jardín. Hay un caballo ensillado que te espera. Los centinelas franceses de la verja tienen orden de esperar a un mensajero. Ocúpate de llevar los planos de guerra a nuestra gente de inmediato. Te estarán esperando en la carretera del bosque.

Me entraron ganas de saludar como un soldado a la mujer francesa que me daba las órdenes, pero me limité a reponder con un «*oui, madame*».

Salí corriendo por la puerta, mis botas resonando en los escalones. Me detuve al llegar abajo, pero en lugar de salir al jardín, donde me esperaba el caballo ensillado, subí de nuevo la escalera con el mayor de los sigilos.

Muchas cosas me preocupaban, la más humillante de ellas, la manera en que Rosa y la condesa me trataban, como si yo fuese de una estupidez increíble, un ingenuo patán de las colonias, en el mejor de los casos. Si bien mi educación se centraba más en los caballos, como había señalado Casio, tenía la agilidad de un gato en la adversidad.

Me habían dicho que la condesa no podía copiar el documento de guerra porque temía que su caligrafía pudiera delatarla como espía española si atrapaban al mensajero. Ay, eso supongo que sonaba muy cierto, pero ¿cómo había sabido con tanta precisión dónde estaba el documento en el maletín? Lo había abierto y lo había cogido sin buscarlo siquiera. Un oficial de alto rango llevaría en su maletín más de una única hoja. De hecho, yo había visto un grueso fajo de papeles cuando lo abrió. No obstante, ella había sacado la página que necesitábamos. La única forma en que podría haber sabido su lugar exacto era si le habían indicado dónde encontrarlo, o que ella misma lo hubiera colocado allí.

¿Qué había dicho de los centinelas de la verja? Que estarían esperando el paso de un mensajero. ¿Quién tenía la autoridad para darles tales órdenes? Sólo un oficial francés de alto rango.

Mi última sospecha había sido la manera como Rosa había entrado en la habitación. En el mejor de los casos, ella era hija de la clase trabajadora. La condesa pertenecía a la alta aristocracia, pero su lenguaje corporal, la silenciosa aceptación de la presencia de la otra sin una palabra entre ellas... Sus acciones connotaban para mi densa mente colonial una informalidad, incluso una familiaridad que encontraba paradójica para dos mujeres que en la escala social y financiera estaban separadas por un mundo.

De nuevo en el piso de arriba, espié junto a la puerta pero no oí nada. Con mucho cuidado entreabrí la puerta y volví a escuchar. De nuevo percibí los gemidos de una mujer en éxtasis sexual. ¿Se había despertado el general?, me pregunté. No podía ver bien la cama desde el umbral, así que volví a entrar a gatas en la habitación en penumbra. Me detuve detrás de una cómoda, me asomé y miré, estupefacto. No eran la condesa y el general los que proferían los sonidos amorosos; eran las dos mujeres. La condesa yacía de espaldas en la cama, desnuda. Tenía las piernas separadas, y Rosa estaba de rodillas entre ellas, su rostro palpando la ondulante flor de la pasión de la condesa.

—¿Qué estáis haciendo? —les pregunté en voz alta.

Mi pregunta sonó en la habitación como un pistoletazo. Ambas mujeres me miraron, sorprendidas. Rosa fue la primera en recuperarse. Saltó de la cama con la velocidad de un puma y cogió la daga del montón de sus prendas en el suelo.

Vino hacia mí encorvada, dispuesta a clavarme la hoja entre las piernas. Me hice a un lado y le pegué. Nunca antes le había pegado a una mujer, pero Rosa no era una mujer vulgar, era una salvaje diablesa huida del infierno. Mi golpe directo lanzado con toda la fuerza de mi cuerpo se estrelló contra su sien, y se desplomó como un roble alcanzado por un rayo. No se levantaría durante un rato.

La puerta del baño se abrió de pronto, y el general Habert, desnudo como las dos mujeres, apareció en el umbral. Me abalancé sobre él. Mientras forcejeábamos, la otra diablesa me atacó, saltando sobre mi espalda e intentando arrancarme los ojos con las uñas. Generalmente no encuentro ofensivo que una mujer desnuda me arañe, pero la momentánea distracción le dio al general la oportunidad de pegarme en la nariz, e intentó rodearme cuando me tambaleé hacia atrás. Entonces levanté a la condesa en el aire y la arrojé contra el militar, lo que hizo caer al hombre. Mientras ambos se retorcían en el suelo, le di una patada al general en la nuez. La condesa saltó como una fiera y corrió gritando hacia la puerta del dormitorio.

Mientras el militar se retorcía en el suelo, tosiendo y sujetándose la garganta, corrí de nuevo hacia la alcoba de los amantes y recogí el maletín, tumbando la mesa y la lámpara al pasar. Luego tiré otra lámpara de aceite con un golpe del maletín, haciéndola volar contra las cortinas antes de salir por la puerta secreta.

Tras bajar la escalera y salir al jardín, el caballo ensillado me estaba esperando. Con el infierno detonando a mi estela —gritos, llamas y el trueno de las botas que descendían la escalera—, salté sobre la silla e hice girar al caballo para dirigirlo hacia la puerta de la escalera. En el momento en que salió un guardia, le golpeé en la cabeza con el maletín.

A continuación fui hacia la verja a todo galope.

Atrás, las llamas salían por las ventanas del dormitorio de la condesa. Mientras galopaba hacia los guardias formados en la verja, grité:

—¡Nos atacan! ¡Voy a buscar refuerzos!

Pasé junto a ellos, pero uno más despierto o más sordo que los demás disparó su mosquete. Falló el disparo, pero muy pronto una patrulla montada comenzó a seguirme el rastro. Debía mantenerme en la carretera a causa de la oscuridad. Cabalgaba más rápidamente de lo que debía, y cualquier bache podía hacer que el caballo rodase y me aplastase debajo de él.

La patrulla acortaba distancias, ya casi me pisaban los talones, cuando me encontré con una descarga de fuego de mosquete y mi caballo cayó.

SESENTA Y OCHO

—¡Podrías haberme matado! —le grité a Casio.

Estábamos en una casa, a una hora a caballo del palacio, una choza en un pueblo de una docena de casas iguales. Casio y sus hombres habían estado esperándome. Habían emboscado a los sabuesos franceses que me pisaban los talones. No estaba furioso porque hubieran matado por accidente a mi caballo, sino porque mostraban la más absoluta indiferencia por el peligro que yo había corrido.

—De no estar seguro de tu lealtad hacia mí como un camarada soldado de la libertad —dije—, sospecharía que tenías órdenes de matarme junto con los franceses.

Casio se encogió de hombros. Estaba claro que no le importaba si yo vivía o moría. Sin embargo, después de leerle las verdaderas órdenes del emperador, porque él no sabía leer francés, la actitud del jefe guerrillero hacia mí cambió y se mostró casi afectuoso.

—Como ves, mis sospechas eran correctas —afirmé, muy ufano—. La condesa todavía es una agente francesa. El informe que preparó para que nosotros lo robásemos era una trampa. Cuando compares el sello del emperador con los demás, ves que el informe que esa mujer me dio es una falsificación. Las órdenes reales que tenemos aquí para los comandantes del emperador difieren de su orden fraudulenta. Rosa y la condesa eran parte del plan para engañarnos. Este pobre pícaro colonial que tienes ante ti —añadí con una modesta sonrisa— es mucho más patriota que esas dos putas sediciosas.

—Estoy muy desilusionado con Rosa —manifestó Casio—. Puedo comprender a la condesa, sólo es española por matrimonio, pero Rosa era una de nosotros. Sospecho que después de que la violaron...

—¿Los franceses violaron a Rosa?

—Fueron nuestros guerrilleros los que lo hicieron, o al menos un grupo de bandidos que afirmaban ser guerrilleros. Ella les llevaba un mensaje de mi parte y la recompensaron por arriesgar su vida pasándosela de mano en mano.

—A esos cabrones habría que castrarlos.

—Esos cabrones están muertos. Rosa se ocupó de ellos. Pero acabará en la misma fosa si la encontramos. Por su bien, espero que escape a Francia con la condesa.

No le había mencionado el encuentro sexual de Rosa con la condesa. Me lo guardé por lealtad a su hermano Carlos. Él lo habría querido así. Su madre había perdido un hijo. Carlos no hubiera querido que aumentara todavía más el inevitable desconsuelo de la anciana por la traición de su hija... con un cotilleo lujurioso.

—Nuestro conocimiento de sus planes será un serio revés para los franceses —afirmó Casio—. Planean una campaña mayor contra Gerona, un ataque por sorpresa después de fingir que se limitarán a continuar con el asedio.

—Tendrán que cambiar los planos.

Él negó con la cabeza.

—No es tan fácil. El emperador mantiene un estricto control del movimiento de tropas pese a estar muy lejos, y la actividad constante de nuestras guerrillas interrumpe sus líneas de comunicación. Los generales deberán seguir las órdenes vigentes. Además, el general Habert no desvelará el robo de los planos. Napoleón podría mandarlo fusilar por semejante torpeza.

—¿Qué vas a hacer respecto a Gerona?

Gerona era la ciudad más importante entre Barcelona y la frontera francesa. Resistía heroicamente los asaltos franceses.

—Avisarlos. Las órdenes del emperador son que una división se una con el actual ejército que asedia la ciudad y que la mayor parte de la fuerza tome las fortificaciones de Montjuïc, que son parte del perímetro defensivo de la ciudad. Necesitamos avisar a los defensores de la inminente acción. Manuel Álvarez, que dirige la defensa, sabe que Gerona acabará por caer, pero cada día que mantiene a los franceses atados al asedio reduce sus fuerzas en el resto de la Península.

Casio me dejó solo mientras iba a otra casa donde estaban alojados sus lugartenientes.

—Debo comunicarles las noticias —me dijo.

Agradecí el respiro de sus ojos vigilantes. Había encontrado algo más en el maletín del general: aparte de los mensajes que iban y venían entre el comandante catalán y el emperador, había dos bolsas de terciopelo. Las abrí en cuanto Casio se marchó. Una contenía un surtido de resplandecientes gemas: diamantes, rubíes y zafiros. No me costaba nada imaginar su procedencia: el general Habert, el alto comandante francés, había obtenido «regalos» de la traidora nobleza española y se había quedado con parte del botín capturado por las tropas.

La segunda bolsa contenía una sorpresa todavía mayor: un grueso collar de oro con grandes diamantes. Una nota en la bolsa explicaba que el collar era un regalo para la nueva esposa de Napoleón, la princesa austríaca María Luisa, de parte de Godoy, el ahora caído en desgracia primer ministro español. Godoy estaba cautivo en Francia junto con la familia real española, pero había hecho arreglos para que el collar fuese enviado a Napoleón, sin duda para ganarse su favor. El collar había pertenecido en otro tiempo a una reina española del mismo nombre, María Luisa de Parma.

Me guardé las bolsas debajo de la camisa. Esas joyas reales eran ahora propiedad de un desgraciado caballero-lépero-pícaro llamado Juan de Zavala; y me las había ganado. ¿Acaso iba a arriesgar mi vida luchando contra dos zorras forjadas en el infierno, el ejército francés, una desagradecida pandilla de guerrilleros sedientos de sangre, la Corona española, el Santo Oficio, el virrey de Nueva España y mis perseguidores gachupines, para luego marcharme con los bolsillos vacíos como mi negro corazón?

Bebí un trago de brandy directamente de la jarra y me felicité a mí mismo por mi exitosa misión y mi recién encontrada riqueza. Entonces se abrió la puerta y entró Gusto, uno de los lugartenientes de Casio.

—¿Dónde está Casio? —preguntó.

—Te está buscando a ti y a los otros comandantes.

Parecía tenso, y sus ojos miraban a un lado y a otro de la habitación.

—¿Hay alguien más en la casa?

Cogí la jarra de brandy, de pronto alerta por el tono de la pregunta y su rígido lenguaje corporal.

—Brinda conmigo para celebrar mi éxito.

—Tengo algo para tu triunfo —replicó con una sonrisa.

Desenfundó la daga, y yo le lancé la jarra de brandy. No le pegó en la cabeza, sino sólo en el hombro. Con el golpe desviado, únicamente me hizo un tajo en el costado, en lugar de abrirme en canal como a un cerdo. Lo golpeé con el hombro en la tripa y entonces sonó un disparo. Me quedé de piedra, atontado por la súbita explosión en el cuarto.

Gusto cayó de rodillas y después de bruces en el suelo, sangrando por la garganta. Miré a Casio, que estaba en el umbral. El jefe guerrillero entró, sacó otra pistola del cinto y remató a Gusto con un disparo en la nuca.

—¿Otro espía francés? —pregunté.

Casio negó con la cabeza.

—Cádiz envió la orden de ejecutarte cuando acabases la misión. Afirmaban que no se podía confiar en ti. Nosotros creíamos que cooperarías porque teníamos a tu hermana y a tu madre, la familia de Carlos, por supuesto, no la tuya, en nuestras manos. He anulado esa orden por dos razones: en primer lugar, porque tus acciones fueron heroicas, y después porque le enviaron la orden a Gusto como una afrenta para mí. Se niegan a reconocerme como el jefe del movimiento de Barcelona porque yo me niego a reconocer que ellos tengan autoridad sobre Cataluña.

Ay, Raquel tenía razón. La política es maravillosa, sobre todo cuando trabaja a mi favor.

SESENTA Y NUEVE

Cádiz

—Tienes otra oportunidad para convertirte en un mártir de la resistencia —me dijo Casio tres días más tarde, cuando creía que regresaría a Cádiz.

Para mantener interrumpidas las comunicaciones a través de los Pirineos, Casio dirigía los ataques a lo largo de la carretera que iba de Barcelona a Gerona.

—La maniobra demostrará de primera mano cómo un pequeño grupo de combatientes motivados pueden descalabrar las acciones de fuerzas mayores —añadió.

El objetivo de la guerrilla era un correo francés escoltado por una compañía de caballería ligera. En un punto en el que era obvio que se podía tender una emboscada, Casio, con toda intención, hizo que uno de sus hombres se mostrara a la avanzadilla del correo. Los exploradores regresaron al galope para advertir a la fuerza principal. Tras recibir el aviso, toda la unidad dio media vuelta y marchó en la otra dirección, para caer en la trampa preparada por ciento cincuenta guerrilleros.

—Creyeron que estábamos delante —dijo Casio—, y que la carretera detrás de ellos era segura. Por supuesto, esta estrategia sólo funciona si no dejas supervivientes para que expliquen cómo se hace.

Aprendí algo de la milicia y las tácticas de batalla con los guerrilleros. Ya sabía de las armas de pequeño calibre, las herramientas de tal oficio. Mis armas de caza, sin embargo, estaban mejor cuidadas, eran de mejor calidad y tenían más precisión que sus armas militares, pero no eran tan letales en la batalla. Los franceses y las unidades españolas mejor equipadas usaban un mosquete de pedernal que se cargaba por la boca, de cañón sin estrías. Los mosquetes medían poco más de un metro y pesaban unos seis kilos. La bala de plomo que disparaban pesaba una onza.

Para cargar el mosquete, el soldado sacaba un cartucho que contenía una bala y pólvora negra de una bolsa sujeta al cinto y arrancaba la parte con la bala de plomo con los dientes. Con la bala en la boca, volcaba un poco de pólvora negra en la cazoleta dispuesta en la parte superior del arma. Luego echaba el resto de la pólvora por el cañón y la aplastaba con la baqueta. El mosquetero escupía la bala de plomo dentro del cañón y la apretaba. Cuando oprimía el gatillo, bajaba el percutor con la punta de pedernal, golpeaba el metal y saltaba una chispa que encendía la pólvora, que a su vez encendía la pólvora del cañón. La explosión expulsaba la bala fuera del arma.

El mosquete disparaba a una distancia de casi ochocientos metros, pero con muy poca precisión. Sin embargo, no disparaban a los ojos de un halcón, sino a filas de hombres. Cargar el arma era un proceso lento, y era por eso por lo que disparaban en filas, con una hilera que hacía fuego y luego se agachaba para recargar mientras que la hilera de atrás disparaba, tras lo cual una tercera fila de tropas descargaba sus mosquetes. Repetían esta maniobra cuantas veces fuera necesario.

Una fila de tres en fondo era el orden de batalla para la mayor parte de la infantería y la caballería. Si las líneas sólo eran de dos en fondo, aparecían huecos, y si eran de cuatro o más, los movimientos eran demasiado torpes.

—Cuando las armas se disparan por centenares, crean una guadaña de muerte que siega línea tras línea de hombres —me explicó Casio—. Pero la peor de las muertes no es la causada por una bala de plomo o por la larga bayoneta sujeta en el extremo del mosquete, sino la ocasionada por una baqueta.

—¿Una baqueta mata?

—En el furor de la batalla, un mosquetero a veces olvida quitar la baqueta del cañón, que entonces sale disparada. Durante un combate, un mosquetero francés dejó la baqueta puesta cuando apretó el gatillo. La varilla de metal voló para clavarse en la garganta de mi compañero como si de una bayoneta se tratara.

De vez en cuando, el arma con la baqueta explotaba en el rostro del tirador.

Luché junto a las guerrillas cuando nos enfrentábamos a los invasores armados, pero me apartaba cuando mataban a los franceses que se habían rendido. No culpaba a los guerrilleros por su revancha. Muchos de ellos habían perdido a sus seres queridos o a sus amigos cercanos a manos de los invasores. Ambos bandos libraban una guerra sin cuartel, sin misericordia, lo que ellos llamaban «guerra a cuchillo». Pero ésa era su guerra, no la mía. Ya no pensaba en mí mismo como Juan de Zavala, un caballero español. Ya no me importaba quién o qué era. Después de haberme enfrentado con tantas personas diferentes y con tantas clases distintas de odio, ya no respetaba los derechos de nacimiento, las líneas de sangre, las creencias religiosas o los títulos heredados. Personas como Carlos y Casio luchaban con más ahínco por la libertad de España que sus reyes y sus nobles. Creían que las legiones napoleónicas nunca derrotarían al espíritu del pueblo español.

—Los echaremos de nuestro país —dijo Casio—, y luego cruzaremos las montañas y saquearemos sus iglesias, violaremos a sus mujeres y robaremos sus tesoros. Entonces la Justicia sonreirá, ¿no?

Regresaría a Cádiz como un héroe. Por supuesto, la búsqueda continuaba al rojo vivo. Los franceses deseaban con desesperación atrapar al bandido que había huido del palacio de la condesa con el maletín del general y que había emboscado a la escolta militar del correo, así que me escondí durante dos semanas en el monasterio de Montserrat, la «montaña sagrada» al noroeste de Barcelona. Los monjes me escondieron a pesar de la permanente amenaza de que los cañones franceses arrasarían el monasterio si alguna vez descubrían que ayudaban a la resistencia.

Cuando se enfrió un poco la amenaza, una barca de pesca me devolvió a Cádiz nada menos que como un héroe. Una recompensa estelar por haber acabado con dos seductoras diablesas y un obeso general francés con una polla mustia y luego escapar con los planes de batalla del emperador, ¿no? Una recompensa todavía mejor estaba en una bolsa que escondía cerca de mis propias «joyas de familia». El «rescate de un rey» en joyas me haría disfrutar de buen vino, excelente carne y apasionadas putas en los años sucesivos, mucho después de que se hubiesen acallado las alabanzas de los españoles.

A bordo del pesquero, pensé por primera vez en lo que podía hacer en Cádiz. Desde luego, yo deseaba regresar a la colonia. La guerra entre Napoleón y los rebeldes españoles era demasiado peligrosa para un pobre descastado del Nuevo Mundo. Cádiz era todavía el único lugar de la Península que no estaba bajo el control francés. ¿Quién sabía cuál sería la próxima misión que me encomendarían las autoridades gaditanas? La última a la que me habían enviado no sólo había sido suicida, sino también homicida por su parte..., por si acaso sobrevivía.

Bueno, al final Casio me había protegido. Ahora me aseguraba que recibiría la bienvenida de un héroe y yo podría cambiar mi estatus de héroe por un billete de regreso a Nueva España, con el indulto en la mano. Allí, me reuniría con mi querida Isabel. Todavía tenía un amoroso cuidado de las botas que ella me había dado.

No obstante, supe cuál sería mi destino tan pronto como vi a Baltar en el muelle de Cádiz, el sacerdote inquisidor al que creía haber matado. La última vez que había visto al muy cabrón, estaba tendido en una sucia callejuela, después de volar de cabeza desde el balcón de una puta. Mientras estaba en el muelle y me señalaba al coronel Ramírez y a un pelotón de soldados, vi que la experiencia casi mortal del sacerdote no había mejorado su desagradable carácter.

—Está compinchado con el demonio —le dije a Ramírez—, o tal vez es que tiene más vidas que un gato.

Baltar reclamó a voz en cuello que debía ser llevado de inmediato al verdugo, que él se encargaría de arreglar mi ejecución sumaria.

—Yo me ocuparé de él como el asesino que es —le prometió el coronel al cura. Tan pronto como estuve a solas en el coche con Ramírez, él me sonrió—. Sus servicios a España son motivo de brindis en Cádiz. —El coronel agitó una mano—. No se preocupe por ese estúpido sacerdote. Tuve que fingir que lo arrestaba o me hubiese denunciado al cardenal. Sin embargo, el hecho de que intentara matar a un hijo de la Iglesia, y en particular a un hijo de la Inquisición, pone las cosas difíciles para usted en Cádiz. Me temo que debo enviarlo de regreso a Nueva España. Un decreto nombrándolo héroe de la guerra de la Independencia española y un indulto total por sus crímenes ya va de camino a la colonia. Sin duda lo recibirán como un héroe cuando pise el muelle en Veracruz. —El coronel me miró con fijeza—. Por supuesto, me hago cargo de que preferiría quedarse aquí y continuar su lucha contra los invasores.

Apoyé mi mano sobre el corazón.

—Por supuesto.

SETENTA

Veracruz

En una pequeña y veloz goleta, cruzamos el ancho mar en menos de un mes. En el viaje disfruté de la compañía de una mujer que iba de camino a reunirse con su marido, un comerciante de cereales en Puebla. Estoy seguro de que un mes en mi cama la había dejado inservible para todos los demás hombres.

Cuando la nave de Cádiz entró en la bahía de Veracruz, por una vez supe que podía desembarcar en un pueblo sin miedo a ser detenido y ejecutado. La vida era agradable. Era feliz, rico y, además, un héroe. El coronel había enviado una copia de mi indulto en otro navío al virrey en Ciudad de México. Junto con el perdón había incluido una proclamación oficial donde enumeraba mis arriesgados hechos en la guerra contra Napoleón.

Echamos ancla a la vista de la enorme fortaleza que había defendido la ciudad durante tres siglos, el castillo de San Juan de Ulúa. Pero antes de que se nos permitiera desembarcar, un familiar del Santo Oficio de la Inquisición y un oficial de aduanas vinieron al barco en una chalupa. En cuanto acabaron con la lista del pasaje, los equipajes y las mercancías, pidieron hablar conmigo.

—Juan de Zavala, debe presentarse de inmediato ante el gobernador —dijo el oficial de aduanas.

Bajé por la escalerilla de cuerda a la chalupa, cuya tripulación recibió la orden del oficial de aduanas de llevarme al muelle. Sonreía como un mono cuando nos dirigimos a tierra, donde vi a un comité de recepción reunido en el muelle para mí. ¿Qué me tenía preparado el gobernador? ¿Un desfile por las calles para el héroe de la guerra de la Independencia española? Quizá me agasajaría con un gran baile, donde los caballeros envidiarían mi coraje y las mujeres mi garrancha. ¿Habría venido el virrey en persona para rendirme honor por mis servicios a la Corona? ¿Estaría Isabel en el muelle para lanzarse a mis brazos? En cuanto subí la escalera y pisé el muelle, un oficial se adelantó.

—¡Juan de Zavala, queda usted detenido!

Pasé la noche en la cárcel del gobernador, una apestosa celda que hacía que los calabozos de Guanajuato parecieran un palacio. Fui llevado a la presencia de su excelencia el gobernador a la mañana siguiente.

Mis carceleros me habían confiscado la espada y la daga. Había dormido con las prendas de seda dignas de un príncipe, y ahora estaban sucias y malolientes. Gran parte de mi riqueza había sido convertida en una carta de crédito para un banco de Ciudad de México y, por fortuna, había escondido el papel en un lugar donde ellos nunca buscarían.

—¿Es ésta la manera como se trata a un héroe español? —le pregunté al gobernador nada más entrar en su despacho, tras haber decidido tomar la iniciativa de inmediato—. ¿No ha recibido noticias de mis hazañas y el perdón de Cádiz?

El gobernador me miró con el entrecejo fruncido y apartó de su mesa el certificado de indulto como si fuese la bosta de un caballo.

—Tal vez hayas engañado a las autoridades de Cádiz, pero en la colonia sabemos que eres un brutal bandido y un asesino a sangre fría.

—Tengo el perdón por mis crímenes, incluso los falsos que acaba de mencionar.

—No utilices ese tono conmigo. Estoy al mando aquí, en Veracruz, y sólo el virrey me supera en autoridad. Hubieses hecho mejor quedándote en España, donde tus crímenes no son conocidos. Ahora que has regresado vestido con sedas a un lugar donde no se te quiere, encontrarás que no eres mejor bienvenido que cuando Bruto de Zavala te denunció como la escoria lépera que eres. Considera esto como una advertencia: te estaremos vigilando, y también el arzobispo. La Iglesia sabe de tus herejías. Vuelve a comportarte como antes, y nuestros alguaciles te llevarán al patíbulo o nuestros inquisidores a la hoguera.

Yo hervía de furia.

—Mis posesiones...

—Devuélvele sus posesiones y escóltalo fuera de esta casa —le ordenó al sargento que me había llevado allí—. Y envía luego a un sirviente para que ventile la habitación.

Mi equipaje, que habían cogido del barco, estaba en la entrada de la casa. Rehusé recoger mis maletas hasta haber verificado que todo estaba allí. Las únicas cosas que faltaban eran la espada y la daga que llevaba cuando desembarqué. Le pedí al sargento que me las devolviese.

—La ley no le permite portar armas —dijo.

Mientras me escoltaba hasta la verja del recinto, lo miré. Era un mestizo.

—¿Hacen esto porque creen que soy un peón?

Él me miró por el rabillo del ojo pero no dijo nada. Comprendí que había dado con la verdad. De haber sido un español de pura cepa, hubiera recibido la gran recepción que había esperado. Pero ahora estaba de nuevo en un mundo donde la sangre española contaba mucho más que la pureza del alma..., o cualquier otra cosa. Todo el sistema político y económico estaba montado sobre el mito de la pureza de sangre.

Un peón que había sido aceptado como un caballero gachupín había ofendido y asustado a la aristocracia rural de la colonia. Ahora había regresado cubierto de honores nada menos que de la madre patria. Me eché a reír cuando crucé la reja.

—Cuando el virrey y el gobernador se enteraron de que el mayor héroe de la colonia era un peón —le dije al sargento—, seguramente debieron de cagar enormes aguacates de color verde.

Él evitó mis ojos, pero vi que le costaba mantener las facciones rígidas.

—Escucha, amigo —dije—. Quiero recuperar mi espada y mi daga. Están tintas con la sangre de los franceses en la guerra que libré para mantener a los gachupines en el poder. ¿Cómo me hago con ellas?

—Si las encuentro, le costará cien reales recuperarlas.

—Tráemelas esta noche a la mejor posada de la ciudad, la que tenga las más bellas señoritas.

No existe la justicia, ¿eh? Las personas que la dispensan se aprovechan de sus abusos manteniendo aplastados a los pobres bajo su peso. De haber sido el gobernador y los notables de Veracruz mestizos o aztecas, me hubieran hecho desfilar por la ciudad entre resplandecientes lluvias de flores y oro. En cambio, me trataban como a un leproso, excepto porque a ellos no se desesperaban por colgarlos.

Fui a la posada y bebí demasiado. Me llevé a dos putas a la habitación y les hice el amor hasta que jadearon de agotamiento.

Cuando el sargento de rostro impasible llamó a mi puerta pasada la medianoche, yo todavía estaba despierto, tumbado en mi cama, fumando un cigarro y bebiendo brandy de la botella.

—La espada y la daga, señor.

Las dejó al pie de la cama y yo le arrojé una bolsa con cien reales. Contó el dinero con mucho cuidado y luego dejó diez reales sobre la cama.

—¿Eso por qué? —pregunté.
—Es mi comisión del oficial que se llevó sus armas. Dijo que podía quedarme una décima parte por mis servicios.
—Te lo has ganado.
—No, señor, usted lo ha ganado. No pude mostrar mi orgullo hacia sus acciones cuando estábamos en el palacio del gobernador. Puede estar tranquilo: mientras los gachupines lo temen por sus hazañas, las personas de su propia clase lo tienen como un héroe.
—Maravilloso. Soy un héroe para los peones. ¿Sabes lo que supone eso para mí?
—Soy un mexicano, como usted, no un peón. Es un héroe para los mexicanos. Tendría que estar orgulloso por eso.

Se marchó dejándome intrigado por sus comentarios.

«¿Mexicano?» ¿Qué era eso? Había oído la palabra antes, pero nunca de boca de alguien que la dijese con tanto orgullo. A menudo se utilizaba en la colonia para describir a las personas que vivían en la propia capital o en el valle de México.

Había oído incluso al padre Hidalgo, un criollo, y a Marina, una india, llamarse a sí mismos americanos porque habían nacido en el continente americano, y no les gustaba la designación oficial de razas. La palabra «americano» era, de hecho, muy popular entre la gente educada. Pero era geográficamente ambigua; una persona en Estados Unidos, en las posesiones españolas en el Caribe, Perú, Argentina y el resto de la región del Río de la Plata y el Brasil portugués también era americana.

La palabra «mexica» había sido utilizada por los aztecas para describirse a sí mismos. Era por eso por lo que la capital se llamaba Ciudad de México después de la conquista, porque había sido la ciudad de los «mexicanos». El sargento, sin embargo, no había utilizado la palabra para indicar que fuese un azteca o de descendencia azteca, sino para expresar que, con independencia de la sangre, estaba orgulloso de su nacimiento colonial. Sin duda, si hubiese hablado con Marina o con el padre Hidalgo, ellos hubiesen comprendido de inmediato que el sargento había utilizado la palabra «mexicano» con el significado de igualdad. Los mexicanos eran todos iguales y no eran inferiores a nadie.

Analizar la declaración del sargento fue probablemente el ejercicio sociopolítico más complicado que había hecho alguna vez. Me dio dolor de cabeza. Con manos temblorosas, empiné una vez más la botella de brandy. Fortificado por la devolución de mis armas y los tragos de alcohol, abrí la puerta y pedí a gritos que me enviasen más putas.

SETENTA Y UNO

Compré el mejor caballo en Veracruz. No era otro *Tempestad,* pero no entraría en la capital como un peón, sino que sería el centro de todas las miradas. Ya me había enterado por el posadero, que parecía saber los asuntos de todos en la colonia, que Isabel se había casado con un marqués y ahora vivía en Ciudad de México. Mi corazón sangró con la noticia, y estaba seguro de que sólo se había casado —y no se había enterrado a sí misma en un convento con el corazón partido por mí— debido a alguna desesperada necesidad de dinero.

Mi furia cabalgó conmigo cuando salí de Veracruz. A veces los bandidos asaltaban a los viajeros en la carretera, y dado que viajaba solo, cabalgaba con mis pistolas cargadas y una espada en su vaina sujeta al pomo de la silla. Esperaba que algún loco me desafiase, pero a los únicos asaltantes que vi fueron dos bandidos crucificados junto a la carretera cuando me acercaba a Jalapa.

Me sorprendí ante la brutalidad. Me dijeron que la crucifixión era obra de una hermandad, un grupo de ciudadanos que formaban partidas civiles con la aprobación extraoficial de las autoridades. Esas partidas a veces decapitaban a los bandidos y clavaban sus cabezas del árbol más cercano a la escena del crimen. Yo no veía nada de malo en colgar a los delincuentes. Incluso comprendía a los salvajes que arrancaban el corazón de un hombre y se lo comían. Pero clavar a un criminal a una cruz como Nuestro Señor y Salvador había sido crucificado casi parecía honrarlos.

Necesitaba un afeitado, y en Jalapa busqué una barbería y su tradicional escaparate: la pulida bacía de latón que representaba el yelmo de Mambrino. Cervantes había hecho famoso este emblema de la profesión de barbero. Su caballero andante, don Quijote, vio a un hombre montado en un asno que llevaba lo que parecía ser el mágico casco de oro del rey sarraceno Mambrino. Naturalmente, el jinete no era ningún rey sarraceno, sino un simple barbero con la palangana de latón que utilizaba para las sangrías.

Mientras el hombre me afeitaba, me habló de los salteadores que habían sido crucificados.

—Los bandidos son los héroes de la gente común —dijo—; roban a los ricos para dárselo a los pobres.

Había oído tales relatos de la caridad de los salteadores muchas veces antes, y siempre parecían aplicarse a los bandidos muertos más que a los que robaban y mataban ahora. Estoy seguro de que los monjes betlemitas que Lizardi y yo encontramos atados a los árboles con las gargantas cortadas no creían que los bandidos fuesen héroes.

Pero todavía estaba furioso por las crucifixiones que había visto. De nuevo ejemplificaban la excesiva e innecesaria crueldad de los gachupines contra las razas que consideraban inferiores. Los gachupines hubiran colgado a los asesinos y a los violadores de sangre española y no los hubiesen clavado a un árbol para que murieran. Reservaban tanta brutalidad para los peones... Era como si hubiesen oído los relatos acerca de la popularidad de los bandidos entre el pueblo y los crucificasen como una bárbara advertencia.

El locuaz barbero también me contó una historia sobre el rostro de un hombre al que había afeitado.

—¿Ve cómo el jabón se mantiene húmedo en su cara? —preguntó—. Cuando enjaboné el rostro de ese hombre la semana pasada, se secó muy de prisa. Le dije que moriría al cabo de dos días. Ocurre todas las veces que afeito a un hombre y el jabón se seca tan de prisa. No tardan en morir del vómito negro. El tipo murió al día siguiente.

Si el barbero se creía capaz de profetizar la muerte, no quería desilusionarlo. Sin embargo, como alguien con una considerable experiencia como sanador y médico, sabía que el jabón de afeitar se había secado rápidamente porque el hombre ardía de fiebre.

Para llegar a Jalapa tuve que pasar por el corredor de la muerte: los arenales y pantanos de las llanuras costeras, la temida región donde respirar los miasmas de los pantanos te contagia con el vómito negro. Como era natural, los pensamientos sobre mis padres, fueran quienes fuesen, chocaron con las especulaciones de la vida que podría haber llevado si el verdadero Juan de Zavala no hubiese muerto de la fiebre amarilla.

Era verdad, ya no me consideraba un gachupín, pero la pureza, o incluso la impureza de mi sangre, ya no me importaba. Era Juan de Zavala y mataría a cualquier hombre que manchase mi honor.

Muy pronto me acercaba a la capital.

Ciudad de México estaba en el gran valle de México, en la región de las mesetas que los aztecas llamaron «Anáhuac», una palabra que me habían dicho que significaba «tierra junto al agua», porque tenía cinco lagos interconectados. En medio de toda aquella agua se había alzado la capital azteca de Tenochtitlán, una gran ciudad a la que se llegaba por tres amplias calzadas. Sobre los huesos rotos y las cenizas de Tenochtitlán, los conquistadores habían construido Ciudad de México.

Los tesoros de las minas de Guanajuato, las áridas extensiones de Nuevo México y Texas, la casi deshabitada región de Nueva California, las ardientes regiones selváticas del sur maya, ninguna de ellas era la joya de Nueva España. Ciudad de México no sólo era la joya de la colonia, sino la mayor ciudad de las Américas, y rivalizaba con las grandes ciudades del mundo. Uno podía maldecir a los españoles por muchas cosas —habían cometido tantos excesos en la colonia que eran demasiados para enumerarlos—, pero de verdad destacaban construyendo ciudades.

Raquel había llamado a la capital «metrópoli», una palabra que dijo que provenía de los griegos y significaba «ciudad madre.» La palabra se aplicaba a Ciudad de México porque ciento cincuenta mil almas vivían dentro de sus límites, y diez veces más en sus alrededores, todos los cuales dependían de ella.

Me alojé en una pequeña posada a una hora de la ciudad porque no quería llegar anónimamente, como un ladrón en la noche. Quería entrar en la ciudad orgulloso y desafiante en caso de que se me apareciese un comité de recepción como había ocurrido en Veracruz.

Mi regreso a la colonia terminaría en la capital. No tenía el menor deseo de visitar de nuevo las desesperadas memorias de Guanajuato. Isabel era el objeto de todos mis deseos, y ahora vivía en la capital. Intentaba dejar mi huella en la ciudad antes de que pasase mucho tiempo y luego reclamaría a mi mujer. Aún llevaba las botas que ella me había dado cuando estaba prisionero en Guanajuato. Me habían llevado a través de cárceles, selvas, desiertos y guerras, y las había hecho remendar en innumerables ocasiones. Incluso ahora, sin embargo, seguían sirviendo. Cuando ella las viese, sabría que mi amor era fiel. Como es natural, de vez en cuando, en presencia de una bonita señorita la bestia dentro de mis pantalones había mancillado su sagrado recuerdo, pero mi amor hacia ella era puro.

A primera hora de la mañana, la carretera que iba a la ciudad ya era un furioso hormigueo de frenética actividad cuando aún faltaba una legua para la calzada. La energía de la capital que se despertaba no se parecía en nada a lo que había visto antes. Largas caravanas de mulas y legiones de indios transportaban comida y provisiones a los comerciantes, que abrían las puertas de sus negocios para recibir esos miles de productos. Las calles estaban llenas de mendigos y tenderos que luchaban por un espacio en las aceras y las calzadas. Eso era todo cuanto recordaba de las breves pero memorables visitas que había hecho con Bruto muchos años antes: hedionda, violenta, ruidosa, loca y caótica pero también vital, emocionante y refulgente.

Un periódico que había comprado en Veracruz decía que la población de la capital, según un censo hecho cinco años antes, era de tres mil gachupines, sesenta y cinco mil criollos, treinta y tres mil indios, veintisiete mil mestizos y alrededor de diez mil africanos y mulatos, lo que daba para entonces un total de ciento treinta y ocho mil. Por supuesto, las cifras no eran representativas de toda Nueva España. Por ser el centro de la riqueza y el poder, era en la ciudad donde había un mayor número de españoles que en el resto de la colonia. También un mayor número de africanos que eran sirvientes de los ricos.

Al acercarme a la calzada, el paisaje se allanó y se tornó árido, a pesar de la lúgubre melancolía de los pantanos que habían sido resplandecientes lagos antes de la conquista. Poco menos de tres siglos de «civilización» casi habían desecado los lagos y llenado muchos de sus lechos.

Entré en la ciudad con la increíble migración que cruzaba las calzadas a diario —indios que acarreaban productos como bestias de carga, carros de dos ruedas y carretas de cuatro, largas caravanas de mulas guiadas por los arrieros—, todos compitiendo con rebaños de ovejas, piaras de cerdos, hatos de ganado y jaurías de perros por un poco de espacio.

La congestión no se acabó una vez que salí de la calzada y entré en las calles, pese a que la capital estaba bien trazada, con avenidas rectas que iban de este a oeste y de norte a sur. Cuando la ciudad despertaba, los vendedores y los mozos comenzaban su jornada de trabajo. Los vendedores recorrían las calles cargados con mercancías que vendían a las personas en las zonas de negocios y residenciales. Los vendedores de frutas —mangos, limones, naranjas y pomelos—, queso y pasteles calientes, carne en salazón y tortillas, rivalizaban con los vendedores de mantequilla, jarras de leche y cestos de pescado.

Las calles estaban tan abarrotadas por los vendedores y los tenderetes de madera que los porteadores resultaban más útiles para llevar las mercancías de aquí para allá que las bestias de cuatro patas que tiraban de los carros. Los hombres cargaban enormes cantidades de mercancías en cestos atados a la espalda y sujetos en su lugar con cuerdas que pasaban por encima de la cabeza. Los que trabajaban de aguadores llevaban grandes vasijas de agua de los dos grandes acueductos que conectaban la ciudad con las fuentes en las montañas a las casas del oeste que no tenían acceso a las fuentes públicas.

Los productos que no eran transportados por la calzada llegaban en centenares de canoas cargadas con frutos, vegetales y artesanías. Pocas de las embarcaciones se impulsaban con remos. En cambio, se utilizaban largas pértigas para empujarlas por los lagos poco profundos que aún no habían sido rellenados. A esas horas de la mañana, las mujeres salían de sus casas y vaciaban los orinales en los canales de agua que pasaban por el centro de las calles. La basura era arrojada sin más a las calles, y la mayor parte acababa en los poco profundos canales de agua. Una vez a la semana, los barrenderos quitaban la basura del agua y la dejaban a un lado para que se secase, y después se llevaban la apestosa carga.

El gobierno y los comerciantes acaudalados se congregaban alrededor de la plaza mayor. El palacio del virrey era el edificio más elegante. No sólo servía como residencia del gobernante de Nueva España y su familia, sino también como oficinas para muchos de los funcionarios y organismos que administraban la colonia. Al otro lado de la plaza se alzaba la gran catedral.

Las diferencias y desigualdades de clases eran más evidentes en la plaza mayor. Cabalgué junto a indios casi desnudos con una manta harapienta o un sarape que cubría sus troncos, sus mujeres modestamente vestidas pero a menudo con poco más que andrajos. Su pobreza contrastaba con los acaudalados españoles, ataviados con elegantes prendas bordadas con oro y plata y montados en caballos purasangres. Montadas en carruajes tan descaradamente lujosos que hubieran avergonzado a los grandes y poderosos de Cádiz y Barcelona, las mujeres españolas acudían a las joyerías y a las modistas que las proveían de los resplandecientes vestidos y joyas que necesitaban para los bailes que dominaban sus vidas.

Las leyes que prohibían la mezcla de clases evitaban que los indios vistiesen como españoles o viviesen entre ellos, y prohibían a los españoles habitar en zonas indias. Pero el comercio congregaba a los peones y a los portadores de espuelas por igual en la abarrotada plaza central.

Vagué sin rumbo por la ciudad para reencontrarme con ella. Los carros de la policía que recogían a los borrachos como si fuesen cadáveres desaparecían antes del amanecer. Los léperos que no habían sido retirados yacían en las cunetas o mendigaban en las aceras. Algunos de los borrachos a los que se habían llevado inconscientes con la luz del alba estaban ahora de vuelta, limpiando las calles.

Yo podría haberles dado lecciones.

Mi odisea circular me llevó a pasar por delante de cuatro horcas de las que colgaban prisioneros muertos. También pasé por delante de la cárcel principal, donde las víctimas de los asesinatos de la noche anterior estaban dispuestas en la acera para que las familias que buscaban a sus miembros desaparecidos pudieran buscar entre ellos. Cabalgué más allá de los sonidos y los olores de los mercados de verdura y carne hasta el lugar donde la Inquisición solía realizar los autos de fe, quemando a los «infieles» en la hoguera, ahorcando «misericordiosamente» a aquellos que se habían arrepentido de sus pecados, antes de que los devorasen las llamas. Por fin llegué a la calle San Francisco, una de las más agradables y atractivas de la ciudad, con sus magníficas casas y tiendas.

Recorrí la Alameda, un parque rectangular de unos trescientos pasos de ancho donde muchos de los notables de la ciudad disfrutaban de la sombra de sus numerosos árboles, la mayoría negándose siquiera a bajar de sus carruajes y caminar; todo el mundo tiene pies para hacerlo, pero viajar en un coche de caballos era un signo de distinción. En el medio del parque había una bonita fuente con un surtidor. Antiguamente, el lugar se consideraba peligroso después de la puesta de sol, pues estaba amenazado por lobos —de dos y cuatro patas— y me pregunté si los alguaciles aún permitían que el parque se convirtiera en una selva al anochecer.

Tomé luego el paseo de Bucareli, el largo y ancho camino que se había hecho más popular que la Alameda entre la aristocracia de la ciudad para pasear con sus lujosos carruajes y caballos. Pero era demasiado temprano para que las señoritas, las jóvenes señoras y los caballeros acudieran a alternar y coquetear.

¿Tenía la ilusión de encontrarme con Isabel, la señora marquesa? Por supuesto. Pero si debía encontrarla por «accidente», prefería verla en el paseo y no en la Alameda, que atraía a la gente mayor. Gran parte de las personas en el paseo solían hacer el recorrido a partir de las cuatro de la tarde hasta casi la puesta de sol. Durante esas horas, las damas llenaban dos largas filas de carruajes, con innumerables caballeros que recorrían el paseo a caballo. Cuando estuviese preparado para presentarme como el caballero que una vez fui, regresaría al paseo para buscar a Isabel.

Alquilé una habitación en una posada a la vuelta de una esquina de la plaza mayor, y luego salí a recorrer la gran plaza a pie. Cuando oí gritar una voz que me resultaba familiar, miré y vi a alguien que conocía anunciando panfletos.

—¡Escuchad las palabras de El Pensador Mexicano! ¡Reíd! ¡Llorad! ¡Enfureceos con las injusticias!

—¿El virrey sabe que una vez fuiste un bandido? —le pregunté a Lizardi.

Él me miró boquiabierto.

—Cierra la boca o te entrarán moscas. —Le di una palmada en la espalda—. Ha pasado mucho tiempo, ¿eh?

—Juan de Zavala. Dios mío, las historias que he oído sobre ti: al menos has sido colgado seis veces por tus crímenes, has seducido a esposas e hijas, has robado a viudas y huérfanas, te has batido en duelo, e incluso has derrotado a Napoleón en el campo de batalla.

—¿Sólo a Napoleón? No, amigo, a Napoleón, a su hermano José y a un millar de sus mejores tropas a las que derroté yo solo.

—He sido excomulgado —fue lo primero que salió de la boca del panfletista en cuanto nos sentamos en la posada y se hubo bebido media copa de vino de un trago—. Cuando la plaga azotó la ciudad, escribí un panfleto donde recomendaba al gobierno que limpiase las calles, quemase toda la basura, pusiese en cuarentena a los enfermos, enterrase a las víctimas de la plaga fuera de la ciudad y no en los cementerios de las iglesias, y utilizase los monasterios y las casas de los ricos como hospitales.

—Tu plan le habría costado a la Iglesia el tributo que cobran por los entierros.

—También hubiera hecho que los ricos devolvieran a las gentes algo de lo que les han robado. Pero como comprenderás, la medida no me hizo muy popular. He publicado más diatribas con el nombre de El Pensador Mexicano. ¿Te gusta?

Otra vez la palabra «mexicano». Pero Lizardi la utilizaba para referirse a sí mismo como la mente más brillante de Ciudad de México, no como una referencia a la raza o al nacimiento.

—Suena digno de un erudito como tú.

—Sí, estoy de acuerdo. También he publicado un panfleto donde afirmo que nuestro virreinato es el peor gobierno de las Américas, y que ninguna nación civilizada tiene un gobierno tan ilegítimo y corrupto como el nuestro. Afirmé que el virrey es un monstruo maldito que encabeza un gobierno malvado.

Me persigné.

—¿Te has vuelto loco, Lizardi? ¿Por qué no te han colgado? ¿Quemado en la hoguera? ¿Descuartizado?

—Están todos muy ocupados protegiendo sus mal habidas ganancias desde que Napoleón ocupó España. Además, la Junta de Cádiz ha decretado la libertad de prensa, lo que no significa que el virrey la permita, por supuesto. Me consideran un loco. Me arrestan de vez en cuando y me retienen hasta que mis amigos pagan mi libertad.

La pequeña rata de biblioteca no había cambiado desde la última vez que lo había visto. Seguía siendo de un pálido fantasmal, como si viviera en una cueva y nunca viera el sol. Todavía tan sucio como un lépero, parecía como si utilizase su capa como mesa de comer y cama. No dudaba que cuando la policía lo detenía gritaba a voz en cuello para que todos se enteraran. Tenía mucho coraje, pero combatía con la pluma, no con una espada, y era muy capaz de sacrificar a algún otro para salvar su pellejo. Lo escuché vanagloriarse de las cáusticas andanadas que había escrito, reprochando a los criollos que tuvieran los mismos vicios que los gachupines, condenando a los españoles por saquear la colonia y no dar nada a cambio, e incluso denunciando a las clases bajas como ladrones, mendigos, borrachos y malhechores.

Escuché sus pavoneos y sus diatribas durante una hora antes de preguntarle por aquello más próximo a mi corazón: Isabel.

—La típica mujer de sociedad con demasiadas joyas, demasiados vestidos y nada de cerebro. Su marido, el marqués del Miro, es muy rico, aunque he oído decir que tiene algunos problemas económicos debido a una inversión en una mina de plata que se inundó. El agua es la maldición de la minería, ¿no? Se lleva tantas fortunas... Tiene las habituales aventuras amorosas de una mujer de su clase decadente e insensata. Se dice que su última indiscreción ha sido con...

Vio la expresión en mi rostro y se detuvo.

—Por supuesto —murmuró sin mirarme—, todo esto no son más que rumores infundados.

—¿Qué has oído sobre mí? Aparte de cómo vencí al emperador francés.

—¿Sobre ti? —Parpadeó como si acabara de darse cuenta de que había un ser humano que respiraba sentado a la mesa con él—. Ellos te temen.

—¿Ellos?

—Los gachupines. Primero los humillaste en Guanajuato, luego regresaste a la colonia como su único héroe en la guerra contra Francia. —Sacudió la cabeza—. Dicen por ahí...

—¿Qué dicen? ¿Hablan de matarme?

—Sí. Corrió el rumor de que García, el mejor duelista de Nueva España, te retaría, pero el virrey se apresuró a rechazar la idea.

—¿Quiere protegerme?

—No, no le importa si García te mata. De lo que tiene miedo es de que tú lo mates a él o a cualquier otro que envíen contra ti, de que humilles todavía más a los gachupines, demostrando de nuevo que un peón puede ser superior a los españoles. Ha prohibido que te reten en duelo. Incluso ha intentado acallar las noticias de tus hazañas y la felicitación de Cádiz, pero demasiados ojos han visto el comunicado y la voz se ha corrido. Las noticias de tu heroísmo sólo se divulgan entre las clases educadas, naturalmente. Verás que muy pocos de tu clase admitirán haber oído hablar de ti, a menos que sea como el famoso bandido...

—Y su amigo... —añadí.

Echó una ojeada al salón.

—He recibido el perdón por mis pecados políticos, pero no quisiera recordar a las autoridades ninguna otra indiscreción. —Carraspeó—. Después de haberles alborotado las plumas a los gachupines, deberías trasladarte a algún lugar más pequeño, donde haya menos resentimientos; ésta es su ciudad, no la tuya. Tampoco deberías regresar a Guanajuato. Allí no serás bienvenido. Quizá deberías considerar un lugar como Dolores, con aquel cura, el tal Hidalgo. Se sabe que es tolerante con las clases bajas.

—Señor Pensador Mexicano, siempre consigues asombrarme, pues cuando estoy a punto de respetar tu opinión sobre el estado del mundo, vas y dices algo completamente estúpido. Si vuelves a referirte a mí como si perteneciera a las clases bajas, te cortaré los cojones. Ahora cuéntame qué es lo que se cuece por aquí.

—La colonia hierve con las frustradas ambiciones políticas de los criollos —respondió Lizardi—. El resentimiento hacia los gachupines ha aumentado desde que Francia invadió España. Los impuestos de guerra han sangrado a la colonia. La Junta ha concedido a los criollos derechos políticos, pero el virrey impide que entren en vigor, resistiéndose a todas las presiones criollas. Los gachupines todavía nos tratan como a niños ignorantes e incompetentes.

Los criollos y los gachupines habían abusado de mí durante tanto tiempo que no podía compadecerme de sus sufrimientos. Por lo que a mí concernía, Lizardi y el resto de los criollos de la colonia se merecían ser tratados como niños porque no habían sabido defenderse por sí mismos.

Como siempre, su idea de libertad, igualdad y fraternidad sólo incluía a los criollos.

SETENTA Y DOS

Los clientes de las posadas de la ciudad las utilizaban únicamente como un lugar donde beber y estar con las putas, no como residencia. No podía quedarme en una posada y mantener la imagen de un caballero. Así que después de contratar a Lizardi, que conocía la ciudad mejor que yo, para que me representase, comencé a buscar una casa.

Sabía que como peón tendría dificultades para alquilar una casa en un barrio respetable. Cuando encontró una de mi agrado, le dije a mi compadre que la alquilase a su nombre, con un generoso pago por el uso de su sangre criolla. En cuanto Lizardi vio que mi estancia en la capital le daría un beneficio, dejó de protestar.

Mientras tanto, envié a un mensajero a la región en la que había soltado a *Tempestad,* donde ofreció una recompensa a cambio de información sobre el purasangre. Era fácil de encontrar; pocos caballos en toda la colonia tenían su estampa. Muy pronto conseguí robar el semental..., porque su actual propietario no podría reclamarlo: no tenía ningún derecho sobre él.

Convencido de que era muy peligroso montar al animal, el propietario lo había empleado como semental. Ahora no sólo sufría la pérdida de su harén, sino que soportaba la indignidad de mi peso en su lomo. La bestia me demostró su gratitud intentando arrojarme al suelo. Le compré una yegua para que le hiciese compañía y eso calmó su temperamento.

Ninguna persona de mérito en la capital carecía de un carruaje y unas buenas mulas, algunas de las cuales tenían hasta dieciséis palmos de alto. Sopesé si podría soportar desplazarme en un carruaje, y llegué a la conclusión de que era un medio de transporte para las mujeres y los comerciantes, no para los caballeros. Montaría a *Tempestad* cuando fuese a la ciudad.

La casa que había alquilado a nombre de Lizardi era pequeña: tan sólo de dos pisos, en una ciudad donde casi todas las mejores casas tenían tres. Sin embargo, no necesitaba mucho espacio. La mayoría de las grandes residencias no sólo albergaban a la familia en el piso superior —con los sirvientes, la cocina y las despensas abajo—, sino que también tenían un piso dedicado a los negocios del dueño de casa.

Un alto muro de piedra rodeaba la vivienda y en el patio con el suelo de lajas estaba el establo. La casa principal contaba con varias galerías, un hermoso jardín y una fuente.

Una vez instalado, subí a la azotea con una jarra de brandy y mi petaca de cigarros. Tumbado de espaldas, escuché los sonidos de la noche. Los píos acordes del órgano de una iglesia llegaron hasta mí desde una dirección, mientras el coro de armoniosos monjes entonando un tedeum llegaba desde otra. El virrey requería que al anochecer, cuando una casa estaba ocupada, había que colgar una lámpara de aceite o un candil en la puerta y mantenerlo encendido hasta una hora antes del amanecer, de tal forma que cada casa tuviese una luz cerca de la puerta principal. El virrey creía que las luces reducían la delincuencia, pero, para mí —alguien que ha vivido la vida de un criminal—, su sistema sólo avisaba a los bandidos de que había alguien en la casa.

Oí pasar a nuestro sereno. Al anochecer, los serenos se apostaban cada pocos centenares de pasos y montaban guardia para los propietarios. Armados únicamente con un garrote para defenderse de los perros callejeros, estaban ahí para dar la voz de alarma si veían algún ladrón. En realidad, la mayoría de los serenos subsistían de las propinas de los propietarios y pasaban la noche bebiendo pulque en los portales.

La noche era agradable, con una ligera brisa. Como en Guanajuato, la temperatura en la capital no variaba mucho durante el año, obsequiándonos con una perpetua primavera en lugar de helados inviernos seguidos por calurosos veranos. Me sentía relajado pero no en paz: aún no tenía conmigo a mi adorada Isabel. De haber estado Bruto allí, me hubiera gritado que estaba el doble de loco que cuando vivía en Guanajuato. «¿No está casada con un noble rico?», me hubiera increpado.

Pero yo no veía un futuro sin mi Isabel. Estaba obsesionado. Soñaba con fugarme con ella a La Habana y empezar una nueva vida. Tenía dinero suficiente para una vida sin apremios, pero no la fortuna que ella requería. Dado que no podía presentar pruebas de propiedad, había vendido las gemas en Cádiz, por debajo de su valor, pero como el ranchero que había alimentado a *Tempestad*, no podía quejarme. Ahora que tenía a *Tempestad* de nuevo conmigo, iría al paseo de Bucareli y me acercaría a ella.

Por Lizardi me enteré de más cosas acerca del marido de Isabel. Se había arruinado en España y había venido al Nuevo Mundo, donde su título valía más que una mina de plata. Se había casado con una mujer rica y había heredado una fortuna al morir su esposa. Del doble de edad que Isabel, era arrogante, ignorante, pequeño de cuerpo e incompetente en los negocios. El clásico gachupín. Pero era el marido de Isabel, y tenía más que ofrecer que yo. Más allá de degollarlo —algo que consideré muy en serio—, no sabía cómo ganársela. En cualquier caso, estaba decidido a recuperarla..., o a morir en el intento.

Lo que yo no sabía era que la idea de morir por Isabel no se alejaba mucho de los planes que la diosa Fortuna había preparado para mí.

SETENTA Y TRES

Al cabalgar por una de las calles cercanas a la plaza mayor, vi la silueta de una mujer de negro que caminaba en la distancia. La visión de una mujer de negro que desaparecía a la vuelta de una esquina en Guanajuato después de darme las botas surgió de pronto en mi mente. ¡Isabel!
 Toqué con los talones a *Tempestad*. Al oírme, la mujer se volvió.
 —¡Raquel!
 —¡Juan!
 Nos miramos el uno al otro hasta que recordé la elemental cortesía y desmonté para ponerme a su lado.
 —No puedo creer que seas tú —dije—. Creía...
 —¿Sí?
 Le sonreí.
 —No importa. ¿Qué haces en la capital?
 —Vivo aquí.
 Mi mirada reparó de inmediato en el dedo del anillo.
 —No, no me he casado.
 Me sonrojé por la vergüenza de mis viejos pecados.
 Ella me sonrió con dulzura.
 —Ven a tomar algo conmigo. Las historias de tus aventuras hacen que las lenguas se muevan más que las guerras en Europa.
 Fuimos a su casa, una pequeña y agradable vivienda que daba a la Alameda. Vivía sola, atendida por una india que acudía durante el día para hacer la compra y las tareas domésticas. Aún tenía una propiedad y amigos en el Bajío, y visitaba la región todos los años.
 —Vivir sola me gusta —manifestó mientras servía café para mí y chocolate para ella. Llevaba una vida muy ocupada, enseñando música y poesía a las niñas—. Reparto un poco de educación sobre el mundo que nos rodea —añadió con una sonrisa—, aunque no demasiada, para que sus padres no crean que las estoy arruinando para el matrimonio. Siempre vigilo lo que les digo sobre la política, porque no deseo que los alguaciles del virrey me detengan por subversión. También evito criticar la supresión del pensamiento por parte de la Iglesia. Las visitas de la Inquisición todavía llaman por la noche a nuestras puertas.
 Hablamos de Guanajuato y de mis viajes desde que había abandonado la ciudad. Como es natural, le ofrecí una versión muy censurada de cómo había dejado la colonia tildado de bandido y luego había regresado convertido en un héroe. El tema de cómo me había aprovechado de ella, abandonándola cuando las dificultades habían llamado a la puerta de su familia, no surgió en ningún momento. Nunca me había sentido orgulloso de mis acciones, pero ahora en

mi propia mente podía decir que ella estaba mejor sin mí. De habernos casado, los ataques contra mí —que yo era el hijo de una puta— la hubiesen convertido en una desgraciada.

Hablamos de los amigos que teníamos en común. Conocía a Lizardi y sabía que era amigo mío.

—Somos miembros del mismo grupo de discusión literaria —dijo, y añadió que Lizardi era considerado como una persona brillante pero de poco fiar—. Sus amigos lo toleran hasta un grado imposible. No hay duda de que es muy progresista en su pensamiento político. Pero tenemos mucho cuidado de no hablar abiertamente delante de él porque se sabe que entrega a sus compañeros cuando se enfrenta a la cólera del virrey.

»Hace unos pocos meses, los alguaciles del virrey le gastaron una broma cruel. Lo encerraron en una celda reservada para aquellos que iban a ser ejecutados por la mañana. Uno de los guardias pidió prestado un hábito de sacerdote y fingió tomar su confesión. Dicen que recitó los nombres de todos los que habían hablado mal del virrey con la esperanza de salvarse del patíbulo.

Me eché a reír.

—¿Qué es tan divertido? —quiso saber.

—Yo, mi estupidez. De pronto acabo de comprender por qué los hombres del virrey se presentaron en Dolores cuando estaba allí: Lizardi me delató.

—Los alguaciles lo arrestaron cuando iba de camino a Ciudad de México, después de dejarte a ti en Dolores, pero Lizardi no te delató. En cambio, informó del sacerdote. Les habló a las autoridades de las actividades ilegales del padre Hidalgo. Ellos ya lo sabían, pero sospecho que decidieron actuar por miedo a que Lizardi publicara alguna historia sobre el éxito del padre.

—Ese chucho miserable... Después de que el padre nos hubo tratado con tanta generosidad.

Raquel se encogió de hombros.

—Él lo ha perdonado. El corazón del padre es un pozo infinito de amor.

Iba a preguntarle si conocía personalmente a Hidalgo, pero entonces recordé que el sacerdote estaba en su carruaje cuando golpeé al lépero que había rozado mi caballo.

Ella me miró las botas.

—Lo sé —dije—, están remendadas hasta más no poder, pero para mí tienen un gran valor sentimental. Isabel me las dio cuando estaba prisionero en la cárcel de Guanajuato.

Raquel me observó por un momento, los labios congelados en una sonrisa.

—Comprendo tus sentimientos —manifestó—. Mi padre tenía un par idéntico, que yo siempre he recordado.

Le hablé de mi plan de buscar a Isabel, darle las gracias por las botas y descubrir si aún estaba locamente enamorada de mí.

Cuando Raquel me acompañó hasta la reja, hizo un comentario que me intrigó pero que no comprendí:

—Has cambiado mucho, Juan de Zavala. Ya no eres el caballero que conocía mejor a los caballos que a las personas. Has viajado mucho y has aprendido allí donde has estado. —Hizo una pausa y me miró a los ojos—. Has aprendido a conocerlo todo menos a ti mismo.

SETENTA Y CUATRO

De nuevo era un caballero.

Le pagué a Lizardi para que averiguara cuándo se presentaba Isabel en el paseo con su coche y compré con gran cuidado las mejores prendas de caballero que encontré. Frente al espejo del dormitorio, me peiné el pelo hacia atrás, con la raya al medio y sujetándolo con una cinta de plata tejida. Bien rasurado, no me gustaba llevar bigote, pero al estilo de entonces llevaba unas grandes patillas que cubrían la mitad de mi rostro.

Escogí una camisa blanca hecha del mejor lino y bordada con hilo de plata. Mi sombrero negro era de copa plana, y se alzaba unos diez centímetros por encima de mi cabeza. En lugar de llevar un ribete de plata, había encargado una cinta de cuero que rodeaba la parte inferior de la copa recamada con perlas. Debajo del sombrero, con los costados asomando porque lo llevaba ladeado en un ángulo insolente, había un pañuelo negro.

La chaqueta y los pantalones de montar seguían el blanco y el negro del resto de mi vestuario. Me permití un fino detalle en la chaqueta de ante y los pantalones de montar, pero sólo en plata y en un dibujo muy sutil. Incluso mi chaleco estaba hecho de seda plateada, con un dibujo de brocado muy discreto.

Me vestí con colores oscuros. A diferencia de los señoritos que cabalgaban por la Alameda y el paseo, y también muy lejos de la manera como había vestido cuando era un caballero en el Bajío, me decidí por el negro y el plata. Me mantuve apartado de los colores brillantes.

Lizardi sacudió la cabeza cuando vio el resultado final.

—Tienes más pinta de asesino que de caballero.

—Bien.

Cabalgué hacia el paseo, erguido en la montura pero destrozado por dentro. Raquel había sido cortés, pero había notado su desaprobación ante mis adúlteras intenciones.

Lizardi había sido más claro: «Estás loco.»

Cuando vi el carruaje de Isabel, me acerqué a ella con naturalidad pero con el corazón desbocado. El coche se detuvo cuando Isabel y una mujer sentada en el otro asiento conversaban con dos mujeres en otro carruaje. Todas las miradas se volvieron hacia mí cuando me acerqué a su coche.

La saludé, llevándome los dedos al ala de mi sombrero.

—Señora marquesa.

Ella agitó el abanico delante de su rostro y me miró como si fuera un absoluto desconocido.

—¿A quién tengo el honor de saludar, señor?

—A un admirador de un pasado distante. Alguien que ha cruzado un océano dos veces desde la última vez que te vio.

Ella se echó a reír.

—Oh, sí. Te recuerdo de cuando eras un niño en Guanajuato. Recuerdo haberte visto allí en el paseo. Tu caballo es conocido.

Eso provocó las risitas de las mujeres.

—He oído decir que un peón de dicha ciudad se ha forjado un nombre luchando contra los franceses. Mi esposo, el marqués, es un gran patriota español. Si tú eres la persona que contribuyó a nuestra causa española en el continente, quizá te dé un empleo como vaquero en una de nuestras haciendas.

Mi rostro enrojeció. Señalé mis botas.

—Estas botas no sólo han cruzado océanos, han caminado a través de las selvas, vadeado ríos llenos de cocodrilos y librado guerras. Las he conservado porque me recuerdan a la mujer que me bendijo con ellas en mi hora de necesidad.

Isabel se rió con su risa alegre y cantarina como el repique de una campana, que, desde la primera vez que la oí, sonaba en mi corazón y cantaba en mi alma.

—He oído decir que has regresado rico como Creso, pero debe de ser una falsedad si no puedes permitirte unas botas nuevas. Quizá pueda conseguir que mi marido te compre otro par si vas a trabajar para él. Ésas están en un estado deplorable.

Y le ordenó al cochero que se pusiera en marcha. Me quedé donde estaba y miré cómo se alejaban los carruajes. ¡Qué idiota! Había sido un estúpido al acercarme a ella en público, cabalgando hasta su coche delante de sus amigas. ¿Qué otra cosa podía hacer la pobre, excepto fingir que yo no significaba nada para ella? Era una mujer casada y no podía permitirse la menor insinuación de escándalo.

Pero comprender que había actuado como un tonto de poco sirvió para aliviar el dolor y la humillación que sentía.

«Peón.» La palabra era como un cuchillo que atravesaba mi corazón.

Un caballo relinchó detrás de mí y me volví en la montura. Tres jóvenes caballeros montados me miraban.

—Un lépero vestido como un caballero sigue siendo escoria

—dijo el del medio—. A los hijos de puta no se les permite cabalgar en el paseo. Si vuelves por aquí de nuevo, te azotaremos. Si hablas de nuevo con nuestras mujeres, te mataremos.

Me dominó una furia ciega. Clavé las espuelas a *Tempestad* y galopé sin más hacia ellos. Se apartaron ante mi carga, pero así y todo cogí a uno por el cuello y lo arranqué de la silla. Intenté arrojarlo al suelo, pero su espuela izquierda se enganchó en el látigo sujeto a la silla. Su caballo se espantó, arrastrándolo por la calle a todo galope. Hice girar a *Tempestad* y me volví hacia el otro, lo bastante idiota como para haber desenvainado la espada. Yo no llevaba mi sable, pero no temía la espada de un petimetre. Guié el gran semental hacia él en una impresionante carga. Su montura se espantó, aterrorizada por *Tempestad*, que le sacaba media cabeza. Cogí la fusta trenzada —con plomo en el mango— que llevaba sujeta en el pomo por el lazo de la muñeca. Cuando el caballero intentaba recuperar el control de su montura, me acerqué por detrás. Lo enlacé por el cuello de un latigazo y enganché el lazo de la muñeca en el pomo.

Tempestad y yo habíamos enlazado centenares de novillos, y él conocía la maniobra perfectamente. Frenó en seco y se irguió sobre sus patas traseras. El caballero voló de la silla con las manos en la garganta, aterrorizado por el tremendo dolor, y se estrelló contra la calle como un puente que se derrumba. Con el rostro cada vez más púrpura, le quité el látigo del cuello, pero sólo después de haberlo arrastrado unos veinte metros.

Cuando me volví hacia el tercer señorito insolente, el caballero dio media vuelta y escapó, lo que fue un error. No sólo había demostrado ser un cobarde, algo que se sabría por toda la ciudad en cuestión de horas y lo perseguiría hasta la tumba, sino que además, al mostrar la grupa de su caballo también mostraba la suya. Me acerqué por detrás al animal a todo galope, le sujeté la cola y la levanté al tiempo que le clavaba las espuelas a *Tempestad*. Era el deporte de tumbar a los toros que *Tempestad*, mis vaqueros y yo habíamos practicado en mi hacienda en el Bajío. La maniobra hacía que el animal perdiera el equilibrio y cayera patas arriba. En este caso, el caballo cayó sobre el lomo con el jinete todavía en la montura y lo aplastó debajo.

Dejé a los tres caballeros en mi estela —derrotados, humillados y con un tremendo dolor— y cabalgué a lo largo del paseo. Dos docenas de jinetes españoles de pura cepa me observaron marchar, pero ninguno de ellos se atrevió a desafiarme.

Al pasar junto al carruaje de Isabel, mi amor me miró con los ojos muy abiertos. La saludé una vez más.

Lizardi se reunió más tarde conmigo en una posada a la hora de comer y me comentó la reacción de la ciudad a mis acciones en el paseo. Se marchó poco después de comer y beber hasta reventar porque tenía que asistir a una reunión, pero entonces me dio su valoración.

—Estarás muerto en el plazo de una semana.

SETENTA Y CINCO

Raquel sabía que el tema de conversación en su círculo literario de aquella noche iba a ser la sensación que Juan de Zavala había causado en el paseo.

Para ocultar sus verdaderos propósitos, el grupo se llamaba a sí mismo Sociedad Literaria Sor Juana. Si bien era cierto que se reunían y hablaban de libros, también se valían con frecuencia de sus reuniones para tratar de temas políticos y sociales que estaban en la lista de cosas prohibidas del virrey y el cardenal. Los miembros compartían las mismas ideas políticas. La Ilustración y las grandes revoluciones en Francia y Estados Unidos los habían sacudido intelectualmente.

Algunas asociaciones utilizaban nombres de santos, pero Raquel y su íntima amiga, Leona Vicario, creían que era una hipocresía nombrar a su sociedad con el nombre de un santo cuando uno de sus propósitos era debatir y quejarse de las restricciones al pensamiento libre que imponía la Iglesia. Así que habían escogido el nombre de la gran poetisa mexicana.

Andrés Quintana Roo, un brillante y joven abogado que se sentía atraído intelectual y románticamente por Leona, consideraba que el nombre de Sor Juana para su sociedad era una broma a costa de la Iglesia. «Escribió su renuncia a la vida intelectual con sangre debido a las críticas de la Iglesia», decía.

Once miembros de la sociedad estaban presentes esa noche, incluido el autoproclamado Pensador Mexicano. Como Raquel le había dicho a Juan, sus miembros ponían freno a sus opiniones políticas cuando aparecía Lizardi. Esa noche, sin embargo, la conversación era más personal que profunda.

—En todas las casas de la ciudad están discutiendo ahora las acciones de Zavala —comentó Quintana Roo.

Ninguno de ellos sabía que Raquel había estado prometida una vez a Juan, ni siquiera Lizardi. Juan le había dicho a Raquel que nunca le había mencionado al escritor que la conocía.

—Los gachupines están muy inquietos —dijo Leona—. La Junta de Cádiz ha dado a la colonia plena representación política, pero el virrey y sus sirvientes peninsulares no han hecho caso del decreto, poco dispuestos a que los nacidos en la colonia tengan los mismos derechos que ellos. Pero ese aventurero, Zavala, les ha causado un sinfín de preocupaciones. Un peón que primero es un héroe en España y que después humilla a tres caballeros que lo asaltan en el paseo... Los gachupines no tolerarán, no pueden, que semejante rebeldía no sea castigada.

—Los gachupines temen que Zavala, al reclamar un asiento en su mesa —señaló Lizardi—, inspire a los peones en todas partes.

—Ha ofendido a cuatro caballeros —dijo Leona—. Se acercó a la esposa del marqués del Miro antes de humillar a los tres caballeros. Eso es muy embarazoso para el marqués, porque es sabido que su esposa Isabel permitió que Zavala la cortejase cuando ambos vivían en Guanajuato. De haber sido un español quien la hubiera abordado, hubiese habido motivos para un duelo.

—He oído decir que el marqués pasa por dificultades económicas, no sólo como resultado de sus malas inversiones, sino también por las extravagancias de su esposa —apuntó Lizardi—. La mujer no tiene coto en sus gastos y sus amantes. Se rumorea que Agustín de Iturbide, un joven oficial de un regimiento de provincias, es su actual amante.

—Iturbide es español; por tanto, el marqués puede hacer la vista gorda en esa aventura —declaró Leona—, pero no puede tolerar la afrenta pública de un peón. Ni siquiera puede retar a Zavala en duelo; un noble español no puede batirse con un peón. Sería un duelo socialmente inaceptable.

—Y además perdería —dijo Quintana Roo—, como cualquier otro que desafíe a Zavala. Se dice que el hombre es invencible con la pistola y la espada.

—Pero el marqués debe recuperar su honor —opinó Lizardi—, y también los caballeros a quienes Zavala humilló. Se cobrarán la venganza.

Raquel sabía que ésa era la conclusión de todos los presentes y sin duda de todos los españoles de la ciudad, y le destrozaba el corazón. Pese a que Juan se había comportado como un imbécil por otra mujer, sus propios sentimientos hacia él no habían cambiado.

—Zavala lo pagará —dijo Leona—, y no será en el campo del honor.

—Lo matarán —afirmó Lizardi.

—Quieres decir que lo asesinarán... —Después de decir estas palabras, Raquel se levantó y dejó la casa.

SETENTA Y SEIS

Humberto, marqués del Miro, entró en el dormitorio de su esposa y se le acercó por detrás cuando la doncella acababa de vestirla. Isabel llevaba un vestido de seda color plata con un bordado de hilo de oro y gran profusión de joyas. Mientras la mujer admiraba su cabellera dorada larga hasta la cintura, la doncella le puso una mantilla negra sobre la cabeza y los hombros. Isabel se miró al espejo, complacida. El pelo rubio claro estaba ahora de moda, e Isabel había importado de Milán un elixir alquímico que había dado a sus trenzas un color dorado resplandeciente.

La boda le había sentado bien a Isabel. De soltera en Guanajuato, había sido delgada. Desde el casamiento, había engordado cinco kilos, que la había rellenado en los lugares correctos, haciéndola todavía más bella.

Al mirar a su esposa, Humberto sintió el orgullo de un propietario, la misma clase de placer que sentía cuando contemplaba su residencia palaciega y su establo de caballos purasangres. Consideraba a Isabel como la mujer más hermosa de la colonia, una esposa adecuada para un noble español, incluso para un rey.

Hijo mayor de una noble familia que había perdido el favor real antes de su nacimiento, Humberto había viajado a la colonia para valerse de su posición social y recuperar la fortuna de la familia. Sólo tenía veintiún años cuando se casó con una viuda rica que le doblaba la edad. Por desgracia, la viuda vivió otros veinticinco años, así que tenía cuarenta y siete cuando se hizo con el control de la gran fortuna dejada por el primer marido, un gachupín que había aprovechado su posición como ayudante del virrey para amasar una enorme riqueza especulando y manipulando el mercado de trigo.

Los puntos fuertes de Humberto eran el vestuario, el lenguaje, los modales y la condición de noble. No sabía nada de administrar el dinero, y con mucha sabiduría había dejado que la viuda controlara su fortuna. Ella había conseguido que creciera un poco durante su vida, pero desde su muerte y con su segunda boda con la hermosa Isabel la fortuna había mermado. Las malas inversiones por su parte, unidas al extravagante estilo de vida de su esposa y las pérdidas en el juego, habían reducido sustancialmente sus ingresos y sus propiedades. No había compartido sus pesares económicos con Isabel porque ése no era un tema del que un hombre hablara con su esposa. En cualquier caso, ella sabía menos de asuntos financieros que él mismo.

—Estás preciosa, querida —le dijo a Isabel—. Pero no son los vestidos. Serías la mujer más hermosa de la colonia incluso si vistieras con harapos.

—Eres demasiado bueno, Humberto. ¿El joyero ha enviado ya mi nuevo collar? Quiero llevarlo al teatro mañana por la noche.

El marqués torció el gesto ante la mención de la joya. Tenía dificultades para pagar el precio.

—Llegará mañana.

Luego le hizo un gesto para que Isabel despachara a la doncella. En cuanto la criada se hubo marchado, añadió:

—Lamento mucho que se te haya pedido que te encuentres con ese hombre. —Sacó pecho—. Le atravesaría el corazón de un disparo en el campo del honor, pero, como sabes, el virrey ha dado orden de que ningún español se manche las manos con la sangre plebeya de ese individuo.

Ella exhaló un suspiro.

—Es curioso. Juan era un perfecto caballero un día, y un peón al siguiente. Pero supongo que fue el deseo de Dios. Querido, ¿podrías conseguir que el joyero hiciese unos pendientes de diamantes a juego con mi nuevo collar?

SETENTA Y SIETE

Mi gran día por fin había llegado. Un soborno a su doncella había hecho que una nota llegara a manos de Isabel, y ella respondió, aceptando el encuentro. El pergamino llevaba su perfume a rosas. El olor me trajo recuerdos de Isabel en su carruaje en Guanajuato y su cristalina risa..., y de Juan de Zavala, caballero, príncipe del paseo, erguido en su caballo.

«Bruto, que te pudras en el infierno con un martillo machacándote los cojones una y otra vez.»

No, mejor, en mi lecho de muerte le rezaría a Dios para que me concediera unos pocos minutos a solas con él.

El lugar de encuentro que Isabel había elegido estaba fuera de la ciudad, en la colina Chapultepec, a una hora a caballo al oeste del centro de la ciudad. Chapultepec significa «colina del saltamontes» en la bárbara lengua azteca. Con una altura de unos sesenta metros ofrecía una fantástica vista detallada de la ciudad y el valle de México desde su cumbre: los canales y las calzadas, los lagos moribundos, las innumerables iglesias, casas grandes y pequeñas, seminarios y conventos de monjas, y los dos grandes acueductos que serpenteaban a través de la llanura. Un templo azteca se había alzado una vez en la colina. Allí habían construido un palacio de verano para el virrey, pero todos sabían que la estructura era en realidad una fortaleza, un lugar adonde el virrey pudiese retirarse cuando el clima político se calentaba demasiado.

Mientras cabalgaba hacia el lugar del encuentro, pensé en el marido de Isabel. Durante mi permanencia en España había llegado a admirar muchas cosas de los españoles y la cultura que aportaban a la colonia. Pero respetaba a las personas, no a los gobernantes y la aristocracia rural. Después de que los gachupines me hubieron rechazado como a un leproso en la colonia, y después de ver cómo la clase alta española en Europa acumulaba y ocultaba sus riquezas mientras el pueblo llano que no tenía nada más que su coraje luchaba contra Napoleón con uñas y dientes sin su ayuda, tampoco sentía respeto por la clase gobernante española. Por las charlas en las calles y la posada, me enteré de que el marqués era el típico noble español machista y pretencioso. Conocía a los de su clase muy bien, por haber tratado con hombres como él en mis días de gachupín.

Su notoria vanidad me recordaba la historia de dos altivos gachupines que habían entrado en un angosto callejón en sus carruajes al mismo tiempo. Al entrar por direcciones opuestas, ambos hombres rehusaban dar marcha atrás, insistiendo cada uno en que el otro lo hiciese. Llegada la noche, ambos seguían aún allí, negándose a dejar el carruaje. Sus amigos les llevaron comida y también mantas y almohadas para los carruajes, y los dos gallitos españoles se prepararon a esperar que el otro desistiese. A medida que pasaban los días, el incidente se convirtió en un acontecimiento célebre que atrajo a miles de personas al callejón. Después de cinco días de estupidez, el virrey intervino y ordenó que los dos retrocedieran, a la misma velocidad.

Un hombre de verdad hubiera resuelto el tema con una machada —un acto de valor o un comportamiento propiamente masculino—, y mi manera hubiera sido en el campo del honor con pistola o espada.

Isabel eligió un pabellón de piedra para nuestro encuentro, una construcción que una vez había pertenecido a una familia que cuidaba los jardines del parque. El lugar había sido un proyecto del virrey Iturrigaray, pero después de que el virrey fue enviado de regreso a España, caído en desgracia por jugar con la idea de convertir la colonia en un dominio particular, el parque y el pabellón de los jardineros fueron abandonados. Yo sabía algo del lugar porque lo había visitado horas antes para asegurarme de conocer el camino; el encuentro con mi amada estaba fijado para el atardecer, y no quería llegar tarde. Admito que tenía la ilusión de encontrar una cama en el pabellón abandonado.

Cuando llegué al sendero de tierra que cruzaba el parque, vi su carruaje junto a la casa. Me apresuré a poner a *Tempestad* al galope. Isabel salía de un bosquecillo cuando me acerqué al pabellón. Desmonté y até mi caballo a un poste junto a la puerta principal, pero no corrí hacia ella. De pronto tuve miedo al rechazo.

Ella se acercó al poste. Parecía un tanto desconcertada.

—Llegas temprano, Juan.

Me encogí de hombros.

—Así estaremos más tiempo juntos —repuse—. Dios mío, Isabel, eres todavía más hermosa.

Su melodiosa risa me hizo estremecer.

—Pues tú pareces más que nunca un renegado y un bandido.

—No, dijiste que yo era un lépero, ¿lo recuerdas?

—Eso también. —Agitó el abanico delante de su rostro—. Te diré una cosa: se te ve mucho más varonil. Siempre fuiste un apuesto truhán, pero ahora pareces un hombre de acero. No me asombra que asustaras a los caballeros del paseo.

—Isabel..., mi amor..., nunca he dejado de pensar en ti.

Ella echó a andar lentamente hacia su carruaje. Yo no quería que se acercara al vehículo, ya que el cochero podría vernos y oírnos.

—¿Te apetece dar un paseo? ¿Quieres echar un vistazo a la casa?

—No, no puedo quedarme mucho.

Cuando ya se acercaba a la puerta del carruaje, la sujeté por el brazo y dije:

—Mira. —Hice un gesto hacia mis pies.

Su abanico se movió de nuevo.

—¿Que mire qué?

—Mis botas.

—¿Tus botas? —Se encogió de hombros—. Pareces obsesionado con ellas. ¿Es que no puedes comprarte otro par? He oído decir que eres muy rico... O quizá no sea cierto y por eso no has podido permitirte traerme un regalo.

¡Qué imbécil había sido! No le había llevado ningún regalo. Debería estar cubriéndola de joyas.

—Lo siento, perdóname. Pero mira, ¿no reconoces las botas?

—¿Por qué estás tan interesado en esas botas viejas?

—Son las que tú me diste cuando estaba en la cárcel.

Ella se rió, pero no había música en su risa, sólo desprecio.

—¿Por qué iba a regalarte yo unas botas?

—Yo... creía... —Se me trabó la lengua. Mi encuentro con ella no iba bien. Había soñado con ese momento durante centenares de noches, y ahora me sentía como si me estuviera hundiendo en arenas movedizas.

Ella subió al coche de caballos y cerró la puerta. La miré, desconcertado.

—No puedes irte, acabamos... —dije.

—Llego tarde a un compromiso social. —Sus ojos eran inexpresivos como los del monstruo de Gila, su voz dura y distante.

El carruaje se movió y advertí que el cochero había hecho una pausa a la hora de usar el látigo para mirar más allá de mí. Luego se levantó de un salto en el pescante, hizo restallar el látigo sobre las mulas lo bastante fuerte como para despertar a los muertos y los animales tiraron con fuerza.

Al atisbar por encima del hombro hacia donde había mirado el cochero, vi que una línea de jinetes se acercaba a mí sigilosamente: eran cinco, enmascarados y con las espadas desenvainadas. Yo iba desarmado, excepto por el puñal en la bota; mi espada estaba en la montura de *Tempestad*.

Corrí hacia mi caballo mientras los jinetes cargaban. En el momento en que se me acercó el primero, me volví bruscamente y grité, agitando el cuchillo y la mano libre. El caballo se espantó y chocó contra los demás. Si un hombre le hubiera hecho eso a *Tempestad*, el semental lo habría arrollado, pero esos caballuchos de paseo no eran corceles.

En el mismo momento en que soltaba del poste las riendas de *Tempestad*, otro jinete me atacó, blandiendo su espada. Me metí debajo del vientre del animal, y *Tempestad* descargó una coz contra el caballo del jinete cuando le rozó la grupa. Ahora los cinco enmascarados se sumaban al ataque. Rodeado por cinco caballos y hombres que esgrimían espadas, *Tempestad* no estaba de buen humor. Media cabeza más alto que los caballos mestizos, los golpeó implacablemente con sus cascos herrados. Me colgué de las riendas con alma y vida mientras *Tempestad* corcoveaba, pateaba y soltaba mordiscos a las otras monturas. Desenvainé mi espada, pero ésta salió volando cuando intenté montar. Me sujeté del pomo y logré subir al caballo. Luego *Tempestad* y yo galopamos en dirección al bosquecillo más cercano.

Un jinete se lanzó hacia mí. Inclinado hacia adelante en la silla, descargó un golpe con la espada. Yo todavía tenía el puñal en mi mano, y en el último segundo desvié el golpe. Al rozar mi muslo, la espada hizo brotar la sangre. Mientras tanto, el jinete pasó al galope. Al volverse, se preparó para atacarme desde otro ángulo.

De pronto otro hobre cargó contra mí como salido de la nada, y me apresuré a detener a *Tempestad* detrás de un árbol. En su carga, su caballo tropezó y ambos cayeron entre los árboles rodeados por densos matorrales. Sin soltarme del pomo, me agaché para coger una corta y gruesa rama y apunté al asesino atrapado en el matorral con la intención de destrozarle la cabeza. Cuando me vio venir, montó de nuevo en su animal todavía metido entre las zarzas y, con la espada, se preparó para mi ataque. La rama pasó volando por su lado, pero en el segundo que tardó en agacharse, tuve tiempo para sujetarlo y arrancarlo de la silla. Golpeó contra el suelo con todo su peso y yo me arrojé sobre él, clavando mi rodilla en su tripa. El aire escapó de sus pulmones con un silbido. Lo despaché con su propia espada. Luego la sujeté con los dientes y monté a *Tempestad*. No era una buena espada militar, una hecha para el verdadero combate, sino un estoque de fantasía, del tipo que los señoritos del paseo llevaban de adorno. En mi mano experta, sin embargo, podía decapitar a un cerdo. Necesitaría de esa habilidad. Dos de los jinetes cargaban contra mí, aunque aún estaban en desventaja debido a la densa maleza y los árboles. Uno de los jinetes me apuntó con su pistola, tan cerca que el cañón parecía tan grande como mi tumba abierta. Disparó, pero su puntería se desvió por el movimiento de su montura. En lugar de herirme en el pecho, la bala impactó en mi pierna. Luego el tipo invirtió el arma y continuó el ataque, moviendo la pistola como una hacha de combate. Repliqué con el estoque. Soltó un alarido cuando le corté el brazo a la altura del codo.

El alarido hizo que los otros tres atacantes se detuvieran para reagruparse. No me importó. Clavé las espuelas a *Tempestad* para ir hacia el más cercano. Al volverse para escapar, su caballo se asustó, retrocedió y luego se levantó sobre las patas traseras, lanzándolo al suelo. Ahora estaba solo. Sus dos compañeros huían a uña de caballo, abandonando a su camarada con la intención de salir del bosque cuanto antes.

Fui a por el hombre que estaba en tierra. Él corrió, se ocultó detrás de un árbol, pero seguí persiguiéndolo. Cuando me acerqué, estaba de pie, intentando esquivar el arco descendente de mi espada. Con el deseo de decapitarlo, lancé el golpe y fallé. Me miró mientras escapaba, agitando los brazos, gritando de terror..., y se dio de bruces contra un árbol. Quedó tendido al pie del mismo, inmóvil como la muerte, sin sentido. Lo dejé allí desarmado, sin caballo e inconsciente.

De regreso a la ciudad, no vi señal alguna de los jinetes o del carruaje de Isabel. Las heridas de mi pierna sangraban, el tajo era la más severa de las dos; la bala sólo me había rozado. Con un pañuelo improvisé un torniquete en la herida de la espada. No era tan grave como la del hombre al que le había cortado el brazo. Se estaba muriendo, y no sólo porque sus amigos lo habían abandonado sin detener la sangría, sino porque un corte en la articulación era como una sentencia de muerte.

No sentía la menor compasión por él. Era un perro cobarde. Él y sus inútiles amigos me habían atacado cinco contra uno. Mi muerte hubiese sido un asesinato puro y duro. Atacar a un hombre solo en grupo, como coyotes, era algo inherentemente deshonroso. No había visto sus rostros, pero sabía quiénes eran o lo que eran: los señoritos del paseo.

El hecho de que hubiera sido atacado por un grupo de cobardes me enfurecía. Pero lo que me atormentaba hasta la médula no era su traición o la dolorosa herida de mi pierna, sino la deslealtad de Isabel. ¡Ay de mí! La mujer a la que amaba me había llevado a una cita donde debía ser asesinado. ¿Cómo podía haber cometido ella ese crimen? El único motivo que podía imaginar para que Isabel cooperase con los cobardes era que su marido la había forzado. Su esposo debía de haberle hecho cosas terribles para forzarla a la traición.

Mientras luchaba para buscarle excusas, las terribles palabras que había dicho aún resonaban en mis oídos y me destrozaban el corazón. Se había burlado de las botas que me había dado. Claro que el cochero estaba al alcance del oído y sin duda ahora mismo estaba informando al marido de todo cuanto había dicho. Así y todo, la crueldad de sus palabras y el desprecio de su risa me rompían el alma. Pero entonces recordé la forma en que me había mirado al salir de aquel bosquecillo mientras caminaba hacia mí delante de la casa: el pelo dorado, esa bella sonrisa, esos ojos inolvidables...

—¡Isabel! —le grité a la noche—. ¿Qué te han hecho?

Prudentemente, no volví a mi casa ni tampoco intenté escapar. Había perdido demasiada sangre. En cambio, acudí a la única mujer en este mundo que tenía menos razones que nadie para ayudarme pero que tenía un corazón sincero.

Raquel escondió a *Tempestad* en el establo de un amigo.

—Andrés Quintana Roo, un miembro del club literario al que pertenezco, oculta tu caballo —me explicó cuando desperté a la mañana siguiente en su cama.

—Te he estropeado las mantas. —Había cesado la hemorragia, pero no antes de ensuciar la cama.

—Las mantas se pueden lavar. —Titubeó—. Han quemado tu casa. La versión oficial es que te has vuelto loco y has atacado a inocentes criollos desarmados.

—Sí, y luego quemé mi casa.

—Sí, eso también.

—¿También maté a viudas y huérfanos?

—Los rumores crecen como la hiedra.

—Estás siendo evasiva. Cuéntame lo que se rumorea.

Ella exhaló un suspiro y evitó mirarme a los ojos.

—Dilo. Puedo soportarlo; soy todo un hombre.

—Serás muy hombre, pero tienes muy poco seso. Los gachupines han hecho correr la historia de que llevaste a Isabel al campo con la amenaza de que asesinarías a su marido. Dicen que los caballeros, al pasar por el lugar, la encontraron forcejeando contigo...

—Mientras yo intentaba violarla...

—Sí, mientras intentabas violarla. Acudieron en su ayuda, desarmados, y tú los atacaste. Mataste a dos de ellos, heriste gravemente a un tercero, y luego escapaste antes de que pudieran atraparte.

—Raquel, ¿en toda tu vida, alguna vez has visto a un caballero que vaya a alguna parte sin una arma?

—No me creí ni una palabra de la historia, ni otros tampoco. Pero la mayoría de la gente cree lo peor. Si te atrapan...

—No habrá juicio, ninguna oportunidad de defenderme. —Ni tampoco dinero para comprar «justicia». El virrey se apoderaría de mi carta de crédito.

No podía quedarme con Raquel. Sólo conseguiría su ruina si me sorprendían en su casa. Ella estaba dispuesta, pero yo no podía ponerla en peligro.

—No podrás dejar la ciudad montado en tu caballo. *Tempestad* es demasiado visible, demasiado llamativo. Lo he discutido con los amigos del círculo literario...

—¿Con Lizardi?

—No, todos sabemos que se va de la lengua. Mañana mis amigos disfrazarán a *Tempestad* y saldrán de la ciudad con uno de ellos montado en el semental. Lo dejarán en el rancho de un amigo mío.

—Adviérteles que lo monte el mejor jinete.

—Eso ya lo saben. Su mal carácter es tan famoso como el tuyo. Sacarte de la ciudad no será difícil. Leona Vicario nos recogerá en su carruaje. Podrás tenderte en el suelo hasta que crucemos la calzada. Ella y su familia son muy conocidos y respetados en toda la ciudad.

—¿Están revisando los carruajes y los carros?
—No, todo el mundo cree que has huido de la ciudad. Pero no podemos arriesgarnos a que alguien te vea por accidente.
—Esos amigos tuyos, los lectores, ¿por qué me ayudan?
Ella titubeó de nuevo.
—Sopla un nuevo viento por la colonia, uno que esperamos que se lleve lo viejo y traiga lo nuevo.
—¿Te refieres a la revolución?
—No sé a lo que me refiero, pero entiende esto: has sufrido en carne propia la injusticia y has sido testigo de primera mano de los males sociales cometidos contra otras gentes. Todavía no has tomado partido por nadie excepto por ti mismo. Les dije a mis amigos que algún día adoptarás una postura y que, cuando lo hagas, todo el poder y la furia del hombre más duro de Nueva España estará con nosotros.

Leona Vicario me recordaba mucho a Raquel. Como ella, era valiente, muy intelectual y de hablar claro. Ambas me acribillaron a preguntas sobre las condiciones en España. Leona se echó a llorar al oír mis descripciones de las atrocidades cometidas contra el pueblo español y las heroicidades de las familias que defendían sus hogares contra los invasores.

No discutimos en el carruaje adónde iba, pero Raquel había hecho antes una sugerencia.

—Ve a Dolores —dijo—. El padre se alegrará de verte.
—No, llevaría problemas a la casa del sacerdote.
—Los problemas ya están en su casa. Te hablé de los vientos que soplan en la colonia; algunos de ellos son malos vientos. Quizá muy pronto necesite una espada fuerte a su lado.

Como siempre, hablaba con acertijos y misterios. Sabía que algo se estaba cociendo, pero no me dijo nada más.

Cuando llegamos al rancho, abracé y besé a Leona y a Raquel por haberme rescatado.

—Comprended esto, hermosas damas: me queda poco en este mundo de valor material, pero gracias a vosotras todavía tengo una espada y un brazo fuerte para usarla. Si alguna vez me necesitáis, enviadme un mensaje. Vendré a vosotras. Vuestros enemigos serán mis enemigos. Lucharé por vosotras y, si es necesario, moriré por vosotras.

—Puede que encuentres que algún día tu oferta será aceptada, Juan de Zavala —manifestó Leona—. Pero con un poco de suerte, no la parte de morir.

Raquel me acompañó al establo y permaneció allí mientras ensillaba a *Tempestad*.

—No sé cómo darte las gracias —dije.
—Ya lo has hecho. Has dicho que lucharás e incluso morirás por

mí. Aparte de darle su amor, un hombre no puede darle a una mujer mayor honor.

Desvié la mirada, avergonzado. Ella sabía por qué no podía profesarle mi amor.

Monté al semental, que cruzó al paso el patio. Cuando me volví para saludarla por última vez, ella volvía la esquina donde estaba su carruaje, una hermosa figura con un vestido negro que volvía una esquina.

La visión me alcanzó como un rayo del infierno. Me quedé de piedra, sin aliento, y luego galopé hasta ella. Raquel se volvió junto a la puerta del carruaje.

—¿Qué pasa, Juan?

—Gracias por las botas.

Las lágrimas asomaron a sus ojos.

—Puedes agradecérselo a mi padre. Él hubiera querido que las tuvieras. ¿Sabías que te admiraba de verdad?

—Raquel...

—No, es cierto. No sentía el menor respeto por los caballeros, que no hacían otra cosa más que vestirse como payasos y desfilar arriba y abajo por el paseo. Decía que tú eras diferente, que cabalgabas mejor que un vaquero y disparabas mejor que un soldado.

La dejé con las lágrimas corriendo por sus mejillas. Las lágrimas también asomaban a mis ojos, pero os aseguro que sólo porque el viento los había llenado de polvo. Soy un hombretón, y los hombres como yo no lloran.

SETENTA Y OCHO

Dolores

Habían pasado dos años desde la última vez que había entrado en la ciudad de Dolores, en el Bajío. Entonces, el párroco aún creía que podía liberar a los aztecas de su esclavitud enseñándoles los oficios españoles. En realidad, había echado en falta al viejo. Mientras me acercaba a la ciudad, también comprendí que había echado de menos a Marina. Mi cabeza había estado tan obnubilada por los pensamientos sobre la hermosa pero superficial Isabel que no había mirado de cerca a dos fuertes y valientes mujeres, Raquel y Marina, que me habían ayudado en mis horas bajas y los momentos de mayor peligro.

Había superado mi enamoramiento con Isabel y, no obstante cada vez que pensaba en ella un puño me oprimía el corazón. No podía aceptar que me hubiera equivocado tanto al valorarla..., o que pudiera ser tan estúpido. Así y todo, no podía creer que ella me hubiese traicionado voluntariamente. Cuanto más lo pensaba, más me convencía de que su marido la había obligado. ¿Por qué si no lo había hecho? No era posible que me odiara tanto como para querer verme muerto. Obviamente, debía de ser obra del cabrón gachupín de su marido. Si bien había dejado la capital con el rabo entre las piernas, no había acabado con el marqués. Algún día regresaría para resolver el asunto.

Según Lizardi, los hombres del virrey no sólo habían destruido las empresas indias del padre Hidalgo, sino que también le habían prohibido volver a ponerlas en marcha con la amenaza de encarcelarlo. Al acercarme, vi que los viñedos y las moreras del padre habían desaparecido; los hierbajos crecían allí donde una vez habían prosperado las uvas. Tampoco había pilas de cacharros y materiales delante del edificio donde una vez habían fabricado la cerámica.

Un indio que dormía la siesta despertó al oír los cascos de *Tempestad* y entró a la carrera en el edificio que una vez había sido la bodega. Su lenguaje corporal me intrigó. Me había dirigido una mirada de sorpresa, como un centinela alerta a la presencia de intrusos. ¿Por qué necesitaba el padre un centinela? ¿Había vuelto a poner en marcha las industrias indias? Sacudí la cabeza. No sabía lo que estaba pasando, pero sí sabía que el sacerdote tenía todos los cojones que los dioses hubieran creado. Había desafiado a los gachupines una vez y quizá los estaba desafiando de nuevo. Raquel incluso había insinuado que estaba metido en algo poco usual, algo que podría hacer que el padre tuviera otra vez conflictos con el virrey.

Al detenerme delante de la bodega abandonada, salió el padre Hidalgo. Al verme, su ceño fruncido dio paso a una sonrisa de alegría.

—¿Qué creía, padre, que los alguaciles del virrey habían vuelto?

Se echó a reír y me dio un gran abrazo.

—Me sorprende que no hayas vuelto de la misma manera como llegaste, con los alguaciles pisándote los talones.

—Quizá eso no diste mucho de la verdad.

Mientras caminábamos a paso lento por el camino que una vez había estado bordeado de viñedos, le describí cómo había dejado Ciudad de México. No pareció sorprenderle que hubiese escapado de la ciudad con sangre en mi espada y órdenes de captura en mi estela.

—Ya estoy al corriente de tus acciones. Raquel me mantiene bien informado. En los últimos tiempos, tú has sido el tema principal. Me envió una nota hace dos días diciéndome que te esperase.

Levanté las manos en un fingido enojo.

—Todo el mundo sabe lo que haré menos yo. No tema, padre, no seré una carga. Sólo me he detenido para saludarlo a usted y a Marina y luego me marcharé con la primera luz, a menos, por supuesto, que se necesiten mis milagrosas habilidades médicas.

Se echó a reír.

—Ya veremos, ya veremos. —Caminaba con las manos entrelazadas a la espalda y la mirada en el suelo—. Desde tu regreso de España, no, perdón, desde tu nacimiento, los gachupines te han tratado de una forma abominable. Cuando abusan de aquellos a los que consideran inferiores, los gachupines ofenden a la gran dama, la Justicia. No se puede culpar a los gachupines por los actos de un hombre que afirmaba ser tu tío, pero el abuso que amontonaron sobre ti porque no eras un español de pura sangre es una injusticia en su forma más pura. Estás metido en el mismo saco que la mayoría de la gente de la colonia: nuestros aztecas, mestizos, mulatos y africanos. Incluso los criollos como yo mismo deben pagar tributo a su manera a los gachupines.

Mi indiferencia hacia el sufrimiento de la gente de Nueva España debió de mostrarse en mi rostro.

—Satisface la curiosidad de un viejo sacerdote —dijo el párroco entonces, sacudiendo la cabeza—. Mira en tu corazón y dime en qué crees.

—A diferencia de usted, padre, no creo que los hombres sean buenos por naturaleza. No creo en llevarles la justicia y la libertad a personas que ni siquiera saben el significado de esas palabras. Libertad, igualdad y fraternidad son palabras que los franceses dieron al mundo, y luego guillotinaron a miles de personas. He visto con mis propios ojos cómo los franceses violaban y saqueaban otro país. He visto a los valientes campesinos españoles, pobres locos que son, luchar para devolverle el trono a un notorio tirano y a un malvado traidor. No lucharé por una causa porque no creo que las personas por las que lucho se lo merezcan o les importe un ardite de mí.

—Entonces, ¿no crees en nada?

—Sí, padre, creo en Raquel, en Marina y en usted. Creí en un joven erudito llamado Carlos que estaba dispuesto a morir por mí. Creo en un guerrillero de Barcelona llamado Casio y en una puta de Cádiz que era más valiente y más patriota que todos los nobles españoles. Creo en las personas, no en las causas o en los lemas, no en las banderas o en los reyes. Creo en un amor por un amor, en una verdad por una verdad, una muerte por una muerte, un ojo por un ojo.

—Hijo mío, un ojo por un ojo nos deja muertos y ciegos.

—Padre, trato a las personas como ellos me tratarían a mí. No sé hacerlo de otra manera, y si es necesario, si debo luchar, atacaré primero.

—Dices que no lucharás por una causa. ¿Lucharás por tu derecho a ser tratado como un igual?

—Padre, soy un hombre. Espero ser tratado con el respeto y la dignidad con la que se debe tratar a todos los hombres. Mataría a cualquiera que desafiara ese derecho.

—Excelente, puesto que estoy necesitado de combatientes con experiencia. Por qué peleas es menos importante que tu voluntad de pelear. Ven conmigo, quiero mostrarte algo.

Me llevó de nuevo a la bodega. Abrió la gran puerta de madera y lo seguí al interior. Era una colmena. Dos docenas de hombres y mujeres, la mayoría aztecas, y un puñado de mestizos trabajaban a pleno rendimiento. Serraban, cepillaban y afilaban maderas en largas y delgadas pértigas.

—¿Están haciendo lanzas?

—Sí, amigo mío, lanzas con las que luchar contra la bestia salvaje, la bestia que camina sobre dos patas.

Luego seguí al padre al edificio que había servido como fábrica de cerámicas. En su interior se producían más armas: porras, hondas militares, arcos y flechas. Cogí un arco y probé su fuerza. Había cazado muchas veces con arco y flecha, uno hecho por los indios apaches en la desierta región al norte del Bajío. Los arcos apaches que usaba eran muy superiores a los que la gente del padre producía.

Hasta el momento, el sacerdote no me había dicho por qué estaba reuniendo ese arsenal y por qué necesitaba combatientes. Yo había llegado a una conclusión sobre el porqué, pero era tan estrafalaria que me la callé y esperé a que él me lo dijese. Sin embargo, primero tenía otro edificio más que mostrarme, el almacén de adobe donde una vez habían tejido seda.

—¡Dios mío! ¡Cañones!

Miré incrédulo el trabajo que allí se hacía. Los «cañones» no estaban fundidos en bronce o hierro, sino hechos de árboles de madera dura en cuyo centro los trabajadores habían perforado un agujero. Para reforzar estos cañones de madera, los hombres del padre les ponían ajustados flejes de hierro. Hidalgo me cogió del brazo.

—Ven, amigo, prueba el néctar de las uvas conmigo. Todavía tengo unas pocas botellas del vino hecho con mi propia uva.

Marina me esperaba en la rectoría, los brazos en jarras y una mirada desafiante que decía: «Ese cabrón ha vuelto.» Nos saludamos el uno al otro formalmente, casi como adversarios. Sin embargo, vi en sus ojos que se alegraba de verme.

—Te has hecho más hermosa, trascendiendo incluso el encanto eterno que exhibías la última vez que estuve aquí —dije.

—Y tú eres aún más mentiroso de lo que recuerdo.

—Marina, ¿dónde están tus modales? Juan es nuestro huésped.

—Tendría que decirle a su ama de llaves que escondiese la plata, padre.

Cuando pasaba por su lado, me cogió la mano y le dio un apretón. Contenía las lágrimas. Discutíamos de buen humor, pero la última vez que la había visto yo la estaba defendiendo del ataque de aquellos animales de dos patas. El recuerdo de esa brutalidad era algo que ella no olvidaría, y yo tampoco.

Los tres nos sentamos a la mesa de la cocina del padre. Él sirvió vino para todos y dejó la botella en el medio.

—Primero, un brindis: por nuestro héroe americano en la guerra contra los franceses.

—No soy un héroe —repuse. Tampoco protesté con mucha fuerza, pero deseaba que las personas decidiesen por sí mismas lo que era. En Guanajuato era escoria lépera. En Cádiz, un español de las colonias. En Veracruz, un mexicano. En Ciudad de México, un peón. En Dolores era un americano.

El padre y Marina habían cambiado en mi ausencia. Se habían vuelto más graves, menos optimistas.

—La otra vez que estuve aquí, no hablaban más que de grandes esperanzas y nobles sueños.

—Esos sueños están muertos —afirmó el padre—; ahora una visión más violenta ha ocupado su lugar.

El cura y Marina intercambiaron una mirada antes de que él prosiguiese.

—Puede confiar en él —dijo Marina.

—No dudo de su lealtad, pero sé que desafiará mi cordura. Juan, debes de haber oído que la Junta de Cádiz ha otorgado a las colonias el derecho a la representación política.

—He oído que el virrey no hace caso de la proclamación de la Junta.

—La Junta también miente. La proclamación sólo pretende tranquilizarnos. Después de que los españoles expulsen a los franceses de la Península y una vez que tengamos de nuevo un rey, él también repudiará la proclamación. Sus promesas de libertad no son nada más que huesos arrojados a un perro azotado.

Sonreí.

—Yo he llegado a la misma conclusión, pero la gente de la capital da importancia a las mentiras de España.

—He pasado la mayor parte de mi vida valorando la relación entre España y nosotros, los americanos. Tenía catorce años cuando por primera vez reparé en el apretado yugo que los europeos mantienen sobre nosotros. Vi a mis maestros jesuitas expulsados de la colonia porque el rey no quería que educasen a los indios. Eso sucedió hace más de cuatro décadas. Ahora soy un hombre que se acerca a la sesentena. Desde aquel entonces, la mayor parte de la población de la colonia, los aztecas, los mestizos y otras sangres mezcladas, no han progresado ni una coma. —Apoyó las manos en la mesa—. Sinceramente, Juan, en los casi trescientos años que han pasado desde la gran conquista de Cortés, poco ha cambiado para los americanos. Los gachupines no quieren que las cosas cambien.

—El padre creyó que podría cambiar la manera en que los españoles nos tratan a través de mostrarles que éramos tan capaces como ellos. —Marina sacudió la cabeza—. Ya viste cómo lo trataron.

—Los gachupines nunca nos dejarán libres sin combatir. —El padre me miró con atención—. Para ganar nuestra libertad, debemos derrotarlos en el campo de batalla.

—Padre, siento un gran respeto por su humanidad y su inteligencia, pero los cañones de madera, las lanzas y las hondas no son las armas de la guerra moderna. ¿Es consciente del alcance de una buena pieza de artillería española? ¿De un mosquete?

—Esas cosas de las que hablas ya las discutiremos luego más a fondo, amigo mío, pero lo que tenemos en nuestra armería es lo que Dios nos provee.

—Dios no librará esta guerra.

—El padre no es un loco —señaló Marina—. Sabe que las lanzas no son mejores que los mosquetes.

El párroco le palmeó el brazo.

—No pasa nada; Juan formula preguntas que debemos responder. Tenemos un plan, aunque no sea uno que Napoleón aprobaría; ni siquiera a mis aliados criollos que son oficiales en la milicia les gusta, pero este plan representa la única oportunidad real que tenemos. Los americanos de la colonia superan en número a los gachupines, cien a uno, y la mayoría son peones. Los criollos tienen el dinero y los recursos necesarios para expulsar a los gachupines. No obstante, no lo harán porque tienen mucho que perder.

»La terrible tarea de la guerra sangrienta recae en las personas que no tienen nada que perder salvo sus vidas: los aztecas y los peones. Por desgracia, también son los que carecen de armas y formación para librar una guerra, pero sólo ellos tienen la voluntad de derribar esta tiranía. Una vez que los indios se alcen en armas y demuestren a los gachupines que se los puede derrotar, los criollos se unirán y nos ayudarán a ganar la guerra. Juntos como hermanos, todas las clases se unirán para gobernar la nueva nación.

—¿Cuándo comenzará esa insurrección?

—Es una revolución, no una rebelión. La teníamos planeada para dentro de tres meses a partir de hoy, en diciembre, pero las previsiones han cambiado.

Escuché en silencio mientras Hidalgo planeaba su guerra contra los gachupines. Ya había confiado sus intenciones revolucionarias a Marina y a los indios y los mestizos leales que habían trabajado en sus talleres de cerámica y seda y en la bodega de vino. Traer trabajadores al rebaño era necesario para fabricar armas. El arsenal llevaba en marcha varios meses. Él y un pequeño grupo de oficiales criollos de la milicia —ninguno con un rango superior al de capitán— encabezarían la revuelta.

—Queríamos iniciar nuestra campaña en la fiesta de San Juan de los Lagos —dijo el padre.

Yo había estado en la fiesta muchas veces. Un gran acontecimiento en el Bajío tenía lugar en la primera quincena de diciembre; entre treinta y cuarenta mil personas, la gran mayoría peones, asistían a la fiesta. El padre podría reclutar a miles de ellos para su causa, además de «requisar» los suficientes caballos y mulas para equipar a un ejército de caballería.

—Estoy seguro de que habrás presenciado la ceremonia de la Virgen de la Candelaria —dijo el padre.

Las «milagrosas» apariciones de la Virgen María, por lo general vinculadas a la curación, ocurrían por toda la colonia. La Virgen de la Candelaria había sido originalmente una burda estatuilla a la que se atribuía la milagrosa salvación de una niña que, al caerse, había sido atravesada por cuchillos.

Esas milagrosas apariciones asombraban mucho a los indios. En tiempos de grandes peligros —hambrunas, huracanes, plagas—, las autoridades sacaban del templo las efigies de la Virgen e imploraban misericordia.

—La feria proveerá monturas, reclutas y un hacedor de milagros —comenté, sin ocultar mi admiración por la astucia del plan del padre.

—Me temo, sin embargo, que una demora de tres meses podría poner en peligro nuestra causa. Hemos fabricado muchas armas. Si las lenguas que hablan demasiado nos traicionan, tantos meses de trabajo no habrán servido de nada. Cuando se corrió la voz, las autoridades aplastaron una conspiración similar de los oficiales de la milicia en Valladolid. Por tanto, comenzaremos a principios de octubre, dentro de unas pocas semanas. Haré todo lo que esté en mi mano para evitar el derramamiento de sangre inocente, pero habrá un momento en que se deba derramar sangre, para que la libertad pueda nacer. Habrá un momento en que, como César, tendremos que cruzar el Rubicón y luchar, o vivir nuestras vidas sometidos a los tiranos. —Descargó un puñetazo sobre la mesa—. Si la historia nos enseña algo es que las personas deben luchar para ser libres.

La enormidad de las intenciones del padre acabó por calar en mí. Estaba sentado en una casa parroquial de una pequeña ciudad, y escuchando a un párroco y a una india explicar cómo iban a expulsar a los españoles de la colonia. Ya tenían un arsenal de armas primitivas, y la guerra comenzaría al cabo de unas semanas.

¡Dios mío! Santa María, Madre de Dios...

—Crees que nuestro plan es una locura, ¿verdad?, que un sacerdote no es capaz de reunir y comandar un ejército, de ganar batallas contra tropas preparadas.

—Padre —respondí, sacudiendo la cabeza—, hace un año me hubiera mondado de la risa ante la idea de un sacerdote expulsando a los gachupines con indios armados con lanzas y hondas. Pero hace poco he estado en España. Allí, muchos jefes guerrilleros eran sacerdotes, y a menudo las bandas tenían armas que no eran mejores que las que usted fabrica. Los ejércitos contra los que luchaban, y todavía luchan, son considerados los mejores del mundo, no los soldados mal armados y peor formados que manda el virrey.

Sus facciones se iluminaron ante mi descripción de la guerra en la Península.

Levanté mi vaso de vino.

—¡Brindo por su coraje y su decisión! Antes le he dicho que no lucharía por una causa, pero lucharé por usted y Marina. Ustedes son mi causa.

Esa noche, Marina y yo nos reunimos, ansiosos pero titubeantes amantes separados durante mucho tiempo. Una vez agotado el deseo, yací en la cama, Marina en mis brazos, sus cálidos pechos apretados contra el mío.

—¿De verdad puede un simple párroco de Dolores expulsar a los gachupines y cambiar la colonia?

—Un insignificante joven de Córcega puso a los reyes de rodillas y se apoderó del trono francés. No es el tamaño de los hombros de una persona o su riqueza lo que sacude el mundo, sino el tamaño de sus ambiciones. Todo lo que nuestra gente necesita es un sueño de libertad y la fe de que pueden ganar. El padre puede darles ese sueño; el padre puede darles la fe.

SETENTA Y NUEVE

Doña Josefa Ortíz de Domínguez, la corregidora de Querétaro, estaba en casa preparándose para recibir una visita: su joven amiga Raquel llegaba de Ciudad de México. Su marido entró en la sala y la sorprendió con grandes noticias. Como corregidor, era la figura administrativa de mayor poder en Querétaro y el mejor informado.

—Lo saben —le dijo Miguel Domínguez—. El plan ha sido denunciado a los gachupines.

—¿Cómo?

—Un traidor. Tengo una sospecha, pero no importa; había demasiadas personas involucradas.

—¿Qué harás?

—Arrestar a los conspiradores. El nombre de Allende fue el más destacado. Está en San Miguel. Enviaré a un mensajero para que le lleve al alcalde la orden de arresto.

—No puedes hacer eso; nosotros estamos entre ellos.

—No puedo hacer otra cosa. Por su bien y por el nuestro, debo seguir el procedimiento para detenerlo. Es mejor que los tenga yo en custodia que no los gachupines. Retrasaré los trámites y los ayudaré a inventar sus historias antes... de que se tomen medidas más drásticas.

Doña Josefa se persignó.

—Debemos avisar a nuestros amigos en San Miguel y Dolores, darles tiempo para que actúen antes de ser arrestados.

—Es demasiado tarde. Sólo podemos rogar para que las autoridades fracasen en sus investigaciones.

—Yo...

—No, no puedes involucrarte. Yo me ocuparé de que así sea.

La encerró en el piso de arriba. Ella estaba furiosa pero indefensa. Preocupada, se paseó arriba y abajo. Había que avisar a los conspiradores. Allende necesitaba saber que su arresto era inminente. Tenía que ir a Dolores y proteger al padre. Si no lo hacía, la revuelta estaba condenada.

«Ignacio», se dijo entonces. Debido a que su marido Miguel era el principal oficial de justicia, Ignacio Pérez, el jefe de la cárcel, vivía en la planta baja. Cogió la escoba y con el mango golpeó en el suelo un código que la mujer e Ignacio habían acordado por si ella o su marido lo necesitaban. Ignacio subió la escalera a la carrera y habló con ella a través del ojo de la cerradura.

Con una montura de refresco sujeta con una larga cuerda trenzada, Pérez cabalgó a San Miguel con el viento a su espalda y el miedo en el pecho. El mundo se derrumbaba a su alrededor. Había hablado de traición con otros, y ahora temía verse encerrado en su propia cárcel. No sólo su vida estaba en juego; también había comprometido el bienestar de su familia al asistir a reuniones donde él, doña Josefa, Allende y otros soñaban con una Nueva España donde las personas eran libres e iguales. Ahora era un fuera de la ley.

Ignacio Allende no estaba en San Miguel cuando llegó Pérez, pero encontró al amigo y conspirador de Allende, Juan Aldama.

—Allende ha ido a Dolores para hablar con el padre Hidalgo —le informó Aldama.

—Entonces debemos ir allí.

OCHENTA

Dormía profundamente cuando los golpes en la puerta de la habitación de Marina nos despertaron. Salté de la cama y empuñé mi espada. Alguien gritó desde el exterior:

—Señorita, soy Gilberto.

—Es el encargado del establo —dijo Marina—. Debe de haber pasado algo.

—Los hombres del virrey me han seguido hasta aquí.

—Si es así, debes marcharte. El padre no les dirá que has estado aquí, pero quizá otros te hayan visto.

Me vestí de prisa mientras ella se dirigía a la puerta con una manta envuelta alrededor de su cuerpo desnudo.

Cuando volvió, me dijo:

—Traía un mensaje del padre.

—¿En mitad de la noche? ¿Qué dice?

—El padre dice que es hora de mojarnos los pies en el río de César.

El grito de Dolores

OCHENTA Y UNO

Pasada la medianoche comprendí que habíamos cruzado el Rubicón. Que lo cruzásemos en Dolores era muy adecuado, pues en nuestra conmovedora lengua poética española, «Dolores» puede querer decir tanto dolor como pena.

Cuando Marina y yo llegamos a la casa del párroco, el consejo de guerra estaba en su apogeo. El padre conversaba con dos oficiales criollos de la milicia, Ignacio Allende y Juan Aldama, y el alcaide de la cárcel de Querétaro, Ignacio Pérez. ¡Ay!, el alcaide ni siquiera me miró una segunda vez cuando el padre me presentó. Raquel llegó pisándonos los talones. De camino a visitar a una amiga en Querétaro, había ido a Dolores cuando su amiga la avisó.

Los rumores sobre una traición abundaban. Alguien dijo que algún idiota le había confesado el plan a un cura; otro, que un oficial de la milicia reclutado por Allende lo había denunciado a sus superiores. Fuera cual fuese la fuente, los conspiradores debían huir o luchar. Pero huir significaba tener que dejar a sus familias, sus hogares y sus posesiones y convertirse en forajidos.

—Es hora de luchar —afirmó el padre.

El capitán Allende negó con la cabeza.

—No estamos preparados. No tenemos suficientes soldados, entrenamiento, armas, provisiones...

—Ellos tampoco lo están. Todos los regulares españoles están en España luchando contra los franceses, no aquí, en la colonia. El virrey sólo dispone de la milicia. Cuando los otros oficiales sepan que tú y el capitán Aldama tomáis parte en la revuelta, muchos de ellos se unirán a nosotros.

—El virrey tiene a diez mil milicianos a los que puede mandar, quizá incluso más —señaló Pérez.

—Pero no todos a la vez. ¿No es así, Ignacio? —le preguntó el padre a Allende.

—Nuestras unidades están dispersas por toda la colonia —contestó Allende—; unos centenares aquí, un millar allá. El virrey tardaría semanas en desplegar una fuerza considerable. Nuestro plan podría funcionar.

—¿Cuál es? —quiso saber el padre.

—El que han propuesto: los aztecas. No son una tropa formada, pero tienen coraje y lo seguirán. Una compañía de mosqueteros podría matar a mil, pero ¿a diez o veinte mil...?

—¿Cómo sabemos que serán tantos los que responderán? —preguntó Aldama.

—Lo han hecho antes —manifestó el padre Hidalgo—. El odio hacia los gachupines es muy profundo en los indios. Cada vez que ha habido una chispa de resistencia, se han reunido por decenas de miles. Sus recuerdos del terrible castigo que se les ha infligido por objetar a las manipulaciones del trigo y otras injusticias son muy profundos.

—Mi gente sólo posee sus recuerdos —declaró Marina—. Trescientos años de humillaciones han marcado a fuego nuestras almas.

—Lamento que debamos confiar en indios sin formación, pero ellos seguirán al padre —dijo Allende—. Sospecho que ya cuenta con un número importante que esperan su orden.

El padre no respondió, pero yo asumí que efectivamente contaba con ellos. Él y sus aztecas no habrían fabricado todo ese arsenal de no haber tenido un modo de utilizarlo. Además, el padre había necesitado a un pequeño batallón de aztecas para hacer las armas, y esos indios tenían amigos. Si un centenar de aztecas habían producido las armas, cien veces ese número estarían preparados y a la espera.

Me sorprendió que hombres como Allende y Aldama, que servían al virrey y tenían tanto que perder, conspirasen contra el gobierno. Yo no conocía personalmente a ninguno de los dos, pero el nombre de Allende me resultaba familiar. En el Bajío tenía la reputación de ser un hombre sin miedo, un caballero que se había ganado las espuelas en la montura, no en los bailes. Me sorprendió que hombres que habían pasado la mayor parte de sus vidas vistiendo los fantasiosos uniformes militares del virrey tuviesen la suficiente fuerza de carácter y conciencia social para reclamar un cambio. El hecho de que Allende tuviese sugerencias muy bien pensadas, ideas a las que incluso el brillante y corajudo sacerdote prestaba atención, no era algo que hubiese esperado de un oficial de carrera de una milicia que era conocida por perezosa e incompetente.

Más allá de algún ataque pirata a lo largo de la costa, que los milicianos defendían mal, y de las ocasionales manifestaciones de los pobres, que reprimían brutalmente, en tres siglos habían tenido muy poco de que defenderse. A pesar de las muchas amenazas, nunca había habido una invasión seria de la colonia. Las distancias y el terreno que un ejército invasor tendría que haber recorrido, con el núcleo de la riqueza y la población ocupando una alta meseta en el medio, hacían que la colonia fuese un lugar poco propicio para una invasión de las potencias extranjeras. Dado que gran parte de la riqueza de la colonia acababa siendo enviada a España, era mucho más sencillo permanecer al acecho de los galeones que zarpaban de Veracruz.

—Pero ¿qué pasará cuando el virrey reúna a ocho o diez mil soldados bien preparados? —preguntó Pérez—. Recuerden que el gran Cortés conquistó a millones de indios con sólo unos centenares de soldados españoles.

—Cortés tenía miles de aliados indios —dijo el padre—, y los mexicas estaban mal dirigidos. De haber tenido a un jefe militar competente en lugar del desconcertado y supersticioso Moctezuma, el resultado de la guerra habría sido otro muy distinto.

—Si podemos reunir a diez mil indios, suficientes para derrotar a los pocos centenares de tropas que el virrey tiene en el Bajío, nuestros compañeros criollos se unirán a nuestra causa —señaló Allende—. Conozco a oficiales de la milicia y caballeros. No arriesgarán sus vidas y sus propiedades hasta que huelan la victoria. Pero cuando un oficial de la milicia se una a nosotros, traerá cincuenta o cien soldados preparados consigo. Una vez que tengamos dos mil o tres mil, respaldados por nuestras multitudes aztecas, el virrey y sus gachupines tendrán que renunciar a la lucha.

—Entonces detendremos a los gachupines y los enviaremos de regreso a España —dijo Aldama.

El padre se levantó.

—Así pues, es la hora.

—¿La hora de qué? —preguntó Aldama.

—De marchar y detener a los gachupines.

Vi miedo, asombro e incluso extrañeza en los rostros de los presentes en la habitación. Sólo el padre y Allende parecían tener un absoluto control de sus emociones. Eran los líderes, los dos hombres con visión. La decisión de los demás dependía de ellos.

Mucho antes del alba, la campana de Nuestra Señora de la Misericordia comenzó a sonar. La campana de una iglesia no era sólo una invitación a un servicio religioso; también podía ser una llamada a las armas. Desde los tiempos en que la Iglesia construyó las primeras misiones, los sacerdotes confiaron en los muros de las mismas y en los indios leales para su protección. En las zonas rurales como Dolores, donde un pueblo indio había crecido para convertirse en una pequeña ciudad, la campana de la iglesia todavía era una llamada de ayuda. Cuando el peligro amenazaba, los sacerdotes tocaban a rebato, y los indios leales a la misión, que a menudo trabajaban en los campos cercanos, se reunían para defenderlos.

En la iglesia cuyo nombre evocaba el pesar y el dolor, el padre hizo repicar la campana como una llamada a las armas. Era el 16 de septiembre de 1810.

Cuando la luz del nuevo día resplandeció por el este, nos reunimos delante de la iglesia a esperar que saliera el padre y anunciara por qué había dado la alarma. Aparte de aquellos que habían estado en el consejo de guerra, al menos cien peones se congregaron también.

El padre salió y habló con voz clara y firme:

—Mis buenos amigos, hemos sido poseídos por la lejana España y tratados como niños para obedecer y hacer el capricho de los gachupines enviados a gobernar, a pagar impuestos sin representación, a ser azotados cuando cuestionamos sus acciones. Pero en todas las familias, los niños crecen y deben encontrar un camino conveniente en la vida.

»Forzaron a nuestros indios americanos a pagar un vergonzoso tributo que apareció como un impuesto a una gente conquistada por un déspota despiadado. Durante tres siglos, ese impuesto ha sido un símbolo de la tiranía y la vergüenza. En ese mismo tiempo, los africanos han sido secuestrados y traídos a la colonia para trabajar como esclavos.

»Nadie nacido en la colonia ha sido tratado con la dignidad a la que todos los hombres tienen derecho, ni siquiera aquellos con sangre española. En cambio, envían a los de las espuelas a que nos gobiernen, a cobrar impuestos injustos, a impedirnos desarrollar los oficios y los comercios que nos traerían prosperidad. Seguimos siendo siervos encadenados para alimentar su insaciable codicia.

»Ahora que los franceses han usurpado el trono de España, no pasará mucho tiempo antes de que el ateo Napoleón envíe a un virrey que sólo habla francés a gobernar, a cobrarnos tributos a todos. Cuando los franceses nos dominen, destruirán nuestras iglesias y pisotearán nuestra religión.

Su voz ganó en intensidad, sus facciones se ensombrecieron con el conocimiento de la injusticia. Mis vaqueros hubiesen dicho que tenía fuego en las tripas, la clase de fuego que le da a un toro campeón el coraje y la decisión para embestir.

—Los gachupines no han cumplido con sus deberes. Nos gobiernan y nos roban, y no nos dan nada a cambio. Ha llegado el momento de no someternos más a esos bandidos que vienen de Europa y cuyo único interés es robarnos nuestra riqueza, cobrarnos impuestos y forzarnos a servirles.

»Ha llegado la hora de impedir que los franceses se apoderen de la colonia, de forzar a los gachupines a que vuelvan a España y gobernar la tierra nosotros mismos, en nombre de Fernando VII, el legítimo rey de España.

Hizo una pausa durante la cual ninguno de nosotros se movió, nadie habló. Estábamos hipnotizados por la fuerza del hombre, sus proyectos y sus palabras.

—¡Todas las personas somos iguales! ¡Nadie tiene derecho a hacernos sangrar con sus espuelas! ¡Nadie tiene derecho a robar el pan de nuestras bocas, la educación de nuestros hijos, al negarnos oportunidades a todos! —Levantó el puño y gritó—: ¡Larga vida a América por la que lucharemos! ¡Larga vida a Fernando VII! ¡Larga vida a la gran religión! ¡Muerte al mal gobierno!

Se elevó un grito, luego un gran rugido de entre los reunidos. Miré detrás de mí. Me parecía que sólo momentos antes había cien personas a mi espalda. Ahora había por lo menos tres veces más.

—¡Es hora de detener a los gachupines y recuperar nuestra tierra! —gritó.

Marina me sujetó, las lágrimas rodaban por sus mejillas.

—¡Lo oyes, Juan! ¿Lo oyes? El padre dice que somos libres. Somos iguales que los españoles. Nuestros hijos irán a la escuela, tendremos trabajo, negocios, dignidad. ¡Nosotros determinaremos quién nos gobernará y, por tanto, gobernaremos!

Miré a la gente. Todos excepto los pocos conspiradores amigos del padre eran pobres aztecas y mestizos. Entre la clase trabajadora a los que llamaban peones, los rostros resplandecían de asombro.

—Pero primero debemos luchar.

No tengo claro quién dijo esas palabras.

Quizá fui yo.

OCHENTA Y DOS

«Guerra de la independencia», así es como oí a los líderes referirse a la rebelión que se iniciaba. Así también era como los españoles llamaban a su guerra contra Napoleón. Si bien el padre Hidalgo y Allende habían nacido en la colonia y se llamaban a sí mismos americanos, eran españoles por sangre y herencia. Hasta donde les concernía, sería una guerra de hermano contra hermano.

Pero mientras lo pensaba, esos hombres no consideraban esa rebelión como un ataque contra el pueblo español en general, sino sólo contra un pequeño grupo de hombres codiciosos que llevaban las mismas espuelas que yo una vez había llevado y ensangrentaban a todos los demás en la colonia con ellas. Allende había insistido en que la insurrección se hiciese en nombre de Fernando VII, que en ese momento era un cautivo de Napoleón. Era prudente utilizar el nombre de Fernando porque los criollos tenían mucho que perder si de pronto los peones se convertían en la clase dirigente. Si declaraban que el rey español continuaría gobernando, eso crearía una sensación de estabilidad para los criollos.

Yo creía que Allende era sincero al manifestar que formaría un gobierno en nombre del rey, pero también estaba seguro de que un rey tiránico no formaba parte del concepto de gobierno por el pueblo que tenía Hidalgo. Para el padre, «el pueblo» no significaba sólo unos pocos, sino todas las personas. También con mucha astucia había presentado la rebelión como un acto para proteger la religión que dominaba la vida en la colonia.

En España, la gran batalla contra los invasores la estaba librando la gente común, que habían tomado las riendas de la situación después de que sus líderes les habían fallado. La gran mayoría de los que respondieron de inmediato a la llamada a las armas del padre eran pobres peones —de nuevo, un ejército del pueblo—, y el foco de su hostilidad eran de nuevo los invasores «extranjeros», que viajaban a la colonia por unos pocos años para llenarse los bolsillos y luego marcharse dejando atrás una estela de pobreza y miseria, algo no muy diferente de lo que los franceses hacían en España.

¡Ay! ¿Había algo mal en mí? ¿Era posible que un hombre luchara en dos guerras de independencia en tan poco tiempo? Y lo más importante era si la diosa Fortuna me permitiría sobrevivir a una segunda guerra. Quizá esa puta veleidosa decidiría que ya había utilizado mucha de la suerte que me había dado.

El padre ordenó nuestro primer asalto en el momento en que acabó el discurso. Debíamos tomar Dolores. Observé los preparativos en silencio, con oscuros presagios. Hidalgo ordenó la detención de los gachupines de Dolores antes del alba y una búsqueda de armas en sus hogares. Vaciamos la cárcel local de todos los prisioneros condenados por faltas menores, la mayoría crímenes políticos —un indio que se había negado a pagar el tributo, un mestizo que había insultado a un gachupín—, y la llenamos con los gachupines, algunos todavía con las prendas de dormir, todos sorprendidos y furiosos.

Un pequeño destacamento de soldados estaba desplegado en la ciudad, no más de una docena de hombres, una unidad del mismo regimiento San Miguel al que pertenecía Allende. Acostumbrados a obedecer a un oficial, cuando Allende y Aldama entraron en su cuartel y les dijeron que recogiesen las armas y las provisiones y los siguieran, lo hicieron sin rechistar. Me pregunté si alguno de ellos había comprendido que acababa de unirse a un ejército rebelde y que quizá algún día se enfrentarían a un pelotón de fusilamiento.

Al cabo de unas pocas horas nos habíamos apoderado de la ciudad sin disparar un tiro, y habíamos conseguido el primer objetivo del largo camino hacia la independencia. Me sorprendió la rapidez con la que se movían los conspiradores. Los indios, sin embargo, no se sorprendían por nada, incluidos los centenares de burdas armas que se distribuían. Era obvio que la llamada a la revolución había estado bullendo en ellos.

Yo seguía sin estar impresionado por el arsenal del padre. Tenía quizá unos veinte mosquetes, pero eran viejos y de mala calidad. En cuanto a sus cañones de madera, sólo podía rogar no estar cerca de uno de ellos cuando disparasen. Las únicas armas útiles eran las que había visto que tenían Allende, sus amigos criollos, unos pocos criollos voluntarios, los soldados del cuartel y, por supuesto, las mías. Pero con una veintena de hombres bien armados no se hacía una revolución.

Una vez que el pequeño suministro de lanzas, hondas y otras armas primitivas fue distribuido, la mayor parte del ejército de los pobres todavía estaba patéticamente mal equipado. Muchos de ellos no tenían otra cosa mejor que un cuchillo de cocina o un garrote improvisado. Cuando esos pobres diablos cargasen contra las descargas sincronizadas de las filas de mosqueteros o los disparos de cañón... Me estremecí al pensar en su miedo, en las tremendas bajas que sufrirían.

En realidad, los líderes rebeldes esperaban hacerse con el arsenal de San Miguel, que Allende conocía muy bien, con un gran abastecimiento de armas y municiones, pero dudaba de que los comandantes fueran tan tontos como para abandonar el armamento, sobre todo cuando llegara la noticia de que la gran fuerza marchaba sobre San Miguel.

Allende también esperaba que la milicia colonial de San Miguel y, en última instancia, los desparramados por la colonia desertaran y se unieran a las filas de los rebeldes. La mayoría de las fuerzas del virrey eran unidades con gachupines como oficiales superiores, criollos como oficiales y suboficiales y mestizos y otras castas como soldados de infantería. Los indios no estaban obligados a servir, pero algunos lo hacían voluntariamente.

Como todos los criollos odiaban a los gachupines, Allende creía que acudirían en masa a la insurrección, llevando consigo dinero, armas y sus propias monturas.

—Espero que obtengan lo que quieren —les dije a Marina y a Raquel, mientras la gente a mi alrededor hablaba entusiasmada del nacimiento de la revolución.

—Tienes cara de funeral —se burló Marina—. Comienza a sonreír o la gente creerá que guardas algún terrible secreto.

Aparté mis pensamientos de lo que me parecía un estallido de locura, y le sonreí:

—Sonreiré para ti.

No podía apartar de mi mente los valientes sacrificios que presenciaba. Los criollos que se sumaban a la lucha ponían en juego sus vidas y todo cuanto poseían, todo cuanto sus familias habían acumulado durante décadas. A los pobres aztecas y otros peones, si perdían, los hombres del virrey les quemarían los campos, violarían a sus mujeres y matarían de hambre a sus hijos.

Cabalgaba por delante de la fuerza principal, pero tenía que volverme para mirar a las personas que llamábamos aztecas y a la casta llamada mestiza. Los peones, con los sombreros en sus manos, habían escuchado las pasiones de un sacerdote. Ahora marchaban; hombres, mujeres, con niños en los brazos.

Recordaba los horrores de la guerra que había visto y oído, lo que podía hacer a una columna de hombres un cubo de clavos disparados con un cañón, destrozando la carne y rompiendo los huesos, lo que podían hacer las descargas de balas de mosquete a las filas de hombres. Pensaba en la guerra sin cuartel, a cuchillo, atravesar con bayonetas a los heridos cuando yacían en los campos y miraban hacia arriba, a otro ser humano que iba a clavarles una larga hoja, un asesinato a sangre fría.

El padre y Allende no pensaban en los horrores de la guerra, sino en la libertad que sólo los hombres luchando contra las fuerzas del virrey y venciendo podían conseguir. Tenían la esperanza, el coraje necesario y un gran entusiasmo por un mundo mejor.

Yo pensaba en los sacrificios que Hidalgo, Allende, Aldama, Raquel, Marina y otros muchos con propiedades y posición hacían. Esas valientes personas estaban dispuestas a arriesgar sus cómodas vidas y todo lo que tenían y formaba sus mundos personales: hogares, fortunas y el propio bienestar de sus familias. El hecho de que pusieran sus propias vidas en la línea de fuego para luchar por millones de otras personas decía mucho de su supremo coraje. Los guerrilleros españoles que luchaban contra los franceses también poseían ese coraje. Yo, personalmente, no arriesgaba nada, sino una vida que para mí no tenía ningún valor; no tenía posesiones, familia, ni siquiera un nombre honorable.

Le había dicho al padre que lucharía por él, por Marina y por Raquel. Al contemplar los rostros de los líderes y los indios, su resplandeciente orgullo y sus grandes expectativas, los envidié. Ellos tenían un sueño por el que estaban dispuestos a luchar y morir.

Cuando iniciamos la marcha fuera de la ciudad, el padre y los oficiales criollos a caballo encabezaban la columna. Detrás de ellos iba la caballería del nuevo ejército, una tropa de hombres a caballo y mulas, la mayoría vaqueros de las haciendas cercanas que habían abandonado las manadas para incorporarse al ejército del padre, y los pocos criollos de Dolores que habían decidido unirse. Muchos de los jinetes eran mestizos, aunque había unos pocos indios entre ellos. Luego venía la infantería, casi todos aztecas, centenares de ellos, con sus machetes, sus cuchillos de cocina y sus cañones de madera.

No creo que nadie hiciera un recuento exacto del ejército, ni que fuera posible hacerlo, porque era como un charco de agua que crecía. En un momento había un centenar de nosotros..., luego otro centenar, y otro, a medida que los hombres, solos o en pequeños grupos, se unían al desfile. Muy pronto era una fluida masa de miles.

Nadie apuntaba nombres, daba instrucciones, entrenaba. No había tiempo ni bastantes soldados cualificados para entrenar a la horda. Sospecho que la única cosa que los indios sabían era que en algún momento el padre señalaría al enemigo y ellos se adelantarían para combatir.

La gente llevaba comida: tortillas enrolladas además de sacos de maíz y alubias, y carne cocida y salada para conservarla. No sabía cuántos de ellos habían cogido las provisiones reservadas para las emergencias o cuánta comida había estado almacenando el padre para ese fatídico día. Pero era obvio que había estado guardando provisiones, porque carretas cargadas con suministros y tiradas por mulas de pronto eran parte de la marcha.

Mi admiración por ese sacerdote guerrero que leía a Molière, desafiaba a su gobierno y a su Iglesia para fabricar vino y seda, y que tenía una increíble reserva de amor para todos, pero sobre todo para los oprimidos, aumentaba. Habría creído que dos militares experimentados, Allende y Aldama, se habían encargado de organizar la logística de un ejército, pero el padre era un torbellino humano, capaz de ocuparse de una docena de tareas al mismo tiempo y sin miedo a tomar decisiones. Miguel Hidalgo, párroco de una pequeña ciudad, empuñaba la espada con el mismo entusiasmo que una vez había alzado la cruz.

Por el tono de las conversaciones y el lenguaje corporal, intuí que Allende no quería que el sacerdote estuviera al mando, lo mismo que sus compañeros oficiales, pero el padre era capaz de atraer a un gran número de voluntarios, algo que ninguno de los otros había conseguido hacer hasta el momento. No sabía a ciencia cierta si el padre Hidalgo era consciente o no de la renuencia de Allende, de la propia ambición del oficial por estar al mando, pero si así era, no dio muestras de ello. En el tiempo que llevaba en su compañía había aprendido que poco escapaba a su atención.

Un sacerdote guerrero, pensé. No uno de aquellos mártires que proclamaban que había que «conquistar con el amor y poner la otra mejilla» del Nuevo Testamento, sino el profeta de «sangre y fuego, ojo por ojo» del Antiguo. La capacidad para empuñar una espada y blandirla siempre había estado en su interior, esperando ser encendida cuando estallasen sus frustraciones ante las injusticias que sufría la gente común. Los males causados a su gente lo habían devorado hasta que empuñó una espada, al igual que Moisés, Salomón y David lo hicieron para defender a su gente.

Según Raquel, los hombres luchaban en la guerra y la religión como si fuesen dos caras de una misma moneda. La conquista del Nuevo Mundo se había emprendido en nombre de la cristiandad, o al menos eso era lo que los avariciosos conquistadores habían gritado mientras arrebataban el oro de los indios para sus propios bolsillos. ¿Acaso Miguel no había empuñado una espada para expulsar a Satanás y a sus ángeles caídos del cielo? Mientras marchábamos hacia San Miguel, comprendí que la rebelión había comenzado con buenos augurios: el maíz estaba a punto para la cosecha; había abundancia de cerdos y vacas en las haciendas a lo largo del camino. Durante un tiempo, al menos, no tendríamos problemas para disponer de comida.

Cabalgaba junto a Raquel y Marina. Al mirar a las muchas mujeres y niños que acompañaban a los indios, pregunté:

—¿Por qué traen a sus familias? ¿Para que cocinen sus comidas?
—¿Qué crees que harán los hombres del virrey cuando vengan a

Dolores? ¿Qué les harán a las mujeres que se quedaron en los pueblos cuando todos los hombres fueron a luchar?

Comprendí la ingenuidad de mi pregunta. La respuesta no tenía siquiera necesidad de ser expresada. Advertí que había dicho «cuando vengan». No creo que ella se hubiera dado cuenta del desliz. Si la revolución tenía éxito, los hombres del virrey no irían a Dolores, porque ya no habría virrey ni tampoco un ejército real.

El padre Hidalgo apareció de pronto a mi lado. Se inclinó un poco hacia mí y habló en voz baja.

—Están ocurriendo tantas cosas tan de prisa que no he tenido ocasión de hablar de algunos asuntos contigo. A la primera oportunidad que se presente, hablaremos.

Y desapareció con la misma rapidez con la que se había acercado. Intrigado, miré a Marina.

—¿No se te ha ocurrido que tú eres la única persona en este ejército que ha peleado en una guerra? —preguntó—. Ni siquiera los oficiales criollos tienen experiencia en el combate.

Casi gemí en voz alta.

¿Cómo podía explicarles a esas personas que mi experiencia en la guerra había sido la de un guerrero renuente y que mi objetivo principal era mantenerme con vida? ¿Creían que yo había sido un jefe de la guerra de guerrillas contra los franceses? Hasta el momento, había permitido a otros sobrestimar mi experiencia y mis capacidades, pero no quería que me mataran o poner en peligro la rebelión del padre debido a unas poco justificadas creencias en mi experiencia militar.

—No te preocupes —dijo Marina—, estoy segura de que el padre te considera más un bandido que un soldado.

—Deja de leerme el pensamiento —repliqué.

OCHENTA Y TRES

Más tarde, ese mismo día, llegamos a la pequeña aldea desarmada de Atotonilco, cerca de San Miguel. Un gran complejo religioso dominaba el poblado.

Yo cabalgaba cerca de la cabecera de la columna cuando el padre le dijo a Allende que debíamos detenernos para que los hombres y el ganado descansaran, en lugar de intentar alcanzar de inmediato San Miguel.

—Quiero sorprenderlos entrando por la noche.

El padre estaba al mando. Había hablado con toda discreción, pero sus modales no daban lugar al desacuerdo. Sólo había constatado un hecho.

Allende estuvo de acuerdo con la estrategia. ¿Cómo podía estar en desacuerdo? Habíamos dejado Dolores con centenares de hombres. Ahora nuestras fuerzas eran una marea oceánica, nuestros aztecas ya se contaban por miles. Antes de detenernos, Allende había recorrido la columna, y había calculado unos cinco mil indios, pero para cuando llegó al final y volvió, el número había aumentado.

En la iglesia de Atotonilco, los demás sacerdotes saludaron al padre. Hidalgo fue al interior, y muy pronto apareció con un estandarte que mostraba a la Virgen de Guadalupe.

—Dame tu lanza, jinete —le dijo a un vaquero.

El padre ató el estandarte de la Virgen a la punta de la lanza y montó su caballo. Luego cabalgó entre los indios con el estandarte en alto.

—¡La Virgen está de nuestro lado! —gritó—. ¡Larga vida a la Virgen de Guadalupe! ¡Muerte al gobierno malvado!

Miles de voces respondieron. Los gritos de los aztecas sacudieron la tierra. Raquel y Marina rugieron con la multitud. Allende y sus compañeros criollos sonrieron de alegría.

Había sido una brillante jugada por parte de un supremo actor, un golpe de genio del padre. La Virgen de Guadalupe era la santa patrona de los indios de la región. Todos en Nueva España habían oído la historia en la iglesia centenares de veces.

Casi trescientos años antes, en 1531, diez años después de la conquista, un azteca convertido llamado Juan Diego afirmó haber visto a la Virgen María mientras araba su campo. Informó de la visión a las autoridades religiosas, pero nadie lo creyó. Diego aseguró que en otra ocasión la Virgen le ordenó subir a una colina. Obedeció y encontró flores en la cumbre en pleno invierno. Cogió las flores y las llevó a la iglesia en su sarape. Después de desparramar las flores por el suelo, una dulce fragancia llenó la nave. Grabada en el sarape estaba la imagen de la Virgen.

Las noticias del milagro se propagaron como el fuego entre los indios de Nueva España. Tras la conquista, los indios padecían un vacío espiritual. Los sacerdotes que habían seguido a los conquistadores destruyeron todos los restos de su religión pagana. El hecho de que los españoles hubieran aplastado a los dioses aztecas y sobrevivido —y prosperado— arrojó a los indígenas a un abismo espiritual.

La mayoría de los indios no entendían ni siquiera rechazaban las enseñanzas de los sacerdotes. Pero el milagro de Juan Diego lo cambió todo: de pronto, tenían una figura espiritual que venerar. Las conversiones que siguieron al milagro sumaron millones. Más tarde, una bula papal convirtió a la Virgen de Guadalupe en patrona y protectora de Nueva España.

La imagen de la Virgen María pintada en el estandarte que el padre Hidalgo mostraba a la masa de indios era, por supuesto, idéntica a la del sarape de Juan Diego. El párroco había convertido la guerra en una cruzada religiosa. Con el sagrado estandarte, había aliado a sus aztecas con Dios.

Marina estaba tan emocionada que se echó a llorar. Mantuve una sonrisa en mis labios. ¿Había sido yo el único que lo había oído? Cuando el padre había gritado «Muerte al gobierno malvado», miles de voces habían respondido «Muerte a los gachupines».

El padre le pasó el estandarte de la Virgen a un joven que lo sostuvo bien alto mientras marchaba a la cabeza del ejército. Era Diego Rayu, el sacerdote novicio que había traído su propio trueno azteca a la revolución.

OCHENTA Y CUATRO

Antes de dejar Atotonilco, más enseñas de la Virgen de Guadalupe fueron montadas en lanzas. Ahora había tres sacerdotes guerreros en cabeza, marchando delante de la inmensa horda, con los estandartes de la Virgen bien altos. ¡Cuánto coraje tenían esos hombres de Dios! Yo sabía cómo luchar con una espada y una pistola, pero esos sacerdotes no tenían nada más que la fe y el valor.

Los criollos se evaporaban nada más vernos; algunos vaqueros se unieron a nuestra caballería procedentes de las haciendas por las que pasábamos, pero los propietarios y los mayordomos criollos escapaban de lo que veían como un ejército de chusma. Sin duda debíamos de tener ese aspecto; nuestras filas aumentaban con los aztecas con cada paso del camino hacia San Miguel el Grande. El charco que había ido aumentando era ahora un largo río de humanidad alimentado por los arroyos y los torrentes de los indios que llegaban de todas las direcciones.

Me pareció asombroso que los aztecas no cuestionaran a los líderes y ni siquiera preguntaran adónde iban. Abandonaban sus campos, se unían a la columna y marchaban, como hacían los mestizos, aunque en menor número sólo porque eran una parte más pequeña de la población de la colonia. Por la apariencia de las ropas de los mestizos, vi que eran pobres peones, no pequeños comerciantes o rancheros.

Muchas veces vi a hombres a caballo entre nosotros y San Miguel que se detenían para mirarnos. Luego hacían girar a sus caballos y partían al galope hacia la ciudad como si tuvieran al demonio respirándoles en el cuello. Y estaba, seguro. Imaginaba sus rostros cuando galopaban por las calles de la ciudad gritando que miles de aztecas sedientos de sangre avanzaban hacia sus hogares.

Volví donde Raquel y Marina cabalgaban en la columna. Ellas no discutían o se preocupaban por los rostros aterrorizados de los gachupines y los criollos, sino que sólo se fijaban en las expresiones de los aztecas.

—Mira sus rostros —dijo Marina—. Brillan de esperanza. No puedo recordar ningún otro momento en que viera a un hombre de nuestro pueblo reír o incluso sonreír. Han estado lúgubres, llenos de tristeza, humillados y oprimidos durante tanto tiempo, que han perdido su sentido de identidad. Incluso sus mujeres les fueron arrebatadas por los conquistadores. Mientras marchan para redimir su honor, ves el orgullo en sus rostros.

Tenía razón. Contadas veces había visto a un indio feliz, excepto cuando tenía la barriga llena de pulque.

—Son felices porque están en una cruzada —manifesté—. Van camino de Ciudad de México, la Tierra Santa de Nueva España.

No comprendían que quizá al día siguiente estarían todos muertos.

—Una cruzada de niños —señaló Raquel—, eso es lo que parecemos; no brutales caballeros con armadura, sino inocentes con esperanza y coraje brillando en nuestros ojos porque sólo los niños pueden ser tan ingenuos, tan carentes de temor.

—¿Una cruzada de niños? —preguntó Marina.

—Europa vio dos de tales movimientos. En la Edad Media, dos niños salieron de Europa con otros niños que los seguían, con la intención de ir a Tierra Santa y reclamarla para Cristo. Ambos afirmaban haber tenido visiones donde se les había dicho que dirigieran un ejército de niños para reclamar la Tierra Santa de manos de los infieles. Miles de ellos marcharon a través de Europa.

—Marcharon hacia su condena —añadí—. Decenas de miles sin un lugar adonde ir. Muchos fueron engañados para subir a los barcos y ser vendidos a los infieles como esclavos por los capitanes cristianos. —Le sonreí a Raquel, complacido conmigo mismo. Había oído la historia de sus labios muchos años antes.

—Pues eso no ocurrirá aquí —afirmó Marina—. No somos niños, y nuestro líder no está en una cruzada, sino que sólo quiere el reconocimiento de los derechos para todas las personas. Algún día veremos a los indios vestidos con las mismas prendas que todos los demás, y nadie sabrá la diferencia.

Uno de los oficiales criollos, un amigo de Allende, oyó el comentario de Marina cuando pasó por nuestro lado en su caballo.

—Aunque la mona se vista de seda, mona se queda —se mofó.

Fruncí los labios mientras miraba la espalda del hombre. Me picaba la nariz por las ansias de pelea.

—Es una pena que esté de nuestra parte..., o le enseñaría el significado de la justicia social estampando mi bota en su culo.

Raquel sacudió la cabeza y murmuró:

—Una vez malo, siempre malo, ¿no? Debemos aprender a llevarnos bien como hermanos y hermanas.

Marina y yo intercambiamos una mirada. Raquel era una idealista. Marina y yo no nos hacíamos ilusiones acerca de que los criollos fuesen a renunciar a su dominio sobre las clases bajas hasta que los peones ganasen su libertad en el campo de batalla.

Subí a un punto elevado para observar la ciudad de San Miguel y la horda que descendía sobre ella. Nuestro charco se había convertido en un inmenso mar.

Los sacerdotes abrían la marcha con los estandartes de la Virgen bien altos. Los seguían a caballo el padre Hidalgo y Allende, con una guardia de honor formada por los soldados de este último.

No soy un hombre que haya conocido a Dios. En realidad, he pasado la mayor parte de mi vida eludiéndolo con la esperanza de que no se fijase en mí y me hiciese responsable de mis pecados. Pero mientras observaba la procesión, por primera vez en mi vida sentí el poder y la pasión del Señor.

OCHENTA Y CINCO

San Miguel el Grande era el lugar de nacimiento de Allende. Allí era conocido como un joven caballero, un hombre que cortejaba a sus hijas y hacía frente a los toros en el ruedo. Era admirado, imitado incluso. Ahora regresaba a casa a la cabeza de un ejército invasor.

Muy pronto nos enteramos de que la mayoría de los españoles habían dejado la ciudad. Aquellos que se habían quedado habían tomado posiciones en el edificio del gobierno. El coronel Canal, a cargo de las defensas de la ciudad, sabía que no podía ganar. Otro oficial, el comandante Camuñez, intentó montar la resistencia, pero los hombres y sus oficiales conocían a Allende y lo admiraban. Casi toda la tropa, más de cien hombres, se unieron a nosotros.

Escuché el silencio mientras el padre negociaba con el coronel Canal la rendición de los gachupines fortificados en el edificio municipal.

La situación se solucionó cuando Allende dijo:

—Informa a los gachupines de que, si se rinden pacíficamente, los pondré bajo mi protección personal. Ninguno sufrirá daños.

Mientras cortaba la punta de mi cigarro, miré la masa de aztecas, una enorme ola que se extendía sobre la ciudad. Incluso si los indios acataban las órdenes..., ¿cómo harían para oírlas? ¿O comprenderlas? No creo que Allende hubiera pensado siquiera en eso: la mayoría de los indios hablaban mal el español o no lo hablaban en absoluto. Por no mencionar que desconfiaban de Allende, que, vestido con su resplandeciente uniforme de oficial, a sus ojos era un símbolo de la tiranía. Lo único que tenía a su favor era la aprobación del padre Hidalgo, un hombre a quien los aztecas adoraban como un santo.

Nada de eso ayudaría al padre a dirigir un ejército de ese tamaño. ¿Cómo haría para que se oyesen sus órdenes? ¿Quién se encargaría de transmitirlas sin una cadena de mando de tenientes, sargentos y cabos? ¿Cómo sabrían los soldados sin preparación cómo obedecer las órdenes? ¿Quién en los rangos inferiores se encargaría de transmitir las consignas? Aquello no era un ejército, sino una turba.

El caos se desató con la llegada de la noche.

Primero, nuestros indios entraron en las pulquerías, que habían cerrado las puertas a la espera de un asedio. Un grupo de indios se dirigió a la cárcel, abrió las celdas y soltó sin más a asesinos y ladrones junto con los prisioneros políticos, a cualquiera que quisiera unirse a la insurrección. Pero la marcha a la ciudad había sido muy larga para la mayoría de los indios, y se fueron pronto a dormir.

Las puertas del infierno se abrieron al amanecer.

Bandas de aztecas entraron en las casas de criollos y gachupines. Saquearon y destruyeron, incendiaron los edificios. Muy pronto miles de indios se lanzaron al saqueo, destrozando ventanas, reventando las puertas de los hogares y las tiendas. Se llevaban el botín a manos llenas.

Los gritos de «¡Muerte a los gachupines!» sonaron a lo largo de todo el día. Las personas de piel clara —los criollos y los gachupines que no habían huido de la ciudad, incluso los mestizos de color claro— fueron sacados de sus casas y sus tiendas y luego apaleados.

Una multitud de indios intentó colgar a un comerciante criollo. Le habían arrancado la mayor parte de las prendas cuando Allende y sus oficiales a caballo cargaron contra la multitud, conmigo detrás. El padre no estaba con nosotros. Sabía que había pasado la mayor parte de la noche tomando nota de la comida y las municiones conseguidas. El ejército necesitaba dinero con desesperación; a los hombres había que pagarles, porque, de lo contrario, ¿cómo iban a mantener a sus familias?

Allende intentó razonar con la turba, pero ellos le respondieron con insultos; no era el sacerdote al que amaban y en quien confiaban, sino otro español con uniforme militar. Se lanzó contra ellos, tumbando a los indios con su caballo, golpeándolos con la parte plana de la espada, utilizándola más como un garrote que como una hoja letal. El resto de nosotros siguió su ejemplo, hasta conseguir dispersar a los indios. Odiaba luchar contra nuestra propia gente, pero los indios estaban fuera de control.

Después de dispersar a los que intentaban tomarse la justicia por su mano, cabalgamos por la mejor y más rica calle de la ciudad. Las bandas habían atacado las casas de lujo y echado abajo las puertas. La propia casa de Allende estaba a un lado de la plaza mayor, y la de su hermano en el otro.

Apoyados por los soldados de Allende, nos internamos entre las salvajadas y el saqueo con amenazas de muerte y fuerza brutal, pero lidiar con la horda de aztecas era como intentar coger un puñado de agua. Nadie estaba al mando.

Cuando el padre llegó por fin, ejerció una influencia calmante en sus furiosas pasiones, pero ni siquiera él pudo hacer que se tranquilizaran de prisa.

Allende se enfrentó a él tan pronto como restablecimos el orden. El oficial criollo tenía el rostro enrojecido por el esfuerzo y la furia.

—No podemos permitir que ocurran estos desórdenes o perderemos el apoyo de los criollos de la colonia.

—Lo que ha sucedido es algo terrible —admitió el padre Hidalgo. Vi por su rostro que estaba espantado por las atrocidades—. Pero los españoles —añadió— han violado y robado a estos indios durante toda su vida. No podemos esperar que los esclavos se enfrenten a sus brutales amos con ecuanimidad.

—¡Son unos locos salvajes! —gritó Allende.

—¿Salvajes? —La voz de Hidalgo subió de tono—. ¿Olvidas las atrocidades de Cortés y los conquistadores? ¿Olvidas trescientos años de crueldades cometidas contra estas gentes en nombre del oro y de Dios? —La voz del párroco sonó conciliadora pero firme—. Ignacio, comparto tu preocupación. Ambos dimos nuestra palabra de que nadie sería atacado o robada su propiedad. Pero mira a tu alrededor. Ahora estamos en la tercera ciudad desde nuestro anuncio de expulsar a los gachupines de Nueva España. Nuestra llamada a las armas ha sido respondida... ¿Cuántos soldados tenemos? ¿Diez mil? ¿Veinte mil? ¿Cuántos de ellos son de nuestra clase criolla? ¿Un par de cientos? ¿Menos del uno por ciento de los que han respondido a la llamada?

—Se unirán a nosotros cuando vean que salimos victoriosos.

Hidalgo tendió una mano y sujetó el brazo de Allende.

—Amigo, no saldremos victoriosos a menos que tengamos soldados. ¿Cuantas tropas tiene el virrey a su disposición? ¿Ocho mil, diez mil? Con toda probabilidad, ya ha ordenado a esos regimientos que marchen contra nosotros. Muy pronto estaremos en la batalla de nuestras vidas. Estos indios a los que desprecias serán los que combatirán... y morirán.

La discusión entre los dos líderes me acompañó mientras buscaba refugio para Marina, Raquel y yo mismo en un convento. Las monjas nos dieron la bienvenida en la reja como una protección añadida. Tuvimos que explicar que Marina no era nuestra sirvienta.

Vi que el padre y el oficial no eran hermanos debajo de la piel. Hidalgo era un auténtico hombre del pueblo, un visionario que apoyaba la independencia y una sociedad libre abierta a todas las razas, las religiones y las clases. Pero Allende era un tipo que yo conocía bien: un caballero. Caballos, ropas elegantes —sobre todo uniformes militares—, señoritas, grandes casas, todos los accesorios de un aristócrata. Como yo, Allende había sido educado más sobre una montura que entre las páginas de los libros. Veía la insurrección como un ejercicio militar —reunir un ejército, derrotar al del virrey, declarar una nueva nación—, uno en el que él mandaría a los gachupines de vuelta a España para colocar a los criollos en su lugar.

En cambio, el padre ardía con una visión de justicia para todos. Hidalgo veía la revuelta no sólo en términos de táctica militar, sino como la promesa personal de liberar a la gente explotada de su esclavitud y forjar una nación de iguales.

Sospechaba que Allende esperaba su momento hasta el día en que él y los demás criollos pudiesen apoderarse de los frutos de la revuelta. No tenía otra alternativa; los aztecas, no sus amados criollos, llevarían la insurrección en sus espaldas y la ganarían o la perderían con su sangre, no acudirían a él ni tampoco lo obedecerían.

Los oficiales criollos habían perdido el control. Ni siquiera el propio Napoleón podría haber forjado un ejército de esa vasta multitud de indios, no sin tiempo y sin dinero. ¿Qué pasaría cuando se encontraran con tropas preparadas? ¿Darían media vuelta y correrían con la primera descarga de los cañones y los mosquetes, como temía Allende? ¿Era correcta la estimación de que los valientes y animosos aztecas lucharían y morirían por la causa?

En nuestra marcha a Celaya desde San Miguel, el padre Hidalgo fue proclamado capitán general de América. Ignacio Allende fue nombrado teniente general. Juan de Aldama era el tercero en la línea de mando, con los oficiales de la milicia que se habían sumado a la rebelión tomando otros grados de mando. Los sacerdotes guerreros caminaban a la cabeza del ejército con los estandartes de la Virgen. Los tamborileros marcaban el ritmo, aunque nadie, excepto los pocos soldados preparados, marchaban a su cadencia.

A los dos días de dejar San Miguel, el padre me llamó y me reuní con él a la cabeza de la columna. Cabalgamos juntos hasta que estuvimos fuera del alcance del oído de los demás.

—Tengo entendido que has declinado tener un cargo de oficial.

Me encogí de hombros.

—Eso es para los hombres que buscan el mando y la gloria.

No le dije que sabía que Allende y los otros oficiales criollos no confiaban en mí ni me querían entre sus filas. Para ellos, todavía era medio bandido, un peón que había humillado e incluso matado a sus compañeros criollos españoles.

—No creí que lo aceptarías. No eres de la clase que disfruta ladrando órdenes... o aceptándolas. Te veo más como un lobo solitario que como un pavo real.

Me eché a reír. Me había leído el pensamiento: pensaba en los oficiales criollos con sus bonitos uniformes como pavos reales. Sólo consideraba a unos pocos de ellos buenos luchadores. Incluso con su elegante uniforme, Allende era mucho hombre y un soldado duro.

—No crees en esta revolución, ¿verdad, Juan?

Vacilé por un momento antes de responder.

—Ya no sé en qué creer.

—Sé que dijiste antes que lucharías por tus amigos. Pero ahora que has visto a este ejército de aztecas que sueñan con la libertad, ¿no se ha abierto también tu corazón para aceptarlos a ellos?

—He pasado por muchas cosas, he oído muchas historias incluso sobre mí mismo. No sé qué es verdad de todo eso, pero usted ha sido mi amigo como lo son Raquel y Marina. Cuando llegue el momento, estaré junto a los tres, incluso a riesgo de perder mi vida. Pero si me pregunta si estoy dispuesto a dar mi vida por los oficiales criollos y los indios, la respuesta es no. Mientras cualquiera de ustedes tres esté con la revolución, yo estaré a su lado. De lo contrario, esta lucha no tiene ningún sentido para mí.

—Me siento honrado de que quieras luchar a mi lado, pero quiero que sepas que si debes dar tu vida no quiero que la pierdas por mí, sino por el pueblo de Nueva España.

Él tenía razón: yo era un lobo solitario. Quizá era debido a que había crecido sin amor. Por la razón que fuese, viajaba ligero de equipaje... y solo.

—He tenido muchas oportunidades para observarte —prosiguió Hidalgo—. En muchos sentidos, eres más sabio que yo. —Descartó mis protestas con un gesto—. No, no. No hablo de los libros que has leído, sino de la vida que has llevado. El resto de nosotros ha pasado sus vidas en el Bajío, a un tiro de piedra de ciudades como Guanajuato y San Miguel. Tú conoces más territorio de la colonia que cualquiera de nosotros y has cruzado dos veces un gran océano y luchado contra las mejores tropas del mundo.

—Estuve en un par de acciones guerrilleras, padre...

—¿Qué crees que es esto? No te dejes engañar por el tamaño del ejército. Tenemos menos formación y estamos peor equipados que cualquiera en España. No, tienes un talento que Allende envidia, y todos los hombres del ejército también lo envidiarían, si supieran que lo posees.

Fruncí el entrecejo.

—¿Cuál es, padre?

—La supervivencia. Has escapado a la sentencia de muerte de los hombres del virrey media docena de veces, huiste de las garras de un loco rey maya, eludiste la cuerda del verdugo en Cádiz y esquivaste las balas francesas en Barcelona, sólo para regresar a Nueva España, escapar de Ciudad de México y ahora ayudar a dirigir un ejército rebelde. Has prevalecido en guerras, no en escaramuzas.

—Mi capacidad para sobrevivir está en relación directa con mi capacidad para agachar la cabeza y correr. —Me reí.

—Sea lo que sea, tienes una singular habilidad para mezclarte aquí y allá y luego regresar vivo. Por eso quiero que espíes para mí.

Le dirigí una mirada aguda. ¿Un espía? Los espías recibían peor tratamiento que los traidores cuando los capturaban.

—Quiero que organices y dirijas un pequeño y selecto grupo que pueda proveernos con información crítica. Marcharemos sobre Celaya y Guanajuato. Necesito saber sus planes de batalla. Muy pronto, los ejércitos del virrey nos atacarán desde diferentes direcciones. Necesito saber también los movimientos y las tácticas de los ejércitos. Después de Guanajuato debemos tomar Ciudad de México. —Me miró de soslayo—. Qué dices, señor Lobo, ¿serás mis ojos y mis oídos entre el enemigo?

—Señor capitán general, lo serviré hasta que me arranquen la lengua de la boca o los ojos de la cabeza.

—Esperemos no llegar a tanto.

Me aparté del ejército para estar a solas y pensar en lo que me había metido. Otro buen lío, ¿no? Ya veía a la diosa Fortuna sonriendo ante mi impertinencia. Pero era sincero cuando había dicho que lucharía por mis amigos. No abandonaría a Marina y a Raquel a merced de los ejércitos del virrey si la insurrección fracasaba. Tampoco podía darle la espalda al padre, a quien había comenzado no sólo a admirar, sino a reverenciar.

Cuando volví junto a las dos mujeres, les dirigí una mirada altiva.

—Cuando me presento ante vosotras, señoritas, espero que me saludéis como vuestro oficial comandante.

Intercambiaron una mirada.

—Ah, ya lo entiendo —dijo Marina—, te han nombrado general, ¿no? Bueno, pues tengo algo que decirte, señor general: al único hombre al que he saludado fue a mi marido, y eso fue cuando le dije adiós después de que lo mató un marido celoso.

—Tendréis que aprender a respetarme si queréis trabajar para mí.

—¿Qué quieres decir con trabajar para ti? —preguntó Marina.

—Queréis ser agentes secretos, ¿no? Yo soy el espía principal y el jefe de espías del padre.

Raquel me miró boquiabierta.

—¿Nosotras, espías? ¿Te refieres a espiar a los ejércitos del virrey?

—Lo que haga falta, Raquel. Regresarás a Ciudad de México, fingirás ser leal a los gachupines y mantendrás los ojos y los oídos bien abiertos. Cuando te enteres de los movimientos de tropas y de las defensas de la ciudad, me enviarás la información por mensajero. Debes encontrar amigos de confianza para que lleven los mensajes.

—¿Alguna vez ha habido una espía mujer?

Me encogí de hombros.

—No lo sé, pero antes de alegrarte en demasía, recuerda que si te pillan maldecirás a tu madre por haberte dado a luz.

—¿Y qué hago yo? —quiso saber Marina.

—El padre necesitará información sobre las defensas de Guanajuato y la carretera.

—¿Voy a ir a espiar a Celaya y Guanajuato?

—Espiaremos. En Guanajuato me conocen, pero ahora una barba cubre mi rostro. Además, ¿quién sospecharía que Juan de Zavala, caballero y hacendado, está en la ciudad cuando lo único que ven es a un pobre azteca con su burro y su esposa? Él cabalga su burro mientras su trabajadora esposa camina detrás, cargando con sus cosas cuando no está preparándole las tortillas o buscando una pulquería para que él sacie su sed.

OCHENTA Y SEIS

Celaya

Marina y yo llegamos a Celaya a mediodía del día siguiente, unas horas por delante del ejército. Yo esperaba encontrar barricadas y tropas armadas que detuvieran la entrada de cualquiera que se aventurara hacia la ciudad, pero no fue así. No había defensas. Llegamos a tiempo para ver a los comandantes y la mayoría de sus tropas evacuando el lugar.

—La milicia y los gachupines abandonan Celaya.

—Algunas personas están preparando la resistencia —señaló Marina.

Los criollos y sus sirvientes levantaban unas barricadas cerca de la plaza mayor.

Los rumores corrían por toda la ciudad. Muchos creían que los rebeldes saquearían casas y comercios y los asesinarían a todos. Otros afirmaban que sólo los gachupines serían las víctimas. Algunos decían que la propia Virgen dirigía el ejército y que nadie resultaría herido. La única información acertada que tuve que comunicarle al padre se refería a la inutilidad de la resistencia y la tremenda respuesta que ésta podía desencadenar.

—Hay una pequeña fuerza de valientes criollos dispuestos a luchar por la ciudad, unas pocas docenas. Si efectúan una descarga, temo lo que nuestras tropas harán.

La pregunta que dejé en el aire era si los indios correrían o saquearían la ciudad.

El padre se alegró de que las tropas del virrey hubiesen huido, pero no Allende.

—Esperaba tener la oportunidad de hablar con ellos y conseguir que se unieran a nosotros —dijo.

El padre me despertó pasada la medianoche con un mensaje escrito que debía llevar a las autoridades de la ciudad en el ayuntamiento.

—Entregar los términos de rendición puede ser una misión mortal —dijo el padre—. Algunas veces matan al mensajero.

Me despreocupé del peligro encogiéndome de hombros. Había visto el miedo que reinaba en la ciudad, por lo que creía que las autoridades darían la bienvenida a una rendición pasiva.

No obstante, me sorprendí ante el lenguaje del mensaje a las autoridades.

Campo de batalla, 19 de septiembre de 1810
Nos acercamos a la ciudad con el objeto de dar seguridad a todos los españoles europeos. Si se rinden con discreción, su gente será tratada humanamente. Pero si ofrecen resistencia y dan la orden de disparar contra nosotros, los trataremos con el correspondiente rigor. Que Dios guarde vuestros honores por muchos años.

Miguel Hidalgo
Ignacio Allende

P. D. En el momento en que den la orden de disparar contra nuestras tropas, decapitaremos a los setenta y ocho europeos que tenemos bajo nuestra custodia.

Mientras el padre me acompañaba hasta mi caballo, manifestó:
—Me entristece que deba comportarme como un bárbaro mientras visto el uniforme de un soldado, pero no soy el primer hombre de Dios que empuña la espada. Ahora que tengo que luchar mi propia guerra, soy más tolerante y comprensivo con un papa que envía su ejército a Tierra Santa, a sabiendas de que miles de hombres morirán, muchos de ellos inocentes.

Me dio un apretón en el brazo.

—Por favor, diles en los términos más enérgicos que deben rendir la ciudad sin disparar un tiro. Si estalla la lucha, quizá no pueda controlar al ejército.

En las horas previas al amanecer del 20 de septiembre, le entregué el mensaje al alcalde.

—Necesitamos una respuesta inmediata —le dije, después de resaltar la gravedad de la situación.

—Debemos reunirnos y parlamentar —respondió.

Le señalé el campanario de una iglesia.

—Señor, si hay alguna duda en su mente, vaya a lo alto de aquel campanario y abra los ojos.

Me marché, preguntándome si algún dedo nervioso me dispararía una bala de mosquete por la espalda.

Pero mi sugerencia de que nos observara desde una torre elevada fue muy acertada: las autoridades vieron miles de hogueras, que subrayaban el alcance del peligro al que se enfrentaban. Allende había ordenado que las hogueras permanecieran encendidas hasta una hora más tarde de la entrega del mensaje.

Por fin, un mensajero salió de la ciudad alrededor del mediodía y anunció que permitirían la entrada sin resistencia. Pidieron tiempo para «prepararse» para la entrada, y el padre les dio tiempo hasta el día siguiente.

—¿Para qué se preparan? —le pregunté al padre.

—Necesitan tiempo para esconder sus tesoros —respondió—. No los culpo. Nosotros necesitamos el día para organizar una cadena de mando que evite los saqueos y consiga suministros. Con cada hora que pasa, nuestras filas crecen y aumenta nuestra necesidad de comida y armas. —Sacudió la cabeza—. Es una tarea casi imposible.

Entramos en la ciudad al día siguiente. Yo estaba en la vanguardia con Hidalgo, Allende y Aldama. Las clases inferiores aplaudieron nuestra llegada, pero la mayoría de los criollos permanecieron fuera de la vista. En el momento de entrar en la plaza mayor, miré a lo alto y vi a un hombre en el tejado de un edificio municipal. Entre los gritos, apenas si oí el disparo pero vi el humo de la pólvora negra salir del arma. No sé si la bala alcanzó algún objetivo, pero al momento siguiente se desató el inferno. Nuestra gente comenzó a devolver el fuego sin ningún propósito aparente, dado que la persona ya se había marchado. Sin embargo, disparaban las armas, como también se disparaban las pasiones de los aztecas.

Nuestros indios se lanzaron en todas las direcciones para saquear como habían hecho en San Miguel, pero esta vez, ninguno de nosotros, ni siquiera el padre pudo detenerlos. Eran demasiados y corrían hacia todas partes. Allende intentó mantener el orden. Se internó al galope entre la muchedumbre y descargó sablazos contra los hombres que derribaban la verja de una casa. Su caballo resbaló en los adoquines y cayó. Llevé mi propia montura hacia él, abrí un camino entre los indios y le di la oportunidad de montar, quizá salvándole la vida.

Desenfundó la pistola y le grité:

—No, no sirve de nada. Si disparas, te harán pedazos.

Furioso, se alejó al galope, pero no por miedo. Sabía que si los indios se volvían contra él, la rebelión estaría perdida. Hombre de incontrovertible coraje, habría preferido morir luchando si eso hubiera servido a sus propósitos.

Desvié los ojos de la carnicería mientras me alejaba. Un único disparo había desencadenado el saqueo de una pequeña ciudad. ¿Qué pasaría cuando llegásemos a Guanajuato, la ciudad más grande de la región, y estallase el verdadero combate? ¡Ay!, se había despertado a una bestia, algo salvaje que nadie podía controlar.

OCHENTA Y SIETE

El sueño de Allende de que los criollos se unirían en masa a la revolución desde el principio, una meta del todo irreal, se derrumbó con los saqueos en San Miguel y Celaya. Tras haber sido español la mayor parte de mi vida —y un pobre peón sólo desde hacía poco tiempo—, comprendía a los criollos y los gachupines mejor que Allende, que se dejaba llevar por sus ilusiones y sus sueños.

Los criollos habían tenido siglos para arrancar las espuelas de las botas de los gachupines y no lo habían hecho porque eso significaba arriesgar sus propios privilegios y sus prerrogativas. Las personas sin nada que perder se alzaban, luchaban y morían por una causa. Sólo unos pocos idealistas —gente como Hidalgo, Allende y Raquel— lo arriesgaban todo cuando ganar no significaba llenarse los bolsillos.

—Los criollos esperarán a ver quién gana —le dije a Raquel—. No lucharán por aquello que la mayoría ya tiene. No confían en los peones y no obedecerán a un gobierno en el que participen las clases inferiores y mucho menos dominen.

La verdad dolía, pero ella estuvo de acuerdo conmigo diciendo que unos pocos amigos suyos en Ciudad de México, personas como Andrés Quintana Roo y Leona Vicario, podrían arriesgar sus vidas y sus fortunas por una sociedad libre e igualitaria; sin embargo, la mayoría no lo harían.

—Tienes razón, optarán por esperar a ver cómo vienen las cosas. Los criollos ganarán poco si expulsan a los gachupines, pero lo perderán todo si los peones asumen el gobierno.

Comentó que muchos criollos destacados a quienes se les había pedido que se unieran a la insurrección habían rechazado la propuesta.

—Un oficial de la milicia de Valladolid, Agustín de Iturbide, ha sido el último. A Allende no le gusta, pero el padre estaba ansioso por que se uniese porque, como Allende, es un joven oficial conocido y admirado. Habría traído su regimiento a la revolución.

Reconocí el nombre. Iturbide había estado unido sentimentalmente a Isabel.

Marina y yo fuimos a Guanajuato para observar las defensas de la ciudad mientras Raquel marchaba a Ciudad de México para hacer lo mismo. Envié a dos de los indios de confianza del padre con Raquel para que la protegieran e hicieran de mensajeros de sus observaciones.

Yo me llevé a otros dos detrás de mí y Marina, para que sirvieran de mensajeros desde Guanajuato.

Uno de los hombres que escogí fue Diego Rayu. Sabía leer y escribir —una habilidad muy importante si surgía la necesidad de enviar un informe escrito—, y había estado antes en Guanajuato. Su compañero era un indio más hábil con el puñal que con la pluma. Diego era un exaltado, libraba sus batallas con el intelecto. Sin embargo, podía necesitar a alguien que no fuese tan brillante pero que, en cambio, pudiera cortar una garganta cuando fuera necesario.

Marina y yo cabalgamos junto al ejército para llegar a la carretera. Una visión memorable —decenas de miles, kilómetros de largo, como una enorme bestia primitiva—, nuestro ejército se extendía para siempre, mostrando los dientes de principio a fin. Había menos de doscientos uniformes en toda la horda. Las mujeres y los niños acompañaban a muchos soldados en esa guerra. Un hombre iba armado con un vulgar garrote en una mano mientras que con la otra acunaba a un niño. Algunos arreaban rebaños de ovejas, cargaban un cuarto de vaca al hombro o llevaban una res atada de una cuerda, todos ellos salidos de las haciendas por donde pasábamos. Casi todos llevaban sacos de maíz. Otros cargaban con el botín de las anteriores ciudades: hombres y mujeres con sillas, mesas, hasta puertas en las espaldas. De haber visto ese andrajoso ejército cuando era un joven caballero, me habría reído mucho más tarde con mis amigos en una taberna. Pero ahora, tras haber visto de primera mano la furia que hervía debajo de los calmos exteriores de los inexpresivos aztecas, sabiendo qué esperanzas y sueños había en sus corazones y sus mentes, sospechaba que el padre tenía razón, que la horda descalza poseía un poder que sorprendería a los oficiales criollos.

Había sido una buena jugada del padre enviar espías a Guanajuato. Era una de las grandes ciudades de las Américas, una de las más ricas de todo el mundo, por lo que el gobierno y los propietarios de minas estarían preparados para defender su tesoro de plata.

En nuestro camino a la ciudad minera, nos detuvimos por unos momentos a comprar tortillas y frijoles en una pulquería que encontramos junto al camino. Con el disfraz de ignorantes peones —una condición que no se apartaba mucho de la verdad—, escuché la conversación de dos comerciantes criollos mientras Marina fingía estar enfadada por un imaginario desacuerdo. Lo que oí no fue sorprendente pero sí inquietante. El virrey, nuevo en su cargo y recién llegado a Ciudad de México, había fijado grandes recompensas para capturar a los líderes de la insurrección —vivos o muertos—, junto con un perdón para cualquiera que los matase o los arrestase. La Iglesia había excomulgado a los líderes.

—La excomunión preocupará a la mayoría —comentó Marina—. Ahora no sólo arriesgan las cabezas..., sino también las almas.

OCHENTA Y OCHO

Cuando estábamos a medio día de la ciudad, vendí la mula y compré un burro. Una mula estaba más allá del alcance de la mayoría de la gente pobre.

Llegamos a Guanajuato por la carretera de Marfil, la ruta que creía que el padre escogería para su ejército. Los soldados habían montado un control, e interrogaban a todos los que entraban. Les dije que mi mujer y yo veníamos de una aldea entre Guanajuato y

Zacatecas. Escogí la aldea porque la conocía. La hacienda que una vez había poseído estaba en la región.

—¿Quién es el alcalde de tu pueblo? —me preguntó el sargento.

—El señor Alonso.

—¿Y el párroco?

—El padre José.

—¿Por qué vienes a Guanajuato?

—A ver a un curandero para mi esposa.

Sentada en el burro con la cabeza gacha, Marina lo miró y dejó a la vista las manchas rojas en su rostro.

—¡Dios mío! ¡Venga, seguid!

Una vez que estuvimos lejos de los soldados, Marina se bajó del burro y se limpió el zumo de bayas del rostro.

—Es una buena cosa que supieras el nombre del alcalde y el párroco de ese pueblo.

—No lo sabía. Me inventé los nombres, pero él tampoco los conocía. Quería ver mi reacción, juzgar si estaba mintiendo.

—Por fortuna, eres un mentiroso veterano.

El terror reinaba en Guanajuato. Las calles principales estaban llenas de barricadas, las tiendas cerradas, las puertas y las ventanas tapiadas. La gente corría de aquí para allá. Un jinete con uniforme militar pasó al galope llevando un mensaje a un puesto avanzado o quizá a la capital, sin duda una súplica de ayuda.

Vagamos por la ciudad, hablando con la gente, enterándonos sólo de que los rumores eran tan numerosos como la gente que los hacía circular. Las clases bajas tenían menos miedo que los comerciantes y los terratenientes. Muchos de los ciudadanos más ricos creían que Hidalgo era un simpatizante de los franceses que entregaría la colonia a Napoleón. Supuse que Riaño, el gobernador de la ciudad y la provincia, había iniciado tales historias.

Consideré las tácticas y el terreno mientras recorríamos la ciudad. A diferencia de Ciudad de México y Puebla, que tenían anchas calles, las de Guanajuato eran cortas y estrechas. Si bien los escenarios de batallas pequeños y apretados a primera vista parecían favorecer a los defensores, había dos aspectos en su contra. Guanajuato estaba en un cañón, y las alturas que la rodeaban favorecían al invasor. Incluso la catedral de la plaza mayor estaba justo debajo de un acantilado. Muchas casas se amontonaban en laderas tan pronunciadas que la planta baja de una quedaba nivelada con el tejado de otra. Esta topografía única daba la altura necesaria al invasor, una tremenda ventaja si las fuerzas atacantes tenían buenos cañones; algo de lo que carecía el ejército de liberación pero que Riaño quizá no sabía.

El segundo fallo en la defensa era la falta de defensores: serían necesarias miles de tropas regulares para defender una ciudad de ese tamaño, o los propios ciudadanos tendrían que estar detrás de las defensas.

A pesar de las alegaciones de Riaño de que el ejército del padre era un caballo de Troya para los franceses, la mayoría de la población sabía que Hidalgo y Allende planeaban expulsar a los gachupines del país. Pocos entre la gente común estaban dispuestos a morir defendiendo a los españoles. La ciudad tenía una considerable población criolla que quizá permanecería leal al virrey en beneficio propio, pero no muchos de esos españoles coloniales estaban dispuestos a morir por los españoles de la Península.

Una visita a las pulquerías cercanas a los cuarteles me dio una información que me costaba creer: los negocios iban mal porque había muy pocos soldados. La mayoría calculaban que había menos de quinientos. El destacamento importante más cercano estaba a una gran distancia, al mando del brigadier Félix Calleja, en San Luis Potosí.

—No sabemos si Calleja ya está en marcha para ayudar a la ciudad —le dije a Marina—, pero lo más probable es que no. Riaño ha enviado una petición para que vengan sus tropas, pero puedes estar segura de que el brigadier no se moverá sin órdenes del virrey en la capital. Venegas, el nuevo virrey, lleva en la colonia muy poco tiempo. Con toda la confusión y el hecho de que Ciudad de México es desde luego el objetivo principal de la revuelta, lo más probable es que el virrey quiera que Calleja se ocupe de asegurar la capital, y no Guanajuato.

Las tácticas de Riaño eran un misterio para mí.

—No es posible, porque sólo tiene unos centenares de hombres. No puede defender la ciudad con tan poca gente.

—Quizá no piensa defenderla —repuso Marina—. Tengo entendido que es amigo del padre. Quizá se la entregue al padre Hidalgo.

Negué la cabeza.

—No, conozco a Riaño. He estado en los bailes que él y su hijo, Gilberto, ofrecían. Es testarudo y decidido, nunca rendiría la ciudad sin pelear. Hacerlo no sería honorable a sus ojos. Debemos descubrir cómo planea combatir con tan pocos hombres.

—¿Por qué no se lo preguntas? —se burló.

Me acaricié la barbilla.

—Quizá lo haga..., o al menos intentar que me lo diga sin preguntárselo.

Diego y su compañero nos habían seguido a la ciudad. Nos pusimos en contacto con ellos y le di instrucciones a Diego de que marchase de inmediato y regresase a la mañana siguiente con un mensaje.

Marina no escuchó mi conversación con Diego y más tarde me preguntó:

—¿Qué le has dicho?

—Le he dado un sencillo encargo. Le he dicho que se presente en la barricada de la carretera de Marfil por la mañana con la gran noticia de que ha visto a un gran ejército de aztecas que se acercan a la ciudad.

—¡Tú estás loco! ¿Por qué has hecho eso?

—Cuando sales a cazar, a veces es necesario espantar a la presa antes de tener un tiro limpio.

A la mañana siguiente, un guardia de la barricada de Marfil cabalgó hasta el palacio del gobernador como si el demonio lo persiguiese. Observábamos la ciudad desde una ladera, así que teníamos una buena vista de los cuarteles y otros puntos estratégicos. En menos de una hora comprendí el plan de Riaño para defender la ciudad. Fue toda una sorpresa.

—No va a defender la ciudad.

—¿A qué te refieres?

—Sólo va a defender la alhóndiga.

—¿Qué es eso?

—La alhóndiga de Granaditas; el granero.

La llevé por la ladera hasta más arriba del edificio. El gobernador almacenaba maíz y otros cereales en la alhóndiga para los casos de hambruna. Aunque el granero se alzaba en un alto, la ladera de la Cuarta, que lo dominaba, estaba muy cerca. De haber tenido cañones de verdad en esa colina, hubiese sido imposible defender el granero. Eso significaba que Riaño también tenía espías y sabía que no poseíamos piezas de artillería.

Se decía que esa zona se llamaba Cuarta porque allí había sido descuartizado un hombre y una de sus cuatro partes había sido clavada en la colina como una lección para los demás. Ése no era un pensamiento muy alegre para alguien como yo, que había sido acusado de crímenes mucho peores de los que ese anónimo bandido sin duda había cometido.

La alhóndiga era grande, con dos pisos muy altos, quizá de unos cien pasos de largo y unos dos tercios de eso de ancho. Sus muros eran altos y fuertes, las ventanas pequeñas, casi sin ningún adorno.

—Parece una fortaleza —dijo Marina.

—Es una fortaleza —respondí.

Habían estado construyendo el edificio durante casi diez años y lo habían terminado hacía poco, pero yo había estado allí varias veces para comprar grano para mis caballos porque algunas partes del edificio estaban en uso antes de haberlo acabado. Sólo tenía medio tejado, porque la otra mitad estaba al aire libre. Había oído decir que el diseño del techo abierto era similar al de un atrio romano.

—El interior está dividido en almacenes a dos niveles —le expliqué a Marina—. Dos grandes escaleras llevan a los depósitos de la planta alta y a un patio abierto en la mitad del edificio. Las paredes son formidables. Necesitaríamos cañones para echarlas abajo, cañones de verdad. Para nosotros, bien podría ser una fortaleza, porque no tenemos nada con que derribar los muros.

La falsa alarma que había provocado había revelado el plan del gobernador. Riaño había ido corriendo a la alhóndiga, al igual que los gachupines armados, algunos partidarios criollos y casi todos los militares.

—Sólo tiene entre seiscientos y setecientos hombres —dije—. Más o menos la mitad son de infantería, quizá otros cien dragones, los soldados montados que viste con los mosquetes cortos, y menos de trescientos civiles armados. Es por eso por lo que no defenderá la ciudad: no puede. Necesita una fuerza entre cinco y diez veces mayor para montar una defensa viable. Sin duda tiene en el granero agua y comida para resistir durante meses, y sólo necesita hacerlo hasta que el virrey envíe una tropa a salvarlo.

La única manera práctica de atacar el granero era hacerlo por el frente, por la entrada principal que daba a una calle. La puerta era colosal. La otra entrada estaba tapiada. La mayoría de las ventanas estaban demasiado altas y todas eran pequeñas, lo que hacía muy difícil pasar por ellas.

Riaño había hecho otros trabajos para defender el granero. Había cerrado con muros las calles cercanas, e incluido en el perímetro de defensa dos edificios detrás del granero: la casa de Mendizábal y el edificio principal de la hacienda de Dolores, una instalación minera. Había levantado barricadas al pie de la colina en un intento por cortar cualquier aproximación desde el río de la Cata.

—Debería haber destruido los edificios Mendizábal y Dolores y derrumbado las paredes para impedir que nos ocultásemos detrás de ellas —le comenté a Marina—. Tendrá que dividir sus fuerzas para defenderlos.

La alhóndiga ya estaba bien protegida antes de la falsa alarma, más de lo necesario para preservar el agua y la comida.

—Tiene el tesoro de la ciudad en el edificio —afirmé—. No envió una caravana de mulas a la capital porque no sabe qué carreteras controla el padre. Su honor sólo se extiende a los españoles que resistirán en el granero. Abandona la ciudad, y sólo protege los tesoros y las vidas españolas. Su deber era proteger a toda la población. Su decisión costará vidas en ambos bandos.

—Es obvio que desprecia a nuestro ejército —añadí—. Para él, somos una turba de indios dirigidos por un sacerdote y unos cuantos oficiales renegados. No tenemos ni un solo oficial del ejército regular, sólo oficiales de menor rango de la milicia colonial. Debe de saber lo que ocurrió en las ciudades a lo largo del camino, que no hubo ninguna batalla de verdad y que los indios llevan armas muy primitivas.

Por haber sido un antiguo español, sabía cómo pensaba Riaño: creía que los indios emprenderían la huida cuando fuesen alcanzados por una descarga de fuego de mosquetes que los mataría a centenares. Yo también lo pensaba. Sin entrenamiento y carentes de armas de verdad, una vez que los indios vieran los efectos del fuego de mosquete, su entusiasmo por esa revuelta podría desaparecer rápidamente. Pero ésas no eran cosas que pudiera decirle a esa azteca tragafuegos sin miedo a que me cortara los cojones.

—Somos muchos, decenas de miles —señaló Marina—. Los superamos en número, cincuenta, cien a uno.

Me preguntaba si la decisión de Riaño de luchar contra una fuerza azteca abrumadora —más o menos con el mismo número de hombres de que había dispuesto Cortés— podía ser deliberada. Si tenía éxito, podría hacerse su propio lugar en la historia, junto con Cortés y Pizarro, el conquistador de los incas.

Al recibir la noticia de que las fuerzas de Hidalgo estaban a dos días de camino, Riaño abandonó la ciudad. Al amparo de la noche, el granero se convirtió en el castillo Guanajuato.

—El gobernador dice que la ciudad debe defenderse a sí misma —me comentó un furioso zapatero mestizo cuando pasamos por delante de su choza—. Se han llevado todos los mosquetes y casi toda la comida de la ciudad. No les importa nada de nosotros. —Soltó un escupitajo—. Ahora no tenemos que preocuparnos por ellos.

OCHENTA Y NUEVE

Cuando el ejército de liberación llegó a las afueras de la ciudad, fui a su encuentro en la hacienda Burras. El padre Hidalgo y Allende escucharon con mucha atención mientras les describía la estrategia defensiva de Riaño. Dibujé un mapa de la alhóndiga y las calles en su entorno, y les mostré dónde estaban colocadas las barricadas y cerrados los accesos.

—¿Estás seguro de que sólo tienen unos seiscientos hombres, casi la mitad de ellos civiles? —preguntó Allende—. ¿Pretenden defender tres edificios separados? —La mirada que le dirigió al padre ponía en duda mi cordura.

Me eché a reír.

—He visto sus preparativos con mis propios ojos.

Comprendía su asombro. Una de las ciudades más ricas del mundo, la tercera ciudad de las Américas, de setenta mil habitantes, era defendida por una pequeña fuerza.

—Pero no creáis que tomar el granero es cosa fácil. Es una fortaleza, y están bien armados. Tienen más mosquetes que todo nuestro ejército, y verdaderos tiradores. Además, están bien abastecidos. Sin cañones para derribar los muros, sólo podemos entrar echando abajo la puerta principal. Las descargas sincronizadas de centenares de mosquetes cortarán a los atacantes como guadañas, sobre todo cuando los defensores disparen desde tantas ventanas pequeñas y desde el tejado.

Comencé a decir que sería una carnicería, pero consideré que le debía demasiado al padre como para impugnar la sabiduría de sus acciones.

El padre Hidalgo me pidió que acompañara a los dos representantes que llevarían la oferta de rendición a Riaño. Si se rendían, serían tratados con humanidad. Si se resistían, serían muertos sin dar cuartel.

Me entregó una segunda nota.

—Ésta es una nota personal para el señor Riaño. Lo conozco a él y su familia. Creo que tú también.

—He estado con ellos en algunos bailes, pero no éramos amigos.

—Sin embargo, conoces al gobernador y a su hijo, y sabes que son hombres honorables. Dale esta nota a Riaño y no se la muestres a nadie más.

La nota personal para Riaño decía: «La estima que siempre le he profesado es sincera y creo que se debe a las grandes cualidades que lo adornan. Las diferencias en nuestras maneras de pensar no deberían disminuirla. Seguiré el curso que quizá no sea el más correcto y prudente para usted, pero que en ninguna ocasión perjudicará a su familia. Lucharemos como enemigos, si es eso lo que finalmente se decide, pero mediante la presente ofrezco a la señora intendente el asilo y la segura protección...»

Llevé a los dos emisarios a la alhóndiga. Se me permitió entrar con uno de ellos y nos vendaron los ojos. No nos quitaron las vendas hasta que llegamos a la azotea y me encontré delante de Riaño y de su hijo, Gilberto. Riaño no dio ninguna muestra de reconocerme, aunque Gilberto me miró como si mi apariencia despertara en él algún recuerdo; sin embargo, no me reconoció detrás de la espesa barba.

Después de leer las condiciones del padre, Riaño reunió a sus camaradas de armas en la azotea. Les leyó la nota e hizo una pausa a la espera de una respuesta. Animados por un oficial, las tropas regulares gritaron: «¡Viva el rey!» Después consultó con los civiles, que respondieron con poco entusiasmo: «Lucharemos.»

La réplica escrita de Riaño afirmaba que estaba obligado por el deber a luchar como un soldado. También me entregó una nota privada para el padre, que titubeé en leer pero que finalmente leí. ¿Acaso no era un espía?

En la nota, Riaño le decía al padre que estaba agradecido por su ofrecimiento de proteger a su familia, pero que no necesitaba de nuestra protección, porque ya había enviado a su esposa y a sus hijas fuera de la ciudad.

Poco después, dos correos salieron de la alhóndiga y fustigaron a sus caballos con furia para galopar en diferentes direcciones. Uno de los correos fue abatido de la silla antes de que llegase a las afueras. Le quitaron el mensaje, y lo leí camino de regreso al campamento.

El mensaje de Riaño era para el general Calleja, en San Luis Potosí. Había escrito: «Me dispongo a luchar porque seré atacado de inmediato. Resistiré al máximo porque soy honorable. Vuele en mi ayuda.»

Durante nuestras negociaciones, confirmé mi estimación de que Riaño no tenía más de unos seiscientos hombres, de los cuales dos tercios eran soldados. Se enfrentaban a un ejército formado ahora por cincuenta mil hombres. Sólo unos pocos centenares de nosotros éramos soldados o eran como yo mismo, civiles con conocimiento del manejo de las armas.

El padre Hidalgo había salido de Dolores con un ejército que se contaba en centenares, y en la marcha de doce días a Guanajuato, el ejército había aumentado cien veces. Pero no teníamos tiempo para entrenar o disciplinar su turbulento mar de guerreros.

—Riaño defenderá primero las barricadas —les dije al padre y a Allende a mi regreso—. Ha colocado a sus soldados en la azotea de la alhóndiga, las barricadas en las calles y a lo largo del camino que baja al río. Los civiles defenderán los dos edificios de atrás y la planta baja del granero.

—Mantendrá una reserva —señaló Allende—, una pequeña fuerza, quizá un diez por ciento, descansada y lista para correr a los puestos en dificultades. Tiene poco espacio donde utilizar a sus dragones montados. Los dejará que dominen la calle hasta que se vean forzados a entrar. —Allende apoyó un dedo en el mapa de la zona que yo había dibujado—. Zavala tiene razón. Nuestra única manera de traspasar sus defensas es expulsarlos de la calle y la azotea. Luego debemos atacar la entrada principal. Las puertas son formidables, pero debemos tumbarlas para ganar.

—¿Cómo quieres proceder? —preguntó el padre.

Allende lo miró a los ojos.

—Tenemos cien veces más peones desentrenados que soldados regulares. Si vamos a atraer a los soldados a nuestra causa, no podemos perderlos en esta batalla. Los mosqueteros de la fortaleza matarían a nuestra pequeña fuerza de profesionales en cuestión de minutos. Si tuviéramos cañones y un lugar donde emplearlos, sería diferente. Pero no los tenemos. Lo único que tenemos son hombres. Mi plan es poner a prueba la capacidad de nuestros aztecas. Veamos si son un ejército capaz de vencer a la milicia.

Hidalgo no puso ninguna objeción, y comprendí por qué. A su orgullosa manera, Allende admitía que sus soldados profesionales no podían ganar la batalla. Nuestra mal armada y carente de instrucción «carne de cañón» tendría que llevar el peso de la misma. O los peones ganaban la batalla con sus machetes y sus lanzas de madera, o la revolución se habría acabado.

—Rezaremos —dijo el padre—, y luego lucharemos.

NOVENTA

Tomé posición en las alturas situadas al norte del granero, desde donde disfrutaba de una vista panorámica de lo que sería el campo de batalla y podía estar atento a las otras direcciones ante la posibilidad de cualquier sorpresa que Riaño pudiera tener oculta en la manga.

Una enorme multitud se había acercado, no como combatientes, sino como espectadores. Miles de ciudadanos de Guanajuato, la mayoría de las clases bajas, junto con algunos de los criollos más pobres, se habían reunido para presenciar la batalla. ¿Acaso esos locos creían que sería como una corrida de toros?

Por lo que oí a mi alrededor, estaban de parte de los rebeldes. No sólo habían sido abandonados por los españoles, sino que habían pasado toda su vida aplastados por sus botas. En sus mentes, la diferencia entre un criollo y un gachupín significaba muy poco: un español era un tirano que los oprimía económica, política y espiritualmente, con independencia de cómo los llamara.

Poco antes del mediodía apareció a la vista la vanguardia de nuestro ejército, que entró en la ciudad por la carretera de Marfil. Con los estandartes de la Virgen en alto, seis sacerdotes abrían la marcha, seguidos por las tropas uniformadas de Allende, que desfilaban al ritmo militar de los tambores. La multitud ovacionó esa muestra de fuerza militar y religiosa.

Como parte del espectáculo, los sacerdotes y los soldados se hicieron a un lado casi de inmediato mientras por la calle de Nuestra Señora de Guanajuato avanzaban los aztecas. Desnudos hasta la cintura —para no mancharse de sangre su única camisa—, armados con machetes, lanzas, porras, arcos y flechas, nuestros indios eran un espectáculo aterrador. Hasta ese momento no había pensado en ellos como soldados —ni siquiera como guerreros—, pero mientras avanzaban para atacar al enemigo, me recordaron a las bandas de guerrilleros con las que había luchado en España: hombres de la tierra y las minas que tenían el coraje de enfrentarse a tropas preparadas armadas con mosquetes.

Cruzaron el puente y llegaron a la barricada de la cuesta de Mendizábal, donde Gilberto Riaño mandaba las tropas.

—¡Alto en nombre del rey! —gritó.

No esperó una respuesta, aunque de hecho no era necesaria ninguna. La mayoría de los indios no lo habían oído, y pocos de ellos hablaban español. Gritó la orden de disparar y una andanada de balas de mosquete barrió las primeras filas. Muchos cayeron, pero llegaban los reemplazos. Sonó una segunda descarga y cayeron más, pero continuaron avanzando. Entonces sonó una corneta desde el puesto de mando de Allende y los indios se retiraron.

Se habían hecho los primeros disparos; había comenzado la batalla. Los indios se habían enfrentado a las descargas de los mosquetes y habían avanzado bajo el fuego. Sentí una oleada de orgullo ante su coraje.

Guiados por los oficiales de Allende, los aztecas formaron en grupos y se acercaron al granero desde diferentes lados. Mientras tanto, el padre había tomado posesión de la ciudad con la mayoría de nuestras fuerzas. Sabía que el plan era abrir la cárcel y soltar a más prisioneros si aceptaban unirse a la causa. Por mis propios días en la cárcel, diría que había pocos hombres encarcelados que yo hubiera querido tener a mi lado en una batalla.

Para mi sorpresa, el padre Hidalgo apareció de pronto montado en su caballo, pistola en mano, la verdadera imagen del sacerdote guerrero. Monté de un salto a *Tempestad* y me uní a él mientras iba de un punto a otro, dando órdenes para el asalto y sin hacer caso de los disparos de algún mosquetero que probaba suerte desde la azotea del granero.

Los soldados de Allende se colocaron en las ventanas y los tejados de los edificios que daban a las posiciones de los gachupines, pero tenían muy poco efecto en la defensa del granero. Los tiradores con las mejores armas en la azotea de la alhóndiga abatían a cualquiera que levantara la cabeza para apuntar. Sacudí la cabeza, sabiendo que la única manera de tomar el edificio era asaltándolo. Entonces se inició un asombroso proceso. Una legión de indios en el lecho del río al pie de la colina de la fortaleza comenzaron a recoger piedras y a partir las grandes en trozos más pequeños. Otros subieron las piedras hasta más arriba del granero. Observé con admiración mientras los indios lanzaban una lluvia de piedras sobre los defensores de la azotea. No era posible lanzar las piedras a la azotea a mano: en cambio, los ingeniosos demonios utilizaban las hondas de cuero para lanzar los proyectiles.

Marina cabalgaba a mi lado con el rostro resplandeciente de orgullo, mientras los hombres de su raza, armados sólo con hondas, atacaban a los mosqueteros españoles.

—¡Es David contra Goliat! —gritó.

Los disparos desde la azotea tumbaron a veintenas de indios, pero eso no consiguió disminuir la avalancha de piedras que llovía sobre los tiradores. Muy pronto, los mosqueteros escaparon de la tormenta de piedras, refugiándose en el interior y abandonando la ventaja de la azotea.

Densas masas de indios avanzaban sobre las barricadas y los edificios. El fuego de mosquete atravesaba las filas a quemarropa. Era imposible que los españoles errasen; sólo tenían que apuntar las armas en dirección a la horda.

La expresión de Marina se tornó grave mientras mirábamos cómo aumentaba la carnicería y los aztecas morían por centenares, pero seguían avanzando, pasando sobre los compañeros muertos, y aquellos que no tenían un machete conseguían uno de una mano inerte.

Yo contemplaba la horrible matanza, incapaz de hablar, incapaz siquiera de formar un pensamiento coherente en mi cabeza. Había oído historias de familias españolas armadas con poco más que utensilios de cocina que luchaban contra los invasores franceses, pero nada de lo que había visto en España me había preparado para la muerte de miles de inocentes delante de mis propios ojos.

Expulsaron a los defensores de las barricadas y los obligaron a refugiarse en los edificios. Cuando los defensores de las barricadas en la calle de los Pocitos se vieron casi acorralados, Riaño salió del granero con veinte hombres para apoyarlos. Después de situar con calma a las tropas de refresco, el intendente emprendió el camino de vuelta al granero y se detuvo en la entrada para ver cómo iba la batalla. Uno de nuestros propios soldados armados con un mosquete encontró su objetivo y le metió una bala en la sien.

No sentí nada cuando una onza de plomo le voló un costado de la cabeza al gobernador. El plan para asesinarme cuando el galeón de Manila se perdiera de vista no hubiera sido posible sin su permiso. Marina tenía razón: Riaño era honorable sólo con los de su clase. Empuñaba la espada para impedir a otros hombres disfrutar de algunos de los privilegios con los que él había nacido; ahora, nosotros lo habíamos matado con esa espada.

Cuando lo vi caer, comprendí que algo muy importante había ocurrido. Gobernador de una grande y rica provincia, Riaño había sido uno de los hombres más poderosos de Nueva España, pero había sido abatido por un peón con un viejo mosquete.

La guerra había llegado de verdad para los gachupines.

La situación de pronto empeoró para los defensores mientras los aztecas seguían avanzando pese al asesino fuego de mosquetes. Los hombres de Riaño en las barricadas retrocedieron, corriendo hacia la puerta de la alhóndiga.

De pronto, mi corazón se desbocó.

«¡Marina!»

Ella había cabalgado en medio de la huida, atacando a los defensores. Pero su caballo cayó, alcanzado por los disparos. Le clavé las espuelas a *Tempestad* y le di una palmada en la grupa. El semental avanzó de un salto. Cogí el cornetín que llevaba atado al pomo y di una serie de largos toques mientras el semental se internaba entre los indios, que se separaron como el mar Rojo para mí, unos pocos tumbados por *Tempestad* cuando no se movieron lo bastante rápido. Vi a Marina que se volvía al oír el sonido del cornetín. Su caballo había caído pero ella estaba de pie. Me dirigió una mirada de furia y continuó con el combate.

Algo golpeó entoces mi sombrero. En mi mente vi el plomo caliente que me volaba la tapa de los sesos, pero mi sombrero —y mi cabeza— continuaron en su lugar. Cabalgué agachado en la montura, rezando para que mi corcel no recibiera un balazo. Me acerqué por detrás a Marina y la cogí del cogote. Hice girar a *Tempestad* y me alejé de la pelea.

—¡Ay! —La solté; me había pegado con la parte plana del machete—. Puta.

Los disparos de los mosquetes levantaban surtidores de tierra a nuestro alrededor.

—Vamos. —La alcé, y *Tempestad* nos llevó fuera del alcance de tiro.

De nuevo en la colina, con una vista de pájaro de la batalla, dije:

—Sé que estás ansiosa por vengar todos los insultos sufridos por tu gente desde Cortés, pero estás siendo injusta con el padre.

—¿Por qué?

—Tiene a decenas de miles de valientes aztecas dispuestos a morir por él. Necesita a unos pocos buenos espías que vivan lo suficiente para ayudarlo a ganar la guerra.

Mi razonamiento pareció tener el efecto deseado de calmar su furia. Vimos a los españoles retirarse al granero. La mayoría consiguieron entrar, pero otros, incluido un destacamento de dragones, no consiguieron hacerlo antes de que se cerraran las inmensas puertas. Los soldados que quedaron en el exterior se vieron atrapados. Los indios los atacaron y los mataron sin piedad. Vi a un defensor uniformado aprovecharse de la confusión: se quitó el uniforme y se unió a los atacantes como si fuera uno más de ellos.

Una vez caído su líder, los defensores estaban desconcertados, pero aún no habían perdido el deseo de luchar.

Gilberto Riaño parecía haber tomado el lugar de su padre como jefe. Lo vi dirigir a los hombres que lanzaban explosivos que detonaban sobre los indios agrupados delante de la fortaleza. Miré por un momento los objetos que tan familiares me resultaban antes de darme cuenta de lo que realmente eran: eran frascos de mercurio, del tipo que se utilizaba para abastecer a las minas. Los defensores los habían llenado con pólvora negra y metralla y les habían puesto mechas cortas. Cuando explotaban, a menudo a media caída, el efecto era devastador: trozos de metal afilados volaban como el azufre y el fuego escupidos del infierno en medio de los atacantes. Pero incluso mientras las bombas y las descargas de mosquetes abrían brechas en la masa de indios, se cerraban con aquellos que ocupaban el lugar de los camaradas caídos.

Dejamos nuestra posición y nos unimos al grupo que rodeaba a Hidalgo y a Allende. Los dos líderes seguían la acción y enviaban mensajes a los oficiales en primera línea. Había que derribar la puerta principal.

Los trabajadores de las minas de plata se habían unido a nuestra insurrección. El padre envió a varios mineros, protegidos en parte con grandes tiestos de cerámica, hasta las enormes puertas en un intento de abrirlas con barras de hierro. Pero poco consiguieron.

De pronto, un joven minero, quizá de unos diecinueve o veinte años, se acercó al padre. Se quitó el sombrero de paja y respondió con timidez a la mirada interrogativa del sacerdote.

—Padre, puedo pegarle fuego a la puerta.
—¿Pegar fuego a la puerta?
—Sí, si me da fuego, brea y trapos que ardan bien.
El padre asintió.
—Te saludo, mi valiente hijo.
En el momento en que el joven se alejaba, el padre Hidalgo le gritó:
—¿Cuál es tu nombre?
—Me llaman Pípila.

Al mirar al joven que se arrastraba hacia la puerta protegido por una gran losa de piedra que sostenía sobre la espalda, me quedé asombrado ante su coraje. Llevaba trapos y un recipiente de brea atados al pecho, una lámpara de minero encendida sujeta al manojo. Una lluvia de plomo caía sobre él rebotando sobre la gruesa piedra, pero continuó adelante.

Una bomba explotó encima; el joven cayó de rodillas, la gran piedra que lo protegía de los disparos resbaló. Sin embargo, consiguió ponerse de nuevo debajo de la piedra mientras las balas salpicaban el suelo a su alrededor. Se arrastró hasta la puerta y se detuvo sólo por un momento. «Está recuperando el aliento», pensé. Al momento siguiente untaba la puerta con brea y amontonaba trapos. No tardó en pegarle fuego.

Sacudí la cabeza dominado por el asombro. Entre atacantes y defensores, seguramente habían muerto más de mil hombres luchando por la puerta, y en un instante, un joven la había abierto con la ayuda de una vela y unos cuantos trapos embreados.

Con el fuego consumiendo la puerta, los indios avanzaron y un grupo provisto con un tronco de árbol a modo de ariete comenzó a descargar golpes contra el obstáculo en llamas.

Vi el horror y el pánico en los rostros de los defensores que se asomaban por las ventanas para dejar caer bombas y disparar sus mosquetes contra los indios de la entrada. En cuanto derribaran la puerta, se enfrentarían a los aztecas en un combate cuerpo a cuerpo. Algunos se asomaron a las ventanas reclamando clemencia. Otro hombre vació una bolsa de monedas de plata sobre los indios, la locura del momento llevando a creer al muy imbécil que podría comprar su vida con un saco de plata.

En el último minuto, una bandera blanca ondeó en una de las ventanas superiores y todos sonreímos con alivio. Los indios que echaban abajo la puerta se detuvieron para vivar, cuando Gilberto Riaño y otros dos se asomaron de pronto por las ventanas y dejaron caer bombas cargadas de metralla sobre los hombres.

La carnicería fue horrible, pero también lo fue el aullido casi sobrehumano proveniente de los aztecas ante la visión de sus compadres asesinados a traición al amparo de la bandera blanca. Los indios renovaron el ataque a la puerta, y cuando se abrió, se lanzaron al interior. Un fuego mortal a bocajarro barrió las primeras filas, pero los indios eran de nuevo una enorme ola sin principio ni final, una fuerza primitiva que sencillamente avanzaba con más indios ocupando el lugar de los camaradas muertos.

El padre me llamó.

—Toma algunos de mis hombres de confianza y asegura los tesoros en el granero.

Reuní a Diego, a su compañero espía y a otros cuatro hombres. Marina vino a reunirse con nosotros. Le dije que se apartara, pero ella se limitó a mirarme con furia. Esa mujer era más testadura que *Tempestad*, y mucho más mala.

Los disparos de mosquetes en el interior continuaban sonando cuando me acerqué a las puertas de la alhóndiga con mis hombres. Allí, un sonido más terrible llenaba el aire: los infernales alaridos de los defensores de la hacienda de Dolores. Ésta, una instalación minera adyacente, había aguantado por un tiempo, pero nuestros indios consiguieron romper las defensas cuando yo entraba en el granero.

Pasé por una abertura, pistola en mano. Un oficial español, herido y sangrando por media docena de cortes, estaba en los peldaños de una escalera. Se mantenía erguido apoyado en una lanza que aún tenía los colores del regimiento, al tiempo que abatía a los indios con su espada. Una lanza lo alcanzó en el estómago, luego otra y otra más, hasta que quedó tumbado en el suelo, atravesado por media docena de lanzas.

Los indios victoriosos corrieron por todo el granero, matando sin piedad. Habían pagado en sangre por ese momento. Ahora era sangre por sangre, vida por vida. Un hombre que suplicaba por su vida fue muerto a garrotazos. No sentí la menor piedad por él; había sido uno de los que, con Gilberto Riaño, había lanzado las bombas bajo la bandera de rendición. Gilberto también había caído. Su cuerpo estaba retorcido en un ángulo curioso, su cuello seccionado en parte.

¿Dónde debía de estar el tesoro? La primera vez que había entrado en el granero, los soldados me habían puesto una venda y me la habían quitado en la azotea. Sin embargo, mis instintos de lépero-bandido me sirvieron bien. A través del techo abierto había visto a un guardia delante de una habitación del segundo piso, a medio camino del pasillo. Era la única estancia donde había visto a un centinela. Riaño sin duda había dispersado la munición por todo el edificio en lugar de tenerla en un único depósito donde podría ser destruida por una sola explosión; por tanto, era poco probable que el guardia protegiese el arsenal. Deduje de inmediato que el tesoro estaba guardado en la habitación.

Empujé a los indios y subí la escalera de dos en dos, aventajando a Diego y a los demás. La carnicería a mi alrededor me provocaba náuseas. La lucha continuaba en partes aisladas del segundo piso, pero ya las prendas estaban siendo arrancadas de los muertos, de los heridos e incluso de los vivos, mientras los indios se transformaban en gachupines con los sombreros de cuero de ala ancha, los pantalones de fantasía y las chaquetas con bordados de plata.

Cualquier cosa que pudiese ser arrancada, rota o encontrada era para los vencedores; no eran sólo despojos de guerra, sino trofeos de conquista. Hombres que nunca habían poseído nada aparte de una camisa harapienta y el pantalón que llevaban, que vivían en chozas de barro y ni siquiera eran dueños de la tierra que pisaban, ahora vestían las caras chaquetas de los hombres que los habían tratado como esclavos.

La sangre abundaba por todas partes: manaba de los heridos y los muertos, formaba charcos en el resbaladizo suelo, salpicaba las paredes y ensuciaba a los muertos y a los vencedores, los mosquetes y las pilas de maíz. También la muerte estaba en todas partes: en los gritos de los victoriosos y en los alaridos de los derrotados.

La puerta del cuarto en cuestión estaba entreabierta; un español muerto impedía la entrada. Cuando pasé por encima del cadáver y entré, vi los cofres con el escudo de armas de Guanajuato. Por el rabillo del ojo vi un movimiento. Al pasar por encima del cadáver había bajado la guardia, y me eché hacia atrás cuando la hoja de una espada descendió sobre mí. Retrocedí, levantando mi propia arma para desviar al atacante. Aún estaba de pie pero sin equilibrio. Delante tenía a un español con el rostro ensangrentado. Sujetaba una espada en la mano derecha y una pistola en la izquierda. Cuando me apuntó con la pistola, alguien más entró por la puerta abierta. Diego Rayu se interpuso de pronto entre mi cuerpo y la pistola, gritando «¡No!». El disparo resonó en la pequeña habitación. Esquivé a Diego cuando el impacto lo lanzó hacia mí. Pasé a su alrededor y ataqué agachado para luego alzar la espada y alcanzar al español por debajo de la barbilla. Él se balanceó sobre los talones y cayó.

Me arrodillé junto al joven azteca. Con toda intención, había detenido una bala destinada a mí, la sangre empapando su camisa blanca.

—Diego...

Sujetó mi brazo por un momento.

—Amigo... —susurró. Luego su cuerpo se convulsionó y quedó inerte.

Oí un sonido del español caído, que jadeaba en busca de aire. Lo atravesé con mi espada hasta que yació inmóvil. Cuando me volví, Marina estaba allí, espada en mano; también la suya estaba tinta en sangre. Se esforzó por contener las lágrimas al contemplar al azteca caído.

—Muchos..., demasiados han muerto.

A última hora de la tarde, cuando por fin acabó la matanza, el padre nos dijo que lleváramos a los supervivientes a la cárcel. Yo tenía los cofres llenos de oro y plata apilados en la calle. Fumé un cigarro mientras esperaba la carreta que los recogería. Salieron los prisioneros y reparé en una mujer mestiza. Riaño había llevado allí a un par de docenas de mujeres para que les cocinasen las tortillas y sin duda calmar los deseos de sus partes masculinas durante lo que había imaginado como un largo asedio.

Pero las facciones de esa mujer me eran conocidas. Me acerqué por detrás cuando ella intentaba confundirse entre la multitud y le pegué en la nuca, haciendo que cayese al suelo. Luego le arranqué la peluca.

—Ah, pero si es mi viejo amigo el notario —dije, sonriéndole al cabrón que había intentado arrancarme una confesión cuando estaba en la cárcel y era parte del plan para enviarme a la muerte.

Me miró boquiabierto.

—¿No sabe, señor notario, que es cobarde y vergonzoso para un hombre vestirse como una mujer?

Le di una buena patada.

—Lleva a este cerdo a la cárcel —le dije a un indio que se encargaba de los prisioneros—. Si te causa algún problema, córtale los cojones, así no tendrá que volver a fingir que es una mujer.

NOVENTA Y UNO

Durante los dos días siguientes, el ejército de liberación arrasó la ciudad, atacó y saqueó los hogares y los comercios de los españoles. De nuevo, Allende había galopado entre la masa, golpeando a sus propias tropas con la espada, exigiendo que se restableciera el orden.

Fracasó una vez más, y esta vez no me uní a él. El padre ordenó que las tropas pasaran por alto las casas de los españoles casados, pero eso no disminuyó los saqueos y las celebraciones. Comprendía las grandes pasiones que había encendido la victoria azteca. Allende y sus oficiales, aunque eran hombres valerosos e inteligentes en su mayor parte, no entendían a los indios; esperaban que actuaran como soldados preparados.

¡Ay!, pero si hubieran sido soldados preparados, nunca habrían asaltado la alhóndiga de Granaditas casi con las manos desnudas. Más de quinientos españoles habían muerto en el ataque, y se habían llevado consigo a dos mil indios. La carnicería había sido tan grande que habían cavado una larga fosa en el lecho seco de un río para acomodar los cadáveres. Los indios habían conseguido la victoria no a través de estratagemas militares, sino con dos cojones y sangre.

Yo no era una persona espiritual o siquiera sensible. Mientras caminaba por las calles de Guanajuato, pensaba en cómo me había afectado la batalla. Incluso después de haber perdido la gracia con mis antepasados españoles y vivido como un pobre peón, no sentía el menor respeto por la sangre azteca que corría por mis venas. Había sido criado en la convicción de que una gota de esa sangre contaminaba mi cuerpo y me daba la temida mezcla de sangre, una enfermedad social y racial tan repugnante para las «personas de calidad» como la viruela.

Al ver a los peones como individuos que por naturaleza eran inferiores a los portadores de espuelas, había creído implícitamente en el mito de su inferioridad. Pero al mirar la manera en que los peones habían luchado, sangrado y muerto por la libertad, comprendí que el padre tenía razón: tres siglos de opresión habían dejado a las clases bajas desmoralizadas y derrotadas, pero un auténtico líder podía reavivar su coraje y su decisión. Dicha persona era el padre, por supuesto. Lo amaban, lo admiraban y lo reverenciaban. Él creía en ellos. A su vez, ellos demostraban un tremendo coraje ante el fuego, cargando contra las letales descargas con armas primitivas y las manos desnudas. Algunos, como Diego, habían dado la vida no sólo por la causa, sino por un amigo.

¿Tenía el coraje para morir por una causa? En toda mi vida, ninguna causa me había inspirado a poner en juego mi vida. Esos peones no entregaban sus vidas por los bienes materiales o las aventuras de alcoba, sino que lo hacían por un sueño de libertad.

Todos habíamos sido bautizados a sangre y fuego, y las imágenes que había presenciado en la batalla me perseguían. Ensimismado en mis pensamientos, pasé junto a varios de los oficiales de Allende, que se encontraban en una esquina mirando el saqueo de los indios. Uno de ellos los llamó «asquerosos animales». Era el mismo hombre que había dicho que aunque la mona se vista de seda, mona se queda. Sin pensarlo, le di una patada con mi bota con punta de acero en los cojones. Cayó de rodillas con las manos entre las piernas, en una sollozante genuflexión. Sus dos camaradas echaron mano a sus armas.

—Si tocáis las espadas —les dije—, os mataré a los dos.

Marina se unió a mí, sacudiendo la cabeza.

—Tú eres el animal, no los indios. —Me apretó el brazo—. Pero sé que ha sido por Diego.

—Por todos los guerreros aztecas que han caído hoy. Un trozo de tierra, comida para sus hijos, libertad de la esclavitud, no para morir en alguna mina española, bajo los cascos del caballo de un gachupín o aplastados por su carruaje o por los golpes de un látigo; eso es todo lo que quieren. Y han muerto por ese sueño.

Ella fingió examinar mi cabeza.

—Juan, una bala de cañón debe de haberte rozado la cabeza. Esto no es propio de ti.

—Mujer, siempre me has malentendido. —Me toqué la sien—. Don Juan de Zavala no es el insensato caballero que crees que es. Muy pronto estaré leyendo libros y escribiendo poesía.

Sacudí la cabeza ante la anarquía que nos rodeaba. Personas que antes habían vestido con harapos ahora se paseaban cubiertos con sedas. Los indios saqueaban las posadas y las pulquerías, robaban en las tiendas, iniciaban incendios.

—Esto no está bien —opiné—. Hemos ganado la batalla, pero estamos perdiendo la paz.

—¿A qué te refieres?

—Los habitantes de la ciudad están escondidos, incluso los más pobres. Tienen miedo de los indios que se supone que van a liberarlos de los gachupines.

—La furia de nuestro ejército no tardará en aplacarse.

—Sí, pero ¿cuándo desaparecerán los temores de la gente de Guanajuato? Toma nota de mis palabras, señorita revolucionaria, veremos muy pocos voluntarios de esta gran ciudad. Ningún regimiento de soldados regulares, ningún criollo que traiga armas.

—Entonces ganaremos de la misma manera que lo hemos hecho hoy: con el coraje de nuestros hombres.

—Hoy se han enfrentado a centenares. Dios nos proteja cuando deban enfrentarse a miles de tropas preparadas con cañones.

NOVENTA Y DOS

Llegamos a Guanajuato el 28 de septiembre y nos marchamos doce días más tarde hacia Valladolid, dejando Guanajuato con un gobierno nuevo y más libre. También tenían una casa de moneda y una fábrica para producir cañones.

Pese a nuestras bajas, nuestras filas continuaron aumentando en la carretera a Valladolid a unas más imposibles proporciones que antes. Además, la moral de los hombres era muy alta. Habíamos capturado una ciudad que sólo se veía superada en prestigio y riqueza por la capital.

Comprendí por la forma de hablar y las expresiones de los indios que ahora creían ser parte de una causa mayor: una lucha por redimir la dignidad y la libertad de su pueblo. Pocos de ellos podían expresar con exactitud lo que eso significaba, pero lo veías en sus ojos.

Cuántos entendían lo que era un gobierno electo era un misterio para mí. Yo tampoco lo comprendía. Salvo por personas como el padre y Raquel, había conocido a muy poca gente que entendieran el significado. La mayoría temían que un gobierno electo pudiera llevar a la anarquía, o incluso peor, a la tiranía.

Cada vez más, ponía mi fe en el humilde sacerdote que ahora dirigía a un poderoso ejército con el fiero coraje de los profetas bíblicos. Con el paso de las horas, mi admiración y mi respeto por el padre Hidalgo crecía. Era un hombre de una compasión y una decisión de hierro. No buscaba recompensas, grandes cargos o poder militar..., se reía al oír los rumores de que sería proclamado rey en Ciudad de México. No tenía ninguna formación militar, y sin embargo dirigía un ejército como si fuese un general veterano de las guerras napoleónicas.

Vestía un resplandeciente uniforme azul y rojo con alamares de oro y plata, una prenda digna de un señor de la guerra y un conquistador, pero no era de su agrado. Su chaqueta era de un lustroso violeta con puños y cuello rojo, ambos bordados con galones de oro y plata, y su tahalí de terciopelo negro, también bordado con oro y plata. De cada una de las charreteras colgaba un cordón de plata, y alrededor del cuello llevaba un gran medallón de oro con la imagen de la Virgen de Guadalupe. El uniforme de Allende era similar al del padre, pero sólo tenía un cordón de plata que colgaba de la charretera derecha.

Yo creía que había incluso una diferencia mucho más obvia entre los dos uniformes. El padre llevaba el suyo por un sentido del deber para con sus oficiales, comprendiendo que servía para impresionar a la multitud y dar confianza a los soldados en su capacidad como militar. Allende vestía el suyo con orgullo; era un militar y había escogido su carrera mucho antes de la insurrección.

Allende nos aseguró que el total de las fuerzas del virrey sólo llegaría a una décima parte de los setenta u ochenta mil de la horda que cruzaba el Bajío como un río en plena crecida. Nadie sabía con exactitud o siquiera podía hacer un cálculo estimado aceptable del tamaño de nuestro ejército. Con los guerreros que llegaban y se marchaban a voluntad, su composición era fluctuante, sobre todo si se incluía a las mujeres y los niños entre la fuerza total.

Al salir de Guanajuato, Allende intentó improvisar de nuevo una estructura de mando. Dividió nuestra fuerza en ochenta batallones de unos mil hombres cada uno, y puso cada uno de ellos al mando de un oficial. Al carecer de oficiales formados para ocupar tales posiciones, Allende nombró a casi cualquiera que estuviese dispuesto y supiera leer y escribir, una condición indispensable para enviar y recibir órdenes escritas.

Llevábamos dos cañones de bronce y cuatro de madera, pero hasta el momento ninguno había servido de mucho. Dado que Allende y sus soldados profesionales sabían muy poco de artillería, habían sobrevalorado la importancia de la misma. Las monstruosas armas eran desde luego cruciales en el campo de batalla..., cuando eran manejadas por artilleros experimentados que sabían cómo mantener, cargar, apuntar y disparar. Para nosotros eran casi inservibles; carecíamos del tiempo y la experiencia necesarios para enseñarles incluso las cosas más básicas a nuestros bisoños reclutas, pocos de los cuales podían cargar y disparar un mosquete.

El padre envió a adelantarse por la carretera a Valladolid a un destacamento de tres mil soldados al mando del coronel Mariano Jiménez. Marina y yo nos adelantamos al destacamento con la compañía de un jefe guerrillero llamado Luna y el grupo que éste había formado. Las unidades guerrilleras estaban apareciendo por toda la región. Como en España, muchas de las bandas eran combatientes de la libertad; otras no eran más que grupos de bandidos que robaban y asesinaban para beneficio propio. Las historias de asaltos a las haciendas, los robos a las caravanas de plata y de mercancías corrían por doquier. Luna, que antes había sido capataz de una hacienda, estaba a medio camino entre el patriota y el ladrón.

Descubrí que Valladolid carecía de un líder inteligente y corajudo como Riaño para organizar la defensa. Merino, el gobernador de la región, junto con otros dos oficiales de alto rango de la milicia, había salido rumbo a la capital por la carretera de Acámbaro. Con Luna y sus hombres, cabalgué para interceptarlos. Los alcanzamos con sus lentas carretas cargadas con los tesoros de la ciudad y me los llevé a ellos y el dinero en custodia.

Marina se quedó en Valladolid para mantener un ojo atento a la situación mientras yo llevaba a los prisioneros al padre. «Cuando la noticia de su captura llegó a Valladolid —dijo Marina más tarde—, se acabó cualquier intento de resistencia.»

Entramos en Valladolid como conquistadores. Conseguimos no sólo la ciudad, sino a varios centenares de hombres de un regimiento de dragones y reclutas novatos movilizados hacía poco. Pero los reclutas apenas si estaban mejor entrenados o armados que nuestras legiones indias.

Al día siguiente se abrieron otra vez las puertas del infierno. Todo comenzó de nuevo con los indios entrando en las pulquerías, las posadas y las viviendas particulares. Allende dirigió a una unidad de sus dragones por las calles, gritando advertencias. Cuando éstas no sirvieron de nada y los indios comenzaron el pillaje, Allende ordenó a sus hombres que abrieran fuego contra los saqueadores. Varios resultaron muertos, y muchos más heridos. La descarga fue desafortunada, pero acabó con los saqueos.

Más problemas se produjeron después del tiroteo. Docenas de indios enfermaron, y tres de ellos murieron. Corrió el rumor de que los ciudadanos habían envenenado el brandy. Allende creía que habían enfermado por consumir las comidas que habían robado: los indios, que habían consumido casi toda su vida maíz, alubias y pimientos acompañados con agua o algún vaso de pulque de vez en cuando, de pronto se estaban hartando con comidas y bebidas muy fuertes a las que no estaban acostumbrados.

Una vez más, Allende entró en acción para calmar los disturbios, esta vez de una manera mucho menos habitual que los disparos de mosquetes. Con su caballo escarbando el suelo delante de los indios furiosos, les dijo que el brandy era muy bueno y que ellos habían bebido demasiado. Para hacerles comprender mejor lo dicho, bebió una copa y sus oficiales hicieron lo mismo.

Dejamos Valladolid el 20 de octubre. En Acámbaro, se llevó a cabo una gran parada del enorme ejército, toda la fuerza marchando delante de los líderes. El padre Hidalgo fue proclamado generalísimo y Allende ascendido a capitán general. Aldama, Ballerga, Jiménez y Joaquín Arias fueron nombrados tenientes generales.

Yo todavía tenía la cabeza sobre los hombros y a Marina pegada a mis talones para recordarme mis faltas.

NOVENTA Y TRES

El ejército avanzó hacia Ciudad de México como una lenta, sinuosa e interminable bestia. Desde Valladolid y Acámbaro, el padre dirigió al ejército en una ruta que incluiría Maravatío, Tepetongo e Ixtlahuaca.

Marina y yo nos separamos para comprobar la ruta a la capital, ella con su ejército de espías femeninas, yo con mi semental gachupín. A mi regreso, el padre Hidalgo llamó a Allende, Aldama y otros oficiales superiores para escuchar el informe sobre la gran fuerza que cerraba el camino a la capital.

—El virrey ha enviado un ejército al mando del coronel Trujillo para detenernos antes de que lleguemos a la capital —les dije.

Trujillo ocupaba Toluca —la ciudad menos importante antes de la capital—, con tres mil soldados.

—El coronel Trujillo ha enviado una avanzadilla para defender el puente de Don Bernabé sobre el río Lerma. No he podido acercarme lo suficiente para un recuento acertado, pero yo diría que son varios centenares.

—Ha asegurado el puente por adelantado —manifestó Allende—, porque tiene la intención de cruzarlo con toda su fuerza y hacernos frente cerca de Ixtlahuaca. Debemos tomar el puente antes de que pueda reforzarlo.

Avanzamos sobre el puente del río Lerma y los defensores de Trujillo escaparon antes de hacer una defensa suicida. Marina había regresado con más información mientras nuestra tremenda fuerza acababa de cruzar el puente. Puso al día de las novedades al padre, Allende, y los demás generales.

—Cuando la unidad que Trujillo envió a defender el puente regresó a la carrera para anunciar que avanzaba un ejército docenas de veces mayor que todas las fuerzas del virrey, el coronel reunió de inmediato a su ejército y emprendió la retirada. Planea la defensa en la ciudad de Lerma.

—Allí también hay un puente —señalé.

—Sí —asintió Allende—. Defenderá el puente de Lerma con la ilusión de impedirnos el cruce y llegar al paso conocido como monte de las Cruces. Después del paso, la carretera a la capital quedará abierta.

Se tomó la decisión de dividir las fuerzas. El padre mandaría al ejército que iba al este desde Toluca hasta Lerma, donde plantearían batalla a las tropas de Trujillo. A marchas forzadas, Allende llevaría al resto del contingente hacia el sur de Toluca. Cruzaría el río en el puente de Atengo y luego seguiría al nordeste para atacar el flanco de Trujillo en Lerma.

—Le cortaremos la retirada por el paso a la capital y lo encerraremos entre nuestras fuerzas —le dijo al padre.

—Ese amigo del virrey quizá sea lo bastante listo como para defender también el puente en Atengo —opinó Aldama.

—Lo más probable es que lo destruya —afirmó el padre—. No tiene bastantes tropas para defender de verdad los puentes de Lerma y Atengo. Tendremos que llegar allí antes de que destruya cualquiera de ellos.

Yo actuaba entre dos mandos, ocupado en observar los posibles movimientos y sorpresas de tropas. El 29 de octubre, la unidad de Allende expulsó a las tropas de Trujillo del puente de Atengo. Mientras tanto, el padre Hidalgo marchaba sobre el puente de Lerma.

Solo, me adelanté a las fuerzas de Allende en la carretera hacia Lerma y pasé la retaguardia de Trujillo fingiendo ser un comerciante español que escapaba del ejército de ladrones y asesinos. Fue fácil para mí: poseía la arrogancia y el caballo de un gachupín.

Cuando llegué a Lerma, me enteré de que Hidalgo se acercaba más rápidamente que las fuerzas de Allende. Aunque la unidad de Allende era más pequeña, tener que flanquear al ejército del virrey por el puente de Atengo lo había desviado en un amplio arco a través de la región. Tenía mucho más territorio que recorrer.

No había acabado de llegar a Lerma cuando presencié la retirada de Trujillo con el grueso de sus tropas. Los soldados no hacían más que hablar de lo ocurrido. El coronel se había enterado de que las fuerzas del padre avanzaban por el este de Lerma por la carretera de Toluca, mientras que Allende se movía desde el sur para cerrarle el flanco.

Trujillo se retiró al paso llamado monte de las Cruces, un sitio popular para las emboscadas de los bandidos. Su nombre correspondía a los dos tipos de cruces de madera que se colocaban allí: las cruces en memoria de las víctimas de los asaltantes y las cruces para crucificar a los bandidos.

Cuando las fuerzas de Allende y el padre se encontraron en la carretera que iba al paso de las Cruces, acompañé a una patrulla enviada por Allende para hacer un reconocimiento de lo que él estimaba sería la posición defensiva más fuerte del paso. Para el momento en que llegamos al terreno codiciado, las fuerzas de Trujillo ya lo ocupaban.

A primeras horas de la mañana siguiente, 30 de octubre, nuestras unidades de avanzada luchaban con las tropas de Trujillo. Tracé un amplio arco alrededor de los posibles campos de batalla, subí a las alturas del lado norte de la carretera de Toluca y descubrí que Trujillo estaba recibiendo refuerzos. Las fuerzas realistas traían dos cañones y sumaban casi cuatrocientos hombres, la mayoría de los cuales parecían lanceros montados que hasta hacía poco habían sido vaqueros de las haciendas de Yermo y Manzano. Según mis cálculos, las fuerzas de Trujillo se acercaban a mi estimación original de tres mil, y más de dos tercios eran tropas regulares.

No era un número suficiente comparado con nuestra fuerza, pero nadie sabía cómo se comportaría nuestra inmensa horda azteca frente a unidades regulares del ejército. Recordé las lecciones que los españoles —y los franceses— aprendieron en la Península: un pequeño número de tropas francesas entrenadas podían disparar asesinas descargas de mosquete y fuego de artillería. A su vez, los españoles conseguían las victorias no con grandes y pesadas masas como el ejército del padre, sino con pequeñas y tenaces bandas que se valían de la movilidad, las emboscadas y la sorpresa.

Nuestra fuerza principal llegó y trabó combate con las fuerzas realistas poco después del mediodía. La vanguardia de nuestro ataque consistía en soldados de infantería y dragones de los regimientos provinciales que se habían sumado a nuestro bando a medida que caían las ciudades de Valladolid, Celaya y Guanajuato.

Esta tropa, en su mayoría mestizos, sumaban una fuerza casi del mismo tamaño que la de Trujillo, pero con importantes diferencias: la mayoría de nuestros «regulares» estaban poco entrenados y mal armados, y todos eran desertores de las unidades de la milicia. En su conjunto, carecían de la disciplina y el orden preciso de batalla de las fuerzas realistas porque pocos oficiales se habían pasado al bando rebelde. Si bien teníamos unos cuantos «generales», carecíamos de todos los rangos inferiores excepto los soldados rasos al fondo de la pila.

Sin buen entrenamiento, equipos, control y la disciplina del mando, las tropas uniformadas apenas si eran unidades combatientes mejores que nuestros ingobernables aztecas, que compensaban sus deficiencias con el número abrumador. Para el momento en que me reuní con Allende y el padre en el centro de mando, hordas de indios a pie —enormes oleadas de ellos en cada lado— y grupos de tropas montadas en caballos y mulas estaban rodeando a las tropas realistas que avanzaban.

Vi por la manera en que se daban las órdenes que el padre había dejado el plan de batalla a Allende, el soldado profesional. Con nuestra superioridad numérica, Allende rodeaba a las fuerzas realistas, enviando unidades de indios mejor armadas —hombres al menos con machetes o lanzas con puntas de acero— a tomar posiciones en las alturas para cubrir ambos flancos del enemigo. En un rodeo al ejército rival, había enviado a otros varios miles a apoderarse de la carretera a Ciudad de México, para cortarle a Trujillo una eventual retirada. Allende mandaba la caballería, mientras que, en el flanco derecho de los realistas, Aldama comandaba las tropas mejor preparadas y equipadas que podía encontrar.

A medida que el ejército rebelde avanzaba, los cañones de Trujillo —ocultos detrás de los arbustos— lo abatía con metralla. Mientras las descargas de artillería abrían corredores de muerte entre las columnas que avanzaban, sus mosqueteros también disparaban en descargas sincronizadas una mortal lluvia de balas de plomo de una onza.

Estas descargas sembraron el caos en nuestras filas. Los hombres caían, gritando por las espantosas heridas, mientras otros daban media vuelta y corrían. Por algún milagro, Allende y sus oficiales consiguieron impedir que la retirada se convirtiera en una ciega desbandada. Nuestra artillería —ni de cerca efectiva o de calidad como los cañones realistas— fue desplegada rápidamente y devolvió el fuego, junto con los disparos de mosquetes.

Entonces vi algo que me hizo dudar de mi cordura. Los valientes aztecas, en absoluto conscientes de cómo funcionaban los cañones, corrían hacia la artillería enemiga y metían sus sombreros en las bocas de las piezas, convencidos de que así podrían detener el fuego asesino. Su brutal coraje era inimaginable.

Nuestra fuerza principal continuó avanzando desde la carretera de Toluca. Con Allende a la derecha, Aldama a la izquierda y la cuarta unidad ocupando la carretera a Ciudad de México en la retaguardia de Trujillo, habíamos rodeado a los realistas.

De haber sido las fuerzas insurgentes un grupo bien entrenado, armado y disciplinado, hubiera acabado con el ejército de Trujillo allí mismo. En cambio, la batalla continuó. Los comandantes rebeldes no podían enviar tropas suficientes contra el enemigo de una vez para dar el golpe de gracia.

Ahora estábamos a tiro de piedra de las tropas de Trujillo, tan cerca que nuestros soldados insurgentes invitaban a los realistas a desertar y pasarse a su causa. Después de pedir parlamento, Trujillo intentó negociar en dos ocasiones diferentes sólo para postergarlas. Cuando invitó a un grupo de nuestras tropas a que se adelantara para tratar una solución pacífica por tercera vez, de pronto ordenó a sus hombres que abriesen fuego. Sesenta de nuestros hombres murieron en el acto, y muchas otras docenas resultaron heridos.

Allende, furioso, ordenó a sus tropas reanudar la batalla sin dar cuartel. ¡Guerra a cuchillo! Con la tercera parte de sus tropas muertas, Trujillo ordenó la retirada, abandonando los cañones. Con más pérdida de hombres, se abrió paso entre el cerco y atravesó nuestras fuerzas que controlaban la carretera a Ciudad de México. La retirada, que había comenzado como una maniobra organizada, muy pronto se convirtió en una desbandada caótica. Muchas de las fuerzas de Trujillo fueron muertas mientras intentaban escapar, pero ese traicionero y cobarde cabrón consiguió huir. Dirigí a una fuerza montada para buscarlo, pero descubrí demasiado tarde que Trujillo había escapado por la carretera a Ciudad de México, disfrazado de monja.

Habíamos ganado la batalla, pero cuando miré el número de muertos —y mi cálculo era que habían caído más de dos mil por cada bando—, me pregunté qué habíamos ganado. Además de los dos mil muertos, era inevitable que perdiéramos miles más por las heridas y las deserciones.

Nos habíamos enfrentado a una fuerza veinte veces menor que la nuestra. La habíamos derrotado sólo por el peso de la superioridad numérica. Los indios habían visto el efecto del fuego de mosquetes en Guanajuato y sabían que podía ser letal. Pero ahora, en un paso de montaña que llevaba a la capital, habían visto y sentido el disparo de metralla a corta distancia y conocían su horror.

—Hemos ganado —afirmó Marina con orgullo.

—Sí, señorita, hemos ganado —dije sin entusiasmo.

—¿Por qué tienes cara de haberlo perdido todo?

—Hemos empapado la tierra con la sangre de miles de hombres. Para mañana, diez mil, quizá veinte mil, se habrán cansado de esta guerra y regresarán a sus casas para cosechar el maíz, ordeñar las vacas o lo que sea que hagan para alimentar a sus familias. Ésta no ha sido una batalla entre dos ejércitos. Hemos enfrentado la pasión azteca por la libertad contra la realidad de los cañones y la muerte en masa. La pasión ha ganado... esta vez.

—Eres un derrotista —replicó ella.

—Eso y más —afirmé con mi mejor sonrisa—. La verdad, es que tampoco me caigo muy bien a mí mismo.

La mañana siguiente a la batalla, el padre dirigió sus fuerzas a través del paso de las Cruces y descendió de la montaña por la carretera a la capital. El padre me llamó mientras desfilaba el ejército.

—Necesito que evalúes la situación en la capital. Cuando lleguemos a la hacienda de Cuajimalpa, a un día de marcha del centro de la ciudad, mandaré detener al ejército y esperaré tu informe. Pero debes actuar con mucha celeridad; no podré contener a esta marea que tengo detrás. A veces creo que me controla.

Marina no me acompañaría. Había estado formando a un grupo de mujeres que espiarían el movimiento de las tropas y escucharían los comentarios en los mercados. Acordamos que ella y sus espías irían por delante del ejército en la carretera de la capital, atentas a la presencia de emboscadas y para reunir información.

De nuevo fui como un gachupín en mi semental, porque era menos arriesgado que ser un peón. Los ricos criollos y los gachupines escapaban de la turba; el pueblo llano se había rebelado. Los soldados y los alguaciles del virrey no me mirarían una segunda vez si me topaba con ellos. Mi principal preocupación era encontrarme con guerrilleros o bandidos que no me reconocieran como uno de los suyos.

NOVENTA Y CUATRO

Ciudad de México, la gran recompensa de los conquistadores, era la encantadora Tenochtitlán, donde Moctezuma había gobernado con una corte pagana que rivalizaba con el poder absoluto y la grandeza de Kubilai Kan, el trofeo buscado por Cortés y su banda de bandidos disfrazados como conquistadores; una ciudad tan deslumbrante que los hombres de Cortés se habían quedado boquiabiertos cuando desde la distancia atisbaron por primera vez sus grandes torres y sus imponentes templos que se alzaban de las aguas circundantes, preguntándose si no habían sido hechizados por los demonios en un sueño. Ahora era la primera ciudad de las Américas, el asiento del virrey de Nueva España. Muy lejos de la madre patria, el virrey ejercía el poder de un soberano.

Mi primera parada en la ciudad fue para ver a Raquel. Luego buscaría a Lizardi, *el Gusano*, y le sacaría todas las verdades y los rumores que pudiera.

Raquel rebosaba de entusiasmo.

—Las noticias de nuevos milagros llegan todos los días. En todos los lugares donde va el padre, reforma el gobierno y da derechos a la gente común.

No quise estropearle su entusiasmo, pero sabía que las palabras no ganarían la guerra y las batallas ganadas no significaban la victoria en nuestras manos.

Nos sentamos en el borde de la fuente, a la fresca sombra de su patio. Describí los progresos de la guerra desde que nos había dejado en el Bajío. Ella escuchó con absoluta atención. Luego me habló de Isabel.

—Sé que no podremos tener una conversación importante hasta que sepas qué está pasando con tu amada.

—No me importa nada de Isabel. Se ha acabado.

—Eres un mentiroso. Mírame a la cara y repítelo.

¿Por qué las mujeres siempre descubrían mis mentiras?

—Las cosas no van bien para Isabel. Supongo que se podría decir que está recibiendo su merecido, pero habiendo sido criada yo misma en el lujo y encontrándome un día en la pobreza, siento una ligera compasión por ella.

—¿Su marido se ha quedado sin dinero?

—Eso y más. Ha sufrido diversos reveses financieros, todos ellos complicados por sus intentos de cubrir los excesos de su esposa. Pero cuando su fortuna se volvió tan escurridiza e infiel como ella, tuvo que dejar la capital, ir a Zacatecas y vender sus participaciones en una mina de plata.

—Dime que acabó en Guanajuato y murió durante el ataque a la alhóndiga —manifesté con la ilusión de que fuese verdad.

—No es lo bastante valiente para haber defendido el granero. Dejó Zacatecas con las alforjas llenas del oro de la venta de la mina. En su camino de regreso a la capital, lo capturó una banda de guerrilleros. Tengo entendido que fue lo bastante astuto para ocultar su identidad, dándoles un nombre falso. De haber descubierto que era un marqués, el virrey habría tenido dinero suficiente para pagar el rescate.

—¿De qué banda se trata?

—Eso no lo sé.

—¿Cómo te has enterado de la historia?

Ella sonrió.

—Digamos que por boca de Isabel.

—¿Has hablado con ella?

—Por supuesto que no. La marquesa nunca hablaría de tales asuntos con una mestiza que es tutora de los niños de los ricos.

—¿Una de sus amigas es tu confidente?

—Tampoco. Soy confidente de su doncella. —Se rió al ver mi expresión—. La hermana de la doncella trabaja para mí, ayudándome en las tareas domésticas. Cuando puede, la doncella de Isabel viene a visitar a su hermana. Como Isabel una vez me costó un prometido...

Me encogí de culpa y evité su mirada.

Ella sonrió ante mi incomodidad.

—Como es natural, sentía curiosidad y celos de la vida lujosa de Isabel. Y como todo el mundo sabe, una mujer no tiene secretos para su doncella.

—¿Qué estás diciendo? ¿El marido de Isabel está cautivo y ella no tiene dinero?

—Las dos cosas. Al parecer, su esposo escondió el oro antes de ser capturado. Si bien Isabel quizá no llore mucho si matan a su marido, sin el oro, será pobre.

—¿Cómo evita la viudedad y la pobreza?

—No lo sé. Isabel ha desaparecido. Nadie sabe dónde está, ni siquiera la doncella.

—¿Desaparecida?

—Las personas bondadosas dicen que se llevó las joyas para rescatar a su marido. Las menos... —se encogió de hombros.

¡Ay!, si pudiese echar las manos al cuello del marqués —con una mano quitarle la vida y robarle el oro con la otra—, podría...

—¡Dios mío! Tendrías que ver el asesinato y la lujuria en tu rostro. ¿Tanto significa para ti, incluso después de haber intentado que te matasen?

—Te imaginas cosas. Háblame del nuevo virrey.

—Tiene bien sujeto el poder y cuenta con el apoyo de la población española, criollos y gachupines por igual.

—Debe de estar corriendo de aquí para allá para seguir el ritmo de los acontecimientos, verse metido de pronto en una revolución.

—No lo subestimes —dijo Raquel—. Está decidido a derrotarnos. Debes juzgar al virrey en el contexto de su tiempo en la colonia. Había puesto los pies en tierra firme en Veracruz dos meses antes de que el padre iniciara la revuelta. Desde ese momento ha visto cómo la insurrección se desparramaba como el fuego.

—¿Era militar en España?

—Por lo que he oído —respondió Raquel—, Venegas no es un gran estratega militar, sino otro político que consiguió su acreditación militar a través de la posición y la influencia. Sin embargo, es un hombre desesperado, con miles de gachupines también desesperados que lo respaldan, por no hablar de las principales familias criollas que lo apoyan.

—No hemos conseguido un apoyo significativo de los criollos ni siquiera en el Bajío.

—Tiene miedo de la revolución del padre. Con cada nueva conquista aumentan las noticias de las atrocidades.

—Hemos tenido muchos saqueos —admití.

—Al final, los criollos deben arriesgar sus fortunas y respaldar la revolución como un acto de coraje.

Me eché a reír.

—Así es —continuó Raquel—. Pero eso no ocurrirá. Los criollos sólo respaldarán al padre si saben con toda certeza que ganará. Entonces correrán a su puerta para que proteja sus intereses. Hasta entonces —se encogió de hombros—, los aztecas y otros peones deberán derramar ellos solos su sangre en nombre de la libertad.

—¿Cuál es el plan de la defensa de la ciudad que tiene el virrey? —pregunté.

—Ha armado fuertemente la calzada de la Piedad y el paseo de Bucareli y colocado cañones en Chapultepec. Pero también dispone de un considerable número de tropas en el centro de la ciudad. Un amigo mío, un capitán criollo leal al virrey, me dijo que hay muchas críticas porque el virrey haya colocado tropas tan adentro de la ciudad. Creen que debería tener al ejército fuera y enfrentarse al padre en el campo de batalla, no en las calles de la ciudad.

—Necesito echar una mirada a la colocación de las tropas.

—Podemos hacerlo mañana.

—¿Cuál es el tamaño de la tropa con la que cuentan? Allende calcula que entre siete y ocho mil soldados.

—Hay más que ésos; quizá diez o doce mil, porque se han hecho esfuerzos para reclutar tropas. El problema principal lo heredó de Iturrigaray. Cuando él era virrey, dispersó a las tropas por toda la colonia, enviándolas a ciudades de provincias muy separadas. Ahora Venegas las está reuniendo en grandes unidades. Ha ordenado que algunas vengan aquí para proteger la capital y a otras que reconquisten el Bajío. El gobernador de Puebla ha recibido la orden de reforzar Querétaro. Se lleva al regimiento de infantería de la Corona, una unidad de dragones, dos batallones de granaderos y una batería de cuatro cañones.

—Para proteger la capital, el virrey ha ordenado que vengan los regimientos de Puebla, Tres Villas y Toluca. Además le ha enviado una orden al capitán Porlier, el comandante naval de Veracruz. Le encomienda que reúna a todos los marineros de los barcos españoles en puerto y los envíe a la capital a marchas forzadas.

Raquel también me dijo que el arzobispo había aumentado la intensidad de los ataques de la Iglesia contra el padre.

—Además de las excomuniones, la Iglesia ha mandado a los curas que denuncien a los rebeldes desde los púlpitos. Proclaman que los rebeldes no sólo pretenden apoderarse del poder político, sino que el suyo es un ataque sacrílego contra la Iglesia para destruir la santa religión.

La excomunión era una arma poderosa. En su forma más extrema, el *vitandus*, que sin duda debía de ser lo que disponía el decreto, impedía a la persona recibir los últimos sacramentos además de un entierro cristiano, en otras palabras, te cerraba las puertas del cielo cuando morías.

Descarté las acciones de la Iglesia.

—El padre conoce bien la Inquisición, y está enterado de las excomuniones.

—No puede no hacer caso de las alegaciones y los cargos. Tiene que publicar su desmentido. Estamos en una tierra cristiana, y con independencia de lo que algunos de nosotros sentimos, la gente, incluso los indios, está ligada a la Iglesia.

—¿Qué otras malas noticias tienes para mí?

—El virrey ha ofrecido recompensas por los líderes de la revuelta. Ha puesto un precio de diez mil pesos por las cabezas del padre y de Allende, y además ha prometido el perdón para cualquiera que los mate o los capture.

Me encogí de hombros.

—Una recompensa por nuestras cabezas es algo que ya se esperaba.

—Ésa no es la mala noticia: sólo ofrecen una recompensa de cien pesos por el bandido Juan de Zavala.

NOVENTA Y CINCO

Esa noche recorrí varias posadas de los alrededores de la plaza mayor en busca de Lizardi. No tardé mucho en encontrarlo. Me recibió como a un hijo pródigo, no por amor fraternal, sino por amor a mi dinero.

—En la ciudad estás seguro —comentó—. El virrey y los gachupines están muy ocupados intentando plantearle batalla al revolucionario Hidalgo como para perseguir a un insignificante bandido como tú. Ofrecen una gran recompensa por las cabezas de los líderes.

Lizardi no sabía que yo era parte de la revuelta. Le dije que después de dejar la capital había ido al norte, a Zacatecas. Tampoco le mencioné que había una recompensa de sólo cien pesos por mi cabeza. Me había escandalizado cuando Raquel me dijo que el virrey me consideraba un bandido de poca monta en lugar de un gran revolucionario. Por alguna extraña razón, a ella le había hecho gracia mi furia. ¿Cómo le explicabas a una vulgar mujer que ese dinero era una ofensa contra mi hombría?

Conduje la charla hacia la revolución. Como era natural, Lizardi despreciaba —o, mejor dicho, estaba celoso— los panfletos publicados por los simpatizantes de la insurrección.

—Los escritores casi siempre son sacerdotes —se mofó—. ¿Qué sabe un sacerdote de la vida?

Contuve una sonrisa pero no pude evitar decir:

—Hidalgo es un sacerdote, y también lo son algunos de los generales que dirigen la rebelión.

—Perderán; no saben cómo librar una guerra. Están intentando ganar el apoyo de los criollos con sus publicaciones. Gritan «Larga vida al rey», «Larga vida a la religión», «Muerte a los franceses». Lo mismo afirman los otros. La guerra se ganará con armas, no con palabras.

Pude conseguir información adicional del Gusano sobre la situación en la capital. Raquel, en su entusiasmo por el cambio social, tenía tendencia a ver los hechos con una luz favorable a la causa del padre. Lizardi, por otro lado, si bien hablaba de cambios sociales, en realidad se refería a aumentar los derechos sólo para los criollos como él. Pero como por regla general estaba en contra de todo aquello que los demás apoyaban, me proporcionó informaciones de la actual situación que me preocuparon.

—El padre nunca tomará Ciudad de México, al menos no sin destruirla. La batalla será sangrienta.

—Estoy seguro de que el padre no espera que la ciudad se ponga de rodillas y se rinda cuando aparezca en la calzada.

—El padre Hidalgo espera una batalla, pero lo que no espera es la destrucción de la ciudad, y eso es lo que ocurrirá. Esta ciudad tiene el mayor número de criollos y gachupines de la colonia en tiempos normales. Desde que comenzó la rebelión, miles de ellos han llegado aquí en busca de protección. Temen por sus hogares, sus familias, sus vidas y sus propiedades. Cuando el ejército del padre intente tomarla, los gachupines lucharán; no tienen otra alternativa. Y la mayoría de los criollos se les unirán.

Me encogí de hombros.

—Perderán. Por lo que he oído, el ejército del padre crece cada día que pasa. Los rumores son que sumarán cien mil cuando lleguen aquí.

—Más de cien mil aztecas: una turba, no son soldados. ¿Qué pasará cuando los combates se desarrollen calle a calle?

Yo ya lo sabía, pero evité decirlo. Lo mismo había ocurrido en España cuando el pueblo luchaba contra los invasores: violencia y caos, la violación y el saqueo de toda la ciudad.

—En mi opinión —manifestó Lizardi—, cuando su chusma se enfrente a miles de tropas regulares y a los disparos de la artillería, darán media vuelta y escaparán como hicieron en el monte de las Cruces. Todos saben que el padre utiliza a los indios como carne de cañón.

No le corregí a Lizardi su error sobre cómo había ido la batalla en el paso. Yo ya sabía que cuando Trujillo regresó a la capital con lo poco que le quedaba de sus tropas, el virrey declaró que la batalla había sido una gran victoria de los realistas.

—¿El virrey planea enviar a un ejército a encontrarse con las fuerzas del padre antes de que lleguen a la ciudad?

—¿Cómo puedo saberlo? ¿Acaso crees que soy una pulga en su oreja?

Lizardi era más bien una pulga en los tobillos, pero lo dejé pasar a la vista de que los halagos podrían abrir sus labios.

—Dicen en las calles que tú sabes lo que hará el virrey antes de que lo haga, que lee tus panfletos para saber cuál será su próximo movimiento.

Vanidoso como era, sonrió ante la descarada mentira y me saludó con la copa de vino.

—Es verdad, yo podría dirigir esta guerra mejor que nadie. El virrey envió a Trujillo con sólo dos mil hombres para demorar el avance del padre hacia la ciudad. Trujillo proclamó que fue una gran victoria, pero he oído decir que la chusma del sacerdote le dio una buena paliza. Modestamente, sugerí algo que corrió por toda la ciudad y consiguió la atención del virrey de una manera mucho más urgente.

—¿Qué fue?

—Matar al padre, por supuesto.

—La recompensa de diez mil pesos...

—No, no, no. —Sacudió la cabeza—. Esa recompensa es para los tontos. La ofrecieron con la ilusión de que alguien cercano al padre de pronto lo apuñale o le dispare. Las probabilidades de que su círculo íntimo lo traicione son las mismas de que el papa me canonice a mí. La recompensa es sólo para el público. —Lizardi se inclinó sobre la mesa y habló en un susurro—: El virrey ha contratado a un asesino para que se disfrace y se acerque lo suficiente al padre para matarlo.

—¿Sabes cuál es el disfraz?

—¿Y quién lo sabe? Mi fuente es un primo mío que trabaja como notario personal del virrey. Venegas le dice cosas que él apunta para la historia de su virreinato. No se lo cuenta todo, pero cree que el golpe letal contra Hidalgo lo asestará alguno de sus propios compañeros.

—¿El asesino tiene un nombre?

—Esto es todo lo que sé, que será alguien cercano a él.

Quería más información acerca de esa siniestra conspiración, pero después de dos jarras de vino, me enteré de poco más, lo que significaba que había obtenido todo lo que Lizardi sabía y la mayor parte de lo que podía inventarse. La única otra cosa importante que le saqué al Gusano fue el motivo del asesino: dinero. Y la recompensa, según él, era asombrosa: cien mil pesos. Toda una fortuna, una cantidad que el virrey no se atrevía a hacer pública porque eso demostraría el terror que tenía a la insurrección.

Lizardi disponía de más información sobre otras acciones del virrey contra los rebeldes:

—Ha dictado un decreto por el que cualquiera que se levante en armas contra su autoridad será fusilado antes de una hora.

—Eso no le da a nadie muchas probabilidades de demostrar su inocencia, ¿no?

—Las súplicas de inocencia o misericordia son irrelevantes. Los peones odian todo lo español, y si no son parte de la revuelta ahora, podrían serlo en el futuro. Pero ha hecho una oferta de perdón a cualquier rebelde que se pase al gobierno.

Sí, el virrey me daría el perdón..., y después me colgaría a mí y a otros como yo tan pronto como el padre fuese derrotado.

—Sabes cómo la llama el padre, ¿no? La reconquista. ¿Sabes cómo eso nos aterroriza? Cuando Cortés conquistó a los aztecas, destruyó por completo su gobierno, su religión e incluso su cultura, dejándolos sin libros y sin escuelas; les arrebató todas sus tierras y robó y violó a sus mujeres antes de contagiarles enfermedades que mataron al noventa por ciento de ellos.

Lizardi me miró con disgusto y horror en el rostro.

«¿Qué nos pasará si ganan?»

Tenía que dejar la ciudad para avisar al padre de un posible complot de asesinato y comunicarle las defensas y los movimientos de tropas del virrey.

Partí al galope para reunirme con el ejército revolucionario, dejando atrás una ciudad sacudida por la confusión y el miedo.

NOVENTA Y SEIS

Me encontré con el ejército a mediodía en Cuajimalpa, tras viajar a buen paso por la carretera desde la capital. Cuajimalpa era la «vieja» región en términos de ocupación humana en el Nuevo Mundo; el nombre mismo era de origen indio. Durante los siglos anteriores a la conquista española, la habían gobernado sucesivos emperadores indios. Marina creía que el nombre tenía algo que ver con los árboles. Sin duda tenía razón. Era la región boscosa del paso de las Cruces, con una elevación mayor que la de Ciudad de México. Aquí se cortaba la madera para la capital y se enviaba el agua por el acueducto.

Hidalgo, Allende y otros generales ocupaban una posada y otros edificios que servían a las diligencias, los vehículos que transportaban pasajeros a través de la montaña por la carretera de Ciudad de México a Toluca.

El cielo estaba nublado cuando me acerqué al primer puesto del ejército del padre. Encontré el fresco, limpio y húmedo aire de las alturas refrescante después de un par de días de oler la basura de la capital, las cloacas abiertas y los fuegos hechos con estiércol. En lo alto de una cumbre, me volví en mi montura y miré hacia la capital. Un rayo de sol apareció entre las nubes para darle a la ciudad un brillo titilante y sombrío como el reflejo de las velas en un altar dorado. Nunca nadie ha dicho que Juan de Zavala sea un hombre de Dios, pero en momentos como éste he sido testigo de la inquietante belleza de la mano de mi Creador.

Ciudad de México se alzaba sobre la pila de huesos de una poderosa ciudad pagana, su gran catedral y el palacio del virrey en tierras sagradas donde los templos aztecas y los aposentos reales de Moctezuma habían estado una vez. Como los hombres de Cortés, ahora contemplé la ciudad distante con miedo y asombro. Había marchado con el ejército centenares de kilómetros, descansado en innumerables campamentos, conspirado con mis amigos y espiado en numerosas ciudades para asegurarme de sus debilidades. Contra mi voluntad, había llegado a importarme nuestro ejército y su destino.

Una vez, cuando Raquel y yo hablábamos del huracán de sangre y fuego que descendía sobre la ciudad, me habló de una gran ave del Antiguo Egipto, un fénix que tenía un brillante plumaje rojo y dorado y un melodioso canto. Durante cualquier era, sólo vivía una de esas magníficas aves, aunque su vida se contaba en siglos. A medida que se acercaba el final de su existencia, su nido estallaba en llamas, consumiendo al ave. Luego, milagrosamente, de la pira surgía un nuevo fénix. «De las cenizas de las viejas civilizaciones nacen las nuevas —había dicho Raquel—. La mayoría de las naciones europeas fueron una vez colonias de los imperios griego y romano. Desde tiempos inmemoriales, los indios del Nuevo Mundo los han combatido, y cada nuevo imperio es un poco diferente del que han desplazado. Los españoles destruyeron las naciones indias y sustituyeron sus leyes y sus costumbres. Ahora es el momento de que los americanos acabemos con la dominación española y demos comienzo a una nueva época.»

Aparté mis temores y toqué con los talones a *Tempestad*. Comprendí que las personas educadas como Raquel sabían más, que habían aprendido cosas de los libros que eran más mundanas que lo que yo había aprendido en la montura. Sabía que, para hacerles sitio a los americanos, había que echar a los españoles. También que era necesario destruir la gran ciudad en el valle para que de las cenizas surgiera un nuevo y valiente mundo.

Ay, ¿y eso a mí qué me importaba? No creía en nada. La ciudad me había tratado como si fuese basura. No era asunto mío si la destruían. Sin embargo, no pude librarme de un sentimiento de angustia al pensar en ello.

La noticia de mi regreso había viajado más de prisa que los cascos de mi corcel. Marina estaba delante de la casa que el padre utilizaba como su despacho. Tenía los brazos cruzados y en su rostro había un desprecio burlón.

—Así que el virrey no te ha colgado —dijo—. Hay incluso oficiales en nuestro propio ejército que creen que deberías estar balanceándote de una cuerda en lugar de entrar y salir de las camas de las mujeres a las que seduces con engaños.

Me apeé de *Tempestad* y le entregué las riendas a un vaquero cuyo trabajo era cuidar de los caballos de los oficiales. Después de decirle cómo debía tratar al gran semental, me volví hacia Marina. Le dediqué un ampuloso saludo con mi sombrero mojado.

—Yo también te he echado de menos. Te permitiré que llenes el vacío de mi estómago antes de que satisfagas otras urgencias que mi ausencia ha provocado.

—Puedes poner rienda a tus urgencias. El padre quiere verte de inmediato. —Me apretó el brazo cuando subía a la galería y susurró—: Quiere verte antes de que regresen sus generales de la inspección de artillería.

—¿Me has echado de menos?

—Sólo cuando se me enfrían los pies por la noche.

El padre me recibió calurosamente. Nos sentamos a la mesa y compartimos una jarra de vino mientras le comunicaba lo que había averiguado en la ciudad. Marina me alimentó con tasajo, queso y pan para calmar los gruñidos de mi estómago, y se unió a nosotros en la mesa.

Hidalgo me escuchó con paciencia mientras le informaba de todo lo que había visto y oído, excepto del rumor de que un asesino había sido contratado para matarlo. Con tantos otros problemas sobre la mesa, el padre hubiera descartado una amenaza contra su vida. Yo quería acabar con el resto de los asuntos antes de tener una conversación en serio sobre las medidas de seguridad que se debían tomar para protegerlo.

—Guerra a cuchillo —dijo cuando acabé—. ¿No fue eso lo que el general Palafox le dijo al comandante francés cuando le exigió la rendición de Zaragoza?

—Sí, lucha sin cuartel, a muerte.

—La lucha fue de casa en casa, de hombre a hombre...

—De mujer a mujer, por no mencionar la bravura de la joven María Agustina —señaló Marina.

—Sí —asentí—, e incluso los niños recogían piedras y las lanzaban sobre los invasores.

—Guerra a cuchillo —repitió Hidalgo. Se acarició la barbilla y miró más allá de mí, a través de la ventana, donde jugaban los niños—. La gente defendiendo sus hogares contra los invasores. El coraje de mis compatriotas españoles me llena de orgullo. Es una pena que el pueblo llano de la Península no pueda decidir nuestro destino. Ellos comprenderían nuestra necesidad de escapar de la bota de los gachupines.

—Dices que el virrey está concentrando sus fuerzas en el interior de la ciudad y que nos forzará a abrirnos paso... —dijo Marina—. ¿Saldrá a plantearnos batalla cuando se acerque nuestro ejército?

—Dudo que se enfrente con nosotros en el campo —afirmé—. Confía en que una de las fuerzas realistas que llamó en su defensa nos ataque por detrás mientras asediamos la ciudad. Al mantener sus tropas dentro, nos obligará a que avancemos calle a calle...

—Casa a casa...

—Sí, padre. Como sabe, la ciudad está llena de criollos y gachupines que nos ven como sus enemigos. Han oído comentar los incidentes donde los indios perdieron el control...

—Dichos incidentes fueron triviales —me interrumpió Marina—. ¿Cuántas veces los españoles han colgado a un centenar de aztecas presos al azar para asustar a miles de ellos?

—No estoy justificando sus creencias, señorita Lengua Afilada; sólo lo estoy relatando. La batalla por la capital será diferente de las libradas en las otras ciudades que hemos tomado. El virrey ya tiene un ejército de miles a su mando, y los españoles con el coraje suficiente para luchar se sumarán a las filas. Tendremos que tomar el castillo y los emplazamientos de artillería en Chapultepec y abrirnos paso hasta el corazón de la ciudad, quizá hasta el propio palacio del virrey.

—¿Cuáles son nuestras probabilidades de éxito? —preguntó el padre.

—Es un derrotista —le advirtió Marina.

—Todos los que no están de acuerdo contigo son derrotistas. Pero sí, padre, podemos ganar. Sin embargo, debemos actuar con decisión. La batalla puede durar muchos días. Nuestros hombres no deben abandonar la lucha para ir a cosechar su maíz.

—Mi gente siempre ha cargado con el peso de la batalla —protestó Marina.

Sonreí ante su creciente cólera.

—Como deberán hacer en ésta. Pero se les debe decir que la batalla durará días. ¿Cuál es su opinión, padre? ¿Duda que podamos tomar la ciudad?

Apoyó los dedos abiertos en la mesa y se los miró mientras hablaba.

—Nunca en la historia del Nuevo Mundo, ni siquiera durante los días de los grandes imperios aztecas, un ejército del tamaño de éste ha marchado al combate. Perdimos veinte mil hombres por deserciones después de la última batalla, y ya más que ésos se han unido a nosotros. Dentro de dos o tres días, estoy seguro de que tendremos mucho más de cien mil indios en nuestras filas. Mientras nos abrimos paso en la ciudad, más se unirán a nosotros desde las zonas cercanas en una oleada interminable. En los alrededores de la capital viven un millón y medio de personas, y la mayoría de ellos son indios. Para el momento en que asaltemos el palacio del virrey, sospecho que tendremos más de doscientos mil en nuestras filas.

Hizo una pausa y nos miró, su semblante calmo pero con los ojos resplandecientes. Luego habló en un susurro ronco.

—Si es así, nada los detendrá. Decenas de miles de indios reconquistarán la ciudad que una vez dominó su civilización, una inmensa ola de rabia y retribución dispuesta a vengar siglos de humillaciones, de ver a sus mujeres violadas, de ver que les robaban las tierras, sus espaldas rotas por el látigo y sus almas destrozadas por la esclavitud en las minas y las haciendas. El virrey ha cometido un trágico error al convertir la ciudad en una guarnición. Debería haber salido a combatir. Nos obliga a entrar en la ciudad luchando, reclamando que lancemos un huracán de furia por todas las calles de la ciudad. Una vez que la batalla comience y los indos vean a sus camaradas caer a su lado...

—Será como la alhóndiga —acabé por él—, sólo que en lugar de unos pocos centenares de indios furiosos cobrándose la revancha en los defensores, serán cientos de miles.

Las facciones del padre reflejaron su emoción.

—Una vez que se encienda la furia azteca —susurró—, nada detendrá su sangrienta venganza.

—Santa María —dijo Marina, y se persignó.

Los dejé para ir a ver a *Tempestad* y asegurarme de que el vaquero a quien le había dado las riendas le había hecho una buena friega y lo había alimentado correctamente. Además, necesitaba aire fresco. La discusión sobre la próxima batalla había aumentado mi extraña inquietud sobre el ataque a la capital.

El pobre padre llevaba en su corazón el amor no sólo por los indios, sino por todas las personas. No podía escapar a su destino: su alma se vería herida por aquellos que cayeran combatiendo por la revolución y por todos aquellos que perecieran luchando contra los insurgentes.

Me acercaba a nuestro improvisado establo cuando vi un carruaje con un escudo heráldico en la puerta. Advertí algo conocido en el emblema. La puerta del carruaje se abrió y un hombre se bajó de él riendo. Detrás de él, compartiendo su broma privada, riendo tambien alegremente, estaba mi querida Isabel. De haberse abierto la tierra debajo de mis pies y habermne tragado, no me hubiera sentido más sorprendido. Ella también me vio y, después de un momento de asombrada sorpresa, sonrió.

—Señor Zavala, qué placer verlo de nuevo.

Por su tono, bien podríamos habernos visto por última vez en un baile de sociedad, y no en una emboscada de asesinato y traición. Pero hasta la misma punta de los dedos de los pies, sentí el campanilleo de su voz, estimulado por sus labios rojos, su piel blanco satén...

Guardé la compostura quitándome el sombrero y manteniéndolo apretado contra mi pecho, al tiempo que me inclinaba como un peón ante su amo.

—Señora marquesa.

—Éste es don Renato del Miro, sobrino de mi esposo.

—Buenos días —saludé.

Él no me respondió, sino que sólo me tomó la medida. Mi mano buscó instintivamente la espada. Me había insultado. Yo estaba demasiado por debajo de él para un saludo cortés.

Lo conocía muy bien, aunque era la primera vez que lo veía. Era su tipo el que conocía a fondo: alto y bien proporcionado, un rico y ocioso español, pero uno físicamente apto. Sus prendas eran de la mejor tela, sus botas suaves como el culo de una gacela. Sabía por su porte que cabalgaba bien, manejaba la espada y la pistola con mano experta, y sin duda se había rociado con el caro perfume que le daba ese agradable aroma. Lo conocía porque se parecía mucho a mí..., cuando yo era un gachupín. Era un caballero, sin ninguna duda, pero no un petimetre de la Alameda. No se había endurecido por la vida en la montura como yo, pero se movía como alguien rápido de pies y también rápido con un puñal, sobre todo cuando le dabas la espalda. De inmediato percibí algo escurridizo en él..., sabía lo que era un hombre malo cuando veía a uno. Tenía ya mucha experiencia.

—Debes perdonarnos, pero tenemos una cita con el padre —dijo Isabel.

Le dirigí al sobrino una mirada siniestra cuando pasó por mi lado. Era indigno de mí pensar semejante cosa de Isabel, pero tuve que preguntarme si era algo más que un vínculo familiar el que los había reunido. Sus ojos resplandecientes y la ligereza de su paso desmentían cualquier preocupación por el marido secuestrado. ¿Eran celos de mi parte? ¿Acaso mi corazón todavía sufría por esa mujer que me había atraído a una emboscada?

Ah, ¿os preguntáis por qué no me arrojé al suelo y babeé al verla? ¿Acaso creéis que soy tan débil? ¿Que no tengo orgullo? Bueno, soy un tipo duro, y los tipos duros no suplican.

Además, el suelo era un fangal.

Cuando acabé de darle una friega a *Tempestad*, me tumbé en el heno fresco del cobertizo cerca del corral y me fumé un cigarro. Bebía de una jarra de vino cuando Marina me encontró allí.

—La puta gachupina que deseas está hablando con el padre.

—Sólo te deseo a ti, y no la insultes. Es una dama.

—¿Y yo que soy? ¿Una esclava india con la que complaces tu lujuria y a la que no consideras una mujer refinada?

—Tú eres una princesa azteca, la encarnación de la propia doña Marina. Te amo de lejos sólo porque soy un pobre lépero.

—Eres un mentiroso..., en todo excepto en lo de ser un lépero. ¿No te interesa saber por qué está reunida con el padre?

Exhalé el humo de mi cigarro formando anillos con él.

—¿No es obvio? Los bandidos que juran lealtad a nuestra causa tienen a su esposo secuestrado. Quiere que el padre interceda.

—Hablaban del asunto cuando descubrí que necesitaba respirar aire fresco. Pero me alegra haberla visto. Siempre me había preguntado cómo sería la mujer que deseabas. Es perfecta para un hombre que sólo piensa con su garrancha: bonita por fuera pero sin sesos por dentro.

Exhalé más anillos de humo; pero Marina aún no había acabado conmigo.

—Pero el sobrino, Renato, ¡qué hombre! Guapo, atrevido, un auténtico espadachín...

Me dio una patada en la pierna.

—¿Por qué me has pegado? —exclamé.

—Por tu expresión celosa cuando he mencionado al sobrino. No has dejado atrás a la puta gachupina. —Apoyó las manos en las caderas y me miró—. Bien, escucha esto, señor lépero: tu mujer se derretía por ese hombre cuando hablaba con el padre. Como mujer que soy, te digo que ella se le abre de piernas.

Y salió corriendo del cobertizo. Mientras la miraba alejarse, de pronto me percaté que había desenvainado mi daga.

NOVENTA Y SIETE

—El generalísimo requiere tu presencia.

Estaba jugando a las cartas con los indios cuando llegó la orden. Arrojé mi mano y seguí al ayudante del padre.

Dos horas habían pasado desde que Isabel y el sobrino de su marido habían ido a ver al sacerdote. Los había visto salir de su despacho casi una hora antes y subir al coche. El carruaje permaneció donde estaba, con las cortinas echadas…, y estaba seguro de haber visto cómo se movía y se balanceaba por los movimientos de los dos en el interior. Eso fue suficiente para que mi imaginación y mi temperamento echasen a volar.

Estaba a medio camino de la posada del padre cuando Marina me interceptó.

—Ponte la espada al cinto y lleva la pistola debajo de la chaqueta —susurró.

—¿Por qué?

—El padre ha enviado una carta exigiendo la rendición al virrey. Los oficiales criollos todavía no lo saben, pero el mensajero ha vuelto con la respuesta de que el virrey ha rechazado la exigencia.

—Eso no es ninguna sorpresa.

—Los oficiales han protestado por la demora provocada por la espera de la respuesta. Están furiosos porque no estamos marchando sobre la capital. Quieren que Allende asuma el mando.

—Los aztecas no seguirán a Allende. A pesar de lo que digan los otros oficiales, él es un hombre de honor. Si hace un movimiento contra el padre, lo hará de cara y explicará sus razones.

—Allende no es el único oficial criollo en este ejército. Deja de pensar como un señorito gachupín y ármate.

¿Era la maldición de mi vida amar a mujeres de carácter fuerte? Algunas veces me preguntaba cómo sería tener a una mujer que me lustrase las botas en lugar de utilizar las suyas para patearme el trasero.

Nos reunimos en el salón de la posada. Además de Marina, el padre, yo, Allende y Aldama, estaban presentes otros seis oficiales de alto rango. Advertí que un perro pequeño se había hecho compañero del padre. Su ayudante se lo llevó para que no molestara.

—Como saben, amigos —comenzó el sacerdote—, el virrey Venegas ha rechazado nuestros términos de una rendición pacífica de la capital. En cambio, ha exhortado a la ciudad contra nosotros. Ha mandado sacar la imagen sagrada de la Virgen de los Remedios de su santuario y traerla a la catedral. Un testigo me ha dicho que Venegas fue a la catedral, se arrodilló delante de la sagrada Virgen, colocó en sus manos el bastón de mando y la nombró capitana general de su ejército.

El fervor religioso había aumentado de manera espectacular mientras el ejército revolucionario se acercaba a la capital. Que el virrey hubiese reclutado a la Virgen de los Remedios era un golpe maestro, que imitaba el reclutamiento de la Virgen de Guadalupe por parte del padre Hidalgo.

—Mi emisario dice que el virrey ha creado estandartes de los Remedios imitando los nuestros de Guadalupe. Por tanto, cuando nuestros ejércitos se encuentren en el campo, cada bando le pedirá a la Madre de Dios que le conceda la victoria.

Allende se puso de pie.

—Cada día que pasa le da al virrey una nueva oportunidad para prepararse. Debemos seguir con la victoria en el paso. Sabemos que el virrey ha enviado desesperadas súplicas a los comandantes militares de toda la colonia para que marchen en su ayuda. Cuando los habitantes de la ciudad vean el polvo alzado por decenas de miles de indios que avanzan sobre la capital, sentirán pánico. Miles escaparán. Si atacamos ahora, llevaremos con nosotros el impulso que hemos reunido. Si vacilamos, los ejércitos españoles en el campo atacarán nuestra retaguardia mientras estamos empantanados luchando calle a calle para tomar la ciudad.

El murmullo general entre los militares apoyó la opinión de Allende de que debían atacar la capital de inmediato.

El padre Hidalgo habló entonces con voz pausada, y su mirada fue de un general a otro.

—Le he dedicado a este asunto una profunda reflexión, porque hay muchas complicaciones que considerar. Superamos a las fuerzas del virrey en las montañas, pero ahora nos enfrentamos a una fuerza mucho mayor en la ciudad. Como todos sabemos, otras fuerzas realistas acuden en su ayuda. Además de las muchas bajas que nuestro ejército sufrió en la batalla del monte de las Cruces, ahora sufrimos miles de deserciones. Nuestros hombres están cansados y mal equipados. No creo que nuestro ejército esté a la altura. Necesitamos reabastecernos de pólvora, balas de mosquete y cañones.

—¿Qué está diciendo, Miguel? —preguntó Allende—. ¿Quiere dedicar más tiempo a prepararse aquí, en Cuajimalpa? No creemos...

Se interrumpió, porque el padre ya meneaba la cabeza.

—No, aquí no, estaríamos expuestos a las fuerzas del virrey. He decidido que regresemos con nuestras fuerzas al Bajío para reagruparnos.

La declaración del padre cayó como una bomba en el salón. Los oficiales soltaron una exclamación de incredulidad y se levantaron de un salto. Mi mano voló a la empuñadura de mi espada. Allende soltó una maldición. Estaba tan asombrado como los demás. El sacerdote ni siquiera pestañeó.

—Hemos recorrido una gran distancia en poco tiempo. Comenzamos con unos pocos centenares y ahora dirigimos a decenas de miles. Debemos brillar a los ojos de Dios; de lo contrario, no habríamos conseguido tanto. La victoria de la revolución no está sólo en el sendero por el que marchamos. En el norte, en Zacatecas y San Luis Potosí, al oeste en Acapulco y en una docena más de lugares, el pueblo se ha alzado contra los gachupines.

—Es verdad —admitió Allende—, pero ahora debemos asegurarnos la victoria final tomando la capital.

—No estamos preparados para luchar contra un ejército grande que está atrincherado.

—Tenemos que luchar —insistió Allende—. Por eso estamos aquí, por eso usted dio el grito de libertad en Dolores.

—Debemos luchar cuando estemos mejor preparados. El Bajío está abierto para nosotros; iremos allí y nos reagruparemos, reuniremos abastecimientos y volveremos a marchar.

—Ése sería un tremendo error...

El padre sacudió la cabeza con energía.

—He tomado mi decisión. Por la mañana, marcharemos con el ejército hacia el norte.

—¡Es una locura! —Allende luchó contra sus emociones. Por un momento, creí que iba a saltar sobre el padre. Aflojé mi espada un tercio fuera de la vaina. Al otro lado, vi a Marina muy tensa, con la mano oculta en la chaqueta. Si Allende se movía hacia el sacerdote, ella lo atacaría con la daga.

No podía depender de Marina para detener a Allende si iba a por el padre; el general era muy fuerte y rápido. Mi mano izquierda buscó mi arma y mantuve la derecha en la espada. Le dispararía primero a Allende porque era el más peligroso, y casi al mismo tiempo atacaría a Aldama con la espada.

Pero Allende se volvió de pronto y abandonó el salón, con el rostro convertido en una máscara de furia. El silencio siguió a su salida. Dos de los otros oficiales me miraron y yo les devolví la mirada. De pronto me di cuenta de que los vaqueros indios con los machetes se habían reunido junto a la puerta. Capté la mirada de Marina y ella asintió. Era una mujer inteligente. Debería haber sido general.

Aldama rompió el silencio; habló con voz calmada para mantener el control de sus emociones.

—Padre, es nuestro líder. Todos buscamos en usted consejo y sabiduría, pero éste es un asunto puramente militar. Con todo respeto, debemos insistir en que permita que nuestra formación militar esté por encima de su opinión. Estamos a tiro de piedra de la capital, nos movemos con un enorme impulso. Para el momento en que lleguemos a las afueras de la ciudad, nuestro ejército se habrá duplicado...

—Lo siento, he tomado mi decisión. Informe a sus oficiales de que transmitan la orden, por la mañana marchamos en dirección norte.

Los oficiales salieron con la furia, la frustración e incluso el estupor pintados en sus rostros. En cuanto los otros se hubieron marchado, el padre pareció estar a punto de desplomarse. Mientras Marina acudía en su ayuda, salí para asegurarme de que los oficiales que se habían marchado no volvieran a la carrera con las espadas desenvainadas. Les hice un gesto a los vaqueros reunidos delante de la puerta.

—Permaneced alertas —les dije.

Marina apareció detrás de mí y habló de prisa con uno de los vaqueros en una lengua india. Entendí sus palabras lo suficiente para saber que le había dado la orden de tener a un centenar de hombres preparados; sospechaba de un intento de asesinato.

Era posible que los españoles pudieran regresar con una compañía y arrestar al padre, pero tenía la impresión de que Allende y Aldama no los dirigirían; ambos eran hombres de honor. Se lo dije a Marina.

—Si hay algún problema con cualquiera de ellos, se enfrentarán al padre de frente, no lo apuñalarán por la espalda.

—Protejo al padre de cualquier fuente. Dijiste que había una conspiración para asesinarlo. Ahora estoy segura de que tendremos problemas.

—No lo dudo. Vi los rostros de los oficiales cuando se marcharon. Lo han arriesgado todo para este momento: sus fortunas, sus familias, su reputación, sus vidas... Lo único que puede salvarlos de la cólera de los gachupines es ganar la guerra y destruir la ciudadela del poder español. Quieren una batalla rápida, una fuerza abrumadora de indios y una victoria segura. Con la capital a tan sólo unas horas, haremos un largo y duro viaje de regreso al Bajío, prolongando la guerra y sus resultados.

—Los criollos ven esta revolución como una manera de derrotar a los gachupines a través del derramamiento de sangre azteca, no criolla —señaló Marina—. Ven la revolución en términos militares; no comprenden que el padre la ve en términos humanos. No quiere destruir todo lo que representa la revolución sólo por el objetivo de ganar una batalla.

—¿Lo sabías? —le pregunté—. ¿Tú sabías que había decidido no atacar la capital?

—Lo adiviné, pero no se lo dije a nadie.

—Tiene sentido: reagruparse y volver a la carga con más fuerzas.

Ella me miró a los ojos y bajó la voz para hablar.

—Rezó para que el virrey rindiera la ciudad. Tú sabes por qué no ataca la ciudad, sólo es que no quieres admitirlo.

Sabía que el padre tenía un vínculo común con los oficiales criollos que se habían unido a la revolución: el coraje. Pero estaba muy lejos de ellos en la manera de ejercerlo. Para los militares, un hombre destacaba sólo cuando combatía. Pero el padre sabía que a menudo hace falta más coraje para no entrar en una batalla que para librarla, incluso a sabiendas de que podías ganar. No, no era la falta de capacidad militar o coraje por parte del padre lo que le impedía atacar la ciudad, ni siquiera el hecho de que aborrecía el derramamiento de sangre; mucha sangre se había derramado en la batalla por el granero.

—La guerra contra los habitantes de la ciudad —dije.

Marina asintió.

—Atacar la ciudad no es combatir contra un ejército; es la guerra a cuchillo contra la gente.

—Se tomó muy a pecho mis descripciones de la valentía de los españoles en la lucha contra los invasores franceses...

—Oírlo de tu boca sólo confirmó lo que ya había decidido; es por eso por lo que nos detuvimos aquí, en lugar de continuar hacia la capital. Esperaba que el virrey decidiera salvarla, que se rindiera o tuviera el coraje de salir al campo y plantear batalla. Cuando el virrey colocó las defensas en el centro de la ciudad, el padre comprendió que no podía ganar sin una lucha casa por casa. Es por eso por lo que te envió allí a confirmar lo que ya sabía.

—No podrá controlar la furia de los aztecas.

—Ni siquiera Dios Todopoderoso podría controlar a un centenar de miles de mi gente que de pronto han tenido la oportunidad de devolverles el golpe a los cabrones que los han tenido esclavizados durante siglos. —Marina sacudió la cabeza—. Los criollos no lo entienden. El padre sabe que se necesita derramar sangre para que triunfe la revolución, pero inició la revuelta para luchar contra los ejércitos españoles, no contra la gente. Su plan es alejarse de la capital, reagruparse y fortificarse en el Bajío, y esperar a que los ejércitos del virrey vayan a buscarlos. Se enfrentará a ellos en el campo de batalla.

Me sentí humilde ante la inteligencia, la visión y la humanidad del padre. No tenía claro qué me hacía interesarme sólo por las mujeres y los caballos..., y por un simple sacerdote capaz de sujetar al mundo entero en sus manos. No sabía si era buen o mal sacerdote; desde luego, desde el punto de vista de la Iglesia, a menudo era un problema, formulando preguntas que ellos no querían responder, preguntas como por qué las iglesias se habían convertido en depósitos de enormes riquezas mientras los niños morían de hambre. Ahora miraba más allá de la batalla a todas las personas que sufrirían y morirían si se permitía pensar sólo como un militar.

—No digas que sólo es un sacerdote mientras tú eres un hombre de verdad. El padre Hidalgo no nació sacerdote; nació en una hacienda y se crió como un caballero con un caballo entre las piernas y una pistola en la mano. Pero a diferencia de ti, Allende y los otros oficiales criollos, no piensa con lo que tiene dentro de los pantalones. Tiene más corazón que un santo. Luchará contra los gachupines que no tienen motivo alguno para estar en la colonia aparte de robar y esclavizar a nuestra gente, pero no contra las personas que defienden sus hogares.

—Él está al mando —dije—. Eso es algo que los oficiales no pueden cambiar. Los criollos que ellos esperaban que se unirían a la revuelta no lo han hecho. Los que sí se han unido son valientes y temerarios, pero deben comprender que no mandan a los aztecas. Eso les evitará que intenten apartar al padre.

—Eso impedirá que algunos lo intenten, pero no aquellos que se ven a sí mismos como reyes si el viejo rey muere. Tampoco impedirá que tu misterioso asesino de la capital pruebe suerte. —Me tocó en el pecho con un dedo—. Mantén los ojos y los oídos bien abiertos. Sin el padre, la revolución está perdida.

Ya iba a retirarme para estar en compañía de mi caballo, con una jarra de brandy y un cigarro, cuando apareció el sirviente del sacerdote y me llamó.

—Desea su presencia. La tuya y la de la dama.
—Marina...
—No, señor, la mujer española.

Sólo entonces advertí que doña Isabel y Renato se acercaban.

 NOVENTA Y OCHO

Isabel me dirigió una radiante sonrisa. El sobrino me dedicó una mirada indiferente, la vacía expresión de un gachupín que se limpia las botas enfangadas en la espalda de un sirviente prosternado. El propósito de tales expresiones era hacer saber a los peones que no eran más que bestias de carga. De no haber sido un invitado del padre Hidalgo, le hubiese dado una patada con una de mis botas en el culo y con la otra en los cojones.

El padre miraba a través de una ventana, de espaldas a nosotros cuando entramos en la habitación. Se volvió para saludarnos, el rostro inexpresivo. Sus facciones no revelaban nada del hombre que acababa de dominar a los oficiales militares en una tremenda prueba de fuerza.

—Señora, señores, los he llamado aquí para hablar de un tema de común interés. Juan es mi brazo derecho en estas situaciones. Estaba ausente en una misión de gran urgencia y no ha sido informado de su petición. —Se dirigió a mí—: La marquesa ha sufrido una gran tragedia. Su marido, don Humberto del Miro, uno de los más nobles y distinguidos españoles de la colonia, ha sido arrestado hace poco por seguidores de nuestra revolución que reclaman la devolución del dinero que el marqués ha conseguido en beneficios. A menos que se haga la devolución, los revolucionarios que lo retienen se verán obligados a imponer sanciones.

El padre estaba utilizando unos términos corteses para decir que el marido de Isabel era un cerdo ladrón y que los bandidos que lo habían hecho prisionero lo despellejarían con cuchillos curvos y pinzas al rojo y luego meterían su sangrante cuerpo en sal si no les daba el dinero del rescate.

—También he sido informado de que antes de su captura don Humberto ocultó una considerable cantidad de oro, obtenido de la venta de una mina. Hasta donde sabemos, los revolucionarios que lo retienen no conocen su verdadera identidad, y tampoco saben que tiene el oro escondido. ¿Es así, señora?

—Sí, necesitamos recuperar el oro antes de que lo hagan los bandidos.

—Para comprar la libertad de tu marido —añadí.

La mano de Isabel voló a su boca.

—Por supuesto, a eso me refería..., a comprar su libertad.

—¿Cómo conseguimos el oro? —pregunté.

El padre se rió.

—Es por eso por lo que la señora está aquí. No tiene los fondos para comprar la libertad de su marido y no puede recuperar el oro hasta que el marqués esté libre. Me ha pedido que interceda. Como sabes, Juan, muchos de nuestros revolucionarios actúan de forma independiente.

Asentí y tuve la precaución de no mencionar que algunos de ellos eran más bandidos que revolucionarios.

—En este caso, el líder del grupo, un hombre que se llama a sí mismo general López, no está dispuesto a entregarnos al marqués sin más. Quiere que le paguen. Después de todo, tiene que alimentar a sus tropas.

—Por supuesto —murmuré.

¿Cómo podrían pagarse el pulque y las putas si no robaban?

—Debido al miedo que reina en la colonia, la señora no ha podido reunir el rescate.

—¿Cuánto pide?

—Cinco mil pesos.

Me encogí de hombros.

—No es el rescate de un rey.

—No sabe que el hombre es un marqués. Incluso si ella reúne el rescate, con toda probabilidad no podrá llegar hasta López, que tiene su cuartel general muy al norte, en León. Todo el Bajío está en manos del movimiento revolucionario. También está el tema de asegurar que el general López mantenga su promesa cuando haya cobrado.

Hizo un gesto hacia Isabel.

—Lo que he acordado con la señora es muy sencillo: nosotros le daremos paso seguro hasta León. También pagaremos el rescate exigido por López. A cambio, recibiremos la mitad del oro que el marqués ha escondido. Cree que el oro vale más de doscientos mil pesos.

—Sí, eso es lo que cobró de la venta.

El padre levantó las manos y me sonrió.

—¿Ves lo sencillo que es, Juan? Escoltas a la señora y al sobrino de su marido a León, pagas el rescate, recoges el oro y me traes la mitad a mí.

Mantuve el rostro imperturbable.

—Sí, no puede ser más sencillo.

El sacerdote les dijo entonces que necesitaba hablar a solas conmigo de asuntos militares, y se marcharon. Isabel me dirigió una cálida sonrisa al salir. Tan pronto como se hubieron marchado, dije:

—Ningún problema, padre. Escolto a estas personas a través de centenares de kilómetros de territorio vigilado por las bandas de asaltantes y soldados realistas. Si no me pillan y me asesinan los bandidos o los hombres del virrey, le pago al tal López, que se llama a sí mismo general, y ruego para que no sospeche y me fría los pies en una hoguera para descubrir dónde está el resto del dinero. Suponiendo que lo engañe y obtenga la libertad del marqués, aún tengo que averiguar dónde está escondido el oro y apoderarme de la mitad antes de que don Humberto y su sobrino puedan asesinarme. Luego, después de eludir a las bandas de forajidos y a los soldados realistas durante otros centenares de kilómetros, regreso con el oro.

De inmediato sentí vergüenza.

—La misión es insignificante comparada con lo que usted tiene que atender a diario.

—Todos tenemos un deber que cumplir. El tuyo es tan peligroso como el de los soldados que reciben la primera descarga de los mosquetes enemigos. Te estoy preguntando si quieres llevar a cabo esta misión, Juan, no te ordeno que lo hagas. Estoy seguro de que comprendes la importancia del oro del marqués para nuestra causa.

—Cien mil pesos es mucho dinero. —Me encogí de hombros—. Da la casualidad de que es la misma cantidad que el virrey ofrece por su vida, padre.

—Si pudiese dar mi vida y evitarle a nuestra gente los horrores de la guerra, me entregaría alegremente a su asesino.

—¿Cuándo quiere que vayamos a León?

—Por la mañana, pero no directamente allí. La ruta al norte te llevaría a los brazos de los realistas. Necesito que lleves un mensaje personal a José Torres, que actúa en algún lugar cerca de Guadalajara. Ese hombre asombroso, que no era más que un trabajador analfabeto, me pidió que le permitiese a él y a sus pocos seguidores tomar Guadalajara. En un primer momento me sorprendí, pero algo en él me hizo tener fe. He oído que ha tenido algunos éxitos contra las tropas realistas en la zona. Te daré un mensaje para que se lo entregues. Con un poco de suerte, podrás encontrarlo.

—Ese general López...

—Un bandido y un asesino que no tiene ninguna alianza con nuestra causa, pero no es estúpido. Un crótalo cascabelea antes de atacar; López, no. Vigila tu espalda con el sobrino del marqués. Ahora nos necesita, pero debajo de los calzones es un gachupín. Una vez recuperado el oro, tu muerte lo beneficiaría en gran medida.

El sacerdote no mencionó a Isabel. No sabía si Marina le había contado nuestra historia, pero decidí no sacar el tema. Estaba un tanto confuso en cuanto a mis propios sentimientos.

El padre Hidalgo me sujetó por el hombro.

—Juan, cuando dije que eras mi brazo derecho no expresé todo lo que has significado para mí. Has sido mis ojos y mis oídos, y te echaré mucho de menos. Pero tu misión es importante. El oro del marqués puede comprarnos cañones y mosquetes.

Me detuve en la puerta cuando él hizo una última observación.

—La capital es una ciudad de una belleza trascendente. Dicha belleza es muy particular y eternamente preciosa. Sería un gran pecado destruir un regalo de Dios.

NOVENTA Y NUEVE

Isabel y Renato me esperaban en el exterior.

—Necesito un buen caballo —dijo él—, y uno de recambio. Tráeme las mejores monturas del campamento y yo escogeré la que quiera. Mi montura y...

Isabel tendió una mano para sujetarle el brazo con una expresión de alarma.

—Renato...

Me acerqué y él dio un paso atrás.

—Escucha, señor Sobrino, tu sangre no mana de tu garganta y los cojones todavía te tiemblan entre las piernas sólo porque el padre me pidió que ayudara a Isabel. Pero eres irrelevante para esta misión. Si continúas enfadándome, te arrancaré el hígado y se lo daré de comer a los perros.

Isabel se acercó lo suficiente como para que oliese su dulzura.

—Juan, debes perdonarlo. Viene de España y no es consciente de que tú eras... eres... un caballero. Por favor, no te ofendas. Necesito tu ayuda. ¿Me la darás?

—La última vez que respondí a tu llamada estuvieron a punto de matarme. —Sonreí—. Pero estoy a las órdenes del padre. Te ayudaré a tener a tu amante marido de nuevo en tus brazos y su oro para nuestra causa.

—Gracias, Juan, eso es todo lo que deseo.

—Nos marcharemos al amanecer —les dije, y moví la cabeza hacia los caballos en el establo—. Busca las monturas para ti y prepárate a pagarlas. Usaremos las seis mulas de tu carruaje.

—¿Usarlas para qué? —preguntó Renato—. Hacen falta para tirar del carruaje de la marquesa.

—Ella no viajará en carruaje.

—No puede cabalgar un...

—¿Te parezco tan obtuso, o es que eres tan estúpido que no tienes idea de cómo debemos viajar?

Se puso tenso, y su mano buscó la daga. Isabel le sujetó el brazo de nuevo. Recé para que desenvainase.

—Renato, debes disculparte con Juan.

No podría haberlo humillado más de haberlo abofeteado.

—No pasa nada, señora marquesa. —Me reí—. Cuando necesite una disculpa, se la sacaré a golpes.

—¡Renato! —Isabel le agarró la mano de la daga—. ¡Basta!

Respiró profundamente y luego sufrió una total metamorfosis: sus ojos se nublaron como si hubiera tomado astrágalo y sonrió.

—Mis disculpas..., señor.

Sus palabras me revolvieron el estómago. Nunca había cantado con los ángeles, pero tampoco me había arrastrado como una serpiente. Un hombre de honor hubiera sacado el arma. Tragarme un insulto mientras albergaba una furia asesina era un engaño, no honor.

—No podemos llevar tu carruaje —le dije a Isabel—. Es demasiado lento y atraería a los bandidos. Viajarás en una litera para salir de la carretera principal. Si nos quedamos en la carretera, una patrulla realista o una banda de forajidos no tardarán en asaltarnos. Dos de las mulas se utilizarán para la litera; las otras cargarán con las provisiones. —Señalé hacia la posada—. El patrón tiene una litera en la parte de atrás. Cómprasela a él.

Los dejé a los dos y me encontré a Marina junto al establo.

—Necesito cuatro vaqueros, buenos jinetes que hayan demostrado su valía en el combate y que puedan utilizar un machete para algo más que cortar maguey. Necesito...

—Tus necesidades ya han sido atendidas, señor Lépero. El padre me ha dicho que me ocupase de tus provisiones y de una guardia de honor esta mañana. Tengo a doce hombres para ti, todos hábiles con los caballos y las armas y bendecidos con un gran coraje. Todos tienen mosquetes, los más viejos y oxidados que tenemos, pero con una bala cada uno. —Sonrió—. Como ves, el padre aprendió mucho de ti sobre la guerrilla.

—¿Cómo es, señorita, que al parecer soy siempre el último en enterarme de qué curso tomará mi vida?

Me dirigió una sonrisa agridulce.

—Quizá porque no sabes cómo enfrentarte a la vida. La encaras como un toro enfurecido que sangra por las banderillas clavadas en sus hombros. Escarbas furioso, ciego, y nadie sabe a qué hombre destrozarás o a qué mujer montarás.

La dejé después de acordar que iría hasta el lago y me daría un baño antes de meterme en la cama con ella. Cuando regresé de mi baño, le di a *Tempestad* una ración extra y le expliqué que marcharíamos al norte por la mañana.

—¿Hablas con tu caballo?

Isabel había entrado en el cobertizo detrás de mí. Sacudió la cabeza.

—Eso siempre me enojaba cuando me cortejabas en Guanajuato. Nunca supe a quién querías más, si a tu caballo o a mí.

Tempestad respondió por ella con un relincho. Le acaricié el costado del cuello.

—Los caballos son mucho más leales que las mujeres.

—Sí, lo sé. Puedes matarlos de hambre, pegarles, cabalgarlos hasta que revienten, y todo lo que requieren son unos puñados de grano. Las mujeres requieren mucho más.

—Algunas mujeres requieren incluso más que otras —murmuré.

—¿Qué tienes tú para ofrecerle a una mujer, Juan de Zavala? Un día eras el más grande caballero de Guanajuato, y al siguiente, un bandido asesino. Corrió la noticia de que habías muerto en Yucatán, y después regresaste de entre los muertos como un héroe de la guerra en España. Lejos de llevar una vida tranquila, a tu regreso abordas a una mujer casada, me avergüenzas y humillas a mi marido, que hubiera muerto de haberte retado.

—Me tendiste una trampa.

—Dijeron que te darían una paliza para restaurar el honor de mi marido. ¿Qué esperabas que hiciera? ¿Cuántas mujeres tienen derecho a controlar sus propios asuntos? ¿A tomar sus propias decisiones? Hice lo que mi marido me dijo porque soy una buena esposa.

Arrojé el cubo de grano contra la pared.

—Me desgraciaron en Guanajuato y estuvieron a punto de asesinarme en Ciudad de México, ¿y fue culpa mía? ¿Quizá soy también responsable del secuestro de tu esposo?

Isabel me miró con expresión ceñuda.

—Por supuesto que eres el responsable. La humillación que le causaste le creó problemas en los negocios. Los hombres que habían tenido tratos comerciales con él durante años de pronto le reclamaron los créditos, así que fue a Zacatecas para vender sus partipaciones mineras.

¡Ay!, esa mujer estaba diciendo que yo era el causante de sus problemas; ¿la pérdida de su marido y de su fortuna? La acusación era tan inesperada que no supe qué decir.

Ella se acercó.

—Tenemos que olvidar lo ocurrido en el pasado. Debemos empezar de nuevo. En la capital dicen que la revolución que el padre ha comenzado cambiará la colonia, no importa quién gane.

Las cosas también cambiarán para nosotros, Juan. Ayúdame a liberar a mi marido, a recuperar mi fortuna, y estaremos juntos para siempre.

Esa noche poseí a Marina con la pasión que había estado contenida en mí durante años. Agotado, me aparté de ella y jadeé para recuperar la respiración. Vi el resplandor de la hoja de un puñal a la luz de la única vela encendida en la habitación. Me eché hacia atrás y el puñal erró mi garganta por un pelo, pero me cortó la oreja. Me aparté de Marina y me levanté, con una mano en la oreja cortada.

—Estoy sangrando.
—Lamento no haberte cortado la yugular.
—¿Te has vuelto loca?
Ella arrojó el cuchillo a un costado y se metió de nuevo debajo de las mantas.
—Si me vuelves a llamar Isabel, te cortaré los cojones y te los haré tragar.
¡Ay de mí!

CIEN

Nos despertaron los gritos en el exterior.
—¡Nos atacan! —chilló Marina.
Sólo después de ponerme los pantalones, cogí la pistola y la espada. Después de todo, morir sin los pantalones hubiera sido una gran indignidad.

Corrí al exterior y encontré a Marina. Se había armado con un machete antes de cubrir su desnudez con una manta.

Mientras estábamos en el umbral de la choza, medio desnudos y bien armados, el ayudante de campo del padre, Rodrigo, se acercó a la carrera.

—Vamos, hay problemas.
Cuando llegamos a las habitaciones del padre, descubrimos que no estábamos siendo atacados por el ejército del virrey, ni tampoco se habían rebelado los oficiales criollos.

—Veneno —dijo el padre. Pronunció la palabra en voz baja, como si le costara pronunciarla—. Alguien ha intentado envenenarme. —Señaló el plato en la mesa—. Estaba en la carne.

Seguimos su mirada. El perro que había adoptado yacía en el suelo, muerto.

—Le di un trozo de carne —explicó el párroco.
—Le serví la comida tarde —añadió su ayudante—. No tenía

hambre, pero acabé por convencerlo de que debía comer porque de lo contrario enfermaría.

—¿Quién le prepara la comida? —pregunté.

—Su cocinero.

El cocinero estaba en su tienda. Yacía boca abajo detrás de los sacos de maíz. Me arrodillé junto al cuerpo y lo volví para verle la cara. Le habían rajado la garganta.

—Una daga —dije—. Alguien le cortó la yugular.

Nadie había presenciado el ataque al cocinero. El ayudante del padre había encontrado la bandeja preparada en una mesa. Pensó que el cocinero había salido a hacer sus necesidades.

Nadie había visto nada sospechoso. El que había matado al cocinero y envenenado la comida del padre había desaparecido al amparo de la noche.

Cuando volví con Marina a su tienda, vi a Isabel y a Renato junto al carruaje. Algo me preocupó, pero no supe qué era.

Al despertarme en mitad de la noche, comprendí la causa de la inquietud. Cuando había insultado a Renato, él no había echado mano a la espada o a la pistola; había buscado la daga.

El cocinero había sido asesinado por alguien hábil en el manejo del puñal.

Con la primera luz ensillé a *Tempestad* y le dije a Isabel, a Renato y a los vaqueros que nuestra ruta a Guadalajara nos llevaría de nuevo por el paso de montaña.

—Es menos probable que nos encontremos con las tropas del virrey en las cumbres.

Después de verificar que todo estaba en orden con nuestros animales y las provisiones, me aseguré de que la litera de Isabel estuviera bien sujeta a las dos mulas. Cuando estábamos preparados para salir, me detuve junto a Renato, que ya tenía un pie en el estribo.

—Debe haber paz entre nosotros —dije.

—Por supuesto.

—Pero quiero que sepas que eres un cerdo, y que no vacilaré en matarte antes de que se acabe esta misión. —El demonio debió de poner esas palabras en mi lengua.

Al salir, la inmensa e incontrolable multitud que era el ejército del padre se despertaba como una enorme, somnolienta y ondulante bestia. Hice un gesto de despedida a Marina y el padre. Ambos estaban frente a la casa del párroco, observando cómo nos marchábamos.

Sospeché que la gran horda azteca debía de estar intrigada al ver que le daban la espalda a la capital. Los oficiales criollos mostraban su desconsuelo al abandonar la batalla. Después de haberme codeado con aquellos que sabían por los libros mucho más que yo, en mi opinión, había afilado mi mente contra las de ellos de la misma manera que una piedra de amolar afila una hoja. Incluso así, no sabía si la retirada del padre era lo correcto.

Sabía en lo más hondo que lo que había ocurrido el día anterior cuando el padre, por pura fuerza de personalidad, había salvado la gran ciudad de ser saqueada, sería debatido y analizado por los escritores y los historiadores durante muchas vidas. Era un momento tan crítico como cuando César reflexionó acerca de cruzar o no el Rubicón, cuando Antonio y Cleopatra yacían en la cama y discutían cómo robar un imperio, cuando Alejandro Magno consideró lo que debía hacer tras saber que su padre había sido asesinado y que le disputaban el trono. Jesucristo experimentó tal momento cuando tomó la fatídica decisión de ir a Jerusalén durante la Pascua. Cortés había fijado la pauta cuando ordenó que quemasen sus naves en Veracruz para varar a su ejército en suelo peligroso y forzarlo a conquistar o morir.

Eh, comenzaba a sorprenderme a mí mismo con mi conocimiento de la política y la historia.

Al volverme en la silla, vi que Isabel y el cabrón del sobrino miraban la horda de indios semidesnudos que se preparaban para la marcha.

—Mirad a la multitud, gachupines —les grité a los dos por encima del hombro—. Mirad a los peones a los que habéis escupido porque creíais que Dios estaba de vuestra parte. Pero ahora tienen a un dios de su parte, y el suyo es el terrible dios de la cólera. Os asustan, ¿verdad? Deberían, amigos, porque quieren lo que tenéis. Recordarlos bien, porque la próxima vez que los veáis, será quemando vuestras casas y llevándose vuestro ganado. Se llevarán vuestra plata y vuestro oro, y la tierra que les robasteis... ¡Os darán de latigazos y se acostarán con vuestras mujeres!

Le clavé las espuelas a *Tempestad* y me adelanté al galope.

CIENTO UNO

La región de Guadalajara estaba a una larga y dura cabalgata desde el campamento de Cuajimalpa. Llevé a nuestro grupo a paso rápido, cambiando nuestros caballos y mulas cansados a lo largo del camino por monturas frescas, reemplazando a aquellos que mostraban alguna cojera o sencillamente no daban más de sí. Había mortificado a Isabel cuando le dije que no podía llevar su carruaje ni a su doncella, pero ella soportaba la dureza y el aburrimiento del viaje sin quejas.

Mis problemas con Renato disminuyeron. Ambos estábamos demasiado ocupados con las exigencias del camino como para pelearnos. Yo seguía sin olvidar la manera como había acariciado la daga. Cuanto más tiempo estaba cerca de él, más sospechas tenía. Además de su amor por las dagas, había otra cosa que me preocupaba. Era un buen jinete, tan bueno como yo. Si bien montar era una habilidad propia de un caballero, encontré extraños algunos de sus modales, como su manera de utilizar el cuchillo cuando comía, cómo era capaz de sentarse en cuclillas y comer como si hubiese pasado su vida en el camino. Finalmente decidí que lo que me preocupaba era su poco habitual dureza; los jóvenes caballeros ricos eran famosos por su blandura física, no por sus capacidades de supervivencia.

Me pregunté si de verdad era un joven de gran riqueza o un veterano soldado de fortuna contratado para proteger a Isabel, matar a su marido, estafar a Hidalgo... y asesinarme.

Tenía a un hombre cabalgando a un par de kilómetros por delante de nosotros y otro que recorría la retaguardia, alertas a la presencia de patrullas realistas y bandidos. Cada vez que veían a un grupo numeroso en nuestra zona, salíamos de la carretera. Además de mi inútil vida, llevaba casi veinte libras de oro para pagar el rescate; más que suficiente para tentar a la mayoría de los hombres.

Cuando estábamos a un día de viaje de Guadalajara, oímos que Torres había tomado la ciudad. Me asombró que un hombre que nada sabía del arte militar —y en su caso, también analfabeto— pudiera capturar una ciudad importante.

Al llegar, le permití a Isabel que se alojara para pasar la noche en una posada y le dije a Renato que comprara monturas frescas para nuestro viaje a León. De inmediato me dirigí a los edificios del gobierno en el centro para encontrar a José Torres, el líder rebelde que se había apoderado de la ciudad.

Había estado en Guadalajara sólo una vez, cuando tenía quince años y había acompañado a Bruto en un viaje de negocios. Si bien Guanajuato con sus minas de plata dominaba el Bajío, Guadalajara era la ciudad más grande de la región occidental. Su riqueza y su importancia no provenían de la minería, sino de su posición como mercado regional de la agricultura y la ganadería y su centro comercial.

A Torres le había tocado un premio gordo. Si bien la ciudad de Guadalajara tenía una población de unos treinta y cinco mil habitantes —más o menos la mitad que Puebla y Guanajuato—, la intendencia de la provincia estaba compuesta por más de medio millón de almas, lo que la convertía en la tercera provincia más grande de la colonia. La región administrativa de la intendencia se extendía hasta el océano Pacífico, y a todo lo largo de la costa norte hasta las dos Californias.

En muchos sentidos, Guadalajara y gran parte del Bajío se habían desarrollado de manera diferente que el valle de México en el corazón de la colonia. Carente de una gran población india que estaba ligada por tradición a la meseta central, la región de Guadalajara había desarrollado una cultura agrícola y ganadera. Para el fastidio de los gachupines, esos pequeños propietarios eran más independientes en actitud y obra que los peones del valle central.

La ciudad había sido fundada por otro hombre del grupo de saqueadores españoles, Nuño de Guzmán, un enemigo de Cortés en el foso de las serpientes que era la política española. En 1529, ocho años después de la caída de los aztecas, Guzmán salió de la capital con un ejército para explorar y dominar la región occidental. Dos años más tarde fundó Guadalajara, aunque la ciudad había cambiado de lugar tres veces antes de acabar en su actual ubicación. Llamó a la región Nueva Galicia, dándole el nombre de su provincia natal en España, y se proclamó a sí mismo marqués de Tonalá, copiando el noble título de Cortés de marqués del Valle.

Al poner la región bajo su autoridad, saqueó brutalmente la tierra, quemó pueblos y esclavizó indios. Los aborígenes lo llamaban Señor de la horca y el cuchillo. Corría la historia de que había colgado a seis caciques indios porque no habían barrido el sendero por el que caminaba. El virrey acabó por juzgarlo por sus excesos y lo envió de regreso a España, donde murió en la cárcel.

Después de los grandes hallazgos de filones de plata en Zacatecas y Guanajuato, Guadalajara se convirtió en el principal proveedor de comida y otras necesidades para las minas.

Mientras caminaba a través de la plaza principal a la hora de la siesta, pasé junto a una pareja que interpretaba una danza que me recordaba el cortejo de las palomas: el jarabe. Era un baile de coqueteo en el que el hombre se apretaba vigorosamente contra su tímida compañera. Había visto una versión del baile donde la mujer bailaba alrededor de un sombrero que su pareja había arrojado al suelo. La escena me recordó el tiempo en que vi bailar una sardana en Barcelona y las maquinaciones de las hermosas mujeres que conocí allí. También a la que me enfrentaba ahora.

Isabel y yo apenas si habíamos hablado durante el apresurado viaje. Me dirigía una sonrisa cada vez que nuestras miradas se encontraban, pero yo mantenía el rostro inexpresivo, fingiendo que no me afectaba.

Encontré al líder rebelde en el palacio del gobernador. Ya había llegado un correo del padre, con el mensaje de que aún no se había hecho un ataque a la capital. El mensaje que yo llevaba era verbal: le dije a Torres que el destino del ejército del padre era el Bajío, pero que Hidalgo necesitaba saber qué apoyo podía darle Torres.

—Como puedes ver, capturé la ciudad para el padre y la revolución. Espero la llegada del generalísimo —me respondió Torres—. Toda la ciudad saldrá a las calles para darle la bienvenida al héroe conquistador cuando el padre nos honre con su presencia.

Torres me ofreció más hombres para aumentar los doce que ya tenía pero los rechacé. Una docena de hombres podían pasar como vaqueros de una hacienda; si me presentaba con un pequeño ejército, despertaría sospechas y comenzaría una guerra con el líder bandido.

Le informé de que el comentario en las calles era que gobernaba bien, y él aceptó mi cumplido con modestia.

—He aprendido que dirigir una ciudad es algo muy complicado. Enseñar a bailar a un hato de burros sería más fácil que administrar las necesidades de una ciudad y reformar su sistema político.

Sacudí la cabeza asombrado al salir del edificio del gobierno. Manuel Hidalgo, un párroco de un pequeño pueblo, había reunido a un ejército que sacudía a toda Nueva España. Sólo unas semanas antes, Torres era peón en una hacienda, y ahora había conquistado y gobernaba la región de Guadalajara: más de medio millón de personas.

Yo había estado presente con Marina cuando un sacerdote bajo y regordete le dijo al padre que reuniría un ejército y lucharía desde las selvas en la región de Acapulco. «¿Quién es ese sacerdote que se supone que formará un ejército?», le pregunté en aquella ocasión. Ella me respondió que su nombre era José María Morelos, un sacerdote de cuarenta y cinco años nacido en la pobreza. Había sido mulero y vaquero hasta los veinticinco años, cuando comenzó sus estudios para el sacerdocio. Desde que se había convertido en fraile, había tenido destinos en lugares pequeños y carentes de importancia, atendiendo a los peones.

«¿Y cómo sabe el padre que ese hombre podrá reunir un ejército y luchar una guerra?» Yo era un caballero —el mejor tirador y jinete de toda la colonia—, y no podía reunir y dirigir un ejército.

«Tiene el fuego en el vientre —afirmó Marina—, y el amor de Cristo en los ojos.»

A un abastecedor de las minas, le compré pólvora negra, mechas y frascos de mercurio vacíos. No sabía qué esperar de un bandido que se llamaba a sí mismo general López, pero sospechaba que reaccionaría mejor a un puntapié que a una caricia.

Después de enviar a un mozo cargado con mis compras a nuestro campamento, caminé por el mercado, donde vi una bonita peineta. Con la forma de una rosa plateada, tenía una perla en el centro y se parecía mucho a una peineta de plata que Isabel solía llevar cuando la cortejaba en el paseo de Guanajuato. Movido por un impulso, compré la peineta y descubrí que mis pies me llevaban al barbero. Después de un afeitado, un corte de pelo y un baño, me eché agua de rosas en las prendas para ocultar el olor del camino y entré en la posada donde se albergaba Isabel.

Ella era casi viuda, ¿no? Consideraba mi deber consolarla... y quizá regarle el jardín. El gordo marqués probablemente necesitaría atarse un cordel a la polla y el otro extremo a la muñeca para encontrársela.

Silbaba mientras subía la escalera al segundo piso de dos en dos. Había llegado al rellano cuando se abrió la puerta de la habitación de Isabel y salió Renato. Isabel lo siguió y lo sujetó con la intención de llevárselo de nuevo adentro. Al verme, se detuvo, y cerró la puerta.

Él permaneció inmóvil, con la mano en la daga. La señalé.

—Algún día perderás esa mano.

CIENTO DOS

A la mañana siguiente, los quince salimos para León: los doce vaqueros, Isabel, Renato y su generalísimo, o sea, yo. El viaje sería otra dura cabalgata, pero menos de la mitad de la distancia que habíamos cubierto para llegar a Guadalajara.

En la primera noche en nuestro campamento, Isabel me susurró:

—Eres un tonto, Renato es de la familia. No es lo que tú crees. Me había estado contando una historia de mi marido en su juventud.

—Tienes razón: soy un tonto. —Le di la espalda y me fui al bosque para aliviarme. No sabía qué pensar de ella y Renato y, por tanto, intenté no pensar en ellos y centrarme en la misión.

Conocía León, la ciudad donde nos detendríamos antes de ir al pueblo que gobernaba el general llamado López. Había estado allí muchas veces en mis cacerías. Como tantas otras ciudades en la colonia, llevaba el nombre de una grande y famosa ciudad española. La ciudad de la colonia estaba en un fértil valle fluvial, a un día a caballo de Guanajuato. Era un territorio peligroso para nosotros porque una gran fuerza realista al mando del general Calleja de San Luis Potosí estaba en marcha.

Cuando vimos León en la distancia, ordené a nuestros hombres que montaran el campamento y fui a la ciudad en compañía de un único vaquero. Por lo que me enteré de los asustados ciudadanos, López era el terror de la región. Se había establecido en un pequeño pueblo de la carretera que llegaba al norte, y cobraba un «peaje» a todos los que pasaban. Aunque juraba alianza al grito de libertad del padre, su único interés en «gobernar» era cuánto botín podía conseguir..., antes de que lo atrapasen y lo colgasen.

Le dije a Renato que sólo tres de nosotros —él, un vaquero y yo— iríamos al pueblo para negociar la liberación del marqués. Llevaríamos un caballo para que lo montara el aristócrata y a un vaquero para que vigilara a los animales si teníamos que entrar a negociar con López. Isabel y los otros vaqueros esperarían fuera del pueblo.

—¿No debería ir yo? —preguntó ella—. Si mi marido está demasiado débil para viajar, quizá quiera susurrarme dónde está el oro.

Me eché a reír.

—¿Antes de que le claves un puñal en la tripa?

Ambos se sonrojaron.

—Eso no es...

Renato levantó una mano para hacerla callar.

—No, tú nos demorarías si tenemos que correr.

—No correremos.

—¿Cómo lo sabes? ¿Crees que este bandido...?

—Nos superarán en número cien a uno. Si no podemos engañarlos o negociar nuestra salida, nos matarán.

Se tomaron un momento para pensar en nuestra situación. Isabel se llevó una mano al cuello.

—¿Qué me harán a mí antes de que me maten?

No hice caso de la pregunta. La respuesta era obvia.

—Tendríamos que llevar a los hombres al pueblo con nosotros como una demostración de fuerza —señaló Renato.

—¿Doce contra centenares es una demostración de fuerza? Nuestra fuerza es un factor desconocido para López si dejamos a los hombres fuera del pueblo. Si los llevamos con nosotros, nos matará a todos y se quedará con el rescate y el marqués.

—¿Por qué no hacemos que el bandido lleve a mi marido fuera del pueblo y se reúna con nosotros a campo abierto? —preguntó Isabel.

Renato negó con la cabeza.

—Él tiene razón, no podemos dejar que vea cuán pocos somos. Si sale, traerá a todo su ejército consigo y verá que no somos ninguna amenaza. Tendremos que entrar. Ten coraje, mi amor, no fracasaremos.

Tuve que reconocerle el mérito a Renato; ponía en duda mis decisiones, pero no era estúpido. Cedió cuando vio que tenía razón. Aunque sí tenía la lengua floja, al llamar «mi amor» a su «tía». Era obvio que había estado aprovechándose de la mujer de su tío. Tendría que matar a ese deshonroso cabrón. Yo también iba detrás de la misma mujer, pero no era deshonroso; yo no era de la familia.

En cuanto vimos el pueblo, aposté a diez hombres en las alturas por encima de la carretera. Les di instrucciones de cómo utilizar las bombas hechas con los frascos de mercurio. Debían encender las mechas a mi señal y arrojarlas a la carretera.

Renato hizo un gesto hacia las bombas.

—¿A cuántos hombres matarán cuando estallen?

—A ninguno. Son para provocar inquietud, simular el disparo de cañones y hacer que los bandidos crean que tenemos una gran fuerza de artillería.

—¿No crees que el tal López se limitará a coger el dinero del rescate y entregar al marqués?

—¿Qué harías tú si fueses López?

Se encogió de hombros.

—Como tú dijiste, matar a los emisarios, violar a la mujer y quedarme con el oro. Luego la retendría a ella y al marqués para pedir otro rescate.

—Por tanto, lo mejor será dejar que crea que tenemos un ejército.

Dejé a Isabel y a su litera con las mulas con un vaquero que cuidaría de los caballos de los otros diez hombres. El número doce vendría conmigo y con Renato.

—¡Ay! —susurré casi sin mover los labios cuando nos acercamos al pueblo. Dos cuerpos desnudos colgaban de un árbol. A los dos hombres los habían azotado y quemado vivos, arrancado las lenguas y los ojos..., antes de colgarlos. Un burdo cartel hecho con un trozo de madera pendía alrededor de sus cuellos. En cada cartel decía: «Sin rescate.»

No era gran cosa como pueblo: unas pocas docenas de chozas, una humilde iglesia y una pulquería. Las únicas personas que vi eran bandidos. Sus habitantes habían escapado o habían sido asesinados.

Unos cincuenta de los asesinos de López nos esperaban.

Debajo de mi largo abrigo negro llevaba tres cinturones de seda con cuatro grandes bolsas de dinero en cada uno. Dos de ellos los llevaba cruzados sobre el pecho; el tercero, abrochado alrededor de la cintura. Pesaban unas siete libras de oro cada uno. Y no es que esos chuchos necesitaran oro para matar a alguien; nos matarían alegremente por las botas que calzábamos. Demonios, nos matarían por nada.

Le di una chupada al cigarro y le sonreí al comité de bienvenida. Sabía muy bien dónde los había encontrado el llamado «general López.» Eran socios de la misma repugnante hermandad con los que había compartido celda en Guanajuato. López había vaciado las cárceles y las alcantarillas para reclutarlos. Uno de los bandidos, que estaba borracho, se me acercó tambaleante, agitando una pistola, y con la otra mano tendida, como si esperara que se la llenase. Le di una patada en la cara y lo alcancé debajo de la barbilla con el tacón. La patada lo levantó por los aires, haciéndole sonar el cuello con un desagradable «¡crack!». Luego cayó de espaldas al suelo.

Sus compañeros se rieron ante el espectáculo. Cuando miré atrás, dos de sus amigos ya se estaban disputando las botas con las suelas rotas del caído.

Otras cincuenta o más de esas criaturas nos aguardaban delante de la iglesia. Parecían caníbales esperando a los invitados a cenar. Canek, *el Sanguinario*, era un hombre culto comparado con esos escurridizos gusanos.

Una bestia gorda y borracha que reventaba el uniforme de un oficial español que le iba pequeño salió tambaleándose de la iglesia y nos saludó.

—Bien venidos, amigos. ¿Me traéis dinero? ¿No hay dinero...?
—Imitó el gesto de ahorcar con una mano y soltó un sonido ahogado.

El grupo de pesadillas humanas rió sonoramente.

Dejé los caballos con el vaquero y entré con Renato pegado a mis talones. Seguimos al general López a su «despacho», que consistía en una silla como un trono colocada en una tarima delante del altar. Los hombres nos siguieron. Él se dejó caer en el trono, bebió un buen trago de la jarra de mezcal, eructó y se limpió los labios con la manga del uniforme. No quise herir sus sentimientos señalándole que su uniforme era de teniente.

Le di la autorización escrita del padre, donde le ordenaba que me entregara al marqués. Por la manera como miró el mensaje, comprendí que no sabía leer. Miró el papel por un momento, hizo una bola con él, y me lo lanzó al pecho.

—Como ves —dije—, Miguel Hidalgo, generalísimo del ejército de América, te envía sus saludos. Te ordena que me entregues al prisionero Humberto. Como es natural, recibirás una gratificación de tres mil pesos.

El precio era de cinco mil, pero era mejor dejarlo que negociara al alza.

Bebió y eructó de nuevo.

—Tu generalísimo está teniendo dificultades.

Enarqué las cejas.

—¿A qué te refieres?

—Hoy capturamos a un mensajero realista. Murió durante el... interrogatorio, pero nos dijo que un ejército al mando del general Calleja había derrotado al ejército del padre en Aculco.

De pronto sentí un temblor helado.

—¿El padre...?

—No lo capturaron. El mensajero dijo que escapó con parte de su ejército.

Me estaba diciendo que habíamos perdido una baza en la negociación.

—En el Bajío tiene refuerzos que llenarán el ejército del padre hasta que cubra toda Nueva España. Ninguna fuerza realista podrá hacerle frente —repliqué—, y el padre recordará tu bondad.

—Mi ejército echará a los españoles de la tierra y entronizará al padre. —López señaló a la escoria de la iglesia.

Vi que la guerra y la política no eran su punto fuerte. Di por acabado el regateo.

—Tengo tu oro.

—Quiero diez mil.

—Cinco mil es todo lo que tengo. Hay una gran fuerza esperándome, se inquietarán si no regreso pronto. Necesitamos ponernos en marcha y reunirnos con el padre. Trae al prisionero. Debemos confirmar su buena salud.

Lo trajeron por una puerta lateral. En la capital, sólo había visto a don Humberto desde lejos. Ahora ya no era el gordo y arrogante aristócrata que se limpiaba las botas en las clases bajas. Se veía pálido, consumido, los ojos hundidos y apagados, sin la menor chispa de reconocimiento. Los bandidos habían reemplazado sus finas prendas por sucios harapos. No podía dejar de mirar sus ojos vacíos: eran como ventanas rotas en un edificio abandonado.

López me miró con los ojos entornados.

—¿Qué tiene de importante este comerciante que el propio generalísimo paga el rescate?

Sujeté al marqués por la camisa y lo empujé hacia la puerta.

—El dinero del rescate está en el exterior.

La chusma salió delante de mí, convencida de que podrían apoderarse del oro que creían guardado en las alforjas de *Tempestad*. El oro no estaba allí, y el mal genio del semental estalló cuando las manos sucias y los cuerpos malolientes se acercaron demasiado a él. Le dio una coz en la cabeza a un lépero, a otro en la pelvis, y yo dispersé al resto con mi espada cuando me acerqué.

López me había seguido con un machete ensangrentado en la mano. La primera bomba de los vaqueros resonó en la distancia. El estallido hizo que todos se inmovilizaran.

—Mi ejército está disparando los cañones —dije—. Con la próxima salva, dispararán metralla. —Me encogí de hombros—. Están inquietos. Hoy todavía no han matado a nadie.

Se oyó otra explosión, y su eco se repitió una y otra vez en las pedregosas colinas fuera del pueblo.

Me desabroché la larga chaqueta negra, dejando a la vista los dos cinturones de dinero entrecruzados en el pecho como las cananas de los bandoleros y el tercero abrochado alrededor de la cintura. Los desabroché los tres y arrojé las veinte libras de monedas de oro a los pies del jefe bandido, un cinturón cada vez. Cada uno golpeó el suelo con un sonido sordo.

—Puedes quedarte con los cinturones.

Encaramé al marqués en el fornido ruano, le até los muslos a la parte de atrás de la silla y el pomo y luego le maniaté las muñecas. Anudé las riendas por encima del cuello de la bestia. Sujeté los dos extremos del ronzal que le había atado antes en el cabezal del ruano y monté en *Tempestad*.

Detrás de mí, López estaba ocupado manteniendo a sus «soldados» apartados del oro. Un hombre se agachó para recoger uno de los cinturones, y el machete de López silbó a través del aire y se le clavó en la nuca. La sangre comenzó a manar como si de un surtidor se tratara, y la cabeza cortada golpeó el suelo con un golpe sordo mientras yo montaba a *Tempestad*. Se oyó entonces otro eco, que replicó hasta perderse en la distancia.

Renato salió del pueblo a todo galope. Lo seguí, guiando al marqués con el ronzal, golpeando a la chusma con mi sable cuando se acercaban demasiado, mientras el vaquero ocupaba la retaguardia.

López gritaba y nos señalaba. No necesité de una gitana para que me dijera que no se había creído el cuento de que yo tenía un ejército conmigo. Las bombas habían hecho mucho ruido, pero ninguna bala de cañón había caído cerca.

Tempestad alcanzó a Renato. Al mirar por encima del hombro, vi que el hombre mayor intentaba sujetarse al pomo pero apenas si se sostenía.

—Nos perseguirán —grité—. ¡Necesitamos hacer una descarga con los mosquetes!

—Yo llevaré a don Humberto con Isabel y me reuniré contigo más tarde.

Le entregué el ronzal a Renato y él continuó más allá de nuestros hombres apostados entre las rocas. El vaquero y yo desmontamos, atamos a nuestros caballos y nos reunimos con los demás.

—Cargad los mosquetes.

Puse a cinco hombres a mi izquierda y les dije que dispararan la primera andanada a mi orden; los hombres a la derecha dispararían la segunda.

—Esta chusma está desentrenada. Si tumbamos a unos cuantos de la silla, darán media vuelta y escaparán.

Si no lo hacían, estábamos acabados, porque cada hombre sólo disponía de una bala de mosquete. Había podido comprar pólvora negra en Guadalajara porque se fabricaba para las minas, pero con una guerra en marcha, las balas de mosquete eran tan preciosas como el oro.

Una horda de bandidos salió del pueblo. Sus monturas iban de buenos caballos de labor y mulas hasta burros. Avanzaron por la carretera de cinco en fondo con López delante y al centro.

—Que todos apunten a López. —Con él delante era más que seguro que alcanzaríamos a alguien, hombre o caballo.

Les ordené a los hombres que contuvieran el fuego hasta que los bandidos estuvieran a unos sesenta metros de distancia y di la orden de hacer la primera descarga. Dispararon cuatro mosquetes. El quinto disparó la baqueta; con las prisas, el hombre había olvidado quitarla. López cayó de su caballo y otras dos bestias de la primera fila también cayeron. La segunda descarga tumbó a otro hombre y a su montura. Cogí una de las bombas, encendí la mecha y la lancé. Estalló inofensivamente en el aire, a unos treinta metros del primer hombre, pero hizo un ruido tremendo.

Y eso fue suficiente: todo el grupo dio media vuelta y se dirigieron en tres direcciones diferentes, todas lejos de nosotros.

—¡A los caballos!

Monté en *Tempestad* y fuimos hacia donde estaban esperando los otros caballos. Los caballos y las mulas habían desaparecido. También Renato, Isabel y don Humberto. El vaquero al que había dejado a cargo de los animales estaba despatarrado en el suelo, degollado.

—¡Allí arriba! —gritó uno de los hombres.

Señaló a los jinetes que llegaban a la cumbre de una colina, en dirección norte alrededor del pueblo. Renato abría la marcha, Isabel montada en su caballo con los brazos alrededor de su cintura. Renato guiaba el ruano del marqués con el ronzal. Detrás de don Humberto había otros dos caballos. Las monturas que no se habían llevado las habían espantado.

El ejército de bandidos muy pronto recuperaría el coraje para hacer otro ataque. Tenía once hombres y un caballo para todos, el del vaquero que me había acompañado al pueblo. Algunos de los animales huidos pastaban, todavía a la vista.

—Necesitamos reunir por lo menos seis caballos —les dije a los hombres—. Podéis montar de dos en dos hasta León.

Tendí la mano y ayudé a un hombre a montar en la grupa, y el vaquero montado hizo lo mismo. Llevé al hombre hasta un caballo y él lo montó. Cuando reunimos seis caballos para los once hombres, les di dinero para que pudiesen pagarse el viaje hasta el padre.

—¿Adónde va, señor? —preguntó uno.

—A vengar el asesinato de nuestro amigo y la traición al padre.

—Entonces, que Dios lo acompañe a usted y a su espada.

CIENTO TRES

Muchas veces había recorrido grandes distancias desde Guanajuato para cazar, perdiéndome en la espesura. Me gustaba hacerlo con el mismo arco reforzado con cuerno que utilizaban los apaches del desierto de Chihuahua con tan asesina precisión. Pero no cazas desde lejos con una flecha, sino que tienes que acercarte poco a poco al animal y pillarlo por sorpresa. A los ciervos de las montañas del desierto, a menudo tienes que rastrearlos durante horas, o incluso días, siguiendo las huellas de sus cascos. Y así fue como rastreé a Renato, Isabel y don Humberto.

Seguí las huellas de sus caballos, que rodeaban el pueblo de los bandidos y continuaban hacia el norte. Al marqués lo habían apresado a unos treinta kilómetros al norte del pueblo y él había ocultado el oro antes de su captura. Eso significaba que, para primera hora de la mañana siguiente, llegarían a la zona donde don Humberto había enterrado el oro.

Seguí las huellas sin prisa. Mi objetivo no era alcanzarlos. Si lo hacía, podría haber una lucha y don Humberto podría resultar muerto antes de que yo averiguara la ubicación de su tesoro. Así que los seguí a una distancia segura, manteniéndome a una hora detrás de ellos. Como hacía cuando cazaba ciervos, cuando fuera el momento adecuado iría a por la presa.

A la mañana siguiente me comí unas galletas y resistí la tentación de masticar un poco de tasajo porque eso aumentaría mi sed. La región era árida pero con algunos valles fluviales que producían arbustos achaparrados y una hierba un tanto seca para *Tempestad*. Pero no podía contar con encontrar agua más adelante.

A medida que transcurría el día, seguí sus huellas cada vez más alto, entre los densos bosques que cubrían las laderas. Entonces recordé que podría saciar mi sed al otro lado de las colinas, donde un río se bifurcaba en dos arroyos más pequeños.

Un par de horas antes del mediodía oí un ruido. Detuve a *Tempestad* y presté atención. Sonó de nuevo, una voz de hombre, un grito de dolor. No, no sólo de dolor, sino de agonía. El marqués. No había oído hablar a don Humberto, pero estaba seguro de que era él. Hubiera reconocido la voz de Renato.

Me apeé de *Tempestad*. Más que atar las riendas bien fuerte a una rama, las dejé flojas para que pudiera desatarse si daba un buen tirón.

—Si silbo, ven a mí —le dije. No sé si mi caballo comprendía estas cosas, pero sí sabía que era mucho más inteligente que la mayoría de los hombres que había conocido.

Los ruidos habían cesado. Parecía que provenían del borde de un acantilado, que se alzaba unos treinta metros por encima de mí, demasiado empinado para escalarlo. Retrocedí por el mismo camino por donde había venido hasta que encontré una pendiente por la que podía trepar. Cuando llegué a la altura que me pareció que era de donde había llegado el sonido, me arrastré poco a poco entre los densos arbustos. Lo encontré en un pequeño claro: estaba tumbado de espaldas, junto a una hoguera de la que sólo quedaban los rescoldos. Por encima de éstos, había un trípode hecho con unos palos cruzados y atados con una cuerda que colgaba del ápice.

Estaba vivo, lo vi por el lento movimiento de su pecho, pero no por mucho. Olí la carne quemada. Los pies y el cuero cabelludo estaban chamuscados: le habían asado los pies en el fuego y luego lo habían colgado por los tobillos del trípode, cabeza abajo sobre las brasas.

También me olí una emboscada.

Sólo vi dos posibilidades: le habían carbonizado los pies en el fuego para averiguar el lugar donde estaba enterrado el tesoro. Al no encontrarlo, habían vuelto y lo habían colgado por los tobillos sobre las brasas. Cuando les dio una nueva ubicación, se marcharon para buscarlo. ¿La otra posibilidad? Lo habían dejado como cebo para mí.

Relajé el cuerpo, dejé la mente en blanco y permanecí absolutamente inmóvil. Era así como cazaba en las zonas por las que sabía que había pasado la presa; me permitía permanecer durante largos períodos sin moverme.

La respiración de don Humberto era rasposa, un preámbulo al estertor de la muerte. Intuía la emboscada, pero tenía que entrar en el claro.

Desenvainé la espada y empuñé la pistola. Respiré profundamente, me puse en cuclillas y avancé casi a cuatro patas hacia el marqués, esperándome una bala de plomo en el corazón en cualquier momento. Llegué hasta él sin haber recibido el disparo mortal. El jadeo se apagaba, cada vez más débil mientras me arrodillaba a su lado.

—Soy yo, don Humberto, el hombre que lo rescató.

Sus párpados se abrieron poco a poco. No me miró. Ni siquiera sabía si me veía.

—¿Por qué le han hecho esto?

—Se lo dije —susurró.

—¿Le dijo a Renato dónde está el oro?

—Se lo dije.

—¿Fueron a buscar el oro?

Algo que pareció una risa salió de su garganta.

—Me hizo daño...

—Tranquilo, amigo; el dolor desaparecerá en un momento.

Su mano esquelética me cogió por la pechera de la camisa y me acercó a él.

—Mentí —susurró—. Hablé falsamente.

—¿Dónde está?

—Donde el río se divide... en una caverna... Los indios lo ocultaron en la cueva con piedras, donde se divide el río —respondió en voz tan baja que apenas si lo escuché—. Los maté.

Tracé la señal de la cruz.

—¿Dios me perdonará?

No esperó mi respuesta; su vida escapó con el último aliento.

Conocía el lugar que había dicho el marqués. Había acampado en la división del río tres años antes. No recordaba una cueva, pero las crecidas habían abierto muchos agujeros a lo largo del cauce.

Don Humberto tenía más cojones de los que yo creía, porque sospechaba que le importaba más el dinero que cualquier otra cosa. Me pregunto cuánta más tortura hubiese soportado antes de entregar a su esposa.

Un grito llegó de los arbustos detrás de mí.

«¡Isabel!»

Corrí hacia el sonido, de nuevo esperándome una emboscada y dispuesto a enfrentarla de cara. Había llegado a mi límite. Había llegado el momento de cumplir con mi promesa de matar a Renato. Alcancé a atisbarlo cuando me abría paso entre los arbustos como un toro, el insensato toro con las sangrientas heridas que Marina me había acusado de ser.

Disparé la pistola y la bala hizo blanco allí donde había apuntado, justo en el pecho. Sólo que en ese instante comprendí que no había carne detrás de la chaqueta a la que había disparado: era un engaño.

Me volví al tiempo que descargaba un golpe con la espada. Él se agachó y se lanzó al ataque tan pronto como la espada pasó por encima de su cabeza. Me eché hacia atrás al ver el brillo de la daga, pero me cruzó el pecho, cortando la chaqueta y la camisa. Sentí el ardor de la hoja mientras caía hacia atrás, y las espinosas ramas de los arbustos se clavaron en mi espalda. Sabía qué venía ahora; me retorcí y giré antes de golpear el suelo. La daga se clavó en la tierra a mi lado.

Intenté seguir rodando cuando me apuntó con la pistola. El disparo sonó y no pude apartarme: la bala me alcanzó en la ingle. Sentí el ardor y mi mente estalló. Me levanté de un salto y me lancé hacia él con furia desatada. Había dos cosas que ningún hombre podía tocar: mi caballo y mi garrancha.

Lo golpeé con el hombro y el dolor en el pecho me recorrió el cuerpo como una tremenda sacudida. Se tambaleó y le golpeé en la cara. Cayó de espaldas y, ojo por ojo, le di una patada en los huevos. Dejó caer la espada y cayó de rodillas, sujetándose las partes con ambas manos. Recogí la espada que había dejado caer. Le había prometido cortarle la mano de la daga, pero su cuello parecía muy tentador.

Antes de que pudiera levantar el arma, vi algo por el rabillo del ojo. Una gruesa rama, gorda y sólida como la culata de un mosquete, se movía empuñada como un hacha. Al golpear contra mi sien, me envió volando a la izquierda.

Mientras caía por el precipicio, vi por un segundo a Isabel con el improvisado garrote en las manos, los ojos brillantes de excitación, un gesto de desprecio en los labios.

Caí unos cuatro metros, golpeé contra una superficie dura y un dolor insoportable estalló en mi cuerpo y mi cerebro. Oí otro grito y supe que era mío mientras rodaba por otra cornisa y seguía cayendo. Fui rodando sobre mí mismo a todo lo largo de la pendiente.

Cuando me detuve, yacía inmóvil, con un fuerte zumbido en los oídos y la visión doble. Tardé un momento en darme cuenta de que había caído unos treinta metros, no muy lejos de donde había atado a mi caballo. Me sentía paralizado. Gemí, moví los brazos y las piernas, y el dolor se hizo vivo. Intenté silbar, pero lo único que salió de mis labios fue un susurro.

—¡Tempestad! —grité, pero tampoco se puede decir que fuese un grito.

Dispuesto a soltar un alarido, me puse de rodillas y le grité de nuevo a mi caballo. Ninguna respuesta. Con el poder de Hércules, conseguí levantarme.

Encontré a *Tempestad* cerca de donde lo había atado. Se había soltado y estaba pastando. Me tambaleé hasta él a punto de perder el conocimiento. «Hijoputa», le espeté, y monté a la bestia por pura fuerza de voluntad.

No podía buscar y transportar el oro. Pesaría alrededor de ochocientas libras. Necesitaba hombres para cargarlo, mulas para llevarlo, y un ejército para protegernos. Necesitaba sanar de mis heridas y volver a León. Ya regresaría con el padre y su ejército.

Estaba debilitado por el dolor y la sorpresa mientras *Tempestad* me llevaba. La imagen de Isabel apareció en mi mente. Puta. Ella era la puta que había ayudado a quemar los pies de su marido, y luego lo había colgado de los tobillos sobre una hoguera. Que su alma ardiese en el infierno.

CIENTO CUATRO

No sé cuánto tiempo o lo lejos que me llevó *Tempestad*. La sangre de la vida escapaba de mí. La única manera de detener la hemorragia que conocía era quemar la herida con un hierro al rojo o usar pólvora negra, pero no tenía fuerzas para hacer ninguna de esas dos cosas. Ni siquiera tenía fuerzas para guiar a *Tempestad*. Unas sombras oscuras pasaban por mi mente, amenazando con arrojarla a un profundo vacío. Los pensamientos y las visiones pasaban por mi cabeza mientras viajaba de este mundo al ultraterreno que mis antepasados aztecas recorrían después de haber abandonado los pesares de esta vida: Carlos agonizando en mis brazos, la copa de brandy de Bruto, los gritos y los alaridos, los muertos y los moribundos del granero...

Volví al presente con palabras resonando en mi cabeza. Mis ojos y mis oídos establecieron poco a poco la relación entre una voz y un cuerpo. *Tempestad* se había detenido. Vi que había personas alrededor del semental y me miraban.

—Está malherido, señor.

No era una pregunta.

El mundo comenzó a dar vueltas a mi alrededor y me hundí en un negro e hirviente pozo sin fondo.

Ninguna buena casa en toda Nueva España hubiera acogido a un extraño herido. Sin embargo, no me curé en una casa, sino en la choza de un peón de una pequeña aldea azteca. Esas personas sencillas y sin pretensiones habían acogido a un extraño.

Cuando me repuse lo suficiente, busqué mi ropa y mi equipo. No faltaba nada, y habían lavado mis prendas. No tenía idea de cuánto tiempo había pasado en esa choza mientras el espectro de la muerte pendía sobre mí. Podrían haber sido días o semanas. Me costaba mucho comunicarme con el matrimonio que me había cuidado. No hablaban español.

Estaba levantado, un tanto tambaleante, pero decidido a buscar a *Tempestad*, que debía de andar por algún lugar de la aldea, cuando oí la llegada de caballos al galope. Las ideas de fuga se desvanecieron cuando la choza se vio rodeada y me ordenaron que saliera.

Salí y parpadeé ante la fuerza del sol del mediodía. Una docena de hombres a caballo me rodeaban.

—¡Identifíquese!

Reconocí los uniformes: la milicia realista. El interlocutor era un teniente. Conocía el tipo: como Allende y los hermanos Aldama, era un caballero criollo, pero combatía para el virrey.

Había sido capturado por el enemigo. Dentro de nada estaría bailando para el verdugo.

El teniente me apuntó con la pistola.

—¡Diga su nombre!

—¿Mi nombre? —Alcé la barbilla y eché hacia atrás los hombros—. Señor, se está dirigiendo usted a don Renato del Miro, sobrino del marqués del Miro.

Esa tarde, le relaté mi historia al capitán Guerrero, el comandante de la unidad, mientras comíamos carne y pan regados con vino. Le conté lo que me había ocurrido, repitiéndole la misma historia que le había contado a su teniente. Guerrero era otro oficial criollo. Como sobrino del marqués, yo era un gachupín de sangre noble, cosa que lo convertía a él en mi inferior social.

—El infame bandido, Juan de Zavala, nos emboscó a mi tío y a mí. Después de asesinar a mi amado tío, el bendito don Humberto, robó su oro.

—¿Qué hay de la hermosa Isabel? —preguntó el capitán Guerrero mientras servía otra copa de vino.

Me persigné.

—Fue asesinada por el bandido.

—¡No! Isabel, no. ¿Acaso primero...?

—Ya conoce su malvada reputación.

Se estremeció.

—Ese demonio mestizo pagará por la violación de una mujer española. Cuando capturemos a Zavala, yo mismo le aplastaré los cojones en las empulgueras y le arrancaré los ojos con mi daga.

Recé para que los bandidos hubieran capturado y matado a Renato y a Isabel. Le ofrecí al oficial un detallado relato golpe a golpe de mi heroica batalla contra el bandido Zavala y su asesina banda de ladrones, asegurándome de relatarle la misma historia que le había contado a su subordinado. Él me escuchó, compadecido, y me puso al corriente de la marcha de la guerra de independencia del padre.

—Hemos reconquistado Guanajuato y expulsado al chaquetero Allende y a sus traidores oficiales.

Fingí alegrarme por las noticias, pero sentí cada nueva derrota de nuestras fuerzas como una patada en el estómago. Las cosas no habían ido bien desde que el padre se había negado a lanzar a la horda sobre la capital. La opinión general entre los oficiales de Calleja era que Hidalgo había marchado a Guadalajara y que Allende se reuniría con él allí para reagruparse.

Escuché, bebí, comí, y estaba a punto de decirle al capitán que necesitaba seguir viaje cuando entró un ordenanza y le susurró al oído.

El capitán enarcó una ceja.

—Como sabe, el general Calleja era gran amigo de su tío. El general ha hablado con aprecio de don Humberto. Nunca me perdonaría si no le informo de que lo hemos encontrado a usted. Me ha comunicado la orden de que lo envíe para que pueda relatarle la historia del asesinato de su amigo a manos del desalmado Zavala. Una escolta militar lo acompañará para garantizarle un viaje seguro a su encuentro con el general.

¡Ay!, bien podría haberme sentenciado a la horca. Pero sonreí con valentía.

—¿Dónde está el general?

—En Guanajuato.

Contuve un gemido. La vida es como un círculo, ¿no? ¿Cuánto tiempo duraría en esa bella ciudad antes de que alguien me señalara como el bandido Zavala? Por el lado bueno, llevaba de nuevo barba y el pelo largo, había perdido mucho peso, mis prendas tenían el aspecto de haber dormido con ellas y no podían estar más sucias. Incluso *Tempestad* había adelgazado debido a la escasez de pastos. Teníamos el aspecto de haber librado una guerra en una pocilga y haber perdido. Pero no debía tener miedo a que alguien me reconociera, porque muy pronto las cosas empeorarían.

—El general Calleja querrá conocer todos los detalles de los terribles crímenes, así que no olvide ninguno. —Me dirigió una mirada—. Dado que su familia es una de las más nobles de Nueva España, sin duda querrá hablar de la herencia del marqués en su informe al virrey. ¿El marqués tenía hijos, o es usted su heredero?

Me encogí de hombros e intenté fingir que no estaba a punto de cagarme en los pantalones. No tenía ni la más remota idea de la composición de la familia del marqués. Aún me preguntaba si Renato era su sobrino o un sicario a sueldo, contratado para asesinar al padre y ayudar a Isabel a recuperar el oro. Pero fuera lo que fuese Renato, como amigo íntimo del marqués, el general sabría que era un impostor.

¿Por qué siempre que tenía los pies en el fuego alguien arrojaba aceite en las llamas?

El capitán no me dejó montar a *Tempestad*, lo que disparó mis sospechas. No quería que montara un caballo que podía dejar a los suyos comiendo el polvo que levantaba. Además, nos acompañó a mí y a la escolta durante todo el trayecto a Guanajuato.

La última vez que había visto la ciudad, era parte integrante de un ejército triunfal que había matado a centenares de españoles en el granero. Ahora, al entrar en Guanajuato, había tristes muestras de que los gachupines habían reconquistado la villa. Los cuerpos colgaban de los improvisados patíbulos en la calle principal.

—Éste es sólo el principio —comentó el capitán—. Para cuando acabemos, los únicos rebeldes que quedarán en Guanajuato serán los muertos.

Nos detuvimos cerca de la alhóndiga. El aire olía a sangre y a venganza. Los aterrorizados prisioneros eran sacados a toda prisa del granero, ahora convertido en cárcel. Un sacerdote murmuraba perdón en latín junto a ellos mientras los hombres eran empujados contra una pared. Tan pronto como el cura se apartaba, los prisioneros eran fusilados. Luego retiraban de inmediato los cuerpos para hacer sitio a los siguientes. Los muertos dejaban atrás sesos y huesos, tripas y sangre en los adoquines. Apilaban los cadáveres como troncos a un lado.

—Los llevarán a una fosa común —dijo el oficial.

—Sus juicios deben de ser rápidos —comenté.

«Muy rápidos», pensé. Calleja no llevaba en la ciudad el tiempo suficiente como para realizar juicios en toda regla.

—Dios dirige nuestros juicios. —Se rió—. No tenemos tiempo ni ganas de pasar meses separando inocentes de culpables. En cambio, el general ha ordenado un sorteo: si sus hombres extraen tu nombre, te arrestan y te ejecutan en el acto.

—En los primeros días de la Inquisición —manifesté, con el rostro imperturbable—, cuando los inquisidores creían que había herejes en una ciudad pero no podían descubrir a los culpables, ordenaban que mataran a todo el mundo. Torquemada, el gran inquisidor, les dijo a las tropas: «Matadlos a todos. Dios conocerá a los suyos; Él separará las almas de los inocentes de las de los malvados.»

Se desternilló de risa y se dio una palmada en el muslo.

—Ésa es muy buena, don Renato. Le repetiré sus palabras al general. Le alegrará saber que sus métodos tienen el respaldo de la Iglesia.

La gente observaba las ejecuciones desde las azoteas y los tejados de las casas de las laderas, familias enteras reunidas como si estuvieran presenciando una representación teatral. También habían presenciado la batalla por la alhóndiga. De nuevo, los abucheos eran para los derrotados.

Calleja estaba en el despacho de Riaño, el gobernador que había muerto defendiendo la alhóndiga.

Me llevaron a una sala de espera junto al despacho y, durante una hora, vi un constante desfile de oficiales y civiles entrar y salir.

Nadie se sobresaltó al verme o gritó mi nombre. Por fortuna, la mayoría de las personas que me hubieran reconocido eran gachupines y ricos criollos que ahora estaban muertos o habían huido a la capital.

Sabía algo del general, a quien algunas personas llamaban el Chino a sus espaldas. Calleja no era chino, pero la gente le había puesto el apodo porque su piel tenía un tinte amarillento a causa de la ictericia. La reputación como soldado de Félix María Calleja del Rey había sido muchas veces el tema de conversación de Bruto y sus amigos alrededor de la mesa durante mi juventud. Calleja tenía fama de ser un hombre pequeño de pésimo talante, muy dado a darse aires militares. Decían que sus dos grandes amores eran los halagos y la crueldad. Pero a pesar de su dureza y su exigente naturaleza, era considerado un buen soldado y un individuo popular entre las tropas.

Había nacido en el seno de una familia distinguida en Medina del Campo, en Castilla la Vieja. En su juventud, había participado en las guerras como alférez en una fracasada campaña contra el rey de Argelia. Había viajado a Nueva España unos veinte años atrás, y servido en las unidades de frontera hasta que Madrid ordenó que la milicia colonial fuera dividida en diez brigadas. Calleja recibió el mando de la brigada de San Luis Potosí, donde se casó con una mujer rica de la ciudad y se convirtió en el gachupín más notable de la región.

El padre Hidalgo, en su eterna sabiduría, había previsto que el general se convertiría en su principal castigo. Casi tan pronto como sonó el grito de independencia en Dolores, el sacerdote envió un escuadrón a la hacienda de Calleja en Bledos para arrestarlo. Pero el general escapó por los pelos y consiguió llegar a San Luis Potosí. Sin embargo, como había muy pocas tropas disponibles, necesitó un par de meses para reunir los hombres, las armas y los suministros necesarios para formar un buen ejército.

En ese momento, el malhumorado militar no pareció complacido de verme.

Me incliné humildemente ante él.

—Don Félix, es un gran placer...

—Es un mentiroso y un ladrón.

Sabía quién era. ¡Estaba condenado!

—Es una desgracia, un hombre sin honor, sin honestidad, sin integridad, sin decencia.

¿Qué podía decir? ¿Acaso no me conocía tan bien? ¿Uno de los patíbulos que había visto en la plaza me esperaba?

—Su tío, Dios bendiga su alma, me lo contó todo de usted.

¿Bruto había hablado de mí con Calleja?

—Su muerte sólo ha aumentado la lista de sus pecados.

—Don Calleja...

—¡Silencio! No es mejor que un vil gusano. —Tembloroso, su

mano se sacudió junto a la pistola en la mesa. Miró el arma, con el rostro convulso. ¡Iba a matarme!

Luchó por recuperar el control.

—Me repugna, perro cobarde. Había esperado que nuestros caminos nunca se cruzasen. Ahora finalmente nos hemos encontrado debido a la muerte de su santo tío. Que esté usted vivo cuando su estimado tío y su augusta tía están muertos es una afrenta para Dios.

¿Santo tío y augusta tía? Bruto nunca se había casado, yo no tenía ninguna tía.

—¿Qué tiene que decir en su defensa?

—Yo tampoco me caigo muy bien a mí mismo.

—¡Silencio! No tiene ninguna excusa para haber dejado que ese perro lépero de Zavala matara a su familia.

Abrí la boca, y el pequeño dictador me dijo que la cerrara.

—Permitió que él violase a su hermosa tía. Un peón violando a una mujer española. Un hombre de verdad hubiera muerto peleando para proteger su honor.

Intenté asentir pero nada salió de mi boca.

—Lo enviaré a la capital con una escolta armada. Tiene suerte de que no vaya encadenado. Llegó a la colonia con una pésima reputación en España, una desgracia para su honorable familia. Su tío me habló muchas veces de sus infamias. Si nuestra amada nación no estuviera en guerra contra los franceses, no dudo que estaría pudriéndose en una cárcel del rey. ¡Salga de mi vista!

Ya casi había cruzado la puerta cuando añadió:

—Le recomendaré al virrey que lo manden a primera línea de defensa de la capital. Tras haber vivido sin honor, al menos morirá con honra.

La vida era bella. Después de todo, don Humberto tenía un sobrino, recién llegado de España y malvado como el diablo. Aún no estaba seguro de que el matón amigo de Isabel fuera el verdadero sobrino, pero en ese momento no me importaba. Quienquiera que fuese Renato, allí donde estuviese, su nombre me había permitido seguir vivo..., al menos por el momento.

Esa noche disfruté de una magnífica cena en una posada, me acosté con una puta, luego otra, y otra más. Me sentía amado por Dios. Quizá me había perdonado mis numerosas transgresiones. Entonces, una pérfida sospecha entró en mi mente. Quizá me estaba reservando para un destino más terrible, uno digno de mis muchos pecados, pero por el momento la vida era bella.

A la mañana siguiente, me uní a una compañía de dragones que escoltaba a un mensajero con un comunicado para el virrey. Si me quedaba con ellos hasta Ciudad de México, indudablemente acabaría mis días en el patíbulo. Tenía a *Tempestad* entre mis piernas y esperaba una oportunidad para escapar. Estábamos a dos días de

Guanajuato cuando recibí el permiso del teniente al mando de los dragones para traer a una vaca que habíamos visto a lo lejos para la cena. Envió a dos dragones conmigo. Dejé a los dragones agonizando en su propia sangre y me llevé sus caballos conmigo mientras escapaba para reunirme con el padre.

CIENTO CINCO

Guadalajara

—¡Deberías estar muerto!

Ay, las mujeres nunca están satisfechas. Había vuelto con mis heridas todavía frescas, mis dolores todavía agudos, regresado de entre los muertos por el bien de la revolución, y Marina seguía sin estar satisfecha. ¿Estaba diciendo que estaba mal que no estuviese muerto porque había regresado sin el oro, o que no hubiera muerto como consecuencia de mis heridas siendo tan graves como eran?

Isabel, la mujer a la que había amado durante tanto tiempo, había intentado asesinarme. Había arrancado otro trozo de mi alma. Si para Marina el oro destinado a la insurrección era más importante que mi propia vida, ella también me hubiera aplastado.

Le había explicado al comprensivo padre y a la despiadada Marina por qué había regresado con las manos vacías. Les había dicho que sabía dónde estaba el oro, pero que no había podido recuperarlo debido a mis heridas. El padre lo había comprendido, pero ella me había mirado con clara sospecha.

—Dejé el oro con la intención de recuperarlo más tarde, no para mí, sino para el padre y su ejército —le dije a la cínica señorita—. Le he dicho al padre dónde está. Puede ir a buscarlo si me matan.

El párroco admitió que sabía dónde estaba oculto el oro, pero dijo que en ese momento eso era irrelevante. El destino de su ejército era incluso más incierto que cuando yo me había marchado. Escuchó con gran interés mi descripción de las fuerzas de Calleja y me dio las gracias por el trabajo que había hecho.

No obstante, su gratitud no aplacó la furia de Marina.

—Si el oro no es para la reconquista, yo misma te cortaré tu mentirosa lengua.

El padre le palmeó la mano.

—Juan hizo todo lo que pudo. Fue traicionado.

—De haber hecho lo mejor, hubiera traído el oro.

—Puedo ir ahora mismo a por él —afirmé. Había herido mi orgullo. Recuperaría ese tesoro aunque tuviera que arrastrarme con las bolsas atadas a la espalda.

—El tesoro tendrá que esperar —dijo el padre—. Debemos librar una batalla y el oro no nos sirve en este tardío momento a menos que podamos hacer con él balas de cañón.

Marina y yo nos marchamos para que pudiera continuar con los preparativos de la batalla que debíamos librar y que se acercaba rápidamente. Los ejércitos ya habían maniobrado cerca del puente de Calderón, al este de la ciudad.

Yo estaría presente en la batalla pero sólo con una pistola cargada en mi mano por si acaso un soldado realista se me acercaba lo suficiente para dispararme. En el camino de vuelta a Guadalajara, me había caído de *Tempestad* después de escapar de una patrulla realista que me había encontrado cerca de Atotonilco. La caída me había reabierto la herida, que ahora tenía mal aspecto. Para el momento en que llegué a Guadalajara, la herida se veía roja e hinchada. Todo mi cuerpo ardía de fiebre.

Nos fuimos a la habitación de Marina en una posada cerca del campo de batalla. Me enteré de que había alquilado la habitación para mi comodidad. Bebimos vino e hicimos el amor... ¡Ay de mí! Debo confesar que no estuve a la altura de mi rendimiento habitual como gran macho en la cama. Para mi vergüenza, mi garrancha se levantó, sólo para perder su poder casi de inmediato. Marina no tuvo ninguna compasión. Es más, mostró desprecio.

Me examinó la ingle.

—No importa dónde te alcanzaron. Perdiste tu hombría a manos de esa puta hace muchos años.

Gemí en silencio. Debía mantener la boca cerrada. Aún estaba débil y dolorido, no estaba en condiciones de enfrentarme a Marina, ni mental ni físicamente. El hecho de que Isabel hubiera intentado y casi hubiera logrado asesinarme no calmaba la furia de Marina. Se habría sentido más complacida si Isabel hubiera conseguido arrebatarme la vida. Actuaba como una mujer despechada. Tenía razón; era una bruja azteca que veía a través de mis negras mentiras y mis sucios actos.

—¿Qué pasó en Aculco? ¿Por qué perdimos la batalla? —le pregunté para quitármela de encima. Aculco era la batalla en que el líder bandido había dicho que el ejército del padre había sufrido una derrota.

—No hubo ninguna batalla. Encontrarnos con el ejército de Calleja fue una sorpresa tan grande para los realistas como para nosotros. Él marchaba al sur para defender la capital cuando nosotros íbamos hacia el norte. No estábamos en condiciones de luchar. Después de levantar el campamento en Cuajimalpa, quizá desaparecieron la mitad de nuestras fuerzas. Ellos eran entre cinco y seis mil soldados, y nosotros quizá cuatro o cinco veces más, la mayoría aztecas, por supuesto. De pronto los dos ejércitos se vieron enfrentados. Ni siquiera tuvimos tiempo de organizar una formación de combate. El padre ordenó la retirada, que se convirtió en una desbandada cuando no pudimos mantener el orden. Perdimos la mayor parte de nuestra artillería, algunas carretas con suministros...

—¿Las putas?

—Sí, perdimos también nuestras putas. ¿Es eso lo único que te importa?

Gemí, esta vez en voz alta:

—Dado que no puedo decir nada que sea de tu agrado, ¿por qué no me cortas la lengua?

—No es lo único que te cortaré si descubro que has mentido sobre el tesoro del marqués. —Me apretó los cojones, lo que me obligó a sentarme. Me empujó hasta hacerme acostar de nuevo—. Me gustas de esta manera, demasiado enfermo para luchar.

—Háblame de la batalla.

—Ya te lo he dicho, no hubo tal batalla. Fingimos prepararnos para el combate, pero en cambio nos retiramos. Libramos algunas escaramuzas y nuestra retirada fue desordenada. Así y todo, Calleja no nos persiguió con la fuerza principal, porque él tampoco podía mantener el orden. Ese hombre es el demonio encarnado. Ya has visto sus atrocidades en Guanajuato, pero por todos los lugares por los que pasa, deja atrás a la gente colgada de los árboles. Intenta aterrorizar a nuestros partidarios para que abandonen la revuelta.

—¿Lo ha conseguido?

—Asusta a la gente, pero somos más fuertes que nunca. Nuestros soldados han hecho que los prisioneros gachupines sufriesen el mismo destino que las víctimas de Calleja. El padre quiso detener la venganza, pero no pudo controlarlos. Los prisioneros españoles fueron ejecutados, aunque eso no ha detenido la matanza de Calleja.

—El Chino es una bestia —afirmé. Le relaté cómo había convertido la muerte en una lotería, colgando a personas inocentes porque eso era más rápido que los juicios.

Marina me dijo que cuando el padre ordenó al ejército que se retirara de la capital, los llevó de vuelta al Bajío. Sólo llevaban unos pocos días de viaje cuando casi chocaron con el ejército de Calleja en Aculco.

—Calleja estaba tan cerca que comprendimos el acierto del padre cuando rehusó atacar la capital. El ejército de Calleja nos hubiese atacado por la espalda mientras asediábamos la ciudad.

Pero tal posibilidad no había calmado el desagrado de los oficiales criollos ante la negativa del padre a atacar la capital.

—Allende, los hermanos Aldama, todos están furiosos con el padre. De nuevo afirman que un cura no está capacitado para dirigir un ejército.

—Pero si no tienen ejército; el único ejército son los indios del padre.

—Es verdad, pero los criollos siguen pensando como burros. Nunca han sido capaces de encontrar la manera de maniobrar a decenas de miles de indios sin formación. Sólo saben cómo mandar a tropas preparadas. Siempre le toca al padre porque él es el único que sabe cómo dirigir sus pasiones.

Después de la debacle en Aculco, marcharon al Bajío, en dirección a Celaya y Querétaro. Para calmar la animosidad entre el padre y los oficiales criollos, Allende se separó para llevarse una gran fuerza a Guanajuato.

—Creyó que allí podría fabricar cañones y munición —explicó Marina—, y fortificar la ciudad para defenderse de un asedio realista.

A su vez, el padre fue a Valladolid a reclutar más tropas y reaprovisionarse.

—Apenas habíamos llegado a Valladolid cuando recibimos la noticia de que Torres había tomado Guadalajara. —Marina añadió que las expectativas del padre habían cambiado después de haber abandonado la capital—. Siempre había esperado que miles de criollos se unieran a nosotros y que grandes unidades de la milicia desertarían para sumarse a nuestro bando. Ahora sabía a ciencia cierta que eso no iba a ocurrir, que sólo podía confiar en los indios que tenían coraje y corazón pero carecían de entrenamiento y armas.

Vio la captura de Guadalajara como una oportunidad para reunir de nuevo un enorme ejército de indios. Torres le suplicó que fuera a la ciudad para utilizarla como base.

—Llegamos allí con menos de ocho mil soldados, pero nuestras filas comenzaron a aumentar de nuevo a partir del primer día. —Los ojos de Marina resplandecieron de orgullo—. La ciudad recibió al padre como a un héroe conquistador con bandas de música, tropas de dragones, salvas de artillería, repiques de campanas, e incluso un tedeum cantado con toda una orquesta.

Buenas noticias de la reconquista llegaban también de otros puntos de la colonia. Gran parte del norte —Zacatecas, San Luis Potosí y la poco poblada región árida más allá— estaba a favor de la revolución. Por todo el Bajío la autoridad realista había caído, y los mensajeros del virrey eran capturados por los revolucionarios y los guerrilleros. El cura Morelos, en la región tropical de Acapulco, había conseguido logros espectaculares.

—El padre lo envió con sólo veinticinco hombres y sin armas a reclutar un ejército. Ya tiene a varios miles de combatientes, pero rehúsa enfrentarse a las tropas realistas en los campos de batalla. Como tus amigos peninsulares, combate como un guerrillero. —Marina se echó a reír—. Morelos era un cura incluso más pobre que el padre. Estuvo a punto de morir de hambre cuando iba al seminario, antes de ser aceptado por la Iglesia. Ahora dirige un ejército.

En la víspera de la gran batalla que iba a tener lugar al día siguiente contra el ejército de Calleja se cumplieron los cuatro meses desde el día en que el padre proclamó la independencia de la colonia.

Unos pocos días antes nos habíamos enterado de que Calleja avanzaba con la mayor fuerza española jamás reunida en la colonia.

Marina había espiado el avance del general, y calculaba que su fuerza estaba compuesta por unos siete mil soldados. Nosotros éramos diez veces más, pero los nuestros serían una masa incontrolable enfrentada a tropas veteranas y bien armadas.

Consciente de que la batalla sólo agravaría el conflicto entre el padre y los oficiales criollos, Allende dijo que no podían controlar y dirigir con eficacia a semejante multitud, por lo que propuso dividir nuestras fuerzas y lanzar siete u ocho unidades de diez mil hombres cada una contra los realistas en sucesivas oleadas más que arriesgarlo todo en un único ataque en masa.

El padre Hidalgo estuvo en desacuerdo.

—Dijo que eso haría el control todavía mucho más difícil, que sufriríamos deserciones en masa si la horda era dividida —me dijo Marina—. El padre cree que nuestras mejores posibilidades están en arrollar a los realistas con nuestra superioridad numérica. Si seguimos presionándolos, cree que serán los primeros en ceder y escapar.

Yo estaba de acuerdo con el plan del padre. Si el ejército se dividía, sería incluso más difícil de controlar. Si la unidad en cabeza huía ante el fuego, las tropas que venían detrás tampoco defenderían su terreno. La gran masa humana no respondía a las órdenes, sino al flujo de la masa en su conjunto: si la cabeza giraba, el resto del cuerpo la seguía.

Allende incluso había sugerido abandonar Guadalajara y retirarse de nuevo para continuar armando y entrenando a los soldados. Pero eso significaría la pérdida de decenas de miles de indios de nuestras filas. Además, el padre Hidalgo era un sacerdote guerrero. A diferencia de los oficiales criollos, creía que el bien acabaría triunfando sobre el poder.

De nuevo —como había ocurrido cuando el padre se negó a arrasar la capital—, corrieron por el campamento los rumores de un golpe de Estado dirigido por los oficiales y también de otro intento de asesinato contra el padre. Marina estaba al mando de los indios asignados a proteger a Hidalgo en medio del caos. Le señalé cuáles eran los oficiales que debía vigilar. Seguía sin creer que Allende o los hermanos Aldama fueran a hacerle daño al padre, pero no todos los oficiales eran tan honorables o inteligentes. Si mataban al sacerdote, los aztecas se cobrarían venganza en todos los criollos que vieran, y el ejército desaparecería.

Nadie sabía con exactitud cuántos peones pobres sin tierras se habían reunido alrededor del estandarte del padre. Yo calculaba que unos ochenta mil, pero la mayoría de ellos estaban armados sólo con cuchillos, garrotes o picas de madera. Habíamos conseguido casi cien cañones y una enorme cantidad de pólvora negra y balas, pero los cañones eran todos de inferior calidad: algunos de hierro, unos pocos de bronce y muchos nada más que de madera sujeta con flejes de hierro. Aún nos veíamos afectados por la falta de artilleros capacitados para dispararlos.

Nuestra caballería seguía estando compuesta en su mayor parte por vaqueros armados con lanzas de madera, aunque unos cuantos tenían machetes y unas pocas pistolas oxidadas. No teníamos corceles para nuestros dragones, sus monturas eran un variopinto surtido de caballuchos mal alimentados, mulas robadas y burros indios, muchos de los cuales se espantaban ante el rugir de las armas, el tronar de los cañones, la visión y el olor de la sangre.

Salimos de Guadalajara en un interminable desfile de ciudadanos-soldados, sólo un puñado con uniformes, unos pocos con armas de verdad, pero todos con corazón y coraje, y el más valiente de todos en cabeza. Vestido con un resplandeciente uniforme azul, rojo y blanco adornado con brillantes alamares de oro, el padre era el héroe conquistador, elevado a la apoteosis.

—Llevamos suficientes suministros con nosotros para una marcha a la capital —les dijo a los oficiales reunidos antes del desfile—. Tan pronto como hayamos derrotado a Calleja, reclamaremos toda Nueva España para los americanos.

Me ahogué con la pasión de sus palabras, la elegancia de sus modales y de su discurso, la manera como cabalgaba erguido en un brioso semental blanco que trotaba por la calle en medio de los vítores de los habitantes de Guadalajara.

Los ejércitos se enfrentaron cerca de un puente que cruzaba el río Calderón. Estábamos a once leguas al este de Guadalajara, a un largo día de cabalgata para un hombre a caballo. Era una zona de campos y colinas áridas, escasa vegetación, hierba seca y árboles achaparrados.

El padre hizo que nuestras tropas ocuparan el puente y, en la aproximación a Guadalajara, se apoderó del terreno elevado. Situó al ejército con mucha astucia: Calleja encontraría tan difícil un asalto a nuestra vanguardia como a nuestra retaguardia, que estaba protegida por una profunda garganta.

Esa noche nos sentamos en la oscuridad decenas de miles de nosotros, con más hogueras salpicando las colinas que estrellas en el cielo.

A primera hora del día siguiente, nos enteramos de que el general atacaría de inmediato.

—Calleja viene a la batalla con algo a su favor —dije—: no siente ningún respeto por nuestro ejército como unidad militar, porque ya lo vio correr una vez.

Marina me miró furiosa y frunció el entrecejo.

Yo todavía me enojaba porque pensaba de mí que era un derrotista. En realidad, creía que podíamos vencer a los españoles. Éramos superiores a ellos en número, en posición, y teníamos el espíritu necesario para ganar. Pero también sabía que la diosa Fortuna era una puta veleidosa.

No estaba en condiciones para combatir de verdad, así que el padre me utilizó para el reconocimiento. Desde la copa de un árbol en lo alto de una elevada colina, provisto con un catalejo, observé a Calleja y lo vi dividir su ejército en dos. Incluso a esa distancia, reconocí su uniforme y vi que el general Flon estaba al mando de la segunda unidad. Que Flon fuese el segundo de Calleja —y no el comandante general— se debía a que era imprevisible. Flon, a diferencia del meticuloso Calleja, era famoso por su impulsividad.

Por la forma en que se alinearon las formaciones deduje que Calleja atacaría nuestro flanco izquierdo mientras Flon haría lo mismo por la derecha. Envié un mensajero al padre con esta información. Calleja atacó con fiera determinación, lenta y metódicamente, empujando a sus tropas contra nuestras primeras líneas. No podíamos detener a las bien armadas tropas que avanzaban inexorables detrás de una cortina de fuego de mosquetes y metralla. Así y todo, las líneas de vanguardia de nuestro ejército no se retiraron; defendieron su terreno y fueron destrozadas.

Calleja avanzaba poco a poco, pero entonces el impetuoso Flon hizo algo que me sorprendió y sin duda también a Calleja. De pronto, su unidad cargó contra nuestra posición superior con el propio Flon encabezando el ataque.

Sacudí la cabeza asombrado. Allende y el padre esperaban que el ejército se dividiera y atacara en concierto, pero Flon se había lanzado sin más, para machacarnos con todo lo que tenía, mientras las fuerzas de Calleja avanzaban con meticulosidad.

—¡Ese cabrón quiere toda la victoria para él solo! —le grité a Marina.

Flon, sin embargo, estaba atacando nuestra posición más fuerte. Rechazamos sus tropas una vez, luego otra. Cuando la artillería dejó de disparar, grité:

—¡Su artillería se ha quedado sin municiones! ¡Sus tropas se retiran!

No pude apartar el entusiasmo de mi voz. Calleja continuaba avanzando poco a poco, su artillería disparando contra nuestras posiciones elevadas, pero estaba seguro de que la victoria sería nuestra.

Entonces hubo una tremenda explosión, que casi me tumbó del árbol, y luego otra y otra, todas ellas brutales, como si la tierra misma se hubiera abierto con una furia volcánica. Me aferré al árbol, aturdido, los oídos zumbándome, el olor acre del humo de la pólvora negra quemándome los ojos y la nariz.

Miré abajo para ver si Marina y los otros mensajeros estaban bien, seguro de que una bala de cañón había caído muy cerca. Ella había sido arrojada al suelo, pero ya se levantaba.

—¡¿Qué ha pasado?! —gritó.

«¡Madre de Dios!»

Miré horrorizado hacia la cumbre de la colina. Un enorme fuego y grandes nubes de humo se alzaban donde estaban reunidos nuestros carros de municiones. Un disparo afortunado de la artillería de

Calleja debía de haber alcanzado un carro de municiones e incendiado la carga de pólvora negra. Cuando estalló, prendió otro carro cercano, y luego otro...

—¡No! —El grito escapó de mi boca mientras miraba el caos que se extendía por nuestras filas.

No sabía cuántos de nuestros hombres habían muerto en las explosiones iniciales; centenares, desde luego. Grandes nubes de espeso humo negro cubrían ahora a nuestras tropas a medida que el fuego se propagaba a la alta hierba y el bosque seco donde estaban los hombres. Nuestras filas comenzaron a desintegrarse, no por el firme avance de las tropas españolas, sino por el infierno de fuego y humo.

Bajé del árbol, resbalando en los últimos tres metros, con mis heridas en carne viva. El humo ya nos envolvía.

Con Marina y los demás a mi lado, nos movimos en dirección opuesta a las fuerzas que avanzaban, uniéndonos a la terrible retirada, con el caos a nuestro alrededor. Incluso el viento estaba contra nosotros, soplando el humo y el fuego en nuestra dirección, en lugar de enviarlo al enemigo, haciendo que una lluvia de chispas cayesen sobre la hierba seca y los matorrales e iniciando incendios por todas partes.

La inmensa ola de guerreros aztecas que habíamos lanzado contra otras fuerzas era ahora un revoltijo de humanidad que chocaba en medio del denso humo.

Me aferré a Marina, arrastrándola conmigo, medio ahogado y tosiendo, los ojos llorosos, mientras escapábamos de la lluvia de plomo disparada por las tropas que avanzaban.

Lo que el ejército español no podía hacer con la fuerza de las armas —después de seis horas de combate y con la mitad de sus tropas en plena retirada— lo había hecho la diosa Fortuna. Esa puta imprevisible había convertido a Calleja en el amo del campo de batalla con un único disparo afortunado.

CIENTO SEIS

Escapamos del lugar, expulsados no por la fuerza de las armas, sino por el humo y el fuego, las armas de conquista de la naturaleza. Habíamos dejado atrás los cantos a la victoria y los perdidos sueños de gloria. Nos llevábamos con nosotros el amargo gusto de la derrota.

Una vez más, los líderes se separaron, esta vez escapando en direcciones diferentes. Marina y yo fuimos con el padre. Los únicos jinetes que nos llevamos con nosotros fueron los cuatro guardaespaldas del sacerdote. Escogidos por Marina, nunca se separaban de su lado. Muchos más hubieran venido, pero el padre no quería que nos acompañara una tropa de dragones. Esperaba ser anónimo, pasar desapercibido.

—Cree que Dios lo castiga —dijo Marina—, y por él, a todos los que lo siguen.

—¿Castigarlo por qué? —pregunté—. ¿Por amar a la gente? ¿Por darlo todo y arriesgar su vida para que los pobres puedan tener un trozo de tierra y ser libres? Dios no dirigió ese disparo de cañón, fue el diablo.

Cerca de Zacatecas, Allende y los otros oficiales criollos, junto con las tropas montadas, se unieron a nosotros en la hacienda del Pabellón..., y trajeron problemas consigo. Allende y los hermanos Aldama exigieron hablar con el padre a solas. Marina desenfundó la daga y yo mi espada. El padre se interpuso entre nosotros.

—No —dijo—, guardad las armas. Sé lo que quieren.

Querían que el padre les entregara el mando y la revolución. ¿Qué mando?, me pregunté mordazmente. ¿Qué revolución? ¿Acaso no estábamos huyendo del ejército realista?

Gran parte del norte estaba todavía en manos de nuestros compadres, y cuando volvieron, el padre y Allende me asombraron con la audacia de su plan. Iríamos al norte, a través de Monclova, entraríamos y cruzaríamos la región de Texas hasta una ciudad llamada Nueva Orleans en el territorio de Luisiana, que acababa de ser comprada por Estados Unidos a Francia. Una vez allí, con el oro y la plata que habíamos «requisado» de los tesoros de Guanajuato y otras ciudades, compraríamos las mejores piezas de artillería y mosquetes. Con dinero y armas, podríamos reunir y entrenar otro ejército.

—Cuando regresemos a la colonia para desafiar a los gachupines, no estaremos al mando de una horda de decenas de miles de indios sin formación y mal armados, sino de un ejército bien equipado y preparado, que marchará a ritmo de los tambores y disparará cuando se les ordene. ¡No todo está perdido! —le dije a Marina.

Ella se rió y batió palmas.

—No nos podrán parar; detrás de nuestro ejército entrenado habrá un interminable océano de mi gente. Esta vez, los americanos tomaremos la capital y toda la colonia con ella.

Así y todo, los criollos no querían al padre. Cada vez más, creían que ya no lo necesitaban. En un momento de furia, uno de ellos dio a entender que, si moría en el camino, se harían con el control del tesoro revolucionario. Con tanto oro y tanta plata en sus manos, podrían formar un ejército profesional para la causa de la independencia..., o retirarse a grandes mansiones y vivir rodeados de lujo en Nueva Orleans, ¿no?

Pero de nuevo Allende y los hermanos Aldama evitaron ponerse en contra del padre. Estaban furiosos con él, lo acusaban de haber debilitado la revolución al negarse a atacar la capital y por no seguir sus consejos en el puente de Calderón, pero eran hombres de honor; la derrota no los llevaría a asesinar al hombre que habían escogido como su líder. Además, Allende estaba ahora al mando. El padre se había encerrado en sus propios pensamientos. Ya no se comunicaba con nosotros excepto en un amable tono cuando le llevábamos la comida o cuando algunos de nosotros hacíamos algún comentario sobre el terreno o el tiempo.

Nos habíamos detenido en la casona de una hacienda cuando llegó un mensajero con un despacho del general Luis de la Cruz, un oficial realista. Más tarde me enteré por Marina de que el general había enviado una copia del indulto ofrecido por las Cortes españolas a todos los participantes en la revolución. De la Cruz invitaba al padre a aceptar el perdón y ordenar a aquellos que estaban bajo su mando que lo aceptasen.

Marina me mostró la respuesta del padre.

En el cumplimiento de nuestro deber, no dejaremos las armas hasta que hayamos arrancado la valiosa gema de la libertad de las manos del opresor... El perdón, excelencia, es para los criminales, no para los defensores de su país.

No se deje engañar, excelencia, por las fugaces glorias del brigadier Calleja; no son más que relámpagos que ciegan más que alumbran...

El camino al norte era ardiente bajo el sol de mediodía, pero tremendamente frío por la noche. Cabalgamos por la zona prohibida, el vasto desierto de Chihuahua, que se extendía centenares y centenares de kilómetros a través del río Bravo hacia Santa Fe y la provincia de Texas, un mundo abrasado de polvo y cactus, salvajes apaches y un calor infernal. Nuestro viaje se hacía cada día más duro debido a las interminables distancias entre los precarios pozos de agua.

El Bajío iba desde los fértiles campos al rocoso terreno de las montañas de Dolores y Guanajuato. Pero el viaje al norte era por un terrible desierto donde el agua sólo se podía obtener a largos intervalos y en escasas cantidades. Siempre temíamos que el siguiente pozo estuviera seco.

Nuestra expedición, un gran grupo con una terrible sed, incluía ahora a otros sesenta líderes: sacerdotes y criollos que habían unido su suerte a la nuestra, la mayoría de ellos montados en catorce carruajes tirados por mulas. Teníamos a un par de centenares de soldados de caballería, la mayoría vaqueros armados con lanzas y unos pocos dragones de la milicia que se habían unido a la revuelta cuando nuestros estandartes ondeaban muy alto. Detrás de la élite y la caballería venían unos dos mil soldados de infantería, indios y mestizos, pocos de ellos con otras armas que no fueran los machetes y los cuchillos.

No nos parecíamos en nada a una unidad militar; no marchábamos en fila, ni al ritmo de una cadencia, ni manteníamos un orden particular. El generalísimo Allende no creía que nada de eso fuera necesario. No había ninguna fuerza en la región lo bastante grande como para amenazarnos. Las tropas realistas estaban al menos a una semana de camino detrás de nosotros, si es que se habían tomado la molestia de seguirnos. Tampoco ningún grupo indio, ni siquiera los salvajes apaches, podían amenazar a un ejército del tamaño del nuestro.

No esperábamos ninguna oposición de las unidades militares en nuestra marcha al norte. Debido a que la zona estaba muy poco poblada, sólo había unas pequeñas y dispersas unidades de milicia a las órdenes del virrey. Y ni siquiera de éstas se podía decir que estuvieran dando apoyo a la causa realista. Debido a la distancia de la capital, los virreyes de Nueva España no mantenían un control firme de las provincias norteñas como hacían con el resto de la colonia. Los norteños eran gente dura y tenían que trabajar mucho más para sobrevivir que la gente del sur. Se habían unido de inmediato a la causa de la independencia cuando les llegó la noticia del grito. El mensaje enviado por el teniente coronel Elizondo, un oficial norteño reclutado para la causa, era que el padre sería recibido en Monclova como un héroe.

La desesperación continuaba flotando sobre nosotros mientras marchábamos. El miedo a la derrota había desaparecido, pero también el júbilo inicial ante el hecho de que nos retiraríamos hasta Nueva Orleans y compraríamos buenas armas.

Estábamos a un día del agua de los pozos de Bajan cuando la mujer que había dominado gran parte de mi vida entró de nuevo en ella como un vertiginoso viento negro envenenado procedente de la ultratumba azteca. Miré las palabras escritas en un mensaje que me había traído un peón montado en un burro.

Ven en mi ayuda, don Juan. Renato me tiene prisionera.

—¿Cómo es que tienes ese mensaje? —le pregunté al mensajero.
—Me lo dio un sacerdote.
—¿Qué sacerdote?
—En Bajan, señor. Es el sacerdote al que le llevo provisiones desde Monclova.

Los pozos de Bajan serían nuestro próximo punto de abastecimiento de agua. Monclova, un poblado más grande, estaba más al norte.

—¿Cómo es que el sacerdote recibió el mensaje?
Se encogió de hombros.
—No lo sé, señor.
—¿Dónde está retenida la señora?
Pareció desconcertado.
—¿Señora?
No sabía nada de Isabel. Le habían entregado la nota, le habían dicho mi nombre y le habían ordenado que me buscara entre el ejér-

cito insurrecto. No había sido difícil encontrarme; Marina y yo habíamos estado cabalgando en vanguardia para evitar el polvo levantado por miles de pies y cascos.

Ella leyó mi mente mientras yo miraba la letra de Isabel.

—¡Eres un idiota! Es una trampa.

—¡Silencio, mujer! No me dejo engañar. No voy a ir a por Isabel; voy a matar a Renato.

—¿Qué pasa si él te mata a ti?

Le sonreí.

—Entonces tendrás que buscar a otro al que castigar con tu lengua afilada.

Detuve el golpe de su látigo con el codo. Era una mujer dura.

Seguí al peón en dirección norte hacia Bajan, dejando atrás a una mujer furiosa y a un lento ejército que se extendía a lo largo de kilómetros.

Muchos pensamientos pasaban por mi mente. Había mentido cuando le dije a Marina que mi único motivo era matar a Renato. Quizá también mataría a Isabel. Pero antes de hacerlo haría que ella se pusiera de rodillas y me suplicara perdón. La haría confesar todos los crímenes que había cometido contra mí. Luego, si estaba convencido de su sinceridad, la miraría con desprecio, mi espada preparada para cortarle la cabeza, y en lugar de matarla, como un sacerdote, la absolvería de pecado pero no la perdonaría. «Ya no te quiero —le diría—. Eres peor que una perra.»

Por supuesto, para ser justo, si ella me convencía de su inocencia, si me decía que Renato la había obligado..., bueno, entonces sería una víctima inocente, ¿no?

CIENTO SIETE

En Bajan, un poblado había surgido alrededor del pozo de agua que proveía a los viajeros y las caravanas de mulas que recorrían el sendero en dirección a los territorios norteños. Una pequeña iglesia era el centro del poblado. Seguí al peón hacia el templo. Al entrar en lo que parecía ser la plaza, se abrió la puerta de un patio junto a la iglesia y salió Renato. Estaba al otro lado de la plaza. Le di una palmada en la grupa a *Tempestad* y avancé al galope, desenvainando la espada.

No había cubierto la mitad de la distancia que me separaba de ese cabrón, cuando los soldados armados con mosquetes entraron en la plaza procedentes de todas las direcciones.

Tiré de las riendas de *Tempestad* para cambiar de dirección y atravesé la línea de soldados a mi derecha.

—¡Disparad al caballo! —gritó Renato.

Sonó una descarga de los mosquetes. Una bala alcanzó mi muslo izquierdo, y noté que *Tempestad* se sacudía debajo de mí mientras caía. Me solté de los estribos y golpeé contra el suelo con tanta fuerza que me quedé sin respiración. Busqué a tientas mi espada, que había caído unos pasos más allá, y me levanté, tambaleante, mareado, espada en mano. Mis ojos se nublaron, pero oí a Renato gritar la orden de que no me disparasen mientras corría hacia mí con la daga en la mano. No me quería muerto porque deseaba arrancarme con la tortura la ubicación del tesoro.

Mientras me tambaleaba hacia él para enfrentarme a su carga, un caballo y su jinete se abrieron paso entre el círculo de soldados y oí un grito de una voz conocida.

¡Marina! La mujer-soldado me había seguido.

Pasó por mi lado al galope y llevó su caballo contra Renato. Entonces se oyeron más disparos, su caballo tropezó y cayó. Como un jinete circense, Marina cayó de pie con el machete en la mano. El impulso la arrojó tambaleante hacia Renato cuando intentaba recuperar el equilibrio. Casi corrió a sus brazos. Mientras avanzaba, todavía tambaleándose, levantó el machete para atacarlo, pero él se adelantó, paró el brazo del machete y le clavó la daga en el vientre.

—¡No! —grité—. ¡No!

Renato me sonrió mientras la rodeaba con el brazo libre y la atraía hacia sí, retorciendo la daga en su vientre. Marina cayó al suelo a sus pies mientras yo cojeaba y me tambaleaba en mi avance, la sangre manando de la herida en el muslo. Estaba a unos pocos metros de alcanzarlo cuando oí pasos detrás de mí. Por el rabillo del ojo vi el movimiento de la culata de un mosquete y la parte de atrás de mi cabeza estalló. Caí de nuevo al suelo, aturdido.

—¡No lo matéis! —gritó Renato—. Llevadlo al pozo del patio.

Dos hombres me cogieron por los brazos y me arrastraron a través de la reja abierta y el patio de la iglesia hasta un pozo con un brocal de ladrillos de adobe de un metro de altura. Un armazón de madera construido sobre el pozo sostenía una polea con una cuerda.

—Vosotros dos quedaos —les dijo a los hombres que me habían arrastrado allí—. El resto, fuera, salid de aquí.

Sabía por qué quería intimidad. No me había perdonado la vida por amistad.

Renato cogió la cuerda que sujetaba el cubo utilizado para sacar agua del pozo. La separó del cubo y le entregó el extremo de la cuerda a uno de los hombres que me habían arrastrado.

—Atadle las piernas. Dadle la vuelta para que pueda atarle las manos.

Mientras yacía boca abajo en el suelo, Renato se arrodilló a mi lado y me ató las manos a la espalda con una tira de cuero.

—Eh, lépero hijo de puta. Sabía que vendrías a por mí.

—Moriré antes de decirte nada.

—Sí, morirás pronto, pero no antes de que haya acabado contigo. Antes de que termine, me suplicarás que envíe tu alma al infierno.

Se levantó y me propinó una patada en la herida. Solté un gemido involuntario a causa del dolor.

—Levantadlo —ordenó a sus ayudantes—, y bajadlo al pozo cabeza abajo.

¿Cabeza abajo?

El muy hijo de puta pretendía ahogarme. Era un hombre listo. El ahogamiento era algo terrible. Me habían dicho mis amigos guerrilleros en España que era mejor que te cortaran en pedazos o te mataran a palos antes que ser torturado con el agua. Cuando te cortan o te pegan, te desmayas o tu cuerpo entra en *shock* y el dolor disminuye. No ocurre lo mismo con el ahogamiento, porque tu cuerpo tiene la necesidad constante de respirar. La muerte era la única escapatoria, y Renato me impediría entregar el espíritu hasta que estuviera preparado.

Mis pies se levantaron primero cuando los hombres tiraron de la cuerda. Cuando me tuvieron en el aire encima del pozo, la soltaron, y caí de cabeza en el oscuro hueco. Durante el descenso, me raspé el hombro contra una afilada roca que sobresalía de la pared interior. No tuve tiempo de gritar de dolor cuando se abrió mi hombro antes de golpear contra el agua.

Por un momento, el agua era fresca, un grato alivio para mis heridas. No había tenido la presencia de ánimo suficiente para coger aire antes de verme sumergido, pero no hubiese servido de nada. El agua me entró por la nariz de inmediato, y solté el poco aire que retenía. Cuando salió el aire, entró el agua. La tragué, y mi cerebro estalló en un millón de chispas. Me sacudí violenta, compulsivamente, como un gran pez que acaba de ser pescado por la cola.

De pronto vi que me subían. Cuando volví a estar en la boca del pozo, Renato se inclinó por encima del borde y me preguntó:

—¿Dónde está mi tesoro? Si me lo dices, te dejaré vivir.

Le escupí agua y vómito.

Me dejaron caer de nuevo y volé hacia abajo, desgarrándome la espalda y las muñecas tan fuerte en una piedra que sobresalía que creí que me había roto los brazos antes de chocar contra el agua. Esta vez fui hasta abajo y mi cabeza golpeó en el fondo. El golpe me procuró un momentáneo alivio cuando mi cuerpo quedó inerte, pero un segundo más tarde —de nuevo contra mi voluntad— mis pulmones respiraron agua y estallaron en llamas.

A través de la niebla que envolvía mi cerebro, comprendí que me habían izado de nuevo y que Renato les había ordenado a sus hombres que me permitieran recuperar el aliento. Como cualquier buen torturador, sabía que la tortura sólo funcionaba con los vivos.

—Dime dónde está el tesoro y dejaré que me lleves hasta él —susurró el demonio en mi oído.

—Te llevaré a tu tumba.

Ordenó que me arrojaran de nuevo al pozo oscuro.

Debatiéndome contra la muerte, tiré con fuerza del cordón de cuero mojado alrededor de mis muñecas y noté que cedía. Durante la última caída, el cordón se había enganchado por un momento en una de las afiladas piedras, que sobresalían de la pared interior y, al tirar con los brazos hacia arriba, temí que el cordón enganchado dislocara mis hombros, incluso mientras una cegadora agonía quemaba mis articulaciones. Pero luego sentí cómo el cordón cedía cuando me aparté de la afilada protuberancia y continuó mi caída. Tiré de nuevo del cuero, y de pronto mis manos quedaron libres.

Cuando me subieron, Renato se inclinó por encima del borde para burlarse de mí.

—Ésta es tu última oportunidad, hijo de puta, de lo contrario...

Levanté los brazos. Lo sujeté por la chaqueta y tiré de él, que cayó por encima del brocal, sujetándose a mí. Mientras caía, lo empujé hacia abajo, pero se sujetó de mi cintura. El peso era demasiado para los dos hombres que tiraban de la cuerda. Oí un grito, y luego Renato y yo caímos por el hueco. Él golpeó con fuerza contra una roca que sobresalía de un costado de la pared. Cuando chocamos contra el agua, nos sumergimos, pero me vi izado por encima de la superficie del agua por los hombres que tiraban de la cuerda. Pasé un brazo alrededor del cuello de Renato y lo sujeté con fuerza. Los hombres en la superficie no podían subirnos a los dos. Él no se resistía como un hombre con todas sus fuerzas, y comprendí que había quedado aturdido por el golpe contra las rocas. Con mi brazo alrededor de su cuello, me aparté del costado con los pies y golpeé su rostro contra la pared de piedra una y otra vez durante todo el tiempo que tardaron en subirnos.

Los hombres habían enganchado la cuerda a una mula para izarnos, pero yo fui el único que lo conseguí, pues cuando llegamos arriba, lo solté.

Yacía en el suelo, maniatado de nuevo, mientras bajaban a un hombre para buscar a Renato. Lo subieron muerto..., tal como yo quería que estuviese el hijo de puta.

Por las conversaciones que oí a mi alrededor, entendí que esperaban órdenes del teniente coronel Elizondo. Mi cerebro estaba empapado pero funcionaba lo bastante bien como para reconocer el nombre del oficial revolucionario que estaba a cargo del territorio. Él recibiría al padre y a Allende cuando llegaran al pozo.

El hecho de que un líder revolucionario se uniera a Renato para robar el dinero destinado a la revuelta no era algo increíble; los hombres son universalmente codiciosos. Sin embargo, resultaba extraño que lo hubiera hecho de una forma tan descarada. Que yo había sido separado del ejército, capturado y torturado sería la noticia de esa noche en todos los campamentos. ¿Cómo explicaría Elizondo sus acciones?

Una voz femenina proveniente de mi pasado preguntó cuándo llegaría el coronel. Me retorcí en el suelo. Ella estaba sentada en una silla, bajo una sombrilla. En la mesa, a su lado, había una botella de brandy y una copa llena. Se abanicaba y fumaba un cigarrillo.

Había visto a su amante torturar y asesinar a su marido, había observado cómo me torturaba a mí, había presenciado cómo su amante era sacado sin vida del pozo...

Bajó la mirada y ésta se cruzó con la mía. Me miró con indiferencia. Bien podría haber sido uno de los peones que utilizaba como felpudo.

Una tropa entró entonces en el patio y el hombre que me vigilaba exclamó el nombre de Elizondo.

El ruido de las botas, unas botas muy caras, se detuvo junto a mi cabeza. Me volví y miré al oficial de pie a mi lado. Llevaba las insignias de un teniente coronel. Había oído de los oficiales criollos que Elizondo había sido capitán antes de la revuelta y le había pedido a Allende que lo nombrara general. Allende se había negado y sólo lo había ascendido a teniente coronel, alegando que necesitaba más soldados, no más generales. Allende había tomado una mala decisión, ¿no?

—Es usted muy valiente o muy tozudo, señor —dijo.

—No soy ninguna de las dos cosas. El tesoro pertenece a la revolución y está en las manos del padre. Renato nunca entendió que no podía dárselo. No amenacé al hombre con la venganza del padre. Eso sólo hubiera adelantado mi muerte.

—La revolución se ha acabado. Dentro de muy poco, los tesoros robados al rey estarán en las manos correctas.

—¡Traidor!

—No, soy un realista. Los realistas han ganado. Larga vida al rey.

—Me dirigió una sonrisa burlona.

—El padre tiene un gran ejército que se aproxima...

—El padre no está al mando, sino Allende. El ejército está dispersado a lo largo de kilómetros. Les he dicho a los líderes que se adelanten con sus monturas y sus carruajes para que beban primero, así el pozo se llenará de nuevo antes de que llegue el ejército principal. Se encontrarán con una sorpresa en el pozo.

Era un buen plan. Los líderes caerían en la trampa, y una vez que los tuvieran a ellos, el ejército sería inútil. Le sonreí.

—Recibirás tu recompensa en el infierno por traicionar a tus compañeros.

—Por si te interesa saberlo, mi recompensa del virrey será muy buena. —Se volvió hacia Isabel—. Como has oído, el tesoro de tu marido se ha perdido. Pero quizá yo pueda hacer tu estancia en el norte... más agradable de lo que ha sido.

Sin mirar en mi dirección, ella me señaló con el pie:

—¿Hay alguna recompensa por él?

CIENTO OCHO

Las montañas donde acechan los pumas, 1541

Mi alma voló con el viento nocturno, transportada mientras la brisa gemía y silbaba entre las montañas. Mi gente creía que el siniestro canto del viento era el lamento de los espíritus barridos hacia el mundo ultraterreno. Su llanto era un mal augurio para aquellos que lo oían porque atraía a Xipe, el Bebedor Nocturno que bebe la sangre de los pecadores durante las horas de sueño.

¡Ay! No tenía miedo de la sed del vampiro; mi sangre había quedado en el campo de batalla cuando abatí al Gigante Rojo y al gran corcel que montaba. Don Alvarado se había roto el cuello cuando golpeó el suelo, pero quitarle su vida también me había costado la mía. Mi viaje era ahora hacia Mictlán, el Lugar Oscuro, donde reinaba Mictlantecuhtli, el de rostro de calavera. Pero el Lugar Oscuro no era donde las almas iban a descansar: era un inmenso y lúgubre mundo ultraterreno dividido en nueve regiones infernales que se debían atravesar durante un viaje de cuatro años plagado de violentas pruebas.

En los gloriosos días, cuando los dioses de los aztecas gobernaban los cielos, un guerrero que caía en la batalla no sufría el tormento de los nueve infiernos. En cambio, su otra vida era agradable. Subía a la Casa del Sol, uno de los trece cielos, y viajaba a través del firmamento con el dios Sol desde el amanecer al anochecer, como un guardia de honor del espíritu ígneo. Durante las horas de oscuridad, se entretenía librando fingidas batallas. Las mujeres que habían muerto al dar a luz, las personas que se ahogaban o que habían sido alcanzadas por los rayos y aquellos que iban voluntariamente al altar del sacrificio también encontraban un lugar en los trece cielos, aunque no uno tan grande y privilegiado como ese del guerrero.

Después de cuatro años en los cielos, se transformaban en pájaros de bellos plumajes y descendían de nuevo a la Tierra para volar de flor en flor, libando su néctar.

Pero los dioses aztecas ya no gobernaban los cielos. El dios cristiano llamado el Todopoderoso era el Rey del Cielo. Las almas aztecas —y el pueblo azteca— ahora eran enviadas al infierno.

Las tremendas pruebas en Mictlán que debería soportar en la otra vida que me espera dominaban mis pensamientos mientras volaba por una grieta en las montañas. Los primeros ocho infiernos en el mundo ultraterreno son pruebas físicas; debo buscar mi camino entre dos montañas que chocan, nadar en un río turbulento, arrastrarme entre letales serpientes y cocodrilos hambrientos, escalar un acantilado con bordes tan afilados como un puñal de obsidiana, sobrevivir a un viento helado que corta como los cuchillos, y luchar contra bestias feroces devoradoras de corazones. Después de cuatro años, si sobrevivo y encuentro mi camino al noveno infierno, me prosternaré delante de Mictlantecuhtli, el rey de los terrores.

Si me encuentra digno, me dará la Paz de la Nada, convirtiendo mi alma en polvo y desparramándola en la arena de esa tierra requemada que está al norte..., ese lugar llamado Chihuahua.

La emboscada de Elizondo resultó según lo planeado. A medida que el ejército principal se acercaba poco a poco por la retaguardia, los caudillos revolucionarios fueron emboscados y capturados uno tras otro cuando se aproximaban al pozo.

Dos de los líderes demostraron tener un inmenso coraje. El padre Hidalgo, guerrero sacerdote como era, intentó luchar. Sacó la pistola para enfrentarse al enemigo, pero los jinetes que lo acompañaban, al verse superados en número y armamento, le suplicaron que bajase el arma. El otro fue Allende: se negó a rendirse y disparó contra Elizondo antes de verse dominado. Pero su osadía causó la muerte de su hijo, Indalecio. El joven de veinte años resultó muerto cuando las balas alcanzaron el carruaje en el que viajaba.

Los jefes de la revolución fueron arreados a través del desierto, como ganado que llevan al matadero, al gobernador en Chihuahua. El propósito era mantener al padre lejos del corazón de la colonia por miedo a que los indios se levantaran en su apoyo.

En cuanto a mí, era un vulgar criminal sin ninguna importancia, excepto por la esperanza de que dijera dónde estaba el tesoro del marqués.

Sí, no tardaron mucho mis captores en averiguar que no le había entregado el tesoro al padre. Así que en lugar de ejecutarme de inmediato, el destino de tantos otros revolucionarios menores, fui llevado encadenado con el padre, Allende y los demás, como un animal que llevan al sacrificio.

Durante novecientos kilómetros caminamos por una tierra yerma y requemada hasta Chihuahua. Marchábamos encadenados de pies y manos, día tras día, semana tras semana, nuestros cuerpos doloridos, nuestras bocas y nuestros músculos ardiendo.

Me partió el corazón ver al padre atormentado como un vulgar criminal. Era más viejo que el resto de nosotros —casi el doble de viejo que la mayoría de nosotros—, y la caminata era terrible para él. Allende y yo poseíamos la decisión y la hombría que nos impedía quejarnos, pero no podíamos compararnos con el padre en cuanto a coraje. El sacerdote tenía una fuerza moral y una voluntad de hierro que ninguno de nosotros poseía.

Alguien con un interés extraoficial en mi bienestar acompañaba la expedición militar a Chihuahua. Isabel viajaba en el carruaje con

Elizondo como su «invitada». Mi viejo amor obviamente había reclutado a un nuevo enamorado para que la ayudara en la búsqueda del oro. ¿Durante cuánto tiempo esa puta azotaría mi alma con afiladas espuelas y un látigo de púas?

Chihuahua: hogar de una raza de perros pequeños con un fuerte ladrido y unos dientes afilados. Una ciudad de provincias de unos seis mil habitantes que se levantaba en un valle a mil seiscientos metros de altura. Se hallaba en medio de la nada, rodeada por el desierto. Era un centro minero aunque de menor escala que Guanajuato. Su ubicación norteña la había convertido en un lugar apropiado para unirse a la revolución, pero ahora ese movimiento estaba encadenado.

Nos hicieron marchar con los grilletes por la calle principal, cubiertos de polvo y vestidos con harapos, agotados y sanguinolentos para que todos nos viesen. El gobernador había dirigido una advertencia al pueblo: observad el desfile de los prisioneros pero no les mostréis apoyo.

Yo no estaba furioso por mi humillación, cualquier desgracia que sufriera era menos de lo que merecía. Pero mi corazón sufría por el padre.

El pueblo observaba en silencio, esas sencillas personas cuyos corazones y cuyos sueños había encendido el padre con su visión de libertad para todos pero que ahora se veían desilusionados. Pese a la prohibición de mostrar cualquier signo de emoción, se vieron los sollozos y las lágrimas mientras el padre se tambaleaba por la calle, como el resto de nosotros, con las muñecas encadenadas y grilletes en los tobillos, débiles con el dolor de las privaciones en nuestra travesía del desierto. Pero como Cristo llevando su cruz, el padre no flaqueó. Con los hombros erguidos, continuó caminando, negándose a mostrar la menor debilidad, todavía inspirándonos a todos.

Lloré en silencio la muerte de Marina, el valiente sacrificio que había hecho por mí, y di gracias por que no hubiera vivido para ver al padre encadenado.

Réquiem

CIENTO NUEVE

Me dicen que esta celda es mi última parada antes del infierno. Nada complacería más a mis guardianes que verme ardiendo en un lago de fuego. Durante cinco meses, los inquisidores me han visitado, día y noche, con su propia versión del infierno eterno mientras intentaban arrancar de mis labios el lugar donde estaba escondido el tesoro del marqués. La suya ha sido una tarea ingrata, porque he maldecido a sus padres, puesto en duda su hombría y escupido en sus rostros.

Ayer vino un sacerdote para ofrecerme una «última oportunidad» de limpiar mi alma y purificar mi corazón... si le decía dónde estaba el tesoro. Le respondí que cuando me trajera una prueba física de que Dios me había ordenado decírselo, de que Dios le había dado permiso para la remisión de los pecados, gustosamente le diría dónde estaba el tesoro.

Pero ¡ay!, en lugar de aceptar mi generosa oferta, escapó, gritando que era un hereje que ardería para siempre en el infierno. No tendría que esperar mucho para conseguir su deseo. Al día siguiente tendría lugar mi ejecución.

¿Estaba preparado para entregar mi alma? ¿Preparado para enfrentarme al veredicto de la diosa de la justicia? ¿Para recibir el castigo por mis innumerables transgresiones? No, no hasta que hubiera transgredido una última vez en este planeta que llamamos hogar.

Antes de comenzar esta larga confesión, ¿no he dicho que me vengaría de quien me había traicionado?

Se dice que el diablo se mofa de aquellos que han dejado asuntos inconclusos en la Tierra, que sus palabras de burla son dagas en tu corazón. El diablo es un cabrón muy listo, ¿eh? Sabe que no son nuestros triunfos lo que nos llevamos a la tumba, sino nuestros pesares.

Oí voces fuera de mi celda y el ruido de una llave en la cerradura. De pronto la puerta se abrió y entró un sacerdote encapuchado. No me complació ver a otro de su laya.

—¡Hijo de puta! —grité—. ¡Hijo de la gran puta! —Y le dije lo que podía hacer con su madre.

—Señor, menudo lenguaje para dirigirse a un hombre vestido con los hábitos. —Una delicada mano apartó la capucha y dejó a la vista un rostro adorable.

—¡Raquel!

Una llave en la cerradura, una espada afilada y un caballo veloz hubiesen sido mejor recibidos..., pero no por mucho. Después de abrazarnos durante lo que me pareció una eternidad, sacó pan, carne y vino de debajo de la capa, y nos sentamos para que el condenado pudiera disfrutar de su última comida.

—Dime qué ha pasado con el padre y los demás —le pedí.

A los oficiales criollos los fusilaron por la espalda porque los consideraron traidores. Se habían reunido con su Creador hacía más de un mes.

—Allende, por supuesto —prosiguió Raquel—, se mostró desafiante hasta el final. Tal era su cólera ante el juez que rompió las esposas que lo sujetaban y golpeó al magistrado con un trozo de cadena antes de que los soldados pudieran dominarlo.

Sólo uno de los oficiales se había deshonrado a sí mismo. El oficial criollo Mariano Abasolo, para salvar el pellejo, había declarado que Allende lo había obligado a participar en la revuelta. Las súplicas de su bella esposa, doña María —y sin duda un pago en oro— le habían conseguido una condena de cárcel en Cádiz.

A diferencia del cobarde Abasolo, el padre se había enfrentado al tribunal militar con dignidad y gracia. Llevado encadenado ante los jueces, se había mantenido erguido y había asumido la responsabilidad de la revolución. Declaró libremente que había reunido ejércitos, fabricado armas y ordenado la ejecución de los gachupines en represalia por el asesinato de civiles por parte de los comandantes españoles.

—Lamentó que miles de hombres hubiesen muerto por la causa de la libertad —dijo Raquel—, pero creía que Dios tendría piedad de su alma porque la causa era justa.

Debido a que el padre debía ser excomulgado por un proceso eclesiástico antes de ser ejecutado, habían ajusticiado primero a los oficiales. El tribunal ordenó que las cabezas de los oficiales fuesen encurtidas y guardadas en salmuera hasta que la cabeza del padre se uniese a ellas.

El amanecer del 31 de julio de 1811, los guardias llevaron al padre Hidalgo desde su celda en la torre al patio de la prisión. Cuando el comandante le preguntó si tenía algo que decir, el sacerdote pidió que dieran las golosinas que traía al pelotón de fusilamiento cuando acabase.

La voz de Raquel tembló mientras describía la muerte de un hombre cuyos ideales y coraje habían inflamado las pasiones de millones de personas.

—El padre se dispuso a morir con el mismo coraje que mostró en todos los momentos de su vida. Se enfrentó a los doce hombres del pelotón sin pestañear. Por ser sacerdote, se le permitió morir de frente. Para ayudarlos con la puntería, se colocó la mano sobre el corazón. Los tiradores, sin embargo, eran menos valientes que el buen párroco. Once de ellos fallaron, y una sola bala hizo blanco en su mano. El comandante les ordenó que disparasen de nuevo, pero una vez más los disparos fallaron el blanco. Por último, un oficial ordenó a varios soldados que administrasen el tiro de gracia con los mosquetes casi pegados a su corazón.

Las lágrimas desbordaron los ojos de Raquel.

—Con él murió cualquier esperanza de independencia —afirmé.

—No digas eso. Cuando el padre lanzó el grito, inició un fuego que arderá para siempre en los corazones de aquellos que aman la libertad, y ésa no es una llama que el virrey pueda extinguir. Continúa extendiéndose y consumirá a los codiciosos gachupines que roban no sólo nuestro dinero, sino también nuestras esperanzas y nuestros sueños, nuestra libertad y nuestras vidas.

—¿De verdad lo crees o sólo estás...?

—Sí, Juan, es verdad. Aquello por lo que hemos luchado —y por lo que tantos han muerto— no está olvidado. Cada día que pasa la llama brilla con más fuerza. El padre Morelos y otros son custodios de la llama y continúan la lucha. Cada vez que uno de ellos cae, otro recoge la antorcha. Los españoles tienen más soldados entrenados que nosotros, tienen mosquetes y cañones, mientras que nosotros tenemos garrotes y cuchillos, pero estamos combatiendo por nuestros hogares y nuestras familias.

—Como el propio pueblo llano de España ha hecho contra los franceses.

—Sí, y tenemos nuestra propia Gerona y nuestra Agustina de Aragón. El virrey y sus secuaces no lo entienden. Creen que pueden apagar el fuego, pero se extiende por todas partes. En Guadalajara y Acapulco, en la capital, en las selvas de Yucatán, e incluso aquí, en los desiertos del norte, arde la llama. El grito resonará una y otra vez, hasta que seamos libres.

Sus lágrimas habían desaparecido. Sus ojos, claros como el cielo de Dios, ardían con el sueño de libertad.

Ella tenía razón. Lo sabía en mi corazón. El padre había desatado un espíritu que había despertado a la gente de Nueva España. Ese espíritu ardía ahora en los corazones de los peones, hombres y mujeres esclavizados y martirizados por los látigos de los dueños de minas y haciendas. Ya no eran perros apaleados, ahora tenían el coraje que les había dado el padre para levantarse y luchar, y los gachupines no se darían cuenta hasta que fuera demasiado tarde para ellos.

Raquel me habló de Marina.

—Me ocupé de que recibiera digna sepultura. Algún día, cuando se pueda, las mujeres de la revolución saludarán a esta doña Marina como a la Primera Dama de la Libertad.

Me abrazó y dijo con sincera preocupación:

—Juan, he intentado...

—Lo sé. No te preocupes; no tengo miedo. No mostraré temor.

No deshonraré al padre y a Allende. No les daré satisfacción a los gachupines.

Lloró suavemente contra mi hombro, y le acaricié su suave pelo. No sé qué hay en mí, el diablo debe de hacer que haga estas cosas, pero en un momento ella lloraba en mi hombro y al siguiente la tenía acostada en mi catre, ambos jadeantes de pasión. Le hice el amor como si fuésemos las dos últimas personas sobre la faz de la Tierra. Las dos últimas personas en el universo, ahora, para siempre, hasta el final de los tiempos.

Por primera vez en mi sórdida vida, hice el amor con amor, con todo mi corazón, mi alma y mi mente. Me gusta creer que Raquel por fin supo cuánto la amaba. Ahora. Entonces. Siempre. Sin pesares.

¡Ay!, era mejor que tener un cigarro habano y una botella de brandy, mejor que cazar jaguares a caballo y acercarte para el disparo final desde la montura, mejor que una brillante mañana de primavera con el sol saliendo como un trueno, la hierba verde y fresca debajo de sus pies. Tu odiado enemigo muerto en el campo del honor.

Antes de que se marchara, la abracé con fuerza y le susurré un secreto al oído.

Solo con mis pensamientos, sabía lo que debía hacer. Cuando el guardia abrió el ventanuco y me pasó el cuenco de alubias, le dije:

—Dile al comandante de la guardia que quiero verlo.

—Por supuesto, le diré al capitán que el príncipe de los léperos ordena su presencia —exclamó en tono de burla.

—Hazlo, cabrón. Dile que quiero limpiar mi alma de un secreto.

Cuando llegó el comandante, le dije:

—Manda que doña Isabel venga a mí.

—Estás loco. ¿Por qué querría verte ella?

Sonreí y le solté una bocanada de humo a la cara a través del ventanuco.

—Dile a la señora que hay algo que necesita saber del tesoro de su marido.

De niño, cuando estaba enfermo o en la cama con algún hueso roto, intentaba pensar en cómo sería sentirse perfectamente bien. Mientras esperaba a Isabel, mi mente se entretenía con el mismo juego. Yacía en el camastro y pensaba en los buenos tiempos en Guanajuato, cuando era un joven caballero montado en un hermoso corcel, y en la caricia de una mujer.

De no haber sido por la confesión en el lecho de muerte de Bruto que había destruido mi mundo, ¿cómo hubiera sido mi vida? ¡Ay!, hubiese combatido —y muerto— como un rico gachupín en la alhóndiga junto con Riaño y su hijo Gilberto. Me estremecí ante la idea. Morir aferrado a mi oro, asesinado por los hombres que luchaban por el derecho a caminar por la misma calle que yo, hubiera sido morir sin honor. Morir por determinadas cosas o disfrutar del privilegio de clavarles las espuelas a otros no confiere honor, sólo oprobio.

Por primera y única vez en mi vida, había hecho lo correcto. Tenía honor de verdad, no el mal ganado respeto que reclama un caballero, sino la certeza de que había luchado por algo que estaba bien.

Tumbado en la cama, con la espalda apoyada contra la pared y los pies en el suelo, estaba pensando en mis muchos sórdidos logros y también en las mezquinas injusticias que había sufrido a lo largo de los años, cuando se abrió la puerta y entró Elizondo. Isabel estaba detrás de él. Se detuvo antes de entrar.

—¿Tienes algo que decir? —preguntó el oficial traidor.

—No tengo nada que decirte a ti. Mis palabras sólo son para Isabel. Espera fuera.

—No hablará contigo a solas.

Me encogí de hombros.

—Entonces marchaos, los dos, y llamad al verdugo. Estoy dispuesto a subir a mi trono celestial y aceptar mi corona.

Elizondo se echó a reír.

—La única corona que recibirás será la capucha que pongan sobre tu cabeza antes de que te fusilen por la espalda.

—El recuerdo de los gemidos de tu madre cuando la hacía gozar me consolarán en la tumba.

—Deseo hablar con él a solas —intervino Isabel.

Elizondo titubeó. Sabía lo que ambos estaban pensando: Isabel no quería que hablara delante de él. Si le revelaba el paradero del oro y él lo oía, se apoderaría del tesoro. Y si no se lo decía a ninguno de los dos, entonces se perdería para siempre.

El oficial se encogió de hombros y la invitó a pasar con un gesto.

—Estaré aquí fuera. La puerta se queda abierta. Grita si te molesta.

—Juan no me hará daño. —Me dedicó una sonrisa tan radiante como el final del arco iris.

Ah, qué sonrisa tan encantadora. Ninguna mujer tenía unos labios tan preciosos, unos ojos tan exquisitos. Realmente era una mujer para que zarpasen mil naves..., para quemar las torres de Troya.

Cerré los ojos y aspiré hondo su perfume cuando se sentó en un taburete junto a mi cama. Era embriagador. Los indios llaman al pulque «cuatrocientos conejos» porque el exceso de bebida hace que la mente de un hombre corra en muchas direcciones diferentes. El perfume de Isabel era muchísimo más embriagador que el mejor brandy del mundo. Yo era una prueba viviente de ello. Me arrebataba el sentido común y me robaba la decisión.

Abrí los ojos. Permanecía sentada como una estatua, como si estuviera posando para un retrato. Sacudí la cabeza.

—Isabel, quiero odiarte. Quiero aplastarte debajo de mi tacón, pero me embrujaste la primera vez que te vi.

Ella exhaló un suspiro.

—Pobre Juan. La vida no ha sido justa contigo. Me arrebataron de ti, hicieron imposible que estuviéramos juntos. Fue la sangre, por supuesto. De verdad te quería, quería casarme contigo, pero cuando demostraron que tu sangre no era española, se hizo imposible.

—Dime, Isabel, ¿alguna vez has visto mi sangre?

—¿Tu sangre? Por supuesto que no.

Pasé la mano por la pared y me corté la palma con una roca afilada. Luego se la mostré.

—Nunca he comprendido eso de la sangre. ¿Ves el color de la mía? He matado a muchos hombres, gachupines y franceses entre ellos, y su sangre era del mismo color que la mía. Incluso la sangre de tu marido, un hombre con un título de nobleza de siglos, no era más roja.

Le cogí la mano y forcé sus dedos para que tocasen mi sangre.

—Mírala, señora marquesa. ¿Su color es en algo diferente de la que sangras tú todos los meses? ¿Es en algo diferente de la sangre que derramó Marina cuando tu amante le clavó la daga en el vientre?

La acerqué a mí. Se puso tensa y se apartó.

—Prometiste decirme dónde está el oro —dijo.

—Sí, y mantendré mi promesa.

La atraje y le susurré al oído. Le dije el lugar exacto donde su marido había escondido el tesoro. ¡Ay!, su perfume era todavía más embriagador cuando la apreté contra mí.

Cuando acabé de susurrar, me miró a los ojos. Sus labios sólo estaban a unos centímetros de los míos. Su cálido y dulce aliento me rozó el rostro mientras hablaba.

—¿Me has dicho la verdad? —preguntó.

—La verdad tal como tu marido me la contó.

Volvió a suspirar. Sus labios rozaron los míos y sentí una oleada de deseo.

—Lo siento, Juan. Sé que siempre me has amado. —Se echó un poco hacia atrás y me miró de nuevo a los ojos—. ¿Hay algo que pueda hacer por ti?

—Te puedes morir —respondí con una sonrisa.

Le sujeté el cuello con la mano derecha y le apreté la tráquea con todas mis fuerzas levantándola del taburete. Intentó gritar, pero lo que salió de su boca fue poco más que un susurro.

—Esto es por Marina —dije.

La acerqué a mí, su rostro contra mi rostro, sus labios contra mis labios. Las lágrimas rodaban por mis mejillas. Aún amaba a esa mujer. Hubiera muerto por ella.

Moriría por ella.

Mi mano le aplastó la laringe y los huesos del cuello. Para el momento en que Elizondo y el comandante de la guardia me hicieron caer de rodillas y arrancaron mis manos de su garganta, Isabel yacía inmóvil en el suelo.

Incluso muerta era hermosa.

CIENTO DIEZ

Vinieron a por mí cuando aún estaba oscuro. Los hombres que me sacaron de la cárcel no eran los guardias habituales. No me saludaron, y yo no ofrecí resistencia. Había acabado con mi trabajo en este mundo. No me engañé con la ilusión de que las puertas del cielo se abrirían para mí. Pero quizá el diablo podría necesitar a otro experto espadachín y tirador de primera, ¿no?

En el exterior, todavía encadenado, me encerraron en una jaula de madera colocada en un carro. Era una jaula para animales salvajes, y supongo que era así como me veían. Cuando el carro salió del patio de la prisión, advertí algo extraño por primera vez: ninguno de los hombres vestía uniforme. Por sus prendas y sus caballos, deduje que cuatro de ellos eran criollos y otros cuatro peones. Cuando me sacaron de la prisión, lejos del patio donde el pelotón de fusilamiento hacía su trabajo, supe que encontraría mi final en el patíbulo. Era de esperar. A los ojos de los gachupines, morir ahorcado era lo más deshonroso, así que ése sería mi destino. Pero yo no consideraba deshonroso que me ahorcasen. Sabía quién y qué era. No sabía quiénes eran mi padre y mi madre, pero sabía que por mis venas corría la sangre de los aztecas.

Había viajado con un erudito a ciudades olvidadas de antiguos imperios y había visto las maravillas de España. Había sido testigo de grandes valentías en el campo de batalla de dos continentes, desde curas criollos desarmados que encabezaban las cargas portando estandartes a simples peones que intentaban detener la carnicería de la metralla metiendo sombreros de paja en los cañones.

Pensé en mí mismo no como en un desgraciado gachupín o el hijo de una puta india, sino como algo del todo diferente. Comprendí que no era el gachupín que había en mí lo que me había convertido en el mejor caballero de Guanajuato; a un hombre no se lo juzga por la sangre sino por sus hechos. A sangre y fuego, había conseguido el renacimiento: mi propia reconquista.

Los gachupines se equivocaban cuando decían que el clima de la colonia nos hacía inferiores a los nacidos en Europa. Al contrario, el aire que respirábamos y la tierra que pisábamos nos hacían más fuertes y distintos de cualquier otra gente bajo el sol. El padre lo había demostrado para cólera de los gachupines cuando reveló que las artesanías aztecas eran tan buenas como cualesquiera otras hechas en España, y lo había demostrado de nuevo en el campo de batalla, cuando los revolucionarios sin preparación y mal armados se habían lanzado sobre los cañones y los mosquetes por la causa de la libertad.

La noche era oscura pero la luna aliviaba en parte la negrura cuando asomaba entre las nubes. Durante uno de esos fugaces momentos de luz vi que los criollos ahora se habían cubierto las caras. No llevaban máscaras, sino que se habían encasquetado los sombreros y subido los pañuelos sobre la boca.

Miré el patíbulo cuando el carro pasó por su lado. Un temblor sacudió mi columna vertebral. Iba camino de ser ejecutado, pero habíamos dejado atrás los patíbulos. ¿Por qué los hombres ocultaban ahora sus caras? No obstante, vi que los hombres que me habían sacado de mi celda estaban en una misión de muerte; era obvio, a juzgar por su severo silencio.

En un momento que brilló la luz de la luna, vi la insignia bordada en el brazalete de un criollo: una cruz con una espada horizontal, adornada con otra cruz más pequeña y una corona. La Hermandad de la Sangre, los españoles que se unían en partidas no autorizadas para rastrear y castigar a los malhechores, en particular a los salteadores. Una hermandad de muerte, especializada en la «justicia» rápida al borde del camino. Los bandidos asolaban las carreteras de Nueva España, así que para la mayoría la hermandad era un daño necesario creado por la incapacidad del virrey de proteger las carreteras. Los castigos que imponían hubieran hecho encogerse al propio virrey.

Cuando llegamos a una colina en un cruce de la carretera que llevaba a Chihuahua, comprendí por qué me habían sacado de la prisión: no me iban a colgar ni a fusilar. La idea me golpeó como un rayo del infierno. La horca y el fusilamiento eran muertes honorables para los revolucionarios y los delincuentes comunes, pero yo no era un delincuente común. Yo era un bandido azteca que había asesinado a una mujer gachupina. Si había algo de lo que se enorgullecía un caballero, era la protección de las mujeres, aquellas de su misma sangre y clase, por supuesto. Yo había violado el más importante tabú: había amado y asesinado a una mujer de su clase.

No iban a administrarme un castigo vulgar, sino uno que enviaría un mensaje a todos los aztecas y los mestizos de la Tierra: no toquéis a nuestras mujeres o pagaréis un precio muy alto.

¡Iban a crucificarme!

Me eché a reír a mandíbula batiente, sorprendiendo a los hombres cuando el carro se detuvo al pie de la colina. Seguía riéndome como un poseso cuando me sacaron de la jaula. Ninguno lo comprendía.

Había perdido de nuevo contra Isabel. Mi caída había comenzado en Guanajuato, cuando discutí con Bruto por mi deseo de casarme con ella. Había sido expulsado de Ciudad de México y convertido en un bandido por mi amor por ella. Ahora, desde la tumba, Isabel había sacado una garra para apoderarse de mi alma.

—Era una puta del infierno, el mismísimo demonio —grité—. La ejecuté por el asesinato de mi amiga. ¡Incluso asesinó a su propio marido!

Ellos no sabían de lo que hablaba y tampoco les importaba. Los criollos no me tocaron. En cambio, sus peones me arrastraron colina arriba, donde me arrancaron las prendas y las botas.

Los trabajadores clavaron una pesada cruz de madera en un árbol. Acomodaron mis brazos en el travesaño, y me ataron las muñecas al madero. Uno de los mestizos esperaba con el martillo y los clavos.

Un criollo se adelantó y comenzó a leer una lista con mis crímenes. Algunos de los cargos los conocía; otros eran nuevos para mí. Sólo un hecho me causó una profunda impresión: no estaban seguros de si era un azteca de pura sangre o un mestizo, palabras que habían creado para despreciar a aquellos de nosotros nacidos en el Nuevo Mundo. La idea permanecía en mi cabeza cuando el individuo con los clavos se adelantó para hacer su trabajo.

Miré a los ojos del hombre que iba a clavarme en la cruz.

—¿Has oído esa calumnia? Esos españoles ni siquiera saben cómo llamarme.

Le sonreí.

—Soy un mexicano, como tú.

Raquel

CIENTO ONCE

Guanajuato

Raquel se encontraba cerca de una de las esquinas de la alhóndiga de Granaditas, el granero con aspecto de fortaleza donde había tenido lugar el primer gran triunfo de la revolución. Doña Josefa, *la Corregidora*, se le acercó. Ambas miraron la jaula de hierro que colgaba por encima de ellas. En el interior estaba la cabeza de Miguel Hidalgo.

—El padre ha vuelto a la alhóndiga —dijo Raquel, y se enjugó las lágrimas que rodaban por sus mejillas.

La misma espantosa exhibición se repetía en las otras tres esquinas del edificio: las cabezas putrefactas de Allende, Aldama y Jiménez ocupaban el resto de los lugares de honor.

—¿Qué pasó con el galante Juan de Zavala, el hombre al que amabas? ¿Dónde descansa? —preguntó doña Josefa.

—Lo enterré con doña Marina. Ella también lo amaba, y él, a su manera, sé que nos amaba a las dos.

Las mujeres leyeron el cartel colgado en el muro:

Las cabezas de Hidalgo, Allende, Aldama y Jiménez, notorios mentirosos y líderes de la insurrección que saquearon y robaron la propiedad de Dios y la Corona, que hicieron correr con gran atrocidad la sangre inocente de leales oficiales y justos magistrados, y que fueron la causa de todos los desastres, las desgracias y las calamidades que cayeron sobre los habitantes de todas las partes de la nación española.

Clavadas aquí por orden del señor brigadier don Félix María Calleja, ilustre vencedor en Aculco, Guanajuato y Calderón, y restaurador de la paz en América.

—¿Has oído que dicen que el padre se arrepintió de su sueño de libertad y revolución? ¿Que escribió la renuncia libremente y sin coerción de su propia mano?

—Por supuesto que he leído la mentira. El virrey la está publicando por toda la colonia. Cuando el documento habla del pesar del padre por la muerte de las personas, dice la verdad. Sentía un gran amor por todos. Pero las palabras que repudian nuestro derecho a gobernarnos a nosotros mismos son mentiras. No fueron escritas por su mano.

—Mi marido, el corregidor, recorrió nuestra casa durante una hora hecho una furia, denunciando el escrito como una mentira —susurró doña Josefa—. No puede entender por qué el virrey intenta un engaño tan transparente. Cuando el virrey la publicó, le pidieron que mostrase el original que, como es lógico, debía ser de su puño y letra y llevar su firma. ¿Sabes lo que respondió? Que no lo tenía, que Salcedo, el gobernador que estaba en poder del documento, lo había perdido a manos de los bandidos.

—El engaño no los ayudará —afirmó Raquel—. La fuerza de las ideas que desató el padre se ha extendido por toda Nueva España. Estamos en guerra con los gachupines, y nada nos detendrá hasta que los hayamos expulsado de nuestras costas.

—¿Adónde irás ahora? ¿Regresas a la capital?

—Todavía no. Juan me encomendó una última tarea. Cuando lo visité en su celda, me susurró el escondite del oro del marqués. Qué ironía, Josefa, que la revolución se financie finalmente con el oro de un gachupín, robado por un famoso bandido.

AGRADECIMIENTOS

Muchas personas han ayudado a convertir este libro en realidad. Queremos dar las gracias en particular a Maribel Baltazar-Gutierrez, Eric Raab, Brenda Goldberg, Elizabeth Winick e Hildegarde Krische.

La información sobre los lugares y acontecimientos fue ofrecida generosamente por los conservadores de los museos y los sitios históricos de Guanajato, San Miguel de Allende, Dolores Hidalgo, Teotihuacán, Chichén Itzá y otros lugares de México.

También agradecemos la ayuda de José Luis Rodríguez, del doctor Arturo Barrera y de Charles y Susan Easter.